생명의 시
활기의 시

이은봉의 시세계

생명의 시 활기의 시

인쇄 · 2018년 7월 10일
발행 · 2018년 7월 15일

엮은이 · 박일우 · 백애송
펴낸이 · 한봉숙
펴낸곳 · 푸른사상사

편집 · 지순이 | 교정 · 김수란
등록 · 1999년 7월 8일 제2-2876호
주소 · 경기도 파주시 회동길 337-16(서패동 470-6)
대표전화 · 031) 955-9111~2 | 팩시밀리 · 031) 955-9114
이메일 · prun21c@hanmail.net
홈페이지 · http://www.prun21c.com

ⓒ 박일우 · 백애송, 2018

ISBN 979-11-308-1352-3   93810
값 43,000원

이 도서의 국립중앙도서관 출판예정도서목록(CIP)은 서지정보유통지원시스템 홈
페이지(http://seoji.nl.go.kr)와 국가자료공동목록시스템(http://www.nl.go.kr/kolis-
net)에서 이용하실 수 있습니다.(CIP제어번호 : CIP2018020463)

생명의 시
활기의 시

이은봉의 시세계

박일우 · 백애송 엮음

푸른사상
PRUNSASANG

  이은봉은『삶의문학』제5호에「시와 상실의식 혹은 근대화」(1983)를 발표하며 평론가로,『창작과비평』신작 시집『마침내 시인이여』(1984)에「좋은 세상」외 6편을 발표하며 시인으로 등단한 문인이다. 서울에서의 문단 활동을 접고 1995년 3월 광주대학교 문예창작과 시창작 교수로 부임해온 이후에도 그는 줄곧 교육과 창작의 일을 병행해온 바 있다. 시인은 물론 교수로도 최선을 다해온 그는 무려 100여 명에 이르는 문인을 그동안 문단에 진출시킨 것으로 알려져 있다. 이처럼 많은 제자들을 양성하면서도 지속적으로 창작 및 평론에 몰두하며 꾸준히 문인의 길을 걸어온 것이 그이다. 이러한 그가 2018년 8월 광주대학교 문예창작과 시창작 교수직에서 은퇴하거니와, 이 책은 이를 기념해 기획, 출간된 것이다.

  그동안 이은봉은 10권의 시집, 곧『좋은 세상』(1986),『봄 여름 가을 겨울』(1989),『절망은 어깨동무를 하고』(1994),『무엇이 너를 키우니』(1996),『내 몸에는 달이 살고 있다』(2002),『길은 당나귀를 타고』(2005),『책바위』(2008),『첫눈 아침』(2010),『걸레옷을 입은 구름』(2013)『봄바람, 은여우』(2016)를 간행했고, 1권의 시조집『분청사기 파편들에 대한 단상』(2017)를 간행했으며, 3권의 시선집, 즉『알뿌리를 키우며』(2007),『달과 돌』(2016),『초록동물의 피』(2018)를 간행했다. 그 밖에 4권의 평론집, 즉『실사구시의 시학』(1994),『진실의 시학』(1998),『시와 생태적 상상력』(2000),『시와 깨달음의 형식』(2018)을 간행했고, 2권의 시론집, 즉『화두 또는 호기심(증보판)』(2015),『풍경과 존재의 변증법』(2017)를 간행했다. 뿐만 아니라 연구서로『한국현대시의 현실인식』(1993)이 있으며, 공저 및 편저로『송강문학연구』(1993),『시와 리얼리즘』(1993),『시와 리얼리즘 논쟁』(2001),『시창작이란 무엇인가』(2003),『한국현대시 대표 선집』(2003),『이성부 산행시의 세계』(2004),『고향과 한의 미학－문순태의 소설세계』(2005),『홍희표 시 다시 읽기 2』(2008),『홍희표 시인 연구』(2011),『오늘의 좋은 시』(2002~2018) 등이 있다. 나아가 그는 한성기문학상(2005), 유심작품상(2006), 한남문인상(2007), 충남시인협회 본상(2011), 가톨릭문학상(2012), 질마재문학상(2014), 송수권시문학상(2016), 시와시학상(2016) 등을 수상하면서 이 땅의 시정신을 드높이기도 했다.

이은봉의 시는 흔히 크게 전기, 중기, 후기로 나누어져 논의되고 있다. 전기의 시는 대체로 자본주의와 산업화 사회에 대한 저항과 비판을 담고 있다. 1980년대의 역사적 공동체 의식에 바탕을 둔 이은봉의 시는 이 시기 한국사회의 현실로부터 많은 영향을 받고, 이 시기 한국사회에 많은 영향을 준 것으로 파악된다. 이은봉 시인은 당시 자본주의와 함께하는 산업화로 인해 물질적인 면에서만이 아니라 정신적인 면에서도 피폐해진 민중들을 뜨겁게 보듬으려 하고, 정성스럽게 위무하려고 한다. 중기의 시는 개인적인 체험을 바탕으로 상상력을 펼치고 있다. 이 시기의 시는 사회에 대한 비판과 저항이 여전히 지속되지만 절망과 서러움이 주된 정서를 이루면서 특유의 아우라를 산출한다. 부정과 부패로 가득한 현실에 대한 절망과, 그에 따른 슬픈 절규가 사랑과 희망으로 환원되면서 특유의 서정적 분위기로 되살아나는 것이 이 시기의 그의 시이다. 절망과 환멸에서 비롯되던 서러움의 정서를 사랑과 희망의 마음으로 극복해내고 있는 것이 이 시기의 그의 시라는 것이다. 후기의 그의 시는 구체적인 삶에 바탕을 두면서도 생명의 근원에 대한 탐구를 보여주고 있다. 일체의 사물이 지니고 있는 근원적인 원형, 즉 본질적 이미지를 찾으려는 노력과 함께하는 것이 그의 시이다. 그의 시의 저변을 흐르고 있는 선시풍의 시들도 궁극적으로는 이에 수렴되고 있다. 나날의 삶이 이루는 형상을 구체적이면서도 생생하게 그려내면서 그때그때 깨닫는 삶의 진실(진리)을 놓치지 않고 있는 것이 이 시기의 그의 시이다.

이은봉을 두고 흔히 리얼리스트 시인이라고 한다. 현실을 살아가는 사람들의 구체적인 이야기와 이미지와 정서를 매우 생생하게 담아내고 있는 것이 그의 시이기 때문이다. 이들 구체적인 이야기와 이미지와 정서가 이루는 그의 시에는 그 나름으로 깨닫고 있는 삶의 진실(진리) 및 지혜가 깊이 자리해 있어 주목이 된다. 이처럼 그는 현실을 살아가는 사람들의 생생한 삶의 이야기와 이미지와 정서를, 곧 삶의 슬픔과 기쁨, 설움과 즐거움을 시의 언어로 깔끔하게 응축해내는 솜씨를 보여준다. 거듭 강조하거니와 보이지 않는 억압과 끊임없이 투쟁을 하면서도 희망의 끈을 놓지 않는 것이, 미래의 희망과 지속적으로 화해를 시도하는 것이 그의 시이다. 언제나 진실한 태도로 나날의 세계와 진지하게 마주하고 있는 것이 시인 이은봉이고, 시인 이은봉의 시라는 것이다.

첫 시집의 제목에 드러나 있듯이 그가 꾸는 꿈의 기저에는 '좋은 세상'이 자리해 있다. '좋은 세상'은 그에게 부여된 하나의 소명인지도 모른다. 30년이 넘게 지속되어온 그의 시의 토대에는 소외된 계급에 대한 연민이 깊이 자리해 있는 것도 사실은 그 때문이다. 바로 그러한 이유에서 이은 봉은 노동자나 빈자와 같은 소외된 약자들에 대해 일관되게 사랑의 마음을 보낸다. 뿐만 아니라 그는 자신의 시를 통해 지속적으로 이들, 즉 소외된 자들의 목소리를 대변하려고 노력한다. 현실에서 극복되어야 할 것들을 시를 매개로 끊임없이 탐구해 시의 언어로 형상화해 보여주고 있는 것이 그의 시이다. 말하자면 시적 형상화를 통해 이들, 곧 소외된 약자들의 절망과 좌절을 위로하고 고통과 상처를 치유하는 가운데 희망을 주려고 노력한다.

이 책에는 그러한 마음으로 쓴 이은봉의 시에 대한 그동안의 평문들이 실려 있다. 그렇다. 이 책에 수록되어 있는 글들은 이은봉의 시세계 전체를 아우르고 있다고 해도 지나치지 않다. 이 책은 부록을 포함해 모두 5부로 구성되어 있다. 제1부에는 이은봉 시인의 시세계 일반에 대한 평문들이 모아져 있고, 제2부에는 이은봉 시인과 이은봉의 시세계에 대해 나누는 대담들이 담겨 있다. 제3부에는 제1시집부터 제10시집, 나아가 2017년에 발간된 시조시집에 대한 평문들이 실려 있고, 제4부에는 이은봉의 신작시에 대한 평문들이 묶여 있으며, 제5부에는 이은봉 시에 관한 서지 목록이 기술되어 있다. 공광규, 권경아, 김사인, 김성동, 김영미, 김종훈, 김춘식, 문숙, 신덕룡, 오민석, 유성호, 이경철, 이숭원, 이재복, 임지연, 전주호, 정준영, 천세진, 홍용희, 황현산, 황정산, 그리고 김명원, 박순원, 강회진, 김선희 등이 이들 글의 필자이거나 대담자이다. 일일이 말씀을 드리지는 못했지만 이 자리를 빌려 재수록을 허락해주신 필자들께 감사의 인사를 올린다.

이 책은 무엇보다 이은봉의 시를 공부하고 연구하는 후학들에게 좋은 길라잡이가 될 것을 믿어 의심치 않는다. 이 책이 발간되는 것을 계기로 좀 더 본격적인 연구가 이어져 이은봉의 시세계 전반이 정밀하고 상세하게 밝혀지기를 빈다. 그의 시세계가 아직 끝난 것은 아니지만 그의 시세계에 관한 각종 평문들과 서지들을 이렇게 한 곳에 모아놓고 보니 제법 그럴싸한 책 한 권이 된 듯싶어 마음이 뿌듯하다. 이제 교수직에서는 은퇴를 하더라도, 시인 및 평론가로서 그가 보여준 열정과 활약은 앞으로도 계속되기를 진심으로 바라고 원한다.

2018년 6월

박일우 · 백애송

차례

━━━━━━ **제1부** 자유, 평등, 사랑, 평화, 생명, 죽음

차례

차례

생명의 시 흙기의 시 — 이은봉의 시세계

제4부 시들, 시평들

차례

제1부

자유, 평등, 사랑, 평화, 생명, 죽음

사랑으로 껴안은 분노와 절망

정순진

1.

시집『좋은 세상』(실천문학사, 1986),『봄 여름 가을 겨울』(창작과비평사, 1989),『절망은 어깨동무를 하고』(신어림, 1994),『무엇이 너를 키우니』(실천문학사, 1996)를 펴낸 시인 이은봉은 정직한 현실인식을 바탕으로 서정적 시어를 구사해 유연한 리듬감을 가진 시를 써내고 있다.

김사인은 이은봉의 첫 시집 발문에서 "때로 시적인 것의 추상이 본의 아니게도 대상의 전체적인 진실을 가리는 결과가 되기도 하며, 시어와 리듬의 유연한 구사가 오히려 시인과 시적 대상을 서정시의 액자 속에 가두는 안이함의 표현이 되기도 한다."[1]면서 "온갖 '시적'인 허울을 좀 더 과감하게 벗어던지라"[2]고 충고하고 있다. 그러나 이은봉 시의 서정적 언어 구사와 유연한 리듬감은 정효구도 지적한 것처럼[3] 민중시가 구호의 차원으

1 　김사인, 「이은봉 시의 따뜻함」, 이은봉, 『좋은 세상』, 실천문학사, 1986, 160쪽.
2 　위의 글.
3 　정효구, 「80년대 후반의 젊은 시인들」, 『시와 젊음』, 문학과비평사, 1989, 17쪽.

로 떨어지지 않고 시적인 형태를 유지할 수 있게끔 하는 중요한 인자이다. 더구나 그의 첫 시집부터 네 번째 시집 사이에는 10년 남짓의 시간이 있고 그사이 우리 사회는 극심한 변화를 겪어왔다. 시적인 것을 배려하지 않고 고착된 민중의 시각을 구호처럼 나열했다면 지금 그의 시를 다시 읽으며 즐거움을 느끼기란 거의 불가능했으리라 여겨진다.

그는 시작부터 지금까지 삶과 현실을 리얼리즘적 시각에서 시화하려는 노력을 계속하고 있지만 1, 2시집과 3, 4시집에는 분명한 차이가 있다. 1, 2시집에 역사적 공동체적 체험이 우선되면서 1980년대를 비판하고 분노하는 시들이 많다면 3, 4시집에는 개인적 체험에 바탕한 절망과 그 절망을 극복해낼 사랑을 형상화한 시들이 더 많다. 물론 비판과 분노, 절망과 서러움이 순차적으로 연결되어 있는 것은 아니다. 그렇기는 해도 시간이 갈수록 그의 시는 마치 나사의 회전처럼 점점 사랑 쪽으로 깊이 파들어가고 있다. 이 글은 비판과 분노에서 시작한 그의 시가 절망과 서러움을 거쳐 찾은 사랑까지의 시적 궤적을 쫓아가고자 한다.

2.

이은봉 시가 어디에서 시작하는지를 알려주는 시에 「결별」이 있다.

> 그리고 제발 이제는
> 뜬구름 같은 낱말들과는 결별하자
> 짐승처럼 묶여가 들어오지 않는
> 자유를 위하여
> 해방을 위하여
> 무당 같은 신명이 필요하다.
> 칼끝 같은 죽음이 필요하다.
>
> ―「결별」 부분

이 시의 1연은 "허공을 떠 흐르는 몇 조각 어휘들과는/이제는 정말 결별하자"로 현실에 뿌리내리지 않은 문학과의 결별을 선언하는 의식의 단초를 보인다. 인용한 곳은 5연인데 2, 3, 4연에서 잘못된 사회질서를 옹호하는 지배층과 생활의 안일을 좇는 내 안의 소시민성을 곱씹어 경멸하고 나서 1연을 다시 변이, 부연하는 부분이다. 화자는 "양귀비꽃 같은 문학", 아름답기는 해도 우리를 마취시켜 눈앞의 현실을 직시하지 못하도록 만드는 문학이 필요한 게 아니라 "무당 같은 신명", "칼끝 같은 죽음"이 필요하다고 역설한다. 신들린 자가 무당이라면 언어에 들린 자는 시인이다. 그 언어가 "허공을 떠 흐르는", "뜬구름" 같다면 그 신명 역시 이 땅에 뿌리내리지 못한 채 떠도는 것일 뿐이다.

이은봉 시인이 문단에 발을 들여놓은 것은 1984년 17인 신작 시집 『마침내 시인이여』에 시를 발표하면서이지만 첫 시집 『좋은 세상』에 보면 시를 처음 쓰기 시작한 것은 1976년이다. 이때는 10월 유신으로 토착적 민주주의를 선포한 제3공화국이 막바지를 향해 치닫던 시기이다. 그때부터 1980년대로 이어진 시절 우리가 겪어야 했던 척박하고 폭폭했던 사람살이가 이은봉 시의 출발점이다. 그는 첫 시집을 내면서 "내가 이 시집에서 의도한 것은 '지금 이곳'의 구체적 사람살이가 보여주는 일상적 형상의 창출이라고 할 수 있다."[4]고 말하고 있는데 1, 2시집에서 가장 많은 양을 차지하고 있는 것은 당대 사회의 부정적인 단면을 공동체적 역사적 체험으로 드러내면서 비판하는 시이다. 「오월」, 「캄팔라 마치의 독백」, 「빵빵장수」, 「남한민국 1982년 여름」, 「코메디언 전씨에게」, 「오월의 빵끼장이」 등이 부조리한 정치 상황을 드러낸 것이라면 그에 맞서 대항하던 학생들을 형상화한 것으로 「지방을 사르며」, 「부활」, 「스스로 걸어 들어간 녀석은 지

---

4   이은봉, 『좋은 세상』, 실천문학사, 1986, 162쪽.

금」, 「그해 겨울」, 「상가에서」 등이 있고 외세 침탈을 제재로 삼은 것에는 「아메리카여」, 「소비에트여」, 「여보」 등이 있다. 사실 1, 2시집 어디를 펼쳐도 억압적인 사회에서 겪게 되는 불안과 고통이 드러나 있지만 편편이 전혀 다른 느낌은 주는 것은 비유와 역설, 풍자와 야유, 그런가 하면 단호한 직접 진술까지 다양한 방법을 동원하고 있기 때문이다.

> 후안중학 영어교사 캄팔라 마치
> 자그마한 몸집 고개를 숙이고
> 사탕수수 좁다란 밭두렁 위로
> 새삼스레 뒷짐을 지고 산책을 한다
> 그만 애들처럼 맥없이 중얼거린다
> 십칠 번 진반 학생 콘티 솔렌티
> 정보국 주임처럼 반작이는 눈
> 그에 삼촌이 주재소 소장이랬나
> 아무래도 무언가 심상치 않아
> 그놈 질문에 괜히 대답했어
> 모르는 체 슬쩍 넘어가고 말 걸
> 비르기스 위원장이 빨갱이냐구
> 정말 그 양반이 간첩이냐구
> 매일 그렇게 보도가 되니
> 모르기는 하지만 그럴 거라구
> 그때 왜 넌지시 말을 못했나
> 차라리 호되게 야단이나 칠 걸
>
> ─「캄팔라 마치의 독백」 부분

'김흥수에게'란 부제를 달고 있는 이 시는 "자그마한 몸집 고개를 숙이고", "맥없이" 중얼거리는 중학교 교사가 수업시간의 질문과 대답에도 신경이 쓰여 "그때 왜 넌지시 말을 못했나", "차라리 호되게 야단이나 칠 걸" 하며 자신의 대답을 내내 곱씹어 돌이켜보면서 "이거 어쩌지, 참 큰일났

네" 하며 안절부절 못하는 모습을 담고 있다. 1980년대를 짓눌렀던 횡포한 권력의 모습을 섬세하게 드러내는 이 시는 "이게 실은 바른 삶인 걸/비르기스 위원장이 왜 간첩인가/교사가 어떻게 거짓말을 하나" 하며 정직하고 떳떳한 본래 자리로 돌아오기까지의 불안과 흔들림을 통해 차마 하지 못할 일까지 서슴없이 해치우는 무소불위의 권력 앞에서 교사는 거짓말하지 않아야 한다는 당위적 상식을 지키는 일조차 얼마나 힘겨웠던가를 상기시킨다. 여기, 우리의 삶을 이야기하면서 서기, 그들의 삶을 이야기하는 수법을 쓰고 있다는 사실까지, 사실을 사실대로 말하는 것조차 금지되었었던 시대를 소름끼치도록 느끼게 한다. 중학교 교사의 이름인 '캄팔라 마치'는 최상규의 소설 「캄팔라의 향연」을 상기시키는데 최상규의 소설 역시 권력이 그것에 기생하는 사람들의 안락을 위해 행사될 때 얼마나 공포스럽고 야만스러운지를 그려내고 있다.

> 잊어버렸네
> 정말이네 다 잊어버렸네
> 십년이면 강산도 변한다는데
> 벌써 십 수 년 전의 일
> 왜 못 잊겠나 까닭 없이 끌려가
> 그 방, 그 지하실 불빛
> 너무 붉어 미칠 것 같던
> 그 죽음의 빛깔을 왜 못 잊겠나
>
> —「잊어버렸네」 부분

이 시는 까닭 없이 끌려가 죽거나 반죽음당하는 일이 비일비재했던 그 시대의 삶을 역설적으로 보여준다. 도저히 잊어버릴 수 없는 일을 정말 다 잊어버렸다고 몇 번이나 반복하여 강변함으로써 사실은 잊지 못함을, 아니 결코 잊어버릴 수 없음을, 잊어서는 안 됨을 강조한다.

그런가 하면 "고은 선생의 운을 빌려"라는 부제를 단 「좋겠지요」는 가정법을 사용해 현재 상황을 야유하면서 동시에 통렬하게 비판하고 있다.

> 아메리카합중국이 우리나라 식민지라면 좋겠지요
> 그 커다란 빵덩어리 조선국 식민지라면 좋겠지요
> 아리랑 솔담배도 강제로 팔아먹고요
> 수정과 얼음식혜도 강제로 팔아먹고요
> 뭐 또 한 백만 명쯤 군대를 주둔시켜
> 화들짝 핵미사일로 위협도 하구요
> 짜식들 하와이 섬놈들, 짜식들 텍사스 건달놈들
> 겁 없이 무단 폭동을 일으키면 놈들, 으하하하
> 꼭두각시 공수부대를 동원시켜
> 남북으로 갈라 한바탕 싹쓸이도 하고요
>
> ──「좋겠지요」 부분

서술되는 상황은 우리가 당하고 있는 울화통 치미는 현실이건만 시의 화자는 시치미를 뚝 떼고 "으하하하" 웃어가며 너스레를 떨고 있다. 그러나 그것은 너스레일 뿐이니 "하하하"라는 웃음 뒤에는 그렇게라도 하지 않으면 폭발해버릴 것 같은 분노가 숨겨져 있다.

고통뿐인 현실과 맞닥뜨릴 때 인간은 어떻게 살아야 할까? 이 질문에 대해 소극적이지만 단호하게 대답하는 시로 「이 땅에 살기 위하여」가 있다.

> 어떤 놈이 밀정인지 모른다
> 친구들도 믿어서는 안된다
> 이 땅에 살기 위하여
> 의심하라 의심하라 의심하라
> 그러나, 그러나,
> 주는 대로 먹고 입으며
> 아내와 자식새끼들

가랑이에 대가리를 처박고 살아서는 안된다

안된다 안된다 안된다 안된다

　　　　　　　　　　　　　　　　　　—「이 땅에 살기 위하여」 부분

　이 땅에 살기 위한 첫째 조건이 의심하는 것임을 직설적으로 진술하는 이 시는 당대의 상황을 적나라하게 서술해놓고는 마지막에 와서 상황은 그렇더라도 그렇게 살아서는 안 된다고 스스로에게 또 독자에게 단성적으로, 거듭 말한다.

　"주는 대로 먹고 입으며/아내와 자식새끼들,/가랑이에 대가리를 처박고" 사는 삶은 어떤 상황이건 공동체의 삶에는 관심 없이 내 식구의 의식주만 해결하면 그만이라고 뒤로 나자빠져버리는 가족 이기주의의 전형이다. 시의 화자는 어떻게 살아야 하나, 라는 질문 앞에서 세상이 그런 이기주의적 삶을 강요한다 하더라도, 아니 강요할수록 그렇게 살아서는 안 된다고 단호하게, 반복해서 부정한다.

　「가지 않으리라」는 여기에서 한발 더 나아가 이 상황을 도피하지는 않겠다는 결의를 드러낸다.

그래도 나는 가지 않았다 가지 않으리라
이 긴 절망의 날을 살다보니
적이 생긴 것이다 허리를 들어 단숨에
둘러엎어야 할 적이 생긴 것이다
그러니 지금 이 판에 흥덕사엘 가면
무슨 적이 있을 것인가 무슨 적이 있어
허리를 들어 단숨에 둘러엎을 것인가
이미 놈은 한줌 띠끌일 것이 분명한데
내내 나 홀로 편해질 것이 분명한데
가지 않으리라 흥덕사엔 결코 가지 않으리라

　　　　　　　　　　　　　　　　　　—「가지 않으리라」 부분

"그래도 나는 가지 않았다 가지 않으리라"는 현재뿐 아니라 미래에도 가지 않겠다는 의지를 보여준다. "긴 절망"을 만들어낸 분명한 '적'이 있는데 이 현실적인 적을 그냥 두고 혼자 절에 올라간다는 것은 분명한 도피이다. 물론 종교는 인간사회에 꼭 필요한 가르침이지만 속성상 지금 이곳에서의 삶을 다음 저곳에서의 영원한 삶을 준비하는 찰나의 삶으로 여기게 하거나 다음 저곳에서의 삶이 무한한 행복과 가치가 있다고 가르치게 된다. 바로 그러한 이유 때문에 시의 화자는 다음 저곳에서의 삶을 준비하는 것, 개인의 구원이나 영원의 추구가 편하다는 것은 분명히 알아도 지금 이곳에 남겠다고, 그래서 지금 이곳의 적을 단숨에 둘러엎어야 한다고 다짐하는 것이다.

3.

사회와 역사에 대한 비판과 그런 세상에서 어떻게 살아야 할 것인가에 대한 당위적 가치를 실천하려는 다짐이 이은봉 시의 한 기둥을 이룬다면 다른 한 기둥은 그런 의지와 실천 사이의 갈등으로 이루어져 있다. 무엇이 문제인지조차 인식하지 못한다면 행동 또한 불가능한 일이겠지만 인식한다고 해서 인식하는 대로 행동하는 것이 아니라는 사실은 오랫동안 지식인을 괴롭혀온 사안이다. 더구나 그 행동이 자신뿐만 아니라 온 가족의 희생과 고통을 요구하는 것이라면 결단은 더더욱 어려울 것임이 자명하다. 선뜻 행동하지 못하게 하는 사회구조와 시인 자신의 기질 문제에서부터 소시민성에 이르기까지 인간적인 고민과 반성적 인식이 아로새겨진 시들이 이 영역에 자리한다.

> 한 줄금 소낙비보다도 빨리
> 피로는 온 몸을 적신다

나날의 일거리에 쫓기다
분노를 삭이며 돌아오는 길
동료들과 어울려 그는
여기저기 대폿집을 기웃거린다
그래도 그냥 말 수야 있겠냐며
술을 퍼마시고,
억장 무너지는 한숨을 퍼마시고
회장님, 사장님, 전무님
너나들이 조장, 반장이나 짓씹는다
정작 노조일은 입도 못 떼면서
취해 비틀거리다 자리를 뜨면
자꾸 아랫도리가 후둘거린다
주저앉고 싶지 누워버리고 싶어
견딜 수 없는 욕지기가
우울이 휴지조각처럼 흩날리는데
주인집 눈총이 무서워
맘대로 바가지도 긁지 못하는 마누라
맘대로 울지도 못하는 자식들
생각하면 그만 치가 떨린다
불빛아 서울을 밝히는 거리의 불빛아
맥없이 전봇대나 발길로 걷어차며
고의춤을 내리고 그는 오줌을 싼다
넌 누구냐 정신 차려라
문득 바람이 그의 뺨을 올려붙인다.

—「귀가」 전문

이 시에는 분노를 제대로 표출하기는커녕 "술을 퍼 마시고", "조장 반장이나 짓씹"는 보통 사람들의 귀가 풍경이 사실적으로 그려져 있다. 그런 스스로에 대해서도 "견딜 수 없는 욕지기가" 나지만 "마누라", "자식들"에 생각이 미치면 "그만 치가 떨린다", 그래도 화자는, 우리들 보통 사람들은, "맥없이 전봇대나 발길로 걸어차며 고의춤을 내리고" "오줌을" 싸는 것으로 떨리는 치를 가라앉히려고 한다. 한강에서 뺨 맞고 종로 가서 눈 흘기는 게 보편적이지 않던가.

이때 "그의 뺨을 올려붙"이는 존재가 바로 '바람'이다. 일상에 마모되어 적당히 대리만족을 하면서 살아가는 소시민에게 그렇게 살아서는 안 된다고 올려붙이는 주먹, 그것이 이은봉의 시이다. 이 시의 연장선상에 「찌르레기」가 있다.

        찌르레기 울어쌓는다
        저 풀벌레 울어쌓는다
        폭폭한 제 가슴
        두 주먹으로 문지르며
        찌르자니 찌르자니 차마
        울어쌓는다
        울어라 울어라 네가
        나보다 낫구나
        대한민국 시인보다 낫구나
        나는 기껏 분을 못 삭여
        콧노래나 흥얼대며 돌아오는데
        두려워 골목길도 굽어 오는데
        너는 온몸을 태우고 있구나
        네가 옳구나
        너를 배워야겠구나
        어둠을 내몰며
        새벽을 만들며
        찌르레기, 홀로 울고 있구나
        네가 으스러지고 있구나.

                              —「찌르레기」전문

이 시에는 "분을 못 삭여" "콧노래나 흥얼대며 돌아오는", "두려워 골목 길도 굽어오는" 화자가 "온몸을 태우고" 있는 "찌르레기" 소리에 새롭게 깨달은 시인의 책무가 "울음"으로 형상화되어 있다. "으스러지고" 있으면 서까지 "어둠을 내몰려 새벽을" 만드는 찌르레기 소리야말로 시여야 함을 깨닫는 반성적 자아인식이 유창한 리듬에 실려 담겨 있는 것이다.

시인은 행동하는 사람이 아니기에 "폭폭한 제 가슴/마구 두 주먹으로 문지르며/찌르자니 찌르자니 차마" 못한다면, 자신이 할 수 있는 일, 즉 울음으로 그 상황을 만천하에 알리며 새벽을 만들어가야 하는 것이다.

사실 시인은 자신의 고통과 상처 때문에만 우는 것이 아니라 다른 사람의 고통과 상처까지 예민하고 섬세하게 느껴 우는 사람이 아니던가. 찌르레기란 명사를 동사로 전환시켜 '찌르레기'와 '찌르자니' 사이에 거리를 설정하는 시의 상황은 놀라운 언어 감각을 맛보게 한다. '찌르자니 차마'에서 멈칫거리고 있던 화자가 인식의 전환을 거쳐 찌르레기의 단계로 도약하는 이 시의 뛰어난 리듬감은 반복에서 만들어진다. 같은 시어가 두 번씩 반복되는 앞부분과 동일 형태의 어미가 반복되는 뒷부분 모두 반복률이 느껴지지만 특히 혼자 새삼스런 감탄을 표하는 종결어미 "-구나"를 네 번 반복하는 뒷부분에는 늦은 밤 찌르레기 소리에 새삼 시인의 책무를 깨닫고 감탄하는 화자의 정서가 효과적으로 표현되어 있다.

이 두 시는 "바람"이나 "찌르레기"라는 매개체를 통해 자신의 직무 유기를 반성적으로 인식하고 있지만 네 번째 시집에 실린 「배 건너올 때까지」는 보다 본질적인 문제를 직시하며 근원적인 회의에 빠져드는 화자의 갈등과 좌절을 암시해준다.

강 건너야 생명 있는데 강 건너야 내일 있는데 마구 널브러지는 죽음 멍청히 바라보며 나는 그렇게 않아 강둑 뭉개고 있다 배 건너올 때까지 한심하게 앉아 앓고 있다 바보같이 배는 영영 건너 올 꿈도 꾸지 않는데

저 혼자서는…….

강을 건너야 한다는 것을 알고, 다들 강을 건너려고 하는데, "헤엄칠 줄 모르는 사람들"까지 마음만 급해 마구 강을 건너다 "빠져 죽는데", 자신은 "바보같이 배는 영영 건너올 꿈도 꾸지 않는데" "배 건너올 때"만 기다리고 있다는 자괴감에 빠져 있다. 문학이 배고픈 사람에게 한 그릇 밥이 될 수 없다는 사실은 얼마나 절망적인가. 직접적인 행동이 필요할 때 시는 얼마나 멀리 돌아가는 길처럼 여겨지던가. 그렇기는 해도 그것이 바로 문학의 본질이다. 전형적인 민중시라고 해도 문학이 민중의 옷이나 밥은 아니다. 밥이 나 옷보다 오래 살아남아 밥이나 옷으로 해결되지 않는 것이 있음을 알리는 것이 문학이라 해도 밥이나 옷이 더 급하게 필요한 때 문학은 '멍청히' 그리고 '한심하게' 여겨진다.

「배 건너올 때까지」가 문학의 본질에 대한 회의를 담고 있다면 생활이 주는 눈치가 참담하게 드러난 시로는 「추석에」가 있다.

올 추석에도 빚 얻어 고향 갔고
고향 가서 아버님께 잔뜩 꾸중 들었다
끝내 또 엄니 울렸다 장가들어
각시 따라 서울 와서 살게 된 이후
아버님은 이 집 장남이
큰 출세라도 한 줄 아는데
큰 부자라도 된 줄 아는데
그리하여 매번 '농협 빚이 산더미 같다
돈 좀 내놔라' 하시는데
도대체 내 처지 설명할 길 없었다
도대체 서울 살림 말할 길 없었다
논밭 팔아 공부 많이 하고
가끔씩 신문에 이름도 나오니
아버님으로서는 그럴 만도 하겠다

어쩌다 보니 나도 이제는
두 아이의 아버지
그런데도 이 모양이니
한심하구나 올 추석에도 빚 얻어 고향 갔고
고향 가서 아버님께 꾸중 들었다
기어코 또 엄니 울렸다.

—「추석에」 전문

시인의 구체적 생활이 그대로 시의 세목을 이루고 있는 이 시는 "벽돌
이여 너는 나다/층층시하로 쌓여 웅크려 떨고 있는/꼼짝도 못하고 있는/
아버지며 남편이며 큰형이며/장남이다 지옥의 위계질서다(「벽돌에 대하
여」)"라고 갈파한 적이 있는 위계질서의 구체화이다. 아버님의 꾸중, 엄
니의 울음, 빚 얻어야 겨우 쇠는 추석, "한심하구나"로 집약된 생활은 시
인이 "온갖 눈치와 구박 속에서도, 어깨동무를 하고 몰려오는 절망 속에
서도[5]"라고 진술한 온갖 눈치와 구박 중에서도 가장 직접적이었을 것이
다. "큰 출세라도 한 줄 아는", "큰 부자라도 된 줄 아는" 아버님께 "도대체
내 처지 설명할 길 없"는, "도대체 서울 살림 말할 길 없"는 답답함과 곤란
함은 아버님의 꾸중이나 엄니의 눈물에서 끝나는 것이 아니라, 「생활이
여 이윽고」에서는 "생활이 나무젓가락으로/나를, 내 시를/꼭 집어 먹는다"
는 끔찍한 고백에까지 이르게 된다. 대중가요 〈이별가〉에 빗대어 이별을
해야 할지, 피눈물을 흘려야 할지 갈등하는 모습을 보여주는 「목구멍으
로 슬픔 가득 차오르는 날」에서는 "무언가 새로 시작하기엔 너무 늦은 나
이"(「세월」)에 감당해야 하는 절망이 시를 읽는 독자의 마음까지 처량하게
만들고 만다.

---

5   이은봉, 「내 절망으로 감싸 안을 수 있는 것은 너무도 적다」, 『절망은 어깨동무를
    하고』, 신어림, 1994, 6쪽.

4.

그렇다면 이런 분노와 절망을 극복하는 힘은 어디에서 오는 것일까? 그 원천의 하나는 민중과 자연에서 발견하는 강한 생명력이다. 첫 시집부터 시인이 깊은 관심을 보이며 형상화해온 것이 민중의 삶으로서, 그의 작품들에서 민중의 삶은 무엇보다 참담한 현실에도 불구하고 건강하게 버티어내는 뚝심이나 넉넉한 오지랖을 느끼게 한다. 『좋은 세상』의 「철공소 황씨」, 「장씨」, 「이발소 방씨」, 「부설학교」 연작, 『봄 여름 가을 겨울』의 「순임이」, 「박씨」, 「소잠댁」, 『절망은 어깨동무를 하고』의 「큰고모」, 「속골댁」, 「염창수씨」 등의 시가 여기에 속한다. 이들 시에서 시인은 힘들다고 도망가거나 엄살 부리지 않으며 자연과 더불어, 민중과 더불어 살아가는 평범한 사람들을 시화해내고 있는 것이다. 또한 『절망은 어깨동무를 하고』부터는 그런 이웃과 함께 살아가는 공간으로 '길음동'이 시화되면서 지리적 행정적 지명인 길음동의 의미가 확장되어 민중들이 모여 사는 친밀한 공간으로 자리 잡는다.

> 뜰에 몇 그루 사과나무를 심어놓고
> 벌써부터 신맛을 길들이고 있는
> 아침마다
> 그 알량한 과수원 김을 매고 있는
> 옆집 장씨는
> 우리 집 울안의
> 잘 가꾼 춘화분을 보여주어도
> 그렇게 빈정거려도
> 블록 담장 위에
> 내년에 호박넌출을 올려봐야겠다고
> 호박떡은 얼마나 구수하냐고
> 호박떡처럼

눈을 감고 웃는 장씨는

— 「장씨」 부분

　이 시는 현재 진행 중임을 나타내는 관형사형 전성어미 "-는"을 반복함
으로써 독자 앞에 이웃집 아저씨를 생생하게 세워놓는다. "호박떡처럼"
구수한 맛을 풍기며 웃고 있는 장씨는 자신에게 허락된 삶의 조건에서 행
복과 희망을 찾아낼 줄 아는 건강한 생활인이다. 그러하기에 장씨는 할
수 없어 포기하고 스스로를 합리화하는 이솝 우화의 여우와는 달리 계획
하고 실행하는 생활 자세를 지니고 있으며 이웃의 빈정거림을 웃음으로
눙치는 넉넉한 심성을 보이기도 한다.

　"우리 집 울안의/잘 가꾼 춘화분을" 보고도 호박을 심어야겠다는 장씨
의 말에서는 꽃만 취하고 즐기는 장식적 아름다움이 아니라 열매를 가꾸
는 튼실한 아름다움이 느껴진다. 만해가 그랬던가, 꽃 피고 새 우는 것이
봄이라지만 밭 갈고, 논 갈며, 씨 뿌리고 김매는 것이 꽃 피고 새 우는 것
보다 더 좋은 봄이 아니겠느냐고.[6]

　「길음동 산언덕」, 「길음동 산언덕에 내리는 비」, 「길음동 산언덕에 내리
는 눈」, 「길음동 산언덕의 별」, 「길음동 산언덕의 달」, 「길음동 산언덕의
눈」, 「길음동 참나무」 등 시인의 생활 근거지인 길음동 시편들은 누게집,
옴팡집, 슬레이트집, 루핑집 등의 구차하고 어지러운 생활 현장과 어려운
살림살이를 보여주지만 "엉덩이를 부비며 모여 사는 사람들"의 희망이 객
관적으로 그려져 있다.

　산동네의 어려운 살림살이조차 친밀하고 아름답게 그리고 있는 대표적
인 시에 「공중변소가 있는 풍경」이 있다.

6　한용운, 「문예소언」, 『한용운전집 1』, 신구문화사, 1973, 169쪽.

정순진 사랑으로 깨어난 분노와 절망

장마 그치고, 이윽고 해 뜬다
창문을 열면
얼기설기 누게집들 사이로
무너지는 흙더미들 사이로
요요요, 앉은뱅이 채송화 꽃 핀다
가까이 아주 가까이
간이공중변소 문이 열리고
팔 부러져 일 못나간 정씨 아저씨
헛기침하며 나온다
고이춤 올린다
그 모습 너무 아름다워
햇살 내려 쬐는 저쪽
멀리 도봉산이 빙그레 웃는다
인수봉 백운대도 함께 웃는다.

—「공중변소가 있는 풍경」 전문

  장마가 그치고, 해가 떴으니 빛이 풍부해 그림이 환할 수밖에 없는 이
시의 풍경화 속에는 우선 채송화꽃과 정씨 아저씨가 있다. 채송화꽃이 자
연이라면 정씨 아저씨는 사람이지만 "앉은뱅이"와 "팔 부러진"이라는 장
애를 공통으로 나누어 가지고 있다. 또 채송화꽃이 "얼기설기 누게집들",
"무너지는 흙더미들" 사이에 있다면 정씨 아저씨 역시 비슷하게 누추한
"간이공중변소"에서 나온다. 얼핏 보아 어울릴 듯싶지 않은 채송화와 사
람이 이루는 순간의 구도가 아름답다고 느껴지는 것은 "멀리" 바라보고
있는 도봉산과 인수봉 백운대 때문이다. 이 산들은 풍경화의 가장 뒤에
자리잡고 앉아 전체적인 무게를 잡아주면서도 '햇살'과 '웃음'으로 밝음과
따뜻함을 화면 가득 풀어놓는다. 밝고 긍정적인 분위기는 이 시에 쓰인
서술어로도 조성되는데 '뜨다', '열다', '피다', '열리다', '나오다', '올리다',
'웃는다'가 그것으로 모두 상승과 개방의 의미를 갖고 있다.
  오민석은 '요요요'를 "대상에 대한 애정을 주체하지 못하는 화자의 신음

제1부 자유, 평등, 사랑, 평화, 생명, 죽음

소리 같다."7)면서 '요요요'를 크게 부각시키는데 이 '요요요'는 초기에 씌어진 「祭日」에도 사용된 적이 있다.("젖은 손사래를 흔들며/대청마루 끝/요요요, 쌍무지개가 뜨고/멀리 장구소리 들린다") 그런데 「祭日」에서는 '요요요'를 그렇게 해석하기가 곤란하다. 따라서 '요요요'는 자기에게 가까이 있는 일이나 물건을 가리키는 지시어적 성격을 지니는 '요'를 반복하거나 주의를 끄는 특수조사 '–요'를 겹쳐 사용하는 정도로 보면 좋지 않을까 싶다. 그는 부사 '또'도 반복해서 '또또'로 사용하고 '우우우'나 '아아', '오오' 등 지시어나 감탄사를 반복 사용함으로써 독특한 효과를 거두고 있는데 '요요요'도 그런 기법의 일환으로 볼 수 있다.

아름답기는 하지만 아름다울 아무런 근거도 없기에 이 시는 아직도 공중변소를 상용해야 하는 사람들의 불편이나 팔 부러져 일 못 나간 사람의 절망을 헤아리지 못했다는 평을 들을 수도 있다. 그렇다면 이 시는 화자가 직접 겪고 있는 삶이 아니고 "멀리"에서 바라다본 풍경이기에 아름답게 포착된 것으로 볼 수도 있다. 「저 집 속에」를 보면 시인 역시 빠른 시간 속에서 멀리 공간을 두고 바라보는 풍경에는 아름다움뿐, 고통도 슬픔도, 아픔도 없는 것처럼 여겨진다고 고백하고 있다.

> 달리는 열차 속에서 달리는 시간 속에서 차창 밖 바라보고 있으면 멀리 사람들 집 짓고 사는 모습 참 아름답다. 아스라한 저 집 속의 사람들 무슨 고통 있나 무슨 슬픔 있나 무슨 아픔 있나, 하는 마음 슬며시 있다 달리 속도 속에서는

> 하지만 가까이 다가서 보면 저 집 속의 사람들 무슨 고통 있고 무슨 슬픔 있고 무슨 아픔 틀림없이, 있다…… 하고, 생각하면 문득 어지럽다 사

7   오민석, 「사랑의 핵폭탄, 새벽의 언어」, 이은봉, 『절망은 어깨동무를 하고』, 신어림, 1994, 119쪽.

람들 그렇게 집짓고 싸우며 사는 일 참 많이

—「저 집 속에」부분

"달리는 열차 속에서", "멀리" 바라보는 집은 참 아름답다. 그러나 멀리에서 바라본 아름다움을 나타낸 「공중변소가 있는 풍경」과 달리 「저 집 속에」는 "가까이 다가서 보면" "틀림없이" 그렇지 않으리라는 확신에 찬 추측과 그에 따른 어지러운 감정의 토로가 핵심을 이룬다. "생각하면 문득" 어지러운 것이 사람살이기에. 사람은 더더욱 서로 의지하며 함께 살아가야 하는지도 모를 일이다.

서로 어우러져 빛나는 생명체를 성공적으로 형상화한 시로는 단연 「호박넝쿨을 보며」가 돋보인다.

두엄 구뎅이 뚫고, 호박넝쿨 몇 순 담벼락 타고 오른다 가쁜 줄타기한다 오뉴월 마른 가뭄 뚫고, 따가운 햇볕 뚫고

소낙비에 흠씬 몸 적시며, 마침내 담벼락 꼭대기에 올라, 가부좌를 틀고 내려다보는 호박넝쿨들,

장하구나 노랗게 피워 올리는 호박꽃들, 뽀얗게 드러내놓는 젖통들, 굉장하구나

젖은 몸 털며, 발아래 시원히 굽어보면, 호박넝쿨들 시원하구나 와락, 현기증 밀려오기도 하는구나

여기 담벼락 아래, 두엄더미 아래 땅으로만 손 뻗으며, 납작 몸 젖히는 놈들도 있구나 아프게 몸 비트는 놈들도 있구나

놈들이 피워 올리는 꽃들, 참하게 꺼내어놓는 젖통들, 이라고 어찌 아름답지 않으랴 환하게 빛나지 않으랴.

—「호박넝쿨을 보며」전문

이 시에는 흔히 볼 수 있어서 쉽게 지나치는 광경에서 포착한 생명의 기쁨이 풍요롭게 드러나 있다. 자연스러워 보이는 호박순의 상승도 물론 쉽게 이루어진 것은 아니다. "두엄 구뎅이" 뚫어야 하고, "마른 가뭄" 뚫어야 하고, "따가운 햇볕"도 뚫어야 한다. "가쁜 줄타기"이지만 "마침내 담벼락 꼭대기에" 오른 호박순은 깨달음의 꼭대기에 오른 부처님이나 그 자리에 오르려는 수도승처럼 "가부좌를" 튼다. 호박꽃은 모양으로도 향기로도 빼어난 아름다움을 자랑하는 꽃이 아니다. 오죽하면 호박꽃도 꽃이냐는 말이 다 있겠는가, 하지만 그런 미의식은 생활이 전제되지 않은 장식적 관점에서 나온 것이다. 호박꽃이 "뽀얗게 드러내놓는 젖통"으로 전환되어도 어색하거나 천박하지 않은 것도 호박꽃을 보는 시선이 이런 장식적 관점에서 벗어나 있기 때문이다. 꽃만 즐기는 것이 아니라 그 열매 또한 유용한 농산물로서 아이에게 먹일 젖이 듬뿍 든 튼실한 엄마 젖 같은 장한 아름다움을 느낄 수 있는 것이다.

3연에서 아래를 굽어보는 "시원함"만 포착하지 않고 "현기증"도 함께 볼 수 있는 눈이 있기에, "담벼락 아래" 또 "두엄더미 아래"에서 납작 몸 젖히거나 아프게 몸 비튼 넝쿨도 볼 수 있는 것이다. 언제 어디에서나 사람은 성취를 이룬 사람과 애는 썼으나 그렇지 못한 사람이 모여 살기 마련이다. 아니 사람은 일년생 초본식물이 호박과 달리 성취를 이루었다가도 실패를 하고, 실패를 했다가도 성취를 하는 존재이다. 이 시를 떠받치고 있는 믿음직스러움은 꼭대기에 오른 넝쿨은 넝쿨대로, 아래로 납작한 넝쿨은 그 넝쿨대로 그만큼의 성취를 고르게, 아름답게 보는 자세에서 나온다. '고르게 익는 세상'(「딸기 따기」)을 위해서는 바로 이런 자세가 필수적이지 않겠는가.

5.

극심한 분노와 끝없는 절망을 극복할 수 있었던 또 다른 이유는 시인이 분노와 절망이 사랑과 한 몸임을 잘 알고 있기 때문이다. 「햇무더기야」는 버릴 수 없는 꿈을 위해서라면 어떤 경우에도 기다릴 수 있고, 어떤 절망에서도 일어설 수 있다는 강한 의지를 진술하고 있다.

나 잊지 못하리 그새 세월 많이 흘렀어도 우리 꿈 어찌 버릴 수 있으리나, 기다릴 수 있으리 쑥구렁 속에서도, 끊임없이 가라앉는 절망 속에서도 지금껏 목메어왔거늘 누가 내 그리움 함부로 무너뜨리리 누가 내 서러움 감히 꺾어 없애리

햇무더기야 내 소중한 사람아

나, 포기할 수 없으리 그 많은 눈물 바쳤음에도 그 많은 피땀 흘렸음에도 길게 그림자나 늘이는 사람아 그림자로 웃기나 하는 사람아 그 그림자 속으로 나, 더욱 숨죽일 수 있으리 그렇게 일어설 수 있으리.

—「햇무더기야」 부분

이 시는 구성 자체가 1, 3연이 2연을 감싸고 있다. 2연은 "햇무더기"와 "내 소중한 사람"을 등식으로 놓은 짧은 1행인데 그것을 가운데에 놓고 "잊지 못하리"는 1연, "포기할 수 없으리"라는 3연을 비슷한 구성으로 놓아 소중한 사람을 둘러싼 나의 상황과 결의를 표현한다. 짧은 시에서 여덟 번이나 사용한 어미 "-리"는 현재만이 아니라 미래까지 포괄할 강한 의지를 드러내는 효과가 있다. 누구도 무너뜨리거나 꺾어버릴 수 없는 그리움과 서러움이 결국 자신을 키우는 것임을(「무엇이 너를 키우니」) 아는 시인은 사랑과 상처가 한 몸임도 너무나 잘 알고 있다.

누구를 사랑한다는 것은
누구로부터 상처받는다는 것
너를 만나고 돌아온 날도
내 가슴은 온통
피투성이였다 깊게깊게
구멍 뻥, 뚫렸다 그러나
피투성이 내 가슴은
어금니 한번 꽉 다물었다 침 한번
꿀꺽 삼켰다 상처받지 않고
어찌 살 속의 뼈
아름드리 벽오동나무로
키울 수 있으랴 뼛속
꿈틀거리는 솟구쳐 오르는
욕망덩어리 옳게 기를 수 있으랴

—「누구를 사랑한다는 것은」 부분

사랑한다는 것이 상처받는 것임을 깨닫고 그 상처가 주는 의미를 되새기고 있는 이 시는 처절하게 고통스럽다. "온통 피투성이", "깊게깊게/구멍 뻥, 뚫렸다", "한쪽 귀퉁이 찢겨져 나갔다"는 시행은 그런 고통을 일상 용어로 표현해놓은 것이다. 따라서 이 시의 핵심은 마침한 시어의 사용이나 참신한 비유에 있는 것이 아니라 "상처받지 않고/어찌 살 속의 뼈/아름드리 벽오동나무로/키울 수 있으랴 뼛속/꿈틀거리는 솟구쳐 오르는/욕망덩어리 옳게 기를 수 있으랴"라는 상처의 의미 발견에 있다. 상처가 고통스럽다는 것은 누구나 감각하는 것, 그런데도 상처 받으며 살 수밖에 없는 우리에게 그나마 다행스러운 것은 인간은 상처를 통해서만 성숙한다는 사실에 있다. 상처가 아니라면 무엇이 인간의 욕망을 담금질할 것인가.

고통이나 서러움이 우리를 키우는 자양임을 깨닫는 이런 시들 이외에 자신의 어쩔 수 없는 소시민성을 극복할 수 있는 힘은 「어떤 소시민」에 보이는 것처럼 '대의'[8]를 알고 실천하는 이웃에 대한 과감한 사랑에서 나온다.

　　시인 이각자 선생, 여섯 달 만에 참 오랜만에, 시 두 편 팔았다 처음으로 현금하고 맞바꿨다 육만원 받았다 흐뭇했다 '아싸 호랑나비' 하는 마음이었다

　　이각자 선생, 그 마음으로 만원은 떼어 두어 권 신간시집 샀고, 나머지 오만원은, 과감하게 여섯 달째 잠수함 타는, 친구 놈에게 보냈다 그 머저리 같은, 대책 없는 룸펜 프롤레타리아에게

　　그리고는 '아싸 호랑나비' 하는 마음으로 '아싸 짜잘쿠나' 하는 마음, 덮어씌워 버렸다 그 마음에 매달려, 그 마음 자꾸 격려했다 기렸다 추켜세웠다 어휴 참, 시인 이각자 선생이라니……

　　　　　　　　　　　　　　　　　　　　　　—「어떤 소시민」 부분

　　시인 이각자 선생이 소시민인 것은 대의를 위해 6분의 5를 과감하게 행동하고도 흐뭇한 마음보다 짜잘한 마음이 드는 데서 드러난다. 그러나 "아싸 호랑나비" 하는 흐뭇한 마음으로 그런 짜잘함을 "덮어씌워" 버리고 "그 마음"을 자꾸 격려하고, 기리고, 추켜세우는 행위야말로 자신의 소시민성을 반성하는 가운데 대의로 나아가는 물꼬를 트는 힘이다.
　　시인에게 이런 힘을 주는 근원에는 고향이 자리 잡고 있다. 고향은 「계룡산」 연작, 「우금치의 흙」 등에서 볼 수 있는 것처럼 그를 버티게 해주는 모든 관념들과 결합하면서 다양하게 형상화되고 있는데 어떤 상황이건 "눈보라 속 청정한 소나무"(「겨울방학」)의 이미지를 가지며 그를 독려하고 품어주고 있다.

8　위의 글, 123쪽.

지금까지 살펴본 것처럼 이은봉의 시는 절망과 분노를 껴안으며 사랑
으로 나아가고 있다. 고향을 가슴에 품고 대의로 나아가는 그에게, 사랑
의 구체적인 모습을 담아내는 것만이 다소 추상적이고 당위적인 관념이
없지 않은 그의 시를 사랑하는 길이라고 이르면 그는 "하나마나한 소릴
뭐 하러 하나."라고 할 듯도 싶다. 그래도 평론가는 작품을 읽어내는 눈밖
에 없으니 좀 더 농익은 표현력으로 새로운 안목을 보여주기 바라며 글을
맺을 수밖에……

(『길 떠나는 상처―허리와 어깨 · 3』, 문경출판사, 1997)

근원적 생명 탐구를 통한 근대 극복의 시정신

유성호

1.

이은봉(李殷鳳) 시인은 1984년 등단 이후 지금까지 거의 공백기나 슬럼프 없이 지속적인 창작의 심화 과정을 보여왔다. 그동안 그는 『좋은 세상』, 『봄 여름 가을 겨울』, 『절망은 어깨동무를 하고』, 『무엇이 너를 키우니』, 『내 몸에는 달이 살고 있다』, 『길은 당나귀를 타고』 같은 시의 집을 여섯 채나 지어 보였다. 시집들에 실려 있는 정수(精髓)만을 선택하여 배치한 이번 시선집은, 20년이 훌쩍 넘어선 그의 시력(詩歷)을 시간의 육체 순으로 보여주는 선명한 축도(縮圖)가 되어주고 있다. 그래서 이 시선집에는 부정과 생성의 시정신으로 관통해온 20여 년의 시간이 그의 남다른 미적 의지와 함께 담겨 있다 할 것이다.

아닌 게 아니라 시인 스스로도 "뒤돌아보니 이 공간 속에는 나와, 내가 살아온 시대의 고민이 다 들어 있는 듯싶다. 딴에는 시라는 언어 예술 형식을 통해 자본주의 근대라고 하는 이 세상에 끊임없이 쓴 약을 주사하려 했기 때문"(「自序」)이라고 시선집의 허두에 적고 있다. 그 점에서 우리가 이은봉 시편들을 개괄하는 것은, 일차적으로 근대 자본주의를 그가 어떻

게 부정하고 넘어서려 했는가 하는 것을 확인하는 일이 된다. 또한 그것
은 근원적 생명 탐구로 그의 시편들이 정향되어가는 과정을 살피는 일이
되기도 할 것이다.

2.

그동안 이은봉 시인은 우리 사회 현실에 대한 깊은 통찰과 사유를 끊임
없이 보여주었다. 그의 시적 원천을 저 1980년대의 가팔랐던 정치 지평에
서 찾는 것은 그 점에서 매우 온당하다. 그는 민족 문제를 비롯한 우리 현
실의 질곡과 어둠에 대해 시적 내시경을 통해 투시하였고, 그만큼 우리
사회에 짙은 그림자를 드리운 왜곡된 근대 자본주의에 대한 비판과 극복
을 상상하는 과정으로부터 시적인 출발을 한 셈이다.

이는 최근 그의 시편에 점증(漸增)한 생명 탐구의 속성이 1980년대로부
터 발원한 것임을 선명하게 증언한다. 말하자면 그는 근대 자본주의가 가
져온 반(反)생명적 현상들에 대한 성찰을 초기 시편에서부터 꾸준히 수행
해온 것이고, 그만큼 그의 생명 탐구적 속성은 그의 가장 근원적인 시적
원형질이라 할 수 있는 것이다.

          묽고 축축한 밀가루 반죽
          크고 평평한 나무주걱 위에 올려놓고
          손가락으로 뚝뚝 떼서
          끓는 물에 풍덩풍덩
          아뭇소리 마라 뚝뚝 떼서
          수제비 한 사발 뜨끈뜨끈
          멕여주마 좋은 세상

          구구구, 허튼 말로 불러봐도

우르르 몰려드는 병아리 떼
조, 수수, 싸라기 한줌 듬뿍 들고
앞마당 골목길 시장통 부둣가
던져주마 배부르게
아뭇소리 마라 한줌 듬뿍 들고
멕여주마 좋은 세상.

자근자근, 낚싯줄을 드리우고
넓적한 양푼, 침도 탁탁 뱉으면서
콩깻묵 꼭꼭 뭉쳐 물에 적셔
떡밥 뚝뚝 떼서 강물 위로
아뭇소리 마라 던져주마
입 쪽쪽 벌렸다간 큰일 난다
낚시코에 걸렸다간 큰일 난다.

—「좋은 세상」 전문

우리가 열망하는 '좋은 세상'이라는 기표에는 깊은 반어적(反語的) 의미
가 깔려 있다. 말의 온전한 의미에서의 '유토피아(utopia)'란 이 세상에 존
재하지 않는 곳이기 때문이다. 그 세상은 수제비 한 사발 뜨끈뜨끈 먹여
주고, 몰려드는 병아리 떼에게 배부르게 모이를 주는 그런 세상이다. 하
지만 그 세상은 떡밥에 물리면 큰일나는 위험과 폭력의 세상이기도 하다.
그래서 '좋은 세상'에는, 두 가지의 함의가 교차하고 갈등하는 아이러니가
숨겨져 있다. 하나는 비록 '좋은 세상'이라 할지라도 그 안에는 우리가 자
각하지 못하는 위험과 폭력이 내재해 있다는 것이고, 다른 하나는 '좋은
세상' 자체가 이 세상에서는 불가능하다는 것이다.
결국 이은봉 시인은 자신의 초기 시편들을 통해 우리 사회가 '좋은 세
상'의 현저한 부재 상황임을 우의적(寓意的)으로 설파하였다. 이러한 시선
은 "자유를/목 잘려 뒹굴고 있는/내 이웃의 꿈과 사랑을/민주주의를 보았

다 보았다 보았다/통일을, 밥과 평화를."(「국립 공주박물관에 가서」)이라
면서 자유와 사랑과 통일과 밥과 평화를 등가로 바라보며 이것들이 부재
함으로써 우리 사회가 '좋은 세상'이 못 되고 있다는 점을 고발하는 태도
로 이어진다.

산빛이 붉게 물들고
울안의 감나무 잎새도 그렇게 물들고
새벽바람으로 감나무 잎새가 뚝뚝 떨어지기 시작하면
가을이다 봐라 가을이다
가을이 지나면 내리는 눈
등허리에 눈더미를 지고 겨울이 온다
외투깃에 모가지를 묻는 겨울이 온다
허심탄회 얼어붙는 겨울,
가을 그리고 겨울이다
누가 이 겨울을 여름이라 하는가
여름은 봄이 지나고 온다
머리에 푸르른 숲을 이고 차례로 온다
이 사람아 이젠 제발 두려워 말고
눈 덮인 자네 집 뒷들을 파헤쳐 보라
연탄재 라면봉지 시멘트 조각 속에서도
온갖 생명들 웅크려 떨고 있다
봄을 기다려 떨고 있다
어린애가 자라 어른이 되고
송아지가 자라 어미 소가 되는 법
이 한심한 사람아 미치광이야
요처럼 당연한 이치까지 깨부수면 어떻게 하나
어떻게 다 큰 암탉이 병아리로 돌아갈 수 있고
아름드리 당산나무가 어린 묘목으로 돌아갈 수 있나
그리고 보면 정작 깨부술 것은 번쩍이는 그대 이마빡
욕정의 찌꺼기다 질서를 좋아하는 사람아

봐라 이것이 만물의 질서다
겨울 가을 여름 봄이 아니라
봄 여름 가을 겨울이다.

　　　　　　　　　　　　　—「봄 여름 가을 겨울」 전문

　이 시편의 제목은 계절의 순환 과정을 순서대로 나열한 것이다. 산빛이 붉게 물들고 낙엽이 지면 가을이 오게 마련이다. 그리고 가을이 지나면 겨울이 온다. 또한 겨울의 혹한과 폐허 속에서도 온갖 생명들은 봄을 기다려 자신의 몸을 떨고 있다. 이는 "어린애가 자라 어른이 되고/송아지가 자라 어미 소가 되는 법"처럼 그렇게 생의 이법(理法)으로 계절이 오고 가는 것임을 말해준다. 그렇듯이 우리들 삶도 그렇게 생성하고 소멸한다. 그 점에서 계절의 역류(逆流)는 불가능하다. 말할 것도 없이 이러한 이법은 "질서를 좋아하는 사람"들이 만들어낸 인공적인 것이 아니라 자연 그대로의 근원적 질서일 뿐이다. "겨울 가을 여름 봄이 아니라/봄 여름 가을 겨울"인 것이다.

　이렇듯 시인은 자연 질서 속에서 가장 근원적인 생의 이법을 발견한다. 마찬가지로 "개나리 꽃밭에서/이 엄청난 개나리 꽃밭에서/샛노랗게/노오랗게 터져오르는 꽃망울들이/사랑임을 배운다/저 자유가 사랑임을/퍼뜩 깨닫는다"(「사랑에 대하여」)고 고백한다. 이러한 시선은 「라면봉지의 노래」나 「시궁쥐의 노래」처럼 근대 자본주의가 몰고 온 피폐한 현실에 대한 우의적 비판의 시편으로 분기(分岐)되기도 하고, 일정하게 생태적 지향의 시편들로 진화하기도 한다. 이처럼 그는 현실에 대한 도저한 절망과 그것을 극복해가려는 희망을 하나의 육체 안에서 노래한다.

절망은 어깨동무를 하고
온다 입 모아 휘파람 불며
주머니 가득 설움덩이 쑤셔 넣은 채

빌딩 옆 가로등 뒤에서
가로등 위 철문 옆에서
불현듯 절망은
그대 가슴으로 온다 떼를 지어
서너 명씩 무리를 지어
허리춤 가득 눈물덩어리를 찔러 넣은 채
눈빛 부드러이 절망은
별안간 그대 심장으로
온다 금빛 내일을 깔고 앉아
간혹 슬픈 낯빛으로 울먹이기도 하면서
전철역 지하광장에서
지하광장 신문판매대에서
절망은 콧노래를 부르며
온다 사람들 눈길을 피해
붐비는 발길을 피해
그대 여린 손목에
은빛 수정을 채우기도 하면서
온다 우쭐우쭐 어깻짓하며
투구를 쓰고 일렬횡대로
절망이여 잠시 너희의 날들이여
그렇구나 오늘은 이미
네가 이 세상 절대권력이로구나.

—「절망은 어깨동무를 하고」전문

　무릇 '절망'은 어깨동무를 한 채 떼를 지어 몰려온다. 그리고 불현듯 어디에선가 가슴으로 오기도 하고, 별안간 가장 부드럽게 심장으로 오기도 한다. 그렇게 '가슴'과 '심장'으로 스며드는 절망은, 슬픈 얼굴과 우쭐우쭐하는 어깨를 동시에 지닌 이중의 존재이다. 그래서 절망은 이미 "세상 절대권력"이 되어버렸고, 아무도 그 권력의 그물망에서 벗어나지 못한다. 하지만 시인은 그 절대의 '절망'을 '희망'과 어느새 결속한다. 우리가 이 시편을 읽으면서 절망 자체를 극대화하는 니힐(nihil)의 정서보다는 불현듯 별안간 찾아올 수밖에 없는 희망의 안쪽을 읽게 되는 것 또한 이 시인이 보여온 극복 의지의 잔상(殘像) 때문일 것이다. 그만큼 시인은 "제품집 순이의 고된 하루"(「휘파람아」)를 연민하고 "손가락만큼 파랗게 밀어 올리는//혼신의 사랑"(「무화과꽃」)을 갈망한다. 연민과 사랑의 힘이 그 절망을 감싸고 있는 것이다.

이처럼 이은봉 초기 시편은, 우의적 현실 파악으로부터 인간의 근원적 절망을 따스하게 감싸안는 데까지 이른다. 물론 그 핵심에는 근대 자본주의가 가져온 부정적 상황에 대한 가열한 인식이 가로놓여 있다. 이러한 비판적 인식은, 부정과 생성의 변증법에 의해, 그의 후기 시편에서 구경적(究竟的)인 생명 탐구의 세계로 나아가게 된다.

3.

이은봉의 후기 시편은 시가 인간 존재를 파악하는 것이 이성으로가 아니라 감각적 현존을 통해 이루어진다는 것을 우리에게 선명하게 보여주는 사례이다. 그는 활달하고도 풍부한 감각을 매개로 하여 우리의 생에 결핍되어 있는 근원적 가치들을 상상적으로 복원하려고 한다. 가령 그는 "삶 속에 알알이 박혀 있는 진실을 껴안고 있는 좋은 시는, 고통으로 지쳐 있는 사람의 눈으로만, 이윽고 너무도 담담해진 사람의 눈으로만 들어온다"[1]고 말한 바 있는데, 이는 자신의 시적 지향이 근원적 가치에 대한 갈망과 그것의 상상적 탈환을 근간으로 삼게 될 것임을 암시한다. 이처럼 이은봉 후기 시편은, 세계와 주체가 상호 침투하는 예민한 감각을 통해,

---

1   이은봉, 『화두 또는 호기심』, 작가, 2005.

시인 자신의 "개인적 운명을 인류의 비밀로 변화"(C. G. 융)시키는 야심만만한 시적 기획을 선보인다.

　　버들잎 하나, 네 마음속 뾰쪽뾰쪽 버들잎 하나, 이슬처럼, 아침 이슬처럼 아프게 맺혀 있는 그리움 하나, 그리움이 너를 키우니

　　둑방길 옆, 낮은 풀더미를 흔들며, 귀또리가 울고 휘파람이 울고…… 무엇이 너를 키우니 서러움이 너를 키우니 첫 사랑이.
　　　　　　　　　　　　　　　　　　　　　　—「무엇이 너를 키우니」 전문

　　과연 우리를 키우는 '힘'은 어디에 있을까? 이를 두고 화자는 그 '힘'이 버들잎 하나에 맺혀 있는 아침 이슬 같은 '그리움'과 '서러움' 그리고 '첫사랑'에 있다고 노래한다. 이때 2인칭으로 설정된 '너'는 세상의 주변부를 온통 채우고 있는 편재(遍在)된 타자들을 환기한다. 그들은 "고르게 익는 세상/그 아름다움을 보기 위하여"(「딸기 따기」) 시를 써온 그의 시선에 포착된 존재자들이다. 그 점에서 이은봉 시학은 "외부 세계의 세속적인 현실을 우주율에 상응하도록 건강하게 순치시켜내는 가능성"(홍용희)을 힘차게 부여하는 실례로 읽힐 만하다. 그러한 우주율의 상응 과정이 바로 시인 자신이 운명을 인류 전체 혹은 우주 전체의 비밀로 변화시키는 과정일 것이다.

　　아침 산책길, 돌멩이 하나 문득 발길에 채인다 또르르 산비탈 아래 굴러떨어진다 저런저런…… 내 발길이 그만 세상을 바꾸다니!

　　달팽이 한 마리 제 집 등에 지고, 엉금엉금 기어가는 풀섶 근처…… 이슬방울마다 황홀한 비명, 하얗게 열리고 있다.
　　　　　　　　　　　　　　　　　　　　　　—「돌멩이 하나」 전문

아침 산책길에 발길에 차인 '돌멩이 하나'에서 화자는 사람의 소소한 발길이 세상을 바꿀 수 있다는 파천황(破天荒)의 인식에 다다른다. 그 돌멩이의 힘으로 달팽이는 등에 집을 지고 느리게 걸어가고, 우주는 "황홀한 비명"으로 열리고 있다. 여기서 우리는 사물을 대하는 시인의 새로운 감각을 느낄 수 있다. 가령 그가 그리는 자연의 활력은 관념의 등가물로 제시되지 않고, 그들로 하여금 스스로 살아 움직이고 노래하고 꿈꾸게끔 하는 풍경으로 표현된 것이다.

그 점에서 "빠른 속도에 중독된 지 오랜 낡은 자동차"(「금강을 지나며」)로 비유되는 우리들 생은 돌멩이 하나가 지니고 있는 적막의 무게를 감당하지 못한다. 이때 자연 사물들의 적막은 그야말로 "제 속에 동심원을 그리며 얼핏 멈춰 있을 따름"(「적막」)일 뿐이다. 그 안에는 비상한 활력이 풍부하게 내장되어 있다. 이처럼 사물들은 자신만의 호흡과 율격을 가지고 그의 시 안에서 환하게 움직인다. 시인은 사물과 주체 사이에 개재하는 불화보다는 사물들 사이의 결속과 화응(和應)의 리듬을 발견해내는 것이다.

가야 할 세상이 있다 세상을 위해, 둥글둥글 담 넘어가는 굼벵이로 살자 짚더미 속, 살진 마음 하나로, 쉬엄쉬엄 둥근 알뿌리를 키우며

찢어진 살갗, 피 묻은 옷자락, 세찬 바람에 쫓겨 펄럭이고 있다 그 마음 악착같이 똬리를 틀고 있는 한, 각다귀 떼들 더는 깝치지 못하리라

눈 감으면 사납게 몰려드는 안개 더미, 한꺼번에 황홀한 표창 흩날릴지라도, 온갖 재치와 재능 다 내던지고 얻은, 내 조그만 미소와 침묵이 있는 한, 그곳까지 영영 가지 못해도 좋다

가야 할 세상이 있다 흔들리는 마음, 뒤뚱대는 몸으로 한평생을 꿈틀거릴지라도, 알뿌리들 자라 둥글게 익을 때까지는, 쉬엄쉬엄 담 넘어가는 굼벵이로 살자

조심조심 온몸 접었다 펴는 동안에도, 발치의 흙더미 속에는, 여전히 무수한 생명들 크고 있다 내 안의 푸르른 토란 잎사귀 위에서는, 이슬방울 또르르 굴러떨어지고 있다.

— 「알뿌리를 키우며」 전문

아직도 시인은 "가야 할 세상"을 외친다. 그것은 그가 초기 시편에서 열망했던 '봄 여름 가을 겨울'이 확연한 질서를 갖춘 '좋은 세상'과 고스란히 등가를 이룬다. "쉬엄쉬엄 둥근 알뿌리를 키우며" 그곳을 향해 가고자 하는 열망은, 그 '좋은 세상'이 끝없이 유예된다 하더라도, 그로 하여금 "가야 할 세상"으로 한평생 가게 할 것임을 암시한다. 그 알뿌리들을 키워서 "발치의 흙더미 속에는, 여전히 무수한 생명들 크고 있다"는 진리를 보여주는 것, 그것이 이은봉 시학의 근대 비판적 속성의 정점이다. 그러니 생명을 왜곡하고 절멸시키는 근대 자본주의의 폭력성은 "제 속 깊이 알뿌리 하나 옳게 키우지"(「조금나루」) 못하게 되는 것이다.

이렇듯 자연을 대상으로 한 그의 후기 시편들은, 자연 스스로 주체가 되는 어법으로 일관되게 나타난다. 이때 자연 사물들은 그냥 무심한 시적 대상이 아니라 그들 스스로 감각의 주체가 되고 있다. 이러한 특성은 그동안 그가 스스로 긴박해두었던 생의 무게 혹은 거대 담론의 굴레로부터 서서히 벗어나고 있음을 알려준다. 하지만 그것 역시 새로운 가치에 대한 윤리적 부채감을 생성하면서, 그에게 구체적 삶의 실감 속에서 치러내야 하는 간단찮은 생의 무게를 부여한다. 그 부채를 그의 일곱 번째 시집이 충실하게 감당해낼 것이다.

4.

언젠가 쿤데라(M. Kundera)는 시 쓰기를 일러 "존재의 한순간을 영원히 잊을 수 없는 순간으로 조소(彫塑)하는 일"이라고 비유한 일이 있다. 다시 비유하자면, 이번 시선집은 이은봉 시인의 '존재의 한순간'을 20여 년의 시간이 응축된 잊을 수 없는 풍경으로 조소하고 있다.

1980년대에 일정하게 이념적 배타성과 순결성을 담은 작품들을 쓰기 시작하여 최근에 문명 비판적 생태 의식, 탈(脫)자본의 시원성으로 자신의 시적 범주를 넓혀가고 있는 이은봉 시인은, 죽임의 정서로 가득 차 있는 근대 자본주의를 발본적으로 비판하고 성찰해온 우리 시대의 대표적 시인이다. 시의 한 본질적 속성으로서의 근원 지향성이, 그의 이러한 사유들을 방법론적으로 관철시키는 기제로 작동하고 있는 것이다. 이처럼 이은봉 시인은, 근원적 생명 탐구를 통한 근대 극복의 시정신을 지속적으로 우리에게 보여주었다. 그래서 우리는 그 세계가 좀 더 탄력과 활력을 동반한 '근원'의 시학으로 섬세하게 나아가기를 소망해보는 것이다.

(이은봉 시선집, 『알뿌리를 키우며』 해설, 도서출판 북인, 2007)

'바람' 이미지의 변증법적인 승화로서의 시

송기한

시를 읽을 때마다 항상 떠오르는 문제 가운데 하나는 시의 존재 이유에 대해서이다. 시의 정의와 그 존재 이유는 물론이고, 시에 반영된 삶의 양태들이란 무엇이고, 철학적 사유의 깊이는 무엇인가가 언제나 머릿속에서 해결되지 않는 난수표처럼 괴롭히는 것이다. 이러한 의문들은 시의 본질과 상관되는 것이어서, 문학관이나 세계관에 의해서 좌우될 성질의 것이기도 하다. 문학에 관한 가장 원초적인 질문이 그 정의에 있는 만큼 여기서 시나 문학에 대해 어떤 규정을 내리는 일은 우문에 속할 것이다. 다만 시가 만들어지고 생산되는 일은 어느 하나의 계기에서가 아니라 여러 주변적인 여건들의 복합에 의해서 가능하다는 점이다. 곧 인접한 사회적 상황이나 환경이 시를 만들어내는 가장 중요한 일차적인 요건이라는 사실이다.

그렇다고 사회적 의미를 많이 담아낸 기능적인 시들이 반드시 좋다는 뜻은 아니다. 시란 그 본질상 개인의 영역과 주관적인 정서에 의해 만들어지는 것인 만큼 사회적 영역으로 무한히 뻗어나가는 일은 불가능하기 때문이다. 주관적 정서가 지나치게 표현된 작품도 좋은 시라 볼 수 없지만, 객관적 정서에 너무 치우친 작품도 좋은 시라고 할 수 없다. 문제는 균형 감각이다. 어느 하나로 현저하게 기울어지지 않는 감각. 이 감각을 어떻게 잘 유지하느냐에 따라 문학사적으로 의미 있는 시의 생산 여부가 결정된다. 존재론적인 의미나 삶의 복합적 모습들을 담은 시들이 그렇지 않은 시들보다 많은 정서적 효과를 불러오는 것도 이와 관련이 깊다. 가령 서경을 읊은 시라든가 이미지가 산만히 나열된 시, 언어의 유희에 바탕을 둔 시보다는 심혼을 읊은 시나 존재론적 깊이를 보여준 시들이 훨씬 정서의 폭을 넓게 해준다. 시가 단형의 형식을 지향하긴 하지만, 그 형식적 한계에 비하여 많은 철학적 사유를 담아내는 이유도 여기에 있다.

이은봉은 우리 시대에 보기 드문 이야기꾼이다. 그런데 이야기의 보따리가 많다고 해서 그를 서사적 산문을 지향하는 시인으로 오해해서는 안 된다는 점이다. 이은봉의 시에는 인접한 사회적 삶들이 많이 담겨져 있는 것은 사실이다. 이는 시인의 문학관에서 오는 것일 수도 있고, 그가 평소 지향해왔던 세계관에서 오는 것일 수도 있다. 그러나 그것이 어떤 것이었든 간에 그의 시에서는 지루함이라든가 주관의 나열과 같은 비시적(非詩的) 특성이 크게 느껴지지 않는다. 이러한 시적 특징들은 시인의 시가 개인적 고립주의에서가 아니라, 생활 속에서 얻어지고 있기 때문이다. 그러한 까닭에 그의 시를 읽으면 재미가 있고 또한 시를 읽는 참 즐거움이 느껴진다.

이은봉의 시에서 각인되는 이러한 재미는 어디서 오는 것일까. 이은봉은 자신의 작품에서 생활을 포기하거나 방기한 적이 없다. 그의 시는 언제나 생활 속에 묻어 있었고, 또 생활 속에서 길러져왔다. 말하자면 인접한 사회적 상황 속에서 이은봉은 시를 생산해왔고 의미화했던 것이다. 그러나 시인의 시에서는 그러한 작품들에서 흔히 볼 수 있는 언어의 도구화라든가 관념화라든가 하는 등의 냄새가 전혀 나지 않는다. 시인은 언어를 기능화시키지 않고 정서의 깊이를 담아내는 등 시인으로서의 임무를 결코 잊은 적이 없기 때문이다. 그러한 사례들을 그의 시들이 단적으로 보

제1부 자유, 평등, 사랑, 평화, 생명, 죽음

여주고 있지 않은가.

> 매미가 베란다 밖 방충망에 붙어서 운다
> 어제그제 허물 벗어 마음 급한 수매미겠지
> 만해마을로, 백담사로, 속초로……
> 사나흘 넘게 사람들 섬기다가
> 겨우 돌아온 집이다 온갖 행사들 치르느라고
> 너무 지쳐버린 탓일까
> 읽던 문예지 끌어안은 채 그만 잠에 빠진다
> 신혼 무렵 원고료 대신 받은
> 고물 선풍기 아직도 잘 돌고 있잖은가
> 꿈속에서도 이번 세상
> 그런대로 괜찮지, 괜찮지 자꾸 되물어 본다
> 온갖 높은 마음 다 버려버린 뒤
> 묵언정진으로 얻은 것
> 너무 많지, 너무 많지 다짐해 본다
> 선풍기 바람 너무 뜨거워 거듭 눈 뜨는 한낮
> 견디기 너무 힘든 마음
> 자꾸 에어컨 쪽으로 발 뻗는다
> 매미는 아예 베란다 안 방충망에 붙어서 운다
> 어제그제 허물 벗어 마음 급한 암매미겠지.
>
> ─「낮잠」 전문

「낮잠」은 일상의 생활들이 이은봉의 시 속에서 어떻게 의미화되는가를
잘 보여주고 있는 작품이다. 시의 표현대로 "매미가 베란다 밖 방충망에
붙어서 우"는 행위는 지극히 일상적인 일이다. 게다가 "시인이 만해마을
로, 백담사로, 속초로…… 사나흘 넘게 사람들 섬기다가" 지쳐서 집에 돌
아와 자는 행위 역시 일상적이고 "신혼 무렵 원고료 대신 받은/고물 선풍
기" 역시 생활 속에 바탕을 둔 것이다. 이렇듯 이은봉의 시는 생활 속에
서 길러지고 생산되고 있지만, 전혀 서사적이라든가 설명적이라든가 하

는 느낌이 들지 않는다. 이를 긍정적 시각에서 보면 열려 있는 것이고 비관념화된 것이라 말할 수 있을 것이다. 물론 이러한 시적 특징이 시 일반의 전반적인 속성이라고는 말할 수 없다. 시에는 시 나름의 고유한 영역이 있는 까닭이다. 이은봉의 시는 생활 속에서 직조되고 있지만, 이를 넘어서는 다른 무엇이 있다.

나는 그것을 '생활 속에서 얻어진 존재의 의미'라고 부르고 싶다. 물론 생활 속에서 얻어지는 모든 것들이 곧바로 시가 되는 것은 아니다. 그것이 시가 되려면 시적 의장이라는 가면을 써야 한다. 이은봉의 시적 특성이 돋보이는 부분도 바로 여기에 있다. 그는 시의 장치로서 비유라든가 퍼소나를 아주 잘 이용한다. 시인은 그 퍼소나를 통해서 산문적 함정을 비켜 가는 것은 물론이거니와 존재의 의미에까지 육박해 들어간다.

「낮잠」에는 두 종류의 퍼소나가 있다. 하나가 매미라면, 다른 하나는 일상의 삶을 반성하는 서정적 자아이다. 그런데 실상 이 둘은 결국 하나이기도 하다. '매미'란 무엇인가. 나는 그것의 상징적 의미를 욕망이라 부르고 싶다. 특히 '매미'는 '무당', '뱀'과 함께 욕망의 3대 표상이 아닌가 한다. 미친 듯이 춤을 추어대는 '무당'과 날름거리는 '뱀'의 혓바닥, 그리고 여름철 끊임없이 울어대는 '매미'야말로 무한한 정열과 욕망의 상징이 아니겠는가. 시인은 창문가에서 끊임없이 울어대는 매미의 울음 속에서, 곧 욕망과 정열의 틀 속에서 "온갖 높은 마음을 다" 버리는 고행을 수행한다. 그러면서 시인은 "신혼 무렵" 받은 고물 선풍기를 쐬면서 꿈속에서나마 "이번 세상/그런대로 괜찮지, 괜찮지 자꾸 되묻"는다. 다른 한편으로는 계속 솟구치는, '매미'의 울음으로 표상되는 욕망에의 정열을 내밀화한 채 말이다. "수매미"와 "암매미"의 교묘한 수미쌍관적 배치가 빚어내는 음양의 조화와, 그 음양이 파생시키는 욕망, 그리고 억제. 이 얼마나 멋들어진 긴장이며 훌륭한 가락인가.

제가 바람인지 모르는 바람이 있다
정오가 가까워질 때까지 질펀하게 그는 퍼져 잔다
잠들어 있으면 허공에 떠 있는
독수리처럼 고요한 바람
공허가 무엇인지 체험하고 있는 걸까
죽음이 무엇인지 깨닫고 있는 걸까
마른 수건처럼 구겨진 채
침대 위 함부로 팽개쳐져 있는 바람
극장식 커튼이 내려져 있는
어두운 방에 그는 지금 유폐되어 있다
제가 바람인지 모르기 때문일까
때 절은 베개에 얼굴을 묻은 채
시간 밖의 시간에 그는 취해 있다
존재하지 않는 공간에서 살고 싶기 때문일까
아무렇게나 널브러져 있는 바람의 몸이 차다
머리와 가슴과 손과 배와
허벅지와 종아리와 발바닥이 차다
여기저기 푸른 정맥을 드러낸 채
세상 밖의 세상을 살고 있는 바람
쉰이 넘도록 제가 누구인지 모르는 철부지 바람이 있다.
　　　　　　　　　　　　—「제가 누구인지 모르는 바람」 전문

인용시에서 시인은 자신을 "바람"에 비유했다. 시의 퍼소나가 곧 바람
인 셈이다. '바람'이라는 소재 역시 '매미' 등과 마찬가지로 생활의 일부이
다. 시인은 이 생활 속의 소재를 가지고 자신을 비유하고, 거기서 존재의
의미를 파악해낸다. 이러한 점에서 인용시는 「낮잠」과 비슷한 상상력을
보여주고 있다고 하겠다.

우선 시인은 자신을 '바람'이라 규정해놓고, 그 스스로가 '바람'인가 아
닌가에 대해 자문한다. 그런데 이러한 문답의 형식들은 그리 낯선 차원
의 것에 놓이지 않는다. '나'가 누구인지, 그 존재와 이름을 설명하고 규정

하기란 매우 어려운 것이긴 하지만 늘상 던져왔던 질문이기 때문이다. 가령 포스트모던적인 사고를 가진 이 시대에 '나'에 대한 반성적 질문이야말로 가장 일반화된 의문의 형식 가운데 하나일 것이다. 도대체 '내'가 누구인지 몰라서 끊임없는 자기회의와 의문을 던지는 시대에 "제가 바람인지 모르는 바람이 있다"라는 인식은, 따라서 매우 자연스러워 보인다. 그럼에도 이 시에서 보이는 '나'에 대한 자기 규정의 방식이나 '나'에 대한 성찰의 방식들은 「낮잠」보다는 상당히 구체화되어 있다. "제가 바람인지 모르는 바람"으로 '나'를 객관화시키는가 하면, "정오가 가까워질 때까지 질펀하게 자는 그"로 거리화시키면서 보다 분명한 '나'의 이미지를 만들어내고 있기 때문이다.

「낮잠」의 경우, '매미'와 '꿈'이 빚어내는 정열과 몽상의 역동적 이미지가 이 작품을 이끌어가는 힘이었다면, 「제가 누구인지 모르는 바람」의 경우 역시 그러한 역동성에 의해 이끌려진다. 가령 '바람'의 이미지와 '잠'의 이미지가 빚어내는 역동성이 바로 그러하다. 시인은 이 작품에서 자신을 '바람'이라 비유해놓고, 다른 한편으로는 '잠이 든 존재'로 규정해놓고 있다. 이 두 이미지는 매우 상반되면서 다음 두 가지 다른 특성 또한 가지고 있다. 물리적 이미지와 심리적 이미지가 바로 그러하다. 우선 물리적 특성을 보면, '바람'은 흔들림이나 떠돎과 같은 유동성을 그 특징으로 한다. 반면 '잠'은 고요나 정지와 같은 비유동적 속성을 갖고 있다. 따라서 이 두 이미지 사이에서는 흔들림과 정지라는 긴장 속에서 미묘한 역동성이 느껴지는 것이다. 여기에 심리적 이미지가 더해진다. '바람'은 움직인다는 물리적 속성 이외에도 허영과 같은 욕망의 이미지가 내재되어 있다. 반면 '잠'은 경우에 따라서는 비욕망의 이미지이면서 죽음의 이미지가 되기도 한다. 이 역시 갈등하는 욕망들의 멋들어진 조화가 아닐 수 없다. 이 작품은 이러한 긴장들이 더해지면서 그 의미가 더욱 배가되는 경우이다.

구름이었으면 좋겠네
쓰고 싶은 모자를 쓰고
입고 싶은 바지를 입고
바람 불면 휙 떠났다가
바람 불면 휙 돌아오는

— 「구름이었으면」 부분

　앞에서 이은봉 시인이 우리 시대의 훌륭한 이야기꾼이라고 했고 그의 그러한 시적 특성이 생활 속에서 길러진 것이라 했다. 그러한 가운데 그의 시들이 적절한 퍼소나를 가지면서 산문적인 위험으로부터 어느 정도 벗어나 있다고 했다. 실상 이번 이은봉 시인의 신작 소시집의 기본 특징이 여기에 있다고 해도 과언이 아닐 정도로 그의 시에서 퍼소나들은 확연한 모습을 띠고 나타난다. 그 가면들이 앞의 경우에서 보듯 다양한 모습으로 현상되긴 했지만, 아마도 그들 가운데 가장 중요한 것은 구름(바람)의 이미지가 아닌가 한다. 시인은 여러 작품들을 통해서 자기 규정과 자기 반성을 피드백 시스템처럼 오갔다. 그 가운데 시인이 도달한 것인 인용시의 경우처럼 '구름'(바람)이다.

　물론 여기서의 '구름' 이미지는 앞의 '바람' 이미지와는 거리가 있다. 이 작품에서의 '구름'은 허영이나 욕망과는 무관한 것이다. 또한 앞의 시들에서 보였던 역동적 긴장 관계로부터도 자유롭다. 이 작품의 '구름' 이미지는 욕망이 거세된 상태라 할 수 있다. 작품에서 보듯 시인은 '구름'이 되었으면 좋겠다고 했다. 또한 "쓰고 싶은 모자를 쓰고/입고 싶은 바지를 입고/바람 불면 휙 떠났다가/바람 불면 휙 돌아오는" 그런 구름이었으면 한다고 했다. 얼마나 자유로워졌는가. 역동성도 사라졌고, 팽팽한 긴장 관계도 '구름'의 이미지 하나로 통합되었다. 말하자면 욕망이 거세된 것이다. 아마도 시인이 희구하는 궁극적인 삶의 형태는 이렇듯 '구름'과 같은 비욕망적 사유였을 것이다.

돌, 달, 둘은 무겁다 덜 수 없다 무겁게 가라앉는다 바람, 부럼, 보람은 가볍다 덜 수 있다 솟구쳐오른다

바람은 돌을 바라고, 돌은 바람을 바란다 바람은 모여 구름이 되고, 구름은 부서져 물이 된다 돌은 부서져 모래가 되고, 모래는 부서져 흙이 된다 흙은 모여 금이 되고……

돌과 달 사이 둘이 있고, 바람과 보람 사이 부럼이 있다 돌과 바람 사이 불이 있고, 바람과 돌 사이 물이 있다

물이여 불이여 너희들 사이에서 흙이 태어난다 흙 속에서 돌이 태어난다 돌이여 바람이여 너희들 사이에서 시가 태어난다 보아라 시는 금이다, 반짝이는 보석이다.

　　　　　　　　　　　　　　　　　　　　—「돌과 바람의 시」 전문

이 작품은 시론시(詩論詩)이면서 이번 신작 소시집의 핵심이 되는 작품이다. 시에 대한 탄생 배경이나 자신의 문학관이 배어 있는 시를 시론시의 범주에 넣을 수 있다면, 이 작품은 그러한 성격에 매우 잘 들어맞는다고 판단된다. 따라서 이 작품의 의미 내용이야말로 이번 소시집의 기본 특징뿐 아니라 시인의 문학관에 대한 방향성 역시 잘 일러준다 할 것이다.

이 작품의 기본 구도 역시 이분법적이다. '돌'과 '바람' 등이 직조해내는 무거움과 가벼움이 그렇고, 솟구침과 내려앉음 또한 그러하다. 여기서도 역동성 내지 긴장이 느껴진다. 그럼에도 이 작품의 의미내용은 앞의 경우들과 달리 다분히 변증법적이다. 가령 2연을 보자. "바람은 돌을 바라고, 돌은 바람을 바란다 바람은 모여 구름이 되고, 구름은 부서져 물이 된다 돌은 부서져 모래가 되고, 모래는 부서져 흙이 된다 흙은 모여 금이 되고……"에서 보듯, 바람(가벼운 것, 솟구치는 것)과 돌(무거운 것, 가라앉

는 것)은 그 자체로 머물러 있지 않고, 몇 번의 질과 양의 변화를 겪는다. 그런 다음 '바람'은 '물'이 되고, '돌'은 '금'이 된다. 이를 두고 질과 양의 변화에 의한 제3의 실체로의 탄생, 곧 정과 반의 인정투쟁을 통한 변증법적인 승화의 논리로 설명할 수 있을 것이다. 그렇다면 시인은 왜 이러한 변화의 과정을. 초현실적 연상 작용에 가까운 기법을 동원하여 설명하고 있는 것일까. 이에 대한 답이 이 작품의 핵심에 접근하는 것일 터이다.

그 궁극적인 귀결은 아마도 마지막 연이 아닌가 한다. 이 연을 보면, "물이여 불이여 너희들 사이에서 흙이 태어난다 흙 속에서 돌이 태어난다 돌이여 바람이여 너희들 사이에서 시가 태어난다 보아라 시는 금이다, 반짝이는 보석이다."라고 했다. '물'과 '불'의 변증법적인 변화가 '흙'을 만들고 '돌'이 만든다고 했고, '돌'과 '바람' 사이에서 '시'가 태어난다고 했다. 역시 질과 양의 변화를 거친, '흙'과 '돌'로의 탄생이고, '시'라는 실체의 탄생인 것이다. 이렇게 보면 이은봉 시인에게서의 '시'란 '바람'의 변증법적인 변화 과정에서 태어난 것이 된다. 곧 '바람'은 이은봉 시인에게 있어 시의 씨앗인 셈이다.

앞에서 나는 '바람'이 시인의 작품에서 자기성찰의 매개 혹은 결과라고 했다. 역동적 긴장 관계 속에서 얻어진 삶의 과정으로서의 매개, 혹은 그 결실이 곧 바람의 이미지였던 것이다. 이은봉 시인에게 있어서 시란, 이 이미지의 변증법적인 승화로 해석하는 것도 크게 무리가 없어 보이는 것은 이 때문이리라.

(『시와인식』 2007년 하반기)

짱돌, 손오공, 책

장영우

1.

이은봉이 시인으로 공식 인정받은 것은 1984년이지만, 그는 그보다 훨씬 전부터 문학의 바다에 발을 깊이 들여놓고 있었다. 그의 첫 시집『좋은 세상』에는 그가 1976년부터 1985년까지 10년 동안 써 모은 작품들이 역순(逆順)으로 배열되어 있는데, 그의 초기 습작이 고향(충남 공주군 장기면 당암리)에 대한 애정과 신경림류의 민중 서정시 전통에서 연원하고 있음을 알려준다. 이를테면 "구죽죽이 비가 내리는 날/채송화꽃 아늑한 뒤란에서/들깨기름 냄새가 난다/…(중략)…/목을 늘여 이제/기웃거리지 않아도 좋다/막버스도 끊기고/산모롱을 돌아오는 오촌아저씨/두루마기 자락이 보인다."(「祭日」) 같은 정서와 어투는 신경림의 "죽죽이 겨울비가 내리는 제삿날 밤/할 일 없는 집안 젊은이들은/초저녁부터 군불 지핀 건넌방에 모여/갑오를 떼고 장기를 두고."(「제삿날 밤」)의 그것과 놀랄 만큼 유사한 면을 보여준다. 이것은 공주와 충주라는 지리적 거리의 가까움에서만 비롯되는 것이 아니라 그가 하필이면『창작과비평』이란 매체를 통해 시작 활동을 개시했다는 사실과 더욱 밀접한 관련을 맺는다. 요컨대, 이은봉의 초기 시는 군부독재 정권에 대한 저항정신을 충청도 특유의 꺾일지언정 굽히지 않는 은근한 어조를 특징으로 하고 있는 것이다.

> 묽고 축축한 밀가루 반죽
> 크고 평평한 나무주걱 위에 올려놓고
> 손가락으로 뚝뚝 떼서
> 끓는 물에 풍덩풍덩
> 아뭇소리 마라 뚝뚝 떼서
> 수제비 한 사발 뜨끈뜨끈
> 멕여주마 좋은 세상
>
> 구구구, 허튼 말로 불러봐도
> 우루루 몰려드는 병아리 떼
> 조 수수 싸래기 한줌 듬뿍 들고
> 앞마당 골목길 시장통 부둣가
> 던져주마 배부르게
> 아뭇소리 마라 한줌 듬뿍 들고
> 멕여주마 좋은 세상
>
> 자근자근, 낚시줄을 드리우고
> 넓적한 양푼, 침도 탁탁 뱉으면서
> 콩깻묵 꼭꼭 뭉쳐 물에 적셔
> 떡밥 뚝뚝 떼서 강물 위로
> 아뭇소리 마라 던져주마
> 입 쪽쪽 벌렸다간 큰일난다
> 낚시코에 걸렸다간 큰일난다.
>
> ―「좋은 세상」 전문

위 인용시는 흔히 이은봉의 등단작으로 거론되는 작품이다. 시의 첫 연은 밀가루 반죽으로 수제비를 만드는 과정을 특별한 수사에 기대지 않고 서술하고 있다. 그러나 각행마다 '축축한', '평평한', '뚝뚝', '풍덩풍덩', '뜨끈뜨끈'과 같은 동음반복의 형용사와 부사어를 배치함으로써 시를 읽는 재미를 느끼게 한다. 이러한 반복어법의 능란한 활용은 이은봉이 우리 시의 전통적 가락에 매우 익숙한 천생의 가객(歌客)이란 사실을 말해주는 것으로, 이 시의 힘은 그러한 가락 속에 바늘 끝같이 뾰족한 현실 비판 의식을 숨겨놓은 범상치 않은 솜씨에서 단연 빛을 발한다. 둘째 연에서는 상황이 바뀌어 병아리 떼에게 모이를 주는 장면이 비슷한 어조로 서술된다. 여기서도 '구구구', '우루루' 등의 부사어로 적당한 가락을 만들어내지만, 전체적으로 앞 연의 내용과 크게 달라진 게 없다. 한 가지 "아뭇소리 마라", "멕여주마 좋은 세상"이란 구절이 1연과 2연에 반복되어 나타나는데, 마지막 연에 이르면 그 표현이 반어인 동시에 일종의 풍자임이 드러난다. 요컨대, 이 시에서 강조하는 '좋은 세상'은 자본가나 독재자가 노동자나 민중을 기만하기 위한 허상(虛像)에 불과하다. 그 세계는 고작 굶주린 배는 간신히 채워줄 수 있을지 모르나 그보다 훨씬 중요하고 값진 육체와 정신을 구속하여 마침내 노예로 만들기 때문이다. 이처럼 이은봉은 평이한 조사법과 구성진 가락으로 현실의 폭력과 비속함을 고발하는 것으로 자신의 문학세계를 구축하기 시작한 것이다. 그러한 정신과 기법은 내면화된 것이어서 20여 년이 지난 지금까지도 크게 변하지 않은 것으로 보인다.

　이은봉의 초기 시가 80년대 군부독재정권에 대한 저항과 속악한 물질만능주의에 대한 비판을 주조로 하고 있긴 하지만, 그의 남다른 장기는 항상 사물과 사건의 이면에 감추어진 또 다른 비극을 놓치지 않는 눈썰미와 균형 감각에 있다. 이와 같은 균형 잡힌 비판 의식은 80년대 민중시 계열에서 쉽게 찾기 어려운 것으로, 이를테면 그는 세계적 강대국 아메리카와 소비에트를 동일한 어조로 비판한다. 그에 따르면 아메리카나 소비에트는 "오고야 말 날을 더욱 빨리 오게"(「아메리카여」) 하거나 "기어코 오고

야 말 날을 앞장서 오게"(「쏘비에트여」) 하는 공통점을 가지고 있다. 여기
서 시인이 말하는 "오고야 말 날"의 의미가 무엇인지는 불분명하지만, 시
의 문맥을 살펴볼 때 그것은 모두 부정적인 뜻으로 읽힌다. 다시 말해 이
은봉은 운동권에 속한 이들이 대체로 소비에트에 호감을 보이는 것과 달
리 "품 속에 칼날을 감추고 권력을/엉큼한 속셈을 핵무기를 감추고/작은
나라를 폴란드를 헝가리를/천지를 백록담을 한반도를" "문득 쓰레기통에
처넣는 짓밟는 내던지는" "미치광이 봉두난발"(「쏘비에트여」)로 간주하고
있는 것이다. 이러한 균형 잡힌 현실인식과 가치관이 가장 잘 드러난 시
는 「오월」이라 보인다. 이 시는 그 제목이 직접적으로 암시하는 바와 같
이 80년 광주의 오월을 제재로 한 작품이다. 그런데 이은봉의 「오월」은
우리가 익히 보아왔던 '오월시'와 전혀 다른 내용을 다루고 있어 이채롭
다. 그는 광주의 끔찍한 학살을 증언하거나 폭력의 주체를 비난하는 대
부분의 '오월시' 시인들과 달리 광주에서 죽은 공수특전사 장병을 빼놓고
는 오월을 말할 수 없다고 말한다. 그가 말하는 공수특전사 장병은 시인
과 같은 마을에 살면서 지방대학 영문과 3학년에 다니다 휴학을 하고 입
대했던 "키 크고 몸집 좋은 녹두밭 청년"이었다. 그가 어떻게 죽었는지는
시에 구체적으로 설명되어 있지 않으나 광주에서 생때같은 목숨을 잃은
것은 비단 선량한 광주 시민만이 아니었던 것을 이 시는 간접적으로 증
언하고 있는 것이다.

> 누가 정말 오월을 말 못해야 하나
> 누가 정말 광주를 말 못해야 하나
>
> 김재철, 멋지고 잘난 사나이
> 우리 동네 회당집 둘째아들
> 지방대학 영문과 3학년짜리
> 키 크고 몸집 좋은 녹두밭 청년

아버지는 살짝곰보 농투성이
어머니는 안짱다리 삯바느질 꾼
하필 그해 따라 흉년이 들어
등록금을 낼 수 없어 휴학을 하고
눈물을 글썽이며 입대를 하고
하지만 세월 참 빠르기도 해라
후딱 일 년 지나 씩씩도 해라
어머, 멋져라 공수부대 늠름한 장병이 되어
딱 한 번 으스대며 휴가를 오고
딱 한 번 못 견디어 면회를 가고
그런데 빌어먹을 그것으로 끝

그도 오월을 말할 수 있나
그도 진정 광주를 말할 수 있나
안 돼, 그놈이야 뭐
딱하기는 하지만 그놈이야 뭐
휘황찬란 국립묘지 묻혀 있는 걸
그놈의 불꽃 튀는 기관단총에
얼마나 많은 목숨 죽어나갔나
얼마나 많은 생명 으스러졌나
하지만 그도 물론 이 나라 청년
돈 없고 빽 없는 남대한 청년

누가 정말 오월을 말해야 하나
누가 정말 광주를 말해야 하나
뭉개지고 터진 가슴, 날 세워야 하나.

— 「오월」 전문

이 시는 80년 5월이 광주 시민만의 비극이 아니라 우리 민족 전체의 오
욕이요 비극이라는 사실을 새삼스럽게 일깨워준다. 그날 그곳에서 죄 없
이 죽어간 사람들은 선량하고 순박한 광주 시민만이 아니라, 대한민국 헌

법에 따라 의무를 다하기 위하여 입대하여 명령에 따라 그곳에 간 성실한 대한민국 청년도 있었던 것이다. 그러나 그들의 죽음과 정신적 · 육체적 상처를 위로하는 사람은 거의 없었던 시절에, 이은봉은 그들도 안타까운 피해자란 자명한 사실을 일깨워주고 있는 것이다. 엄정한 비판의 날[刀] 속에 숨겨진 이러한 균형감이야말로 이은봉 시를 그렇고 그런 평범한 민중시와 구별시켜주는 미덕이다. 그는 80년 광주 학살의 원흉으로 지목되던 당시 현직 대통령을 "너는 단지 어릿광대/텔레비전 코메디언일 뿐"(「코메디언 전씨」)라고 야유할 만큼 담대한 사내이면서 동시에 "겨울 가을 여름 봄이 아니라/봄 여름 가을 겨울"이 "만물의 질서"(「봄 여름 가을 겨울」)임을 믿는 원칙주의자이기도 하다.

2.

이은봉은 종종 스스로를 '각자 선생'이라 호칭한다. 이때의 '각자'가 '覺者'인지 '各自'인지 잘 모르겠지만(또는 우리가 쉽게 짐작할 수 있는 이런 의미 외에 특별한 내포가 있는지도 모르겠지만), 자호(自號)를 쓰기 시작한 것은 뜻밖에도 90년대 초반의 일이다. 그의 세 번째 시집 『절망은 어깨동무를 하고』는 이름도 생소한 '신어림' 출판사에서 간행한 것인데, 거기에 "가락동 우성아파트 입구/십년짜리 대학 시간강사 이각자씨"(「붕어빵」), 혹은 "시인 이각자 선생"(「어떤 소시민」)이란 구절이 나오는 것이다. 그런데, 시인이 자호(自號)로 시 속에 직접 드러나는 경우는 대체로 성실하되 소심하고 나약한 소시민의 모습으로 그려질 때이다. 이때는 이미 전두환 정권이 물러났으나 양김씨의 대립과 분열로 노태우 정권이 들어서고 소비에트 연방이 붕괴되어 운동권의 정체성과 행보가 근본부터 흔들릴 즈음이었다. 그 시기 이은봉은 가정을 꾸린 가장으로서의 생활난을 '각자 선생'의 입을 빌려 토로하고 있는 것이다. 그는 "누게집 다닥다닥/깨어진 기왓장"(「길음동 산언덕에 내리는 비」) 뒹굴고 "돌아오지 않는 엄니 기다려//오물오물 생라면 깨무는 아이들"(「길음동 산언덕의 별」)이 옹기종기 모여 있는 길음동 산동네에 살면서 전철역 지하도에서 천 원짜리 넥타이를 사 "처억, 모가지에 걸고 다니면/누가 아나 틀림없이 몇 만 원짜리이지"(「넥타이 하나」) 하며 자위하거나, 여섯 달 만에 받은 시 원고료 육만 원 가운데 만 원으로 신간 시집 두 권을 사고 "나머지 오만 원은, 과감하게 여섯 달째 잠수함 타는, 친구 놈에게"에게 보내고 "'아싸 호랑나비' 하는 마음으로 '아싸 짜잘쿠나' 하는 마음"(「어떤 소시민」) 숨기려 애쓰는 착한 소시민이다.

> 생활이 나무젓가락으로
> 나를, 내 시를
> 꼭 집어 먹는다 속살 연한 광어회인양
> 초장 듬뿍 찍어
> 날름 집어먹는다 나무젓가락으로
> 생활이여 이윽고
> 내 생명 마구 먹어치우는
> 불가사리여 네 앞에서 나는
> 이미 한 점
> 속살 뿐얀 광어회였구나
> 아득히 내 인생 없구나.
>
> ― 「생활이여 이윽고」 전문

고향을 떠나 서울 산동네에 터 잡고 가족을 부양하기란 얼마나 어려운 일인가. 모든 가장이 그러하듯, 이은봉도 가족 앞에서는 '민주'니 '통일'이니 하는 거대 담론은 잠시 접어두어야 한다. 지금은 가족이 굶는 것도 모른 척하고 조국과 민족을 위해 헌신했던 투사나 지사들의 시대가 아니기 때문이다. 그는 "먹고 살기 위해 무언가 끼적거"(「밤참」)린 덕분에 "가끔씩 신문에 이름도 나오니" "아버님은 이 집 장남이/큰 출세라도 한 줄 아는데"(「추석에」) 정작 추석에도 빚 얻어 고향 갈 형편밖에 안 되는 무능력자라는 자괴감으로 괴로워한다. 그가 밤 새워 쓴 한 편의 시는 곧바로 몇 푼 안 되는 원고료로 환산된다. 드넓은 바다에서 자유롭게 유영하던 광어가 어부에게 잡혀 횟집으로 가면 한 점 술안주가 되듯, 시인의 문학 또한 자본주의 사회에서는 교환가치 이외의 의미를 갖지 못한다. 시인은 때로 이러한 황금만능주의 사회에 절망하여 "나, 지쳐/그만 말라비틀어지는가 보네"(「시궁쥐」)라고 비명을 지르기도 하지만, 이내 '아름다움'과 '희망'과 '사랑'을 노래한다. 이런 점에서 그는 근본적으로 낙관주의자라 부를 만하다.

> 이 세상에, 사랑보다 큰 것은 없다
> 사랑이여 보이지 않는 힘이여
> …(중략)…
> 사랑이여 이윽고 해방이여
> 이 세상에, 그대보다 큰 것은 없다.
> —「하지만, 사랑이여」 부분

이은봉은 불혹의 나이를 맞아 새파랗게 싱싱한 젊음이 가는 것을 안타까워하는 사람이 아니라 거꾸로 "가을의 씨앗을 묻는/…(중략)…/이 나이에/차마 누군들/미워할 수 있으니/사랑하지 않을 수 있으리."(「누군들 미워할 수 있으리」)하고 노래하는 사람이다. 그가 "이 세상에, 사랑보다 큰 것은 없다"고 말할 때 그것이 단순한 클리셰(cliché)가 아니라 실제 체험에서 우러난 진실을 담보하고 있음을 느낀다. 다시 말해 그는 "절망은 어깨동무를 하고/온다"(「절망은 어깨동무를 하고」)는 것을 일찍이 체험했지만, "담벼락 아래 두엄더미 아래 땅으로만 손 뻗으며 납작 몸 젖히는" 가녀린 넝쿨이 마침내 "참하게 꺼내어놓는 젖통"(「호박넝쿨을 보며」) 같은 호박

정영우 평론, 손오공, 책

을 키워내는 것을 보면서 우리의 삶이 아름답다는 사실을 재확인할 수 있었던 것이다. 그가 나무와 꽃, 또는 작은 생명체의 약동(躍動)을 노래하면서 생태주의와 물활론으로 시적 세계를 확장하기 시작한 것도 대략 이 무렵부터이다. 이를테면『내 몸에는 달이 살고 있다』(창작과비평사, 2002)의 목차를 살펴보면 풀·꽃·산·강·달·돌·벌레·과채(果菜) 등 자연 생태계와 관련을 갖지 않은 것을 세기가 오히려 쉬울 정도이다. 그는 막 파릇하게 피어나는 새싹을 보고 "굴참나무 초록 잎새들 옹알이를 한다고?"(「초록 잎새들!」)라며 기특해하고, 작은 들꽃을 대해서는 "앉아서 크는 서로 하여, 네 가난한 마음으로 하여 서 있는 세상, 온통 환하여라"(「패랭이꽃」)거나 "홀로 숨어/꽃망울 피워 올리는 것은/아름다운 일이다"(「무등산3 - 산나리꽃」)라고 격려를 보낸다. 산과 들에서 제멋대로[自然] 자라는 풀과 꽃을 보면서 그는 우주의 섭리와 자연의 이법에 순응하는 삶이야말로 진정 행복하고 편안한 삶이라는 사실을 깨닫는다. 그가 불혹을 넘긴 나이에 시간강사를 하면서 "방황이란 이름으로 …(중략)… 나, 함부로 팽개"(「조금쯤 고요해져」)치기도 하지만 끝내 좌절하지 않는 것은 "사람들 몇몇, 입 속에서 녹아/약이 될 수 있다면" "꽃 피우지 못해도 좋다"(「무화과」)는 철학이 있기 때문이다. 나이가 들면서 점점 추레해지고 상투적인 속물이 되는 사람이 많은 세상에서 그는 특이하게도 눈홀림에 지나지 않는 헛된 욕망과 공명심을 버리고 내공 수련에 더욱 정진하는 방식을 선택한 것이다.

이때부터 이은봉의 시에는 "아흐!" 혹은 "……이라니!"라고 하는 직정적인 감탄어구가 자주 쓰이기 시작한다. 이를테면 "씀바귀꽃 해맑은 잎사귀, 냉이꽃 촉촉한 잎사귀 무한천공 밀어 올리는 아으, 들뜬 사랑이여"(「봄 햇살」), "석간을 사기 위해/잠시 머뭇거리고 서 있는데/정신들이 없군 우르르 흩어 퍼지는/아흐, 치자꽃 향기라니!"(「아흐, 치자꽃 향기라니!」)같이 이은봉은 새싹과 꽃이 움트고 향기를 퍼뜨리는 단순한 자연사에도 어쩔 줄 몰라하는 것이다. 그것은 이은봉이 자연의 이법과 생명의 신비에 대해 어린애 같은 순진한 눈과 마음으로 응시·관조하고 있다는 사실을 의미한다. 그는 불혹을 훨씬 넘긴 나이에 동심을 회복하여 이 세상을 새롭게 관찰하기 시작한 것이다. 그렇다고 그의 시가 모두 생명의 환희와 자연의 아름다움에 대한 맹목적 찬가로 고착된 것은 아니다. 그는 여전히 현실 세계의 부정과 악에 대해 가차 없는 비판의 날을 들이대고 있지만, 예진에는 별로 관심을 기울이지 않던 자연물에 생명을 불어넣고 이름을 부여하면서 새로운 관계를 모색하고 있는 것이다. 젊은 시절 현실 세계의 악과 부정에 분노하며 군부독재에 격렬히 저항했던 그의 반골 정신은 "대나무는 저 자신이 싫었다 봄날 한때/뾰족뾰족 마디를 만들며/어쩌다 오염된 세상, 기껏 한번 찔러댔을 뿐이면서도/서철 내내 떳떳하고 늠름하게 서 있는 몰골이/한심했다"(「대나무」)고, 한때의 민주투사 경력을 훈장처럼 몸에 걸치고 다니며 행세하는 이들에 대한 연민으로 바뀌고 있다. 그는 "나도 한때는 이 나라의 역사를 위해, 민주주의를 위해 여러 차례 삐라를 만들어 뿌린 적이 있는 사람"이지만 이제 "세상의 하찮고 귀찮은 싸움을 떠나 얼마간은 침묵의 시간을 갖고 싶"(「지껄여대는 침묵」)다고 말한다. 한때 누구보다 적극적으로 세상을 향해 발언했던 시인이 풀과 꽃, 나무와 돌 등 자연물에 관심을 기울이는 것은 사실 조금도 이상한 일이 못 된다. 진정 인간세계의 자유와 정의, 평화와 행복을 염원하는 시인이라면 궁극적으로 인간과 자연의 공생에 대해 진지하게 고민해야 마땅하기 때문이다.

3.

시집 『내 몸에는 달이 살고 있다』(창작과비평사, 2002)에는 유달리 '돌'과 관련된 시편이 많이 실려 있다. 이은봉의 초기 시에서 돌은 가진 자들에겐 수석·보석·주춧돌·정원석 등 다양한 장식물로 쓰이지만 시인에 겐 "투쟁의 무기, 짱돌"(「돌」)로만 인식된다. 그러나 2000년대 이후에 '돌'은 단순한 무생물의 광물질이 아니라 그 속에 특별한 생명을 잉태한 존재로 재해석된다.

> 바윗덩어리들 속, 아직 덜 진화된 침팬지들, 오손도손 살림 차리고 있는 모습, 눈에 뜬다 언뜻 보면 마냥 돌덩어리다
>
> 돌덩어리 속 침팬지들, 안으로 끌어들인 산 기운, 파랗게 키우고 있다 生靈들, 그렇게 주춤주춤 커가고 있다 차마 깨뜨릴 수 없는 우주다
>
> …(중략)…
>
> 저 바윗덩어리들, 그렇게 나다 아버지다 할아버지다 누구도 제 손자들, 여기 옹기종기 모여 살고 있는지 알지 못한다 제석산 오랜 소나무처럼……
>
> ―「침팬지의 집」 부분

이은봉은 바위 속에서 하나의 생명체가 자라고 있는 것을 보는데, 그는 다름 아닌 '손오공'이다. 잘 아는 것처럼 '손오공'은 중국의 고전 『서유기』의 주인공으로 저팔계·사오정 등과 함께 삼장법사를 모시고 서역으로 불법을 구하러 가는, 돌 속에서 태어난 원숭이다. 이은봉은 돌에서 태어난 손오공이 서역으로 여행을 하며 겪는 파란만장한 시련과 극복의 과정에 관심을 갖는 것이 아니라 어떻게 돌이 생명을 잉태하여 손오공이란 존재를 탄생하게 하는가 하는 점에 더 많은 관심을 기울인다. 그에 따르면 돌이라고 모두 같은 게 아니어서 숲 속 골짜기 흐르는 물속에 있던 돌이라도 재벌 집 정원 연못가로 옮겨지면 "이 댁 연못가에서는/어느 것 하나 생산하지 못"(「돌의 꿈」)하는 무생물에 불과하다. 돌에서 침팬지의 모

습으로 태어났다 하더라도 부처님이 되기 전까지의 손오공은 제 본분을 알지 못한 채 철없이 기고만장하여 "제 아버지, 할아버지, 증조할아버지인 돌을 원숭이들은 한갓 돌멩이로 여겼다 깨고 부수고 길바닥에 깔고 짓밟"(「털 없는 원숭이」)는 패륜의 이미지로 부각된다. 그러나 법제자가 되면 자신의 근본을 알고 마침내 부처님이 된다. 이 과정에서 손오공이 어떻게 깨달음에 이르는가는 자세하지 않지만, 철없는 손오공이 서역으로 출발하기까지 "악착같은 인내심"(「바위의 길」)으로 버티는 존재가 '바위(돌)'라는 점만 몇 번이고 강조된다. 그러니까 돌에서 태어난 손오공이 서역에 가 불법을 구해 마침내 각자(覺者)가 될 수 있었던 것도 손오공 개인의 능력과 노력보다 그 모태인 바위의 정성과 서러움, 통곡, 인내심이 있었기에 가능한 것이다.

돌에서 손오공이란 신화적 영웅을 되살려낸 이은봉의 상상력을 거기서 그치지 않고 거기서 역사와 책을 읽는다. 근작 시집 『책바위』(천년의시작, 2008)에는 「책바위」와 「바위책」이란 제목의 시가 두 편 실려 있는데, 제목이 암시하는 것처럼 이은봉에게 '책'과 '바위'는 하나다. "바위는 제 몸에 낡고 오래된 책을 숨기고 있"(「책바위」)어 '책'이며, '책'은 "시간이 늘어붙어 있어 손가락에 침을 발라 넘겨도 닳지 않는"(「바위책」) '바위'다. 그 '책'(바위)에는 "시간의 흔적이 새겨 있"고 그 "흔적의 크기와 무게에 따라" 명성이 달라지며, "표지가 떨어져 나가고 여기저기 갈피도 찢겨져 나가 자칫하면 책이 숨겨져 있는 것조차 알지 못하"기 일쑤다. 더군다나 그 '책'에 기록된 내용은 하도 깊고 넓어서 "내 둔한 머리로는 뽀얗게 형상을 그려가며 읽어도 간신히 몇 마디 뜻 정도나 깨칠 수 있을 따름"이지만, "밑줄을 치고 메모를 하며 읽어도 바위로 된 책은 닳지 않는다". 다시 말해서, '바위책'('책바위')은 장구한 세월을 인내하며 지구와 인간의 역사를 그대로 내외부에 쌓아왔기에 영원한 진리를 상징하게 된 것이다. 이렇게 하여 이은봉의 돌은 초기의 "투쟁의 짱돌"에서 시작하여 '손오공'의 생명과 깨달음으로 변신한 뒤 마침내 영원한 진리의 '책'으로 거듭 진화하여왔던 것이다. 이러한 시적 대상의 변전과 진화는 80년대의 군부독재에 대한 저항에서 발원한 그의 시적 물줄기가 생태주의의 강을 거쳐 마침내 영원성의 바다로 흘러들었음을 뜻한다. 그것은 사회와 인간에 대한 정직한 분노에서 시작한 그의 시정신이 희로애락애오욕의 감정에 시달리면서도 민족과 국토에 대한 사랑은 퇴색한 게 아니라 생태계에 대한 애정으로 웅숭깊어져 드디어는 지구상의 가장 오래된 물질 가운데 하나인 단순한 돌(바위)에서 인류의 호흡과 역사를 발견하는 경지에까지 이르게 되었음을 말해준다. 더군다나 그의 최근 시에 서서히 육화되기 시작한 불교적 시각과 사유가 덧붙여짐으로써 그의 시는 더욱 평이해지고 그윽한 향기를 머금게 된다.

> 나는 없네 나를 털어바친
> 매화원, 꽃송이들만 앞 다투어 피고 있네
> 보게나 꽃송이들로
> 피어나는 나일세
>
> ―「매화원에서」 부분

> 燒身供養이라더니……
> 제 몸 허옇게 태워,
>
> 사람들 밥 짓다가 스러졌구나
>
> ―「연탄재」 부분

> 불타는 나무라!
> 허공 떠도는 바람들 불러 모아
> 반야심경 외게 하누나
>
> ―「불타는 나무」 부분

그는 봄철 흐드러지게 피어나는 매화를 보고 스스로를 잊고 매화가 되는 삼매경에 빠진다. 이는 마치 장주의 호접몽을 연상케 하는 상상력으로 내가 물질이 되고 물질이 내가 되는, 경계가 무너진 뒤의 자재로운 정신의 한 상태를 간명하게 보여준다. 이와 함께 미아6동 산동네에 뒹굴고 있는 연탄재에서 자신을 송두리째 보시하고 중생을 구제한 어느 각자의 '소신공양'의 장엄을 목도한다. 또한 산불이 나 불에 타는 나무를 보고 '나무는 불타(佛陀)'라고 언어유희를 하는 여유를 보이기도 한다. 그것은 산불에 아무 저항 없이 제 몸을 내맡긴 채 타들어가는 나무의 모습이 자신을 모두 불태워 중생의 양식을 짓는 데 헌신하는 연탄의 보시 행위와 다를 바 없다는 생각으로 전환한 상황을 보여준다. 이러한 정신적 안정과 고요에 이르기 위해 그는 "고꾸라지고 엎어지며 바닥에 닿고 보니/온통 캄캄하고 질퍽한 뻘흙뿐"(「바다를 쳐야」)이었던 좌절의 순간과 "내 안의 나와 심하게 다투고는 내 안의 또 다른 나의 목에 동아줄을 걸고 싶어 안달복달"(「내 안의 외뿔소」)했던 번뇌의 나날을 수없이 거치면서 "온갖 욕망에 쫓겨 더러워지고 추해질 때마다, 몸과 마음 부지런히 치대어 빨"(「양심」)아온 덕분에 "마음 이미 진흙소처럼 죄 녹아 흐르"(「진흙소, 그늘」)는 상태를 지독한 인내심으로 견디며 두루 겪어야 했던 것이다.

지금까지 80년대의 『좋은 세상』에서 최근의 『책바위』에 이르는 이은봉의 시세계를 거칠게 살펴보았거니와, 그의 시세계는 가진 자의 돌(수석·보석·정원석 등)과 나의 돌(투쟁의 짱돌)이 결코 같을 수 없다는 이분법적 사고에서 이제는 나와 꽃, 돌과 바위가 자유자재로 몸과 의식을 바꾸는 원융무애한 사유로 끊임없이 진화하고 있다. 이러한 진화가 어느 단계에까지 나아갈지 지금으로선 예측하기 어렵지만, 일상적 삶에 여전히 부대끼고 때로는 분노하고 모욕을 느끼면서도 우주만물을 더욱 크게 포용하는 세계로의 지향을 멈추지 않을 것만은 분명해 보인다. 마지막으로 한가지 지적할 것은, 그의 시에는 마침표가 하나밖에 없다는 사실이다. 이것은『좋은 세상』에서『책바위』에 이르기까지 시 전편에 일관한 특징인데, 그의 시가 특유의 호흡과 가락을 유지하면서 뚝심을 잃지 않는 것도 이와 무관하지 않은 것으로 보인다. 그는 최근의 심정을 진솔하게 토로한 작품을 이제까지의 시작 태도와 전혀 달리 장시(장시를 즐겨 쓰는 시인에겐 별 게 아니겠으나 이은봉 시에선 가장 긴 시에 해당한다)에 담고 있어 주목을 끈다. 그 가운데 몇 구절을 인용하면,

> 허공중에 시멘트로 무덤을 만들어 놓고 하루하루를 버티는 내 몸은 오늘도 헉헉대며 살 수밖에 없었다 헉헉대며 사는 것만도 내게는 얼마나 큰 행운인가

> 행운을 밑거름으로 하여 나는 내 몸의 한 구석에 무화과나무를 키우기 시작했다

> 꽃도 피우지 못하고 열매부터 맺는 무화과나무, 말라비틀어진 무화과 한 알만으로도 제석사막은 환했다

> 나는 무화과나무를 내 몸의 한 구석이 아니라 제석사막 전체에 심어 푸른 오아시스를 만들고 싶었다 이것이 내 작은 바람이었다
> ─「제석사막에서」 부분

이 시에는 이은봉이 기왕에 발표한 시의 일부 구절이나 내용이 의도적으로 패러디 혹은 재구성되어 있다. "허공중에 시멘트로 무덤"은『길은 당나귀를 타고』의 일련의「공중무덤」시편에서 차용한 것이고, "꽃도 피우지 못하고 열매부터 맺는 무화과"는 "사람들 몇몇, 입 속에서 녹아/약이 될 수 있다면" "꽃 피우지 못해도 좋다"의「무화과」의 연장이며, "제석사막"은 '손오공' 시편에서 나온 것이다. 이런 점에서「제석사막」에서는 시인이 작심하고 털어놓은 자신의 속생각일 터인데, 여기서 그는 사막을 푸른 오아

시스로 만들고 싶다는 웅대한 포부를 펼치고 있는 것이다. 그가 그리는 자신의 초상은 "동구 밖, 오래된 느티나무의 모습으로 살고 싶은, 그렇게 묵묵히 젊은 느티나무"(「젊은 느티나무」)이다. 오래되었으면서도 젊다는 아이러니를 아무렇지도 않게 발하는 이런 태도야말로 이은봉이 작품이 시적 긴장과 탄력을 여전히 간직하고 있는 여러 가지 비밀 가운데 하나일 터이다.

(『유심』 2008년 여름호)

자타불이, 저항과 탈주의 시학

김홍진

1. 부정의 정신

이은봉은 1984년 등단 이후 첫 시집 『좋은 세상』을 상재한 후 지금까지 일곱 권의 시집과 한 권의 시선집을 선보이고 있다. 긴 시간의 시적 편력이 함축하고 있는 시인의 시세계를 축소할 수 있다는 위험을 무릅쓰고 압축한다면, 그는 사회 현실에 대한 깊은 사유와 성찰, 그리고 근대 자본주의와 이성을 앞세운 문명의 부정성에 대한 비판적 인식의 과정을 통해 생명에 대한 구경적 탐색으로 이어지는 과정에 있다. 이를테면 초기 시에서 보이는 사회 현실에 대한 비판적 인식은 근대 자본주의와 산업 문명의 질서에 대한 비판적 인식으로 진화한다. 이러한 시적 진화에는 궁극적으로 근대적 질서가 야기하는 억압과 폭력, 소외와 분열, 모순과 부조리를 부정 극복하고자 하는 시정신이 밑변을 관통해 흐른다. 그 밑변에는 근원적 생명현상에 대한 탐구와 그것의 상상적 복원이라는 시적 원형질이 중핵을 이룬다.

시선집 『알뿌리를 키우며』에 대한 유성호 교수의 해설은 이은봉의 시세계를 전체적으로 조감할 수 있는 글이다. 해설에서 유성호 교수는 시인의 시적 편력이 함축하고 있는 미학적 형질을 간추리면서 다음과 같은 의미 가치를 부여한다. 요컨대 이은봉은 "1980년대 일정하게 이념적 배타성과 순결성을 담은 시를 쓰기 시작하여 최근에 문명 비판적 생태의식, 탈(脫) 자본의 시원성으로 자신의 시적 범주를 넓혀가고 있"으며 "죽임의 정서로 가득 차 있는 근대 자본주의를 발본적으로 비판하고 성찰해온 우리 시대 의 대표적 시인"이며, "근원적 생명 탐구를 통한 근대 극복의 시정신을 지 속적"으로 탐구한다고 평가한다.[1] 이와 같은 평가에 화답이라도 하듯이 시선집을 엮은 후 새로이 선보인 시집 『책바위』는 근대 자본주의와 문명 비판, 그리고 시인이 말하는 '죽음의 정서'를 부정 극복할 수 있는 대안적 사유로서 동양의 정신이나 불교적 세계관과 이에 기댄 생태학적 사유의 정점을 보여준다.

　이은봉의 시적 편력에서 두드러지게 나타나는 우리의 사회 현실과 근 대 자본주의의 질서에 대한 통찰, 그리고 그로부터 발원하는 현실 비판적 인식은 결국 우리가 사는 세상이 결코 '좋은 세상'이 아니라는 역설적 현 실인식을 내포하고 있다. 시인의 이러한 현실인식은 따라서 근대 자본주 의적 현실의 부정적 지각과 비판적 인식, 그리고 부정적 현실에 대한 부 정과 저항, 그리고 변혁에의 희망이라는 변증법적 구조의 틀을 따라 부챗 살처럼 다양하게 펼쳐진다. 말하자면 경험적으로 확인 가능한 외부 세계 의 대상에 대해 체험하고 의식하는 시인의 시적 지각은 지극히 부정적이 다. 이러한 부정적 지각의 결과로서 그의 시는 필연적으로 비판적 인식을 동반하며, 이러한 인식은 결국 세계의 부정성을 성찰하고 극복할 수 있는 대안 명제의 탐색으로 연속된다.

　보통 인식은 개념적으로 근거 세울 수 있는 진리를 발견하기 위한 목표

1　유성호, 「근원적 생명 탐구를 통한 근대 극복의 시정신—이은봉론」, 이은봉 시 선집 『알뿌리를 키우며』 해설, 도서출판 북인, 2007.

를 내포한다. 하지만 대상에 대한 가치 판단을 수행한다는 철학적 개념으로도 사용할 수 있다. 이와 같은 전제가 받아들여진다면, 부정적 지각은 외부 세계의 의미나 내용에 대한 가치 판단과 반성적 성찰의 행위라는 비판적 인식을 동반하게 마련이다. 이에 따라 이은봉의 비판적 현실인식은 결과적으로 부정적 현실의 극복과 변혁에의 희망을 내포할 수밖에 없는 동인으로 작용한다. 그런데 변증적인 시적 자기 갱신 과정의 정점, 그리고 최근 그의 시정신의 핵심과 동향을 엿볼 수 있는 시집이 『책바위』라 할 수 있다. 이 시집의 중심을 이루는 기둥은 시인이 말하는 소위 '죽음의 정서'를 배양하고 증식하는 근대적 질서에 대한 비판과 이성 중심의 사유 체계와 과학기술의 산업 문명이 배태하는 부정성을 극복할 수 있는 대안으로서 불교적 세계관에 기초한 생명 탐구이다. 환언하면 궁극적으로 근원적 생명의 회복이라 할 만한데, 시인의 말을 빌리면 그것은 '생명의 정서', '불이의 정서'로서의 가치이며 철학이고 윤리학이다.

특히 근대 자본주의적 질서와 인간 중심의 현실 원칙에 대한 비판, 그리고 이를 극복할 수 있는 대안적 사유로서의 자타불이(自他不二)의 동양 정신 혹은 불교적 사유에서 비롯한 근원적 생명의 탐색과 회복은 시집 『책바위』의 주제와 시정신의 내용을 규제하는 전략적 거점으로 기능한다. 이러한 내용은 시집을 상재하면서 이은봉 시인이 스스로 피력한 시론적 입장에 잘 표명되어 있다. 「죽음의 정서들 밖으로 내는 쬐그만 창」이라는 제목으로 글에서 시인은 후기자본주의 시대에 자아는 과잉 조장되어 타자를 폭력적으로 억압하고 있으며, 이러한 인간중심적이며 물신주의적인 사유는 생명의 통합된 정서보다는 분열되고 해체된 '죽음의 정서'를 배태하게 마련이라는 점을 강조한다. 이 같은 언급을 참조하다면 이은봉 시인의 세계 인식은 지극히 부정적이다. 그는 이러한 '죽음의 정서'라는 부정성을 '생명의 정서'로 전화하고자 하는 시적 탐색을 꾸준히 보여주는 것이다.

이은봉은 후기자본주의가 배태한 '죽음의 정서'를 의인화 내지는 우화의 수법을 통하여 적절하게 드러내는데, 그 이유는 자연 생명의 현상을 왜곡하고 파괴하는 '죽음의 정서'적 증상이 후기 근대에 만연한 사회적인 병적 증상이며 질병이라는 인식에서 기인하기 때문이다. 궁극적으로 시인은 후기 근대가 야기한 '죽음의 정서'를 극복하기 위한 대안적 사유를 불교라는 동양 정신, 특히 자타불이의 생명 사랑과 존중의 사유, 모든 존재를 수평적으로 평등하게 바라보는 화엄적 가치와 동체대비(同體大悲)의 윤리관에서 찾는다. 이러한 시적 인식은 자아/타자, 주체/객체, 인간/세계, 유정/무정, 정신/감성, 문명/자연 사이의 관계에서 전자 지배와 후자의 억압, 이를테면 이성과 정신, 주체와 인간 중심의 우월적 차이와 분별을 넘어선 자타불이의 전일적 세계관을 지향한다.

2. 불이(不二), 전일적 생명의 정서

이은봉의 대표 시와 근작 시를 언급하기에 앞서 시집 『책바위』의 세계를 개략적으로 조망하는 이유는 자선 대표 시와 근작 시를 살펴보는 데 유효한 참조의 틀 내지는 이해의 틀을 제공해줄 것으로 보이기 때문이다. 이 시집에서 이은봉은 후기자본주의 시대에 팽만한 '죽음의 정서'를 끊임없이 문제 삼으며, 이것을 전일적이며 통합된 '생명의 정서'로 전환하고자 노력한다. 시인이 말하는 '죽음의 정서'가 분리, 분열, 폐쇄, 소외, 환멸, 결핍, 부재의 부정적 정서라면, '생명의 정서'는 통합된 정서로서 행복, 충만, 기쁨, 충일의 정서라는 긍정적인 전일적 생명의 감정이다. '생명의 정서'는 충족의 정서로서 시인의 말에 따르면 "하나됨의 정서, 곧 일치의 정서이다. 이들 감정의 경우 실제로는 하나이면서 둘인 형태로, 둘이면서 하나인 형태"(「죽음의 정서들 밖으로 내는 쬐그만 창」)로서 불일이불이(不一而不二)의 감정 세계를 일컫는다. 시인은 이것을 '불이(不二)의 정서', '생명의 정서'라 부른다. 이것과 저것, 주체와 타자, 자아와 세계는 서로 독립된 존재가 아니라 상호 의존적 관계에서 생겨난 존재이다. 내가 고정적이고 독립적인 존재가 아니라는 생각은 주체와 타자의 절대적 평등을 전제로 한다는 자타불이의 세계관이 시인이 말하는 '불이의 정서', 곧 '생명의 정서'이다.

앞서 언급했듯이 이은봉은 사회 현실에 대한 깊은 사유와 성찰, 그리고 근대 자본주의와 이성을 앞세운 문명의 부정성에 대한 부정과 비판적 인식의 과정을 통해 생명에 대한 구경적 탐색을 지속적으로 보여준다. 그의 시는 인간 중심적인 사유와 인식, 그리고 자본주의적 질서에 대한 저항의 지점에서 이를 비판하고 새로운 대안을 모색한다. 그 대안적 모색의 중심에 불교 철학에 기초한 동양적 사유가 자리한다. 이러한 점은 특히 시집 『책바위』를 이루는 기본 정신을 스스로 불교적이라 피력하는 데에 잘 나타나 있다. 한마디로 그의 시는 분열되고 해체되어 "죽음의 물결로 넘실대는" "자본주의적 근대"에 "끊임없이 쓴 약을 주사하려"(「자서」)는, 유성호 교수의 표현처럼 "근대 극복의 시정신"을 내장하고 있다. 이러한 시적 태도는 기존의 질서를 전적으로 부정 전복하고 긍정적 세계상을 전망하는 갈망으로 이해할 수 있다. 긍정적 세계상에 대한 갈망을 추동하는 힘은 부정적 현실에 대한 반감에서 비롯하며, 궁극적으로 자아와 세계의 참된 관계를 회복해야 한다는 시적 인식에서 비롯하는 것으로 이해할 수 있을 것이다.

근대 세계에서 자아는 과잉 조장되어 타자(세계)를 억압하고 있으며, 이러한 인간의 자기중심적인 사유는 생명의 통합된 정서보다는 분열되고 해체된 죽음의 정서를 배태하기 마련이다. 이은봉에게 '죽음의 정서'로 가득한 부정적 근대는 절망이 "세상 절대권력"(「절망은 어깨동무를 하고」)화 되어버린 것으로 인식된다. 현실에 대한 이 같은 부정성은 '몸'에서는 "석유기름 냄새"가 나는 '시궁창'(「라면봉지의 노래」)이나, 또는 "빠른 속도에

중독된"(「금강을 지나며」) 채 "제 속 깊이 알뿌리 하나 옳게 키우지"(「조금
나루」) 못하는 것과 같이 불모적이다. 그에게 세계의 참다운 순결성과 생
명성은 심각하게 훼손되고 오염된 상태이다. 때문에 현실의 불모성에 대
한 자각은 보다 바람직한 삶과 세계에 대한 열망을 자극한다. 이러한 열
망은 문명의 지배 논리, 혹은 문명의 신화화에 맞서는 대항 담론의 성격
을 내포한다. 그것은 또한 탈주와 초월의 욕망으로서 회복해야 할 궁극의
세계를 지시하는 것이기도 하다.

> 이미 너는 없다 달리는 핵폭탄이다 너무 위험하다
> 이번 생에는 모두 바퀴 달린 핵폭탄이다
> 절벽을 뚫어 미래를 만드는 너, 너만이 아니다 더러는 식당차의 창밖
> 풍경이나 내다보고 있는 쭈그러진 내 몰골까지도 달린다
> 너는 달리는 죽음이다 자본주의다
> 달리는 자본주의여 푸른 피를 흘리며 끝내 강물 위에 다리를 놓는 이
> 데올로기여
> 다리를 다 놓고 나면 너는 그냥 한줌 재로 미끄러져 내려야 한다
> 핵폭탄이 터지고, 핵폭풍이 일고, 이윽고 스쳐 지나가는 창밖의 황량
> 한 들판이 되어야 한다
>
> 다리를 다 놓고 나면 너는 그냥 한줌 재로 미끄러져 내려야 한다
> 핵폭탄이 터지고, 핵폭풍이 일고, 이윽고 스쳐 지나가는 창밖의 황량
> 한 들판이 되어야 한다
> 거기 쓸쓸하게 말라 죽은
> 한 그루 물푸레나무가 되어야 한다 허공을 떠도는 한 점 먼지가 되어
> 야 한다
> 아직 한여름인 줄 알고 온갖 욕망들 자랑이나 하는 나도, 기관차도, 핵
> 폭탄도, 절벽을 뚫는 마음도…….
> ─「달리는 핵폭탄」 부분

물신에 대한 인간의 "온갖 욕망들"은 주체의 반성적 성찰을 무력화시키

김종진 자탄불이, 저항과 탈주의 시학

고 자본의 막강한 지배력은 우리의 의식을 식민화한다. 화자는 이러한 자본주의의 이면에 도사리고 있는 죽음과 파멸의 공포를 감지하고 이를 반성적으로 성찰한다. 따라서 인용 시는 이은봉의 자본주의적 근대에 대한 현실인식의 척도를 극단적으로 가늠할 수 있는 작품이다. 화자는 근대 자본주의의 현실을 핵폭탄을 싣고 미래로 달리는 상황으로 진술한다. 화자에게 현실은 핵폭탄을 실은 채 "달리는 것이 미래"인 묵시록적 파멸의 종말로 치닫는 것으로 인식된다. 화자는 이같이 "온갖 생명들 살해"하는 '위험'한 상황에서 우리들은 선택의 기로에 서 있다는 시적 인식을 '재'의 이미지, 그리고 "핵폭탄이 터지고, 핵폭풍이 일고, 이윽고 스쳐 지나가는 창밖의 황량한 들판"의 "거기 쓸쓸하게 말라 죽은/한 그루 물푸레나무"와 "허공을 떠도는 한 점 먼지"의 묵시록적 이미지를 통해 구현하고 있다. 그리고 구원의 선택은 다른 데 있지 않고 "온갖 욕망들을 자랑"하는 인간 중심주의의 사유 방식에서 벗어나 "한줌 재"의 자기희생을 받아들이는 비움과 순환론적 사유에 있다는 점을 환기한다.

통제되지 않는 욕망의 무한 질주를 달리는 자본주의는 화자의 표현처럼 죽음을 향해 핵폭탄을 싣고 달리는 기관차와 다름이 없다. 자본주의의 매혹은 추락의 공포, 시인이 말하는 '죽음의 정서'를 배면에 거느리고 있다. '죽음의 정서'가 기인하는 연원은 자본의 이데올로기와 무한대로 팽창하는 물신 욕망의 막강한 지배력에서 온다. 사실 자본주의적 근대의 풍경은 풍요와 안락한 이미지의 매혹적인 모습으로 인간을 유혹한다. 자본주의적 일상이 제공하는 매혹적인 유혹으로부터 우리의 일상적 삶은 자유로울 수 없다. 때문에 물신 욕망에 마비된 의식은 그 밑에 도사리고 있는 환멸의 심연을 인식하지 못한다. 왜냐하면 자본으로 무장한 "제국은 자학과 혐오를 장진한 기관단총, 따르르 따르르 쏘아대"며 "세상 가득 포탄 연기로 덮"(「항복항복」)어 우리의 반성적 성찰을 무력화시키고 마비시키기 때문이다.

이은봉은 이와 같이 '죽음의 정서', 질병에 가까운 근대 자본주의의 병적 증상을 문제 삼는다. 그것은 죽음의 정서적 증상이 근대사회의 일반적인 현상이라는 인식에서 기인한 것으로 시인은 이의 형상화를 통해 병적 현실에 대한 비판적 사유를 이끌어낸다. 왜냐하면 '죽음의 정서'란 이상이나 희망이 사라진 현실을 확인하는 환멸의 경험을 말하기 때문이다. 결국 병적 증상의 형상화는 정당성을 상실한 근대의 이데올로기가 감추고 있는 고통스런 현재의 모습을 직시하게 만든다. 그럼으로써 시인은 근대의 확신에 찬 이념들과 삶의 방식에 대한 반성적 성찰을 일깨우는 것이다. 그는 근대의 이데올로기가 선동하는 물신 욕망의 신비화를 걷어낸다.

> 그늘 위에 누워 뒹굴고 있는 옹기종기 작은 절집들, 절집들 같은 큰 가슴들, 송이송이 연꽃 피우는 일이 어디 쉽니?
>
> 쉽지 않아 연꽃은, 생은 아름다운 거니? 곱씹어가며 여기 저기 묻다 보면 진흙소는 벌써 사르르 녹아버리지 흐르는 물이 되어 흐르지
>
> 화들짝 물여울의 피라미 떼로 오르는 노을 속 일찍 뜬 몇 개의 별들, 허리 굽혀 어느덧 없는 마음 내려다보고 있잖니?
>
> 마음 이미 진흙소처럼 죄 녹아 흐르지 않니? 물처럼 죄 녹아 흐르지 않니? 그렇지 않니? 아침 해, 하늘 가득 또다시 진흙소의 둥근 수레바퀴로 떠오르잖니?
>
> ─「진흙소, 그늘」 부분

이은봉은 자본주의 시대에 팽만한 '죽음의 정서'를 끊임없이 문제 삼으며 전일적으로 통합된 '생명의 정서'로 전환하고자 노력한다. 그가 추구하는 '생명의 정서'는 곧 '일치의 정서'로서 하나이면서 둘이고 둘이면서 하나인 불일이불이의 세계를 일컫는다. 시인은 이것을 '불이의 정서'라 부른다. 화자는 '그늘'이 피워 올리는 '연꽃', '물'이 되어 "사르르 녹아버"는 '진

흙소'를 통해 끊임없이 연기(緣起)를 거듭하는 불이의 관계로 세계를 이해한다. 이러한 불이의 세계는 '불타와 나무'(「불타는 나무」)의 관계나 "제 몸 허옇게 태워" "燒身供養"(「연탄재」)한 연탄재 등을 통해 끊임없이 연기를 이루는 우주 삼라만상의 존재 원리를 나타내는 맥락과 같은 의미의 것이다. 이와 같은 인식은 주체와 타자의 차이를 분별하여 사유하는 태도나 자본주의의 직선적 시간관과는 근본적으로 다르다. 그것은 자아와 세계를 연기의 관계, 즉 상호 의존적이며 호혜적인 관계, 순환론적 세계 인식의 태도를 환기한다.

세계를 불이의 관계성으로 이해하는 것은 이 세상 모든 존재들은 수많은 조건들이 서로 결합하여 발생한다는 상호 의존적인 세계관의 불가(佛家)적 철학의 원리로 볼 수 있다. 이러한 사유들은 주체와 타자, 자아와 세계, 나와 대상을 분리하지 않는 불교의 자타불이의 사상에 근거해 있다. 이것과 저것, 주체와 타자, 자아와 세계는 서로 독립된 존재가 아니라 '그늘과 햇빛'의 상호 의존적 관계에서 생겨난 존재이다. 시간의 순환에 따라 "진흙소는 벌써 사르르 녹아" "물이 되어 흐르"는 관계는 곧 이 세상 만물 중에는 영원불변한 고정적 존재가 있을 수 없다는 제행무상(諸行無常)과 독립된 실체도 있을 수 없다(諸法無我)는 인식을 그대로 드러내는 것이다. '내'가 고정적이고 독립적인 존재가 아니라는 생각은 주체와 타자의 절대적 평등을 전제로 한다는 자타불이의 세계관을 담아내는 것이다. 이러한 접근 방법은 우주를 전일적 생명으로 직관하고 '나'를 비움으로써 무아의 자연이 되는 것을 뜻하는 것으로 보인다.

자아와 타자가 고정적이고 독립적으로 존재하거나 서로 분리되고 파편화된 상태의 고립된 존재로서 둘이 아니라 하나라는 시인의 인식은 자아와 세계가 한 뿌리에서 나온 물아동근(物我同根)이라는 인식과 상통한다. 모든 존재를 평등하게 바라보려는 시인의 동체대비적인 윤리관은 이 세계를 분리되고 고립된 존재들의 집합체가 아니라 하나의 통합되고 상호

제1부 자연, 평등, 사랑, 평화, 생명, 죽음

의존적인 전체로 바라보는 전일적 세계관이라 할 수 있다. 이처럼 주체와 타자를 구별하지 않고 평등한 관계로 보는 연기론적 태도의 실천을 이른바 자비라 할 수 있겠는데, 시인은 인간의 관심이 유정물뿐만 아니라 무정물에까지 두루 미친다는 생명주의적 윤리관을 '불이의 정서'를 통해 내세운다. 이와 같은 전일적(holistic)이며 생명주의적 세계관을 통해 시인은 근대가 배태한 '죽음의 정서'를 넘어서고자 한다.

이은봉은 차이와 분별을 부정하는 한편, 이 세계를 분리되고 파편화된 부분들의 집합체가 아니라 하나의 통합된 전체로 보는 불이의 세계관을 지향한다. 그런 면에서 시인은 모든 존재를 평등하게 바라보는 동체대비의 자타불이라는 윤리관을 견지한다. 따라서 시인이 보여주는 자타불이의 불교적 세계관은 직관적 지혜가 깨져나간 근대사회가 직면한 모순과 부조리를 극복할 수 있는 대안 탐색의 과정으로 이해할 수 있다. 환언하자면 이것은 자아와 타자, 주체와 대상, 인간과 세계의 사이의 상호 의존적 관계성의 회복을 통해 죽음의 정서로 가득한 근대의 분열적 증상을 극복하려는 모색을 지시한다.

3. 관계성, 동체대비의 화엄 세계

전작 시집에서 이은봉은 불교적 사유에 기댄 후기 근대의 자본주의와 문명에 대한 비판을 통해 일정하게 근대 극복의 대안으로서 생명시학에 이르고 있다. 그가 보여주었던 불교적 세계관은 직관의 지혜가 깨져나간 근대사회에서 하나가 모두이고 모두가 하나인, 이것이 저것이고 저것이 이것인 화엄(華嚴)적 윤리관을 통해 근대가 직면한 모순과 부조리를 극복할 수 있는 대안 탐색의 과정으로 이해할 수 있다. 대표 시와 신작 시편 또한 이와 같은 연장선에서 읽을 수 있으며, 이와 같은 맥락에서 자아성에서 타자성을 찾고, 타자성에서 자아성을 찾는 자타불이의 관계성의 시학은 이은봉 시의 핵심적 본령이라 할 만하다. 그가 이번에 보여주는 자타불이의 사유, 신화의 순환적 세계관이나 카오스의 사유는 시인의 새로운 시적 출발의 모색으로 이해하고 싶다. 혼돈의 사유가 깊고 깊어져 지극한 세계, 시인이 꿈꾸는 절대적 언어의 세계에 한발 성큼 더 다가설 것으로 기대한다.

앞서 언급한 것처럼 이번에 스스로 뽑은 자선 대표 시 다섯 편과 근작 시 세 편도 역시 마찬가지로 위와 같은 범주의 맥락, 특히 자타불이의 관계성을 통해 자아와 타자를 인식하려는 시인의 의식을 읽을 수 있는 작품들이다. 아무래도 대표 시나 근작 시는 모두 시인의 특별한 자선적 의도가 배려되어 있을 수밖에 없다. 그것은 바로 자아의 타자성 혹은 타자의 자아성에 대한 관계적 의미의 추적이다. 중요한 점은 일정하게 시인의 시 쓰기의 근원적 욕망 내지는 창작상의 가장 궁극적인 심연을 살필 수 있는 가편으로 추려져 있다는 것이다. 대표 시 다섯 편은 스스로 일곱 권의 시집을 통틀어 가장 내세우고 싶은 작품을 자선했다는 점에서 그의 시의 순금의 영지(靈地)이며, 그의 시를 읽을 때 기점이 되는 영도(零度)의 자리를 차지한다고 구태여 의미를 부여할 수 있겠다.

또한 자선 대표 시는 그의 시의 육체가 간직한 가장 깊고 은밀한, 그래서 가장 희고 깊은 속살로 볼 수 있다. 어쩌면 자선 대표 시는 시인의 전체 시가 출발하는 영도의 기점, 그의 시가 육체성을 부여받는 탄생의 근원적 지점을 지시한다고 볼 수 있다. 말하자면 이은봉 시를 여러 줄기의 갈래로 파생시키는 산맥의 본령과도 같은 시들이라 할 수 있을 터이다. 그 영도의 기점, 그 탄생의 지점, 그 순금의 영지는 바로 시인의 최근의 시적 동향을 살필 수 있는 풍향계이기도 하다. 왜냐하면 영도의 기점, 그 시적 세포의 유전자가 흐르고 있는 순백의 속살에서 시적 세포의 분열과 증식이 이루어지고, 시적 자기 갱신을 거듭하고 있다는 판단 때문이다. 그 자리를 자타불이라는 자아의 타자성 혹은 타자의 자아성에 대한 성찰과 탐구가 채우고 있다. 나는 그것을 자타불이의 관계성의 시학이라 부르고 싶다.

이은봉은 확고부동한 자아의 정체성이라는 것이 과연 존재하기나 할까라는 의문에서부터 시 쓰기를 시작한다. 근대사회는 개인 의식, 말하자면 자아의 발견으로부터 시작되었다 해도 과언이 아니다. 중세의 봉건적 억압에서 해방되어 근대적 인간으로 거듭 태어나기 위해서 인간은 필연적으로 자아의 정체성이라는 개인 의식을 확립할 수밖에 없었다. 인간은 근대적 계몽의 기획에 따라 주체와 객체, 자아와 타자, 인간과 세계, 이성과 감성, 의식과 무의식을 이분법적으로 분리하고는 빗금 안쪽의 자아, 주체, 인간, 이성, 의식 중심의 우월적 차이와 분별을 강조해왔다. 이러한 노력에도 불구하고 과연 자기 자신의 확고부동한 동일자로서의 정체성이나 주체성이 존재하느냐는 물음 앞에서 속 시원하게 당당히 '이거다'라고 대답할 수 있는 사람이 몇이나 될까. 결론적으로 이 물음에 대한 이은봉의 시적 대답은 지극히 부정적이다. 이러한 이분법적 구분은 인간, 주체, 자아, 이성, 의식이라는 빗금 밖의 실체에 대한 강제적 구속이고 폭력이라는 것이다.

> 달걀이 운다 제 껍질 속에서
> 날더러 쪼아 달라고 운다
>
> 저도 제 부리로
> 제 마음 가로막고 있는 껍질
> 쪼조족쪽쪽, 쪼아대며 운다
>
> 조금만 더 기다리거라
> 나도 네 마음 따라
> 찌지골찍찍 장단을 맞추고 있다

조금만 더 쪼아대거라
나도 네 부리를 좇아
네 껍질 쪼조족쪽쪽, 쪼아대고 있다

어느새 병아리로 태어난
너, 찌지골찍찍 노래하고 있다

— 「달걀이 운다」 전문

자아의 주체성를 정립하고 근대적인 자아로 태어나기 위해, 사회가 요
구하는 현실 원칙을 따르기 위해, 주체의 정체성과 확실성을 보장받기 위
해 우리는 내 안에 존재하는 감성의 영역, 이성 외의 타자들을 이성과 의
식, 과학과 합리의 이름으로 배척하고 억압해왔다. 그것들은 금기의 대상
이다. 근대는 과학적이고 이성적이며 합리적인 인식이 지배한다. 이러한
인식은 데카르트의 코기토(Cogito)와 칸트의 선험적(a priori) 이성이 제출
되면서 이성과 과학, 논리와 합리의 그물에 포획되지 않는 대상들을 철저
히 배척하는 억압의 논리로 기능한 것이 사실이다. 인간 이성에 대한 절
대적인 믿음에 기초한 근대는 이성적 인간을 주체로 설정하고 객체로서
의 대상들을 비이성적인 것으로 평가절하한다. 그래서 내 안에 존재하는
비이성, 비현실, 무의식, 욕망, 감성 등과 같은 것들은 타자화하여 억압하
고 금기시해야 한다. 이것들은 세계와 인간 주체의 정체성을 위협하고 불
확실성을 조장하는 유령이나 괴물 같은 낯선 존재로 여겨지며, 우리는 그
것을 우리의 또 다른 초상이라는 것을 긍정하지 않는다. 그러나 시인은
그러한 근대성이 억압하고 금기시하는 타자의 얼굴을 우리의 한 초상이
라 인정하고 "나도 네 마음 따라", "나도 네 부리를 좇아" 껍질을 깨고 나
오도록 억압으로부터 해방시킨다.
　　단단하게 "제 마음 가로막고 있는 껍질" 속에 갇힌 '나'를 구성하고 있
는 타자, 그것은 분명 나와는 다른 낯선 존재이다. 그래서 그것은 밖으로

출현해서는 안 될 금기의 존재이다. 그러나 시인은 제 안의 어두운 껍질 속에 웅크리고 있는 타자의 얼굴을 빛의 세계로 적극 불러낸다. 즉 단단한 "껍질 속에" 갇힌 병아리는 화자인 "날더러 쪼아 달라고" 우는데, 화자는 그러한 요구를 외면하지 않고 기꺼이 받아들이는 것이다. 주체의 정체성을 온전히 보존하기 위해서, 자아의 확실성을 보장받기 위해서, 나아가 주체가 존재하는 세계의 확실성을 해치지 않기 위해서 그것은 억압되고 금기되어야 할 것이다. 하지만 화자는 "나도 네 마음 따라/찌지골찍찍 장단을 맞추"며 쪼아대며 "병아리로 태어"나게 하고는 "찌지골찍찍 노래"하도록 해방시킨다. 내 안, "제 마음 가로막고 있는 껍질" 속에 억압된 타자의 존재를 긍정하며 화자는 그것과 화응하고 교감하며 그 실체를 오롯이 인정하는 것이다. 이은봉 시인이 보기에 주체나 자아는 혼돈 그 자체이며, 근대의 이성은 질서라는 이름으로 다양하게 존재하는 인간의 자유를 근본적으로 억압하는 기제인 것이다.

> 내 몸에는 뱀이 살고 있다
> 날개 돋친 뱀! 이놈, 이놈, 함부로
> 혓바닥을 날름거리며
> 내 몸속을 돌아다닌다 도무지
> 어찌할 수 없는 놈!
> 참 징그러운 놈! 걱정이다 너무도 멋진 놈!
> 이런 싸가지 없는 놈이
> 내 몸속에 나와 함께 살고 있다니!
>
> ― 「날개 돋친 뱀」 부분

화자는 "내 몸속에 나와 함께/살고 있는 놈", 또 다른 '나'인 어떤 '이놈'에 대해 쓴다. 익숙한 낯섦의 이놈은 "날개 돋친 뱀"으로 "혓바닥을 날름거리며" 제멋대로 "내 몸속을 날아다"니는 놈이다. 이놈은 "어찌할 수 없는 놈"이고 "참 징그러운 놈"이며, 동시에 "멋진 놈"이기도 하고 "싸가지 없는 놈"이기도 하다. 이놈은 "걸핏하면 내 피를/뒤흔드는 놈"이고 "어지럽게 꼬리를 치는 놈"이며, "끊임없이 나를 유혹하는 놈"이고 "모처럼 운좋게 잡아먹어도" "다시 살아나 제멋대로 날아다니는 놈"이다. 또 "겁 없이 아무데나 싸돌아다니는 놈"을 생각하면 화자는 "아프고 괴롭"지만 "내 몸속에 깊이깊이 똬리를 틀고 있"어 어찌할 수 없다. "날개 돋친 뱀"은 동일자와 다른 낯선 얼굴을 하고 있는 익숙한 얼굴이다. 그 타자는 내 몸속의 또 다른 '나'처럼 보인다. "밖으로 빠져나갈 생각"을 하지 않는 "어찌할 수 없는" 이놈은 무엇일까? 그것은 아마도 '나'라는 동일자 속에 단단히 틀어박혀 빠져나오지 않는 또 다른 '나', 내 몸의 또 다른 타자, 즉 동일자의 경계선에 위치한 또 다른 나의 얼굴이 아닐까.

내 몸속에 똬리를 틀고 있는 '뱀'처럼 자아 안에는 항상 이질적으로 느껴지는 낯선 타자가 존재한다. 때문에 자아는 언제나 양가적이며 복합적인 혼돈의 실존으로 존재한다. 그것은 '뱀'의 상징적 의미처럼 카오스, 무정형의 상태로 존재한다. 마치 뱀의 이미지가 저주받은 짐승으로 금기의 위반을 통해 카오스의 세계로 회귀를 음모하며 질서를 교란하고 파괴하는 변칙적인 장애물로서 혼돈의 자질을 가지고 있는 것처럼 말이다. 그러나 화자는 그 무정형과 무질서의 혼돈 상태를 부정하지 않고 내 안의 타자를 타이르듯, 또는 친한 친구를 데리고 놀듯 한다. 시인은 '내' 안에 다른 얼굴의 '나'인 무정형의 카오스와 질서를 교란하고 파괴하는 변칙을 순순히 인정한다. 말하자면 시인은 이성이나 의식이 구성하는 자아뿐만 아니라 그 너머에 존재하며 상황에 따라 몸을 바꾸는 또 다른 나의 얼굴을 수용한다. 타자로서의 뱀은 자아가 지닌 정체성으로서의 질서를 교란하고 위반하는 존재 이미지지만 동일자인 '나'와 함께 엄연히 공존하는 존재이다. 화자는 그러한 타자를 거부하거나 배척하지 않고 함께 화응(和應)하고 교감한다.

생각이 문제다 생각이 나를

늪으로 사막으로 초원으로 숲으로 거리로 사무실로 시장으로 끌고 다
닌다

질척이는 늪에 빠져 있다는 생각

거친 사막에 내던져져 있다는 생각

드넓은 초원에 버려져 있다는 생각

더러는 무념무상으로 숲 그늘에 자리를 펴고 누워 졸고 있다는 생각이
들 때도 있다

그런 때는 어지럽지 않다

그런 때는 아프지 않다

그런 때는 슬프지 않다

생각은 제비의 날개를 갖고 있다

수직을 수평을 원을 그리며

나를 끌고 이곳저곳으로 날아다닌다

생각이 나를 숲이 아니라 도시의 거리로 사무실로 시장으로 몰고 갈
때는 조금 버겁고 힘들다

북적대는 거리에 팽개쳐져 있다는 생각

서류로 가득한 사무실에 갇혀 있다는 생각

몇 푼 벌기 위해 정신없이 사람들에게 쫓기고 있다는 생각

더러는 아무런 생각 없이 내 방 침대에 누워 시집을 읽고 있다는 생각
이 들 때도 있다

그런 때는 입안이 달콤해진다

그런 때는 가슴이 따뜻해진다

그런 때는 온몸이 부드러워진다

어떤 생각을 해야 하나 무슨 생각을 해야 하나

생각이 문제다 생각 밖에서 늘 제멋대로 떠돌고 있는 생각이라니!

—「생각」 전문

위의 시도 「날개 돋친 뱀」과 유사하게 읽힌다. 다만 '뱀'이 '생각'으로 얼
굴을 바꾸었을 뿐이다. 이처럼 동일자와 그 몸의 내부를 구성하는 또 다
른 타자로서의 '나'는 사뭇 다른 천의 얼굴을 하고 있다. 주체의 의식으로

서 '생각'의 밖에서, 말하자면 내 안에 단단히 자리 잡은 '생각' 밖의 '생각'
은 늘 제멋대로이다. 내 속에서 동일자와 화해하지 못하고 갈등하고 분열
하는 또 다른 타자로서의 '나'는 '나'와는 전혀 다른 생각을 하고 움직인다.
내 안의 타자는 도대체 얼굴을 알 수 없는, 그래서 아무리 애써도 의식으
로서는 통제할 수 없는 존재들이다. 하지만 이것은 '나'로부터 따로 분리
할 수 있거나 구분할 수 있는 것이 아니다. '나'는 '너'이고 '너'는 '나'인 자
타불이의 관계인 셈이다. 그 관계성의 맥락에서 주체의 의식 밖의 '생각'
은 주체의 의지대로 움직이지 않는다. 즉 "제비의 날개를 갖고 있"는 '생
각'은 뜻하지 않게 "나를 데리고 이곳저곳으로 날아다"니지만 서로 떼어
낼 수 있는 관계나 분리할 수 있는 관계가 아니다. 왜냐하면 자아의 메커
니즘이 그러하듯 타자 없이는 자아의 동일성이라는 어떠한 주체도 발생
하지 않기 때문이다. 그런 점에서 이 둘은 한 몸, 동전의 양면으로서 하나
이면서 둘, 둘이면서 하나인 짝패를 이루는 관계성을 갖는다.

그렇기 때문에 그 '생각'은 갑자기 나타나는 것도 아니다. 동일자인 '나'
와 항상 엄연히 공존하는 존재이다. 주체의 의식 밖에서, 즉 "생각 밖에서
늘 제멋대로 떠돌고 있는 생각"은 "나를/늪으로, 사막으로, 초원으로, 숲
으로, 거리로, 사무실로, 시장으로 몰고 다"니는 무서운 타자이다. 타자로
서의 생각은 안정되고 평화롭게 "숲의 그늘에 자리를 펴고 놀고 있"을 때
도 있고 "내 방 침대에 누워 시집을 읽고 있"을 때도 있지만, 생각이 "나
를 숲이 아니라 도시의 거리, 사무실이나 시장으로 끌고 갈 때는 조금 버
겁고 힘들" 때도 있다. 이처럼 '나'라는 존재는 천의 얼굴을 하고 매번 상
황에 따라 얼굴을 바꾼다. '뱀'이나 '생각'처럼 시 속의 자아는 매번 얼굴을
수없이 바꾸는 존재로 등장하는데, 이러한 행위는 어쩌면 '나'라는 주체
를 타자를 통해 수없이 반성하고 성찰하는 과정을 통해 '나'를 상승시키고
자아를 끊임없이 연마하는 과정으로 이해할 수 있다. 왜냐하면 시 쓰기란
어쩌면 타자라는 대상을 통한 자기 발견과 자기 찾기의 한 방법일 수 있

기 때문이다.

4. 타자성, 환대의 윤리학

내 몸속에는 '뱀'이나 '생각'과 같이 제멋대로 얼굴을 바꾸어 변신하는 수많은 존재들이 동거 중이다. 그렇기 때문에 내 안은 혼란스럽고 무질서한 무정형의 상태이다. 자아의 정체성 혹은 주체의 의식으로 안정되게 고정할 만한 것이 존재하지 않는다. '나'는 끊임없이 움직이고 변신을 거듭하는 유동적인 혼돈 그 자체가 되어버린다. 보통 자아라는 주체의 의식은 무질서를 질서의 체계로, 혼돈을 안정된 조화의 질서로 바꾸려는 동일성의 원리에 따라 움직인다. 근대적 이성은 자아, 주체, 의식 이런 것들을 이분법적으로 중심을 세우고 그것들 밖의 이질적 타자의 존재를 인정하려 하지 않는다. 그것은 낯설고 이질적인 존재이며, 그래서 두려움과 공포의 대상이고, 적대적인 존재로서 존재 그 자체가 악한 것이다. 왜냐하면 그것들은 '나'의 동일성을 위협하고, '나'와 동일한 질서의 문법규칙을 공유하지도 않는 괴물이나 유령으로 인식되기 때문이다.

그러나 시인은 그러한 무정형과 무질서의 혼돈의 세계를 정형의 질서로운 세계로 변화시켜 자아로서의 조화로운 동일성의 세계를 획득하려 하지도 않으며, 이질적 타자를 동일성의 원리에 따라 동일화시키려 하지도 않는다. 시인은 자아가 낯설고 두려운 공포의 대상으로 여기는 타자를 관용과 환대, 사랑과 동감의 윤리에 따라 받아들이고, '나'라는 존재성을 구성하는 한 요소, 말하자면 '생각 밖의 생각', 내 안의 익숙한 낯선 얼굴이라는 타자성을 인정한다. 생각 밖의 생각으로서 타자는 마치 내 안에 존재하지만 적대적인 존재로서 밖으로 내쳐질 수밖에 없다. 내 몸속에 똬리를 튼 '뱀'이나, 나를 이리저리 이끄는 '생각'이라는 내 안의 다른 타자는 마치 레비나스의 전언처럼 "타자는 타자로서 고귀함과 비천함의 차원을 스스로 지니고 있"고 "타자는 가난한 자와 나그네, 과부와 고아의 얼굴을 하고 있으며, 동시에 나의 자유를 정당화하라고 요구하는 주인의 얼굴을 하고 있다"라고 했을 때의 윤리적 언명을 따르는 것처럼 보인다. 환언하면 주체 밖에 존재하는 '나'의 자유를 요구하는 타자의 얼굴을 주인의 얼굴로 환대하고 인정한다.

이처럼 이은봉 시인의 대표 시에서 자아는 주체 중심적으로 단일하거나 안정된 개념으로 정리할 수 있는 것이 아니다. 말하자면 근대적 인간인 우리가 믿고 있는 것처럼 자아는 결코 질서롭게 통일되거나 조화롭게 고정된 개념으로 규정될 수 있는 개념이 아니다. 그것은 항상 혼돈의 무질서와 무정형의 세계로 이루어진 것이다. 그렇기 때문에 "내 안에는 지금도/뭇 생명과 함께 뭇 죽음이 자라고 있"으며 "어제와 오늘과 내일이/어지럽게 뒤엉킨 채 자라고 있"(「오늘치의 죽음!」)는 무정형과 무질서의 상태에 있다. 그러나 시인은 무질서와 무정형의 카오스를 질서와 정형의 코스모스로 환원하지 않는다. 근대적 질서의 체계가 그러하듯 시인은 주체 중심의 '나'라는 질서의 정형성은 '나'를 자유롭게 하기보다는 오히려 구속하고 억압하는 폭력으로 인식하는 것이다.

그렇다고 해서 이은봉 시인이 타자를 대상화한다거나 동정한다는 의미는 아니다. 가라타니 고진의 말을 빌리면 타자에 대한 윤리는 타자를 대상화하지 않을 때 발생한다. 이러한 전언을 잘 알고 있는 듯 시인은 내 안에 존재하는 타자를 동정과 연민, 배제와 차별의 대상으로 간주하지 않으며, 또 타자를 동일화하지도 않는다. 오히려 시인은 두려움과 공포의 대상인 타자에 대해 적의나 공포를 느끼기보다는 그를 환대한다. 이럴 때 타자와 진정하게 만날 수 있겠는데, 그 혼돈스럽고 무질서한 무정형의 타자를 통해 자타불이라는 관계성의 시학을 구현하는 것이다.

해와 별, 운행을 바꾸고 있다 섣달이다

조금만 참아라 달 넘어간다
섣달이라 올해도 어김없이
해코지하는 놈들 있다 섣달은, 섣달 중에서도 오늘은, 너무도 지쳐 삶
의 길 함부로 뒤틀리고 있다
한순간 저도 모르게 요동을 치며
아득바득 지랄을 떠는 것들!
한바탕 야단을 떠는 것들!
…(중략)…
뒤통수를 친다 우정이니
신의니, 정의니 하는 것들
한꺼번에 다 잊어버리고
타오르는 질투의 화신이 되어
혼돈의 이름으로, 무질서의 이름으로, 저희들 사이의 따뜻한 관계, 다
깨뜨려버린다 이것을
뭐라고 하나 이 고통을
해와 별, 운행을 바꾸기 전
잠시 삿된 기운들, 몰려다니며 만드는 이 지랄을 어쩌나!
　　　　　　　　　　　　　　　　—「이 지랄을 어쩌나!」 부분

　　시인은 섣달이 지닌 신화적 제의의 시간, 카오스의 상태를 사유하며 쓴
다. 섣달은 "해와 별, 운행을 바꾸"는 시간으로 일상의 세속적 지속이 "너
무도 지쳐 삶의 길 함부로 뒤틀리고", "삿된 기운들"이 "요동을 치며" "지
랄을 떠는", 몽니를 떨고 지랄 발광하는 시간이다. 그 시간은 바로 엘리
아데의 의견을 빌리면 일상적이며 세속적인 시간의 지속으로부터 새로
운 질서로의 이행을 위한 고통의 시간, 혼돈의 시간이다. 섣달에 출현하
는 이 "나쁜 기운들은" 일상의 질서와 원칙, 제도와 규약을 위반하고 무질
서와 무정형, 혼돈의 시간으로 모든 것을 무화시킨다. 그래서 "우정이니/
신의니, 정의니 하는 것들"을 "한꺼번에 다 잊어버리고/타오르는 질투의
화신이 되어/혼돈의 이름으로, 무질서의 이름으로, 저희들 사이의 따뜻한

관계, 다 깨뜨려버"리는 파괴력을 행사하는 것이다. 이 파괴력에 의해 세계는 일순간 혼돈 그 자체가 된다. 이 시간은 원초적이며 근원적인 시간, 생명의 질서와 관계를 무화시키고 소멸시키는 시간, 끝이면서 새로운 시작인 태초의 시간, 우주적 시간을 지시한다. 환언하면 섣달은 코스모스의 세계로부터 카오스의 세계로의 퇴각이다.

그러나 이 시간은 모든 신화적 제의의 시간이 그러하듯 무(無)로 돌아간 코스모스의 세계를 다시금 정화하고 갱생시키는 시간이기도 하다. 그러기 때문에 섣달이라는 고통의 시간, 그 무질서와 무정형의 혼돈의 시간을 화자는 아래의 시에서처럼 두렵고 공포스러운 불안의 대상으로 생각하지 않는다. 오히려 그 혼돈의 시간은 "캄캄한 행복"의 시간이다. 이 시간은 직선적으로 발전한다는 서구의 진보적인 직선적 시간관으로는 생각할 수 없는 순환 반복의 우주적 재생의 시간이다.

> 달이 조금씩 해를 베어 먹는다
> 밤이 조금씩 낮을 베어 먹는다
> 땅거미가 차츰 세상을 덮는다
>
> 앞을 볼 수 없다 맹인악사들이
> 나팔을 불며 거리를 행진한다
> 도시를 지키던 개들도 따라나선다
>
> 무엇이 두려우랴 구름이
> 이내 조금씩 달을 베어 먹는데!
> 무엇이 불안하랴 낮이
> 이내 조금씩 밤을 베어 먹는데!
> 두렵지 않다 캄캄한 행복으로
> 맹인악사들이 땅거미를 향해 웃는다
> 도시를 지키던 개들도 따라 웃는다.
>
> ─「일식」 전문

화자는 어둠(밤)의 매혹에 이끌리고 있다. 어둠은 빛의 질서와 생산성, 합리성과 확실성을 물리치고 그 자리에 혼돈과 죽음을 불러들인다. 일반적으로 저녁은 낮과 밤이 교차하는, 말하자면 질서와 정형의 세계에서 무질서와 무정형의 혼돈의 세계로 넘어가는 경계의 시간대인 것처럼 일식도 이와 마찬가지의 의미를 갖는 것으로 볼 수 있다. 일식은 태양과 지구 사이에 달이 끼어들면서 달빛이 태양을 가려 일시적으로 어두워지며 빛과 어둠이 교차하는 순간의 현상이다. 일식은 일시적으로 낮이라는 확실성의 세계, 빛의 세계라는 질서를 해체하고 어둠이라는 혼돈의 세계로 바꾸어버린다. 우주 창조의 신화에서 보이듯 밤(어둠)은 새로운 질서를 창조하기 위한 원초적 카오스의 세계이다. 따라서 카오스의 세계는 빛의 정화를 통해 질서롭게 정리되고 재창조되어야 할 대상이다. 어둠은 우주의 자궁이기도 하지만 어둠은 부정적 대상이기도 하다. 그것은 존재의 부재와 결핍, 죽음의 공포와 죽음의 재생이라는 의미를 동시에 지닌다. 밤의 어둠은 무섭고 두려운 공포의 대상이다. 그러나 위의 시에서 화자는 밤을 두려운 공포의 대상으로 여기지 않고 오히려 그 밤의 유혹에 이끌리고 있다.

　신화적 사유, 거칠게 말해서 우주 창생의 순환론적 사유에 의해 펼쳐지고 있는 이 시는 달이 해를 잠식하고, 밤이 낮을 조금씩 잠식하여 어둠, 즉 "땅거미가 차츰 세상을 덮"어버리는 현상에 주목한다. 이것은 다시 구름이 달을 잠식하고, 낮이 밤을 잠식하여 빛의 세계로 돌아가는 우주 창생의 순환론적 법칙을 따른다. 낮(빛)은 질서와 이성의 세계로서 확실성의 세계이다. 반면 밤은 어둠으로서 이성적 질서가 해체된 혼돈의 세계이다. 밤의 세계에서는 낮이 지닌 이성적 질서로서의 '나'는 물러나고, 무정형의 원초적 카오스의 세계로 들어가는 시간이다. 따라서 일식은 낮의 빛과 밝음이 지배하는 질서의 세계를 물리치고 일시적으로 밤의 카오스라는 어둠과 혼돈과 죽음과 무정형과 무질서의 세계로 퇴각하는 현상이다. 일식은 일시적으로 질서, 정형, 코스모스, 유기적 구조를 해체하고 유동과 혼돈, 무정형과 죽음의 상태를 불러오는 현상이다. 그래서 밤의 어둠이 지닌 무정형과 무질서의 상태는 불안하고 불길한 것이 되어버린다.

그러나 화자는 그 어둠의 무질서와 무정형의 세계를 불안과 공포의 두려움으로 인식하지 않고 오히려 "캄캄한 행복", 어둠의 매혹으로 받아들인다. 이처럼 신화의 순환론적 세계관이나 카오스의 사유를 통해 화자는 낮과 밤, 빛과 어둠의 순환론적 공존을 보여준다. 밤은 빛의 타자로서 거부되거나 부정되어야 할 것이 아니라 세계를 구성하는 한 부분이다. 중심의 해체와 관계의 회복, 다원주의적 사유는 억압 배제된 타자에 대한 환대의 윤리학을 통해 가능하다는 사실을 이은봉의 시는 보여주는 것이다.

5. 자타불이, 저항과 탈주의 시학

자타불이의 관계성 탐색에서 출발하는 이은봉의 불교적 세계관은 그의 시에 시적 상상력을 규제하는 정신적이며 전략적인 국면으로 기능한다. 이를 통해서 그의 불교적 세계관은 서구의 도구적 자연관과 인간 중심적이며 이성 중심의 가치관을 대체할 수 있는 하나의 대안적 패러다임으로 인식되고 있는 것을 확인할 수 있다. 이러한 문맥에서 이은봉의 시는 이성의 타자로서 불교적 세계관에 의한 심미성의 추구는 근대 질서에 대한 대안적 사유의 패러다임을 제공한다는 의미를 갖는다. 왜냐하면 불교적 사유에 바탕을 두고 있는 시적 상상력은 근대적 이성의 도구화에 대한 반성적 성찰, 말하자면 자아와 세계의 참다운 관계를 반성적으로 성찰하게 해주기 때문이다.

이은봉의 시는 인간과 자연을 분리 구분하여 사유하는 근대적 이성과는 달리 상생의 호혜적 관계로 이해한다. 우주 삼라만상의 존재나 본성은 연기에 의해 이루어졌다고 이해하는 것은 이 세상 모든 것이 수많은 조건들의 결합에 의하여 발생한다는 불교적 세계관의 원리이다. 그런데 이은봉은 이러한 세계 인식의 바탕 위에 관계적 상생의 생명시학을 구현한다. 따라서 존재와 존재 사이의 유기적 관계성과 전체성을 기초로 하는 생명시학의 근저에는 인간 중심적 사유와 문명의 부정성에 대한 비판적 인식이 관통해 흐르고 있다. 이러한 비판적 인식은 궁극적으로 생명의 위기를 초래한 근대적 가치와 질서 체계를 극복하고 대안으로서 상생의 생명관을 제시하는 것이다.

주지하다시피 근대 자본주의의 기획에 의해 추동되는 산업화 내지 문명화는 본질적인 것의 파괴와 상실을 수반한다. 근대의 문명화된 산업사회에서 인간과 자연의 진정한 내적 연관성과 유기적 질서는 단절을 초래하게 만들었다. 이은봉은 자아와 세계의 본질적인 내적 연관성의 파괴와 훼손에 대해 매우 적극적이며 전략적인 태도를 취한다. 그것은 그가 보여주는 불교적 상상력이 휘발성의 상상력이 아니라 현실을 비판적으로 바라보게 하는 안목에 있기 때문이다. 그의 상상력은 현실의 삶에 토대를 둠으로써 그 삶과 현실을 넘어서고자 하는 역설을 지닌다. 이 점은 불교적 직관과 통찰, 성찰과 각성, 구도와 탐구 등은 그의 시가 추구하는 본질적 요소와 부합하는 바가 크기 때문이다. 왜냐하면 불교의 선적 직관과 통찰은 시적 직관과 통찰에 다를 바 없기 때문이다. 또한 불교적 성찰과 각성은 시적 반성과 전망에 상응하고, 시인이 삶과 세계의 비의를 탐구해나가는 구도의 과정과 유사하기 때문이다. 이은봉의 시는 불교적 상상력을 통해 근대적 문명의 이면에 깃든 환멸과 허무에 대한 반성적 성찰을 수행한다. 그런 의미에서 이은봉의 시는 근대 극복의 대안을 모색하는 문명사적인 차원 맥락에서 이해할 수 있을 것이며, 모순과 부조리의 현실을 부정하고 참다운 관계의 세계를 지향하는 탈주의 상상력에서 비롯한다고 할 수 있을 것이다.

근대 세계에서 주체는 과잉 조장되어 타자를 억압하고 있다. 이러한 인간의 자기중심적인 사유는 생명의 통합된 정서보다는 분열되고 해체된 죽음의 정서를 배태하게 마련이다. 이은봉은 자본이라는 물신 욕망의 부정적 현실 속에서 모든 존재를 평등하게 바라보려는 동체대비의 윤리관을 시적 상상력의 밑바탕으로 삼고 있다. 이는 자아와 타자가 고정적이고 독립적으로 존재하거나 서로 분리되고 파편화된 상태의 고립된 존재로서 둘이 아니라 하나라는 물아동근의 인식과 상통한다. 시인이 보여주는 자타불이의 불교적 세계관은 직관적 지혜가 깨져나간 근대사회가 직면한 모순과 부조리를 극복할 수 있는 대안 탐색의 과정으로 이해할 수 있다. 그는 자아와 타자, 주체와 대상, 인간과 세계의 사이의 상호 의존적 관계성의 회복을 통해 죽음의 정서로 가득한 근대의 분열적 증상을 극복하려 한다. 이처럼 모든 존재를 평등한 관계로 보는 불이의 정서를 통해 사물의 존재성이 유정물뿐만 아니라 무정물에까지 두루 미친다는 생명주의적 윤리관을 내세운다.

요컨대 이은봉의 시는 인간중심적인 도구적 이성과 과학기술의 기계론적 세계관을 비판적으로 성찰하면서 근대 극복으로서의 대안 명제를 불교적 세계관을 통해 모색한다. 이러한 반성적 성찰은 불교적 상상력을 통해 이성 중심의 이분법적 사유 체계와 근대문명의 억압적 질서를 부정과 비판, 전복과 위반의 방식으로 현실의 모순과 부조리를 극복하려는 태도로 집약된다. 이는 궁극적으로 이성 중심의 근대적 세계관이 파생시킨 문명 현실의 모순과 부조리, 억압과 결핍, 소외와 분열을 극복하고 새로운 세계의 피안에 도달하고자 하는 시적 고투이다. 이를테면 경험 세계의 부정성에 저항하면서 희망의 세계로 나가려는 탈주의 상상력으로 이해할 수 있다. 탈주의 상상력은 근대적 질서와 문명, 물신의 타락한 욕망과 풍속, 생명의 위기에 대한 반성적 자각이며 저항으로서의 의미를 지니는 것이다. 그러므로 이은봉의 불교적 상상력은 근대사회에 대한 비판적 대안 명제로서의 성격을 갖는 것으로 의미화할 수 있을 것이다.

(『시로여는세상』 2010년 가을호)

'각자(各自, 刻字, 覺者)'의 시학

김수이

1. 시인은 '각자'다

이은봉에 의하면, 시인은 '각자'다. 각자이며, 각자여야 한다. 무엇보다 이은봉은 적극적으로 각자의 시인이 되고자 한다. 그는 아예 자신의 호를 '각자'로 정해놓고 있다. "스스로 호(號)하여, 각자 이(李) 선생이라고 하는 사람이 있다 동구 밖, 오래된 느티나무의 모습으로 살고 싶은, 그렇게 묵묵히 젊은 느티나무가 있다"(「젊은 느티나무」). 시인 이은봉의 극화된 캐릭터임에 틀림없는 '각자 이 선생'은 오래되었으면서도 젊은, 육중하면서도 생기 넘치는, 묵묵하면서도 너그러운 품성을 지닌 것으로 유추된다.

자연스러움과 온유함과 순박함을 지녔으며, 바로 그 본성에 의거하여 세상의 소음과 폭력에 맞서는 사람. 각자 이 선생은 이은봉의 시세계에 자생하는, 해학적 핍진성이 도드라지는 인물로서, 현대 시인의 기꺼운 존재 방식의 하나를 선명히 보여준다. 당위의 세계와 부스러진 현실 사이에서 어쩔 수 없이 분열하는, 그럼에도 자신의 '한심한' 실상을 포기할 생각이 조금도 없는. 세상 사람들이 보기에 그가 열애하고 있는 것이 "서정시 나부랭이"거나 흘러간 "뽕짝가락"이라 할지라도.

제1부 자유, 평등, 사랑, 평화, 생명, 죽음

(이미 철 지난 사내, 지금은 아무도 읽지 않는
서정시 나부랭이나 쓰고 있는
참 한심한 각자 선생을 나는 알고 있다
접는 의자에 앉아
아직도 뽕짝가락 따위 흥얼거리고 있는)

　　깨어진 창틈으로 머리통 자꾸 디밀고 있는, 날벌레여 세월 너무 지겨워 단 하루 만에 생명 탁 놓아버리는, 영겁이여.
　　　　　　　　　　　　　　　　　　　　　　　─「바윗덩어리라면!」 부분

　　"이미 철 지난 사내"인 각자 선생의 입장에서는, 이를테면 '영겁'이라는 무한 범주의 말을 시에 쓰기 위해서는 약간의 불온하고 삐딱한 뉘앙스를 사용해야 한다. 각자 선생에게 '영겁'은 온갖 종류의 불가능성을 함축하면서, 그의 무모한 행위와 옹색한 처지를 분명히 확인하게 해주기 때문이다. 더욱이 그 영겁이 조그마한 '날벌레'가 단 하루 만에 성취하기도 하는 것이라면, 그 앞에서 각자 선생의 기묘한 웃음과 절망의 농도는 한층 짙어질 수밖에 없다.

　　이은봉을 "흥취의 시인"(황현산)이라고 부를 수 있는 것은, 그 흥취의 적지 않은 부분이 "깨어진 창틈"의 현실과 '영겁' 사이에서 헤아릴 수 없는 근본적인 곤혹에 처한 그의 자기 극복의 일환이라는 점에 기인한다. 예를 들어, 각자 선생이 활활 타오르는 세계의 용광로 불길 속을 지나기 위해 "기껏 종이비행기를 타고" 호기롭게 내달리는 장면은 그 극복의 과정이 지난하면서도, 일견 냉철한 자의식에 의해 떠받쳐지고 있음을 알게 한다.

　　어떤 식으로든 세계를 돌파하는 순간의 각자 선생이란, 바로 그 세계에 의해 힘이 꺾이고 있고 심지어 모멸당하고 있는 중이라는 사실. 이은봉 특유의 고전적인 해학과 비극적인 유머는 이 점을 끊임없이 직시하는 냉엄한 현실인식으로부터 발생한다. 이은봉의 해학과 유머의 동력원으로서 비판적인 사유의 대상은 자신을 제외한 세계가 아니라, 자신을 남김없이 포함한 세계인 것이다.

　　맨드라미 붉은 꽃술로 되살아나기는 하더라도 너무 딱해라 이 사람 각
자 선생! 기껏 종이비행기를 타고 활활 타오르는 용광로 불길 속 내달리
다니!

　　시간을 끌고 다니며 서편 하늘로 지고 있는 낮달, 각자 선생 향해 혀
끌끌 차며 웃고 있네.

　　　　　　　　　　　　　　　　　　　　　─「종이호랑이를 타고」 부분

　이 우스꽝스러우면서도 서글픈 자기 희화가 현대 시인이 처한 갖은 난
경을 살아내는 필사적인 방법론의 하나임은 의심의 여지가 없다. 그중에
서도 각자 선생이 자본주의의 무례하고 일방적인 공습에 대처하는 방식
은, 해학과 유머로 덮어쓰기 한 이은봉 특유의 비판과 저항이 어떻게 실
행되고 있는지를 목도하게 한다.

　　시인 이각자 선생, 여섯 달 만에, 참 오랜만에 시 두 편 팔았다 처음으
로 현금하고 맞바꿨다 육만원 받았다 흐뭇했다 '아싸 호랑나비' 하는 마
음 있었다

　　이각자 선생, 그 마음으로 만원은 떼어 두어 권 신간 시집 샀고, 나머
지 오만원은, 과감하게 여섯 달째 잠수함 타는, 친구 놈에게 보냈다 그
머저리 같은, 대책 없는 룸펜 프롤레타리아에게

　　그러고는 '아싸 호랑나비' 하는 마음으로 '아싸 짜잘쿠나' 하는 마음,
덮어씌워 버렸다 그 마음에 매달려, 그 마음 자꾸 격려했다 기렸다 추켜
세웠다 어휴 참, 시인 이각자 선생이라니…….

　　　　　　　　　　　　　　　　　　　　　　　─「어떤 소시민」 전문

　여섯 달 만에 시 두 편 값으로 받은 원고료 육만 원. 시인 이각자 선생이

이 돈을 쓴 용도는 두 가지다. 하나는 시집 구입, 또 하나는 대책 없는 룸 펜 프롤레타리아인 친구 놈에게 보내기. 시를 푸대접하는 자본의 조악한 체제 속에서 시로 벌어들인 '뜨거운 감자'와도 같은 돈을 그 자본의 논리 를 거스르는 용도로 사용하는 것. 시인 이각자 선생은 그러한 자신에 대 해 논평하는 것 또한 잊지 않는다. "'아싸 호랑나비' 하는 마음으로 '아싸 짜잘쿠나' 하는 마음, 덮어씌워 버렸다 그 마음에 매달려, 그 마음 자꾸 격 려했다 기렸다 추켜세웠다".

현재 등단 30년을 바라보고 있는 이은봉은 지금까지 『좋은 세상』, 『봄 여름 가을 겨울』, 『절망은 어깨동무를 하고』, 『무엇이 너를 키우니』, 『내 몸 에는 달이 살고 있다』, 『길은 당나귀를 타고』, 『책바위』 등 일곱 권의 시집 을 펴냈다. 리얼리즘, 자연 서정시, 생태시, 선시 등의 반경을 시대 · 사회 의 굴곡과 함께 넘나들어온 이은봉의 시세계는 한마디로 '각자의 시학'이 라고 이름 붙일 만한 것이다.

실제로 그가 '각자 선생'을 자처하고 있기도 하거니와 정치, 사회, 경제, 자연 등 현실의 다양한 국면을 관통해온 이은봉 시의 실질적인 창작자이 자 발화자는 다름 아닌 '각자-시인(들)'이기 때문이다. 이제 그 '각자-시 인(들)'의 내적 · 외적 공생기를 살펴볼 차례이다.

2. 각자-시인(들)의 공생기

이은봉이 '시인'의 정체성이자 애칭, 동시에 자신의 별칭으로 삼은 '각 자'는 여러 가지 의미를 포괄한다. 해석의 층이 두터운 동음다의어로서 '각자'는 우리 시대 시인이 수행해야 할 다양한 역할을 피력한다. 이로 미 루어볼 때 이은봉의 시는 현실의 모순에 민감하게 대응하면서 다채로운 역할을 치열하게 이행하고자 하는 한 정직한 시인의 보고서이자 고백록 의 성격을 지닌다.

"내 안에도 남들처럼 여러 놈의 내가 살고 있다는 것을 처음 알았을 때는 잠시 혼란스러웠다//…(중략)…//시간의 불수레를 타고 종종대며 달려가다 보면 더러는 꽤 괜찮은 나를 만날 때도 있기는 했다."("내 안의 외뿔소) "내 안의 각자 선생"("묵언의 밤」)은 이 여러 명의 '나'들이 모여 이룬 자아–공동체 혹은 공동체–자아라고 할 수 있다. '나'라는 자아–공동체/공동체–자아로서 '각자–시인'은 크게 세 가지 층위로 구성되어 있다.

먼저, 각자(各自)–시인. 사전적으로 "각각의 자기 자신" "각각의 사람이 따로따로"의 두 가지 뜻을 지닌 각자(各自)는 시인이 본질적으로 단독자이며 독립자여야 함을 환기한다. 단독자·독립자로서 '각자(各自)'의 위상은 그것이 근대문명이 호들갑스럽게 부각시키면서도 실은 뿌리 깊이 부정해온 대상이었다는 점에서 역설적으로 드러난다. 구체적으로 말하면, 오직 자신의 유지에만 관심이 있는 비민주적 정권이 최후까지 억압하는 것은 단독자·독립자로서 개인이며, 모든 인간적인 가치를 말살하는 자본주의가 원천적으로 봉쇄하고 억압하는 것 또한 단독자·독립자로서의 개인이다.

각각의 자기 자신인 '각자(各自)'는 이은봉이 1980년대의 파행적인 정치의 시대를 격렬하게 통과할 때는 리얼리즘 시의 근거('주체')가 되었고, 1990년대 이후 갈수록 심화되는 자본주의의 횡포와 생태 위기에 직면해서는 리얼리즘 시와 생태시가 공존할 수 있는 토대('주체'이자 '자아'이며 그 자아를 기꺼이 철회할 의사가 있는 '초(超)자아'이기도 한)가 되었다. 더불어 반(反)자연, 반(反)생명, 몰(沒)인간의 자기파괴적인 현대적 삶에 맞서서는 자연과 우주의 섭리에 순응하는 선시 지향의 자연친화적인 시들의 뿌리[타자와의 합일을 통해 도달하는 '몰아' 혹은 '비아(非我)']가 되어주기도 하였다.

그러니까 이은봉은 사람들을 조각나고 고립된 각자(各者)들로 만드는 근대문명과 그 독특하게 일그러진 한국적 현실에 저항해, 온전한 '각자(各自)'로서 자기 자신을 지키기 위해 분투해온 것이다(이은봉에게는 이것이 진정한 시인이 되기 위해 노력하는 길과 그대로 일치하였다). 이 명제는 역으로도 그대로 성립되는데, 두 가지 항목이 선후 관계가 뚜렷이 없이 하나로 얽혀 있는 까닭이다. 이은봉이 특히 자본을 향해 날카로운 비판의 날을 벼리는 것은 '이념의 시대'로 불리며 혁명의 가능성으로 불타올랐던 1980년대와 그 이후의 시대를 연결하는 역사적 문제의식의 소산이기도 하다.

"어디서든 사납게 발톱 세우는 놈, 아무거나 함부로 그렇게 물어뜯는 놈, 물어뜯으며 마구 피 뿌리는 놈"(「유령들−자본」), "발전소여 고무풍선처럼 부풀어오르기만 하는, 자본주의여."(「발전소 −서울」) "달리는 자본주의여 피를 흘리며 끝내 강물 위에 다리를 놓는 이데올로기여!"(「달리는 핵폭탄」) 이은봉은 '각자(各自)−시인'을 부정하는 현실의 갖가지 위협에 온몸으로 대항하며 일관된 삶의 자세를 견지해온 것이다. 어쩌다 이은봉이 자신을 만신창이로 만드는 현실에 기진맥진해 있을 때는 득달같이 "내 안의 각자 선생이 달려나온"다. 각자−시인은 자신의 내부의 또 다른 각자를 통해 무도한 세계의 칼날을 끝내 견디고 이겨내는 것이다. "어느덧 가슴 속 깊이 자작나무 한 그루 저 혼자 숲을 이루"는 아름다운 기적은 이렇게 하여 일어난다.

> 평생 부엉이 울음소리와 함께 살아도 좋다, 하고 어금니를 깨무는 동안, 성한 곳 하나 없는 몸, 만신창이
>
> 끝내 견뎌내지 못하고 내 안의 각자 선생이 달려와, 만신창이 몸 훌쩍 어깨에 들쳐 멘다
>
> …(중략)…
>
> 각자 선생이 곁에 있는 한, 번쩍 빛을 발하며, 칼날들 몸 속 지나가도 좋다, 하며 상처투성이의 시간이 저 혼자 중얼거린다

이윽고 칼날들, 찢겨진 날개에 추락하는 소리 들린다.

— 「묵언의 밤」 부분

내 가슴에 모욕을 만들고, 수치를 만들고, 설움을 만든 것들…… 실은
그것들도 자본이라는 공장의 몇 장 벽돌에 불과했나
…(중략)…
어쩌다 보니 내 마음도 강물에 빠져 출렁이며 흘러가고 있었다 그날의
모욕, 그날의 수치, 그날의 설움…… 기억조차 못할 것 같았다
어느덧 가슴 속 깊이 자작나무 한 그루 저 혼자 숲을 이루고 있었다.

— 「망각의 자작나무」 부분

자작나무 한 그루가 저 혼자 숲을 이룬 내면의 소유자 각자—시인이 자
연을 대대적으로 학살하는 현대문명의 횡포를 그냥 지나칠 리는 없다. 이
은봉이 생태시로 나아간 것은 자연스럽고 응당한 귀결이었다. "저 혼자/
가죽구두 벗어든 채 죽은 바다 두드려 깨우고 있"는 각자 선생은 살해당
한 자연의 현장을 혼자서라도 배회하면서 자연의 파수꾼을 자임한다.

이은봉에게 생태시는 자연의 만물 각자의 독생 및 공생의 정당성과 그
것을 성취하기 위한 노력을 의미한다고 해도 지나치지 않다. 각자—시인
이은봉은 최대한 각자(各自)로서 살아가고자 하며, 자신을 둘러싼 세상 만
물을 저마다의 각자(各自)로서 인정하고 존중하는 가운데 시를 쓰고 있는
것이다.

바다는 아예 제정신 잃어버렸다
이미 제 숨결 놓아버렸다
…(중략)…
한바탕 시궁창 냄새가 일고
녹슨 포크레인 삽날 몇 개
까맣게 이빨 벌리고 있는 바다
가, 저 혼자 차갑게, 하늘 물어뜯고 있었다

거기 갯가 모퉁이 어슬렁거리고 있는 뜻밖의 사내
는, 각자 선생이다 각자 선생이 저 혼자
가죽구두 벗어든 채 죽은 바다 두드려 깨우고 있었다
— 「바다 2 – 톱머리」 부분

두 번째로, 각자(刻字)–시인. 각자(刻字)는 "글자를 새김. 또는 새긴 글
자"를 의미한다. 이때 시인의 임무는 세계의 도처에 편재하는 각자의 문
맥을 해독하여 풍부하고 새롭게 풀어내는 것이다. 이은봉이 즐겨 읽어내
는 각자(刻字)의 텍스트는 '바위'이다.

바위는 제 몸에 낡고 오래된 책을 숨기고 있다
…(중략)…
지금은 일실된 옛 글자로 씌어진 이 책을 읽기 위해서는 자꾸만 더듬
거릴 수밖에 없다
홍당무처럼 낯을 붉히는 참식나무들의 마른 잎사귀들이나 귓가에 다
가와 글자들의 뜻을 겨우 속삭여 주기 때문이다
더러는 멧새들이 날아와 하나씩 글자들을 짚어 가며 재잘재잘 뜻을 설
명해줄 때도 있다
— 「책바위」 부분

바위는 주둥이 꽉 다물고 있다 끈질긴 인내심으로
제 마음 검붉게 달구고 있는 무쇠덩어리
춘삼월 새파란 욕망의 혓바닥까지
바위는 꽈악, 끌어안고 녹여버리고 있다
바위는 그렇게 모든 생명들의 꿈……
제 속으로 철없는 손오공 키우고 있다
온갖 정성으로 빚은 사랑을 먹고
훌륭하게 장성한 손오공
근육질의 구릿빛 어깨 빛내며
마침내 法 구하기 위해

늠름히 서역으로 출발할 때까진
바위는 별별 서러움, 안으로 찍어 누르고 있다

— 「바위의 길」 부분

이은봉은 바위를 바위책, 책바위라고 명명하는데, 이는 자신이 궁구하는 '바위'가 "제 몸에 낡고 오래된 책을 숨기고 있"는 대자연의 섭리의 집약적 상징임을 말하기 위해서이다. 즉 바위는 그 자체로 자연과 우주의 각자(刻字)이다. 이 각자를 읽어내기 위해서는 시인은 "자꾸만 더듬거릴 수밖에 없"으며, 바위의 친척들인 나무와 새들의 도움이 절대적으로 필요하다. 각자(刻字)-시인은 하나의 '거대한 책'으로서 자연을 읽어내는 자이자, 그 독해의 경험을 바탕으로 자신의 언어들을 시에 새겨 넣는 자이기도 하다. 그러나 각자(刻字)-시인 이은봉의 해독의 대상은 자연에 한정되지 않는다. 이은봉은 생활 세계의 곳곳에서 읽어내야 할 각자(刻字)들을 발견한다. 사람들이 매일 아침저녁으로 사용하는 '비누'가 한 예가 된다. "비누: 나는 시인가? 마음 더러워지면 못 견디는 사람들, 아침저녁으로 읽고는 하는…… 읽고 나면 마음 가벼워지지"(「시와 비누」).

바위책 혹은 책바위를 열고 들어가 그 속에 쓰인 "신의 섭리"(「선(善)에 대하여」)로서 각자(刻字)를 읽어내고자 하는 이은봉은 외부 세계의 겹들과 내부 세계의 겹들을 함께 바라보는 시선을 지니고 있다. 이는 각자-시인이 다양한 층위의 존재 양상을 갖고 있으며, 자신의 안과 밖으로 분열하는 것과 같은 선상에 있는 것이라고 할 수 있다. 이은봉이 이처럼 열렬히 분산되는 자신을, '법(法)'을 구하기 위해 서역으로 떠나는 손오공과 동일시하는 것은 우연이 아닐 것이다. 이로부터 각자-시인의 세 번째 의미망이 갈라져 나온다.

세 번째로, 각자(覺者)-시인. 각자(覺者)는 '부처'의 다른 이름이며, 깨닫기 위한 수행을 마치고 자신의 깨달음으로 남을 깨닫게 하는 사람이다. 또한 우주와 인생의 진리를 깨달아서 모든 의혹과 번뇌를 버리고 마음의 안정을 찾은 사람이기도 하다. 따라서 각자(覺者)-시인은 정확히는 각자(覺者)를 흠모하고 지향하는 시인이라고 하는 것이 옳다. 각자(覺者)-시인에게 현실은 힘겨운 고행을 통해 가로질러가야 할 "제석사막"(「제석사막」)이다.

그런데 제석사막은 집 바깥의 외부 세계에 존재하는 것은 아니다. "고향집 뜰 안 살구나무 그늘 밑"도 제석사막의 한 지점이다. 깨달음이 '나'의 바깥, 어디 멀리서 오는 것이 아닌 이치와 여일하다. 고향집 뜰 안 살구나무 그늘 밑에서 "시(詩)와 선(善)이 하나라고?"라는 화두를 들고, "나다 아니다 각자 선생이다 아니다 점차 몽롱해지는 사이," 깨달음은 불현듯 찾아온다. "나는 없네 나를 털어 바친/매화원, 꽃송이들만 앞다투어 피고 있네//보게나 꽃송이들로/피어나는 나일세//꿀벌들, 윙윙대는 날갯짓도/때로는 나인 적 있네"(「매화원에서」).

> 고향집 뜰 안 살구나무 그늘 밑이다 모처럼 가부좌를 틀고 눈 감아본다 무엇 하나 떠오르지 않는다 詩와 善이 하나라고? 무거워진 머리통 자꾸 흔들린다 초여름 햇볕 밝고, 풀숲 우거지고, 재잘대는 새소리, 수돗물 소리……
>
> 반시간도 지나지 않아 의문이 온다 손깍지 베개를 하고 아스라이 누워 있는 저 사람은 누구인가? 나다 아니다 각자 선생이다 아니다 점차 몽롱해지는 사이, 멀리 자동차 소리 들려온다 조카애들 까불대는 소리, 풋살구 떨어지는 소리……
>
> ―「모처럼 가부좌를 틀고」 부분

불타는 나무리!
허공 떠도는 바람들 불러 모아
반야심경 외게 하누나

나무는 불타리!

공중 헤매는 제비들 불러 모아
천수경 외게 하누나

머리칼 풀어헤친 채
온몸 가득, 푸른 하늘 빨아들이고 있는 나무여

그대 이미 불타거늘!
땅에 내린 뿌리 너무 얕아
여태 절 믿지 못 하누나.

─「불타는 나무」 전문

　물론 이 깨달음들은 궁극의 절대적인 것이 아니며, "신의 섭리"를 향해 가는 아득한 도상 위에 있는 과정적인 것이다. 그 아득한 거리를 이은봉은 위트 섞인 시적 상상력을 통해 메우고자 한다.

　"불타는 나무리"는 푸른 생명력으로 불타오르는 나무[木]와 "불타(佛陀)는 나무(南無)리"로 중의적으로 해석되는데, 이 중의법에 기대어 이은봉은 "나무여 그대 이미 불타거늘!"이라고 미리 선취된 깨달음의 경지를 사유하는 것이다. 주목할 것은, "머리칼 풀어헤친 채/온몸 가득, 푸른 하늘 빨아들이고 있는 나무"가 이은봉이 오래 천착해온 생태시의 현실적인 이상(理想)이며, 그가 비판해온 자본주의가 회복해야 할 근원적인 가치라는 점에 있다.

　이는 또한 각자(各自)─시인의 비유적 초상이자, 각자(刻字)─시인이 극진히 해독해야 할 대상이기도 하다. 각자(覺者)─시인이 앞서 두 각자─시인들과 상통하는 지점이 여기서 마련된다. 최소한 세 유형의 '각자'를 품고 살아내고 동경하고 있는 시인 이은봉이 걸어온 길이, 또 걸어갈 길이 앞서거니 뒤서거니, "어느덧 가슴속 깊이" "저 혼자 숲을 이루고 있다."

되새김 넘어 되살림의 시

이형권

1.

벌써, 그렇게 되었다. 이은봉 시인이 어느덧 "지구 밖에서 지구 보네/시간 밖에서 시간 보네"(「지구 밖에서」)라고 노래하는 연륜에 이르렀다. 그는 이제 세상에 대한 거시적 통찰과 인생의 "시간"에 대한 깊은 성찰이 자연스러운 지경에 이른 것이다. 해맑은 미소 때문에 나이를 가늠하기 어려운 그가 벌써 '시력 30, 인생 60'이라니 세월은 무상하다는 말이 새삼스레 다가온다. 더욱이 그의 시력 30년이 보통의 세월이었던가? 말할 수 있는 것조차 말할 수 없었던 신산스런, 너무도 신산스런 세월이 아니었던가? 많은 이들이 알고 있는 대로 그는 저 80년대 초반 혹독한 세월을 시로써 견디어온 시인이었다. 그 시절 그가 '짱돌'의 시인이었음을 아는 사람은 다 아는 사실, 그는 언어의 '짱돌'을 얼토당토하지도 않은 "어릿광대"(「코메디언 전씨」)에게 던지며 신산스런 세월을 견뎌냈다. 그런데 그의 저항은 치기 어린 군중 심리나 편협한 진영 논리에서 벗어나 있다. 그의 시에서 저항은 시대와 인간이 근본적으로 간직해야 할 기본적인 것들에 대한 깊은 성찰과 균형 감각을 토대로 한다.

시력 30년에 이르렀다는 것, 그것은 한 시인으로서 대단히 영광스러운 일임에 틀림없다. 다만 그것이 진정한 의미의 영광스러움이 되기 위해서는 한 가지 조건이 있다. 부단히 시적 진화를 해왔다는 전제 조건이 충족될 때라야만 진정으로 영광스러운 것이다. 이 대목에서 우리는 근대시 초창기의 몇몇 시인들이 20대 후반 전후에 요절을 하면서도 위대한 시적 유산을 남겼다는 사실을 떠올려야 한다. 군이 소월이나 이상의 이름을 들지 않더라도 한 시인의 성공 여부가 반드시 그 시력의 크기와 비례하는 것은 아니다. 이즈음처럼 시인들이 장수하는 시절에 시력 30년 자체는 그다지 대단한 일이 아니라는 말이다. 중요한 것은 어떻게 진화해왔느냐는 것이다. 오늘 한국의 시단에는 30년이 아니라 40년, 50년의 시력을 자랑하는 많은 시인들이 존재하지만, 그 가운데 등단 이래로 부단한 진화의 과정을 거쳐온 시인은 그다지 많지 않다.

다시 이은봉 시인으로 돌아와보자. 그의 시력 30년은 어떠했는가? 그의 초기 시는 80년대의 민주, 민족, 민중 운동의 거시 담론의 자장 속에서 출발했고, 90년대 이후의 시는 소시민적 삶의 서정과 애환과 같은 미시 담론을 배후로 삼고 있다. 그리고 2000년대 들어서 자연시 혹은 생태시를 추구하면서 삶의 근본적인 원리에 대한 성찰을 주조로 삼고 있다. 이러한 패턴은 백무산 시인을 비롯하여 시적 변신에 성공한 80년대의 몇몇 진보 시인들의 모습과 흡사하게 닮아 있다. 그런데 이은봉은 그러한 패턴을 보여주는 가운데 그들과는 조금 다른 모습을 보여주고 있다. 그것은 과거의 되새김(反芻)을 넘어서고 있다는 것이다. 되새김이라는 것은 지나간 일들에 대한 아쉬움을 회억의 메커니즘에 담아서 드러내는 것일 터, 한때 우리 문단을 주도했던 후일담 문학이 그 대표적인 양상일 터이다. 후일담 문학을 별반 좋아하지 않는 나로서는 되새김을 넘어선 그의 시에 매력을 느끼지 않을 수 없다.

그의 시는 과거를 되새기기보다는 본질적인 것들을 현재에 되살리고자 한다. 그리고 되살림의 대상은 그의 시심 깊은 곳에 간직하고 있던 순수하고 아름다운 자연이나 생명이다. 그런데 생명이나 자연을 되살리는 시의 배후에는 저항 의식이 내재되어 있다는 사실을 주목할 필요가 있다. 특히 생태시의 범주에 드는 것들은 80년대의 정치 현실에 대한 저항 의식의 새로운 버전이다. 다만 저항 대상이 폭력적 정치 현실에서 문명 현실과 생태계 오염으로 옮겨간 것이다. 따라서 80년대 민중시인들이 90년대 넘어서면서 생태시 쪽으로 방향을 선회하는 것은 아주 자연스러운 현상이다. 이 글은 이러한 양상이 이은봉의 최근 시에서 어떻게 드러나고 있는지 시집 『걸레옷을 입은 구름』(실천문학사, 2013)을 중심으로 살펴보려고 한다.

2.

이은봉의 시가 되새김보다 되살림을 추구한다는 것은 그 밑바탕에 현실주의 시학이 자리 잡고 있다는 사실을 의미한다. 현실주의 시학은 시간적으로 미래나 과거보다는 현재를 중시하는 경향이 있다. 간혹 과거의 기억이 등장한다고 해도 그것은 시상을 지배하는 요소가 아니라 현재를 인식하기 위한 매개 역할에 그친다.

> 오월이라고 오동꽃 벙그러진다
> 아까시꽃 하얗게 웃는다
> 새끼 제비들 벌써 빨랫줄 위에까지 날아와 앉는데
> 모란꽃 뚝뚝 떨어진다
> 한바탕 흙먼지를 날리며 회오리바람 분 뒤
> 타다다다, 여우비 쏟아진다
> 지난 1980년대 이후, 꽃 피고 지는 오월
> 함부로 노래하지 못했다

최루탄 가스로 가득 찬 역사에 들떠
꽃이나 나무 따위 들여다보지 못했다

오월이라고 눈 들어 숲 바라보니
반갑다고 오동꽃 눈 찡긋한다
어이없다고 아까시꽃 헛기침한다
이제는 꽃이며 나무와도 좀 친해져야겠다
저것들, 이승 밖에서부터 나를 키워준 것들
너무 오래 버려두어 많이 서럽겠다

—「오월이라고」전문

이 시의 "1980년대"라는 과거는 비인간적, 반자연적인 시절이었다. 시인은 이제 "최루탄 가스"로 표상되는 폭력과 억압의 "역사"는 가슴 깊이 묻어두고(그러니 망각은 아니다), 그 시절에 까마득히 잊고 살았던 "꽃이나 나무"를 시 속에서 되살려내고 싶다고 밝힌다. 이때 "꽃과 나무"는 물론 자연을 제유하는 것일 터. 그것은 "이승 밖에서부터 나를 키워준 것들"이니 시인에게 진정으로 소중한 존재가 아닐 수 없다. 사실 이은봉 시인은 그의 시와 삶으로 유추해보건대 80년대라는 질곡의 세월이 아니었다면 순수한 서정시인이 되었을 법하다. 그는 순수하기 때문에 오히려 폭력의 역사 앞에서 침묵할 수 없었던 현실주의 시인이었다. 그러니 독재의 한 페이지가 넘어간 90년대 이후, 특히 최근 들어서 그가 순수한 자연 서정을 노래하거나 삶의 본질을 탐구하는 것은 자연스러운 일이 아닐 수 없다. 그는 자신의 시심 속에서 사장되었던 자연 서정과 삶의 본질을 되살려내면서 시의 새로운 국면을 열어온 것이다.

그런데 그의 시에서 자연은 동일시의 정서를 바탕으로 아름답고 밝은 세계로 되살려진다. 가령, "등불 환히 켜 들고 걷는 하늘길이다/길 끊긴 곳, 빈 공중을 향해 내뿜는/샛노란 물줄기다 절벽 끝까지/몰려와 삐악거리는 저 병아리 떼"(「저 산수유꽃」)와 같은 이미지로 드러난다. 이른봄에

피는 산수유꽃을 활유(活喩)하여 표현한 "샛노란 물줄기"나 "병아리 떼"의 이미지는 활기차고 아름답기 그지없다. 이런 자연의 세상은 독자들에게 "황홀하다 여기가 잠시, 정토인가."(「산벚꽃」)라는 느낌을 전해준다. 특히 꽃을 소재로 한 적지 않은 시들은 이처럼 순수하고 아름다운 자연의 세계를 표상한다.

이은봉의 시에는 80년대 청년기의 시대 현실과 관련된 것들보다는 그 이전의 유년기의 기억들이 빈도 높게 나타난다. 그러나 과거의 기억들은 지나간 시간을 회억하는 후일담을 구성하기보다는 오늘의 삶에 전망을 제공하는 '오래된 미래'로 되살아난다.

> 다섯 개의 맑은 우물이 출렁대는 마을이 있었네 언덕마다 사과꽃이 피어오르는 마을이 있었네 앞뜰에는 염소 떼가 풀을 뜯고 있었네 뒤뜰에서는 병아리 떼가 어미닭을 쫓고 있었네
>
> 이 마을의 우물가에서 나는 처음 한 사랑을 알았네 복사꽃 냄새에 쫓겨 그만 청춘을 불살랐네
>
> 밭두렁을 거닐며 내일을 노래하던 마음이여 개나리 샛노란 꽃빛 속 한없이 자맥질하던 마음이여
>
> 언제나 사람은 버들잎과 살구알과 풀여치와 굴참나무와 소쩍새 울음소리와…… 봄을 섞으며 크고 있었네 그렇게 미래는 지난 세월로 자라고 있었네 가난한 축제로 자라고 있었네
>
> 오늘도 내일은 이 마을을 향해 걷고 있었네 아스라한 배꽃 향기 속으로 씩씩하게 걸어 들어가고 있었네
> ─「옛 마을을 향한 내일의 노래」 부분

이 시에서 시간은 순차적 흐름에서 일탈해 있다. 시의 공간인 "다섯 개

이환희 되새긴 넘어 되살림의 시

의 우물이 출렁대는 마을"은 "있었네"라는 서술어가 밝혀주듯이 과거의 시간 속에 존재하는 것이다. 그곳은 "우물"로 상징되는 생명의 공간으로서 "나"는 "처음 한 사람을 알았"고 "청춘을 불살랐"던 것이다. "사랑"과 "청춘"은 그 무엇보다도 미래를 꿈꾸게 해주는 삶의 에너지일 터, 그래서 그 "마을"은 "내일을 노래하던 마음"의 공간인 것이다. 하여 "지난 세월"은 단순히 되새김의 대상이 아니라 "미래"를 "자라"게 해주는 되살림의 시간이 된다. 중요한 것은 "지난 세월"이 과거의 입장에서만 "미래"가 아니라는 점이다. 인용의 마지막 연에서 "오늘도 내일은 이 마을을 향해 걷고 있"다는 진술이 그러한 사실을 말해준다. 따라서 "다섯 개의 우물이 출렁대는 마을"은 현실의 공간을 넘어 "나"의 현재뿐 아니라 미래까지도 관여하는 마음속에 공간인 셈이다. 그 공간은 아무리 첨단의 문명이 발달한 테크노피아의 세계라고 해서 달라질 것이 없다. 그곳은 오래된 미래의 세계, 즉 오래 꿈꾸어온 아름다운 생명의 세계이기 때문이다.

되살림의 더 적극적인 양태는 생태시로 이어진다. 이은봉의 생태시는 오래된 미래를 되살리는 일이자, 한때 몸담았던 민중시를 다른 버전으로 되살리는 일이다. 특히 그의 생태시는 본질주의적인 생명 사상보다는 민중시학의 저항 정신과 연관된다는 사실을 주목할 필요가 있다. 다시 말해 그의 생태시는 피상생태학이나 근본생태학보다는 사회생태학의 범주에서 이해하는 것이 바람직하다.

구름이 이리저리 몰려다니며 자꾸 나와 달 사이의 교신을 끊는다. 걸레옷을 입은 구름……
교신이 끊기면 나는 달에 살고 있는 잠의 여신을 부르지 못한다.
옛날 구름은 그냥 수증기, 수증기로는 나와 달 사이의 교신을 끊지 못한다.
오늘 구름은 고름덩어리, 걸레옷을 입은 구름은 제 뱃속 가득 납과 수은과 카드뮴을 감추고 있다.

이제 내 숨결은 달에게도 가지 못한다 달의 숨결도 내게로 오지 못한다

…(중략)…

끝내 바람이 구름의 걸레옷을 벗기지 못하면 누구도 잠들지 못한다
하느님조차도 눈 부릅뜬 채 몇 날 몇 잠을 깨어 있어야 한다
잠들지 못하면 어떤 영혼도 바로 숨쉬지 못한다 그렇게 죽는다
　　　　　　　　　　　　　　　—「걸레옷을 입은 구름」 부분

　이 시는 일반적인 생태시와 구별되는 개성을 보여준다. 생태계 오염을
고발하는 생태시들이 흔히 취하는 당위적 담론의 양식에서 벗어나 "달"과
의 "교신"을 문제 삼고 있다. 또 그것이 동화적 상상력과 연결되면서 흥미
를 더한다. 동화적 상상의 세계는 인간의 순수하고 맑은 마음과 관계 깊
기 때문에 건강한 자연을 추구하는 생태시와 잘 어울린다. 그렇다고 생
태계 오염의 문제를 고발하는 데 무관심한 것은 아니다. 즉 "수증기"로 이
루어진 "옛날 구름"과 "납과 수은과 카드뮴"과 같은 치명적인 오염 물질
을 간직한 "오늘 구름"의 대조는 인상적이다. 시인은 후자를 "걸레옷을 입
은 구름"이라고 비유함으로써 동화적 상상력을 통해 자연의 오염을 고발
하고 있다. 또한 고발의 차원은 복합적이라는 사실도 흥미롭다. 생태계의
오염은 자연뿐만 아니라 "나"를 비롯한 모은 인간("누구도")에게 부정적인
영향을 끼치는 것이라고 한다. 나아가 "하느님"이나 "영혼"마저도 "죽는
다"고 함으로써 자연, 인간, 종교를 아우르는 다층적 생태 의식을 보여주
고 있다.

　이은봉의 생태시가 지향하는 또 하나의 중요한 맥락은 생명의 근원에
대한 성찰이다. 오늘날 생태 문제가 심각한 것은 생태 오염이 현상적 차
원에서뿐만이 아니라 근원적인 차원에서 이루어지고 있다는 점이다. 시
인은 그것을 오염된 돌에 비유한다.

돌 속에서 엉금엉금 기어 나온 후 너무 오랫동안 돌을 잊고 살았다

쭈글쭈글 속이 빈 돌의 껍데기가 어머니의 뱃가죽이라는 걸 알았을 때는 세상의 시간 이미 허옇게 늙어 있었다

돌도 벌써 붉그죽죽 녹슬어 있었다 수은 납 카드뮴 따위가 스며들어 늦가을 두엄 위로 나뒹구는 썩은 밤송이만큼이나 몰골이 지저분했다

저 돌이 언젠가는 내가 되돌아가야 할 집이라니…… 아무 생각 없이 세상을 걷어차 온 아랫도리가 싫었다 미웠다 역겨웠다

시간의 회초리에 종아리를 맞다 보면 늦었어, 늦었어 혀를 차는 소리나 겨우 알아들을 수 있었다

미처 악수를 청하기 전이지만 이 모든 일이 내 거친 아랫도리에서 비롯되는 일이라는 것을 안 것은 그나마 다행이었다

쭈글쭈글 껍데기뿐인 돌은 그래도 반갑게 내 손을 잡아주었다 돌의 손은 어머니의 젖가슴만큼이나 따뜻해 찔끔찔끔 눈물이 흘러나왔다
— 「돌 속의 잠」 부분

"나"는 세속의 시간을 정신없이 살다가 자신의 삶을 성찰하면서 생명의 근원을 탐구하는 존재이다. 자신이 "돌에서 엉금엉금 기어나"왔다는 것으로 미루어보건대 "돌"은 생명의 근원이라 할 수 있다. 그것은 "어머니의 뱃가죽"이라는 표현에서 더욱 명확해진다. 그런데 생명의 근원을 "돌"에 비유한 것은 흙의 상상력과 관계 깊다. 흙은 생명의 발아와 생육을 가능케 하는 터전인데, 그 흙이 견고한 불변의 형상을 갖추게 된 것이 다름 아닌 "돌"이다. 그러니까 "돌"은 흙이 지닌 생명의 근원이라는 메타포를 강조하기 위한 것이다. 문제는 "언젠가 내가 돌아가야 할 집"인 "돌"이 "수은 납 카드뮴 따위가 스며들어" 오염되고 말았다는 점이다. 이때의 "돌"은 어

머니의 자궁이거나 지구 전체, 아니 우주라고 보아도 무방하다. 흥미로운 것은 그 오염의 원인이 "내 거친 아랫도리"의 욕망 때문이라는 점이다. "나"의 생명과 그 근원이 죽음의 공간으로 변해버린 것은 다름 아닌 "나" 자신의 욕망 때문이라고 보는 것이다. 이때의 "나"는 한 개인이라기보다는 인간 중심주의의 메커니즘 속에 존재하는 '인간' 전체일 터이다. 따라서 이 시의 테마는 지구 생태계를 파괴해버리는 인간의 무한 욕망에 대한 비판적 성찰이다. 더구나 오염으로 쭈글쭈글해진 "돌"이 "손길을 내밀어주"면서 탕아처럼 상아론 "나"를 포용해주고 있는 데서 인간의 반자연적 삶의 문제점은 더욱 도드라진다.

생태 오염에 대한 문제 제기는 "담쟁이 넝쿨처럼/갈퀴손이 달려 있는/사람의 문명"(「담쟁이넝쿨」)이나 "무엇이 봄의 발목을 잡고 있을까/산 고개 넘어오다 노루 올무에라도 걸린 걸까"(「발목 잡힌 봄」)와 같은 시구에서도 인상적으로 진술된다. 이처럼 인간적인 삶과 자연의 순리를 파괴하는 생태 오염의 문제는 이은봉 시인의 주요 관심사 가운데 하나이다. 거듭 말하거니와 요즈음 이은봉 시인이 생태시에 많은 관심을 갖고 있는 것은 그가 여전히 현실주의 시학에 뿌리를 깊이 두고 있음을 의미한다. 그는 기본적으로 휴머니스트로서의 인간이 인간답게 살지 못하게 하는 모든 것에 대한 저항을 하는 시인이다. 어느 시대이든 인간의 삶을 위협하는 것들은 있게 마련일 터, 한 시절 독재자가 그러한 존재였다면 요즈음에는 생태계의 오염의 주체들이다. 그의 시에 자주 등장하는 봄이라는 계절감이나 순정한 자연물들은 그들에 대한 저항을 통해 도달하고자 하는 아름다운 세계이다.

3.

마지막으로 주목해볼 점은 이은봉의 되살림의 시학이 에로티시즘과 결합하는 양상이다. 빈도가 높은 편은 아니지만, 그의 시는 에로티시즘의 감각을 통해 자연과 생명의 존재감을 드러내곤 한다. 에로티시즘은 약동하는 생명의 근원적 생리라는 점에서 생태시와 결합하는 것이 자연스럽다.

농협 창고 뒤편 후미진 고샅, 웬 낮빛 보얀 계집애 쪼그리고 앉아 오즘 누고 있다

이 계집애, 더러는 샛노랗게 웃기도 한다 연초록 치맛자락 펼쳐 아랫도리 살짝 가린 채

왼편 둔덕 위에서는 살구꽃 꽃진 자리, 열매들 파랗게 크고 있다

눈 내리뜨면 낮은 둔덕 아래, 계집애의 엄니를 닮은 깨어진 사금파리 하나, 반짝반짝 빛나고 있고.

— 「민들레꽃」 전문

"민들레꽃"은 길가에 들판에 어디에나 피어나는 봄꽃이다. 화려하지는 않지만 노아의 방주 때도 살아남았다고 전해지던 꽃이다. 하얀 홀씨가 닿는 곳이면 어디든지 뿌리를 내리고 살기 때문에 끈질긴 생명력을 표상하는 꽃이다. 이 시에서는 "농협 창고 뒤편 후미진 고샅"에 자리를 잡고 자란 "민들레꽃"이다. 그런데 그 모습을 시인은 "낮빛 뽀얀 계집애 쪼그리고 앉아 오줌 누고 있다"고 표현한다. 이 모습은 노상 방뇨의 부정적 이미지보다는 순수한 생명의 아름다운 이미지에 가깝다. 노란 꽃잎에 초록 잎사귀를 간직한 "민들레꽃"의 외형을, "샛노랗게 웃기도 하"면서 "연초록 치맛자락 펼쳐 아랫도리 살짝 가린" 모습이라고 비유하고 있다. 그리고 그 주위에는 "살구꽃 꽃진 자리, 열매들 파랗게 크고 있"고 그 곁의 "낮은 둔덕 아래"에는 "계집애의 엄니를 닮은 깨어진 사금파리 하나, 반짝반짝 빛나고 있"다. "민들레꽃"과 그것을 둘러싼 풍경이 아름다운 광경을 연출한

다. 이와 비슷한 시구들은 건강한 생명을 드러내는 데 효과를 발휘한다. 하여 봄의 광경도 "엉덩이를 들썩이는 골짝물로 흘러내리리 버들잎 여린 입술로 뽀짝거리며 피어나리 이웃집 순이의 옷고름에 매달려 웃는 달뜬 마음이리"(「봄 들판」)와 같이 형상화된다. 전원의 고구마 밭도 "저 고구마 밭, 스물하나/내 어린 아랫도리를 꽈악, 잡고 놓지 않던/상이 년의 짧은 원피스 같다"(「고구마 밭에서」)에서처럼 에로티시즘의 이미지로 표현된다.

이렇듯, 요즈음 이은봉의 시는 시인 자신이 오랫동안 잊고 지냈던 자연과 생명의 본질을 탐구하는 데 바쳐지고 있다. 그의 시에는 이른바 진보 시인들의 시에 자주 드러나는 과거 민주화 운동의 기억에 대한 되새김이 잘 드러나지 않는다. 대신 진보 시인으로서 생래적으로 지닌 저항 정신을 자연과 생명의 본질을 훼손하는 문명, 사회, 인간에 대한 비판 정신으로 변환시키고 있다. 그것을 나는 '되새김 넘어 되살림의 시'라고 명명했다. 또 그러한 되살림의 지향이 에로티시즘과 결합하면서 건강하고 아름다운 모습으로 형상화되기도 한다. 또한 이즈음의 이은봉 시에서 이순(耳順)의 나이에 어울리는 인생 성찰의 시편들이 자주 얼굴을 내민다는 사실도 기억해야 한다. 대개 시간의 흐름이나 죽음을 매개로 이루어지는 그런 시편들도 실은 나이에 구속되지 않고 새로운 삶, 건강한 삶을 되살려보고자 하는 의지의 발현이라 할 수 있다. 그의 시는 지금 넓어지고 깊어지는 중이다.

(『미네르바』 2014년 여름호)

현실 부정에서 자아 대면의 세계로

공광규

　이은봉(1953~) 시인은 1983년 『삶의문학』에 문학평론을 발표하고, 1984년 창작과비평사에서 내는 시인들의 신작시 모음집인 『마침내 시인이여』에 시를 발표하면서 문단 활동을 시작했다. 올해로 시력 30년이 된다. 시인은 등단 이전인 문학청년기와 등단기를 거쳐 현재에 이르기까지 문학을 매개로 한 민중 문화 운동, 민주화 투쟁 현장에서 한 번도 떠나지 않았다. 품이 넓고 너그러우며, 속리를 위해 자신의 문장을 굴절시키지 않는 충청도의 유가적 풍모를 지닌 올곧은 지식인이라고 할 수 있다.

　그동안 시인은 민중 서사와 현실 비판, 생태와 불교적 사유, 지식인의 생활 감정을 시와 평론 양식으로 형상해냈다. 최근에 시인 자신이 정리한 육필시집 초고에는, 초기에서부터 최근까지 쓴 비교적 단정하고 짧은 시들이 모여 있는데, 한결같이 시인의 결곡한 정신이 간결한 서정으로 함축 응결된 시편들이다.

　대전은 공주 출신인 시인이 자라고 『삶의문학』이라는 동인지를 중심으로 문학 운동을 하면서 문청기를 보낸 익숙한 공간이다. 이런 공간의 한 기차역을 배경으로 쓴 짧은 시 한 편에서 우리는 시인의 도저한 현실인식을 엿볼 수 있다. 시인은 대전의 대표적인 기차역인 대전역이 아닌 서대

전역을 시적 공간으로 삼아 시를 썼는데, 「서대전역」이라는 제목의 짧은
시이다.

> 호남선 완행열차가 울고
> 열일곱 낯선 소녀가 울고
> '시립아동보호소'
> 높은 입간판이 보이는
> 정월대보름
> 전깃줄에 걸린, 방패연이 외로운
> 낮 열두 시.
>
> ─「서대전역」 전문

　대전역과 서대전역이 함유하는 정치적, 경제적 의미는 크다고 할 수 있
다. 시인은 이것을 의도하여 서대전역을 시의 제제로 포획한 것이다. 대
전역은 서울, 광주, 동대구, 부산, 울산 방면으로 향하는 여객열차의 중간
정차역이다. 이곳은 원래 넓은 밭으로 이어진 큰 들이어서 한밭이라고 하
였다. 대전은 한밭의 한자 표기이다. 1905년 1월 1일 경부선 개통과 동시
에 물자가 역을 중심으로 모이자 인구가 급격히 늘어났고, 결국에는 공주
에 있던 도청소재지를 대전으로 옮겨오기까지 한다.

　서대전역은 대전 서쪽에 있는 역이어서 붙여진 기차역 이름이다. 호남
선과 대전선으로 나누어지며 호남선, 전라선, 장항선의 전용역이다. 영남
과 서울을 오가는 경부선의 전용역인 대전역보다 규모가 훨씬 작다. 호남
선의 모든 열차가 정차하고 일부 호남선, 장항선 열차의 종착역이 되기도
한다.

　기차와 사람이 붐비는 대전역보다 작은 한가한 서대전역은 이러한 국
내 정치 경제 현상의 불균형을 암시하고 반영한다. 현대 한국 정치의 주
도 세력을 배출한 영남과 정치적 소외 지역인 호남, 정치적 영향력으로

산업화한 영남과 산업화에서 배제된 호남이 상징화되고 갈리는 지점이 대전역과 서대전역이다.

이런 서대전역을 전용역으로 삼고 있는 호남선 열차는 완행열차이다. 완행열차는 급행열차와 대비된다. 급행열차에 비해 느리고 값이 싸고 시설은 비어로 말해서 '후지다'. 열차 운행 횟수에 대한 지표를 찾다가 없어서, 이 글을 쓰면서 인터넷 검색을 해보니 현재 고속열차(ktx) 운행 횟수만 보아도 경부선은 하루 80회, 호남선은 22회를 운행하고 있다. 경부선 운행 횟수가 호남선 운행 횟수에 비해 거의 4배에 달한다.

열차의 운행 횟수는 사람과 문물의 교역량을 말한다. 경제적 부와 정치적 힘을 표징한다. 이런 선로를 오고가는, 다시 말해 소외와 배제의 지역을 오가는 '완행열차'는 호남을 대리하여 '울음'으로 항변한다. 그런데 이 울음은 영남/호남의 차별에서 오는 울분이기도 하지만, 당시 정치 세력화한 군부 세력이 벌이는 차별적이고 억압된 현실에 사는 시인의 현실인식이 가져다준 내면화된 불만의 표출이기도 하다. 그러니 호남선 완행열차는 시인을 대신하여 울어주는 객관적 상관물인 것이다.

이러한 호남선 완행열차가 종착하는 서대전역에는 호남의 어느 농가에서 열차를 타고 상경한 "열일곱 낯선 소녀"가 있다. 경제적 소외와 배제의 지역에서 가난 때문에 학교에 진학할 기회를 잃은 소녀는 돈벌이를 위해 일자리가 많은 큰 도시로 뛰쳐나온 것이다. 소녀는 가망 없는 시골에서 무조건 열차를 탔을 것이다. 그리고 열차의 종착역에 내려서는 더 이상 낯선 세상을 감당할 수가 없어서 한 발자국도 못 움직이고 울면서 서 있을 것이다.

시인은 풍족한 가정에서 성장기를 무난하게 거친 소녀가 아니라, 도시의 역에 버려져 울고 있는 소녀를 통해 당시 한국사회의 저열한 경제정책과 고용 노동 상황을 비유한다. 군부 정치권력은 초기에는 신발과 섬유, 가발 등 낮은 인건비를 통한 수공업 수출 정책, 그리고 이후 중공업 중심

제1부 자유, 평등, 사랑, 평화, 생명, 죽음

의 경제 정책을 펴면서 공장 시설에서 일할 노동자 유입을 위해 농업을 소외시켰다. 농업 정책의 소외로 농촌이 궁핍해지자 농민이나 농민의 후계자들은 농업을 버리고 공장으로 대거 유입하게 된다. '농약 값도 안 나오는 농사'를 짓는 농촌의 농민과 농민의 후계자들은 농촌을 포기하고 공장이 있는 도시로 나오게 되는데, 이 시속의 소녀가 그 전형이다.

이은봉은 실제로 이렇게 공장으로 흘러든 어린 여공원들이 다니던 대전의 산업체 부설 야간학교의 교사를 하기도 하였다. 농촌의 가난 때문에 농업의 후계자로 성장하지 못하고 호남선을 타고 도시로 무작정 이동한 소녀들이 모인 와이셔츠를 만들어 수출하는 섬유공장 부설학교였다. 낮은 인건비로 인해 수출 물량이 몰리자 여공원들의 잔업과 야근이 늘어나고, 지독한 노동 강도를 견디지 못한 여공원들이 파업을 한 것이다.

사석에서 들은 이은봉 시인의 애기에 의하면, 학교는 파업을 주도한 한 여공원 18명을 해고시켰고, 해고가 되면 학생들은 학교도 그만두어야 했다고 한다. 공장에서 해고되면 고등학교 졸업장을 못 받으니, 시인은 해고된 여공원들을 위해 다른 공장을 찾아다니며 어린 그들을 취직시키고 교육청을 찾아다니며 다른 부설학교로 전학시켰다고 한다. 그러자 학교는 아이들 편에 섰던 이 시인도 파업 배후 조종 교사로 몰아 해고시켰다고 한다. 당시의 그 학교 교장도 '착취'라는 말을 썼다고 하여 학교에서 해고되었다고 하고.

시인이 잠깐 재직했던 산업체 부설학교는 호남선에서 올라오는 어린 여성들을 고용하는 공장이었다고 한다. 실제 그 회사는 수출이 잘 되어 공장에 인력이 모자라자 남자 직원들을 미리 논산역쯤에서 기차를 타게 하여, 서대전역에서 내려 머뭇거리는 소녀들을 공장으로 낚았다고 한다. 공장에서 돈을 벌게 해주고 학교도 보내준다면서. 낚인 소녀들은 기숙사에 감금되었고, 회사는 소녀들을 거의 집에도 안 보내주며 일을 시켰다고 한다. 기숙사에는 욕실이 없어서 여공들이 씻지를 못하고, 생리를 한 냄새가 나서 창문을 열어놓고 수업을 해야 했다고 한다.

시에 등장하는 소녀는 운이 좋을 경우에 공장의 공원으로 낚이겠지만, 불운하게도 산업화의 산물인 윤락가로 넘겨질 수도 있다. 인터넷 검색으로 2002년 글을 보니, 다른 역 주변처럼 서대전역 주변에도 홍등가가 있었다. 역 앞에 홍등가가 있으니 이 갈 곳이 없는 소녀는 아찔하고 위험하기 짝이 없고, 이 시에서 시인은 이를 염두에 두고 소녀를 역에 세워놓았을 것이다.

또, 역 앞에 입간판이 서 있는 시립아동보호소는 뭐란 말인가. 부모들에게 버려지거나 길을 잃은 아이들을 수용하는 시설이다. 모든 아동보호시설이 그런 것은 아니겠지만, 보호자가 없기에 폭행과 인권 유린으로 종종 논란이 되기도 하는 곳이다. 아이들이 버려지는 가장 큰 이유는 경제적 여건이다. 그리고 미혼모. 아마 서대전역 인근의 홍등가에 있는 여성이 뜻하지 않게 아이가 생겨서 맡긴 경우도 있을 것이다.

한국사회를 비판적으로 성찰하고, 이를 바꾸기 위하여 노력해온 시인은 이처럼 호남선, 완행열차, 열일곱 소녀, 시립아동보호소, 그리고 "방패연이 외로운" 풍경의 서대전역을 통해 당대 한국의 사회 상황을 축소하여 보여주고 있다. 따라서 「서대전역」은 한국사회에서 역사상 가장 활발한 정치 경제적 격동과 민주화의 성장배경이 된 1980년대 사회 상황을 상징적으로 함축하고 있는 시인 것이다.

이은봉의 초기 시 창작 방식은 주로 정치적 억압과 경제적 착취의 시대를 재편하려는 부정적인 어휘와 부정적인 의미로 진술하는 현실 부정의 방식이었다. 이 현실 부정의 대상은 자신이 아니라 독점적이고 폭압적인 정치와 정치가 가져다준 불평등한 국가 현실이었다. 이러한 현실의 전복을 꿈꾸었던 시인의 눈에는 사물이 보통 사람과 다른 가치로 사유된다.

이를테면 「돌」이라는 시에서 돌은 "누구에게는 희한한 수석이 되어 응접실에 곱게 모셔지기도 하고," "누구에게는 훌륭한 저택 멋진 정원석이 되어 참 아름답기도" 하지만, "누구에게는 오래오래 다함없는 투쟁의 무기가 되기도 하는 돌"이다. 이렇게 시인이 투쟁하여 바꾼, 바꾼 것 같은, 다른 방식으로만 바뀐 세계는 여전히 삭막하고 삶은 고단하다. 이런 도시에 사는 사람들은 야수와 다름없다.

> 숙취의 느지막한 아침, 새하얀 수세식 양변기 위, 봉두난발의 살쾡이 한 마리, 퀭한 눈망울을 하고 멀뚱히 앉아 있다
>
> 양변기 뒤쪽
> 비눗물 자욱 너저분한 커다란 거울
> 숙취로 더럽혀진
> 어젯밤 죄…… 비추고 있다
>
> 새로 지은 원룸아파트 안팎, 온통 캄캄하다 환하게 빛나는 것은 어디에도 없다 아흐, 이 사람 각자 선생이라니!
>
> ─「살쾡이 한 마리」 전문

각자 선생은 이은봉 시인의 호이다. 호는 자아를 이원화하는 방식이다. 원룸아파트에서 주거하며 고단한 도시의 삶을 일구어가는 각자 선생인 화자. 그는 늦은 아침 화장실 양변기 위에 앉아서 자신을 돌아보는 평범한 현재 대한민국 도시의 남성의 전형이다. 화자는 지난 밤늦게까지 술을 마시고 들어와서 자고 늦게 일어났다. 지저분한 봉두난발의 모습이 살쾡이와 같이 사납다.

퀭한 눈망울을 하고 변기 위에 앉아서 지난밤 술집에서 일어났던 일을 생각하고 있는 화자는 척박한 도시적 삶을 사는 시인의 자아이다. 생계를 유지하기 위해 경쟁 대상인 다른 사람을 안주 삼아 헐뜯고 논쟁하고 싸우고 자학하던 사나운 야수다. 남을 물어뜯고 밟아야 생존이 가능한 자본화된 도시의 삶인 것이다. 양변기의 뒤쪽에 있는 거울을 보니 숙취로 더럽

혀진 몰골은 더욱 가관이다.

천박한 자본주의 사회는 시의 화자와 같은 보통 사람을 무절제와 퇴폐의 연속과 연쇄 위에 서 있는 건축물로 만든다. 생산과 소비의 과잉이 낳은 새앙이나. 과잉 생산과 소비를 부재실하는 삶이란 불길에 묻늘린 비주체적 삶이 될 수밖에 없다. 이런 체제에서는 돈으로 대유되는 물질을 취득하는 것이 인생의 목적일 뿐이다. 그러므로 물질에 가려 사람은 없고 '짐승'만 있는 세계이다. 자본의 과잉 생산과 소비 전략이 만든 몰인간적 자본주의 체제. 여기에 포위된 화자가 인간임을 자각할 수 있는 공간은 다행히도 저녁에 들어가는 집이고, 거기서 만나는 아내이다.

> 하루 온종일 아스팔트 위를 걸어 다녔다 하루 온종일 보도블록 위를 걸어 다녔다 어디 흙 한번 밟지 못한 채 하루 온종일 서울거리를 돌아다녔다
>
> 집에 들어와, 겨우 아내의 허벅지 위에, 지친 다리 놓았다 감히 흙 한번 밟았다 오오, 영광이여.
>
> ―「하루 온종일」 전문

이 시는 문명비판, 아스팔트와 보도블록을 밟고 사는 비생태적 도시의 일상적 삶에 대한 비판적 형상물이다. 화자는 하루 종일 아스팔트와 보도블록 위를 걸어 다니며 밥을 구하는 도시의 기혼 남성이다. 현재의 서울은 친환경 생태적 도시가 아닌 아스팔트와 시멘트와 보도블록으로 이루어진 화학무기물 덩어리다. 이은봉의 초기 시에서 언급된 개발독재 성장기에 낮은 인건비와 국가의 보호 아래 성장한 독점적 토목건설업자들이 만든 도시이다.

당연히 사람 중심의 건축물이라기보다는 돈 중심, 기업 중심의 건축물이어서 사람이 살기에는 참으로 알맞다고 보기는 어렵다. 사람들이 도시

문명의 삭막함을 비판하는 첫 번째가 아스팔트와 시멘트로 된 건축물들이다. 권력이 개발권을 일부 기업에게 몰아주고, 기업은 이렇게 축적한 부로 다시 부를 재생산한다. 재벌 토목건설업자는 결국 회사와 공공건물은 물론 주거시설까지 먹어치웠다.

정치권력과 결탁한 독점적인 경제권력은 시민권력의 우위에서 시민의 삶을 명령하고 조종하고 규정한다. 이제 사람들은 고유의 동네 지명이 아니라 현대아파트나 삼성아파트를 수소로 두고 산다. 어느 기업이 지은 아파트에 사느냐가 그 사람의 생활수준이나 가치를 가늠하는 상표가 된다. 대부분 사람들의 삶이 재벌 대기업의 수익 체제에 갇힌 기업국가가 된 것이다.

화자는 불필요한 곳까지 아스팔트나 보드블록으로 덮는 대도시에서 "흙 한번 밟지 못"하고 서울의 거리를 돌아다니며 밥벌이를 하며 사는 노동자이다. 무슨 노동을 하는지 시 내용만 가지고는 알 수 없다. 아무튼 화자는 귀가를 해서 지친 다리를 아내의 허벅지 위에 다리를 올려놓고서야 삶의 생명력을 느낀다. 아내는 도시의 삶에서 생명력을 확인해주는 흙과 같은 존재인 것이다.

하루 온종일 토목건설 자본에 포섭된 대도시 서울의 거리를 흙도 밟지 못하고 돌아다니며 삶의 방도를 찾던 시인은 바닷가에서 자갈돌을 만지면서 자아를 만나게 된다.

> 바람 잔 초여름의 염포 바다…… 파도에 잘 갈린 자갈돌들, 손에 쥐고 있으면 온몸이 따스하다
>
> 헛간 귀퉁이 짚둥우리
> 갓 낳은 달걀들처럼 둥그래진다
>
> 하늘 향해 집어던지면 쨍, 하고 깨어지는 바다

산 그림자, 우수수 부서지며 파문을 만든다

우뚝우뚝 방풍림들
둥글둥글 자갈돌들

아직 멀었다 내 마음, 자갈돌처럼 따스해지기까지는…… 등 뒤의 어린
유자나무 열매들, 아직 파랗게 크고 있다.

ー「염포 바다」전문

시인은 초여름 날 울산 염포 바다에서 자갈돌을 손에 쥐었던 경험을 시
로 형상하고 있다. 자갈돌은 현재 경험을 통해 과거 경험을 불러오는, 현
재의 시간과 공간에서 과거의 시간과 공간을 이동시키는 매개물이다. 화
자가 햇볕에 노출되어 따스해진 자갈돌을 쥐자 자갈돌의 온기가 몸으로
따스하게 전해져온다. 돌의 온기는 화자가 과거에 경험했던, 시골 헛간
귀퉁이 짚둥우리에 있던 갓 낳아 따뜻한 달걀을 떠올리게 한다.

화자는 어린 시절에 경험했던 달걀과 같은 따뜻한 자갈돌을 푸른 하늘
에 던지고, 유리처럼 맑아서 깨어질 것만 같은 하늘. 그러나 자갈돌에 깨
지는 것은 하늘이 아니라 하늘을 닮은 바다의 수면이다. 바다는 수면이
흔들리면서 파문을 만들어 산 그림자를 흔든다. 화자가 돌아보는 주변의
방풍림과 자갈돌들. 이때야 화자는 시적 대상인 사물들의 움직임에 자아
를 비추어보면서 자신을 발견한다. 자신은 아직 자갈돌처럼 둥글어지거
나 따스해지기가 멀었다는 것이다. 화자의 자아는 아직 미완의 어린 유자
나무 열매와 같고, 파랗게 크고 있는 나무와 같다. 따뜻한 자갈돌을 통해
자아를 대면하는 것이다.

몇 편의 시를 징검다리로 이은봉 시인이 걸어온 시 창작 인생의 궤적을
더듬어보았다. 그의 시 창작 인생 30년의 궤적을 나름대로 거칠게 정리한
다면 현실 부정에서 자아 대면의 세계로 이동이라고 할 수 있다. 현실 부

정은 다름 아닌 그의 문청 시절과 시 창작 초기인 1970~80년대 정치적 억압과 경제적 착취하에서 횡행한 비민주적 현실을 부정하고 재편하려는 시적 방식이다. 자아 대면은 시인이 억압과 착취의 현실을 부정하여 민주화된 형식으로 현실이 재편되기는 하였지만, 지나치게 자본 중심화된 현실에 놓인 자아를 시로 포획하는 최근의 창작 방식이다.

물론 이은봉의 시세계를 이렇게 단순화하고 직선화하는 것은 단견일 수 있다. 글의 서두에 언급했듯이 이은봉은 등단 이전부터 문학을 매개로 민중 문화 운동과 민주화 투쟁 현장을 떠나지 않았고, 최근에는 진보적 문학단체인 한국작가회의 부이사장을 역임하기도 했다. 충청도의 유가적 품성을 지닌 그는, 속리를 위해 자신의 문장을 굴절시키지 않은 것으로 필자는 기억한다. 등단 초기의 민중 서사와 현실 비판에서 생태와 불교적 사유, 지식인의 생활 감정을 형상해온 시적 변모를 보인 그의 시세계는 한층 넓고 다양하나, 지면상 여기서 그치기로 한다.

(『열린시학』 2014 여름호)

보편적 삶의 진실을 꿈꾸며

박옥춘

> **현실** 자체 속에, 그리고 다시 일어설 수 있는 **자유** 속에 물질이 지닌
> 무게가 있음을…… **물질적 삶**이야말로 존재의 익명성에 대한 승리요, 동
> 시에 그의 자유 자체에 의해, 스스로 매여 있는 비극적 고정성(le définitif)
> 임을 우리는 인정하고자 한다.
>
> ― 레비나스, 『시간과 타자』

　제1시집 『좋은 세상』(1984)에서부터 제9시집 『걸레옷을 입은 구름』
(2013)까지, 이은봉 시인의 꾸준한 시의 궤적을 좇아 읽다 보면 세상살이,
사람살이의 면목이 고스란히 짚여온다. 80년대부터 현재에 이르기까지
급변하는 사회상이 반영되어 있는, 정확히 말하자면 정치, 경제, 사회, 문
화의 급류 속에서 혼신을 다해 살아낸 시간의 기록이다. '인간은 사회적
동물이다'라는 범주에서 시인은 깨인 의식과 예민한 감성으로 역사의 증
인이 되는 것이다. 첫 시집 『좋은 세상』은 마치 영화 〈화려한 휴가〉를 볼
때처럼 격세지감을 느끼게 하지만 그때의 날선 목소리에는 시대가 요구
하는 절실함이 깃들어 있다.

　봄눈 절로 녹는다 툭툭 물꼬 터진다 어디 막힌 곳 없다 콸콸콸, 봇물

흐른다

　바람결 곱다 햇살 반짝인다 뾰족뾰족, 달래싹 돋는 땅, 때 되어 산언덕
위 화들짝 진달래꽃 피어오른다

　……보아라 善이다 神의 섭리다.

—「善에 대하여」 부분

　『좋은 세상』에서 꿈꾸던 삶이 어느 정도 실현된 지금까지 시인은 문제
적 사회에 속한 문제적 인간으로서 치열하게 사고하며 당면한 문제에 대
처해왔다. 그의 시는 문제 제기요, 답을 찾아가는 과정일 뿐 아니라 해답
의 예시이기도 하다. 그는 삶을 노래하고, 노래하며 산다. 그의 시의 특징
은 사람-살이의 냄새가 짙게 배어 있다는 것, 그 안에서 사람이 어떠해
야 함("너는 무엇으로 사람이겠느냐"―「소금쟁이뿐!」)을 추구하고 있다
는 것, 그리고 꾸미지 않은 자연스러움이다. 위 시에 사용된 '절로', '때 되
어'가 이를 단적으로 말해주는데 서술어 역시 '녹는다-터진다-흐른다-곱
다-반짝인다-피어오른다'로 순조롭게 이어진다. 기발한 착상이나 현란
한 기교가 보이지 않는, 꾸밈이 없는 시는 의성어, 의태어를 빈번하게 사
용하며 일상의 입-말을 적극 활용한다.
　그의 시에서 보편적 진실과 예술의 문제를 언급하지 않을 수 없는데,
생활인과 시인으로서 보편과 예술, 진실과 미(美)라는 쉽게 화합할 수 없
는 난제에 봉착하기 때문이리라. 80년대에 보여주었던 울분과 풍자의 비
판적 목소리에도 불구하고 그는 긍정적 낙관주의로 일관한다. 역사에 있
어서 발전만을 전망하지는 않지만 사람-살이와 우주 운행의 순리가 역
사의 지속을 이끌 것을 믿는다. "사람의 역사도 저렇게, 나의 역사도 오늘
저렇게, 엉금엉금 기어가는 것, 먹이를 물고, 지루하게 일렬종대로, 한 가
닥 서러움으로"(「개미」) 나아가는 것이다. '저렇게'에는 역사의 나아감에

박옥춘 보편적 삶의 진실을 꿈꾸며

대한 믿음이 실려 있다. 멈춰 있는 듯 보일지라도 면면히 흐르는 인간 삶에 대한, 개인 삶에 대한 긍정이다. 가치 추구에 있어서도 보편타당한 진실을 염원한다. 편향적이거나 대의만을 좇는 시류에 휩쓸리지 않고 오롯이 자신의 길을 가고자 한다. 자유를 위해 목소리를 돋웠던 것을 제외하면 사랑, 평등, 통일, 환경 등 현존재 앞에 당면한 제 문제를 나지막하게 노래한다.

> 일어나 가지런히 이불 펴고 무릎 꿇는다 손가락 집어넣어 거듭 머리칼 쓸어 올린다 옷깃 여민다 한 소식 들으려 시름 씻는 거다 몽롱한 마음 닦는 거다

> 멀리 빛나던 북두칠성들 총알처럼 쏟아져내린다 그것들 잠시 아스라이 떠 빛난다 다시 심장 향해 탕탕탕 쏘아댄다 세상 향해 나, 멋대로 천박해진 날.
>
> ―「함부로 천박해진 날」 부분

> 외뿔을 들이밀며 제 생의 평원을 향해 불쑥불쑥 걸어 나가는 외뿔소라는 놈!
> 이놈은 인내심과 성실을 상표로 삼아 제게 주어진 역사를 향해 언제나 뚜벅뚜벅 잘도 걸어나갔다"
>
> ―「내 안의 외뿔소」 부분

미의 추구에 있어서도 범속함을 유지한다. 애써 범속하려는 것이 아니라 천연덕스러움에 근사한 범속함이다. 김소월의 '저만치'의 미적 거리를 '지금—여기'로 당긴 리얼리즘이 제작의 근간이 된다. 그가 노래하는 자연, 사람, 심지어 추상적 관념까지도 현실, 사람—살이와 관련지어서이다. 시인의 노래가 때때로 거칠거나 위악적이기도 한 것은 가식 없는 현실주의의 자세에서 비롯된 것 아닐까. 아니면 어떤 멋쩍음, 그가 사용하는 풍자와 우화 형식도 같은 맥락에서 이해될 수 있겠다.

「함부로 천박해진 날」에는 비속 자아와 이상적 자아가 대비되어 있다. 술이 매개가 되긴 하지만 사람-살이의 대부분은 비속 자아로 살아간다. 그러나 '한 소식'의 기미가, '한 소식'에 대한 기대가 비속 자아를 이상적 자아로 구제한다. '멋대로' '함부로' 흐트러진 비속 자아에 비해 '한 소식'을 듣기 위한 자아의 자세는 얼마나 지극한가. 자신을 방기하지 않고 '한 소식' 앞에 일으켜 앉히는 것, 비속 자아로부터의 돌이킴은 비속 자아의 자각으로부터 출발한다. "내가 남이 되는 것, 그리하여 내가 나를 인식하는 것, 말할 것도 없이 그것은 시작(詩作)의 첫걸음이다. 그런 뜻에서 시인에게 '나'는 늘 타자다."(「시인의 시론」, 『첫눈 아침』) 한편 외부에서 당도할 '한 소식'에 비견할 만한 시인의 내적 요소는 '외뿔소'다. 「내 안의 외뿔소」에서 보듯이 '외뿔'은 세속의 삶과 시인을 구별짓는다. '들이밀며' '불쑥불쑥'은 공격성이나 적극성이 아니라 생겨먹은 모양새를 말한다. 역사의 일원으로, 한 사람의 시인으로 자신에게 주어진 몫을 묵묵하게 수행해온 시인의 아이콘!

가야 할 세상

삶에 대한 관심은 곧 세계에 대한 관심이며, 세계-내-존재인 주체와 대상과의 관계지음이다. 레비나스는 다음과 같이 말한다. "주체는 자기 자신에게 매여 있지만, 세계 안에서는, 자기에게 돌아오는 대신 '존재하기 위해 필요한 모든 것과의 관계'라는 것이 있다. 주체는 자기 자신으로부터 분리된다." 존재는 존재 사건을 통해 존재자가 된다. 존재자 없는 존재는 성립할 수 없다는 의미에서 주체는 자신에게 매여 있다. 그런데 주체를 둘러싼 세계, 즉 공간과 시간, 그리고 그 안을 채우고 있는 도구(레비나스는 '먹거리(糧食)'라고 말한다)와의 관계, 향유를 통해 주체는 비로소 자신으로부터 분리되는 것이다.

초기에 시인은 내적 요구보다 시대적 요구에 민감하게 대응했다. 개인의 삶 이전에 민주주의의 기반이 무엇보다 요구되는 시대였다. 정치적 압제로부터, 불평등한 체계로부터, 빈곤으로부터 자유한 삶. "더 큰 적, 더 큰 원수/정작 싸울 놈은 누구인가"(「부설학교 개학식날에」) 물으며 눈에 보이는 권력과 자본주의 내의 구조적 모순을 통렬하게 비판하며 울분을 토했다. 시인이 희망하는 세상은 밥·자유·사랑이 평등한 세상이다. "고르게 익는 세상/그 아름다움"(「딸기 따기」), 함께 하는 사람—살이에 아름다움이 있다고 보는 것이다.

묽고 축축한 밀가루 반죽
크고 평평한 나무주걱 위에 올려놓고
손가락으로 뚝뚝 떼서
끓는 물에 풍덩풍덩
아뭇소리 마라 뚝뚝 떼서
수제비 한 사발 뜨끈뜨끈
멕여주마 좋은 세상

구구구, 허튼 말로 불러봐도
우루루 몰려드는 병아리 떼
조 수수 싸래기 한줌 듬뿍 들고
앞마당 골목길 시장통 부둣가
던져주마 배부르게
아뭇소리 마라 한줌 듬뿍 들고
멕여주마 좋은 세상

자근자근, 낚시줄을 드리우고
넓적한 양푼, 침도 탁탁 뱉으면서
콩깻묵 꼭꼭 뭉쳐 물에 적셔
떡밥 뚝뚝 떼서 강물 위로

아뭇소리 마라 던져주마
입 쪽쪽 벌렸다간 큰일난다
낚시코에 걸렸다간 큰일난다.

─「좋은 세상」 전문

최루탄 가스로 가득 찬 역사에 들때
꽃이나 나무 따위 들여다보지 못했다

오월이라고 눈 들어 숲 바라보니
반갑다고 오동꽃 눈 찡긋한다
어이없다고 아까시꽃 헛기침한다
이제는 꽃이며 나무와도 좀 친해져야겠다
저것들, 이승 밖에서부터 나를 키워준 것들
너무 오래 버려두어 많이 서럽겠다.

─「오월이라고」 부분

위의 두 시는 30여 년(1984년, 2013년)의 시간차가 존재한다. 반어적으로 사용된 '좋은 세상'에서부터 '가야 할 세상'까지는 멀고 지루한 투쟁의 길이었다. 어쩌면 '가야 할 세상'은 관념상에나 존재하는 이상국일지 모른다. 그러나 시인은 이상을 향한 과정, 그 몸부림에 더 큰 의미를 부여한다. "그곳까지 영영 가지 못해도 좋다", "흔들리는 마음, 뒤뚱대는 몸으로, 한평생을 꿈틀거릴지라도"(「알뿌리를 키우며」) 희망을 향해 나아가고자 하는 것이다. 엄혹한 의지와 실천 속에서도 포기하지 않는 긍정주의는 어디서 비롯된 것일까. "가야 할 세상이 있다 세상을 위해 둥글둥글 담 넘어가는 굼벵이로 살자"에서 보듯이 지향점 '가야 할 세상'과 '굼벵이' 자세 사이에는 '세상을 위해'라는 이타주의가 자리한다.

「좋은 세상」은 풍자가 효과적으로 사용되었다. 시어 하나하나가 불평등한 세상을 고발하듯 툭툭 던져져 있다. "크고 평평한", 그렇다고 믿는 체제가 베푸는 선정은 간신히 모양새만 갖춘, 아니 거짓으로 뭉쳐진 "떡밥"

박운춘 보편적 삶의 진실을 꿈꾸며

이었던 것. "뚝뚝 떼서" "풍덩풍덩" "구구구" "자근자근" "침도 탁탁", 시혜 자의 가당찮은 허세와 교만을 보라. "아뭇소리 마라" "멕여주마" "던져주 마"는 또 어떤가. 압제와 폭력이 그대로 까발려지지 않는가. 참으로 자유 를 향한 지루한 세월이었다. 그러나 "목잘려 딩굴고 있는/내 이웃의 꿈 과 사랑" 속에서도 "민주주의를 보았다 보았다 보았다/통일을, 밥과 평화 를."(『국립 공주박물관에 가서』) 세상을 위해 '부릅뜬 눈'만이 절망 속에 외 따로 서 있는 희망을 불러세운다. '5월', 희생의 역사에서 누구도 자유로 울 수 없었다. 감당해야 할 부채 의식과 죄의식. 역사가 퇴일보, 진일보하 면서 '5월'은 우리를 '가야 할 세상'으로 이끌어왔다. 피의 5월이 밑거름이 되어 사람다운 관심, 여유로운 시선을 갖게 되었다. 존재의 기본 요건인 자유 속에서 시인은 일상의 삶과 세계에 새롭게 접근하고 있다.

생활이여

일상의 삶은 시간과 물질에 예속된다. 육체라는 물질성은 존재를 존재 자로 성립하게 하지만 그와 동시에 육체의 욕구, 한계에 부딪치게 한다. 그러나 그렇기 때문에 인간이 물질적 욕구를 초월하려는 순간 "주체를 먹 거리(糧食)로서의 세계에 마주 보게 하면서 주체에게 자기 자신으로부터 의 일종의 해방을 제공한다." 자신에게 함몰되지 않게 거리를 두게 되는 것이다. 따라서 일상은 소모적 삶이 아니라 세계와 향유의 형식으로 마주 보며 관여하는 활동이다. 시인은 순간의 미나 깨우침을 노래하기보다 일 상성을 꾸밈없이 보여주길 좋아한다. 때때로 자조적 음성을 띠기도 하나 마땅히 살아내야 할 것으로 삶을 긍정적으로 수용하고 있다.

시인 이각자 선생, 여섯 달 만에 참 오랜만에, 시 두 편 팔았다 처음으 로 현금하고 맞바꿨다 육만원 받았다 흐뭇했다 '아싸 호랑나비' 하는 마

음이었다

　이각자 선생, 그 마음으로 만원은 떼어 두어 권 신간시집 샀고, 나머지 오만원은, 과감하게 여섯 달째 잠수함 타는, 친구 놈에게 보냈다 그 머저리 같은, 대책 없는 룸펜 프롤레타리아에게

　그러고는 '아싸 호랑나비' 하는 마음으로 '아싸 짜잘쿠나' 하는 마음, 덮어씌워 버렸다 그 마음에 매달려, 그 마음 자꾸 격려했다 기렸다 추켜세웠다 어휴 참, 시인 이각자 선생이라니……
—「어떤 소시민」 전문

　하루치의 마음, 이름 붙이자면 '수치의 극치' 라고나 해볼까

　술에 절어 함부러 쓰러져 잠들었다가도 자벌레처럼 고개 벌떡 쳐들고 일어나 하루치의 마음, 온몸 곤두세워 꺼덕꺼덕 재어보는 시간

　하루치의 마음, 명명하자면 '극치의 수치' 라고나 해볼까

　먹고 살아야지 악착같이 자식들 키워야지 열 번 스무 번 다짐하다가도 오조조, 온몸에 닭살독살 돋는 밤, 그렇게 어금니를 깨무는 밤.
—「하루치의 마음」 전문

　두 편의 시를 읽다 보면 슬며시 웃음이 비어져 나온다. 먼저 「어떤 소시민」에는 시인이기 전에 한 사람의 소시민의 삶이 무안하리만치 솔직하게 그려져 있다. 시인이라는 존재와 상충하는 '이각자 선생'이라는 소시민의 삶. 생활이 압박해오는 한 시는 곧 현금과 맞교환된다. 슬프냐고? '아싸 호랑나비'! 누가 이 일천한 감탄사를 거침없이 쓸 수 있겠는가. 이는 자신을 희화화하는 제스처라기보다 이은봉 시인을 특징짓는 유쾌한 가벼움이라 여겨진다. '재지 않는 가벼움', 무작정인 겸손함은 아닌, 천진함이다. 일상에서 흔히 쓰이는 입-말, 의성어, 의태어도 같은 맥락에서 사용되곤

한다. 이어지는 2연에서 시인은 시 두 편으로 마련한 돈을 제법 호기 있게 소비한다, 그리고는…… 이 마음과 저 마음이 갈등하는 형국을 보자. 엎치락뒤치락 마음의 전쟁이 곧 소시민인 거다. "자꾸 격려했다 추켜세웠다 어휴 참"ㅡ. 이 천진한 민낯의 시. 생활은 이처럼 마음을 저울질하는 시험대다. 「하루치의 마음」 역시 내놓기에 면구스런 범상한 광경이다. 현재하는 일상적 삶의 가장 작은 단위가 '하루'인데, 하루치의 양식에서 비롯된 하루치의 마음을 수치라고, "수치의 극치"라고 이름 짓는다. 바꿔 말해 "극치의 수치"라고 말놀이하면서 시인은 진부한 일상을 무거움에서 구하고 있다. "꺼덕꺼덕" "오조조, 온몸에 닭살독살"은 시인의 '가볍게 하기' 전략이다.

지구 밖에서

지구 밖에서 지구 보네
시간 밖에서 시간 보네

아침저녁 풀피리를 불며 열리고 닫히는 저 큰 진흙덩어리, 봄에는 파랗게 태어나 겨울에는 검게 죽는 저 큰 설움 덩어리, 이제는 식어빠진 불길로 아픈 목숨 겨우 이어가고 있네 죄 많은 도시의 불빛들, 어지럽게 키우고 있네 급기야 제 몸 황황히 태우고 있는, 서서히 무너뜨리고 있는 저 큰 잿더미……

역사 밖에서 역사 보네
지구 밖에서 지구 보네.
—「지구 밖에서」 전문

근작 시집 『걸레옷을 입은 구름』은 지금까지의 작품들과 큰 차이를 보인다. 먼저 인간사에 얽힌 이러저러한 애환보다 자연을 노래한 시가 대부분을 차지한다. 기운 생동하는 우주만물에 대한 관심이 새롭다. "장남 평야의 끝자리, 비산비야의 느리고 조용한 마을에서 태어난 내가, 어쩌다 이처럼 무섭고 어지러운 정글 속에 내던져진 것일까."(「후기」, 『길은 당나귀를 타고』 中) 역사의 일원으로 길다면 긴 역경의 시간 후에 주어진 휴식이랄 수 있을까. 꼼짝없이 이 땅의 역사에 속박될 수밖에 없었던 존재가 놓인 바 되었다. "내가 네가 되고/네가 내가 되는 날까지/쉬지 않고 내가 말하마 네 이름을/너를 일러 사랑이라고/죽음이라고, 부활이라고 말하마/자유여."(「자유에게」) 역사의 변전(變轉) 속에서 일정 정도 성취된 자유. 이제 '지구 밖에서' '시간 밖에서' '역사 밖에서' 시선은 넓고 깊어졌으며 거리낌 없는 자세로 외연을 가없이 확장하고 있다.

사람—살이에 대한 관심에서 자연에 대한 관심으로, 관계성보다는 존재 자체에 대한 사유, 즉 근원에 대한 사유와 삶과의 연결 고리로서의 죽음에 대한 사유가 눈에 띈다. 유한의 세계에서 무한의 세계로, 점과 선의 사고에서 원환의 사고로 전환되었다. 복수접미사 '—들'의 일반적이지 않은 사용(「상수리나무들아」, 「금잉어들」, 「죽음들」, 「참나무들」, 「빗방울들」)과 시어 '잎사귀들' '숨소리들' '물비린내들' '슬픔들'이 의아한데, 이는 그동안 눌렸던 자연스런 정서의 북받침이 아닐까. 한편 몸에 대한 사유(「결석(結石)」, 「셋집」, 「기상대」, 「날이 흐려서」, 「시체창고」)는 자연스럽게 삶과 죽음에까지 이어진다. "내 안에는 뭇 죽음을 먹고/뭇 생명이 크고 있다//내 속에는 뭇 생명을 먹고/뭇 죽음이 자라고 있다."(「오늘 치의 죽음」) 특이하게도 시인은 생명의 근원이 '돌'에 있다고 생각한다. 돌은 어머니의 자궁이면서 아버지의 집이다! "부서져 흙이 되는 돌"(「생명의 집」), 돌은 흙의 원형으로 좀 더 남성다운 힘과 역동성을 강조하는 원소다. 아버지의 죽음의 단단한 돌을 깨뜨리고 나의 삶은 시작되고, 다시 죽음의 돌 속으로 회귀한다. 돌은 생명의 집이요, 삶은 곧 죽음과 일반이다.

욕심도 참 많지요 우리 막내고모는
어느 날 즈이 서방 주첨질 가운데 두고
맞벌이 십여 년 열화가 나서
한바탕 시어매, 시누이와 싸우고서요
세상, 희망이 없어서 못 살겠다고
새끼들 살림살이 다 거기 두고
달랑 옷가지만 싸들고 도망왔지요
그것도 친정집 조카들 자취방으로
우하하 우습지요 우리 막내고모는
암 것도 몰라라 술만 먹는 주첨지
그이완 희망이 없어서 못 살겠대요
희망이란 거 대체 무엇인데요
살살 꾀어 오라버니 데려다주니
그만 방긋방긋 잘도 웃더라면요.

                                        — 「희망」 전문

    농협 창고 뒤편 후미진 고샅, 웬 낯빛 뽀얀 계집애 쪼그려 앉아 오줌
누고 있다

    이 계집애, 더러는 샛노랗게 웃기도 한다 연초록 치맛자락 펼쳐 아랫
도리 살짝 가린 채

    왼편 둔덕 위에서는 살구꽃 꽃 진 자리, 열매들 파랗게 크고 있다

    눈 내리뜨면 낮은 둔덕 아래, 계집애의 엄니를 닮은 깨어진 사금파리
하나, 반짝반짝 빛나고 있고.

                                       — 「민들레꽃」 전문

    지금까지 이은봉 시인의 시를 간략하게 살펴보았는데, 무엇보다 그의
개성은 천진한 흥취와 가락에 있다. 「희망」을 읽어보자. 어느 한 곳 막힘
이 없이 술술 읽힌다. 아니 어떤 가락에 실려 어깨가 들썩거려진다. 피톨

에 새겨진 가락이 십분 발휘된 시다. '고모-아이-독자'의 세 층위가 존재하는데, 전달자 아이의 시선은 팍팍한 고모의 일화를 웃음으로 승화하고 있다. 독자는 고모의 곤란을 동정하다가 그만 아이의 웃음에 동의하게 된다. "희망이란 거 대체 무엇인데요", 무릎 꺾이게 하는 삶의 곤궁 속에서 이 질문에 대한 명확한 답은 돌려받을 수 없다. 단지 "절망은 어깨동무를 하고" 오고 "희망은 저 혼자 외따로 서 있"을지라도 살아가야 한다. 살살 쒸는 '희망'에 방긋 웃어주면서.

다분히 의고적 시어와 심상에 기대고 있는「민들레꽃」은「옛 마을을 향한 내일의 노래」처럼 향수거나 이루지 못한 꿈의 환상이다. 고향은, 자연은 시인의 마음속에서 옛 모습 그대로 형형히 살아난다.『걸레옷을 입은 구름』에서 특이한 전개를 보이고 있는「막」을 눈여겨본다. 시인과 대상 사이에 존재하던 경계가 사라지면서 물아일체가 되는 과정이다. 자아와 대상의 오감, 특히 자귀나무와 자아의 융합이 리비도로 충만하며 자귀나무 속에 들어차는 시인의 구체적 살림(한숨, 책, 침실)이 재미있다. "누구하나 아프지 않다"는 염려까지도 지우고, 자아와 대상의 경계가 사라진 곳에 피어날 꽃이 궁금해진다.

> 자귀나무 분홍 꽃잎과 나 사이에는 어떤 막도 없다 아니 막이 너무 엷어 없는 것처럼 보인다
> 내가 자귀나무 분홍 꽃잎에게로 건너가 자귀나무 분홍 꽃잎으로 피어오르더라도 누구 하나 아프지 않다
> 불어오는 건들바람들 따라 자꾸만 제 몸을 살랑대는 자귀나무 분홍 꽃잎,
> 그녀의 가슴에는 이미 작은 내 한숨이, 손때 묻은 내 책이, 포근하면서도 너절한 내 침실이 들어 있다
> 시간이 흐를수록 흔들리는 자귀나무 분홍 꽃잎의 막은 봄이 지나면서 더욱 엷어진다
> 마침내 여름이 오면 자귀나무 분홍 꽃잎과 나 사이에는 어떤 막도 없

이 사랑이 익는다

　아직은 벌레 새끼 한 마리 키우지 못하지만……

　흔들리면서도 흐르는 시간을 따라 나는 자꾸만 잦아드는데

　그녀는 간드러지는 제 몸을 외로 꼬며 겨드랑이 아래로 거듭 푸르른 꽃망울들 밀어 올린다

　마침내 나는 없다 시간이 흐를수록 나 대신 자귀나무 푸르른 꽃망울이

　작은 내 한숨으로, 손때 묻은 내 책으로, 포근하면서도 너절한 내 침실로 커 오른다 그렇게 둥근 원으로 나는 천천히 다시 또 있다 없으면서 있다.

—「막」 전문

(『열린시학』 2014년 여름호)

사무사(思無邪)의 시학

박동억

1. '의지'의 문학적 실천

현대사회의 잘못된 통념 중 하나는 운송 수단과 미디어의 발달이 현실을 더 생생하게 체험하게 해줄 것이라는 믿음이다. 상황은 오히려 정반대이다. 인간의 정신은 질주하는 자동차 밖으로 지나가는 풍경과 끊임없이 갱신되는 뉴스의 속도를 따라잡지 못하고 있다. 폴 비릴리오(Paul Virilio, 1932 ~)는 감각 가능한 속도를 초과하는 매체를 이용하는 동안 시공간은 스쳐 지나가며 인식 부재인 채로 '사라진다'고 말한다. 인식되지 않은 현실은 존재한 적도 없다는 뜻이다. 그는 매체의 발달로 인해 현대인이 겪게 된 보편적 망각증을 "빈번하게 일어나는 발작"을 뜻하는 '피크노렙시(picnolepsie)'라 부른다. 현대 멀티미디어의 속도 과잉이 현실에 '피크노렙시'라는 인식 부재의 구멍을 만든다는 것이다. 반면 일반적으로 시는 인간 정신의 속도에 맞추고자 하는 '느린 매체'이자 그러한 피크노렙시에 저항해온 영역이라 할 수 있다. 그 저항은 한 인간의 내밀한 삶을 통하지 않고는 현실을 표현할 수 없는 시의 본질로 인해 가능하다. 시인은 세계와 투쟁하고 때로는 화해함으로써 자기 존재의 한계를 통과하고, 그 한계를 치밀하게 현시한다. 시의 중핵은 한 주체가 세계와 대면하는 존재론적 자세를 표현하는 데 있으며, 이를 '의지'라 부를 수 있을 것이다. 현대시의 과제는 피크노렙시와 '의지' 사이의 대결로부터 인간을 구원하고 현실을 진실하게 드러내는 데 있다.

피크노렙시를 앓는 멀티미디어의 현실과 견주어볼 때 이은봉 시인의 시는 더 진정한 리얼리티를 추구하고 있다고 말할 수 있지 않을까. 30년에 걸쳐 그가 이끌어온 시의 토대는 역사적 현장과 투쟁하며 체득된 것이다. 열 권의 시집[1] 중 이른 시기에 발표한 시는 주로 5 · 18민주화운동을 계기로 한 현실에 대한 절망과 산업자본주의가 지배하는 현대 도시에 대한 비판 의식을 기저에 두고 있다. 또한, 그는 발화하지 못한 채 소외된 계급을 대변하는 목소리가 되고자 한다. 『좋은 세상』(1986), 『봄 여름 가을 겨울』(1989)에서는 공장 노동자와 농민을 위한, 『절망은 어깨동무를 하고』(1994)에서는 달동네 주민들을 위한 그들의 삶과 고통을 형상화하는 것이다. 그의 시적 소명은 그러한 소외 계급의 절망을 어떻게 승화시킬 것이냐 하는 사명감으로부터 생겨난다. 최근 발표한 『걸레옷을 입은 구름』(2013)과 『봄바람, 은여우』(2016)에 이르게 되면 그는 가난하고 결박된 삶으로부터 현실을 이겨내는 진실한 태도를 발견하는 데 주력한다. 요컨대 그의 시는 세계와의 투쟁과 화해라는 두 개의 축과 모두 연결된 셈이다. 근작들을 살펴볼 때 궁극적으로 그는 시대적 절망을 구원하는 전망을 발견하는 데 주력하는 것으로 보이며, 그러한 지향을 자신의 시론집 『화두 또는 호기심』(작가, 2005)에 밝힌 바 있다.

---

1   『좋은 세상』(실천문학사, 1986), 『봄 여름 가을 겨울』(창작과비평사, 1989), 『절망은 어깨동무를 하고』(신어림, 1994), 『무엇이 너를 키우니』(실천문학사, 1996), 『내 몸에는 달이 살고 있다』(창작과비평사, 2002), 『길은 당나귀를 타고』(실천문학사, 2005), 『책바위』(천년의시작, 2008), 『첫눈 아침』(푸른사상사, 2010), 『걸레옷을 입은 구름』(실천문학사, 2013), 『봄바람, 은여우』(도서출판 b, 2016).

삶 속에 알알이 박혀 있는 진실을 껴안고 있는 좋은 시는, 고통으로 지쳐 있는 사람의 눈으로만, 이윽고 너무도 담담해진 사람의 눈으로만 들어온다. 마음의 깊은 곳에서 우러나오는 무욕의 가난만이, 그런 사람의 눈만이 진실이라는 보석이 박혀 있는 시를 나날의 삶에서 캐낼 수 있다. 세속의 일상과 함께 허우적대면서도 끊임없이 성스러운 진리의 세계를 꿈꾸는 자만이 좋은 시를 얻을 수 있다. 좋은 시는 항상 성(聖)과 속(俗)의 사이에서 외줄을 타며 아슬아슬 곡예를 하기 마련이다.

인용한 시론에서 보듯, 이은봉은 1990년대 중반까지 주로 "고통으로 지쳐 있는 사람의 눈"으로 세상을 보고 현실의 참상을 형상화하고자 했다면, 1990년대 후반부터는 "담담해진 사람의 눈"으로 그 고통을 승화시키고자 했다고 볼 수 있다. 이때 빈궁한 계급의 인간이 삶에 대응하여 얻은 '담담함'이라는 태도는 고통으로부터 승화된 '진실'이면서 '무욕의 가난'이라는 상태에 이르게 된다. 그것은 현실이 주는 고통뿐 아니라 자기 욕망으로부터 자유로워짐으로써 세계로부터도 초연해지고자 하는 이은봉 시의 요체이자 의지 표명이다. 따라서 나는 그의 도정이 궁극적으로 이르고자 하는 시세계를 사무사(思無邪)의 시학이라 명명하고자 한다. 사무사란 공자가 시정신의 핵심으로 정의한 말로 『논어』의 정치철학을 다룬 「위정(爲政)」편 제2장에 등장한다. 그는 "시 삼백 편을 한마디로 규정하자면 '생각에 사악함이 없다'는 것이다(詩三百, 一言以蔽之, 曰 : 思無邪)."라고 말한다. 여기서 삼백 편의 시는 그가 수집한 삼천 편에 달하는 시 중에서도 공들여 선별해 묶은 『시경』의 작품들로 당대인의 감정과 생각을 생생하게 전한다. 시를 읽음으로써 인간사를 이해하되 '사악함과 거짓'(邪)을 버리고 '생각할 때'(思), 비로소 올바르게 정사를 수행할 수 있다는 공자의 정신은 시를 통한 정치철학이자 윤리철학이라 할 수 있다. 그리고 그 정신은 인간이 현실을 진실하게 그려냄으로써 삶의 올바른 지평을 구원하고자 하는 이은봉의 리얼리즘 정신과도 상통하는 것이다.

2. 발화할 수 없는 계급의 역사화

이은봉의 시를 이루는 두 가지 지류 중 하나는 참혹한 역사적 사건과 개인을 소외시키는 시대적 상황에 대한 투쟁 의지와 절망을 형상화하는 것이고, 다른 하나는 현시대가 부과한 절망과 욕망을 승화시킨 내면으로부터 삶을 지속해 나갈 수 있는 세계와의 화해 가능성을 끌어내는 것이다. 그의 시작(詩作) 전체는 이 두 가지 주제를 일관되게 두 개의 상징적 이미지에 대응시켜나가고 있다. '돌'과 '바람'이 그것이다. '돌'이 현실에 대한 절망과 분노가 응축된 결정이라면, '바람'은 현실을 벗어나는 존재의 운동인 것이다. 또한, 이 두 이미지는 그의 시에 다양한 형태로 변주되면서 복합적인 의미를 파생시키는 역동적 상상력의 산물이다. 따라서 이은봉의 시를 '돌'과 '바람'의 이미지를 중심으로 해독하는 것은 주요한 방법이 될 수 있다.

먼저 살펴볼 '돌'의 이미지는 1980년대 후반에 발표된 시 「돌」에 계급적 투쟁의 수단으로 제시된 바 있다. '돌'은 "누구에게는,/희한한 수석 되어 응접실"의 장식품이 되지만, "누구에게는,/오래오래 다함없는 투쟁의 무기"로 인식될 수 있다. 여기서 '돌'은 서로 다른 계급적 현실인식의 갈등을 매개하는 사물로 활용된다. 이처럼 이은봉의 초기 시에는 부르주아 계급이나 자본주의 질서에 대한 직접적 비판과 구체적 묘사가 두드러진다. 이러한 돌의 상징성은 1990년대에 이르면 현실인식과 존재론적 인식을 매개하는 보다 역동적인 이미지로 심화한다.

> 어금니 악다물고 있는 것들아
> 조용히 눈감고 고개 흔들고 있는 것들아
> 여린 가슴 잔뜩 안으로 감싸고 있는 것들아
> 그렇게도 속으로만 웅크려 떨고 있는 것들아

저희들끼리 모여 저희들 이름 부르고 있는 것들아
단단함으로 단단함 불러 단단함 다지고 있는 것들아
우기적거리며 제 아랫배에 힘 모으고 있는 것들아
그래도 속으로는 세상 죄 뒤흔들고 있는 것들아
오직 뼈다귀 하나로 뿌드득대고 있는 것들아
차마 제 마음 어찌하지 못하는 것들아
아흐, 여러터진 바윗덩어리들아.

—「바윗덩어리들아」전문

너무도 무거운 북, 소리
조바심으로 안타까움으로
고프다 고프다 외쳐대는
아프다 아프다 외쳐대는 저 북, 소리
들려온다 멈칫멈칫 그대 가슴으로 들려온다.

—「북, 소리」부분

시인은 사물과 인간의 내면을 보고자 할 뿐 아니라 그것의 결핍을 보며, 그 결핍을 채우기 위해 꿈꾼다. 현실을 '보는 것'만으로는 그 실체를 드러낼 수 없다는 절망으로부터 탄생하는 것이 시적 이미지이다. 따라서 비현실적인 이미지는 현실을 냉철하게 드러내는 리얼리즘 정신과 무관하기는커녕 현실을 더 깊이 들여다보는 시선을 통해 탄생한다. 이은봉의 '돌'은 현실에서 겪는 절망의 본질을 드러내려는 상징물이다. '돌'은 '어금니'를 다문 채 침묵하고, 눈 감은 채 세계를 외면한 채 모여 "웅크려 떨고 있는" 억압된 타자들을 지시한다. 앞서 언급한 대로 그가 일관되게 주목하는 것은 농민, 노동자, 빈자이며, 그중에서도 발화구를 찾지 못한 채 소외된 이들이다. '돌'의 견고성은 시대의 구속에 갇혀 꼼짝 못 하게 된 그들의 상태를 보여주는 것과 더불어, 현실을 견디며 굳건하게 "단단함 다지고 있는" 저항의 자세를 형상화한다. 돌의 가장 견고한 심부에는 그들의 절망과 분노의 목소리가 응축되어 만들어진 '뼈다귀'가 결정화되어 있는데, 이는 소외된 자의 목소리를 함축한다. 목소리를 품은 '돌'은 「북, 소리」처럼 '북'이 되기를 꿈꾸는 것이다. '뼈다귀'의 결정화된 울음은 타인의 마음으로 스며들 '북소리'가 되기 직전의 이미지다. 시인의 상상력은 '돌'이 울부짖기를, 더 나아가 세상을 뒤흔들기를 바란다. 따라서 울고 있는 '돌'의 이미지는 그가 빈한한 사람들의 생활을 묘사해온 시작(詩作)의 지향과 일치한다. 그의 목표는 말할 수 없는 자들의 침묵을 역사화하는 것이다.

> 달님, 내려와 웃는다 차마 어찌하지 못하는 마음으로, 허허 웃는다 서로 칼부림하는, 뽄드며 부탄까스, 나눠 마시는 마음으로, 달님 철푸덱이 주저 앉아 웃는다 이윽고 아픈 청년들 따라 웃는다.
> ─「길음동 산언덕의 달」 부분

> ……흥건히 피 흘리는 달, 아랫도리 절룩이는 달, 내 몸의 물관부를 따라 출렁출렁 뛰어다니는 달……

> 뚜벅뚜벅 대보름이 다가오고, 마침내 몸 가득 채우는 달, 때로 달은 흘러 넘치기도 한다 밖으로 빠져나가기도 한다 그러면 달빛 너무 지쳐 피빛으로 붉으죽죽하다 그 달빛, 세상 향해 축축이 내려앉는 모습, 보고 싶다 아름답게.
> ─「달」 부분

첫 시집의 제목인 『좋은 세상』이 반어적인 의미로 사용되었던 것처럼, 이은봉의 시에는 아이러니가 종종 발견된다. 그의 아이러니는 현실의 결핍을 드러내는 절망의 수사학이라 할 수 있다. 「길음동 산언덕의 달」에 등장하는 달동네 청년들은 칼부림이 자행되는 현실을 잠시 잊게 하는 본드와 부탄가스의 환각 속에 빠져 있다. '달'의 '웃음'은 환각 속에 빠진 청년들의 웃음을 따라 하는 거울상이다. '달'의 표정은 달동네 청년들이 '나뉘 마시고' 있는 절망의 얼굴인 것이다. 따라서 '허허' 하는 웃음의 소탈함이나 '나눠 마신다'는 정겨움의 표현은 도리어 현실의 부정성을 부각하는 전략이다. 그럼에도 부동(不動)하는 돌과 달리 달에는 억압적 현실과 맞서는 저항적 운동이 깃들어 있다. 시「달」에 등장하는 '피 흘리는 달'은 '나'의 몸으로부터 탄생하여 제 빛으로 세상을 적시기 위해 나아간다. 이러한 형상화는 억압적 현실에 맞서고자 하는 의지를 표명하는 것이다. 자기 고통과 피로를 감내하는 '달'은 순교자를 연상시킨다. '달'이 어떠한 상처와 핏자국으로 더럽혀질지라도 그것이 투쟁의 흔적인 이상 '아름다울' 수 있다. 따라서 웅크린 '돌'이 현실을 견디는 하부적 육체의 자세라면, '달'은 소외된 이들의 절망을 세상에 내보이는 상부의 '얼굴'이자 현실에 자신을 내던지는 순교적 저항의 태도라 할 수 있다. 이때 극복해야 할 사악함(邪)의 근원은 억압적 현실이다. 달이 가진 상승성은 '돌'을 어떻게 억압적 현실의 중력에서 벗어나게 하느냐 하는 문제와 닿아 있다.

> 바위는 주둥이 꽉 다물고 있다 끈질긴 인내심으로
> 제 마음 검붉게 달구고 있는 무쇠덩어리
> 춘삼월 새파란 욕망의 혓바닥까지
> 바위는 꽈악, 끌어안고 녹여버리고 있다
> 바위는 그렇게 모든 생명들의 꿈……
> 제 속으로 철없는 손오공 키우고 있다
>
> ―「바위의 길」 부분

이 시의 '바위의 길'이란 불전을 구하기 위해 삼장법사를 따라 서역으로 향한 '손오공'이 걸었던 구도의 길과 같은 것이다. 그것은 용광로처럼 불순한 자기 욕망을 "끌어안고 녹여버리"며 나아가는 인내의 과정을 의미한다. 욕망이란 본래 생명의 본능이자 벗어날 수 없는 개별자의 굴레다. 그러한 욕망을 극복함으로써 생명은 자기 존재를 초과한 정신으로 실현되는 것이다. 또한 바위는 "모든 생명들의 꿈"으로도 은유되는데, 여기에는 '돌'을 모든 생명의 꿈을 잉태한 근원적 '씨앗'으로 전환하는 상상력이 감춰져 있다. 이로부터 바위가 나아갈 길이 궁극적으로 생명이 도달할 욕망 극복의 '꿈'을 파종하는 경작로라는 것 또한 깨닫게 된다. 이처럼 이은봉이 절망스러운 현실의 대안으로 제시하는 것은 정신적인 쇄신을 추구하는 생명 사상이다. 그러나 현실의 억압된 '돌'이 구도하는 '돌'로 변신하는 과정에는 설명이 필요한 비약적인 간극이 있다. 그 간극을 메우는 성찰적 수행이 바로 바람의 상징성으로부터 발견된다.

3. 흔들림 속에서, 흔들림을 넘어서는 '바람'의 탄력

최근 발표된 시집의 제목 『봄바람, 은여우』(2016)를 보면 알 수 있듯 '바람'은 이은봉의 시를 관통하는 중요한 이미지이다. 이 시집의 「시인의 말」에 바람은 '사람', '세상', '소리', '미지(未知)', 그리고 "'바라다'라는 동사의 명사", "하단전에서 솟구쳐 오르는 욕망의 기표" 등으로 정의된다. 이로부터 유추해볼 수 있는 사실은 시인이 바람의 의미가 아니라 그것의 확정될 수 없는 의미의 가변성 자체를 주목하고 있다는 것이다. 즉 불확정성이야말로 바람의 고유한 의미인 셈이다. 그러나 그의 몇몇 작품에 형상화된 바람은 분명히 억압적 현실을 가리키는 데 사용되고 있다. 예를 들어 「미친바람」의 '바람'은 "지난 시대의 독재자들처럼" 불어오는 권력의 폭력을, 「바람의 본적」의 "매연으로 가득한 도시의 골목을 내달리며 함부로 지껄여대는 바람"은 자본에 타락한 욕망을 가리키는 것이다. 따라서 '바람'의 의미는 이중적이다. '바람'은 인간이 가진 자유로운 정신 에너지이지만, 자칫 현실 세계의 도시적 욕망으로 전락한 광풍(狂風)이기도 하다. 다음에서 살펴볼 수 있듯 '바람'을 형상화하는 그의 전략 역시 이중적이다.

햇볕 환하고 겉옷 가벼워질수록 산언덕 위 더욱 까불대는 은여우
손가락 꼽아 기다리지 않아도 그녀는 온다
때가되면 온몸을 흔들며 산언덕 가득 진달래꽃 더미, 벚꽃 더미 피워
올린다
너무 오래 꽃 더미에 취해 있으면 안된다
발톱을 세워 가슴 한쪽 칵, 할퀴어대며 꼬라지를 부리는 은여우
그녀는 질투심 많은 새침데기 소녀다
짓이 나면 솜털처럼 따스하다가도 골이 나면 쇠갈퀴처럼 차가워진다
차가워질수록 더욱 재주를 부리는 은여우, 그녀는 발톱을 숨기고 달려
오는 황사바람이다.

—「봄바람, 은여우」 부분

태어날 때부터 사람들,
제 속 깊이 프로펠러를 키운다

바람이 불면 제 스스로 돌아가는 프로펠러,
온몸 부웅 솟구쳐 오른다

허공에 떠 있을 땐,
푸하하하, 웃음 터져나온다

바람 자면 제 스스로
멈춰버리는, 떨어져버리는 프로펠러,

이내 쑥구렁에 처박힌다
흥건히 피투성이다

—「프로펠러」 부분

「봄바람, 은여우」의 바람은 '은여우', '솜털'과 같이 가볍고 명랑한 이미
지로 그려지는 것과 함께 '쇠갈퀴', '황사바람'과 같은 무겁고 부정적인 이
미지와도 연결된다. '질투심 많은 새침데기 소녀'라는 표현처럼 바람은 한

순간 꽃들을 피우다가도, 다른 순간 발톱을 드러내 상처를 주는 변덕스러운 성격을 갖고 있다. 따라서 '은여우'와 '쇠갈퀴'의 이중성에는 우리를 도취하게 하는 '가벼운' 바람과 우리를 억압하고 상처를 주는 '무거운' 바람에 관한 두 가지 상상력이 역동적으로 작용하고 있다. 여기서 "너무 오래 꽃 더미에 취해 있으면 안된다"는 진술로부터 시인이 강조하는 바가 변덕스러운 바람에 대한 경계와 각성임을 알 수 있다. 마찬가지로 「프로펠러」의 바람 역시 상승과 하강의 이중적 상상력을 품고 있다. 프로펠러는 인간의 욕망을 연료로 작동하는 기계적 메커니즘이며, 반대로 인간의 욕망은 프로펠러에 의해 상승하는 듯한 고양감을 얻는다. 그러나 무한한 욕망이란 존재할 수 없기에 욕망의 비상은 언제나 추락으로 귀결된다. 욕망하기를 중단하는 순간 인간은 추락하여 '피투성이'의 상처를 입는다. 이은봉의 '바람'은 추락을 예비하는 상승으로, 광포함을 감춘 부드러움으로, 잔혹을 내포한 아름다움으로 표현된다. 이로써 바람에 대한 상반된 은유를 통해 그는 욕망의 양가성이야말로 인간의 본질임을 현시하고자 한다. 또한 '바람'은 앞서 언급한 「미친바람」과 「바람의 본적」처럼 역사적 폭력과 자본주의 사회의 부조리와도 맞닿아 있다. 이 욕망의 바람은 극복해야 할 또 하나의 사악한 현실(邪)이다. 이은봉은 그에 대응하는 인간 정신의 탄력을 포착하고자 한다.

> 가야 할 세상이 있다 흔들리는 마음, 뒤뚱대는 몸으로 한평생 꿈틀거릴지라도, 알뿌리들 자라 둥글게 익을 때까진, 쉬엄쉬엄 담 넘어가는 굼벵이로 살자
>
> 조심조심 온몸 접었다 펴는 동안에도, 발치의 흙더미 속엔, 여전히 무수한 생명들 크고 있다 내 안의 푸르른 토란 잎사귀 위, 이슬방울 또르르 굴러떨어지고 있다
>
> ― 「알뿌리를 키우며」 부분

흔들의자가 있어야겠다
흔들리는 세상
더욱 흔들리기 위하여

걸음 옮길 때마다
끊임없이 흔들리는
저 마음들 보아라

흔들의자가 있어야겠다
흔들리는 세상
더는 흔들리지 않기 위하여!

— 「흔들의자」 전문

　　시인은 인용한 두 편의 시에 모두 '바람'에 대적하지 않고 그것에 몸을 맡김으로써 더는 바람에 흔들리지 않는 삶의 자세를 제시한다. 다시 말해 바람에 순응함으로써 바람의 본질을 체득하고, 더 나아가 내면으로 침투해오는 현실의 욕망을 극복할 수 있는 지혜를 발견해가는 것이다. 2005년에 발표된 「알뿌리를 키우며」의 '나'는 "가야 할 세상"이라는 이상향으로 나아가면서, 기꺼이 자신의 '흔들리는 마음'과 '뒤뚱대는 몸'을 감당하는 '굼벵이'다. 이때 발아래 느껴지는 "무수한 생명들"의 존재로부터 이 '굼벵이'의 행로가 앞서 분석한 「바위의 길」에 나타난 '모든 생명들의 꿈'을 파종하는 길과 연결됨을 알 수 있다. 이때 현실을 견디며 저항하던 '돌'보다 '굼벵이'는 진일보한 경지를 보여준다. 왜냐하면, 그는 어떠한 세상의 흔들림 앞에서도 "쉬엄쉬엄 담 넘어가는" 여유를 갖게 하는 가볍고 자유로운 바람의 지혜를 통달한 자이기 때문이다. 더 나아가 「흔들의자」에 이르면 저항과 초월의 정신을 모두 아우르게 된다. "더욱 흔들리기 위하여" 그리고 "더는 흔들리지 않기 위하여!" '흔들의자'가 필요하다는 모순된 진술은 바꾸어 말하면 현실의 격동을 피하지 않는 동시에, 그 어떤 흔들림에도 자신을 조율할 수 있는 정신의 '흔들의자'라는 성숙한 경지에 도달했다는 선언이기도 하다. 이로부터 현실을 치열하게 살 것이라 선언하면서도 "더는 흔들리지 않"을 수 있는 달관의 정신을 갖춘 리얼리스트의 깊이를 느끼게 된다. 이처럼 이은봉의 '바람'의 상상력은 인간 정신의 역동성을 보여주고 동시에 삶의 실천적 지평을 확장하고 있는 것이다.

4. 사무사(思無邪)의 리얼리즘

현대사회의 질주는 멈출 가능성이 없으며, 그 질주하는 현실의 가속도는 진정 인간이 살아야 할 현실을 망각하게 한다. 이 순간 우리는 한 인간이 체득한 현실인식이야말로 세계의 진실을 비추어준다고 말할 수 있지 않을까. 30년에 걸쳐 지속한 이은봉의 시업(詩業)을 한마디로 표현하면 삶의 세공술이라 할 수 있다. 1980년대의 역사적 비극으로부터 현재에 이르기까지 그는 자신의 시 쓰기를 통해 시대적 절망을 형상화하고자 했고, 그 절망에 대응하는 삶의 태도를 다듬어왔다. 그의 시에 주축을 이루는 '돌'과 '바람'이라는 두 상징에 관한 상상력은 현실과의 투쟁과 화해 사이에서 조탁된 결정이다. '돌'은 감금되고 억압된 타자들을 지시하며, 이와 연계된 '달'과 '북'의 이미지는 소외된 자들의 절망과 목소리를 형상화한다. 이웃들을 구원하고자 하는 그의 모색은 자기 욕망을 극복하고 정신적 쇄신을 이룩해야 한다는 생명 사상에 도달한다. '바람'은 그러한 생명 사상을 가능케 하는 인간 정신의 자유로움을 표현하는 한편, 그 자유를 억압하는 시대의 광풍 또한 가리킨다. '은여우'와 내부에 숨기고 있는 '쇠갈퀴' 같은 은유는 바람의 변덕스러운 양가성을 분명히 보여주는 것이다. 이때 시인은 삶의 바람으로 더 깊이 들어가 함께 '흔들리는' 것이 삶의 진실한 방법임을 제시한다. 그로써 인간은 현실의 고통과 더불어 살면서도 그것을 유연하게 받아넘기는 지혜에 도달할 수 있다. 나는 그의 시 의식을

제2부 자유, 평등, 사랑, 평화, 생명, 죽음

응집시키고 있는 시 한 편을 살펴보며 이 글을 마무리하고자 한다.

　　물이여 불이여 너희들 사이에서 흙이 태어난다 흙 속에서 돌이 태어난
　다

　　돌이여 바람이여 너희들 사이에서 시가 태어난다 보아라

　　시는 금이다 반짝이는 보석이다 가슴에 박혀 빛난다.
　　　　　　　　　　　　　　　　　　　　　　　　—「돌과 바람의 시」 부분

　이은봉에게 시란 우주의 근원을 이루는 네 원소의 운동에서 '태어나는' 생명이라 할 수 있다. 자연은 상호작용 속에서 끊임없이 자신을 갱신하여 '시'에 도달한다. 따라서 시 쓰기란 자연법칙과 생태적 본능이 지향하는 근원적 목표인 셈이다. 시인의 자기 쇄신하려는 태도는 윤리적인 것인 동시에 이러한 생명 질서에 따르는 것이기도 하다. 위 시의 '흙'을 이루는 질료인 '물'과 '불'은 인간이 살아가는 역사적이고 생태적인 토대를 상징한다. 그의 시에 '물'은 역사를 알레고리화한 강물의 이미지(「봄, 거창에서」)나 '생명의 어머니'(「물의 비밀」)로, '불'은 민중의 '터져오르는 검붉은 주먹'(「먹감」)이나 여러 시편의 개화하는 '꽃'의 생명력으로 나타난다. 그러한 토대를 살아가는 인간 존재가 억압된 자기 형상인 '돌'과 자유로운 정신인 '바람' 사이를 오가는 것이 삶이며, 그 삶이 끝내 마지막 도달점인 '시'의 정신에 도달하는 운동 즉 자연의 이상(理想)이라 할 수 있다. 따라서 시란 생명이자 모든 생명의 '꿈'인 것이다.
　무엇보다 중요한 사실은 그러한 탄생이 '돌'과 '바람' 너머가 아니라 그 둘 '사이에서' 이루어진다고 말한 데 있다. 이는 현실의 초월이 아닌 삶의 완성을 이야기하는 것이다. 시의 상징인 '금'과 '보석'을 '가슴'에 박는 행위 또한 리얼리스트로서 현실을 살고자 하는 굳건한 의지를 보여준다. 앞서

거듭 살펴보았듯 그는 현실의 흔듦과 함께 치열하게 '흔들림'으로써 도달하게 되는 삶의 방식을 제시한다. '시'를 통해 당대인들의 마음과 행동을 읽어내고 그 누구보다 올바르게 살 수 있도록 자기를 쇄신하고자 하는 정신의 뿌리는 공자의 '사무사(思無邪)'에 맞닿는다. 그것은 누구보다 현실을 깊이 사랑하고, 깊이 이해하고자 하는 의지의 소산이다. 이은봉의 '돌'과 '달' 사이, 혹은 절망의 리얼리티와 자유로운 시정신 사이의 진폭은 하나의 울림을 만든다. 그 울림은 현실의 여백으로 스며드는 삶의 진실한 체험이자 감각이다.

(『시와시학』 2016년 겨울호)

벽과 포장 사이

임영석

평생 자기 자신의 마음을 어떻게 간직하고 어떻게 포장을 해야 할까 하고 생각을 해보면 그 모습이 쉽게 떠오르지 않는다. 이는 벽에 가로막혀 있는 마음을 포장하는 포장지를 찾을 수 없기 때문이다. 마음을 바라보는 것도 어려운데, 그 마음을 포장할 수 있다면 과연 그 모양이 어떻게 보일까. 나무, 바람, 꽃, 물, 구름, 칼, 그릇, 동물, 곤충, 외계인 등등……, 무수히 많은 것들이 연상될 것이다. 시라는 것도 이러한 마음의 포장을 거쳐야 써지는 것이 아닐까.

마음을 포장하는 것은 말과 행동을 통해 행한다. 말은 글이 대신하기도 한다. 행동이란 말의 뜻을 전하는 것이다. 벽을 만드는 것은 자신의 행동을 숨기거나 감추기 위한 것이고, 외부로부터 오는 바람을 차단하기 위한 것이다. 글에도 자신만의 벽이 있고 옷 같은 포장이 있다. 어떻게 외부의 바람을 막아내고 읽는 이에게 부끄러움이 없는 모습을 보여야 하는가.

지금까지 읽었던 이은봉 시인의 시에서 필자의 가장 매력적인 발견은 세월과 시간의 흐름을 한눈에 읽을 수 있는 「책바위」라는 시이다. 이제부터 이은봉 시인의 시에서 보여주는 이은봉 시인만의 벽과 마음의 포장을 바라보려 한다.

바위는 제 몸에 낡고 오래된 책을 숨기고 있다

바위 위에 앉아 그냥 벅찬 숨이나 고르다 보면 책의 흐릿한 글자들 보이지 않는다

표지가 떨어져 나가고 여기저기 갈피도 찢겨져 나가 자칫하면 책이 숨겨져 있는 것조차 알지 못한다

지금은 일실된 옛 글자로 씌어진 이 책을 읽기 위해서는 자꾸만 더듬거릴 수밖에 없다

홍당무처럼 낯을 붉히는 참식나무들의 마른 잎사귀들이나 귓가에 다가와 글자들의 뜻을 겨우 속삭여 주기 때문이다

더러는 멧새들이 날아와 하나씩 글자들을 짚어 가며 재잘 재잘 뜻을 설명해줄 때도 있다

제 몸에 숨기고 있는 이 낡고 오래된 책의 내용이 대견스러워서일까 바위는 가끔씩 엉덩이를 들썩여 가며 독해를 재촉하기도 한다

내 둔한 머리로는 보얗게 형상을 그려가며 읽어도 간신히 몇 마디 뜻 정도나 깨칠 수 있을 따름이다

그러면 앞단추를 따고서도 거듭 제 젖가슴을 열어 보이는 바위의 부푼 엉덩이 이에 철썩, 손바닥을 내려놓을 수밖에 없다

문득 정신을 차리는 바위는 때로, 너무 서두르지는 마세요 벌써 겨울이 오고 있지만요, 은근히 다짐을 주기도 한다

바위는 명년 가을이 와도 내가 제 몸에 숨기고 있는 책을 다 읽어내지 못하리라는 것을 이미 잘 알고 있는 듯하다

그래서 나는 끈질기게 그녀가 치맛자락 속에 숨기고 있는 이 낡고 오래된 책을 계속 읽어나갈 작정이다

옛 글자들을 읽고 일실된 진실을 복원하는 일을 나 말고 누가 또 할 것인가

애써 궁리하다 보면 언젠가는 바위의 숨소리만을 듣고도 그녀가 제 속살에 감추고 있는 책의 내용을 다 알게 될 날이 올 수도 있으리라.

—「책바위」 전문

이은봉 시인은 바위를 보고 책을 생각했다. 바위가 책이라 생각하고 그 바위의 숨결을 찾아 읽어내려간 것이다. 바위가 바위일 것이란 생각을 하

지 않고, 책이라 생각하는 그 자체가 시인의 역량이다. 이미 우리가 읽지 못하는 그러한 글들의 책일 수도 있고, 새로운 언어로 다가서는 책이기도 하다. 바위 속을 깨트려 볼 수 없기 때문에 상상이 가능한 일이다. 모래나 흙이었다면 또 다른 시각의 책을 읽었을 것이다. 시인의 생각은 무궁하다. 이러한 생각을 갖기까지 시인은 바위 같은 집념의 시간을 보냈을 것이다. 하루아침에 바위가 책으로 보일 리 만무하다.

시인은 바위로 된 책에서 일실된 옛 글자를 읽어내기 위해 더듬거리기도 하고, 낯을 붉히는 참식나무들의 잎사귀들처럼 귓가에 속삭이는 소리를 듣는다. 그렇게 읽어내도 바위는 바위로 제 삶의 무게를 내려놓지 않고 있다. 그 바위책의 소리를 들으려면 바위가 생성되고 지금까지 있어왔던 시간들을 거슬러 올라가야 한다.

바위는 사람이 살아서 바라보지 못하는 시간을 단단한 무게를 지니고 지내왔다. 그것은 바위가 지닌 힘이 오랜 시간을 참고 버텨내기 때문에 가능하다. 그 마음을 이은봉 시인은 책으로 포장하여 시를 읽는 독자들에게 내놓았다.

바위를 바라보고 바위의 마음을 읽어내면서 그 바위의 옛 글들을 하나의 책으로 포장하는 시인의 마음에서 언제나 변하지 않는 자신만의 꿈과 이상의 현실을 단단히 묶어내고자 하는 결의가 보인다.

세상에는 수많은 책들이 있다. 그 책들을 다 읽어낼 수는 없다. 때문에 자연의 모습을 바라보고 그 숱한 책들을 대신하기도 한다. 사람이 자연의 아름다움을 보는 것은 순간이다. 하지만 그 순간의 아름다움을 만들기 위해 자연의 모든 것들은 거짓 없는 진실을 몸에 담아 시간을 보낸다. 자연만큼 진실한 책이 없다. 그것을 진실하게 바라보게 하는 시가 바위책이 아닌가 생각된다.

삼짇날 지난 남쪽 하늘가, 제비 몇마리 바람 데불고 지지배배 지지배배, 뛰놀고 있다 달리고 구르고 뒹굴고……

더런 빨랫줄 위, 사뿐히 내려앉기도 한다

약오른 바람들, 가끔은 제비들 날개 꼬옥 끌어안고 놓지 않는다 그러
면 제비들, 대각선 길게 그으며 휘이익, 빠져 달아난다

남쪽 하늘가 어디, 발자국 하나 없다.

—「발자국」 전문

이은봉 시인의 시 「발자국」을 읽으며 그 제비들 발자국 찍힌 허공이 사
라졌다는 아픔을 더 느낀다. 불과 20여 년 전만 해도 제비들의 모습을 쉽
게 곳곳에서 볼 수 있었다. 하지만 이제는 그런 제비들의 지저귐을 쉽게
들을 수 없다. 빨랫줄이 있는 마당도 없고, 층층 벌집 같은 아파트에 사람
이 살며 일벌들처럼 들락날락 오갈 뿐이다.

어떻게 보면 이 시집이 불과 15년 전의 시집인데도 낯선 느낌이 든다.
제비가 휘이익, 날아가는 모습을 요즘 아이들은 어떻게 받아들이는지, 지
지배배 지지배배 봄바람 데불고 날아 오는 제비들이 언제 날아오는지 아
는 아이들이 있는지, 그만큼 우리들은 자연을 등지고 살아가고 있다는 느
낌이다.

사람의 삶이 험악한 환경을 만들어놓았기 때문에 제비들도 제 발자국
을 남기지 않을 것이다. 모든 발자국은 삶의 환경이 가장 풍요로운 곳에
남기기 마련이다. 제비들도 그런 풍요로움이 아니다 싶어 찾지 않을 것이
다. 그 제비들 날아다니던 모습을 시로 쓰지 않았다면 우리들이 어떻게
과거의 모습을 생각할까 싶다.

어디서든 주먹 불끈 내미는 막대기!
멋대로 주둥이 삐죽대는 막대기!

아무 데나 솟구쳐 오르지 대책 없이
밤이면, 술 취하면 더욱 속도를 내지
부나비 떼 우글거리는 가로등 밑에선
되레 아싸 좋지, 어쩌구 하며
물 젖은 막대기, 촉촉한 막대기!
저를 매달고 있는 우람한 몸집에서
머리통 툭, 떨어져 내려도
조오치, 손바닥으로 무릎
탁, 치지 호오이, 휘바람 불지
걱정을 다 잃어버렸기 때문이지
후미진 모텔방 가볍게 촐랑대는
막대기만 막대기가 아니지
어두운 밤 보자기 풀어 마구 흩뿌리는
별똥별 알고 보면 막대기지
딱딱할수록 더욱 불끈대지
막대기가 온통 세상 끌고 다니지
마구 법 만들지 돈 만들고
도덕 만들지 질서도, 세상 속속들이
채운 뒤에도 황소처럼 식식대며 내달리지
불끈불끈 어깨 들썩이는 막대기!
여기저기 함부로 굴러가는 바퀴 달린 막대기!

— 「막대기」 전문

　　막대기 하면 늘 선생님과 군인이 지휘봉을 들고 지휘를 하던 모습들이 떠오른다. 그 막대기 속에는 권위의 힘이 들어가 있었고, 계급의 무게가 실려 있었다. 하지만 세상은 그런 지휘와 계급의 힘보다 더 큰 힘들이 자리 잡았다. 그 막대기가 세상을 달리는 자동차가 되었고 하늘을 날아가는 비행기가 되었다. 막대기의 모양도 바뀌었다. 옛날에는 손에 들고 허공을 휘저었지만, 이제는 손에 들고 목소리를 듣고 바라보고 느끼는 화면이 되었다. 이은봉 시인은 그 막대기가 힘으로 군림하던 얼음판 같은 시대에 살면서 도덕과 질서를 앞세워 세상 곳곳을 휘저었던 모습들을 떠올린다. 황소 같은 힘이 그 막대기에 매달려 있었고, 누구도 거론하지 못하는 말이 그 막대기에는 있었음을 회상한다.

그러나 이제는 그런 막대기 하나로 세상을 휘젓는 시대는 지나갔다. 그러나 그 막대기보다도 더 막강하고 힘센 또 다른 막대기가 있다. 자연의 재앙도 막대기고, 사람의 지혜로 만든 핵물질도 막대기고, 높은 빌딩이 늙어가는 것도 또 다른 우리들의 막대기로 다가와 있다.

막대기는 죽은 나뭇가지에 지나지 않는다. 이은봉 시인은 그 막대기를 세상 곳곳에서 식식대며 황소의 뿔처럼 다가오는 힘으로 여겼고, 여기저기 그 힘에 바퀴가 달려 있는 것처럼 바라보았다.

> 아무데나 불쑥 제 푹신한 엉덩이 내밀어
> 사람들의 엉덩이 편안하게 들어앉히는 접는의자
>
> 사람들의 엉덩이 앉았다 떠날 때마다
> 접는 의자의 엉덩이는 반질반질 닦여진다
>
> 사람들 다 돌아가고 나면 엉덩이를 들이밀고
> 사무실 한 구석에 우두커니 기대 서 있는 접는의자
>
> 더는 아무데나 불쑥 제 푹신한 엉덩이를 내밀 수 없어
> 세상 어디에도 그에게는 제자리가 없다
>
> 제자리 없어 더욱 마음 편한 접는의자,
> 엉덩이를 폈다 접으며 그는 하늘에 가 닿는다.
>
> ―「접는의자」 전문

접는 의자는 편의성을 갖추고 공간을 최대한 활용하기 위해 만들어진 생활 도구다. 낚시를 할 때나 야외에 나갈 때나 좁은 사무실에 주로 쓰인

다. 그런 접는 의자의 엉덩이가 하늘에 닿는다는 것은 마음의 비좁음을 허공에 펴고 있기 때문이다.

사람도 필요에 따라 접는 의자처럼 보인다면 어떠할까. 당당히 제자리를 찾지 못하고, 무엇을 위해 필요할 때만 부른다면 서러울 것이다. 접는 의자는 그러한 세상 사람의 얼굴 같다는 생각이 든다. 그러나 그 사람들이 어디 서럽다고 말하지 않는다. 우리들 주변에는 숱한 사람들이 접는 의자처럼 살아간다. 하루 일을 기다리다 일거리가 없어 돌아서는 일용직 노동자의 얼굴 같은 모습이 떠오른다. 그러나 세상은 편리함을 추구하는 세상으로 바뀌어가고 있다.

우두커니 하늘을 바라볼 때 하늘을 날아가는 새들에게 무한하게 느끼는 자유를 사람들은 부러워한다. 그만큼 우리들은 삶의 자리를 찾는 데 어려움을 겪고 있다. 접는 의자는 제자리가 어디인지를 모른다. 그때그때 놓이는 자리가 제자리인 것이다.

위에서 읽은 이은봉 시인의 시들에서 시간에 따라 많은 변화와 감성의 벽이 형성하고 있는 벽과 마음의 포장지 같은 감성을 바라보았다. 이은봉 시인의 시집을 두루 다 섭렵해 읽지는 못했다. 몇 권의 시집을 통해 읽을 수 있는 시인의 시는 우리들 곁에 머무는 시간을 통해 마음의 벽을 만들고 삶의 바람을 막아내고 아픔과 고통으로부터 벗어난 삶의 길을 포장해놓은 듯하였다. 이은봉 시인은 그의 시 「책바위」를 통해 정신의 무게가 무궁하다는 것을 느끼게 해준다. 「발자국」을 통해 지난 세월 현란했던 제비들이 어디로 사라졌는지 궁금함을 갖게 해준다. 「접는 의자」를 통해 우리가 어디에 있어야 하는지를 생각하게 해준다.

개인의 삶이 있기 때문에 여럿이 살아가는 데 있어 마음의 벽은 어쩔 수 없이 존재한다. 그 벽이 없다면 개성적이고 독창적인 삶이 아니기 때문이다. 소나무 숲에서 소나무를 바라보면 그 뾰족한 잎 모양만 빼고 줄기며 가지 모두가 제각각이다. 그만큼 하늘의 햇살을 받은 느낌을 제 몸의 벽에 묶어놓고 제 몸의 영양분으로 삼아왔기 때문이다. 이은봉 시인의 시는 제각각인 소나무 숲의 소나무들처럼 굵기도 다르고 느낌도 다른 독창적인 모습을 띠고 있다. 벽이란 소통을 가로막는 것이라 생각하지만, 마음속에 있는 벽은 수많은 생각의 에너지를 저장하는 공간이다. 그 마음 벽에 넣어둔 것을 시로 포장하는 포장의 방법에 따라 시인의 개성이 보인다.

하나의 돌을 돌로 바라보면 아무 느낌이 없지만, 그 돌 속에 가녀린 여인이 들어 있다고 생각하면 소녀상의 모습이 나올 것이고, 로댕처럼 고독을 느낀다면 고독한 남자가 나올 것이다. 생각의 포장은 표현이다. 어떤 질감의 벽을 어떻게 허물고 다듬고 포장해놓느냐에 따라 꽃이 되고 나비가 되고 구름이 되고 하늘이 된다. 이은봉 시인의 시「책바위」에서 마음의 벽으로 굳어진 세월과 그 세월을 책으로 포장해놓은 상상에서 우리들 삶의 모습이 모두 벽과 포장 사이에 아직 담겨 있는 것처럼 보였다. 이은봉 시인의「책바위」는 가난하고 부자의 경계가 아닌, 진실과 거짓의 경계도 아닌, 삶의 진정한 눈빛이 담겨있는 해탈의 경지를 향하여 벽을 허물고 마음의 포장을 한다면 내가 무엇을 생각하고 느껴야 하는지를 말해주고 있다.

(『미래를 개척하는 시인』, 문학공원, 2016)

화엄의 바다를 찾아가는 보살행

김영호

시인 이은봉은 한결같다. 이제 법률적인 노인의 나이가 되어 대학 강단을 떠나는 정년을 코앞에 두고 있지만, 꾸준한 창작 활동으로 예전 문학청년의 순수하고 뜨거운 열정을 오롯이 지켜내고 있다. 그 열정은 다양한 체험과 오랜 경륜으로 푹 삭여져 보다 넉넉하고 너그러운 모습으로 계속 진화하고 있다. 그는 정년퇴직으로 공적 삶의 한 매듭을 짓게 된 기념으로 그간에 내놓은 11권의 서정시집에서 126편의 시를 골라 이 시선집을 묶는다.

2007년에 그간 출간한 6권의 시집에서 고른 시선집『알뿌리를 키우며』를 낸 바 있고, 2016년에 그간 출간한 9권의 시집에서 추린 시선집『달과 돌』을 낸 바 있으니 이번 시선집『초록동물의 피』는 세 번째인 셈이다. 두 번째 시선집은 육필시집이어서 예외라고 할 수 있기는 하다. 그러나 이번 시선집은 첫번째 시선집 이후 출간된 시집부터 고르지 않고 그의 시집 11권의 모두를 대상으로 다시 새롭게 고른 만큼 그 성격이 좀 다르다.

지난번 첫 시선집을 낼 때 그는 그간 6권의 시집을 간행하는 과정을 통해 초창기의 자신의 시 작업이 기대와 이상에서 많이 벗어나 있음을 고백한 바 있다. 자신의 창작 활동이 세상을 향기로 가득 채워 온통 빛날 것이라는 기대에서 많이 벗어나 그간의 작업을 되돌아보는 계기가 되었다는 것이다. 특히 자본주의 근대를 살아가는 고민과 처방을 시로 표현하려 했음을 강조하고 있다. 이번의 작업 역시 지금까지의 자신의 시적 작업을 총체적으로 되돌아보는 계기가 되리라 본다.

억압과 절망 속에서도 유쾌한 낙관으로 이를 극복해왔듯이 그는 먼저 이번 작업 과정에서 겪은 멋쩍은 일화를 먼저 고백한다.

> 까닭 없이 126이라는 숫자가 나를 계속 유혹했다. 시를 고르며 내내 한심하고 회심했다. 기껏 이러한 정도의 수준에 불과하다니!

126이란 숫자에 대한 유혹은 아마 화투놀이에서 9를 뜻하는 '갑오' 때문일 테지만, 굳이 이런 걸 순순히 밝히며 뉘우친다. 그런데 이런 일화는 사업가의 경우엔 오히려 자기 미화의 계기가 되기도 한다. 대표적인 대중적 필기구였던 '모나미' 볼펜에 적힌 '153'이란 숫자가 바로 그런 경우다. 기독교인인 회사 대표가 부활한 예수가 다시 뱃사람으로 돌아간 제자들에게 나타나 그물 칠 곳을 알려줘 그물 가득 153마리의 물고기를 잡았다는 성경의 일화에서 따왔고, 또 9를 뜻하기도 하는데, 그의 이런 시도는 결과적으로 큰 성공을 거두었다고 한다. 사정이 이러하니 시인 또한 그런 유혹을 받을 만하다. 중요한 것은 각각의 시가 나름의 사연 속에 쓰인 만큼 다 소중할 테지만, 선정한 시들이 고른 수준을 보여주면 될 뿐이다. 다만 시인이 그만큼 자기성찰에 민감하다는 것을 확인하는 것으로 충분하다.

이번 시선집의 대상이 첫 시선집과 상당 부분 겹치다 보니 첫 시선집에 실렸던 시들이 다 빠진 듯하다. 그래서 처음 여섯 권 시집의 표제작들이 없다는 점이 우선 눈에 띈다. 독자들은 그간 익숙히 보아온 시들이 없어 아마 좀 아쉬운 면도 있으리라 본다. 더구나 시인 스스로 표제작으로 삼은 작품이 없는 만큼, 그의 시적 여정을 살펴보는 이 글의 과정에서 부득

이한 경우 이번 시선집에 없는 작품을 살펴보는 경우도 있음을 미리 밝힌
다.

> 지금 그 마음으로
> 처음 그 마음으로
> 살아라 한다 목백합나무 잎사귀
> 위로 고이는 아침 이슬처럼
> 그렇게 살아라 한다
> 내가 이런 말 할 수 있을까만 그래도
> 지금 그 마음으로
> 그 착한 마음으로
> 고향 들녘, 송아지 잔등 위
> 로, 쏟아져 내리는 봄햇살처럼
> 그렇게 살아라 한다
> 애초의 마음으로
> 지금 그 마음으로, 살아라 한다
> 내가 이런 말 할 수 있을까만 그래도
> 설레이는 참새의 앞가슴
> 앞가슴 털의 따뜻함으로
> 살아라 한다 처음 그 마음으로
> 시작하는 마음으로
> 살아 있을 때까지 살아
> 움직일 수 있을 때까지
> 꿈틀거릴 수 있을 때까지
> 저기 북한산 연봉 위
> 늙어 더욱 찬란한 소나무 등걸 하나
> 청청청, 솟아오르고 있다
> 솟아오르며 환히 웃고 있다.

—「지금 그 마음으로」전문

시인은 애초에 가졌던 처음 그 마음을 간직한 채, 순수하고 착하며 따뜻하고 곧게 살아갈 것을 주변의 자연에 빗대 다짐한다. 시인이 대학 1학년 때 아버지가 큰 빚을 져 이사한 용두동 언덕의 낡고 비가 새는 집은 한국전쟁 피난민들이 모여 살던 해방촌에 있었고(「용두동집」), 그는 이곳에서 자취 생활을 하며 독서에 몰두하거나, 친구들과 다방에 모여 "오늘이며 내일의 역사를 지껄여대다" "조국이니 민중이니 하는 말들"에 가슴을 치며 "반유신의 불화살로 날아가고 싶어 온몸이 뾰쪽뾰쪽 날이 서기도"한다(「싸락눈, 대성다방」). 급기야는 순수한 이상을 이루려 눈 오는 날 독재에 저항하다 스스로 감옥행을 택한 친구도 생겨, 그의 순수하고 드높은 이상을 떠올리며 그를 걱정하기도 한다(「스스로 걸어 들어간 녀석은 지금」). 그래서 그의 초기 시는 유신 독재의 억압을 어둠과 겨울, 눈보라, 그리고 죽음으로 비유하면서, 그에 분연히 맞서는 자유와 평등과 사랑의 혁명을 예감하는 역사의식을 보여준다.

죽음 속에서 죽음의 풀밭 속에서
싹이 튼다 죽음의 뿌리를 뚫고
그렇다 사랑의 싹이다
죽음이여 이윽고 사랑의 어머니여
긴 겨울이 끝나고, 겨울의 눈보라가 끝나고
어둠 가운데, 어둠의 긴 동굴 가운데
싹이 튼다 죽음의 뿌리를 뚫고
그렇다 자유의 싹이다
죽음이여 끝없는 자유의 아버지여
죽음을 먹고, 푹 곰삭은 죽음의 심장을 먹고
기어코 생명의 꽃대궁 솟아오른다
봄날 아지랑이 솟아오른다
한꺼번에 사랑을, 자유를 밀어올리는
오래 기름진 밭이여 희망이여

배추씨도 무씨도 함께 환호하는
풍성한 식탁의 예감이여
죽음을 먹고, 고통으로 죽음의 심장을 먹고
벅찬 가슴으로 달려가는 수레바퀴
죽음 속에서 죽음의 뿌리 속에서 오히려
찬란한 생명의 운산이 여기 있다 죽음이여
매듭 굵은 이 나라 역사가 비로소 싹을 틔운다.

— 「죽음에 대하여」 전문

 시인은 어둡고 긴 겨울의 죽음을 이겨내고 희망의 싹을 틔우는, 생명의 깊고 신비한 원리인 현묘지도(玄妙之道)를 본다. 죽음과 사랑이 서로 대립하면서도 어느 임계점을 넘으면 극적으로 융합하는 화엄의 세계를 깨닫는다. 그래서 시인은 위 시에 대응하는 「사랑에 대하여」에서, 겨울이 가고 봄이 오면 봄 동산에서 작은 생명들이 자유롭게 살아나는 것을 "배우고, 깨닫는다"고 고백한다. 문제는 이런 배움과 깨달음이 인식 차원의 알음알이에서 그쳐서는 안 된다는 점이다. 사랑과 자유, 그리고 평등과 해방이 추상적이고 상호 의존적인 개념어로만 인식되는 데서 나아가 이를 구체적인 상황에 맞추어 역동적인 활동으로 바꾸어내야만 진정한 변화가 시작되기 때문이다. 물론 당시 젊은 시인이 폭압적인 군부 독재의 위력에 물리적으로 맞서 변혁을 추동하기엔 역부족인 게 엄연한 현실이다. 하지만 그런 극한적인 상황에서도 "우두커니 서 있을 수는 없지" 다짐하며, 그대와 함께 지푸라기라도 뭉쳐 동아줄을 만들어 죽음의 강물 너머로 건너려고 안간힘을 다한다(「길 끝에」). 엄혹한 절망적 상황에 "쓰러지"고 "허우적대"면서도 희망을 향한 지난한 몸짓을 멈추지 않는 이 도저한 믿음이야말로 시인이 가진 뛰어난 미덕으로 보인다. 자신이 처한 자리에서 형편에 맞게 최선을 다하는 이런 자세가 바로 시인을 늘 역사의 현장에 동참하게 하는 원동력이 되었으리라.

시인은 이렇게 가야 할 세상에 대한 믿음을 잃지 않으면서도 겸허하게 자기 자리를 지켜나간다. 그는 늘 열린 마음으로 주변의 작은 자들과 기꺼이 함께한다. 자신이 젊은 시절을 산언덕 동네인 용두동 해방촌에서 살았기에, 길음동이나 미아동 산동네 사람들의 고단함 속에 간직된 인정에 충분히 공감할 수 있다. 하늘 아래 첫 동네인 산동네 사람들은 척박한 현실 속에서도 서로 부대끼며 싸우다가도 서로를 보듬어가며 내일에 대한 희망을 일구어간다. 남루한 살림살이에 날것의 감정으로 살아가는 그들이지만 하늘과 별빛에 가장 가까운 사람들임을 시인은 안다. "복되어라, 가난한 사람들! 하늘나라가 너희 것이라"는 예수의 축복 대상이 바로 이들인 것이다. 이런 역설이 바로 중생과 부처가 하나 되는 화엄의 세계가 아닐는지. 그래서 시인은 산동네에 내리는 솜이불 같은 눈송이를 보며 '설움이면서도 은혜요 희망'이라고 노래한다.

축복이요 함박웃음이요 사랑이요
여기 길음동 산언덕
산언덕 슬레이트 지붕 위에도
덧씌운 루핑 위에도
환희요 떨어져 내리는 기쁨이요
보아도 눈 부릅뜨고 보아도
은혜요 층층이 늘어선 가난을 덮는
한숨을 덮는 솜이불이요 떡가루요
버리고 온 고향 사람들
눈물겨운 인정이요 거친 손마디
덥석 부여잡는 설움이요 반가움이요
무너져 내리는 담벼락
낡아 찢어진 벽보 위에도
일렁이는 추억이요 그리움이요
이따금 바람 불러와
온통 세상 뒤흔들어도

노랫소리요 아직은 벅찬 내일이요

즐거움이요 그리하여 여기

엉덩이를 비비며 모여 사는 사람들

사람들 넓은 치마 섶이요

젖가슴이요 젖가슴으로 껴안는 희망이요.

　　　　　　　　　　　─「길음동─산언덕 내리는 눈」 전문

　시인은 우리나라 중심부인 서울에서 멀리 떨어진 변방에서 태어나고 살아가는 이른바 마지널 맨(marginal man), 곧 주변인이다. 물론 나름 일가를 이룬 시인이고 존경받는 대학교수로 사회적으로 성공했어도, 그의 심성과 삶의 행태를 추동하는 힘은 바로 시골 사람의 정서다. 그래서 그는 늘 주변 이웃들의 고통과 신음소리에 민감하게 반응하며 끝내 외면하지 못한다. 그러다가 붉은 물이 든 사람으로 낙인찍히기도 하고, 한때는 직장에서 쫓겨나 유랑의 시절을 견뎌야 한다. 이렇게 주변인 의식으로 이웃과 소통하는 그는 '달'과 같은 존재다. 태양처럼 뜨겁고 눈부셔 감히 쳐다볼 수 없는 '너무 먼 당신'이 아니라, 소주잔 기울이며 정담을 나눌 수 있는 '이웃의 장삼이사'이다. 그는 존재하지만 자신을 애써 드러내지 않는 '달'과 같으며, 태양처럼 멀리 있지 않고 훨씬 가까이 있다. 그는 이지가지 아픈 사연들을 간직한 채 기울어진 삶을 서로 다독이며 사는 이웃들을 연민의 정으로 가까이 끌어당긴다. 마치 달의 인력이 지구의 자전축 기울기를 안정적으로 유지해줘 계절이 변화하고 물이 뒤바뀌며 생물들이 살아가게 하는 것처럼 말이다. 이렇듯 달과 같은 주변인들이 있기에 이 세상의 변화와 조화가 가능한 것이니, 그가 "내 몸에는 달이 살고 있다"고 말하는 것은 바로 우리 삶을 살맛 나게 해주는 세상사의 이치에 다름 아니다. 즉 삶의 근원적인 질서인 원형이정(元亨利貞)의 순리로 살아가고자 하는 시인의 바람을 말한 것이다. "겨울 가을 여름 봄이 아니라/봄 여름 가을 겨울"(「봄 여름 가을 겨울」)인 것이다.

김영훈 화엄의 바다를 찾아가는 보살행

내 몸에는 달이 살고 있다 옥토끼의 달, 계수나무의 달, 때 되면 옥토끼는 아직 절구질을 한다 계수나무 그늘 아래 떡방아를 찧는다 인절미며 쑥절편, 백설기며 시루떡 함께 나누어 먹는 달은 지금 많이 아프다

……홍건히 피 흘리는 달, 아랫도리 절룩이는 달, 내 몸의 물관부를 따라 출렁출렁 뛰어다니는 달……

뚜벅뚜벅 대보름이 다가오고, 마침내 몸 가득 채우는 달, 때로 달은 흘러넘치기도 한다 밖으로 빠져 나가기도 한다 그러면 달빛 너무 지쳐 피빛으로 붉으죽죽하다 그 달빛, 세상 향해 촉촉이 내려앉는 모습, 보고 싶다 아름답게.

—「달」 전문

사실 우리가 사는 지구는 우주의 중심이 아니다. 우주 속에서 지구는 태양계의 가장자리를 차지한 '창백한 푸른 점'으로 어둠에 둘러싸인 외로운 티끌 하나에 불과하다고 천체물리학자 칼 세이건은 말한다. 따라서 우주의 광대함과 장엄함 앞에서 인간은 아주 취약한 존재에 불과하며, 특별한 존재가 아니라고 한다. 다른 동식물과 유전적 친족관계에 있으며, 우리 몸을 이루는 물질들—혈액 속 철분, 뼈 속의 칼슘, 뇌 속의 탄소, 수분 속의 산소 등은 수천 광년 떨어진 수십억 년 전 적색거성들에서 만들어진 것이라 한다. 이렇게 보면 우리는 모두 오랜 별의 자손이고 빛나는 존재인 것이다. 시인의 직관과 상상력을 통해서만 인간과 우주가 연결되는 것이 아니라, 우리를 구성하는 원소들을 통해서도 긴밀하게 연결되어 있다. 우주의 모든 물질이 서로 연결되어 있고, 세상의 모든 것이 서로 연결되어 있는 것이다. 이것이 바로 불교에서 말하는 화엄의 바다이다.

우리나라가 미국 기독교 문명에 의해 근대화되면서 인간 중심의 가치관과 지구 중심의 우주관을 내면화하게 되었지만, 우리의 원래적 영성은 동식물은 물론 사물까지도 공감과 배려의 관계로 보고 있다. 해님과 달님

이야기, '비가 오시네.'란 표현이나 뜨거운 물도 식혀서 버리고, 감나무에 까치밥을 남겨두는 풍습 등이 이를 증명해준다. 야생영장류학자들의 연구에 의하면 원숭이나 유인원이 사는 열대우림 지역이나, 야생영장류가 흔한 인도 중국 일본 등의 종교에선 인간과 다른 동물 간에 엄격한 경계를 두지 않는다고 한다. 유독 야생영장류가 없는 유대계 기독교만이 인간을 예외적인 특별한 존재로 취급하는 신앙을 가지고 있다는 것이다. 시인은 천주교 영세를 받았지만 불교 종립고등학교를 다니면서 배운 불교적 교양 때문인지, 인간과 만물이 다 연결돼 있음을 쉽게 받아들이고 이를 시로 형상화하고 있다. '나는 별, 별빛과 태초로부터 연결되어 있으며, 질긴 동아줄로 얽힌 관계임'을 시적 상상력과 직관을 통해 노래한다(「휘파람 부는 저녁」).

　나와 남, 나와 자연, 나와 사물이 결국 하나라는 시인의 인식은 특히 '바람의 시'에 잘 드러난다. 물론 바람이 부는 과학적 이유는 기압차 때문에 일정한 방향으로 공기가 흐르는 데서 비롯된다. 그러나 시인에게 바람은 움직이는 생명력이고, 사람의 마음이 자유롭게 모아져 이루는 역사이고, 우리가 사는 이 땅에서 이루고자 하는 소망이기도 하다(「바람이 좋아하는 것」, 「바람의 파수꾼」). 기독교에서는 세상을 살아 움직이게 만드는 신비스런 힘의 존재(spirit)를 우리 주변에서 움직이는 바람(wind)의 모습으로, 우리 내면에서 움직이는 숨(breath)으로 표현한다. 바람은 초월적이면서도 내재적인 그런 신령한 힘인 것이다. 따라서 타인과 자연 또는 사물 모두에게 이런 신령스런 힘이 내재해 있다고 보게 될 때, 우리는 만물에 대해 자비심과 연민의 정을 갖게 된다. 시인이 시에 드러나는 자신을 '각자 선생'으로 부를 때도 바로 이런 자각 또는 깨달음을 표현하면서, 모두가 다 스스로 이런 자각을 가질 수 있다는 믿음을 동시에 함축하고 있다고 보인다.

　시인은 이번 시선집의 표제작을 「초식동물의 피」로 정했다. 시인이 동식물은 물론 사물까지도 자신과 하나가 되는 화엄 사상을 체화(體化)하고 있음은 이미 앞에서 살펴본 바 있다. 이렇게 만유와 내가 둘이 아닌 하나로 차별 없이 모두 소중한 존재라면, 만유가 서로 평화롭게 공존하는 삶이 가장 바람직한 관계라 할 수 있다. 그리고 이를 가장 비폭력적으로 실현하는 방법은 바로 피 흘림이 없는 먹을거리인 풀과 채소와 열매를 먹는 초식동물의 삶을 사는 것이다. 이는 성경의 창세기에도 제시되어 있다.

> 하나님이 말씀하시기를 "내가 온 땅 위에 있는 씨 맺는 모든 채소와 씨 있는 열매를 맺는 모든 나무를 너희에게 준다. 이것들이 너희의 먹을거리가 될 것이다. 또 땅의 모든 짐승과 공중의 모든 새와 땅 위에 사는 모든 것, 곧 생명을 지닌 모든 것에게도 모든 푸른 풀을 먹을거리로 준다" 하시니, 그대로 되었다.[1]

생명이 있는 모든 것에게 모든 푸른 풀을 먹을거리로 주었다는 것이다. 물론 상징적인 이야기지만 깊은 의미가 담겨 있다. 그렇다고 채식주의자가 되라는 명령은 아닐 것이다. 만유의 폭력적인 관계에서 벗어나라는 가르침을 먹을거리를 통해 상징적으로 표현한 것이리라. 그래서 시인도 들농사를 지어 곡식과 푸성귀를 먹는 선조들의 유전자에 대한 사랑과 믿음을 표현하는 것이리라. 육식을 혐오하거나 거부하라는 것이 아니라, 우리 안의 피를 부르는 욕정에 대한 절제를 당부하는 것이리라. 폭력적인 피흘림의 관계에서 벗어나려는 마음가짐으로 만물과 평화로운 관계를 이루려는 노력을 통해 우리 삶을 변화시켜보자는 시인의 예지이리라.

> 이 땅에서 선조들이 어떻게 살아왔는지 나는 잘 모른다
> 염소처럼 작고 조그만 눈, 토끼처럼 크고 두툼한 귀, 수탉처럼 헐떡이

---

1 「창세기」1장 29~30절.

는 작은 가슴이 유전자에 박혀있는 것을 보면 선조들 또한 산천초목을 호령하던 사자나 호랑이는 아니었던 듯싶다

그들 역시 기껏해야 마을 주변이나 맴도는 초식동물 따위로 자분자분 들판을 일구며 겨우겨우 목숨을 부지해왔으리라

이런 선조들의 후손인 내가 무릎을 다쳐 지금 절룩이며 걷고 있다

단지 돌부리에 걸려 넘어졌을 뿐인데도 엉성하기 짝이 없는 유전자가 자꾸만 상처를 키우고 있다

그래서일까 입고 있는 옷도 남루해 보이고, 벗고 있는 마음도 남루해 보인다

절룩이는 다리도 남루해 보이지만 이 모든 것이 시간이 만드는 일이라는 것을 내 어찌 모르랴 마음이 만드는 일이라는 것을!

초식동물도 동물인 만큼 내게도 와락 더운 피 돌 때가 있다

가슴 가득 별빛으로 설움 쏟아져 내릴 때가 있다

더러는 그리움의 낯빛을 하는 저 별빛…… 용케 잘 견뎌내고 있는 나는 초식동물의 피를 받은 것이 늘 고맙다

출렁이는 강물을 따라 황금 부스러기 달빛을 밟으며 들일을 마치고 성큼성큼 집으로 돌아왔을 선조들을 생각하면 오래오래 아랫배가 뻑뻑해지고는 한다 사랑과 믿음이 생기고는 한다.

—「초식동물의 피」 전문

초록동물로 살아온 또 살고자 하는 시인의 마음을 담아낸 이 시에 대해서는 앞의 논의로 충분하다. 글을 맺으며 한마디 덧붙인다. 한결같은 모습으로 시대가 부르는 삶의 현장에서 늘 작고 조그만 자들과 함께해온 것이 그이다. 유쾌한 낙관으로 절망을 이겨내며, 그동안 만유에 대한 사랑과 공존이라는 화엄의 바다를 찾아가는 보살행을 보여준 시인의 시적 성취와 삶의 자취에 마음 깊이 경의를 표한다. 이런 시인과 가까이 함께한다는 것은 복된 일이라 여겨 감사한다. 다만 이제 학자로서의 고된 의무에서 자유로워지는 계기를 맞는 만큼, 모처럼 흩어져 살던 가족들과 한자리에 모여 오순도순 정을 나누며 안식을 누리기를 진심으로 빈다. '빨간

맨드라미'처럼 단심을 간직한 노모, 두 가슴을 도려내는 아픔을 이겨내고 '기왓장'처럼 시인을 지켜주는 웅숭깊은 아내, 제 앞갈망하며 사는 아이들, 용두동 산언덕에서 함께 유학하던 누이와 동생들까지 봄꽃이 흐드러지게 핀 고향에서 '주산리 꽃잔치'를 벌이며 이웃과 자연과 사물까지 평화롭게 함께 살아가는 '보살행'을 보고 싶다. 그리고 그 길에 기꺼이 함께하고 싶다. 이은봉 시인은 '화엄의 바다를 찾아가는 보살행'을 이미 이렇게 보여주고 있다.

(『푸른사상』 2018년 여름호)

생태 공동체의 꿈과 이상

이상적인 시공간을 복원하는 상고주의자

— 이은봉 시인을 찾아서

대담 **이은봉 · 김명원**

방학이라 하경한 아이들이 외출한 여름 정오, 혼자 마루에 앉아 참외를 깎아 먹는다. '참외'의 '외'는 오로지 '하나'라는 뜻, 곁에 아무도 없다는 뜻, '외롭다'의 첫음절로서 얼마나 혼자임을 강조하고 싶으면 '참외'는 영어로도 'me-lone'이다. 게다가 접두어로 '참'이 붙어 참다운 외로움을 뜻하게 되었으니, 참외는 왜 이다지 외로움을 표상하는 단어로 불리워졌을까. 이유는 마디 하나에 참외꽃이 하나씩만 피기 때문이다. 대부분의 다른 식물들은 쌍꽃으로 피어 열매도 쌍으로 맺는 데 비해, 박과 식물인 참외는 외꽃으로 피어 자신이 혼자 둥글게 맺어야 할 시간과 공간을 처절히 확보한다. 홀로 꽃 피고 홀로 꽃 지고 홀로 열매 맺는 가운데 더욱 자라고 넓어지고 둥그러져 여름이 내는 과일로서의 멋진 면모와 진한 당도를 자연에 펼쳐 보이는 것, 그리고 내 입 안에서 찬미받는 것.

작열할 듯한 뜨거운 햇빛들을 어쩌지 못하다가 신선한 미감을 선사하는 참외 한 조각으로 시원해지는 시간, 나는 그 행복한 미감 끝에서 이은봉 시인을 떠올린다. 내가 마주하고 있는 참외가 이은봉 시인의 풍모와 닮았기 때문이리라. 중심이 아닌 변방에서, 그것도 혼자 사유하고 고투하며 지켜낸 진실의 외곽에서 그는 늘 뜨겁게 자신을 지켜냈으며 날카롭게 시대를 응시하고 포용했다. 철저하게 외로워본 자만이 도달할 수 있는 참다운 경지에서 가장 잘 익은 시간을 우리에게 시(詩)로 달콤하게 증명해 보인 연유에서이다. 그렇다. 그는 혼자를 익혀온 봄을 아는 시인이며, 자신을 기꺼이 헌신하는 여름을 증거하는 시인이다.

시인을 모시고 시세계와 주변 일상의 이야기들을 소소하게 듣고 기록하는 이 지면에서 나와 가장 오래된 인연이 있다면 바로 이은봉 시인일 터. 시인은 내 패기 있고 젊던 20대를 보아준 유일한 문인이기도 하다. 문학에 대한 편편한 그리움을 어쩌지 못해 대전성모병원 약제과에서 야간 근무를 하면서 낮에는 국어국문학과 대학원을 다녔던 내 20대 후반의 어느 가을날, 이은봉 시인은 멋지게 등장한다. 국어국문학회 세미나에서 처음 만난 시인은 지금처럼 그때도 언제나 웃는다. 웃는 모습은 심히 아름다워 가히 격조 높은 수묵화폭이다. 시인은 그때처럼 지금도 언제나 상대를 격려해준다. 격려는 따뜻하고 구체적이어서 듣는 즉시 효과를 발현한다. 축 처져 있던 어깨가 올라가고 힘이 불끈 솟는다. 시인은 그때처럼 지금도 타고난 이야기꾼이다. 비운에 죽어간 시인들로부터 현 문단의 대소사, 시인들의 근황을 쫄깃한 언어의 질감을 살려 이야기해준다. 시인이 나타나면 그때처럼 지금도 지방방송들은 스스로 소거되고 그에게만 주파수를 맞추게 된다.

서툴렀으나 눈부셨던 문청 시절을 공유한 시인, 그 시절의 내가 얼마나 예뻤던지를 기회가 될 때마다 들려주는 덕담의 시인, 변화가 발전 목록이 된 안타까운 현실에도 변하지 않는 가치와 진한 의리를 지닌 시인, 만나는 사람마다 본인의 진가를 발휘하여 그들 삶의 주인공이 되도록 도모해주는 시인, 시대와 사람을 재산으로 등록한 시인, 대학생들에게 인기 절정인 선생님 시인, 그런 시인을 어찌 추종하지 않을 수 있으랴. 나는 그간의 어떤 인터뷰보다 달뜬 채 전화를 드려 대담 허락을 받았고, 여유로운 발걸음으로 시인에게 가고 있다. 염소 떼 모양의 하얀 구름들이 정답게 동행해주는 8월 하순이다.

고향 '막은골'의 여름 영상

김명원 무더운 날들이 연일 계속되고 있습니다. 더위로 인해 집중력이 떨어져서인지 앉아서 책을 보는 것만도 부담스러운 성하의 오후인데요. 선생님께서는 방학 중이지요? 이 기간을 어떻게 보내고 있으신지요?

이은봉 단순하게 지내요. 책 읽고, 글 쓰고, 사람 만나고…… 뭐 대강 그렇지요. 아, 산책할 때도 있기는 하네요. 그런데 올해 여름은 너무 더워 산책할 마음이 잘 안 나고요. 방학이기는 하지만 더러 광주에 다녀오기도 해요. 실은 그때그때 주어진 일들을 하기 위해 늘 바쁘게 지내고 있어요.

김명원 여름방학이라고 해도 대학 선생님인 데다 시지 주간 일도 맡고 있으니 여러 업무들로 분주하시겠지요. 선생님의 고향인 공주군 장기면 당암리 '막은골'은 이제 행정중심복합도시인 세종시가 들어와 옛 모습이 사라졌지만요. 고향에서 여름이면 어떤 놀이들을 즐기셨는지요? 여름에 얽힌 재미있는 이야기가 듣고 싶습니다.

이은봉 고향마을인 막은골[망골(杜谷)]의 남쪽에는 드넓은 장남평야가 펼쳐져 있었지요. 북쪽에는 말 그대로 뒷산이 삼태미처럼 마을을 감싸 안고 있었고요. 서쪽에도 높지 않은 산이 펼쳐져 있었어요. 서쪽에서 발원한 구릉이 동쪽으로 계속 이어져 마을의 앞을 절반 정도 가리고 있었는데요. 동쪽으로 계속 이어져온 이 구릉의 끝을 뻬삭부리라고 불렀는데, 그 뜻이 무엇인지는 잘 모르겠어요. 그곳에서 백색 흙, 백토가 났는데, 그래서 뻬삭부리(백색부리)라고 부르지 않았겠느냐고 어머니는 말씀하시더군요. 이 산과 구릉이 겨울에는 차가운 북풍과 서풍을 막아주었지요.

삐삭부리 앞쪽으로 펼쳐져 있는 장남평야가 끝나는 지점에 금강이 흐르고 있었고요. 막은골에서 금강까지는 한 3킬로미터쯤 되었을 거예요. 남쪽의 금강을 바라보고 막은골의 동쪽으로는 금강으로 흘러드는 모듬내[제천(濟川)]가 있었지요. 여름에는 수량이 꽤 많았어요. 어렸을 때는 여기서 미역도 감고 물장구를 치며 놀았죠. 물놀이는 동네에서 멀지 않은 들녘의 둠벙에서도 많이 했는데요. 그 들녘에 '찬물내기'라는 둠벙이, '도깨비탕'이라는 둠벙이 있었거든요. 물놀이에 지치면 '짐너머' 참외밭에서 참외서리를 하기도 했고요. 조금 컸을 때의 일이기는 하지만, 여름 장마가 지는 밤에 모듬내 둑방을 타고 북쪽으로 기어가 이웃 마을 과수원에서 복숭아 서리를 한 적도 있지요.

이제 내 고향인 공주군 장기면 당암리 막은골은 없어요. 얼핏 들으니 다정동이라는 새로운 행정동명이 만들어지는 모양이더군요. 동네가 어떻게 변하게 되는지는 아직 알 수 없고요. 우리 집 집터 옆에는 저류지인지 뭔지 하는 오폐수를 가두는 둠벙 같은 것이 생기는 모양이데요.

김명원 개발의 논리에 침몰된 고향이라니요. 오랜만에 둠벙에서의 물놀이와 참외서리, 복숭아서리라는 말씀을 들으니 왜 이다지 시린 유년의 추억들이 살아나는지요. 선생님 생가가 그대로 보존되어야 백 년 후쯤 각광 받는 문학 탐방지로 활용될 텐데 아쉽네요. 저류지로 바뀐 아픈 현실이 안타까울 따름입니다. 다시 고향 이야기를 이어볼까요. 초등학교 교사이셨던 아버지를 따라 전학을 하게 된 것이 고향을 떠난 최초의 사건이셨나요? 그즈음의 어린 선생님과 만나고 싶은데요.

이은봉 그렇지요. 초등학교 2학년 때이니까, 여덟 살 때인 듯싶네요. 아버지가 아산군 인주면 금성리 붓당골의 금성초등학교로 발령이 났어요. 큰고모와 할아버지 등이 작당해 바람기 많은 아버지를 감시할 겸 나를 아버지의 발령지로 따라 보냈지요. 아버지와 단 둘이 붓당골에서 살 때 처음으로 외로움이라는 것을 알았어요. 바람기 많은 아버지는 그곳의 하숙방에 나를 버려둔 채 밖으로 나가 자정이 지나도 돌아오지 않기 일쑤였고요. 채 서른이 안 되었던 젊은 아버지는 내가 삼촌이라고 불러주기를 원했어요. 아버지가 돌아오지 않으면 따로 할 일이 없으니 국어책이나 사회책 등을 읽고 또 읽고 했죠. 그러다 보니 책을 거의 다 외울 정도였어요. 독서 속도도 아주 빨라졌고요. 그 금성초등학교 2학년 중에서는 내가 국어책을 가장 빨리 읽었지요. 그렇게 속독을 배웠어요.

그때 그곳에도 친구들이 좀 있었는데, 이제는 이름도 기억나지 않네요. 지금 바로 언뜻 이윤재라는 이름 하나가 떠오르기는 하는데, 맞는지 어쩐지는 모르겠어요. 성이 지가인 쌍둥이 형제도 함께 학교에 다녔는데, 이름은 생각이 안 나요.

그곳에서 1년 좀 넘게 살다가 다시 고향으로 돌아와 당암초등학교를 다녔는데, 그 1년 사이에 바깥물을 좀 먹었다고 많이 개화가 되었지요. 세상에 대한 두려움이 많이 없어졌다는 얘기예요.

안터, 부귀동, 불탄터, 음담말, 띠울, 엄고개, 속골, 선돌, 양청, 당골, 용고동, 참샘골, 생기동, 머레, 소잠, 갈메, 시거리…,

이런 마을 이름 다 삼켜버렸네

옷시암거리, 수렁배미, 송종목께, 짐너머, 지내, 공수마루, 찬물내기, 도깨비탕, 모듬내, 빼리, 호미다리, 통뫼산, 다짱마루…,

이런 땅 이름 다 잡아먹었네

이들과 함께 키워온 꿈도 추억도 죄 씹어먹었네 아름다운 괴물도시 세
종시가 아가리 딱딱 벌리고서는.

—「이름들－막은골 이야기」 전문

문학에 경도되기 시작한 학창 시절

김명원　초등학교 시절부터 시 창작에 관심을 두신 것으로 알고 있는데
　　　요. 어떤 계기가 있었던 것일까요?

이은봉　특별한 계기가 있었던 것은 아니에요. 그때 이미 내가 책읽기를
　　　아주 좋아했어요. 읽기를 좋아하다 보니 쓰기를 좋아했을까요. 초등
　　　학교 4학년 때 그냥 불현듯 「돗자리」라는 제목의 시를 썼어요. 선생
　　　이 있었던 것도 아니고, 집안에서 따로 누가 부추긴 것도 아니에요.
　　　동시집 같은 것을 갖고 있지도 않았고요. 어머니가 시집올 때 해온
　　　돗자리가 골방에 늘 기대서 있기는 했지만요. 혼자 있는 시간이 많
　　　다 보니 좀 외로웠을까요. 아, 뭘 좀 끼적이는 것을 좋아했어요. 만
　　　화 비슷한 것도 그렸고요. 물론 시 비슷한 것도 자주 썼고요.

김명원　선생님께서는 고향에서 당암초등학교를 졸업한 후 공주중학교
　　　와 대전보문고등학교를 다니셨지요. 중고등학교 시절, 문학에 대한
　　　창작 욕구는 어떻게 현발(現發)되었는지요? 대학에서 국문학과를 선
　　　택하시게 된 계기와 연관이 있어 보이거든요.

이은봉　중학교에 다니고 고등학교에 다닐 때는 그냥 범생이었어요. 지
　　　금도 그런 면이 좀 있지만 말이에요. 실은 범생이로 사는 것이 가장
　　　힘들지요. 평생을 평범하게 사는 것이 평생을 가장 비범하게 사는
　　　것 아닌가요.

제2부　생태 공동체의 꿈과 이상

공주중학교 때는 이성구라는 친구가 백일장 선수로 활동했는데요. 그 친구가 상을 타와 운동장 조회 때 시상식을 하고, 시 낭송을 하면 마냥 부러워하며 쳐다만 보고 있었지요. 늘 콤플렉스를 느끼게 했던 그 친구……, 지금은 무엇을 하며 사는지 모르겠어요.

고등학교 때도 문학을 한다고 하던 선후배와 친구들이 좀 있었는데, 나는 그들을 좀 우습게 봤어요. 읽은 책도 별로 없이 글을 쓴다고, 문예반을 한다고, 백일장에 나간다고 나대고는 했으니까요. 그때 나는 신구문화사판 전후세계문학전집, 한국문학전집, 을유문화사판 세계문학전집 등을 줄기차게 읽고 있었거든요. 그러니 시건방을 좀 떨었던 것이지요.

고등학교 동기생 중에는 서완환이라는 친구가 문학 지망생으로 유명했는데, 그와 교실 복도의 창가에 기대어 까뮈의 「이방인」 등 실존주의 문학에 대해 뭐라고 얘기를 주고받던 기억이 나네요. 그때까지도 실존주의 문학이 유행을 하던 시절이었거든요.

고등학교 때는 대전에 '머들령', '돌샘', '판도라' 등 범고등학생 문학회가 있었어요. '돌샘'에는 한두 번 정도 나갔고요. '판도라'에는 꽤 여러 번 나갔던 기억이 나네요. '판도라'는 은행동 네거리의 대전 문화원에서 모였던 듯해요. 고등학교 때는 주로 흥사단 아카데미 활동을 했어요. 흥사단 아카데미 활동을 하면서 민족과 세계에 대해 처음 눈을 떴지요. 세계관이나 가치관 등도 흥사단 아카데미 활동을 통해 갖게 되었어요. 흥사단의 4대 정신인 무실, 역행, 충의, 용감은 지금도 내 삶의 실천 강령이 되어 있고요.

국문학을 전공해야겠다는 생각은 고등학교 2학년 때쯤에 아주 확고했어요. 그때는 워낙 읽고 쓰는 것을 좋아했거든요. 아무런 의심도 없이 국어국문과에 올인했지요. 대학입시에 두 번씩이나 떨어졌지만요.

선생님 말씀을 습지(濕紙)처럼 빨아들이다

김명원 선생님의 대학 시절로 이야기를 옮겨보겠습니다. 아마도 문학에
집중하셨을 시기였을 텐데, 어떤 분들과 어떤 활동을 하셨는지요?

이은봉 두 번의 입시에서 실패를 한 후 지금의 한남대학교, 당시에는 숭
전대학교 대전 캠퍼스 국어국문과에 다녔어요. 대학 1학년 때는 '여
명'이라는 학내 문학 서클이 있어 거기서 활동을 했지요. 시내의 가
톨릭문화회관 등에서 선배들을 따라 '문학의 밤' 등을 개최했던 것
이 생각나네요. 그런데 군대를 마치고 학교에 돌아오니 이 여명문학
회가 없어진 거예요. 그래서 1977년 봄인가요, 문학하는 친구들을
불러 모아 '창과벽'이라는 동인 모임을 만들었어요. 그런 뒤 『창과
벽』이라는 이름으로 동인지도 4권을 냈는데, 이 『창과벽』이 사람들
이 다 잘 알고 있는 『삶의문학』의 전신이지요.

　지방대학이지만 이 대학에서 나는 정말 좋은 교수님들을 참 많이
만났어요. 고전문학을 강의하던 박요순, 소재영, 최래옥 교수님은
물론 현대문학을 강의하던 김현승, 윤홍로, 이봉채, 조재훈, 김대행
교수님 등도 다 이 대학에서 만났거든요. 영문학을 강의하던 윤삼
하, 김종철, 강선구 교수님, 불문학을 강의하던 이가림 교수님, 교육
학을 강의하던 연문희 교수님도 대학에서 만난 은사님들이지요. 이
분 은사님들한테 배운 것에 대해서는 따로 장문의 지면을 만들어야
대강이라도 얘기할 수 있을 정도예요.

김명원 선생님께서는 사석에서 시의 스승이신 김현승 선생님께서 생존
해 계셨으면 문단 활동을 하는데 좀 더 든든했을 거라는 심경을 털
어놓기도 하셨지요. 대학 시절의 김현승 선생님에 대한 추억담을 좀
들려주시지요.

이은봉 숭전대학교 국문과에 그냥 끝까지 다니기로 한 데는 김현승 선

생이 그곳에 계시는 것도 큰 역할을 했어요. 다형 김현승 시인을 가까이에서 뵌 것은 내가 대학 2학년 때, 그러니까 1974년 봄의 일이지요. 다형 선생님이 강의하던 '시론', '문예사조', '시창작 실기' 등의 과목을 도강했던 기억이 새롭네요. '시론'은 3학년 과목, '문예사조'와 '시창작 실기'는 4학년 과목이었지 않나 싶은데요. 2학년 때 도강을 했다가 들켜 심하게 혼났는데, 심지어는 타이어 슬리퍼로 얻어맞기까지 했어요. 나가라고 소리를 쳐 강의실 밖 복도로 나왔는데, 복도까지 쫓아나와 타이어 슬리퍼를 내게 집어던지더군요. 건방지게 2학년이 3학년 강의를 들으러 왔다는 것이지요. 그러던 어느 날이에요. 3학년 학생들은 가까운 동춘당으로 학술답사에 갔던 참이에요. 3학년 학생들이 늦게 돌아오는 바람에 강의실에서 몸을 가릴 수 없게 된 것인데, 그날 선생님의 역정은 대단했어요. 내년에 똑같은 과목을 정식으로 들으면 시시해지고 재미없어진다는 것이 다형 김현승 선생님의 말씀이었어요. 해마다 똑같은 강의를 하시는 것이 쑥스러웠는지도 모르겠어요.

하지만 그때 김현승 선생님의 강의를 듣지 못했으면 영영 듣지 못했을 거예요. 1975년 4월 숭실대학교 채플에서 설교 기도를 하다가 쓰러져서는 끝내 일어나지 못했거든요. 으음, 그런데 선생님이 돌아가던 1975년 4월초 선생님의 이름으로 주던, 학보사에서 주최하는 제2회 다형문학상 수상자가 나였어요. 1974년 초봄의 제1회 수상자는 박만춘 선배였고요. 등록금이 7만 5천 원 정도이던 때였는데, 상금이 5만 원이었죠. 당시 5만 원은 꽤 큰돈이었는데요. 그때의 상금으로 여자 친구에게 블라우스, 머플러, 속옷, 스타킹 등을 사주었던 기억이 나네요. 책도 좀 샀는데, 그때 산 책이 김현 선생의 첫 평론집 『상상력과 인간』, 『시회와 윤리』 등이었지요.

당시 다형문학상 수상작인 「귀 기울이고 들어봐」는 김지하의 시로부터 영향을 받아 쓴 시였어요. 지금 생각하면 좀 부끄러운 시이지요. 그래서 이 시는 시집에 넣지 않았어요. 그때 다형문학상의 실질적인 심사는 이성부 시인이 맡아서 했어요. 지금은 돌아가셨지만 이성부 시인은 그때의 나를 잘 기억하고 계셨지요. 이런 일이 있은 후 김현승 선생님과 급속히 가까워졌는데, 이소룡이 주인공으로 출현하는 영화를 좋아해 모시고 갔던 기억이 나네요. 원고를 들고 수색의 선생님 댁으로 찾아뵈었다가 전기 곤로 위에 주전자를 올려놓고 끓여주는 커피를 마셨던 기억도 나고요.

김현승 선생님이 돌아가시기 전 해인 1974년 가을, 내가 대학 2학년 때 가을의 일들도 생각이 나네요. 그러니까 김현승 선생이 회갑을 맞은 해 가을의 일이지요. 국문과에서는 박요순 교수님이 중심이되어 김현승 선생님의 회갑잔치를 해드렸어요. 대전의 가톨릭문화회관 소강당에서 학과의 학생들과 교수들이 모여 케이크를 자르는 등 회갑을 기념하는 작은 이벤트를 했지요. 회갑기념행사를 마치고 여흥 시간이었는데, 갑자기 박요순 교수님께서 시를 쓰는 이은봉이 회갑을 맞은 김현승 선생님을 기념하는 축가를 부르라는 것이에요. 좀 빼다가 좌중 앞에 나섰죠. 가곡이나 성가 등을 불러야 한다는 생각이 들었지만, 그런 노래 중에는 자신 있게 부를 만한 것이 없었어요. 그래서 내 십팔번이었던 배호의 노래 〈마지막 잎새〉를 구슬프고 처량하게 불러젖혔지요. 그날은 유난히 노래가 아주 썩 잘 불러지더군요. 앙코르가 들어와 배호의 노래 〈누가 울어〉를 한 곡 더 불렀던 듯싶네요. 김현승 선생님은 대중가요를 불러 그런지, 쑥스러워 그런지 별 반응이 없었어요. 그런 일이 있은 뒤 채 1년도 안 되어 돌아가실 줄은 상상도 못했고요.

너무도 일찍 세상을 떠난 선생님, 스승이 없는 제자가 얼마나 외로운

가를 실감하게 해준 선생님, 선생님의 사랑이 얼마나 소중한가를 깨닫게
해준 선생님, 선생님이 안 계셔 오랫동안 나는 방황해야 했다. '절대고독'
을 노래한 선생님, '고독의 끝'을 노래한 선생님……. 그런 선생님과는 달
리 나는 늘 너무 고독해, 너무 외로워 쩔쩔매야 했다. 그럴 때마다 나는
김현승 선생님의 시「플라타너스」를 떠올리고는 했다. 떠올리며 중얼중
얼 외우고는 했다. 외우며 생각에 빠지고는 했다. …(중략)… 내게도 '플
라타너스'가 있으면 얼마나 좋을까. 플라타너스 같은 친구가 있으면 얼
마나 좋을까. "꿈을 아느냐"고 "물으면" 어느덧 머리가 "파아란 하늘에
젖어 있"는 플라타너스! 우리 "함께 神이 아"닌 플라타너스! 나도 이제
플라타너스의 "뿌리 깊이" 내 "영혼을 불어 넣고 가"면 얼마나 좋을까.

젊었을 때는, 총각 때는 이런 생각에 빠져 일부러 플라타너스 길을 찾
아 걷기도 했다. 물론 지금도 갑자기 외로워지면 습관처럼 시「플라타너
스」를 중얼거리고는 한다. 중얼거리며 생각하고는 한다. 내게도 플라타
너스가 있으면 얼마나 좋을까, "호올로 되어 외로울" 때 "나와 같이" "그
길을" 걸을 수 있는 플라타너스 같은 사랑이!

　　　　　　　　　　　　　　　　　—「까칠한 스승과 플라타너스」 부분

김명원 　김현승 선생님과는 짧은 인연이었지만 선생님께서 산문「까칠한
　　　스승과 플라타너스」에 썼다시피 평생을 그리워하는 사제지간이 되
　　　셨군요. 김현승 선생님 이외에 선생님 시세계 정립에 영향을 준 문
　　　학적 스승으로는 또 누가 계실까요?

이은봉 　김현승 선생님이 안 계셔, 기댈 곳이 없어 한동안 방황을 했지
　　　요. 그래서 그 무렵에는 충남대 국문과에 계시던 오세영 교수님을
　　　찾아뵙기도 했어요. 송욱 선생님의『문학평전』과『시학평전』을 소개
　　　해주시어 열심히 읽었던 기억이 나네요. 하지만 대학에 들어가 맨
　　　처음 만난 시인은 나태주 선생님이었어요. 여명문학회에서 나태주
　　　선생님을 초대해왔지요.『서울신문』신춘문예에 당선된 나태주 선생
　　　님이 첫 시집『대숲 아래서』를 냈을 때였어요. 나태주 선생님의 영향
　　　을 받아 대학 1학년, 2학년 때는 순수 자연시를 써보기도 했지요. 나

태주 선생님에게 몇 차례 편지를 보내기도 했고요.

그러나 정작 문학적 스승들을 만난 것은 막 김현승 교수님의 사랑을 받을 무렵이지요. 그 무렵에 이가림 교수님도, 조재훈 교수님도, 윤삼하 선생님도 처음 뵙게 되었거든요. 정작 이들 선생님께 좀 더 많은 것을 배운 것은 방위병으로 군역을 마치고 복학한 1976년 가을 이후부터이기는 하지만요. 이가림 선생님을 따라 김종철 선생님과 함께 대전 신도극장 근처의 젓갈 백반집으로 저녁을 먹으러 갔던 기억이 나요. 이가림 선생님 댁에 가서 사모님이 해준 칼국수를 먹던 기억도 나고요. 두 분 선생님의 사랑을 많이 받았어요. 식사를 하거나 차를 마시는 자리에서 듣고 배우는 것도 큰 공부였으니까요.

지금도 마찬가지지만 당시 내게 가장 많은 영향을 준 선생님은 문학평론을 하던 김종철 선생님이었어요. 지금은『녹색평론』을 만드는 생태철학자로 알려져 있지만요.『창과벽』동인들 모두와 가까웠는데, 사석에서 문학과 인생, 역사와 사회 등에 대한 많은 얘기를 들려주셨어요. 저는 시에 대한, 문학에 대한 열정이 강해 김종철 선생님의 말씀을 습지(濕紙)처럼 빨아들였지요. 이가림 선생님도 사석에서 불문학과 관련해 참 많은 말씀을 해주셨고요. 불문학에 대한 기본적인 소양도 사석에서 이가림 선생님께 개인 지도를 통해 배운 셈이지요. 그리고 보면 내가 스승 복이 참 많은 사람이에요.

김현승 선생님이 1975년 4월에 돌아가신 후 1977년쯤부터인가 시 강의를 공주대학교의 조재훈 선생님이 맡았어요. 선생님은 강의를 마친 뒤 곧장 공주로 가지 않고 따로 나를 불러 시내의 찻집에서 이런저런 얘기를 하며 시간을 보내고는 했는데, 찻집에서 그렇게 배운 것도 굉장했지요. 이들 선생님들로부터 사랑을 받았던 것은 나만이 아니었어요. 1980년대에 들어『삶의문학』동인이라는 이름으로 모였던 친구들이 다 이들 선생님으로부터 관심을 받았죠. 물론 우리가

『삶의문학』 동인으로 활동하던 때는 1983년 이후의 일이지만요.

좋은 세상을 만들어야 한다는 소명 의식

김명원 선생님께서는 1984년 1월, 창작과비평사에서 발간한『마침내 시
인이여』라는 17인 신작 시집에 시「좋은 세상」외 6편을 발표하면서
본격적인 문학 활동을 시작하셨는데요.『마침내 시인이여』의 성격도
궁금하고요. 그 당시의 문학 환경과 시대 상황도 좀 설명해주셨으면
합니다.

이은봉 『마침내 시인이여』는 일종의 시 전문 무크지예요. 전두환의 신군
부에 의해『창작과비평』이 강제로 폐간되자 창작과비평사에서는 일
종의 신작 시집 형식으로 1년에 1권씩 사화집을 냈지요. 물론 신작
소설집도 냈고, 신작 평론집도 냈지요. 이들 무크지는 전두환 신군
부에 저항하는 문화적 게릴라의 속성이 있었어요. 그렇게라도 꿈지
락거려야 숨을 쉴 수 있었던 시대였지요.

　아, 참, 1980년대 초의 시대 상황을 말해달라고 했지요? 말 그대
로 암흑기였어요. 1980년 광주민주화운동을 무력으로 강제 진압한
전두환 군사정권은 말 그대로 철권정치를 했잖아요. 숨을 쉴 수조차
없을 만큼 억압적이었던 것이 당시의 시대 상황이었거든요. 신군부
의 경찰들은 길거리에서 불심검문을 통해 무시로 시민들을 감옥으
로 끌고 가고는 했어요. 늘 불안했지요. 공포와 두려움의 떠나지를
않던 시절이었어요. 이런 시절에 신군부에 저항하는 것은 계란으로
바위를 치는 것과 다름없었으니까요. 그래도 이에 굴하지 않았던 것
이 시인들이었고 작가들이었고요. 고은, 채광석, 김정환, 김사인 등
참 용감한 작가와 시인들이 많았지요.

김명원 『마침내 시인이여』에 시를 발표하시기 이전, 1983년『삶의문학』

제5집에 평론 「시와 상실의식 혹은 근대화」를 발표하며 비평의 길로도 진입하셨는데요. 이처럼 활발하게 문학 활동을 시작한 그즈음이 실상은 개인적으로 고초를 겪으시던 때였지요. 석사학위를 마치고 노동자들의 삶을 체험하겠다고 산업체 부설학교의 국어교사로 자원해 갔다가 해직이 되어 한남대학교에서 시간강의를 하시던 무렵이기도 하니까요. 어쩌면 그 시절의 경험이 선생님 시의 향방을 결정한 것은 아닐까요?

이은봉 당시에는 내가 꽤 진보적이었던 같아요. 석사학위 논문을 쓰고 난 뒤였는데, 노동자들 곁으로 가야 한다는 생각이 계속 들었어요. 그것이 내게 주어진 역사적 책무라고 생각했지요. 하지만 체력이 달려 내가 노동자로 위장취업을 하기는 어려웠어요. 그때는 바짝 말라 겉으로 보기에도 아주 약해 보였어요. 그런 이유로 위장취업을 포기하고 동방산업의 부설학교인 혜천여고(야간)에 국어교사로 부임했지요. 동방산업은 제법 큰 제품 공장이었어요. 부설학교를 둘 정도였으니까요. 동방산업에서는 주로 와이셔츠, 점퍼, 파카 등을 만들었는데요. 동방산업에서, 아니 혜천여고에서 노동 현장을 경험하고 내가 크게 각성한 것은 사실이에요. 하지만 『삶의문학』 친구들과 더불어 나는 그보다 훨씬 전에 의식화되어 있었어요. 군부독재를 타도하고 민주정부를 세워야 한다는 강한 신념 같은 것이 있었거든요. 우리 세대 지식인들에게는 모두 좋은 세상을 만들어야 한다는 강한 소명 의식 같은 것이 있었어요. 우리가 우리 손으로 제대로 된 역사를, 민주주의를, 나아가 조국 통일을 바르게 이룩해야 한다는 강한 책임감 같은 것이 있었으니까요. 이런 생각들을 갖고 있었으니 그것이 세계관을 형성해 시에 반영되기도 했겠지요. 시인 이전에 지식인이었다고나 할까, 아무튼 그때는 그랬어요.

김명원 결혼을 그 무렵에 하셨다고 알고 있습니다. 두 분의 결곡한 결혼

인연은 어떻게 이루어지셨나요? 제 딸이 가장 궁금해하는 연애담!
기대합니다.

이은봉 연애요? 연애담요? 아내와의 연애를 말하는 거죠? 아내의 이름
부터 말할까요. 송윤옥이에요. 혈액형은 B형이죠. 제 혈액형은 O형
이고요. 원래 B형 여자들이 적극적이고 실천적이잖아요. 추진력이
있지요. 리더십이 있다는 말이에요. 무슨 뜻으로 말하는지 알지요?

김명원 그럼요, 선생님. 저도 혈액형이 B형인걸요. B형 여성, 한 인물 하
지요.(웃음)

이은봉 아무튼 아내는 두부 두루치기를 좋아했어요. 리어카에서 파는
비닐 구두도 잘 신고 다녔는데요.『논어』에 "士志於道 而恥惡衣惡食
者 未足與議也"라는 말이 있지요. "선비가 도에 뜻을 세우고서도 거
친 옷과 거친 음식을 부끄러워하면 더불어 말을 나눌 만하지 못하니
라"라는 뜻이죠. 그런데 아내는 내게 암소를 끌고 가서 썩은 사과를
바꿔 와도 좋다고 하더군요.

　　아내를 처음 만난 것은 보인회에서 주최한 고전강습소였어요. 보
인회는 충청도의 유림 조직이지요. 대전시 대흥동 대성한의원의 지
하 강의실에서 여러 선생님들이『소학』,『고문진보』,『논어』,『맹자』,
『중용』,『대학』등을 강의했어요. 그분들 가운데 나와 가장 코드가 잘
맞는 분은 석정(石庭) 송각헌(宋恪憲) 선생님이었어요. 송각헌 선생
님은 충남대학교 불문과에서 정년퇴직을 한 송재영 교수님의 춘부
장이시지요. 송각헌 선생님은 정말 대단하신 분이에요. 송각헌 선생
님한테 정말 많은 것을 배웠어요. 다시는 송각헌 선생님 같은 천재
은사님을 만나지 못할 거예요. 진짜 천재였어요.『송자대전』을 영어
와 불어와 독일어로 번역한 분이니까요.

　　그건 그렇고,『소학』을 다 읽을 때까지도 송윤옥, 이 사람을 나는
의식하지 못했어요.『소학』을 다 읽고 나서『고문진보』를 읽을 때야

자연스럽게 알게 되었지요. 강의를 마치면 송각헌 선생님이 나와 송윤옥 씨를 자주 따로 불러 저녁을 사주셨는데요. 저녁을 먹고 차를 한잔 마시고 선생님이 먼저 댁으로 들어가시면 나와 송윤옥 씨 둘만 남게 되는 일이 잦게 되었지요. 그렇게 되자 자연스럽게 가까워졌지요. 『고문진보』를 읽을 때인데 한시 한 편씩을 지어 오는 것이 숙제였어요. 그때는 내가 제법 한시를 지으니까 송윤옥 씨가 내게 도움을 좀 받고는 했어요. 그러다 보니 내가 대단한 사람인 줄 알았나 봐요. 그런 인연으로 결혼에까지 이르게 되었네요.

김명원　결국 선생님께서는 가장 이상적인 결혼을 한 경우세요. 공통 관심사가 두 분께 형성되어 있으셨던 것이니까요. 고전강습소에서의 만남, 정말 낭만적이에요. 멋지세요. 또 궁금한 것, 박사학위 논문으로 『30년대 후반기의 현실인식 연구』를 상재하셨지요. 백석, 이용악, 오장환의 시를 중심으로 한 연구였는데, 이들 시인을 연구하게 된 특별한 동기가 있을까요?

이은봉　백석, 이용악, 오장환, 이들은 모두 아주 좋은 시인이잖아요. 한국 현대시는 1935년이 기점이 되는 이들의 시에 의해 제대로 된 내용과 형식을 얻게 되지요. 아, 그리고 내가 이분들의 시로부터 많은 영향을 받았어요. 나만이 아니라 우리 세대의 시인 중 적잖은 사람들이 이들의 시로부터 영향을 받았지요. 1980년대의 민중시 운동에 참여했던 사람들 대부분이 말이에요. 김명원 선생도 「오장환 시 연구」로 석사학위를 받았지요? 그때는 월납북 문인들이 막 해금이 되는 시기이기도 한 데다가 이들 세 사람의 경우는 막 전집이 나와 있기도 했어요. 이런저런 것들이 복합되어 박사 논문의 테마가 만들어졌지요.

　　이들 세 사람 모두에게는 일관된 특징이 있어요. 모더니즘의 영향으로 시작을 출발해 낭만주의적 경향을 겪다가 리얼리즘의 세계로 옮겨가는 특징 말이에요. 이런 점도 박사 논문을 쓰는 데 도움이 되었지요.

역사와 상호 삼투하고 교섭하는 문학

김명원   선생님의 시세계에 대한 본격적인 질문입니다. 1986년에 첫 시집『좋은 세상』을 출간하셨지요. 시집의 후기에다가 "온갖 어려움 속에서도 줄기차게 나날의 평등한 삶과 통일 민족국가를 향해 나가는 우리의 역사를 위해, 이 보잘것없는 시집이 널리 읽히고 두루 쓰이길 바란다"고 적으셨고요. 1989년에 내신 두 번째 시집『봄 여름 가을 겨울』의 후기에는 "삶 속의 사람을 바로 깨닫기 위해, 사람의 자유와 해방과 사랑과 혁명을 바로 실천하기 위해, 아아 나는 얼마나 많이 자연의 질서를 공부했던가"라고 하며 삶의 운동 법칙을 형상화해온 시의 역사에 대해 피력하셨지요. 단순하게 정의되는 시집이 아니라 넓은 시적 외연을 감지하게 하는 문장들로 경외감이 느껴지는 시집들이었는데요. 어쩌면 시집의 후기는 시인이 견지하고 있는 시정신의 고백이나 독백으로 여겨지기도 하거든요. 선생님께서 그 당시에 추구하신 시의 예술성이나 정치성은 무엇이었나요?

이은봉   말할 것도 없이 시는 예술의 하위 장르이지요. 마르크스식으로 말하면 예술은 시와 함께 토대가 아니라 상부구조예요. 예술성, 곧 심미성 그 자체가 상부구조의 하나, 곧 정신(정서)의 하나라는 것이지요. 달리 말해 의식의 여러 형태 중의 하나라는 것이지요. 의식의 하나, 정신의 하나인 예술성, 곧 심미성은 늘 다른 의식, 다른 정신과 교섭, 삼투하며 존재하기 마련이고요. 그런 이유에서 감수성의 하나인 예술성, 곧 심미성은 고정불변의 실체가 아니에요. 실제로는 움직이며 활동하는 가운데 존재하는 것이 예술성, 곧 심미성이지요.

예술성, 곧 심미성과 교섭하고 삼투하는 것 중에는 김명원 선생이 말하는 정치성이라고 하는 것도 있을 수 있지요. 물론 이때의 정치성은 논어에서 공자가 정자정야(政者正也)라고 할 때의 정(正)과 무관하지 않아야 하겠고요. 바르게 하는 것으로서의 정(正) 말이에요. 그런 점에서 정치성은 도덕적이고 윤리적이라고 해야 하겠죠. 이때의 도덕적이고 윤리적인 것을 나는 역사의 바른 발전 방향에서 찾고 있어요. 그런 점에서 늘 역사와 상호 삼투하고 교섭하는 문학, 시를 강조했던 것이지요.

김명원 1994년에 출간된 세 번째 시집『절망은 어깨동무를 하고』와 1996년에 나온 네 번째 시집『무엇이 너를 키우니』에는 1980년대와 1990년대의 암울한 시대적 상황들이 표출되고 있는데요. 어쩌면 선생님께서 놓치지 않고 붙들고 계셨던 현실인식과 밀접하게 관련이 있어 보입니다. 좀 더 구체적으로 이 시집들에 내장된 의도를 설명해주셨으면 해요. 더불어 선생님께서 가지고 계신 리얼리즘 시에 대한 생각도 궁금하고요.

이은봉 리얼리즘은 리얼리티를 추구하는 예술 경향을 가리키지요. 따라서 리얼리즘은 리얼리티가 무엇이냐가 핵심 관건이 되겠고요. 리얼리티가 무엇이지요? 쉽게 말하면 사실성, 현실성, 실재성, 진실성 등으로 번역할 수 있겠죠. 나는 리얼리티를 그 가운데서도 특히 진실성과 관련시켜 이해를 해요. 리얼한 세계를 진실한 세계로 받아들이는 셈이에요. 그렇다면 이제는 진실이 무엇이냐는 질문이 따라야 하겠지요. 진실에 대한 얘기를 하려면 따로 자리가 필요해요. 그러니 여기서는 이런 정도만 얘기하죠.

아, 그리고 제3시집『절망은 어깨동무를 하고』는 말 그대로 절망이 어깨동무를 하고 밀려오는 나 개인의 심리와 당대 사회의 심리를 동시에 말한 거예요. 여전히 비극적으로 세계를 인식하고 있었던 셈이지요. 역사의 점진적인 발전을 기다리기에는 당시의 내가 너무 젊었으니까요. 아마 6월 항쟁의 결과가 뜻대로 역사에 실현되지 않은 데 대한 좌절 같은 것이 반영되어 있지 않은가 싶네요.

제4시집『무엇이 너를 키우니』에는 내가 나와 세계에 대해 조금씩 믿음을 회복하면서 쓴 시들이 담겨 있지요. 무엇이 너를 키우니, 사랑의 상처가 너를 키운다는 등의 뜻이 담겨 있는 것이 이 시집이니까요. 당연히 내가 내게 이르는 말이에요. 요컨대 너무 아파하지 말라는 것이죠. 아마도 민족에 대한 사랑, 민중에 대한 사랑 같은 것을 염두에 두고 있었을 거예요. 물론 나 개인이 느끼는 사랑의 상처도 한몫을 했겠고요. 이 시집에 이르러 나의 생태 사상이 드러나기 시작한다는 것도 기억할 필요가 있겠네요.

절망은 어깨동무를 하고
온다 입 모아 휘파람 불며
주머니 가득 설움덩이 쑤셔 넣은 채
빌딩 옆 가로등 뒤에서
가로등 뒤 철문 옆에서
절망은 불현듯
그대 가슴으로 온다 떼를 지어
서너 명씩 무리를 지어
허리춤 가득 눈물덩어리 찔러 넣은 채
눈빛 부드러이 절망은
별안간 그대 심장으로
온다 금빛 내일을 깔고 앉아
간혹 슬픈 낯빛으로 울먹이기도 하면서
전철역 지하광장에서
지하광장 신문판매대에서
절망은 콧노래를 부르며
온다 사람들 눈길을 피해

붐비는 발길을 피해
그대 여린 손목에
은빛 수정을 채우기도 하면서
온다 우쭐우쭐 어깻짓하며
투구를 쓰고 일렬횡대로
절망이여 잠시 너희의 날들이여
그렇구나 오늘은 이미
네가 이 세상 절대권력이로구나.

　　　　　　　　　　　　　　　— 「절망은 어깨동무를 하고」 전문

김명원　2002년에 상재하신 다섯 번째 시집부터는 시의 색채가 현저히
　　　　달라지고 있는데요. 다섯 번째 시집 『내 몸에는 달이 살고 있다』는
　　　　자연과 인간과 더 나아가 우주가 일체를 이루는 두텁고도 도타운 관
　　　　계로서의 생태시 지향을 보여주지요. 사실 시집 제목이 얼마나 매혹
　　　　적인지요. 흔한 말로 섹시하다고나 할까요. (웃음) 그로부터 3년 뒤
　　　　에 내신 여섯 번째 시집 『길은 당나귀를 타고』(2005)는 개인적인 삶
　　　　의 정서적 고통이 깊이 드러나 있는 듯하더군요. 선생님 개인사에
　　　　이런 아픔과 외로움이 도사리고 있었구나, 하며 마음을 끄덕인 시집
　　　　이었습니다. 저로서는 선생님의 깊은 그림자를 건져 올릴 수 있었기
　　　　도 했지요. 거의 30여 년 뵈었던 선생님의 이면과 배면을 읽을 수 있
　　　　었던 새로운 페이지들이었으니까요. 그런 뒤 3년 후에 출간하신 일
　　　　곱 번째 시집 『책바위』(2008)에는 후기자본주의 사회의 심리적 피폐
　　　　함을 고발하고, 그 황폐한 공간을 견인해내려는 의지가 담겨 있었습
　　　　니다. 최근 '부정과 생성의 생명 의식'이라고 논평된 2010년의 여덟
　　　　번째 시집 『첫눈 아침』은 줄기차게 이끌고 오신 선생님 시의 주제의
　　　　식이 심화되고 있는데요. 매번 새 시집을 엮으면서 놓치지 않고 추
　　　　구한 것은 무엇이며, 변화하고자 한 것은 무엇인가요?

제2부　생태 공동체의 꿈과 이상

이은봉　대답하기 참 어려운 질문이군요. 다섯 번째 시집『내 몸에는 달이 살고 있다』에까지 추구된 세계는 민족, 민중, 생태 등의 단어로 요약이 될 수 있어요. 물론 거기에 인간적 품위와 시적 우위 같은 세계가 덧붙여져 있기는 하지요. 이들 세 문제는 근본적으로 근대의 문제이죠. 자본주의적 근대의 핵심 문제라는 얘기예요. 민족의 문제, 민중의 문제, 생태의 문제가 모두 자본주의적 근대에 이르러 본격화되잖아요. 역사의 한 과정에 보편화된 문제라는 것이에요. 하지만 이들 문제는 겉에 드러나 있는 몇몇 문제로 쉽게 요약될 수 없는 많은 문제를 갖고 있어요. 그와 관련해 가장 중요하게 생각해야 할 것은 이 시대를 살아가는 사람들의 마음이지요.

왜곡된 마음을 갖고 있으면 민족, 민중, 생태 문제는 결코 해결되지 않아요. 자본주의적 근대에는 대부분 사람들이 비정상적으로 부추겨진 욕망에 시달리며 살아가잖아요. 그래서 제6시집『길은 당나귀를 타고』와 제7시집『책바위』는 인간의 왜곡된 마음, 특히 비뚤어진 인간의 욕망에서 비롯되는 착란된 마음, 이 마음 중에서도 뒤틀린 감정을 주로 다루고 있어요. 우리가 흔히 멜랑콜리라고 하는 죽음의 감정 말이에요. 이에 대해서는 꽤 자세하게 말한「죽음의 늪을 건너는 법」,「죽음의 정서 밖으로 내는 쬐그만 창」등의 글들이 있는데요. 모두 인터넷에서 검색할 수 있는 글이에요. 이 글들을 참조해주기 바랄게요.

김명원　선생님께서는 거의 3년에 한 번씩 적당한 시기를 두고 시집을 상재하셨는데, 슬럼프라고 할까요, 시 창작의 공백기를 거친 적은 없으셨나요? 만약 있었다면 어떻게 극복하셨는지요?

이은봉　나는 내 마음이나 행동을 억지로 규격화하거나 작위적으로 통제하는 사람이 아니에요. 마음이나 행동에서 특별히 품을 잡지 않는다는 얘기예요. 자연스럽게 생각하고 자연스럽게 행동하며 살고 있지요. 시를 쓰려고 특별히 공간을 이동하거나 만든 적도 없고요. 있는 그대로의 자연스러운 삶과 생각에서 시가 불거져 나오는 것이 대부분이라고 할까요.

나는 청탁을 받아 시를 쓴 적이 별로 없어요. 행사시는 어쩔 수 없이 주문에 맞춰 써야 할 경우가 있기는 했지만요. 하지만 잡지사에서 청탁이 오면 대부분 쌓여 있는 재고 중에서 퇴고를 해 보내지요. 물론 시적 기획, 내 나름의 프로그램이 있기는 해요. 몇 개의 시의 광맥을 갖고 있어 필요할 때마다 수시로 시를 캐낸다고나 할까요. 그러니 특별한 슬럼프가 있을 리 만무하잖아요. 내가 늘 공부하는 사람, 늘 이런저런 소식을 얻는 사람이 아닙니까. 새로운 깨달음이 없으면 새로운 시가 써지지 않지요. 늘 자잘한 발견 속에서 살고 있으니까요.

김명원 선생님과 사석에서 많은 시간을 공유했던 저로서는 선생님께서 동양의 고전들로부터 깊은 사유를 얻었다고 알고 있습니다. 좀 전에 말씀하신 대로 1979년 석사 과정 시절, 석정 송각헌 선생님을 모시고 동양의 고전들을 읽으셨는데,『소학』,『고문진보』등을 읽으시면서 어떤 깨달음을 얻으셨는지요? 그 공부가 시 창작에는 어떤 형태로 이어졌을까요?

이은봉 동양 고전은 불교의 것이든 도교의 것이든 유교의 것이든 지혜의 보고이지요. 이들 책을 읽다 보면 삶의 태도가 고전적으로 변할까요? 글쎄요. 이들 책에서 깨달은 것들을 여기서 어찌 다 말할 수 있겠어요.『소학』은 삶의 도리를 밝히는 아주 좋은 내용이 많이 나오지요. 나로서는『소학』을 통해 특히 음악과 음에 대해 많은 깨달음을 얻었어요. 남아 있지 않은『악경(樂經)』의 내용을 이 책『소학』을 통해 알게 된 셈이에요.『소학』에『악경』의 내용이 많이 인용되어 있거든요. 특히 음악과 도량형과의 관계를 배운 것은 큰 소득이지요.『반야심경』도 제대로 이해하면 엄청난 것들을 깨닫게 되지요.『노자』나

『장자』는 말할 것도 없고요.

자동차에서 내려 바라다보는 강물은 자꾸만 힘을 잃고 비틀거렸다 바로 그때 고요가 제비처럼 대각선을 그으며 허공 위로 날아갔다 강물을 가로지르며 늘어서는 대각선, 문득 나는 대각선 위로 내 지루한 운명을 빨아 널고 싶었다 금세 거기 지난 시대의 무수한 역사까지 하얗게 펄럭이고 있었다 강가의 미루나무들도 이제는 고요에 익숙해진 듯 두 손으로 얼굴을 감싸 안으며 너털웃음을 웃었다

입가에는 어느덧 담배연기가 뽀얀 낯빛으로 달려와 피붙이처럼 서성대고 있었다 세상의 모든 사람들과 다 함께 살려고 하니? 곁에 서서 주춤거리던 고요가 쯧쯧 혀를 차며 내게 물었다 힘을 잃고 비틀거리면서도 쉬지 않고 흘러가는 것이 강물이잖아 덤덤한 내 대답은 미처 말이 되지 못했다 그림자처럼 고요와 더불어 살고 싶기는 했지만 고요가 세상을 만든다고 말하고 싶지는 않았다

— 「금강을 지나며」 부분

더는 뜻 세우지 못하리 더는 어리석어지지 못하리 더는 천박해지지 못하리 더는 사랑에 빠지지 못하리

더는 술 취해 길바닥에 나뒹굴지 못 하리 더는 비 맞은 초상집 강아지 노릇 못하리

가을이 오면 호박잎 죄 마르는 거지 늙어빠진 알몸 절로 붉어지는 거지 담장 위 누런 호박덩어리 따위 되는 거지

그렇게 가부좌 틀고 앉아 유유히 세상 내려다보는 거지 가난한 마음 더욱 가난해지는 거지.

— 「쉼」 전문

과거의 파라다이스에 마음이 가다

김명원 선생님 시의 시계(時計)에는 두 가지 성향의 시간들이 섞여 있지
요. 하나는 농경적인 세계관이 드리운 공동체의 시간이고, 다른 하
나는 자본적 규범이 지배하는 해체된 시간입니다. 전자에 대한 면모
는 상실에 대한 그리움으로 드러나고, 후자에 대한 태도는 각성이나
성찰을 촉구하는 형태로 나타납니다. 그래서인지 선생님 시들은 줄
곧 목가적인 서정과 비가적인 현실이 충돌하면서 슬프도록 아름답
게 생성되곤 하는데요. '막은골 연작시'도 이런 도정에서 빚어진 듯
싶고요. 선생님께서 가지고 계신 시적 시간관이 궁금합니다.

이은봉 나는 호모 사피엔스의 현존과 관련해 미래의 유토피아보다는 과
거의 파라다이스에 마음이 더 가는 사람입니다. 시간 의식도 다소간
은 과거 지향적이라고 할 수 있지요. 미래는 유토피아이기보다 디스
토피아이기 쉽다고 생각하는 사람이에요. 시간이 문제이기는 하지
만 결국 인류는 파국을 맞게 될 거예요. 과도한 기계문명이, 과도한
자연 파괴가 끝내는 인류의 파국을 만들겠지요. 이제는 지나친 개발
위주의 정책에 대해 문제를 제기할 필요가 있어요. 보세요. 아이폰
과 갤럭시폰이 여기서 경쟁을 멈추겠어요. 이것들이 앞으로 무엇으
로 변신할지 모르잖아요. 돈이 되기만 하면 인간은 저를 닮은 로봇
을 만들고, 은하철도를 만들고……, 그러다가 마침내 파멸하고 말겠
지요. 물론 내 이런 생각을 기독교적 불의 심판으로 이해하면 안 됩
니다.

그렇다고 하더라도 인류의 미래를 포기할 수는 없어요. 인류의 미
래를 포기하면 살아가는 의미를 잃을 테니까요. 우선은 파멸을 늦추
는 작업부터 해야겠지요. 인류가 스스로를 돌아볼 수 있도록 해야
한다는 얘기예요. 좀 더 구체적으로는 대안적 근대를 모색하기 위해

노력할 필요가 있다는 뜻이고요. 과도한 개인 중심의 사회에서, 곧 왜곡되고 파괴되고 분열된 도시적 자아 중심의 사회에서 과거의 가치를, 마을 공동체의 가치를 되살릴 수 있는 사회로 나가야죠. 이는 도시의 개별적 자아들 사이에도 가능한 일이에요. 시내 한복판에 수목원을 두고 있는 대전 같은 도시를 잘 살펴볼 필요가 있어요. 내심으로는 내 고향인 세종시가 그런 도시가 되기를 바라고 있고요.

김명원 미래를 기획하거나 계획할 때 반드시 염두에 두어야 할 말씀을 일러주셨는데요. 잘 새겨두겠습니다. 선생님께서는 시론집『화두 또는 호기심』에서 '각자'의 의미를 쓰신 적이 있으시지요. 이와 관련하여 김수이 평론가는 격월간 문예지『유심』에「각자(各自 刻字 覺者)의 시학」이라는 글로 조명하기도 했고요. 선생님 호이기도 한 '각자'의 다의성에 대해서는 그동안 여러 지면에서 설명하셨는데요. '각자(各自)'가 강조되는 오늘날의 시대와 관련해서 우리는 어떤 '각자'를 염두에 두어야 할는지요?

이은봉 김명원 선생 말대로, 옛 친구들은 우스갯소리로 나를 두고 각자 선생이라고 부르기도 해요. 세상과 나를 조롱하려고 대학 시절 내가 나를 두고 각자라고 자호(自號)한 적이 있거든요. 아마도 전인순, 이 친구가 각자 자호를 만들자는 분위기를 만들었을 거예요. 그건 그렇고, 지금이나 당시나 제 생각의 요점은 간단해요. 자본주의 시대는 개인주의 시대, 각자(各自)의 시대이잖아요. 그러니 각자(各自)가 각자(覺者)가 되어야 한다는 뜻이에요. 자본주의적 근대를 바르게 극복하고 대안적 근대를 옳게 살기 위해서는 각자(各自)가 각자(覺者)가 되려는 마음 자세가 필요하다는 것이지요. 오늘을 살아가는 가장 중요한 마음의 자세가 각자(各自)가 각자(覺者)가 되려고 하는 데 있다는 뜻이에요. 각자(各自)가 각자(覺者)가 되려고 하는 것이야말로 불가에서 말하는 수행의 핵심 내용이지요. 이 자본주의적 근대를 제대로 살기 위해는 무엇보다 중요한 것이 각자가 수행하는 자세를 갖는 일이라는 것이죠. 물론 각자라는 말 속에는 시 쓰기에 쇠나 돌 위에 글자를 새기는 각자(刻字)의 자세가 필요하다는 뜻도 들어 있어요.

김명원 오랜 기간 동안『오늘의 좋은 시』라는 책자를 통해, 해마다 '오늘의 좋은 시'를 선별하여 엮는 작업을 해오고 있으시지요. '좋은 시'의 선별 기준은 무엇일까요?

이은봉 글쎄요. 이번 질문도 간단하게 대답하기는 참 어렵겠군요. 우선은 내가 충분히 알 수 있는 시, 내게 감동이나 깨달음을 주는 시를 고르지요. 공감이 되는 시를 고른다는 뜻이에요. 시인에게도 이런 기준으로 쓴 시가 좋은 시로 인식되지 않을까요. 저도 모르는 시, 제게도 감동이나 깨달음을 주지 못하는 시가 좋은 시가 되기는 어렵겠지요.

김명원 선생님께서는 1984년 몇몇 시인, 작가 분들과 함께 자유실천문인협의회를 재구성, 재창립할 때부터 줄곧 한국작가회의에 참여해오셨지요. 명칭도 민족문학작가회의에서 한국작가회의로 개칭이 된 데는 많은 질곡의 세월이 존재할 터인데요. 긴 문단사의 현장에서 실무진으로서 보고 느끼신 소회나 한국작가회의가 나가야 할 미래에 대해 말씀해 주신다면요.

이은봉 정말 이 자리에서 다 대답하려면 너무 많은 이야기를 해야 하기 때문에 말을 아낄게요. 한국작가회의도 결국은 이 나라 역사의 부침과 함께할 거예요. 한국작가회의가 앞으로 해야 할 일은 너무 많지요. 지금 잘 하고 있잖아요. 한국작가회의는 각 조직 단위별로 십분 자생력이 있는 문인 단체이거든요. 한국의 민주화 운동 과정에 한국작가회의의 역할은 너무 컸죠. 사람들은 벌써 그걸 다 잊어버렸더군요. 4·13호헌조치를 반대하는 한국작가회의 서명운동이 없었으면 이른바 6월 항쟁은 없었다고 나는 생각해요.

김명원 　네, 알겠습니다. 언제나 애정으로 살펴주시는 극진한 마음을 한 국작가회의의 회원인 저로서도 잘 감지하고 있답니다. 그저 늘 감사 드리는 심정이에요. 음, 선생님께서는 광주대학교 문예창작과에서 후학을 지도 양성하고 계시지요. 학생들에게 창작 지도를 하면서 가 장 중요하게 여기시는 덕목은 무엇인가요? 광주대 문창과는 신춘문 예 배출 문인이 많은 학과로도 유명한데요. 특별한 비결이 있을까 요?

이은봉 　특별한 비결요? 그런 것은 없어요. 가장 중요한 것은 학습 동기 예요. 학생들이 배우고자 하는 열의가 있어야 하지요. 좋은 시를 쓰 고자 하는 열정이 있어야 한다는 얘기예요. 시인이 되려고 하는 욕 구가 있어야 시인이 되는 것 아닐까요. 그래서 우선은 동기 유발에 주력하는 편이에요. 물론 적어도 시에 관해서는 강의 계획서가 단계 별로 잘 만들어져 있지요. 시 창작과 관련해 가장 중요한 것은 발상 과 언어예요. 기발하고 참신한 발상, 그리고 세련되고 정련된 언어 가 필요하니까요. 그런데 최근의 젊은 시인들의 시를 보면 세련되고 정련된 언어만 있고 기발하고 참신한 발상은 없는 것 같아요. 그래 서 아쉬워요.

김명원 　선생님께서는 『삶의문학』, 『시와사회』, 『문학과비평』, 『문학마을』, 『시와사람』, 『시와상상』, 『시와인식』, 『불교문예』, 『시와시』 등의 편집 위원, 편집인, 주간 등을 역임하셨지요. 현재 전국에 시지를 포함하 여 문예지들이 어림잡아 300여 종이나 된다고 들었습니다. 그럼에 도 불구하고 일반 독자들이 거의 없이 문인들 위주의 독자가 형성되 고 있는 것에 대해 이런저런 문제가 제기되고 있거든요. 제가 학생 일 때는 문인이라고는 전혀 없는 저희 집에서 『현대문학』, 『문학사 상』, 『사상계』 등을 구입해서 읽었는데요. 지금은 그렇지 않아요. 몇 십 년 사이에 왜 이런 현상이 일어난 것일까요? 문예지는 많은데 일

대담 이은봉·김명원 이상적인 시공간을 복원하는 상고주의자

반인들은 구독하지 않으니까요. 문예지들은 앞으로 어떤 부분을 고려해야 할까요? 잡지를 기획하는 데 귀재이신 선생님의 고견을 듣고 싶습니다.

이은봉　김명원 선생이 죽 거론하신 문예지들을 보니 내가 문예지 발간에 정말 많이 참여했었구나, 하는 생각이 드네요. 가장 최근에는 3년 전에 『시와시』를 창간해 주간 겸 편집인으로 일하기도 했지요. 올해 가을호, 그러니까 2012년 가을호를 끝으로 『시와시』의 주간 겸 편집인직을 맹문재 시인에게 넘기기로 했어요. 너무 지쳤거든요. 이제는 좀 쉬고 싶네요. 내 글도 더 쓰고, 내 책도 더 만들려고요.

　　내가 문예지 발간에 처음 참여하게 된 계기는 앞에서도 말했듯이 전두환 군부독재의 문화 정책에 저항하고 도전하기 위해서였어요. 국민들이 문학의 생산과 향수에 참여하면 할수록 민주화가 빨라지리라고 생각했으니까요. 국민들의 인식의 수준이 높아질 테니까요. 그런저런 이유로 지난 1980년대에는 이른바 '창작 주체 논쟁' 같은 것도 있었지요. 당시 나는 현 단계의 입장으로 보면 창작 주체의 전문성을 좀 더 옹호할 필요가 있다는 다소 보수적인 입장을 취했지만요.

　　문예지뿐만 아니라 모든 잡지들이 다 잘 안 팔리지요. 『신동아』, 『월간조선』, 『월간중앙』 등의 대중적인 잡지도 잘 안 팔려요. 『여성동아』, 『여성조선』, 『여원』 등의 여성지도 마찬가지이고요. 아마 『사상계』가 복간된다고 하더라도 잘 안 팔릴 거예요. 『창작과비평』은 정기구독식으로 좀 팔린다고 하는데, 『창작과비평』을 정기구독하는 사람도 제대로 다 읽는 사람은 거의 없다고 하데요. 실제로 그런지 어쩐지는 잘 모르고요. 들리는 소문이 그래요. 읽을거리가 넘쳐나는 시대이잖아요. 젊은이들은 신문도 스마트폰으로 읽잖아요. 읽기보다는 쓰기를 좋아하는 시대, 웅변보다는 속삭임을 좋아하는 시대이지요. 이제는 각자 모든 삶의 주체이잖아요. 이 각자가 문제예요. 그래도 유명한 글은, 좋은 글은 인터넷 카페나 블로그를 통해 시간을 두고 계속 읽혀나가더군요. 이럴 때는 글이 돈이 되지는 않지만요.

퇴임 후엔 고향에 보금자리를

김명원　신생님께서는 지난 5월에 시집 「첫눈 아침」으로 제15회 한국가톨릭문학상을 수상하셨지요. 각 교구 가톨릭문인회와 출판사 및 문단 관계자 등을 대상으로 후보작을 공모, 수차례 운영회의와 심사회의를 거쳐 시와 소설 부문을 선정했다고 알고 있는데요. 한국가톨릭문학상 시 부문 심사위원장으로 위촉된 김후란 선생님께서는 심사평을 통해, 선생님의 시가 일상의 모습에 문학적 감성을 불어넣어 인간성 회복과 삶의 훈훈함을 전한 작품이라고 밝히셨고요. 문학상을 이번 말고도 여러 번 받으셨는데, 문학상의 의미를 짚어주시고 상금을 어디에 쓰셨는지도 말씀해주셨으면 합니다.

이은봉　한국가톨릭문학상을 받은 것을 나로서는 아주 영광스럽게 생각해요. 일종의 행운이 따른 것이지요. 조계종 총무원에서 운영하는 현대불교문학상이 불교 신자에게만 상을 주지 않듯이 한국가톨릭문학상도 가톨릭 신자에만 상을 주는 것은 아니에요. 앞으로는 한국가톨릭문학상도 가톨릭 신자가 아닌 사람들에게 주겠다고 하더군요. 가톨릭 정신이 보편적인 인간 정신, 곧 보편적인 진실 혹은 진리와 무관하지 않지요. 나는 가톨릭 영세를 받기는 했지만 신앙심이 투철한 가톨릭 신자는 아니에요. 지금은 냉담 중이라고 해도 좋고요. 물론 아내는 열심히 성당에 나가는 열렬한 가톨릭 신자이지만 말이에요. 아내와 연애를 하고, 결혼을 하는 과정에 가톨릭 영세를 받았지만 그래도 가톨릭 정신에 내가 매우 긍정적인 것은 사실이에요.

어떤 한 종교에 깊이 맹신하기에는 지금 내 생각이 너무 복잡해졌는지도 모르겠어요. 철학으로서는, 삶의 지혜로서는 나는 불교에 대해서도 상당히 긍정적인 생각을 갖고 있는데요. 게다가 나는 불교 철학과 가톨릭 철학, 불교적 세계 이해와 가톨릭적 세계 이해가 결코 모순되지 않는다고 생각해요. 불교적 세계 이해와 가톨릭적 세계 이해가 적대적 모순의 관계를 이루고 있지는 않다는 얘기예요. 불교의 경우 말은 종교지만 유일신을 섬기지는 않잖아요. 여호와 하느님이라는 외적 절대자를 갖고 있는 천주교와, 자기 수행을 통해 각자가 해탈을 하고자 하는, 곧 부처의 경지에 이르고자 하는 불교가 상호 적대적일 까닭이 없지요.

한국가톨릭문학상 말고도 문학상을 여러 번 받지 않았느냐고 질문을 했지만 밖에 내놓고 자랑할 만한 상을 받은 것은 얼마 안 돼요. 유심작품상, 한성기문학상, 한국가톨릭문학상 정도지요. 으음, 그런데 한성기문학상은 상금이 없잖아요. 따라서 상금을 모두 합산하면 정말 얼마 안 돼요.

한국가톨릭문학상의 심사 과정은 전혀 알지 못해요. 심사위원님들께 그냥 고맙게 생각하며 좋은 시로 보답해야지, 하고 생각할 따름이에요. 한국가톨릭문학상 상금을 어디에 어떻게 썼느냐고요? 절반은 여러 문인단체에 특별회비를 내는 등 공익을 위해 썼고요, 절반은 사익을 위해 썼어요. 사익을 위해 상금의 절반이나 쓸 수 있었던 것은 행운이지요.

김명원 사실 저도 선생님의 한국가톨릭문학상 수상금의 수혜자이지요. 지난달 선생님께서 대전으로 내려와 『시와인식』 편집진들과 몇몇 시인들에게 저녁식사를 푸짐하게 대접해주셨으니까요. 상금으로 먹는 밥이 얼마나 맛있고 정겨운 것인지 새삼 느꼈던 기억이 새롭습니다. 다시 한 번 감사의 말씀 드려요. 선생님의 새로운 수상 소식을 적극적으로 기다리겠습니다. 또 상 턱으로 밥을 사주실 거지요? (웃음) 가족 분들은 서울에 계시고 선생님께서는 광주에 계신데, 이런 생활을 하면 어떤 장단점이 있을까요?

이은봉 혼자 있는 시간이 많으니 외로운 시간이 많아요. 고독한 시간이 많지요. 때로는 죽고 싶을 정도로요. 물론 그만큼 생각할 시간도, 공부할 시간도, 시를 쓸 시간도 많은 셈이고요. 앞의 일이 단점이라면 뒤의 일은 장점이지요. 모든 단점은 장점을 거느리게 마련이니까요. 모든 장점은 단점을 거느리게 마련이고요. 아내를 소중하게 여기는 마음, 가족을 소중하게 마음이 생긴 것도 장점이라고 할 수 있겠네요.

김명원 장성한 두 아드님은 시인이신 선생님에 대해 어떤 평가를 하는지요? 문학을 전공하는 아드님은 없나요?

이은봉 문학을 전공하는 아이는 없어요. 큰애나 작은애나 책 읽기를 좋아하기는 하지요. 큰애가 혹시 국문학자가 되지 않을까, 하고 생각한 적은 있었죠. 큰애는 지금 컨설팅 회사에 다니고, 작은애는 지금 전방에서 포병으로 근무 중이에요. 일등병으로 군역을 치르고 있는 중이지요. 아이들은 나를 친구처럼 생각해요. 별로 어려워하지 않아요. 시인인 아버지를 비교적 긍정적으로 평가하는 듯하더군요.

김명원 퇴임을 하면 고향으로 돌아오겠다고 하신 말씀을 기억하는데요. 고향은 비록 세종시에 포함되어 사라졌지만 인근 지역에 보금자리를 마련할 의향을 아직도 가지고 있으신지요?

이은봉 그럼요. 퇴임을 하면 세종시로 갈 생각이에요. 잘 알다시피 저희 고향이 세종시에 수용되었잖아요. 그러니까 고향으로 돌아갈 생각을 하고 있는 거죠. 고향으로 돌아가려면 당연히 보금자리도 마련해야겠지요.

김명원 흥금을 터놓을 수 있는 가까운 문인 분들을 소개해주셨으면 합니다.

이은봉　글쎄요. 이런 얘기도 대답하기 곤란한데……. 여기서 이름이 거론되지 않는 친구들은 섭섭하게 생각할 것 아니에요. 그래도 꼭 말해야 한다면 고향의 친구로는 김백겸, 강신용 등을 가깝게 생각하고요. 전국적으로는 공광규, 김사인, 최두석, 하종오, 고형렬, 도종환, 이시영, 이명수, 윤석산(한양대) 등을 친하게 생각하고 있어요. 오해가 있을까 봐 남자 문인들만 얘기했어요.

김명원　맞습니다. 선생님! 여성 문인 분들을 언급하셨으면, 지금부터 스캔들 조성되었을 거예요. 거론되지 못한 여성 문인 분들은 칼 물고 선생님의 악몽에서 주연급으로 등장할 테고요. 물론 저부터요……. (웃음) 앞으로의 계획을 여쭤봐도 될까요?

이은봉　앞으로의 계획요? 특별한 계획이 없는데……. 으음, 우선 강의에 충실해야겠지요. 학생 지도에 최선을 다해야 하니까요. 내 본분이 광주대학교 문창과 교수이잖아요. 당연히 부지런히 공부도 해야겠죠. 으음, 그리고 내년쯤에는 시집과 평론집 등도 낼 생각이에요. 오늘은 이런 정도에서 얘기를 마치지요. 이런저런 계획을 말해놓고 지키지 못 하면 안 되니까요. 김명원 선생! 지루한 얘기 듣느라고 고생했어요.

이은봉 시인을 만나 반갑게 인사를 나누고 대담을 위해 이동한 곳은 공원이었다. 시인의 어머니께서 살고 계시는 대전 둥지아파트 인근 정부청사 녹지인데, 잘 가꾸어진 잔디밭에는 모과를 농염히 매단 얼룩무늬 수피의 모과나무들이 즐비했고, 늦여름이 익어가는 풀냄새가 자욱했다. 대담이 어느 정도 정리되던 차, 동석 중이던 박소영 시인이 사진을 찍어야 한다고 하자 시인은 지금 이 어스름 무렵이 가장 사진이 잘 나온다고 하며 자리에서 일어섰다. 저녁 6시 무렵이었다. 땅거미가 깔리기 직전의 때, 시인은 바로 이때가 밤과 낮이 뒤섞이며, 감정과 이성, 주관과 객관이 착종되는 몽상이 가능한 아찔한 현기증의 시간이라고 말했다. 그리고는 여성들에게 심장 발작을 일으킬 만한 살인미소로 카메라 렌즈를 바라보았다. 우리는 저녁 어스름으로 다듬어진 고요한 햇빛 아래서 여러 포즈로써 서로의 친밀도를 확인했으며, 반드시 사진 속에 웃음소리까지 인화하겠다고 벼른 박 시인 덕분에 자연스럽고도 즐거운 사진 찍기를 마칠 수 있었다.

모든 일정을 끝내고 나무 벤치에 앉아 내가 준비해간 루왁 커피(Kopi Luwak)를 마셨던 그 저녁, 누가 우리에게 온 것일까. 부드러운 손길이 어깨에 느껴지고 주변 나무들에서 뿜어지던 환한 기운은! 아마도 좋은 사람들끼리 만나면 그러했으리라. 슬프도록 편하고 다스워지는 충일감으로 우리는 커피 이야기며 아이들 이야기, 학교 이야기 등 이런저런 담소를 앞뒤 구별 없이 나누었고 시간 가는 줄 모르도록 행복해했다.

이은봉 시인은 최근『문학나무』2012년 여름호에 발표한 시「저녁 길」에서 "벌써 저녁볕이 사위에 피어오르고 있다 서쪽 하늘은 아직 밝고 환하지만 머잖아 온 세상에 어스름 깔리리라/더 이상 머뭇대다가는 어둠이 오기 전 이 산언덕을 넘지 못할 수도 있다 마음의 바른 터전을 찾는데 이처럼 많은 시간이 걸리다니!/멀찍이 밀쳐 두었던 낮 동안의 슬픔이 우르르 달려와 절뚝이는 발목을 다시 잡는다 별이 뜨고 달이 뜨더라도 밤길은 언제나 낯설고 서툴고 무서울 수밖에 없다/그럴수록 어둠이 내리기 전, 땅거미가 깔리기 전 서둘러 옛 마을로 돌아가야 한다/거기 다수운 마음으로 끌어안아야 할 고향사람들이 있다 그들의 손잡고 함께 일구어야 할 땅이 있다 함께 뿌려야 할 씨앗이 있다"면서 고향과 고향 사람들을 끝끝내 찾아가고 있다.

그는 너무도 빠르게 바뀌고 변하는 것이 지금의 이 시대이며, 이 시대에는 오래 남아 있는 것이 없다고 개탄한다. 고향 막은골도 마찬가지여서 개발로 마을도 없어지고, 마을 사람들도 없어지고, 마을 이야기도 없어졌다고 시 「저녁 길」의 '시작 노트'에서 밝히고 있다. 그리고 고향이 없어지면 마음 둘 곳이, 쉴 곳이 없어지게 되므로 대지이고 숲이고 어머니인 고향이 다 사라지기 전에 무언가 해야 한다고 강조하고 있다. 그러기에 우리의 삶의 오후가 다 가기 전에 시인은 그 고향 이야기를 차근차근 복원해낼 것이다. 우리는 어쩌면 그가 되살려내는 고향의 시들에서 오래 지친 시간을 내려놓고 모처럼 마음껏 쉴 수 있을지도 모르겠다. 그는 아무 때나 찾아가더라도 잘 왔다고 등 두드려주며 우리에게 막은골 오빠로, 삐삭부리 형으로, 모듬내 친구로, 잃어버린 이름들의 아우로, 다시 파라다이스를 찾아낸 시 선생님으로 두터운 의분(誼分)을 남김없이 나누어주리라 믿는다.

(웹진 『시인광장』 2012년 9월호)

자연의 문양을 정직하게 읽는 시인

대담 **이은봉 · 박순원**

돌 속에서 내가 자랐듯이 내 속에서 돌이 자라고 있다 돌 속에서 내가
나왔듯이 내 속에서 돌이 나오고 있다

콩이여 팥이여 콩팥이여 돌에서 나와 돌로 돌아가는 생명이여 죽음이
여.

—「결석(結石)」 전문

박순원　선생님, 안녕하세요. 갑오년 새해에 많은 독자들을 대신해 선생
　　　님의 시와 시세계에 대해 여쭤볼 수 있는 기회를 갖게 되어 개인적
　　　으로는 무척 영광입니다. 요즘 선생님께서는 한국작가회의 부이사
　　　장으로 우리 사회와 문단에 매우 중요한 역할을 담당하고 계시는 한
　　　편, 봉직하고 계시는 광주대학교 문창과에서도 학과장직을 맡아 매
　　　우 바쁘신 것으로 알고 있습니다. 한편 올해 2014년은 선생님께서
　　　막 회갑을 지내신 해이기도 합니다. 요즘 근황은 어떠신지요. 또 새
　　　해에 새롭게 계획하고 있으시는 일이 있는지요.
이은봉　예, 안녕하세요. 반갑습니다. 그동안 문단 안팎의 이런저런 직책
　　　을 맡아 좀 분주하게 살아왔습니다. 한국작가회의 부이사장 이외에

도 창공클럽 회장, 정의평화불교연대 공동대표, 충남시인협회 부이사장, 실천문학 이사, 삶의문학회 회장 등의 직책을 맡고 있거든요. 오는 2월 22일 정기총회가 끝나면 한국작가회의 부이사장직은 일단 면하게 됩니다. 일을 줄이려고 애를 쓰는데, 쉽지가 않네요. 내가 좀 모나지 않은 사람이라서인지 문단 안팎에서 자꾸 일을 맡기네요.

근황이라고 할 것은 없지만 최근에도 여전히 일에 쫓기며 살고 있습니다. 내가 일을 별로 두려워하지 않는 사람이거든요. 학과장을 맡고 있다 보니 의외로 일이 많군요. 근년에 들어 학생 수가 급격히 줄어들자 지방대학에서는 정원 조정 등 부딪쳐가며 해결해야 할 일이 너무 많습니다. 박근혜 정권 들어 대학의 '특성화' 운운하는 것도 교수들을 공무에 묶어두지요.

그래도 시인으로서, 평론가로서 해야 할 일은 따로 있겠지요. 강의하는 일 이외에도 계속해 시를 쓰고, 평론을 쓰고, 논문을 써야 하겠지요. 작년 2013년에는 바쁜 중에도 등단 30주년을 겸해 회갑을 맞아 시집 한 권을 출간했어요. 원래는 평론집도 내고 싶었는데, 원고를 정리할 틈이 없어(?) 올해로 미루고 말았습니다. 평론집의 제목은 이미 『시와 깨달음의 형식』이라고 정해놓았고, 대강 목차도 짜두었습니다. 무슨 일이 있어도 올해에는 꼭 이 책을 발간할 생각입니다. 그 밖에도 여러 계획을 세우고는 있습니다. 사실은 작은 시평들을 모아 『풍경과 존재의 변증법─시 읽기와 시 쓰기』라는 제목의 책도 발간할 계획입니다. 생각 같아서는 육필시집도 간행하고 싶은데, 가능할는지 모르겠습니다. 음, 에세이집도 내고 싶어요. 원고는 있거든요.

마음속으로는 늘 이런저런 구상을 하며 살고 있습니다. 미래에 대한 계획이야 눈을 뜨면 늘 하는 일 아닙니까?.

순수하고, 정직하고, 진실한 마음으로 시의 길을 뚜벅뚜벅

박순원   선생님은 작년(2013) 6월 아홉 번째 시집 『걸레옷을 입은 구름』을 내셨습니다. 저는 「시인의 말」의 마지막 구절인 "그렇다고 해서 지금의 내게 무슨 다른 길이 있나? 순수하고, 정직하고, 진실한 마음으로 죽음의 벼랑에 이를 때까지 시의 길을 뚜벅뚜벅 걸어가는 수밖에"를 여러 번 되뇌었습니다. "세상에 나온 지 60년, 시단에 나온 지 30년"을 맞이하는 소회를 정말 소박하고 담담하게 밝히셨습니다. 그리고 선생님의 시론 중에 말씀하신 '격이 있는 삶'도 이와 일맥상통하지 않나 생각해봅니다. 오랜 기간 시를 쓰시고 시단의 중심에서 활동하신 연륜을 느낄 수 있는 대목입니다. 이와 같은 사유에 이르기까지 만만치 않은 굴곡이 있으셨을 터인데, 어떤 시적 여정의 결과인가요?

이은봉   대답하기 참 어려운 질문을 하는군요. 그래도 몇 마디 답변을 해보겠습니다. 시에 대한 입장은 사람마다 각기 다릅니다. 사람들의 개성이 다른 만큼 시에 대한 입장이 다른 것은 당연하지요. 각기 다른 것은 사람에 대한 입장도 마찬가지이겠지요. 지금은 많이 변했지만 한때는 사람에 대해 매우 긍정적으로 생각했어요. 긍정적으로 생각했다는 것은 사람을 아주 고귀한 존재로 생각했다는 것이지요. 아니, 나 자신이 좀 고귀한 존재라고 생각했는지도 모르겠어요. 내가 나 자신의 이익, 눈앞의 이익을 잘 계산하지 못하는 사람이거든요. 숫자에 어둡고, 계산이 빠르지 못한 사람이라는 거예요. 좀 둔해요. 언제나 시간이 한참 지난 뒤에야 아하, 또 속았구나, 또 당했구나, 하고 생각하는 사람이라는 것이지요.

물론 이런 체험도 작기는 하지만 제법 상처를 만듭니다. 세상을 살면서 상처를 경험하지 않는 사람은 없겠지요. 나도 여러 차례 감당하기 어려운 상처를 받은 사람입니다. 아니, 견디기 힘든 배신을 체험한 사람입니다. 무섭지요. 하지만 어쩌겠습니다. 먹고살아야 하니까, 죽을 수는 없으니까, 상처에 약을 바르고 아물기를 기다려야지요. 상처가 아무는 것을 기다려 다시 타고 난 대로 살아가야지요. 그런 이유로 『걸레옷을 입은 구름』의 「시인의 말」에서 "순수하고, 정직하고, 진실한 마음으로 죽음의 벼랑에 이를 때까지 시의 길을 뚜벅뚜벅 걸어가는 수밖에"라고 말했는지도 모르겠네요.

한 60년 세상을 살다 보니 모든 사람과의 관계를 적과의 관계로 생각하고 항상 승리하려고만 하는 사람도 있다는 것을 알게 되더군요. 그런 사람은 승리하려고만 하다 보니 늘 이런저런 잔꾀를 쓰데요. 그런 사람의 이런 삶을 '격이 있는 삶'이라고 할 수는 없겠지요.

돌아가신 아버님이 평소에 내게 자주 이르신 말이 있어요. "좀 손해 본 듯이 살아라"라는 말이지요. 이런 교훈을 받은 때문인지 내가 계산을 잘 못해요. 옳고 바른 일이라고 생각하고 별 계산 없이 실천에 뛰어들었다가 낭패를 본 일이 많지요. 이제는 그렇게 하지 않으려고 애를 쓰지만 다 타고난 열정 때문이겠지요. 열정은 언제나 수난을 거느리기 마련이잖아요. 열정을 뜻하는 영어 단어 패션(passion)이라는 말에는 수난이라는 뜻도 들어 있어요. 지금은 많이 줄어들었지만 젊었을 때는 내게도 좀 열정이 있었나 봐요.

음, 나는 시를 '자아 찾기'의 하나, '자아 닦기'의 하나라고 생각해요. 「시 쓰기와 자아 찾기」라는 좀 긴 글을 쓴 적도 있지요. '나'라는 것이, '자아'라는 것이 참 복잡한 존재이잖아요. 그렇다고 하더라도 '나'라는 것이 '내 마음'이라는 것은 이내 알 수 있지요. 마음은 문학, 역사, 철학, 즉 인문학의 궁극적인 연구 대상이지요. 모든 종교적인 천재들이 이 마음에 대해 일가견을 피력하고 있고요. 이 마음을 갈고 닦는 것이 시라는 것이지요. 물론 마음에는 참으로 많은 것이 들어 있지요. 마음에는 감정이라는 놈도 들어 있는데, 시는 우선 이놈부터 갈고 닦는 것이지요. 이 감정이야말로 복잡하고 변덕스러운 놈이지요. 이놈이 사람의 일생 전체를 결정하지 않나요? 일체개유심조(一切皆唯心造)라고 할 때의 심(心) 말이에요. 아, 내게는 따로 감정론이라고 할 만한 것이 있어요. 여기서 그것을 다 말할 수는 없지만요. 물론 감정은 마음의 아주 중요한 일부이지요.

아무튼 나는 "순수하고, 정직하고, 진실한 마음"을 잃지 않아야 긍정적인 뜻에서의 열정을 지닐 수 있다고 생각해요. 제대로 된 열정의 분출과 절제 없이 '격이 있는 삶'을 살기는 어렵지요. 물론 제대로 된 열정의 분출과 절제는 대의가 있는 삶, 정의가 있는 삶과 무관하지 않을 것입니다. 현실의 역사에는 각각의 국면마다 대의라고 할 만한 것이, 정의라고 할 만한 것이 있기 마련입니다. 물론 대의라고 할 만한 것, 정의라고 할 만한 것은 현실의 각각의 국면마다 역사를 진전시키는 일과 깊이 관련되어 있지요.

계절로서의 '오월'이 갖는 의미

박순원 2013년 6월에 간행한 시집『걸레옷을 입은 구름』중에 "오월이라고 오동꽃 벙글어진다"로 시작되는 시「오월이라고」를 무척 인상 깊게 읽었습니다. 여기에서 '오월'은 "꽃 피고 지는" 계절적 의미를 갖는 '오월'과, 역사적 의미를 갖는 광주의 '오월'이 겹쳐 있는 듯합니다. 이 두 '오월'의 겹침은 우리 시사에 새로운 의미가 될 것 같습니다. 이와 같은 발상은 어떤 계기를 통해 이루어졌는지요.

이은봉 계절적 의미를 갖는 '오월'이 역사적 의미를 갖는 광주의 '오월'로 전이된 것은 어제오늘의 일이 아닙니다. 1980년에 있었던 광주민주화운동 직후부터의 일이기 때문입니다. 시에서는 이영진, 곽재구,

나해철, 최두석, 박몽구 등 『오월시』 동인들이 앞장서 그 일을 해왔습니다. 생각해보면 이른바 1980년대 시인들은 모두 많든 적든 간에 이 일에 참여해왔다고 해도 과언이 아닐 것입니다. 물론 나도 그 일에 적극적이었습니다. 당시에는 역사적 의미를 갖는 광주의 '오월'을 바로 알리는 것이 현실을 진전시키는 일이었기 때문입니다. 그때는 한국문학 전체가 현실을 전진시키는 일에 몰두해 있었다고 해도 과언이 아니었습니다. 벌써 30년 전의 일이군요.

이번 시집 『걸레옷을 입은 구름』에 들어 있는 시 「오월이라고」에서는 역사적 의미를 갖는 광주의 '오월'에서 계절적 의미를 갖는 '오월', 곧 자연의 의미를 갖는 오월을 되찾을 때도 되었다는 말을 하고 있는 것이지요. 지난 30년 동안 자연의 오월, 계절의 오월을 너무 오래 팽개쳐둔 것은 아니냐는 것이지요. 말하자면 생태 위기에 관한 자각과 함께하는 오월과 자연도 노래할 때가 되지 않았느냐는 것이지요. 이번 시집의 시들 대부분이 생태와 자연의 현실에 대한 내 생각을 담고 있어요. 자본주의 현실을 살면서, 곧 산업사회의 현실을 살면서 생태와 자연에 대한 미시적이고도 거시적인 내 생각을 총체적으로 담아내고 있는 것이 이번 시집의 시들이에요.

등단, 관변문학과 형식적 절차에 대한 저항

박순원 "몇 권의 동인지와 무크지를 내는 동안 마침내 그는 시인이라는 '쫑'을 받게 되었다. 하지만 군부독재에 영합해 비웃음을 사던 신문이나 문예지를 통해 '쫑'을 받은 것이 아니었다. 어쩌면 그는 어느 누구한테 '쫑'을 받은 것이 아니라 저 스스로 '쫑'을 만들었다고 해야 옳았다. 1980년대 초 이미 그는 이른바 '문학운동'의 전선에 서 있었다. '쫑'은 단지 그 과정에서 얻어진 결과일 뿐이었다." 선생님 자신을 '그'로 객관화해 짧은 서사로 풀어낸「시인의 길 – 불온한 마음, 전복적 상상력」이라는 아주 재밌는 글의 한 단락입니다. 표현도 재미있지만, 실제로 선생님의 등단 과정은 요즈음의 세태에 비추어보면 매우 이채로운 면이 있습니다. 당시의 문단 분위기는 어떠했는지요. 그리고 선생님의 시작 활동에서 등단은 어떤 의미를 가지는지요.

이은봉 벌써 한 세대가 지난 옛날 얘기를 좀 해야겠네요. 1970년대와 1980년대 얘기 말이에요. 우선 1970년대는 1972년 가을에 있었던 10월 유신과 더불어 본격적으로 개막되었습니다. 박정희의 10월 유신이 터진 1972년은 내가 고등학교를 졸업하고, 대학입시에 낙방해 재수를 하던 해입니다. 재수를 하고도 다시 또 대학입시에 실패해 1973년 봄에는 한강 이남의 한 후기 대학에 입학을 했습니다. 절망을 극복하기 위해 시를 쓰면서 점차 운동권 학생이 되어갔는데, 당시에는 민주화만 되면, 유신 체제만 철폐시키면 만사가 다 해결되리라고 생각했습니다. 그만큼 단순했던 것이지요. 흥사단 아카데미 활동을 열심히 했는데, 민족, 국가, 역사 등을 그곳에서 발견했지요. 한국 근대사 공부도 그곳에서 했고요.

　김현승 시인이 이 대학의 교수로 계셨어요. 3학년 때는 김현승 시인 자신의 이름으로 제정한 '다형문학상'을 받는 등 시인으로서의 싹수를 좀 보였지요. 그런데 김현승 선생님이 내가 '다형문학상'을 받은 바로 그해에 돌아가셨어요. 끈이 떨어진 조롱박 신세가 되었지요. 장례식장에서 이동주, 박봉우, 강태열, 조태일, 이성부, 문순태, 이문구, 양성우, 김준태 등의 문인을 처음 뵈었는데, 그때의 인상이 아직도 강렬하게 남아 있습니다. 박봉우, 강태열 시인은 내가 김현승 시인의 제자라고 하자, 자신들이 돌보아주겠다고 하며 큰소리를 뻥뻥 치기도 했습니다. 뒷날 강태열 시인은 내게 따로 맥주 두 병을 사주며 그때를 회고하기도 했습니다.

어쨌든 대학 때 나는 시를 좀 쓴다고 문과대학에 계셨던 이가림, 윤삼하, 김종철 교수님 등의 사랑을 많이 받았어요. 공주대학에서 강사로 나오던 조재훈 교수의 사랑도 많이 받았고요. 군대를 마치고 복학을 하고 나서인데, 1976년 봄부터는 시를 쓰고 소설을 쓰던 친구들을 모아 공부를 시작했어요. 일종의 스터디 그룹을 만든 것이지요. 1978년에는 이들을 중심으로 『창과벽』이라는 동인지를 내기도 했어요. 동인지 『창과벽』은 1980년대 초까지 모두 4권을 간행했는데, '벽처럼 캄캄한 세상에 빛의 창을 내겠다'는 의지를 담고 있었어요. 『창과벽』이라는 이름의 동인지를 내면서도 한편으로는 다들 중앙 문단에 등단할 꿈을 갖고 있었지요. 1980년이나 그 다음 해쯤에는 등단을 해야 한다고 생각했는데, 당연히 『창작과비평』이나 『문학과지성』을 목표로 했지요. 그때의 나와 친구들은 신춘문예나 기타의 문예지로 등단하는 것은 관변문학의 길로 나가는 것이라고 받아들였어요. 그것들을 친유신문학이라고 이해했던 것이지요.

그러던 중이었는데, 1980년 5월 광주민주화운동을 짓밟고 전두환 군사독재 정부가 들어섰거든요. 그리고 곧바로 『창작과비평』과 『문학과지성』 등이 폐간되어버렸어요. 전두환의 신군부가 바른 언론에 재갈을 물리면서 이들 문예지조차 폐간시켜버린 것이지요. 한동안 앞길이 막막했지요. 하지만 이내 정신을 차리고 나와 『창과벽』의 동인들은 우리 자신이 『창작과비평』과 『문학과지성』 같은 문예지를 만들기로 했지요. 이렇게 해서 1983년 봄에 태어난 것이 『삶의문학』 5집이지요. 모두 4권을 만든 『창과벽』의 뒤를 잇고 있다고 해서 『삶의문학』 5집으로 한 것이지요. 내가 어느 누구한테 시인이라는 '쯩'을 받은 것이 아니라 나 스스로 시인이라는 '쯩'을 만들었다고 하는 것은 그런 이유에서예요.

『삶의문학』 5집에 나는 시도 싣고 평론도 실었어요. 그런 이유로 평론 부문은 『삶의문학』 5집을 등단의 매체로 삼고 있지요. 이 『삶의 문학』 5집에 실린 시가 관심을 끌었던지 1983년 가을 공주사대의 조재훈 교수님을 통해 '창작과비평사'에서 시를 보내달라는 연락이 왔어요. 20편의 시를 보냈더니 '창작과비평사'에서 간행한 시 전문 무크지 『마침내 시인이여』에 7편의 시가 발표되었더군요. 그래서 시 부문은 이것을 등단의 매체로 삼고 있어요. 문예지에서 시를 청탁할 때 등단의 절차를 물으니 그렇게 대답하는 것이지요. 한국현대문학사의 한 획을 그은 김수영 시인, 백낙청 선생, 김현 선생, 황현산 선생 등도 등단의 절차가 확실한 것은 아니지요. 이분들 모두 좋은 글을 쓰면서 작가로, 평론가로 알려져 있지요. 그래서 나는 등단에 연연하면 훌륭한 시인이나 작가가 되기 힘들다고, 등단은 개같이 하더라도 작품은 정승처럼 쓰라는 말을 자주 해요. 국민들의 인식 수준을 한 단계 업그레이드할 수 있는 글을 쓰고 싶다는 뜻으로 읽어도 좋아요.

각자(各自)의 시학—주체의 성숙

박순원 선생님께서 이미 여러 번 말씀하셨고, 김수이 평론가가 섬세하게 그 의미를 다루어준 바가 있지만, '각자의 시학'에 대해 다시 여쭙지 않을 수 없습니다. 동음이의어를 활용한 재치 있는 발상에 그치는 것이 아니라 종교·철학적인 영역까지 포괄하는 깊이 있는 시학으로 전개하시고 이를 시작을 통해 구현하고 계십니다. 各自에서 출발하여 恪者, 刻字, 覺者, 覺子를 거쳐 다시 各自에 이르는 과정, 즉 '각자'라는 기표 속에 이 다양한 기의를 함께 깃들게 할 수 있는 사유의 전개가 무척 흥미롭습니다. '각자의 시학'에 대해서 더 깊은 말씀을 듣고 싶습니다.

이은봉 '각자'와 관련된 말놀이, 그 개념 등은 다른 글자리에서 여러 번 얘기를 해서 더 할 말이 별로 없어요. 그래도 물어보니 몇 마디 덧붙이지요. 시에서도 인물 형상의 창출은 매우 중요하지요. 화자로서의 인물도 그렇고, 대상으로서의 인물도 그렇지요. 나도 내 시에 이런저런 인물들을 드러내고는 하는데, '각자'와 '장산'이라는 인물이 그 대표이지요. 이들 인물은 다 시의 화자인 '나'를 객관화시킨 인물들이에요. 일종의 자기 풍자로 내 시에 '나'를 '그'로 바꾸어 등장시킨 것이지요. 자신의 글에 이런 인물을 등장시키는 것은 조선 후기 지식인들의 소품문 등에서도 볼 수 있지요. 현대시에서는 흔한 일이고요. 이들 인물, 곧 '각자'와 '장산' 중에서 특히 각자와 관련해 논의되는 것이 '각자의 시학'이에요. 평론가 김수이 선생이 명명한 말이지요.

나는 본래 시를 발견의 형식이라고 생각해요. 인식의 영역 안으로 끌어들여 말하면 발견의 형식은 깨달음의 형식이 되지요. 깨달음의 형식이 시라는 말이에요. 물론 여기서 말하는 깨달음의 내포는 진리나 지혜겠지요. 그것을 불교식으로 한 소식(小識)이라고 해도 괜찮아요. 전통적으로 도(道)라고 말한들 어떻겠어요. 이로 미루어보면 시인은 깨달음을 노래하는 사람, 곧 각자(覺者)라고 할 수도 있겠지요. 시인이 각자(覺者)라면 시인은 당연히 겸손한 사람, 곧 삼가는 사람이라고 해야겠지요. 삼가는 사람을 한자로 표시하면 각자(恪者)가 됩니다. 시인이 각자(恪者)라면 시인은 마땅히 바위에 글자를 새기듯, 각자(刻字)하듯 자신을 삼가며 시를 쓰는 사람이겠지요. 각자(刻字)라는 말은 그런 의미가 있겠지요.

하지만 정작 중요한 것은 이들 작업을 수행하는 사람이 모두 각자(各自)라는 것이에요. 각각의 독립된 자아라는 것이지요. 이때의 각자(各自)라는 말은 정말 중요해요. 오늘의 이 사회, 자본주의적 근대

제2부 생태 공동체의 꿈과 이상

를 구성하는 구성원이 각자(各自)이기 때문이지요. 그래요. 자본주의적 근대를 살아가는 개인은 누구나 개별적인 자아, 곧 각자(各自)이지요. 이 각자(各自)라는 주체가 성숙해지지 않고서는 자본주의의 미래가 성숙해지기 어렵겠지요. 근대 이후의 개인인 각자(各自) 자신도 깨어 있는 주체로 성숙해지지 않고서는 미래가 없을 것이고요. 각자의 자아가 성숙한 주체로 완성되어야 미래가 있지 않겠느냐는 것이지요. 이런 이유로 나는 근대라는 역사의 한 시기, 곧 자본주의라는 역사의 한 시기가 각자의 시대, 아니 각자가 성숙한 주체로 완성되는 시대가 되기를 희망하는 것이지요. 이들 각자(各自)가 각자(覺子)가 되면 얼마나 좋겠어요. 한 소식씩 한 사람 말이에요.

이재무 시인, 전무용 시인 등 옛 친구들은 일종의 농으로 아직도 나를 '각자 선생'이라고 불러요. 나를 두고 그렇게 부르는 데 물론 특별한 계기가 있었던 것은 아니에요. 대학 시절에는 앞에서 얘기했던 『창과벽』의 친구들이 대전시 용두동의 내 자취방에서 자주 모였어요. 『창과벽』 창간호를 막 냈을 때인 듯싶어요. 용두동의 자취방에서인데 문득 전인순이 우리도 동인지를 내고 했으니 호를 하나씩 짓자는 제안을 했어요. 물론 농담이지요. 그래서 각자 호를 하나씩 짓기로 했는데, 그때 그냥 나는 '각자'라고 한 것이지요. 물론 내가 '각자'라고 호를 짓겠다고 한 데는 약간의 운산이 있었어요. 농촌 공동체가 붕괴되고 등장한 도시 중심의 개인의 시대, 곧 각자의 시대에 대한 야유라고 할까, 풍자라고 할까, 하여튼 그런 뜻이 좀 있었어요. 그런대로 대답이 되었는지 모르겠네요.

공간 체험, 이미지, 상상력

박순원 요즘 시단의 경향이나 추세에 대해서도 말씀 듣고 싶습니다. 선생님께서는 '소통 거부를 주요 내용으로 삼는' 시 '관념으로 만드는 시'에 대한 비판적 의견을 개진하신 바 있습니다. 선생님께서 생각하는 좋은 시에 대해 말씀해주시면 후배 시인들에게 많은 도움이 될 것 같습니다.

이은봉　많은 사람들이 한국의 현대시를 서정 중심의 시, 현실 중심의 시, 실험 중심의 시로 나누어 이해하고 있잖아요. 2000년대에 들어 서정 중심의 시와 현실 중심의 시, 다시 말해 전통적 서정시와 리얼리즘 시는 그 경계가 모호해졌어요. 아니, 그 경계가 사라졌다고 하는 것이 옳지요. 실제로는 그 경계가 통합되었다고 해야겠지요. 따라서 오늘의 한국 현대시는 민중적 서정시와 실험적 난해시라는 두 가닥으로 정리할 수 있지요. 이렇게 이해하면서 나는 실험적 난해시 혹은 도시적 실험시가 제 기능을 못 하고 있다고 보는 것이에요. 이들 시를 통칭 모더니즘 시라고 부르더라도 자신들의 궁극적인 목표인 모더니티(탈모더니티를 포함하여)를 제대로 구현하고 있지 못하다고 보는 것이지요. 이상의 시 역시 실험적 난해시 혹은 도시적 실험시, 다시 말해 모더니즘 시라고 할 수 있겠지요. 하지만 이상의 시는 까마귀의 눈으로 자본주의적 근대의 제반 특징, 즉 모더니티를 정밀하고 정확하게 구현하고 있잖아요. 내가 강조하는 것은 모더니즘 혹은 실험 의식을 추구하는 최근의 젊은 시인들이 모더니즘의 내포, 실험 의식의 의미를 제대로 파악하고 있지 못하다는 것이에요. 이상의 시에서 한 발자국이라도 앞으로 더 나간 시를 쓴 젊은 시인이 있나요? 조금 앞 세대의 시인인 오규원이나 정현종, 이승훈의 시는 말할 것도 없고, 황지우나 박남철, 이성복이나 김영승, 김혜순이나 김승희의 시에도 미치지 못하는 것이 요즈음의 실험적 난해시라는 것이지요. 이들의 시에 드러나 있는 인식의 수준이 좀 떨어지는 것 아닌가 싶은 것이지요.

이들의 시가 이런 정도의 수준을 보여주는 데는 물론 이유가 있을 것이에요. 우선 이들은 근대 혹은 자본주의의 역사를 제대로 경험하지 못한 세대라는 것을 알 필요가 있지요. 농촌에서 태어나 도시를 체험한 세대가 아니라 도시에서 태어나 도시를 체험한 세대이다 보니 이들은 도시의 시간과 공간, 곧 도시 자체를 잘 모를 수밖에 없겠지요. 공간의 체험이 적은 것이 이들이라는 것이지요. 공간의 체험이 적으면 이미지의 축적이 적을 수밖에 없지요. 공간은 이미지의 산물 아닙니까. 모든 시는 이미지를 바탕으로 하기 마련이고요. 형편이 이렇다 보니 상상력이 부족할 수밖에 없는 것이 이들 세대의 시인이지요. 이들의 시, 곧 젊은 세대의 시에 상상력이 결핍되어 있는 데는 이런 이유도 있지 않나 싶어요. 이들의 시는 대체로 책에서 읽은 관념으로 만들어져 있잖아요. 그런 관념의 시가 공감을 줄 리 만무하지요. 시는 예술의 하나이지요, 예술은 학술이 아니잖아요. 시는 과학이 아니라는 것이에요. 시와 학술, 시와 과학을 착각하는 것이 요즈음 젊은 시인들이 아닌가 싶어요.

진리에의 열정, 호기심과 매혹

박순원 선생님께서는 시인으로서뿐만 아니라 학자로서도 적지 않은 성취를 이루셨습니다. 한편 교육자로서 많은 제자들을 길러내셨습니다. 서로 다른 양식의 파토스가 요구되는 세 가지 정체성을 어떻게 유지하고 조절(?)하시는지요.

이은봉 나를 두고 학자로서도 적지 않은 성취를 이루었다고 하셨는데, 당치 않은 얘기입니다. 이룬 것이 별로 없습니다. 본래 나는 고전시가를 연구하는 진짜 학자가 되고 싶었습니다. 고등학교 3학년 때는 그런 열망이 좀 있었지요. 그런데 인생이 뜻대로 되지 않더군요. 대학 입시에서 거듭 실패한 후에는 학자의 길을 접었지요. 그래도 공부를 좋아하다 보니 어쩌다 논리적인 글, 학술적인 글을 다소 쓴 것이지요. 어쩌면 내게 진리에의 열정이 좀 있는지도 모르겠어요. 지적 호기심도, 탐구심도 좀 있고요. 그러다 보니 논문이나 평론 등의 글을 다수 쓴 것이지요. 교육자로 많은 제자들을 길러냈다고 했는데, 그것도 깊이 들여다보면 보잘것없지요. 좋은 선생은 좋은 제자를 낳고, 좋은 제자는 좋은 선생을 낳는다고 하는데, 나는 아직 그렇지 못해요. 교육자라는 말보다는 선생이라는 말이 더 좋군요. 아주 어렸을 때부터 나는 선생이라는 직업을 좋아했어요. 아버지도 사범학교를 나와 선생을 했고요. 대를 물려 선생을 하는 셈이지요. 젊었을 때는 정말 좋은 선생이 되고 싶었어요. 20대 말에 산업체 부설학교에서 선생으로 일했던 것도 그런 꿈 때문이었지요. 학생들이 파업을 해 1년 만에 해직되고 말았지만요. 그래요. 박순원 선생이 생각하는 것만큼 내가 이 세 가지 일을 잘 하고 있지는 않아요. 늘 우왕좌왕, 갈팡질팡하며 살고 있어요. 최선을 다하고, 진실을 다하려고 애를 쓰기는 하지만요.

박순원 시인으로서의 면모에 많이 가려져 있지만, 선생님의 학문적 여정도 흥미롭습니다. 백석, 이용악, 오장환 시인들에 대한 연구가 활성화되기 이전에 이미 이들에 대한 논문으로 학위를 받으셨고, 김수영 시인이 지금처럼 각광받기 훨씬 전부터 그에 대한 연구를 진행하셨습니다. 이런 혜안과 통찰에 어떤 비결이 있는지요.

이은봉 비결은 무슨 비결요. 비결 같은 것은 없어요. 원래 내가 지적 호기심이 많아 상대적으로 선행학습을 한 것뿐이지요. 지적 호기심이 많다고 했지만 사실은 잡념이 많은지도 몰라요. 늘 이런저런 생각이 많아 탈이에요.

　음, 1970년대까지만 해도 한국 현대문학사의 양이 많지 않았어요.

더구나 당시에는 재북 문인이나 월북 문인은 괄호 속에 들어 있었잖아요. 따라서 한국 현대문학사의 양 자체가 얼마 안 되었어요. 숨겨져 있는 시인이나 작가를 알고 싶은 욕구가 컸지요. 보지 못하게 하니 더욱 그렇겠지요. 백석의 시는 김현과 김윤식이『한국문학사』를『문학과지성』에 연재할 때 처음 알았어요. 신선하고 신비하더군요. 오장환은 서정주가 쓴 산문과 책을 통해 처음으로 이름을 알았고요. 서정주는 계속해서 오장환을 자신의 글에 끌어들이더군요. 이용악도 처음 이름은 안 것은 서정주가 쓴 산문과 책을 통해서예요. 이들의 시가 지니고 있는 특징을 다소라도 짐작한 것은 원광대 국문과에 계셨던 박항식 교수의 책『수사학』과 백철의『신문학사조사』를 통해서이지요. 하여튼 당시에는 이들 이외에도 재북 문인이나 월북 문인의 작품세계에 대한 호기심이 컸어요.

김수영의 시는 대학 1학년 때부터 나를 사로잡았어요. 지적 욕구가 가장 왕성했던 때이잖아요. 밤을 새워 책을 읽던 때 김수영의 시는 내게 엄청난 지적 욕구를 자극했어요. 대학 4년 동안, 대학원 석사 2년 동안 나는 김수영을 끼고 살았어요. 김수영의 시는 당시의 내 지적 수준으로 좀 어려웠어요. 어려우니 좀 더 매달리게 하더군요. 당시에는 백석도, 김수영도 이렇게 풍미할 줄을 몰랐지요. 그냥 이들의 시가 내게 엄청난 매혹을 주었을 뿐이지요.

'노동 의식'에 대한 충격

박순원 개인적인 관심에서 비롯된 질문을 하나 드리겠습니다. 선생님은 고 2 때 신동문의 시「내 노동으로」를 접하시고, 그 충격과 황홀을 짧은 에세이를 통해 말씀하신 적이 있습니다. 저는 청주에서 시행하는 '신동문청소년문학상' 운영위원회의 말석에서 이런저런 심부름

을 하고 있습니다. 신동문 시인의 위상에 대해, 그리고 그분의 선양
사업에 대해 고언을 부탁드립니다.

이은봉　문학 공부를 시작했을 때, 그러니까 젊었을 때 신동문은 내게 일
　　　　종의 신비였어요. 최초의 4·19 시 「아! 신화같이 다비데군들」을 쓴
　　　　시인이 신동문 아닙니까. 특히 그의 시 「내 노동으로」에 드러나 있는
　　　　노동 의식은 오랫동안 나를 사로잡았어요. 지금도 그 생각은 변함이
　　　　없어요. 서울의 인사동에 모이는 수많은 시인들 보세요. 그들에게
　　　　노동이 있나요? 그냥 내내 흰 손들이지요. 노동이 없다는 얘기지요.
　　　　내 노동으로 살아야지요.

　　　　　고등학교 때 조남익 시인이 편찬한 『한국현대시해설』에 그 시가
　　　　실려 있었던데, 이 시를 읽고 감동을 참 많이 받았지요. 이른바 '내
　　　　노동 의식' 때문이었을 것이에요. 고은의 「문의마을에 가서」라는 시
　　　　가 문의에 살고 있는 신동문 시인을 만나러 갔다 와서 쓴 것 아닙니
　　　　까. 단번에 다 이해하기는 어려운 시였는데, 내가 직접 문의를 다녀
　　　　오고 나니 새로운 느낌이 들었습니다. 대청댐이 세워지고 물이 차기
　　　　바로 직전이었어요. 장날이었는데, 대학 때 친구 유도혁 시인과 직
　　　　접 문의장에까지 갔던 기억이 나네요. 떡을 팔던 예쁜 아가씨의 얼
　　　　굴도 떠오르고요. 당연히 김판수 선생이 쓴 『신동문 평전』도 읽어보
　　　　았지요. 신동문 시인에 대한 경외감은 여전해요. 하지만 그의 후기
　　　　의 삶을 100% 다 긍정적으로 받아들이지는 않아요. 결국 그는 시를
　　　　버렸잖아요. 대신 삶을 택한 것이지요. 그가 시를 버린 까닭을 이해
　　　　할 수는 있어요. 내가 보기에는 가(家)와 국(國) 사이에서 갈등이 컸
　　　　던 듯싶어요. 그렇더라도 1960년대에 활동한 청주 출신, 아니 문의
　　　　출신에 그런 시인이 있었다는 것을 잊어서는 안 되겠지요. 6·25전
　　　　쟁 이후 한국 참여문학의 출발점이 신동문, 그분이잖아요. 소중한
　　　　분이지요.

잔뼈를 키워준 대전

박순원 　문의마을까지 직접 가보시기도 했군요. 선생님 말씀을 잘 참고
　　　해서 선양 사업이 자칫 과공비례가 되지 않도록 조심스럽게 꾸려나
　　　가겠습니다.

　　　누구나 고향에 대해서는 애틋한 마음이 있기 마련이지만, 고향에
　　　대한 신생님의 생각은 남다른 데가 있습니다. 태어난 공주군 장기면
　　　당암리뿐만 아니라 성장한 대전에 대해서도 깊은 애정을 가지고 있
　　　고, 그 애정은「대전에 가면」이라는 작품에서 고스란히 느낄 수 있습
　　　니다. 청소년기 유학 시절 대전에서의 생활은 치열한 습작기라고도
　　　할 수 있을 것입니다. 선생님의 "잔뼈를 키워준 대전"에 대한 이야
　　　기도 듣고 싶습니다.

이은봉 　대전에 대해서는 아무리 잘 말해도 본전일 것 같네요. 아직도 나
　　　는 대전에 대해 설움이 많아요. 대전에서 끝내 추방이 되었으니까
　　　요. 그래요. 설움이 많을 수밖에 없어요. 이른바 1985년『민중교육』
　　　사건 이후 한때 대전은 나를 '빨갱이'라고 몰아붙였어요. 물론 지금
　　　까지 나를 그렇게 생각하는 사람은 없지만요. 나중에 다른 글자리에
　　　서 대전에 대한 내 생각을 말할 기회가 있겠지요. 아직까지도 내게
　　　대전은 짝사랑의 대상이에요. 머지않아 대전으로 돌아가겠지요. 어
　　　쩌겠어요. 고향으로 돌아갈 수밖에요.

새로운 발견, 새로운 깨달음

박순원 　『걸레옷을 입은 구름』은 선생님의 아홉 번째 시집입니다. 저는
　　　"삶의 문양이 만드는 진리에 대한 독해"를 선생님께서 새로 세우신
　　　시의 이정표로 읽었습니다.「셋집」과「시체 창고」등은 몸을 통해 삶

을 성찰하는 과정이 유머러스하게 펼쳐져 있습니다. 외람되게 말씀
드리면 선생님께서는 이제 어떤 강박으로부터는 훌쩍 벗어나 계신
듯합니다. 앞으로 전개될 선생님의 시세계가 무척 궁금합니다. 미리
살짝 엿듣고 싶습니다.

이은봉 자연도 마찬가지이지만 삶은 하나의 이미지이지요. 이때의 이미
지를 문양이라고도 할 수 있겠지요. 문양이라는 말을 풍경이라는 말
로 바꿔도 마찬가지예요. 풍경이라는 말은 그것이 일단 현상이라는
것이지요. 모든 현상은 본질을 거느리기 마련이지요. 이때의 본질을
존재 혹은 진리라고 부른들 어떻겠어요. 여기서 말하는 존재 혹은
진리를 심미적인 언어로, 예술의 언어로 읽어내는 사람이 시인이지
요. 하이데거에 의해 '존재사건'이라는 말로 요약된 것이 그것, 다시
말해 시 혹은 예술이거니와, 이는 아주 오래된 인식론이지요. 랭보
도 같은 얘기를 했잖아요. 시인은 견자(見者)라고요. 내가 보기에 견
자는 현상(현실)의 배후에 자리해 있는 존재 혹은 진리를 흥취의 언
어로 독해해내는 사람이에요. 따라서 존재 혹은 진리를 형상의 언어
로 읽어내는 것이 시인이라는 내 생각은 별로 새로울 것이 없지요.
내가 최근 들어 어떤 강박으로부터 훌쩍 벗어나 있는 것으로 보인다
고 했는데, 그렇지 못해요. 사실이 아니에요. 여전히 불안하고 초조
하게 무엇인가에 쫓기며 살고 있는 것이 근래의 나예요. 박순원 선
생의 말처럼 내가 지금 자유로운 주체, 해방된 자아를 갖고 있으면
얼마나 좋겠어요. 물론 현실, 계급, 민족, 민중, 자본, 근대 등의 키
워드로부터 조금 얽매여 있지 않게 되었다고는 할 수 있겠지만요.

그동안 내게는 여러 개 시의 광맥이 있었어요. 시를 너무 많이 캐
내 이들 광맥이 폐광이 된 것은 아닌가 하는 두려움이 좀 있지요. 그
렇다고 하더라도 삶과 자연의 문양들이 만드는 진리에 대한 심미적
인 독해는 계속될 거예요. 새로운 시가 어디 따로 있겠어요. 새로운

시라는 것도 결국 새로운 발견, 새로운 깨달음에서 오겠지요. 아무리 힘들고 어려워도 새로운 발견, 새로운 깨달음을 얻으려는 노력을 멈추지 말아야지요.

아무래도 말을 너무 많이 한 것 같네요. 이제 그만 마무리하지요. 박순원 선생! 재미없는 얘기를 듣느라고 고생했어요.

박순원 긴 시간 귀한 말씀 고맙습니다. 제 개인적으로는 앞으로 시를 쓰고 공부하는 데 좋은 좌표를 얻은 듯합니다. 계획하고 계신『시와 깨달음의 형식』, 『시 읽기와 시 쓰기―풍경과 존재의 변증법』이 곧 발간되어 더 구체적이고 깊이 있는 말씀을 들을 수 있기를 바랍니다. 늘 건강하셔서 앞으로도 좋은 시, 좋은 글 많이 보여주시기를 기대하며 마치겠습니다.

(『시와사람』 2014년 봄호)

근대의 밖, 새로운 생태 공동체를 꿈꾸는 시인

대담 이은봉 · 강회진

강회진 안녕하세요. 선생님, 바쁘신 중에도 이렇게 대담에 응해주셔서 감사의 말씀부터 드립니다. 선생님의 시와 시세계에 대해 대담 형식의 얘기를 나누게 되어 영광입니다. 선생님께서는 저의 은사이기도 하니 제게는 무척 소중한 시간이 될 듯싶습니다. 문단의 대가이신 선생님과 이야기를 나누려니 설레기도 하지만 무얼 어떻게 질문을 해야 하나 하는 걱정이 들기도 합니다. 다른 잡지에서 그동안 선생님의 시와 시세계를 조명한 자료가 워낙 많다 보니 더 그렇습니다. 재미있고 신선한 질문들을 많이 해야 할 텐데 그렇게 될 수 있을는지요. 늘 그래왔듯이 선생님께서 제자를 사랑하는 마음으로 멋지고 훌륭한 말씀을 많이 해주시리라 믿습니다.

선생님께서는 광주대학교 문예창작과에서 올해 학과장직을 맡아 학교 일에, 강의에, 작품 활동에 매우 바쁘게 지내시리라 생각됩니다. 건강은 좀 어떠신지요. 근황이 어떠신지 궁금합니다. 그리고 요즈음은 무슨 생각을 제일 많이 하시는지요?

이은봉 건강이 어떠냐고요? 별로 좋지 않아요. 올해가 갑오년인데, 봄내내 많이 아팠어요. 그냥 시름시름 아프더군요. 최악의 시간을 살고 있어요. 이제는 좀 나아졌는데, 감기몸살에 축농증, 비염, 꽃가루 알레르기, 역류성 식도염 등이 겹쳐 죽을 지경이었어요. 역류성 식도염은 인후염을 불러오지요. 전립선염도 있고요. 목소리가 갈라지고 잘 안 나와 애를 먹고 있어요. 워낙 병원에 오래 다니다 보니 지긋지긋하군요. 당뇨며 고혈압, 고지혈, 혈관협착도 있는데요. 이제 늙는 것이지요.

저의 스승인 다형 김현승 선생은 내 나이가 되는 해 봄에, 환갑 다음 해 봄에, 그러니까 1975년 4월 12일 채플에서 설교하다가 쓰러져 작고하셨어요. 봄이 문제였지요. 봄을 잘 넘겨야 하는데, 걱정이에요.

요즘은 아프지 않을 생각을 가장 많이 해요. 본래 내가 스트레스를 아주 잘 받는 스타일이에요. 너무 예민하기 때문이지요. 상처를 잘 받는 스타일이라는 것이지요. 걸핏하면 마음에 상처를 받고 쩔쩔매니 몸도 쉽게 아픈 것이겠지요. 그러고 보니 지금 내가 인간에 대해, 사람에 대해 가장 많이 생각하는 셈이네요. 사람이라는 것이 참 부족한 존재지요. 특히 사람의 마음이라는 것 말이에요.

사람의 마음 중에서는 '사랑'이 가장 중요하지요. 하지만 이 '사랑'이라는 것을 구체적으로 실현하기는 쉽지 않지요. 장점보다는 단점을 먼저 보는 것이 보통의 사람들이니까요. 그래요. 미움이 늘 먼저 앞서지요. 싫음이 늘 먼저 앞서고요. 하여튼 이러저런 생각을 하며 하루하루 살고 있어요.

강회진 건강 때문에 걱정이 많으실 것 같아요. 쾌유를 기원합니다. 그래도, 좋은 일도 있지요? 오는 5월 23일 '질마재문학상'의 수상식이 있다고 들었습니다. '질마재문학상'을 수상하시는 것, 진심으로 축하드립니다. 수상의 계기가 지난해 2013년 2월 등단 30주년을 맞아 펴낸 아홉 번째 시집 『걸레옷을 입은 구름』이지요? 심사위원들이 "이은봉 시인은 인간과 자연에 대한 지극한 연민과 애정을 변함없이 보여주면서도 꽃, 나무, 돌과 같은 생명과 무생물에서 세상의 근원적인 가치를 발견하고, 한편으로 이미 중년을 넘어서버린 자기 스스로를 발견하며 삶에 대한 진지한 성찰과 반성을 하는 내면의 목소리를 들려주고 있다."고 평가한 것으로 알고 있습니다. 그동안에도 한성기문학상, 유심작품상, 한국가톨릭문학상 등을 수상하셨는데요. 이번 상은 또 다른 느낌이 있을 것 같아요, 수상 소감을 좀 얘기해주시지요.

이은봉 졸시집『걸레옷을 입은 구름』으로 '질마재문학상'을 받게 되었는데, 상상도 못 했던 일이 일어난 것입니다. 아직도 어리둥절하기만 합니다.

질마재문학상은 우선 미당의 시집『질마재신화』(일지사, 1975)를 떠올립니다. 그리고『질마재신화』는 미당의 고향마을인 '질마재'로 달려가게 합니다. 미당의 생가와 문학관을 방문했던 적이 모두 10여 차례가 넘으리라 생각됩니다. 학생들과 함께 찾았던 적만 해도 여러 차례입니다.

'질마재문학상'은 미당의 시업을 기리는 데 의미가 있는 듯합니다. 문제가 많은 것이 미당의 삶이지만 우리 세대의 시인 가운데 미당의 시를 읽지 않고 시를 공부한 사람은 드물 것입니다. 나도 역시 미당의 시를 읽으며 시를 공부했습니다. 미당 전집을 읽다가 쓴 논문만도 2편이나 됩니다. 물론 비판적인 시각을 견지하고는 있지만 말입니다.

그렇다고는 하더라도 한국 현대시사에서 미당만큼 좋은 시를 쓴 시인이 많지 않습니다. 미당의 시집 가운데에서 나는『질마재신화』보다『떠돌이의 시』(민음사, 1976)나『80소년 떠돌이의 시』(시와시학사, 1997)를 좀 더 좋아합니다. 물론 미당의 시집 중에는『늙은 떠돌이의 詩』(민음사, 1993)에도 '떠돌이'라는 말이 쓰여 있기는 합니다. 내가 미당의 시집 가운데 『떠돌이의 시』나 『80소년 떠돌이의 시』를 좀 더 좋아하는 까닭은 단순합니다. 이들 시집에는 미당 나름으로 받아들인 미당 당대의 삶과 생활과 현실이 좀 더 잘 육화되어 있기 때문입니다.

미당의 시집 『떠돌이의 시』나 『80소년 떠돌이의 시』를 좀 더 좋아한다고 하더라도 『질마재신화』를 무시할 수는 없습니다. 이 시집 『질마재신화』 역시 미당이 받아들인 당대의 삶과 생활과 현실이 잘 감추어져 있기 때문입니다. 다름 아닌 이런 이유만으로도 나는 미당의 이 시집 『질마재신화』를 가슴 깊이 넣고 있습니다.

『질마재신화』는 첫째 백석의 시집 『사슴』에 대한 대타적 자의식에서 출발했다고 생각됩니다. 다음으로 이 시집에는 새마을운동, 산업화, 개발과 건설 등 이른바 근대화에 대한 미당의 대타적 자의식이 작동되어 있는 것으로 보입니다. 이 시집과 함께하는 미당의 대타적 자의식 중에는 1960년대 이래 우리 시단을 풍미해오던 모더니즘 시에 대한 반발도 들어 있다고 이해됩니다.

미당의 고향 질마재는 그런대로 아직 잘 보존이 되어 있습니다. 하지만 내 고향 '막은골'은 흔적도 사라져버려 자꾸 가슴을 아프게 합니다. 세종시가 건설되면서 완전히 사라져버린 곳이 내 고향이기 때문입니다. 최근 들어 나는 내 고향의 모습을 시로라도 남기고 싶어 「막은골 이야기」 연작시에 매달려 있습니다. 이는 백석의 시집 『사슴』이나 미당의 시집 『질마재신화』가 없었다면 상상도 못 했을 일입니다. '질마재문학상'을 받은 만큼 더욱 분발해 머지않아 새로운 시집 『막은골 이야기』를 잘 완성해볼 생각입니다.

특별한 연고가 없는데도 받는 상이 '질마재문학상'입니다. 그저 고맙고, 송구할 따름입니다. 이 자리를 빌려 다시 한 번 세 분의 심사위원, 김남조, 문효치, 김승희 선생님께 감사를 드립니다.

강회진　거듭 질마재문학상 받으신 것 축하드립니다. 누가 뭐라고 해도 이는 선생님께서 남다른 시적 성취를 보여주셨기 때문일 것입니다. 시적 성취와 관련해 선생님께서 생각하는 선생님의 시세계를 한마디로 요약한다면 뭐라고 요약할 수 있을까요? 키워드를 뭐라고 정리할 수 있을까요?

이은봉　내가 시를 쓰기 시작한 지는 30년이 훨씬 넘었습니다. 등단을 한 지도 30년이 좀 넘었고요. 이 30여 년 동안 시대와 역사가 크게 변했습니다. 변화하는 시대와 역사는 그때마다 시인들에게 새로운 키워드를 요구했습니다. 변화하는 역사와 시대가 그때마다 내게 요구하는 키워드에 따라, 그에 맞는 진실을 시에 담으려고 나는 노력해왔습니다. 실사구시의 정신을 잃지 않으려고 한 것이지요. 그렇게 하다 보니 마땅히 역사와 시대, 곧 현실이 우선 시적 사유의 대상이 되었습니다. 물론 역사와 시대, 곧 현실 자체와 함께, 그것들이 함유하고 있는 진실이 시적 탐구의 대상이 되었지요.

　등단하기 전의 습작 시절, 말하자면 1970년대에는 '자유'에 대한 생각을 많이 했습니다. 그때는 유신 독재 시절이 아닙니까. 억압받는 자유, 핍박받는 인권, 그에 따른 불안과 공포도 주요한 시적 사유의 대상이 되었습니다. '자유'는 '평등' 및 '사랑'과 함께 자본주의와 근대를 바르게 만드는 핵심 정신입니다. 물론 자유와 평등과 사랑은 프랑스 대혁명의 3대 슬로건이기도 하지요.

　오랜 시간이 지난 뒤에 '자유'는 내 시에서 주로 바람의 이미지로 구체화되었습니다. 내가 쓴 '바람'의 시편들은 아직도 시집으로 묶이지 못하고 있습니다. 언젠가는 시집으로 묶이는 날이 오겠지요. 내 시에서 바람의 이미지는 또한 기(氣)의 표상으로 존재하기도 합니다. 기의 운동, 기의 속성을 '자유'로 받아들인 것이지요. 이때의 자유에는 당연히 자율, 자연의 개념이 포함되어 있기도 합니다.

잘 알다시피 1980년대에 이르게 되면 민중 정신이 꽃을 피우게 됩니다. 광주민주화운동을 강제로 진압하며 태어난 것이 전두환 군사독재가 아닙니까. 전두환 군사독재를 바르게 물리치려면 민중의 자각이 필요했던 것이지요. 민중의 자각이 없이는 민족의 미래가 없다고 생각했던 것이지요. 그러다 보니 민족의 사회경제적 실재로서 민중, 민중의 역사적 실재로서 민족에 대한 생각을 많이 했지요. 이때의 한국문학은 민족문학, 민중문학에 몰두해 있기도 했습니다.

민중 정신 혹은 민중 의지에는 무엇보다 평등에의 자각이 담겨 있습니다. 사람만이 아니라 모든 존재는 다 평등하다는 자각 말이에요. 이는 모든 존재는 불성을 지니고 있다는 자각과도 다르지 않지요. 내가 곧 하늘이라는 생각, 사람이 곧 하늘이라는 생각, 인내천(人乃天) 말이에요.

모든 존재는 다 소중하고 귀하지요. 사람만이 아니라 사물도 소중하고 귀하기는 마찬가지지요. 자연에 대한 애정이 없이, 사물에 대한 애정이 없이 좋은 서정시를 쓰기는 힘들지요. 평소에 나는 서정시의 정신은 사랑의 정신이라고 믿고 있습니다. 사랑이 없는 사람은 시를 쓸 수 없다고까지 말합니다. 시인은 무엇보다 사랑이 많은 사람입니다. 시인이라는 주체의 대상에 대한 사랑 말이에요. 시정신의 하나로 연민이니 측은지심이니 하는 것도 다 사랑의 변주된 모습이지요.

평등은 본래 '사랑'을 바탕으로 하기 마련입니다. 사랑이 없는 평등은 구호에 불과합니다. 사랑의 마음으로 남을 존중하는 것, 남을 귀하게 여기는 것, 남을 높이는 것, 그것이 평등의 정신이지요. 불교에서 말하는 하심(下心)을 갖는 것이 평등의 정신을 갖는 것이라는 얘기입니다. 부처님은 태어나자마자 동서남북으로 일곱 발자국씩 걸은 뒤 제자리로 뒤돌아와 오른손으로는 하늘을 가리키고 왼손으로는 땅을 가리키며 세상의 모든 존재들이 다 홀로 높고 귀하다고 했습니다. 부처님이 그때 인권선언, 아니 물권선언을 한 것이지요. 모든 존재가 다 높고 귀하다는 평등의 정신이 없이는 좋은 시를 쓰기 힘들다는 것이 평소의 제 생각입니다. 시인이 겸손해야 하는 까닭도 바로 여기에 있습니다.

생명 운동이니 생태 운동이니 하는 것도 다 '사랑'이 바탕이 될 때 제대로 실천이 될 수 있지요. 비닐봉지 하나, 휴지조각 하나, 풀잎 한 잎에까지 영혼이 들어 있다는 생각, 그래서 이것들 모두 귀중하고 소중하다는 생각이 없는 생명 운동, 생태 운동은 말짱 꽝이지요. 반공해 운동, 공해 추방 운동도 마찬가지예요. 대기와 토양과 수질이 나와 한 몸이라는 평등의 정신이 없이는 반공해 운동, 공해 추방 운동도 바르게 실현되기 어렵지요. 세상이 아프니 내가 아프다는 말도 다 이런 마음에서 나온 것이 아닐까요. 자유, 평등, 사랑이 프랑스 대혁명의 단순한 슬로건이 아닌 까닭이 바로 여기에 있어요. 이로 미루어보더라도 하심(下心)이 곧 시심이라는 것을 알 수 있지요.

강희진 선생님의 시세계를 몇 개의 키워드로 요약해달라고 했더니 몇 개의 키워드로 선생님의 철학, 곧 선생님의 세계관을 요약해주셨군요. 뜻밖의 수확인 셈이네요.

그것은 그렇고, 저는 늘 선생님께서 처음 문학 공부를 시작하게 된 계기가 궁금합니다. 물론 어느 날 갑자기, 한순간에 시에 대해 관심이 생기거나 시세계가 완성되기는 힘들겠지요. 그래도 선생님께서 시에 관심을 갖게 된 어떤 특별한 계기가 있나요? 왜 하필, 시를 쓰게 되었는지요?

이은봉 문학 공부를 시작한 계기라? 내가 처음 시를 쓴 것은 아주 어렸을 때예요. 초등학교 4학년 때인 듯싶은데, 「돗자리」라는 제목으로 동시 한 편을 썼던 기억이 나네요. 어머니가 시집올 때 혼수로 가져 온 것이 이 돗자리인데, 그것이 시심을 자극해 무언가 끼적였던 것 이지요. 누가 시키지도 않았는데 말이에요. 문학을 하며 살겠다는 생각을 한 것은 대강 고등학교 1학년 말이 아닌가 싶네요. 고등학교 때 국어 공부를 잘했어요. 영어나 수학은 혼자 공부하기 어려웠지만 국어는 충분히 혼자 공부할 수 있었어요.

그때는 책도 많이 읽었어요. 고등학교 1학년 때 신구문화사판 한 국문학전집이며 박종화의 장편소설『임진왜란』등을 읽었던 기억이 나네요. 김소월의 시전집도 읽고, 안병욱의『행복의 미학』, 김형석의 『운명도 허무도 아니라는 이야기』등의 에세이집도 읽었고요. 하여 튼 책 읽기를 좋아했는데, 그때 내가 다닌 대전의 보문고등학교는 오 후 3시면 학교 수업이 끝났어요, 학교 수업이 끝나 자취방으로 돌아 오면 책을 읽는 것 외에 따로 할 것이 없었어요. 책을 읽지 않고는 시 간을 보낼 수가 없었어요. 너무 쓸쓸했거든요. 너무 두려웠어요. 농 촌 공동체에서 자족하게 살던 촌놈이 도시의 판자촌에 와 자취를 하 면서 너무 외로워, 너무 겁이 나 책 읽기에 몰두한 것이겠지요. 대동 산5번지라는 곳에서 자취를 했는데, 산5번지는 매일 밤마다 사람들 끼리 칼부림을 하며 싸우는 곳이었어요. 이렇게도 사람들이 살 수 있 는가 싶은 곳이었지요. 신경림의 시「산1번지」와 똑같은 곳이었지 요.

고등학교 1학년 말쯤에는 책을 많이 읽다 보니, 국어 공부를 잘하 다 보니 국어국문학과에서 가서 고전시학을 연구하는 학자가 되어 볼까, 하는 생각을 했어요. 할아버지가 늘 학자가 존경을 받는다, 학 자가 되거라, 라고 말했거든요.

시인이 될 생각을 한 것은 재수를 하고 다시 입시에 실패해 한강 이남의 한 후기 대학에 입학하면서부터였어요, 중학교 때도, 고등학교 때도 시를 쓰기는 했지만 시인이 될 생각은 못 했거든요. 재수할 때도 심정이 복잡해 자주 시를 쓰기는 했어요. 고등학교 때에도 시 쓰기에 대해 긍정적인 자아 개념을 갖고 있기는 했어요. 교지에 투고하면 곧잘 시가 실렸거든요. 시 읽기를 좋아하다 보니 시 쓰기에 대한 기본적인 자각 정도는 갖고 있었겠지요.

대학 때는 소설도 좀 썼어요. 소설은 늘 마무리가 잘 안 되어 애를 먹었는데, 구성을 잘못 한 셈이지요. 소설을 써서 친구들에게 읽히면 이게 시이지 소설이냐고 하더군요. 지금 생각하면 서정적인 소설을 쓴 듯싶은데, 소설을 쓰면 늘 매조지가 잘 안 되었어요. 내가 대학을 다니던 때는 서정적인 소설의 시대도 아니었고요.

왜 하필 시를 썼냐고요? 외로우니 썼겠지요, 두려우니 썼겠지요. 쓸쓸하니 썼겠지요. 겁이 나니 썼겠지요. 시 쓰기 외에는 잘하는 것이 없으니 썼겠지요. 시를 써 친구들이나 선생님에게 보여주면 '좋다'는 소리를 많이 들었거든요. 칭찬의 체험을 많이 한 것이지요. 다른 일을 잘했으면 잘하는 다른 일을 했겠지요. 시 쓰는 것 외에는 잘하는 것이 별로 없었어요.

내가 시인이 되겠다는 생각을 한 것은 대강 대학 1, 2학년 때쯤이 아닌가 싶어요. 나태주, 김현승 등의 시인을 만나면서부터요. 그때의 이야기는 『현대시학』 2014년 3/4월호에 자세히 쓴 적이 있으니 참고하도록 하세요. 그러다가 평생 시를 쓰며 살아야겠다는 마음을 굳힌 것은 아마 대학 3학년 때 학보사에서 주최하는 '다형문학상'을 받으면서부터인 듯싶네요. 상을 받으면서 자신감이 생겼기 때문이겠지요. 긍정적인 자아 개념이 생겼다는 말이에요. 많은 사람들이 긍정적인 자아 개념을 통해 인생의 방향을 결정하지요. 사람의 운명이 그렇게 결정된다는 것이에요.

강희진 너무 외로워, 너무 쓸쓸해, 너무 겁이 나 시를 썼다는 말이 재미

있네요. 그렇지만 외로움 속 한 소년이 떠올라 어쩐지 가슴이 싸합니다. 선생님은 처음 겪는 도시 변두리의 생활이, 즉 대동 산5번지 판자촌의 생활이 많이 낯설었던 모양이네요. 감수성이 남달리 예민했기 때문이겠지요. 그래도 시로 인해 한 시절을 견딘 셈이군요.

선생님께서는 충남 공주(세종시)가 고향이고, 학교는 대전에서 다녔고, 사모님과 가족은 서울에 사시죠? 선생님은 지금 전남 광주에 내려와 사시는데요, 이곳에 오신 지 올해가 꼭 20년이 되는 해이지요?

고향이 아닌 광주 전남은 선생님께 지금 어떤 의미를 갖는지 궁금합니다. 물론 선생님께서는 이제 '광주 전남'도 고향이라고 말할 수 있을 것 같습니다. 흔히들 물리적, 공간적 고향이 있고 정신적, 정서적 고향이 있다고들 하는데요, 선생님께서 생각하는 고향은 어떤 의미를 지니고 있나요? 또한 선생님의 시 속에서 찾아볼 수 있는 서정 속에는 이곳, 남도의 정서도 들어 있을 것이라 생각합니다. 고향에서의 체험과 광주 전남에서의 체험 혹은 두 곳 사이의 소통이 선생님의 시세계에 끼친 정서적 영향 혹은 정신적 영향은 어떤 것인지 궁금합니다.

이은봉 내게 광주 전남은 아주 특별한 곳이지요. 우선은 내가 해방 후 광주 전남에서 신문학을 일군 다형 김현승 시인의 제자라는 것을 강조하고 싶어요. 시인이 되고 나서 나는 광주 전남에 대해 일종의 선망을 갖고 있었어요. 다형 김현승 시인은 말할 것도 없고, 대학 때 나를 많이 아껴주시던 박요순 교수님도 전남대학교 국문과 출신이었거든요. 최두석, 곽재구, 이영진, 고규태, 김형수 등 광주 전남 출신의 친구나 후배 시인도 많았고요.

그러다 보니 내가 광주대학교 문창과 교수로 임용되어 1995년 2월 처음 광주 전남에 올 때는 많이 설렜지요. 광주는 민주화의 성지 아닙니까. 나는 정말로 광주 전남을 아주 특별한 곳으로, 아주 성스러운 도시로, 아주 선진적인 도시로 생각했어요. 사람 사는 곳은 다 똑같은데 당시 광주 전남에 대해 내가 너무 많은 기대를 한 것이지요.

광주 전남이라고 하면 결국 광주 전남의 사람들을 뜻할 수밖에 없지요. 광주 전남이라는 땅이나 광주 전남이라는 지리와 함께 사는 것은 아니잖아요. 광주 전남의 사람들을 내가 너무 높게 평가했나 봐요, 아주 성숙한 시민으로 너무 많이 기대했나 봐요. 바보같이 광주 전남의 사람들을 좀 성스럽게 생각했던 것이지요. 기대가 크면 실망이 큰 법이지요. 그래요. 한때는 실망이 좀 컸지요. 특히 조태일 시인이 세상을 뜨는 과정에 겪은 일은 기억하고 싶지도 않아요. 그 밖에도 크고 작은 상처를 다소 겪었지요.

그렇다고 하더라도 내 문학의 가장 중요한 시기가, 내 삶의 가장 중요한 시기가 광주 전남에서 이루어졌어요. 내가 지금까지 모두 아홉 권의 시집을 냈는데, 그 가운데 다섯 권을 광주 전남의 삶이 만들었지요. 깊이 있는 문학 공부도 실제로는 광주 전남에서 했지요. 광주 전남의 바람이, 햇볕이, 대지가 내 삶과 시 속에 깊이 들어와 있는 지 아주 오래이지요. 광주 전남은 내가 가장 오래 산 곳이에요. 나는 늘 떠돌이로 살았거든요, 초등학교 때도 2학년 때는 아산의 인주면 금성리에서 1년여를 살았고요. 중학교 3년은 공주 읍내에서, 고등학교 때와 대학 때 이후 10여 년은 대전 시내에서 살았고요. 그리고 결혼 후 10여 년은 서울에서 살았어요. 그 뒤에 광주에서 20년을 살았으니 가장 오래 산 곳이 광주 전남이지요.

시에서는 정서가 무엇보다 중요하지요. 내 시의 정서도 나는 광주 전남에서 많이 갈고 닦여졌다고 생각해요. 광주의 순우리말 표현이 '빛고을' 아닙니까. 그래요. 빛과 볕이 특별한 곳이 광주 전남이지요. 밝으면서도 시린 빛, 환하면서도 어두운 빛, 곧 '흰그늘'의 빛과 볕이 광주 전남의 빛과 볕이 지니고 있는 특징이지요. 나는 '흰그늘'의 빛과 볕이 내 시의 정서를 만드는 데도 큰 몫을 했다고 생각해요. 앞에서 말했던 여러 상처가 내 시의 정서에 그늘을 만들었지 않나 하고 생각도 하지요. 내 시의 정서에 들어 있는 슬픔이나 아픔 말이에요.

내 시의 정서를 형성하는 데 일차적인 질료가 되었던 것은 물론 박용래나 신동엽의 시의 정서 등이겠지요. 두 분 모두 내 고향과 가까운 곳에서 출생한 분들이니까요. 아, 내 고향은 공주군 장기면 당암리 막은골, 지금의 세종시예요. 충북 옥천 출신인 정지용 시의 정서적 특징도 어렸을 때부터 의식은 하고 있었어요. 그리고 보면 학부와 석사 때 몰두했던 김수영의 시도 주제 면에서는 영향을 주었을 거예요. 학부 때 스승이었던 다형 김현승의 시도 참 많이 읽었지요. 박사 논문을 쓴 백석, 이용악, 오장환의 시도 책이 닳도록 읽었고요. 서정주의 시도 아주 많이 읽었지요.

남들은 어떻게 생각할지 몰라도 내 시의 정서가 나는 고산 윤선도 시조의 그것, 영랑 김윤식 시의 그것과도 맥이 닿아 있다고 생각해요. 시의 결이, 시의 질감이 고산이나 영랑의 시의 그것처럼 따듯하고 부드럽잖아요. 밝고 환하잖아요. 어때요? 강희진 시인은 그렇다고 생각하지 않아요? 이번 시집 『걸레옷을 입은 구름』의 경우가 특히 그렇다고 나는 생각해요. 그런 점에서도 내게 광주 전남은 아주 특별한 곳이지요. 제2의 고향 운운하는 것 자체가 쑥스러운 얘기이지요.

강회진 그렇군요. 이번 기회에 선생님 시의 정서적 특질에 대해 다시 한번 생각하게 되어 좋네요. 선생님이 말하는 정서를 시의 아우라라는 말로 표현해도 되겠지요. 특별한 아우라를 갖고 있는 시인이 있지요.

이번 질문은 조금 옆으로 새는데요. 선생님께서는 시뿐만 아니라 평론도 활발히 창작하고 계십니다. 평론에서 '근대 극복'이라는 말씀을 자주 하고 있거든요. 선생님께서 생각하시는 근대 극복, 혹은 근대 밖의 세계는 과연 무엇인지 궁금합니다. 어쩌면 그것이 선생님께서 시를 통해 말하고자 하는 가치일 것이라는 생각도 하고 있습니다.

이은봉　맞아요. 시를 통해 내가 꿈꾸는 세계, 내가 생각하는 정작의 바른 세계를 평론에서는 '근대 극복', '근대 밖'의 세계라고 말하고 있지요. 물론 근대 극복이라는 말은 백낙청 선생님한테 배운 말이에요. 백낙청 선생님도 당신이 만든 말은 아닐 거예요. 김윤식 선생님은 근대초극이라는 말을 쓰기도 하더군요. 자본주의의 한계를 딛고 역사의 다음 단계를 기획하고 실천하려다가 보니 생겨난 말이겠지요.

　　'극복'이나 '밖'이라는 말을 사용하지만 실제로는 '참된 근대'라고 말하는 것이 나을는지도 몰라요. 참된 근대를 완성하는 일을 말이에요. 근대 적응이니, 근대 완성이니, 근대 극복이니 하는 말을 배운 것은 다 백낙청 선생님으로부터지요.

　　그건 그렇고, 지금 우리가 사는 이 세계가 곧 근대이잖아요. 그러니까 근대는 자본주의 시대라는 말이지요. 그런데 이 근대가 너무 문제가 많잖아요. 너무 한심하잖아요. 여러 방법을 동원해 거듭 수정하고 수리해 살고 있지만 살수록 한계와 하자가 많은 것이 이 자본주의로서의 근대이지요.

　　'근대'라는 말은 본래 시대 구분의 용어예요. 따라서 근대가 끝나면 다른 어떤 좋은 시대, 근대 이후의 시대가 오겠지요. 그냥 저절로 오지는 않겠지만 말이에요. 그런 뜻에서 근대 극복을 꿈꾸었던 것이지요. 한때 나는 근대 이후의 삶, 근대를 바르게 극복한 삶이 내 생전에 가능하다고 생각했어요. 그런 삶의 세상이 곧 올 것이라고 믿었어요. 한편으로는 근대 밖의 삶이 어딘가 따로 있을 것이라고도 생각했어요. 근대 밖을 생각한 것은 근대 이후라는 순차적 시간관으로부터 벗어나기 위한 것이에요. 시간의 개념으로 근대 이후를 생각하면 너무 까마득하더군요.

좋은 세상에 대한 꿈이 그렇게 표현된 것이지요. 내 등단 작품 중의 하나가 「좋은 세상」이라는 시예요. 야유의 대상으로서 「좋은 세상」이 아니라 정말 '좋은 세상' 말이에요. 한때 나는 이 땅의 어딘가에 진짜 좋은 세상이 있으리라고 생각했어요. 좋은 사람들이 모여 사는 좋은 세상 말이에요. 이 땅의 어딘가에 그런 훌륭한 삶이 있으리라고 생각했던 것이지요. 근대 밖의 제대로 된 공동체 말이에요. 지금 생각하면 다 어리석은 꿈이지만 어렸을 때는, 젊었을 때는 그런 사람들을 찾아 그들과 함께 살아야 한다는 생각을 했어요. 그런 좋은 사람들과 함께 살 수 있는 좋은 세상이 있으리라는 생각을 했어요. 그런데 좋은 사람들의 좋은 세상은 실재하지 않더군요.

한때는 내가 좋은 사람이 되려고, 좋은 세상을 만들려고도 했어요. 그러나 그것이 쉽지 않더군요. 나 혼자 좋은 사람이 된다고 하여 좋은 세상이 되는 것은 아니더군요. 또 세상이 나로 하여금 좋은 사람이 되어 좋은 세상을 만들도록 하지 않고요. 아직 좋은 사람, 좋은 세상의 꿈을 완전히 포기한 것은 아니지만요. 결국 내가 꿈꾸었던 것은 좋은 사람들이 모여 사는 좋은 공동체이겠지요.

강회진　선생님의 좋은 사람, 좋은 세상에 대한 꿈이 무엇인지 조금은 짐작할 수 있겠군요. 실제의 삶에서도 선생님이 꿈꾸는 좋은 사람, 좋은 세상이 이루어지면 얼마나 좋겠어요. 그러나 현실은 꼭 그렇지만은 않죠. 요즘은 자꾸만 나쁜 세상으로 바뀌어가는 것만 같습니다. 그래도 좋은 세상에 대한 희망을 놓지 않는 것이 시인의 임무라 할까요? 그래서 선생님께서도 꾸준히 좋은 세상을 꿈꾸며 시를 쓰고 계시고요.

선생님은 그동안 한국작가회의 사무총장, 부이사장, 창공클럽 회장, 신동엽학회 회장, 정의평화불교연대 공동대표 등 여러 직책을 맡아 많은 일들을 하셨는데요. 이들 모임의 회의에, 강의에 매우 바쁘셨으리라 생각합니다. 이처럼 바쁜 중에도 신생님께서는 놀라울 만큼 많은 작품을 발표하고 계십니다. 시는 언제, 어떻게 쓰는지, 시를 쓰는 과정은 어떤지 궁금합니다.

이은봉 지금은 다 그만두었어요. 이들 직책을 맡고 있지 않다는 얘기예요. 그런데 앞에서 말한 직책들이 겉으로 보기만큼 바쁘지는 않습니다. 실무진이 따로 있으니까요. 물론 한국작가회의 사무총장을 할 때는 온통 그 일에만 매달려 시간을 보내기도 했습니다. 나머지 직책들은 일종의 명예직 비슷한 면이 없지 않았습니다. 대외적으로 시인 이은봉의 이름이 필요한 경우도 좀 있었을 것입니다. 지금은 건강이 안 좋아 일을 삼가고 있지만 사실 나는 일을 두려워하지 않는 사람입니다. 솔선수범하려고 하는 사람이라고 해도 좋고요. 공의(公義)나 대의(大義)의 일이라면 몸을 사리지 않는 범생이인 것이지요.

강희진 맞습니다, 선생님. 대학 생활을 되돌아보면 제 기억에 선생님께서는 무척 모범생 스타일이셨고, 저희에게도 그리하기를 요구하셨죠. 학생 입장에서는 조금은 피곤한 교수님이었고요. 그래서 가끔은 의아했어요. 저토록 빈틈이 없는 사람이 어찌 시를 쓸까, 하고요.

이은봉 나 자신이 솔선수범하는 사람을 좋아해요. 어렸을 때부터 나도 그런 사람이 되려고 무던히 노력했고요. 학생 때는 도산 안창호가 만든 흥사단의 4대 정신인 무실(務實), 역행(力行), 충의(忠義), 용감(勇敢)의 정신을 좋아했어요. 고등학교 때와 대학 때에 흥사단 아카데미 활동을 했는데, 그때 도산 안창호의 삶과 사상으로부터 참 많은 것을 배웠거든요. 당시에는 도산 안창호의 삶과 사상이야말로 내게 모범이 되었지요. 이분의 삶을 따라 살고 싶었지요. 그런 점에서 보면 내가 예술가형 인간이기보다는 교육자형 인간인지도 모르겠어요.

이처럼 비시적인 사람이, 비예술적인 사람이 언제 어떻게 시를 쓰냐고요? 글쎄요. 언젠가 "생각이 문제다"라는 구절로 시작하는 「생각」이라는 시를 쓴 적이 있어요. 그때는 정말 생각이 끊이지를 않아 문제라는 생각을 한 적이 있어요. 생각이 끊이지를 않으니 고통이 끊이지를 않더군요. 생각은 항상 고통을 만들거든요. 그러다 보니 끊임없이 시가 태어나는 것이겠지만요. 생각이 시를 만들지 않나요? 건강 때문에 요즈음은 독서도, 공부도 조심하고 삼가고 있는데, 이제는 독서와 공부가 몸에 밴 듯싶어요. 그러니 새로운 생각이 끊이지를 않는 것이겠지요. 독서와 공부가 새로운 생각을 만드니까요.

본래 나는 시를 새로운 앎의 형식, 새로운 깨달음의 형식이라고 이해해요. 이때의 새로운 앎과 새로운 깨달음이 육체를 갖고 물질의 모습으로 내게 찾아와야 시가 되지만요. 이때의 육체나 물질은 당연히 구체적인 이미지, 이야기, 정서를 가리킵니다. 나는 구체적인 이미지, 이야기, 정서를 형상이라고 부릅니다. 시라는 것을 형상을 갖춘 새로운 앎, 새로운 깨달음이라고 생각하는 것이지요. 이것들은 보통 비몽사몽간에, 좀 더 구체적으로 말하면 잠들기 전 좀 피로할 때나 아침에 잠이 덜 깬 채 샤워를 할 때, 밤에 막 잠이 찾아올 때 뿌득뿌득 밀려오지요. 말하자면 혼몽한 시간에, 몽롱한 시간에, 착란의 시간에 문득, 별안간, 갑자기, 퍼뜩 어떤 앎이나 깨달음이 담긴 이미지, 이야기 정서가 폭포처럼 쏟아져 내린다는 것이에요. 이성과 감성이 착종되어 있는 시간이라고나 할까요. 대부분 그런 시간에 시가 오지요. 물론 더러는 산책 중이나 독서 중에 이런 들뜬 영혼이 순식간에 찾아올 때도 있어요. 이때의 심리 상태를 영감이나 직관이라는 말로 표현할 수도 있을까요? 이런 시간에 영혼 혹은 진실이 응축되고 압축된 감정이 찾아오면 이를 빠르게 받아 적는 것이지요.

내가 지금 광주에서 혼자 살고 있잖아요. 가족들은 서울과 대전에 흩어져 살고 있고요. 이른바 신유목민의 삶을 살고 있는 것이지요. 따라서 이동도 잦고, 이런저런 공간의 체험도 많이 하게 되지요. 서울, 대전, 광주를 수시로 오가니까요. 이렇게 살다 보니 자연스럽게 혼자 있는 시간과 새로운 공간을 많이 경험하게 되지요. 거의 시는 혼자 있을 때 낯선 장면으로 나를 찾아오지요. 본래 시는 외로운 사람의 가슴을 좋아해요. 고독한 사람의 가슴을 뚫고 나오는 것이 시이지요.

습작기에는 나도 시를 쓰기 위해, 아니 시를 만들기 위해 오랫동안 끙끙대고는 했어요. 그때는 시의 처음과 끝을 만들기가, 말하자면 구성하기가 가장 힘들었어요. 시가 몸에 배어 있지 않았기 때문이겠지요. 이제 억지로 시를 만드는 경우는 별로 없어요. 한 달에 서너 번씩 때가 되면 언제나 시가 찾아오거든요. 그래서 청탁을 받기 전에 10여 편 넘게 재고를 갖고 있는 것이 보통이에요. 시의 재고가 많지 않으면 좀 불안해지지요. 그럴 때면 또 시가 나를 찾아올 수 있도록 상황을 만들지요. 시를 맞이할 준비를 하는 것이지요.

강회진 아, 그렇군요. 선생님의 답변이 무척 시적(詩的)입니다. 선생님께서 언제, 어떻게 쓰는지, 시를 쓰는 과정이 어떤지 말씀해주셨는데요, 습작기에 시를 만들기 위해 끙끙대는 경험, 습작 과정에 겪는 경험은 누구나 마찬가지이군요. 선생님의 지칠 줄 모르는 시적 사유도 굉장해 보입니다.

이번 대담을 계기로 시집 『걸레옷을 입은 구름』을 다시 정독했습니다. 마음이 따뜻해지는 시들을 읽으며 무척 기분이 좋았습니다. 시는 시인을 닮는다는 말을 다시 한 번 확인할 수 있었습니다. 특히 꽃이 무장무장 피는 요즈음, 선생님의 시「고슴도치 봄밤」을 몇 번이고 펼쳐보고는 했습니다. "복사꽃이 지고 배꽃이 지고, 촉촉이 이팝꽃이 피기 시작하면, 봄밤은 절로 고슴도치가 된다."

이번 시집에 실린 시들을 보면 유독 자연과 관련된 시들이 많습니다. 아주 사소한 것들도 선생님의 시에서는 큰 의미로 다시 태어나는 것을 알게 됩니다. 대상에 대한 따스한 애정이 없다면 절대로 엿볼 수 없는 것이지요. 나아가 선생님의 시에는 '자연과의 공동체'까지도 구상하고 있는 것으로 보이는데요. 이에 대해, 곧 자연과 생태 환경에 대해 어떤 생각을 갖고 계신지, 지금의 시대와 연관시켜 말씀해주세요.

이은봉 사람들은 다 사람들과 사람들의 삶에 대해 먼저 관심을 갖습니다. 어렸을 때, 젊었을 때는 더욱 그렇지요. 미래의 삶이 많이 남아 있기 때문일까요? 미래의 삶 또한 사람들과 함께 살아갈 수밖에 없으니까요.

하지만 인생의 반환점이라고 할 수 있는 40살이 넘으면 사람 이외의 것들도 보이기 시작합니다. 사람 이외의 것들에 대해서도 관심을 갖게 됩니다. 아, 사람이 사람하고만 사는 것은 아니구나, 하는 것을 깨닫게 되는 것이지요. 적어도 내 경우에는 그랬습니다. 공자가 불혹(不惑)이라고 한 40살이 되면 젊은이들, 소년소녀들, 청년들이 그 자체로 아름다워 보이기 시작합니다. 이들 인간 모두가 객관적으로 보이기 시작하는 것이지요. 이때가 되면 이들 인간이 자연의 하나로, 객관적 대상의 하나로, 곧 '그'로 보인다는 것입니다.

누구나 그렇겠지만 나도 40살이 되기 전에는 자연이나 사물보다 역사나 사회가 좀 더 관심의 대상이었습니다. 그때는 자연이 역사 및 사회와 어떻게 연결되어 있는지 잘 몰랐던 것이지요. 생각해보니 자연도 사회 및 역사 아주 깊이 연결되어 있더군요. 그래요. 나이 40이 넘으니 어느 날 문득 사람도, 사회와 역사도 자연과 깊이 연결되어 있다는 것을 알게 되더군요. 사람의 사회와 역사가 그때그때의 자연을 만든다는 것도요. 사회와 역사 속에서 인간의 자연관이 어떻게 변하는지도 알게 되고요.

물론 내가 40살이 되었을 때쯤에는 한국의 사회와 역사에서 자연에 대한, 특히 생태 환경에 대한 새로운 관심이 생기기도 했어요. 민족 모순 및 민중 모순과 더불어 생태 모순에 대한 자각이 생긴 것이지요. 생태 모순에 대학 자각은 반공해 운동, 공해 추방 운동에 대한 자각과 무관하지 않아요. 대한민국에서 공해에 대한 자각은 아주 일찍부터 싹이 텄어요. 박정희 정권에 의해 제2차 경제개발정책이 시작되는 1968년에 이미 신흥공업단지인 울산에서 공해 문제가 제기되었거든요. 1980년대까지만 해도 반공해 운동, 공해 추방 운동은 민주화 운동의 일부였어요. 그러다 보니 민주화 운동에 관심을 갖는 사람은 다 반공해 운동, 공해 추방 운동에 대해 관심을 갖고 있었어요. 따라서 나도 반공해 운동, 공해 추방 운동으로서의 생태 의식은 아주 일찍부터 갖고 있었지요. 공해 문제는 곧 오염 문제였거든요. 대기오염, 수질오염, 토양오염 등에 자각은 이미 1970년대에도 상당히 존재했어요.

강회진　사람도, 사회와 역사도 자연과 깊이 연결되어 있다는 말씀, 깊이 공감합니다. 생태 환경에 대한 관심이 좀 더 적극적이게 된 계기가 있었나요?

이은봉　생태 모순에 대한 체계적인 자각은 학부 때의 은사님인 김종철 선생님이 만드는『녹색평론』을 통해 이루어졌지요. 격월간지인『녹색평론』은 1991년 10월에 처음 세상에 선을 보였는데, 그때는 내가 막 40대에 이르렀을 때예요. 이『녹색평론』을 읽으며 자연과 사물에 대한 다양한 자각이 생겼는데,『녹색평론』에서 배운 것을 제대로 실천하며 살지는 못하고 있지요. 기껏 시를 통해서라도 그것을 실현하려고 했는데, 그 기미를 담은 것이 제4시집『무엇이 너를 키우니』(실천문학사, 1996)이고, 그 결과를 담은 것이 제5시집 『내 몸에는 달이 살고 있다』(창작과비평사, 2002)이지요. 제9시집 『걸레옷을 입은 구름』(실천문학사, 2013)은 바로 이 제5시집 『내 몸에는 달이 살고 있다』의 뒤를 잇고 있어요. 제5시집 『내 몸에는 달이 살고 있다』에서 다하지 못한 생각을 시로 표현하려고 애를 쓰고 있는 것이지요. 물론 제5시집에서 다 표현하지 못한 것을 제9시집에서도 물질을 통해, 형상을 통해, 이미지와 이야기와 정서를 통해 표현하려고 한 것이지요. 제9시집의 표면만으로 보면 그것이 자연에 대한, 사물에 대한 과도한 옹호로 보였을 것이에요.

이 시집의 시들이 이렇게 보이는 것은 잘못된 것이 아니에요. 자연의 사물을 통해, 물질을 통해 내 생각을 표현하려고도 했지만 자연의 사물, 물질 그 자체를 옹호하려고도 했으니까요. 인간이 중요한 만큼 자연의 사물들도 중요하지요. 내가 보기에는 자연의 사물들과 공동체적 연대를 꾀하지 않고서는 지구의 미래가 밝지 않아요. 지구 공동체에서 인간만이 영원히 살 수는 없잖아요. 자연사를 되돌아보면 지구 공동체에서 사라진 생명들이 얼마나 많아요? 지금처럼 지구 생태계를 파괴하며 살면, 지나칠 정도로 에너지를 낭비하며 살면 머지않아 인간도 지구 공동체에서 추방되고 말 거예요. 도처에서 그런 징후가 보이잖아요. 자연의 생명을, 자연의 질서를 파괴하면 자연의 보복을 받는 것이 당연하지요.

자연의 구체적인 모습이 사물이지요. 자연이라는 것이 실제로는 사물의 모습으로 존재하잖아요. 사물을 소중하게 여겨야 하는 까닭이 바로 여기에 있어요. 사물을 하찮게 여기고 어찌 사람을 귀하게 여기겠어요. 시에서는 사람이든 사물이든 다 대상으로 존재하지요. 시에서의 자연, 사물은 다 사람의 다른 이름이지만서도요. 시는 본래 모든 대상을 사람으로 받아들이고 있지요. 모든 존재를 사랑으

로, 측은지심으로 받아들일 때 써지는 것이 시라는 언어예술이라고
할 수 있지요.

　인간을 우월하게 생각하면 자연의 사물은 열등하게 생각하기 쉽
지요. 인간의 역사에서는 역시 '근대'가 문제예요. 근대, 곧 자본주
의의 시기에 이르러 사물을 열등한 존재로, 곧 미물로 이해하는 시
각이 강화되었기 때문이지요. 적어도 중세까지는 그렇게 생각하지
않았는데요. 중세에는 자연의 사물들에게도 다 영혼이 있다고 생각
했어요. 애니미즘, 샤머니즘 등의 시각으로 보면 자연의 모든 사물
은 정령을 갖고 있지요. 백석의 시 「마을은 맨천 구신이 돼서」가 바
로 그것을 노래하고 있지 않나요? 근대의 모든 것이 다 나쁜 것이
아닌 것처럼 중세의 모든 것이 다 나쁜 것은 아니지요. 중세가 갖고
있었던 바른 가치는 '근대 이후'에도 되살려 모범으로 삼아야겠지
요. 자연의 사물을 정령으로 받아들이지는 못하더라도 자연의 사물
들을 존중하는 마음, 소중하고 귀하게 여기는 마음은 깊이 받들어야
한다는 뜻이에요. 그럴 때 사람도 소중하고 귀하게 여기겠지요. 이
시대가 사람을 얼마나 하찮게 여기고 있는가요. 얼마 전 진도 해역
에서 있었던 세월호 참사 사건을 좀 생각해보세요. 모든 존재에 대
한 사랑의 정신, 곧 시정신을 상실해 저런 끔찍한 사건이 일어났다
고 나는 생각해요.

강희진　세월호 참사 사건은 정말이지, 무슨 말이 필요하겠어요. 선생님
말씀처럼 사랑의 정신, 즉 시정신을 상실했기 때문에 일어난 일이라
는 말에 공감합니다. 앞서 말씀하신 근대 극복이라는 말을 좀 더 쉽
게 이해할 수 있을 것 같습니다. 근대를 극복하는 방법은 결국 '사
랑'이군요. 선생님의 말씀을 듣고 나니 『걸레옷을 입은 구름』을 다시
읽어봐야겠다는 생각이 들어요.

　맞아요. 저도 모든 존재를 사랑하는 것이 시인의 임무라 생각해

요. 질투나 원망 혹은 미움도 사랑에서 나오는 것이겠지요. 그렇다면, 선생님의 시편들 중에서 선생님이 꼽는 가장 뜨겁고 애절한 연애시 한 편만 소개해주세요. 이 글을 읽고 있는 독자들이 어쩌면 제일 궁금해할 질문인 듯싶습니다.

이은봉 연애시 한 편요? 이번 시집 『걸레옷을 입은 구름』에 수록된 모든 시가 다 연애시잖아요. 인간과 자연에 대한 사랑을 노래하고 있으니까요. 아무튼 이번 시집에서 연애시 한 편을 고르기는 어렵겠네요. 물론 이번 시집의 시들이 특정한 사람과의 사랑을 담고 있지는 않았지만요. 시집을 내면 보통 연애시 한두 편을 슬쩍 포함시키고는 했어요. 그런데 이번 시집에서도 그렇게 했는지 어쨌는지는 잘 모르겠네요.

　물론 이번 시집에서도 어떤 특정한 사람과의 관계를 통해 써진 시가 아주 없지는 않아요. 「나바위 성당」, 「고구마 밭에서」, 「솔바람소리」, 「춘양 가는 길」, 「산수유 노란 꽃」 등이 그런 시인데, 이들 시를 연애시라고 할 수는 없지요. 하지만 특정한 사람과의 이런저런 관계가, 이런저런 감정이 이들 시를 불러온 것은 사실이지만요. 여기서 말하는 특정한 사람과의 감정이 연애감정이냐고요? 글쎄요. 그렇다고 말할 수 있을까요?

강희진 네. 인간과 자연에 대한 사랑을 노래하고 있으니 어쩌면 선생님의 모든 시는 연애시라 할 수도 있겠네요. 그렇다면, 뜨겁고 애절한 연애시를 찾아내는 것은 독자의 몫이겠군요?

　유치한 질문일 수도 있는데요, 선생님께서는 다시 태어나도 시인이 되고 싶으신지요?

이은봉 시인이라! 시인은 괴로워하는 사람이에요. 근심하고 걱정하는 사람이에요. 나라에 대해, 세상에 대해, 사람에 대해, '나'에 대해……. 늘 아픈 사람이, 고통스러워하는 사람이 시인이에요. 다시 태어나도 시인이 되고 싶은지 어떤지는 좀 더 생각해봐야겠네요. 시인으로서 아파하는 것이, 고통스러워하는 것이 너무 힘들거든요. 아주 무식해져 대충 살고 싶을 때도 있거든요. 늘 마음의 평화를 추구하는 것은 인지상정이 아닌가요.

강희진 다시 태어나도 시인이 되고 싶은 것이에요, 아니에요? 각설하고, 선생님의 다음 시집은 언제쯤 만날 수 있을까요? 앞으로의 계획에 대해 간단하게 말씀해주세요. 정년퇴직을 하시면 고향으로 돌아가 살 것이라는 말씀을 어느 글에선가 본 적이 있습니다. 고향에서 살 계획은 어떠한지 궁금합니다.

이은봉 다음 시집을 언제 낼 것이냐고요? 글쎄요. 시집을 낼 수 있을 만큼의 원고는 충분히 있어요. 시집 세 권 낼 정도의 원고는 될 거예요. 하지만 너무 시집을 자주 내는 것은 남들이 보기에 좋지 않잖아요. 원고를 정리할 시간도 필요하고요. 그렇기는 해도 시집을 내는 데 게으르다는 소리를 듣지는 않을 생각이에요. 너무 늦지는 않게 낼 생각이라는 뜻이에요.

앞으로의 계획이 무엇이냐고요? 세월이 참 빠르지요. 어느새 정년퇴직이 4년쯤 남게 되었어요. 이제는 정년퇴직 이후를 준비할 때가 되기는 했지요. 우선은 가족들이 함께 모여 살 궁리부터 하고 있어요. 너무 오래 가족들과 떨어져 살았거든요. 여기서 가족은 어머니와 아내를 말하는 것이에요. 자식들은 아직 더 신유목인으로 떠돌며 살아야겠지요. 미처 학교 공부가 끝나지 않은 놈도 있고요. 그놈들은 그놈들의 생이 있을 테니까요.

고향의 형편에 대해서는 앞에서도 다소 말했지요. 행정지명으로 말하면 충청남도 공주군 장기면 당암리 막은골(杜谷)이 고향마을이에요. 그런데 이 당암리 막은골이 지금 세종시 다정동으로 변해버렸어요. 아무런 흔적도 남아 있지 않지요. 앞산도, 뒷산도, 찬물내기도, 도깨비탕도 다 까뭉갰으니까요. 수렁배미도 다 메워졌고요. 곧 이곳에 최고급 아파트 단지가 들어선다고 하더군요. 고향집터의 바로 옆에 저류지가 들어서 있는데, 이제는 고향집터인지 어쩐지도 알 수 없게 되었어요. 상실감이 크지요.

얼마 전 이 다정동에서 가까운 종촌동에 아파트 한 채를 마련했어요. 정부의 세종청사가 있는 곳이 종촌동이지요. 고향 사람들과 함께 조합을 결성해 지은 아파트예요. 고향집 보상받은 것보다 훨씬 더 많은 돈을 주고 어렵게 아파트를 한 채를 장만한 것이지요. 정년을 하면 일단 그곳으로 가볼까, 하고 생각하고 있어요.

고향에서 살 계획은 아직 구체적으로 세우지 못했어요. 아직 시간이 많아 남아 있잖아요. 정년퇴직을 하면 좀 쉬면서 생각을 해봐야지요. 세종시에서 내게 무슨 일을 좀 해달라고 하지 않을까요. 그렇게 해주기를 지금 내가 바라는지도 모르겠네요. 하여튼 무슨 일이든 하겠지요. 채마밭을 가꾸며 시를 쓰며 소일하는 것도 나쁘지 않고요.

강회진 　네, 선생님 말씀대로 시간은 아직 많이 남아 있으니까요. 마지막 질문입니다. 앞서 언급했듯이 시를 쓰신 지 올해로 30년이 넘었습니다. 요즘의 젊은 시인들의 작품들은 많이 보는지요? 문학잡지 일을 많이 했고, 해마다 『오늘의 좋은 시』라는 책을 엮어내니 젊은 시인들의 시를 읽을 기회가 많을 것 같습니다. 또한 현재 문예창작과 학생들에게도 시 창작 강의를 하고 계시니까요. 젊은 시인들에게, 그리고 시를 쓰고자 하는 학생들에게 전하실 말씀이 있으신지요?

이은봉 　특별히 꼭 할 얘기는 없어요. 그래도 시를 쓰고자 하는 학생들에게 한마디 하자면 시가 전문 형식이 아니라 대중 형식이라는 것에요. 그것을 잊지 말라는 얘기예요. 시는 과학이 아니라 예술이라는 것이지요. 재미있는 것이 예술이잖아요? 어떤 형태의 것이든 시는 재미가 있어야 해요. 내용이나 형식에 재미가 없으면 말 재미라도 있어야 하지요. 새로운 것도 재미의 하나이지요.

강희진　마지막 질문이라 했는데, 조금 더 선생님의 말씀을 듣고 싶습니다. 재미있는 예술, 재미있는 시, 이때의 '재미'는 말 그대로 '재미'를 의미하는 것은 아니라 생각합니다.

이은봉　그렇지요. 하지만 새로운 것이 재미의 차원을 벗어나 해독 불가능한 것이 되어서는 안 되지요. 시는 그 시대의 교양이 있는 대중이 즐길 수 있는 것이어야 해요. 그래야 시가 세상에 존재할 수 있게 되지요. 아무도 읽지 않는 시가 되면 시 자체가 소멸할 수밖에 없어요. 다른 자본주의 국가와 비교해보면 우리나라도 그것을 걱정할 때가 되었어요. 지금 시라는 언어예술의 장래를 걱정하는 것이에요.

강희진　네. 요즘 생산되고 있는 시들의 특징과 문제점, 나아가 좋은 시란 무엇인가에 대해서 생각하게 되는 말씀입니다.

긴 시간 동안 질문에 대답해주셔서 감사합니다. 이번 대담이 독자들에게 선생님의 시세계를 깊이 이해하는 데 큰 도움이 되었으면 하는 바람입니다. 앞으로 선생님의 새로운 시들을 즐겁게 기다리고 있겠습니다. 다시 한 번 감사의 말씀을 드리며 여기서 대담을 마치겠습니다.

(『열린시학』 2014년 여름호)

시인 이은봉, 바람의 진원지를 찾아서

인터뷰 **김선희**

1. 여는 글 : 달리는 바람

한바탕 바람이 분다. 달리는 바람 치솟는 바람 휘몰아치는 바람이 분분하게 돌아다니며 날아오른다. 빠르게 틈을 파고들다가 골짜기에 팍 나자빠진다. 쌈지공원 벤치 위에 널브러지거나 폴짝폴짝 언덕을 뛰어다닌다. 붉은 이빨로 하늘을 물어뜯다가 지치면 날카로운 발톱을 서둘러 감춘다. 숨결처럼 생명을 키우기도 하지만 성이 나면 살아 있는 것을 모조리 먹어치운다. 바람은 먹고 고뇌하고 사랑하고 일한다.

그러니 바람은 움직임이고 사람이고 생명이다. 자연은 바람을 타고 운동하며 수많은 생명을 생성한다. 운동하고 생성하는 곳 어디든 편재하는 변화무쌍의 바람을 잡을 수 있을까. 사람과 생명, 우주와 자연의 신비에 천착해온 시인 이은봉의 최근 시집『봄바람, 은여우』를 열면 생령의 바람들이 화악 얼굴로 불어온다. 지구 위 모든 바람이 이 한 공간에 오롯이 모인 듯하다. 생기 충만한 바람을 한 곳에 잡아놓은 바람의 진원지를 찾아 이은봉 시인을 만났다. 그는 실제로 직장인 광주에서 집이 있는 서울로 20여 년을 바람처럼 움직여왔다. 부처님 오신 날이 낀 주말, 서울로 올라

온 그를 만났다. 지금은 세종시가 된 그의 고향 공주에서 어머니를 뵙고
온 길이라고 한다.

2. 생명 : 불이의 자연

앞서 얘기한 대로 시인 이은봉의 시집『봄바람, 은여우』는 바람의 시집
이다. 바람에 대한 시인의 사유가 삶의 이야기들을 품은 채 다양한 모습
으로 형상화되어 있다. 그는 오래전부터 생태에 대한 관심을 놓지 않았고
자연과 인간, 우리 삶의 연관성에 예민하게 주목해왔다. 이번에는 바람이
그의 사유 대상이 되었다.

"바람은 생명의 상징이다. 생명은 자유롭고 대등하게 서로 사랑하며 살
아가야 된다. 지금 우리는 생명과 생명끼리 억압하려 하고, 특히 인간 생
명이 자연 생명을 억압하고 있다. 그런 현상을 바람의 이미지를 통해 얘
기하고자 했다. 또 바람은 변혁의 이미지이다. 생명 자체가 끊임없이 움
직이고 변화하는 것인데, 바람을 통해 생명의 본원적인 특성을 얘기한 것
이다. 바람의 시들은 바람의 속성인 생명성이 자연스럽게 개화되는 세상
에 대한 꿈에서 나온 것이다."

시인만이 이토록 변화 많은 바람의 개성을 다 이해하고 다르게 표현할
수 있다. 그는 자연의 대상들을 객체로만 보지 않기 때문이다. 대상이 주
체가 되어 스스로 이야기를 하게 한다. 자연현상과 시인이 일체가 되는
불이(不二)의 경지이다. 주체가 투영된 많은 바람 중에서도 특별히 시인
자신의 모습과 닮은 바람도 있다.

"내 삶도 어떤 때는 훈풍으로 자연스럽게 떠돌기도 하지만 어떤 때는
골짜기에 처박히거나 공원에 누워 있거나 하기도 한다. 바람은 글자가 비
슷한 '사람'이기도 하다. 「금요일의 바람」이라는 시도 있는데, 금요일의 바
람은 금요일의 사람이라는 뜻이고 그것은 바로 나다. 나는 금요일이면 역

마살이 낀 것처럼 움직인다. 가족들은 서울, 난 광주에 있으니까. 금요일마다 서울로 올라오는 것이 금요일의 바람이다."

이은봉 시인은 1996년 시집 『무엇이 너를 키우니』를 간행하면서부터 생태 환경에 관심을 갖고 생태시를 쓰기 시작했다. 특히 2002년에 간행한 『내 몸에는 달이 살고 있다』, 2013년에 간행한 『걸레옷을 입은 구름』에 그의 생태 환경에 대한 관심이 집중적으로 담겨 있다.

"전에는 자본주의 모순으로 계급 문제와 민족 문제에 대해서만 생각했다. 계급과 민족 문제의 해결을 모색한 것은 더 좋은 세상에 대한 꿈, '근대의 바깥'에 대한 꿈이 있기 때문이다. 이후 한 가지 더 중요한 모순으로 인식한 것이 생태 환경에 대한 것이다. 이것은 마음에 대한 관심과도 연결된다. 한 사람 한 사람의 마음이 바뀌지 않으면 더 좋은 세상을 만들기 어렵다는 생각을 했기 때문이다. 민주주의의 중요한 가치인 자유와 평등도 마음이 바뀌지 않으면 실현이 어렵다. 그와 관련한 나는 시 작업을 쭉 해오고 있다."

생태시를 써오며 그가 또 하나 생명의 원천으로 인식한 것은 돌이다. 그의 시집 『내 몸에는 달이 살고 있다』에는 돌에 관한 시가 몇 편 들어 있다.

> 돌덩어리 속 침팬지들, 안으로 끌어들인 산 기운, 파랗게 키우고 있다 生靈들, 그렇게 주춤주춤 커가고 있다 차마 깨뜨릴 수 없는 우주다
>
> …(중략)…
>
> 저 바윗덩어리들, 그렇게 나다 아버지다 할아버지다 누구도 제 손자들, 여기 옹기종기 모여 살고 있는지 알지 못한다 제석산 오랜 소나무들처럼……
>
> ― 「침팬지의 집」 부분

아침 산책길, 돌멩이 하나 문득 발길에 채인다 또르르 산비탈 아래 굴
러떨어진다 저런저런… 내 발길이 그만 세상을 바꾸다니!

　　　　　　　　　　　　　　　　　　　　　　　—「돌멩이 하나」 부분

　시인은 돌 속에 우리가 미처 보지 못한 생명이 들어 있음을 발견한다.
돌은 생명이 태어나고 이어지는 탄생의 자리이다.

　"돌에 대한 시는 근원에 대한 관심에서 나온 것이다. 근원에 대한 관심
은 진보적일 수밖에 없는데, 내게는 근원이 무엇인가에 대한 생각이 늘
있어왔다. 과학자들도 물질의 근본 원리를 탐구하고, 다른 형태이긴 하지
만 예술가들도 존재의 근원에 대해서 모색한다. 바슐라르가 주목한 물 불
공기 흙과 같은 사원소가 그렇다. 돌의 한 형태가 흙이다. 흙이 중요한 것
은 사물의 구체적 모습이기 때문이다. 지구의 구체적인 모습이 흙이다.
흙에서 풀과 나무가 나오고 그걸 먹고 동물이 살고……, 이렇게 광물에서
식물이 나오고, 식물에서 동물이 나오는 순환 구조를 갖고 있는 것이 지
구이다. 생명의 순환 고리 중에서 일단 선행하는 것을 흙으로 생각한 것
이다."

　늘 생명을 중심에 놓고 자연과 세상을 사고해온 시인이라면 죽음에 대
해서 얘기하지 않을 수 없다. 생명과 죽음은 맞물려 있기 때문이다.

　"죽음은 정말 어려운 문제다. 죽음은 시에서 중요한 화두이다. 한국의
시인들 중에서 죽음의 문제에 대해 가장 깊이 천착한 사람은 김수영이다.
대학 입학해 여러 시인들 섭렵했지만 4학년 때까지도 나를 사로잡은 시
인이 김수영이다. 석사 논문이 「김수영 시에 나타난 '죽음' 연구」이다. 생
명과 죽음에 대한 관심은 김수영의 영향이다. 김수영에게 죽음은 사랑과
생명으로 나가는 죽음이고, 새로움으로 나가는 죽음이다. 나도 거기 동의
하면서 한걸음 나가보려고 많은 생각을 했는데, 결론은 '삶과 죽음은 별
개의 것이 아니라는 것이다. 삶 속에 죽음이 들어 있고 죽음 속에 삶이 들

어 있다'는 것이다. 우리 삶은 몸을 통해 구현되는데 몸에는 죽음이 덕지 덕지 붙어 있다. 그 증거로 매일 머리카락이 빠지고 살비듬도 떨어져내린다. 죽음과 살고 있는 것이다. 살아 있지만 죽음의 종착역을 향해가는 것이 우리의 삶이다."

그는 삶과 죽음, 대상과 주체와 같은 대립되고 모순되는 것들을 함께 품는 통합의 능력을 지녔다. 시적 대상의 독립성을 인정하면서도 자아를 대상화해온 자기 성찰의 지난한 노력의 결과이다. 공감이라는 추상이 그의 시 속에서는 실체를 얻는다.

"공감이라는 게 민주적 가치다. 상대에 대한 존중이 없으면 양가성이라는 건 불가능하다. 상대를 무시하면 사랑 또한 실현될 수 없다. 사랑은 대상과 하나가 되는 것이다. 불교에서 불이(不二)라고 한다. 색즉시공, 현상과 본질이 하나이면서 둘이고, 성속불이(聖俗不二), 성인과 세속이 둘이면서 하나라는 것이다. 좋은 세상을 만들려면 이런 양가적 의식이 반드시 필요하다. 이것이야말로 탈근대, 근대 밖으로 나가기 위해 가져야 할 가장 중요한 마음이다."

3. 자꾸 써지는 시

이은봉은 자신을 생래적으로 시인이라고 표현한다. 초등학교 4학년 때 「돗자리」라는 시를 썼는데 어머니가 시집올 때 가져온 돗자리가 벽에 세워져 있는 것을 보고 자신도 모르게 쓴 시라고 한다. 그 당시 시골 학교에서는 시가 뭔지 가르쳐주는 사람도 없었다.

"문학의 '문' 자도 몰랐지만 초등학교 때부터 나는 나도 모르게 썼다. 중학교 때 시의 길로 들어서는 데 도움을 준 두 명의 여자가 있는데 하나는 하숙집 딸, 그녀를 좋아했다. 그녀의 언니가 있었는데 내가 여동생을 좋아하니 약간 질투를 했다. 하숙집을 옮기고 그 아이와 편지질을 시작했다. 이름은 연꽃 연(蓮) 자에 꽃 화(華) 자를 썼는데, 그녀에게 편지를 쓰기 위해 시를 많이 읽었다. 『영시 100선』 등의 책에 실려 있는 시를 베끼고는 했다. 또 책을 좋아하는 막내 고모가 있었다. 파독 간호사로 떠나기 전에 자기가 사 모았던 신구문화사판 『한국문학전집』과 여러 다른 책을 주고 내게 갔다. 김형석의 『운명도 허무도 아니라는 이야기』, 안병욱의 『행복의 미학』 등과 김소월의 시선집 『못 잊어』을 주고 갔는데, 특히 김소월의 시집을 닳도록 읽었다. 소월을 좋아해 현암사판 김소월 전집을 사 읽고는 열 번 스무 번 베껴 쓰기도 하며 김소월처럼 시를 써보곤 했다. 김소월 시의 품사를 분류해 노트를 만들기도 하면서 자연스럽게 시의 길로 들어섰다."

대학 입학 때만 해도 시를 좋아하기는 했지만 시인이 되겠다는 생각은 안했다고 한다. 시인은 여자들이 하는 거라고 생각했고 작가보단 고전 시가를 연구하는 학자가 되고 싶었다고 한다. 재수를 안 했으면 작가가 되지 않았을 것이라고도 한다. 두 번씩이나 대학에 떨어져 슬프기도 하고 자기 혐오도 생겼는데 시는 계속 쓰고 있더라는 것이다.

"시는 쓰려고 해서가 아니라 자꾸 써졌다. 심각한 문제였다. 시가 자꾸 써져 공부를 못했다. 원하던 대학에 떨어지고 지방대 다니면서 학자의 길을 포기하고 시인의 길을 택했다."

그는 어린 시절 비교적 유복하게 자란 편이었지만 시인의 길이 평탄치만은 않았다. 그의 인생 여정을 돌아보면 여기저기 굴곡과 투쟁, 좌절도 있었다.

"아버지는 사범학교를 나와 교사를 했지만 부잣집 도련님이라 집에 월급을 가져온 적이 없었다. 살림은 어머니와 할아버지가 알아서 했다. 아버지가 처음 집에 돈을 가져온 건 고등학교 2학년 때인 것 같다. 그때 한 번 가져오고 한동안 안 가져오다가 다시 돈을 가져오신 것은 할아버지 돌아가시고 나서였다. 어머니 말로 저축이라는 걸 해본 건 아버지가 교감

선생님이 되고 나서인 50대 중반쯤이라고 한다. 우리가 오남매인데, 시골에서 아무리 부자라고 해도 오남매가 다 대학을 다니기 힘들다. 아버지가 동생들을 대학 보내며 달라지셨다."

"석사 마치고 산업체 부설학교인 혜천여고에 부임했다. 1981년 3월에 부임했는데 4월에 공장의 노동자이기도 한 학생들이 파업을 했다. 아이들이 회사에서 쫓겨나면 자동적으로 학교에서도 퇴학이다. 교육청 가서 싸우고 여기저기 도움을 청해 다른 산업체 부설학교로 옮겨 졸업시켰다. 대학 가고 싶어 하는 아이들이 20여 명 있었는데, 다 대학에 보냈다. 그 사태를 수습하는 과정에 주동자로 몰리게 되고 1982년 2월 산업체 부설학교에서 해직되었다. 3년 후인 85년 민중교육 사건이 터졌다. 대전 지역 운동권인 '삶의 문학', 서울의 '오월시' 동인, YMCA교사협의회 멤버들과 같이 『민중교육』이라는 무크지를 만들었다. 그때 나는 혜천여고에서 해직되고 대학에서 시간강사를 하고 있었다. 그 사건에 연루되어 대학 강사도 쫓겨났다. 충청도 지역에서는 빨갱이라고 몰려 교직의 자리에 갈 수가 없었다. 힘든 시기였다. 포기하고 서울에 올라와 '자유실천문인협의회'에서 활동하며 90년대 중반까지 시간강사로 살았다. 그러다 95년에 광주대학교로 가게 됐다. 그동안은 아내가 중학교 선생을 하며 살림을 꾸려나갔다."

광주에 가족과 같이 내려가지 않고 오랫동안 주말부부로 지내온 이유가 무엇인지 당연히 궁금했다.

"처음에 집사람이 날 못 믿어 그랬다. 저 사람이 얼마나 오래 있을까 했다. 지금처럼 오래 있을지 몰랐다. 여러 번 해직의 경험이 있어 광주대로 갈 때는 학교 문제에 대해선 일체 관여 안 하기로 했다. 국가나 민족 문제에 대해서는 얘기를 하고, 학내 문제는 세 군데서 쫓겨날 정도로 할 만큼 했으니까 그만해야지 했다. 근데 우리 학교가 괜찮은 학교다. 사립학교지만 큰 비리가 있거나 교수들을 억압하는 학교는 아니다."

젊었을 때는 혼자 있는 것도 괜찮았지만 이제 나이 들어서 힘들기도 하다고 한다. 그래도 혼자 있으니까 공부도 많이 하고 글 많이 쓰고 생각도 많이 할 수 있어 좋다고 한다. 이야기를 듣다 보니 그는 참 공부 욕심이 많은 사람인 것 같다. 조선시대 사대부 문인과 닮았다.

4. 맺는 글 : 마을 공동체와 희망

이은봉 시인의 고향은 공주군 장기면 당암리 막은골(杜谷)이다. 고향은 시인에게 중요한 시적 매개체이다. 영감의 원천이 되어 연작시 「막은골 이야기」를 탄생시키기도 했다. 막은골은 그의 시가 지닌 꿈의 원형이거니와, 서정주의 '질마재', 백석의 '여우난골'이 가지는 의미와 유사한 곳이다. 그가 이상적이라고 생각하는 사회는 그의 고향처럼 마을 문화가 살아 있는 공동체이다. 그런 고향이 세종시가 들어서면서 다 파괴되었다. 무차별적인 자본주의의 개발로 인해 그곳에 깃들어 살던 생명이 사라졌을 뿐만 아니라 공동체도 무너졌다. 세종시로 갈아엎어진 마을을 보며 그가 느낀 절망은 컸다.

"내 고향이 공주군 장기면 당암리 막은골인데, 지금은 흔적도 없이 사라지고 세종시가 들어섰다. 건축과 건설은 자본주의 근대사회의 특징이다. 건축과 건설이 오염 문제도 만들고 자연 파괴를 불러온다. 자본주의를 유지하기 위해 건설이 불가피하더라도 도시를 건설하면서도 옛날 공동체 시절의 가치를 살려가는 방법이 없을까, 하는 생각을 한다. 공동체의 복원이라고 하면 마을 문화의 복원이다. 윤리나 사람살이의 근본도리는 다 마을에서 나온 것이다. 마을은 또한 언어의 보고다. 조그만 모퉁이, 논이나 밭도 다 이름이 있었다. 이름이 있었다는 것은 존귀하게 여겨졌다는 것이다. 도시의 건설로 이름들이 사라지면서 존재들이 사라지고, 동시에 그것들이 지니고 있는 가치들도 사라진 것이다."

그가 가슴에 품고 있는 가치는 모두가 동의하는 보편적 가치인 자유,

평등, 사랑, 평화, 정의이다. 그가 시에서 표현하고 싶은 가치도 그 다섯 단어로 표현될 수 있겠다. 생명들이 가진 이런 가치들이 실현되기를 바라는 마음을 시로 표현하는 것이다.

"바람은 동사로 하면 '바라다'이다. 희망이라는 말과 같다. 바람에는 윈드(wind)와 호프(hope)의 두 가지 의미가 다 들어 있다. 생명의 가치가 실현되는 세상에 대한 희망, 그걸 나 자신이 실현하려고 하는 각오와 의지를 바람에 담으려고 했다."

2년 후면 재직하고 있는 광주대학교에서 정년을 맞는다. 이후의 계획은 고향으로 돌아가는 것이다. 늘 꿈을 잃지 않는 시인은 이제 고향에서 시작할 새로운 삶을 꿈꾼다. 공동체가 사라진 절망 속에서도 시인은 희망을 품는다. 고통 속에서도 마음속의 황금 나무를 키운다. 생명들이 서로 존중하는 세상을 꿈꾼다. 그는 다른 모든 것이 질려도 시는 질리지 않는다고 한다. 그에게 여전히 신비의 영역으로 남아 있는 시, 그가 이 시를 통해 깨달은 지혜와 지식으로 고향의 마을 문화를 복원하는 마중물이 되기를 바라는 마음이다.

(『한국산문』 2016년 7월호)

제3부

시집들
— 움직이는 시정신

이은봉 시의 따뜻함

김사인

　이은봉의 시들은 부드럽고 따뜻하다. 부드럽고 따뜻하다는 것이 어떤 경우에나 다 좋은 것으로 통할 수는 없는 일이지만, 힘겨운 나날들을 살아가면서 따뜻한 시선을 잃지 않는다는 것은 그것만으로도 얼마나 큰 힘이 되며 주변 사람들에게 위안이 되는 것이랴. 어떠한 개인적 곤궁에 처했을지라도 주변의 이웃과 사물들에게서 애정과 신뢰의 시선을 거두지 않는 것이야말로 모든 사람살이의 도덕적 기초에 해당한다고 할 것이며, 그 점에서 이은봉의 시들을 나는 기본적으로 신뢰하고 있다.

　물론 꼼꼼히 따지고 대든다면, 그의 시들로부터 소시민적 온정주의의 잔재나 대상에 맞부딪쳐가는 태세의 느슨함을 끌어낼 수도 있을 것이며, 그의 시의 부드러움이 기존 서정시 투의 어법에 상당 부분 의존하고 있음을 지적할 수 있을 터이지만, 이런 점들은 세상을 보는 그의 눈이 보다 크고 굳건한 따뜻함으로 발전해가는 과정에서 자연스레 해소될 것이며 또한 그러한 요인들에 의해 그 근본에 흔들릴 만큼 그의 시적 자세가 부실한 게 아니라고 나는 보고 있다.

　「캄팔라 마치의 독백」과 같은 예에서 보듯 그는 뛰어난 기교의 시인이다. 그는 시로서 수용될 수 있는 부분을 대상으로부터 깔끔하게 뽑아내며, 시어와 운율을 적절하게 조직해내며, 다양한 비유를 성공적으로 구사한다. 그러나 때로 시적인 것의 추상이 본의 아니게도 대상의 전체적인 진실을 가리는 결과가 되기도 하며, 시어와 리듬의 유연한 구사가 오히려 시인과 시적 대상을 서정시의 액자 속에 가두는 안이함의 표현이 되기도 한다. 마땅히 신랄한 풍자에까지 나아가야 할 경우가 '시적'인 것에의 집착에 의해 '해학'의 차원에 머물기도 한다.

이러한 문제들에 대한 시인 자신의 자각이 이미 시집 곳곳에서 나타나고 있지만, '발문'을 빙자하여 겁 없이 한마디를 붙이자면 그 이른바 온갖 '시적'인 허울을 좀 더 과감하게 벗어던지라는 것이다. '시적'인 것의 허망함에 대한 인식이 뼈저린 것에 비례하여 참된 시의 길이 보다 확실해질 것이 아닌가 하는 생각인데, 한마디 더 주제넘은 소리를 하자면, 그러다가 시를 안 쓰게 되면 안 쓰는 것이지 어쩔 건가 하는 생각이다. 웬만큼 제자리를 찾는 데 10년여의 시간이 걸렸던 선배 시인 신경림의 예에서도 보듯이, 그러한 자기 부정이 쉬울 리도 없으려니와 또 단시간에 될 일도 아닐 것이다.

이은봉은 토박이 충청도 사람이다. 꼭 산지 탓이리오마는 그는 속으로야 불이 나건 말건 웬만한 일에는 실실 웃고 마는 호인이다. 한데 그의 시들이 어쩌면 그렇게 시인을 빼다 박았는가. 유들유들하다 할지 느물거림이라 할지, 그의 시에는 표면으로는 분노의 표정이 거의 드러나지 않는다. 그러한 만큼 그의 시들은 대과 없이 원만하다.

그러나 그가 잘 웃는다 하여 만만하게만 보았다가는 큰 코 다치기 십상이다. 특유의 뱀눈부터가 이미 심상치 않으려니와, 뒤틀리는 것을 참다가 참다가 한번 터질 때가 되면 그 눈이 세모꼴로 치켜지면서 응당 느려터져야 제격일 '이래유 저래유' '하능겨 안 하는겨' 조가 따발총 쏘듯 빨라지는

데, 이때가 되면 어떤 장사도 대책이 없다. 하지만 이런 경우란 흔치가 않고 그는 대개 참으로 무던한 이여서, 벗들의 곤두선 신경을 그 '실실웃음'으로 눙쳐주는 덕스러움을 마다 않고 맡아준다.

그의 시 역시 이와 같아서 원만한 가운데 언제라도 튀어나올 칼끝 같은 날카로움과 굽히지 않는 뚝심을 감추고 있다. '오월'을 상투성으로부터 구제하고 있는 다음과 같은 시는 그러한 이은봉 식 절창으로 꼽아야 할 것이다.

누가 정말 오월을 말 못해야 하나
누가 정말 광주를 말 못해야 하나

김재철, 멋지고 잘난 사나이
우리 동네 회당집 둘째아들
지방대학 영문과 3학년짜리
키 크고 몸집 좋은 녹두밭 청년
아버지는 살짝곰보 농투성이
어머니는 안짱다리 삯바느질 꾼
하필 그해 따라 흉년이 들어
등록금을 낼 수 없어 휴학을 하고
눈물을 글썽이며 입대를 하고
하지만 세월 참 빠르기도 해라
후딱 일 년 지나 씩씩도 해라
어머, 멋져라 공수부대 늠름한 장병이 되어
딱 한 번 으스대며 휴가를 오고
딱 한 번 못 견디어 면회를 가고
그런데 빌어먹을 그것으로 끝

그도 오월을 말할 수 있나
그도 진정 광주를 말할 수 있나
안 돼, 그놈이야 뭐

딱하기는 하지만 그놈이야 뭐
휘황찬란 국립묘지 묻혀 있는 걸
그놈의 불꽃 튀는 기관단총에
얼마나 많은 목숨 죽어나갔나
얼마나 많은 생명 으스러졌나
하지만 그도 물론 이 나라 청년
돈 없고 빽 없는 남대한 청년

누가 정말 오월을 말해야 하나
누가 정말 광주를 말해야 하나
뭉개지고 터진 가슴, 날 세워야 하나.

　　모쪼록 이은봉의 시들이 날로 깊고 넓어지기를 기원하며, 외람되지만
첫 시집을 묶는 그의 기쁨에 나도 함께 하고자 한다.

(이은봉 시집 『좋은 세상』, 실천문학사, 1986, 발문)

1980년대 한국사회 모습과 시적 대응
― 이은봉 시집『좋은 세상』

백애송

1. 들어가며

이 연구의 목적은 이은봉의 첫 시집『좋은 세상』에 나타나 있는 민중 공동체의 모습과 노동의 양상을 살펴보고 그 의미를 탐구하는 데 있다. 이은봉은 1984년 1월 창작과비평사에서 발간한 시 전문 무크지인『마침내 시인이여』라는 17인 신작 시집에「좋은 세상」외 6편의 시를 발표하면서 본격적인 문학 활동을 시작한다.

하지만 이은봉의 시 쓰기는 그보다 훨씬 이전부터 시작된 바 있다. 1986년에 간행된 그의 첫 시집『좋은 세상』을 보면 1976년부터 1985년까지 쓴 시들이 최근 순으로 묶여 있기 때문이다. 이 시집은 총 5부로 구성되어 있다. 제1부에는 1984년부터 1985년 사이에 씌어진 19편의 시가 들어 있고, 제2부에는 1982년부터 1984년 사이에 씌어진 19편의 시가 들어 있다. 제3부는 1980년부터 1982년 사이에 씌어진 시 17편, 제4부는 1978년에서 1980년, 즉 대학 졸업 후부터 석사학위를 받는 과정 사이에 씌어진 시 13편이 담겨 있다. 마지막으로 5부는 1976년부터 1978년, 즉 군 제대 이후부터 대학을 졸업할 때까지 씌어진 시 15편이 담겨 있다. 이는 무엇보다 이은봉의 시 쓰기가 1984년 이전부터 시작되었다는 것을 알려준다. 그 후 줄곧 시를 써온 이은봉은 첫 시집 『좋은 세상』을 포함해 현재까지 모두 11권의 시집(시조집 포함)을 상재하고 있다.

박동억[1]은 이은봉의 열한 권의 시집 중 이른 시기에 발표한 시는 주로 5·18민주화운동을 계기로 한 현실에 대한 절망과 산업자본주의가 지배하는 현대도시에 대한 비판 의식을 기저로 하고 있다고 말한다. 또한 박동억은 이 시기의 그의 시가 발화하지 못한 채 소외되는 계급 일반을 대변하는 목소리가 되고자 한다고 평가한다.

임지연[2]은 이은봉의 시는 시와 정치, 시와 주체, 시의 형식과 내용이라는 시의 본질적 문제들에 대한 뜨거운 고민의 흔적을 느낄 수 있게 해준다는 점에서 우리 시의 중요한 현장을 확인하게 해준다고 언급한다. 더불어 그는 이은봉이 리얼리즘이라는 도식화된 의미망을 벗어나 '리얼리티'라는 유연하고 폭넓은 개념을 통해 현실의 내포를 '깨어 있는 진실'이라는 차원에서 접근한다고 받아들인다. 그는 이은봉의 대표작 「좋은 세상」이 당대의 현실에 대해 정직하면서도 우회적인 비판을 담고 있는 '깨어 있는 진실'의 시적 표현이라는 점에서 이해하고 있는 것이다.

문학평론가 장영우[3]는 이은봉의 초기 시는 군부독재 정권에 대한 저항 정신을 충청도 특유의 꺾일지언정 굽히지 않는 은근한 어조로 드러내고 있다고 밝히고 있다. 이은봉의 초기 시가 1980년대 군부독재 정권에 대한 저항과, 속악한 물질만능주의에 대한 비판을 주조로 하고 있기는 하지만, 그의 남다른 장기는 항상 사물과 사건의 이면에 감추어져 있는 또 다른

1   박동억, 「사무사(思無邪)의 시학─이은봉 시인의 시세계」, 『시와시학』, 2016년 겨울호.
2   임지연, 『공동체 트러블』, 천년의시작, 2013, 253쪽.
3   장영우, 「짱돌, 손오공, 책─이은봉의 시세계」, 『유심』, 2008, 여름호.

비극을 놓치지 않는 눈썰미와 균형 감각에 있다고 보고 있다.

1950년대에는 한국전쟁이 있었고, 1960년대에는 학생들을 중심으로 일어난 4월 민주혁명이 있었다. 1970년대에는 삼선개헌과 유신 체제에 의한 정치적 긴장이 있었고, 1980년대에는 광주 시민을 중심으로 일어난 광주민주화운동이 있었다. 이러한 역사적 사건의 의미를 되새겨볼 때 1980년대는 전두환의 신군부독재에 거부하고 저항하기 위한 움직임이 이 나라 도처에서 일어나고 있었다고 할 수 있다.

1980년대의 시대 상황은 탄압과 저항, 허위와 폭로, 보수와 진보, 한계와 가능 등 우리 사회의 어두운 면과 밝은 면이 함께 엇갈리던 시기이다. 전체적으로 조망할 때 이 시기는 1987년을 기점으로 전반기의 탄압 시대와, 후반기의 해금 시대로 요약해 볼 수 있다. 그만큼 이 시기는 불행하면서도 가능성이 있는 전환기적 성격을 지니고 있었다.[4] 그렇다고 하더라도 1980년대는 정치적으로도 사회적으로도 불안과 긴장이 지속되는 시대였던 것은 사실이다. 1980년대라는 불안정한 시대의 서정과 서사가 이은봉의 이 시집『좋은 세상』에는 고스란히 그대로 드러나 있다. 이 글에서는 이런 1980년대의 한국사회의 변화의 과정이 이은봉의『좋은 세상』에 어떠한 방식으로 드러나 있는지를 살펴보는 데 목적이 있다.

이은봉은 문단에 나온 지 30년이 넘은 시인으로 현대 시사에 중요한 위치를 차지하고 있지만 그의 첫 시집에 대한 논의는 다년간의 작품 활동에 비해 매우 미비한 편이다. 이에 본 연구에서는 그의 첫 시집『좋은 세상』만을 대상으로 하여 당시의 시대적 상황과 그의 시세계가 이루는 상호관계를 일별해보고자 한다.

---

4   김재홍, 「80년대 한국시의 비평적 성찰」, 『한국현대문학사』, 2002, 493~494쪽 참조.

2. 민중 공동체와 저항 의식

1980년대의 한국문학사는 정치와 문학이 매우 밀접한 관계를 맺고 있었다. 당시의 문학은 사회현실의 모순을 고발하고 이를 통해 앞으로 나아가야 할 방향을 제시하는 길잡이로 작용한 바 있다. 즉 1980년대는 흔히 민중의 저항 의식이 시대정신으로 발현된 이른바 민중시의 시대라고 불린다.

민중시의 개념은 '민중'의 개념 자체가 그러하듯 분명하게 규정되어 있지는 않다. 하지만 그 개념이 어떠하든지 간에 '민중시'에 대한 관심은 젊은 시인들 사이에 널리 확대된다. 시가 민중적 삶에 바탕을 두고 있어야 한다든지, 민중적 현실을 외면해서는 안 된다든지 하는 주장은 마땅히 추구해야 하는 지향점이 된다.[5]

'후기'에도 밝히고 있듯이 첫 시집 『좋은 세상』에서 이은봉은 민중의 이야기와 더불어 민중들이 살아가는 현재의 모습을 보여주려고 노력한다. 즉 '지금 이곳'의 구체적 사람살이를 보여주는 것이 시라고 생각했던 것이다. "인간이란 살아가는 동안, 희망적이든 절망적이든, 삶의 구석구석에서 늘 새로운 깨달음을 발견하게 마련이다. 그러는 가운데 스스로와 이웃들을 성숙시켜 나가는 것일 터인데, 이 시집의 편편들에서 나는 바로 그러한 것들을 노래하려 하였다."[6]라는 이은봉의 말에서 민중들을 바라보는 따뜻한 시선을 느낄 수 있다.

> 자동차소리 캐터필러 소리
> 소리소리 자꾸 아뜩한 밤일세

5   권영민, 『한국현대문학사』, 민음사, 2002, 346~347쪽 참조.
6   이은봉, 『좋은 세상』, 실천문학사, 1986, 162쪽.

와서 뭣 좀 자셨는가
주공아파트 조그만 방구석
아무도 모르게 살짝
자네들 젯밥을 떠놓았네
두레상에 김·자반·메……
힘이 부쳐 많이 차리진 못했네
…(중략)…
자네들 죽음은 아직도
아직도 금기일세 그 많은 죽음이 묶여 있네
왜 죽었을까
왜 그처럼 격렬히 죽어갔을까
묻지 못하네 아무도 모르게 살짝
젯밥이나 차리고 지방이나 사르고
으스스 거리를 휩쓰는 바람에 쫓겨
또 음습한 방구석에 처박혀야 하네
그러나 그러나,
처박혀 살아 똑똑히 보아야 하네
눈 부릅뜨고 밝혀야 하네.

— 「지방을 사르며」 부분

당시의 시대적 배경은 정치적으로도 사회적으로 억압된 상황이다. 이러한 상황에서 화자인 시인은 민주열사까지도 민중의 한 사람으로 보고자 한다. 나라를 위해 목숨을 바쳐 싸운 그들을 위해 "젯밥을 떠놓"는다. "힘이 부쳐 많이 차리진" 못했지만 "두레상에 김·자반·메……"를 올려놓는 것이 그이다. 그리고 그는 "혼자 절하고 소주잔을" 비우고, "베란다에 나와" 지방을 불사른다.

화자인 시인은 "불빛 속에서" 열사들의 모습이 "얼핏 솟아올랐다 사라"진다고 표현하고 있다. 사실 정부의 감시로 인해 당시에는 이들의 죽음에 대해 발설하는 것조차 금기사항이었다. 때문에 "주공아파트 조그만 방구석에/아무도 모르게 살짝" 상을 차린 것이다. 하지만 화자인 그는 금기된 죽음 앞에서 좌절하지 않고, 다시 앞을 향해 나아가고자 한다.

아무도 눈치채지 못하게 젯밥을 차리고 지방을 태우고 다시 "음습한 방구석에 처박혀야" 하는 것이 실제 상황이지만, 그 모든 것을 "눈 부릅뜨고" 밝히고자 한다. 당대 현실의 온갖 비극적인 모순을 말이다. 이것이 화자인 그가 방구석에 처박혀 있으나 밝혀야 할 것들이 많은 까닭이다. 이처럼 화자인 시인은 보이지 않는 민중들의 삶까지도 위무하고자 한다.

1980년대 당시 희망을 향한 움직임은 대한민국 곳곳 어느 곳에서나 일어나고 있는 일이었다. 이는 「명정로」라는 시를 통해서도 확인할 수 있다. 「명정로」는 『좋은 세상』의 제3부에 실려 있는 시로 1980년에서 1982년 사이에 씌어진 시이다. 명정로는 이은봉의 고향인 대전의 한 지명이다. 민주화를 위한 항쟁은 대전 지역에도 계속되고 있었던 것이다. 1980년대 당시 민중들이 있는 곳, 그곳은 대한민국 도처였고, 그 도처에서 좋은 세상을 향한 끊임없는 갈망은 거듭되었다. "최루탄 가스도, 솟아오르던 맨주먹도" 지금은 잠시 잠들었지만, 한때 이곳도 격렬했던 민주화 운동의 현장이었음은 자명하다.

이와 같이 민중을 위하는 마음은 저항 정신으로 이어지기도 한다. "천의 얼굴"을 가진 아메리카를 "가엾"(「아메리카여」)다고 야유하기도 하고, "대가리를 처박고 뻔뻔하게/무엇을 찾고 있는" 소비에트에 대해서는 "미치광이 봉두난발"(「쏘비에트여」)이라고 비판하기도 한다. 또한 "악착같이 돈은 벌어야" 하는, 그러기 위해 "끝내 중동엔 가야만" 하는(「중동엔 가야만 하고」) 상황에 대해서도 자책한다. 하지만 이러한 저항도 희망이 있기에 가능한 것이다. 이때의 희망은 다음의 시에서 확인할 수 있다.

묽고 축축한 밀가루 반죽
크고 평평한 나무주걱 위에 올려놓고

손가락으로 뚝뚝 떼서
끓는 물에 풍덩풍덩
아뭇소리 마라 뚝뚝 떼서
수제비 한 사발 뜨끈뜨끈
멕여주마 좋은 세상

구구구, 허튼 말로 불러봐도
우루루 몰려드는 병아리 떼
조 수수 싸래기 한줌 듬뿍 들고
앞마당 골목길 시장통 부둣가
던져주마 배부르게
우뭇소리 마라 한줌 듬뿍 들고
멕여주마 좋은 세상

자근자근, 낚싯줄을 드리우고
넓적한 양푼, 침도 탁탁 뱉으면서
콩깻묵 꼭꼭 뭉쳐 물에 적셔
떡밥 뚝뚝 떼서 강물 위로
아뭇소리 마라 던져주마
입 쪽쪽 벌렸다간 큰일난다
낚시코에 걸렸다간 큰일난다.

—「좋은 세상」 전문

「좋은 세상」은 이 시집의 표제작이다. 산업화 사회의 어두운 면에 대한 당시 시인의 관심은 이 시의 제목에도 잘 나타나 있다. 좋은 세상은 자본가나 독재자들에게나 가능했던 공간이다. 열심히 살아보고자 하지만 육체적, 정신적으로 더욱 피폐해지기만 하는 민중들에게 좋은 세상이란 쉽게 잡히지 않는 공간이다.

이 시에서 시인은 그것을 세 가지 장면의 층위적 배열을 통해 보여주고

자 한다. 수제비를 만드는 장면과 병아리에게 모이를 주는 장면, 그리고 낚싯줄에 떡밥을 끼우는 장면이 그것이다. 이들 장면을 통해 시인은 모두에게 공평하고 모두에게 참된 '좋은 세상'이 지금 이곳에 존재하는 것인지에 대해 되묻는다. 그가 자본과 권력이 세상을 지배하는 세상의 논리와 맞서고자 하는 것이다.

전반적으로 풍자의 어조를 하고 있는 이 시는 모두에게 좋은 세상이 되는 날을 갈망하는 시인의 바람이 담겨 있다. '좋은 세상'을 만드는 것은 이은봉 시인에게 주어진 소명 의식인 듯하다. 그는 여기서 당시의 상황은 비록 절망적이지만 그럼에도 불구하고 희망이 존재한다는 것을 보여주고자 하는 것이다.

여기에서는 「지방을 사르며」와 「좋은 세상」의 시를 통해 민중들을 바라보는 시인의 따뜻한 시선에 대해 살펴보려고 했다. 민중들이 살아가는 지금 이곳의 삶의 모습을 구체적으로 보여주고자 한 것이 이은봉의 시이다. 그는 자신의 시를 통해 소외된 민중을 감싸 안으려 했고, 민중을 소외시키는 사회에 대해서는 비판을 통해 저항하려고 했다. 그리고 그 사이에서 희망을 발견하고자 했다.

3. 여성 노동자들의 삶의 모습

1970년대는 본격적인 산업화 시대로 접어들기 시작한 시기였다. 경제적인 부는 권력층에 의해 독점되었고, 노동자들은 그들의 부를 축적해주는 수단으로 전락하고 말았다. 거듭되는 고된 노동은 노동자들이 인간답게 살 수 있는 방안을 결코 마련해주지 못했다. 노동자들에게 고된 노동은 오히려 저임금으로 허덕이는 고통의 터널일 따름이었다. 결국 계층 간의 갈등이 심화될 수밖에 없었다.

1980년대에 이르면 이러한 노동자들의 삶의 문제와 바람직한 가치를 다루는 문학적 유파가 형성되게 된다. 이른바 노동문학이 출현하게 된 것이다. 이은봉의 첫 시집『좋은 세상』에 수록되어 있는 부설학교 연작시는 바로 이러한 맥락에서 노동자들의 삶에 대해 노래하고 있는 것을 알 수 있다. 이 연작시는 1982년부터 1984년 사이에 씌어진 것들로 기본적으로는 '희망'을 담보로 하고 있다. 고된 노동을 마다하지 않고 일을 했던 노동자들, 특히 여성 노동자들의 삶의 모습을 진실하게 드러내고 있는 것이 이들 시이다. 그는 이들 시에서 여성 노동자들이 삶을 따뜻한 눈으로 들여다보며 그래도 희망이 존재할 것이라는, 존재하여야 한다는 것을 말하고 있다.

우리가 여성 노동자라고 지칭하는 이들은 산업화 시기 농촌의 몰락과 동시에 서울로 유입된 가난한 집 딸들, 식모, 버스안내양, 여공들을 가리킨다. 이러한 여성 노동자들은 자신들의 목소리를 통해 노동력을 착취하려는 자본의 본질을 비판하는 한편, 이들을 바라보는 진보적 지식인들의 위계화된 시선까지, 다양한 억압의 스펙트럼을 폭로하기도 한다.[7] '부설학교' 연작시편에는 이와 같은 여성 노동자들의 삶이 등장하고, 이들의 삶을 보여주기 위해 시인은 여러 등장인물을 배치한다. 금자, 박금아, "퇴사를 당한" 안타까운 그녀 등등이 이에 해당한다.

> 시외버스 정류장 근처
> 높이 떠 빛나는 애드벌룬
> 더러 썩은 유등천도 내려다보이고
> 내려다보이고 그 아래
> 뽀얗게 흙먼지가 날리는 골목길
> 산언덕을 기어오르다 보면

7　박지영, 「1970~80년대 여성노동자 시에 나타난 젠더/섹슈얼리티 정치학」, 『한국시학연구』, 2018, 45~46쪽 참조.

거기 내 사랑을 흔들던
부설학교, 꿈꾸던 노동이 있었다
하얗게 까무라치는 형광 불빛을 덮고
가슴앓이로 비틀대던 밤
재봉틀소리 마이크소리 한숨소리
담벼락 높은 게시판 앞엔
웅성웅성 소녀들이 서넛
사원모집 공고에 취해 있었고
기숙사 옥상 가득
가득 널려 있는 빨래조각들
빨래조각처럼 무거운 다리를 끌고
일곱 시 십 분 야간 첫수업
저녁밥조차 굶고 부서지는
너희들 여린 신경을 보고 있으면
학교란 무엇
선생이란 그리고 무엇
나는 그저 이렇게
서걱이는 모래알일 뿐이었다
치맛자락에 붙어 떨어지지 않는
한오라기 실밥일 뿐이었다
교회당 차임벨소리 들리고
공장 굴뚝 연기 하늘을 덮고 있는데.

— 「부설학교 · 序」 전문

이 시는 부설학교 연작시 서문을 여는 역할을 한다. 노동자의 곁으로 가는 것이 역사적 책무라 생각했던 이은봉은 석사학위를 마치고 산업체 부설학교 국어교사로 자원해 갔다가 해직된다. '부설학교' 연작시들은 이 산업체 부설학교 국어교사로 재직할 당시의 이야기를 담고 있다.

시인인 화자는 "꿈꾸던 노동"이 있을 것이라는 희망을 안고 부설학교로 향한다. 그곳에는 "빨래조각처럼 무거운 다리를 끌고/일곱 시 십 분 야간 첫수업"을 들으러 오는 어린 소녀들이 있다. 학업을 이어가기 어려운 환경이지만, 이러한 현실에 굴복하지 않고 배우고자 했던 소녀들. 이들에게 "학교란", "선생이란", 그리고 시인인 화자는 과연 무엇인지 되묻는다. "재봉틀소리 마이크소리 한숨소리"가 끊이지 않는 공장에서 늦은 시간까지 작업을 하고도 배움에의 열망을 놓지 못했던 소녀들에게 그는 한 줄기 '희망'이 되고자 했으나 녹록지 않은 현실을 안타까운 시선으로 바라보기 일쑤이다.

다음의 시에서도 여성 노동자의 안타까운 일상이 형상화되어 있음을 확인할 수 있다.

멀리 기적소리 쓸쓸한 일요일
기숙사 옥상 사다다리에 올라
금자는 천천히 빨래를 걷는다
어지러이 낮달이 지고
시멘트 물탱크에 기대어
바라다보는 부설학교 산언덕에는
아득히 흐드러지는 철쭉꽃
오래오래 그렇게 서서
그녀가 할 수 있는 일은 무엇인가
진바지 꽉 째인 호주머니 속에
흠집투성이의 손가락을
그만큼의 눈물을 찔러 넣다가
철쭉꽃 그리운 산언덕을 생각하면
점점이 떠오르는 얼굴들……
배움은 정말 끝이 없는 것일까
풀무고개 감나무 밑에서
속삭이던 철수도 영자도
고향을 떠난 지 이미 오래
풀씨처럼 쏟아져 내리는 어둠을 향해

기차는 가고 있는 것일까
잔업하는 친구들의 재봉틀소리 요란한
일요일, 저문 햇살에 기대어
금자는 천천히 저 혼자
우우우, 휘파람 불어 젖힌다
어스름 별빛 불어 모은다.

—「부설학교 · 금자」 전문

이 시의 주인공은 제목에서 보여주듯이 금자이다. 흠집투성이 손가락을 가지고 있는 그녀는 어느 일요일 평범한 일상을 보내고 있는 듯하지만 실상은 평범하지 못한 일상을 보내고 있다. 그녀의 손은 "흠집투성이"이고, "철수도 영자도" 이미 "고향을 떠난 지 오래"이기 때문이다. 시의 전체적인 분위기가 쓸쓸함을 자아낸다.

금자는 기숙사 옥상에 올라 부설학교를 내려다보고 있다. 배움을 갈망하고 배움에 대한 열정이 가득하지만 그녀가 할 수 있는 일은 홀로 "휘파람"을 부는 일밖에 없다. "저문 햇살에 기대어" 있는 금자는 "어스름 별빛을 불러 모은다". 별빛이라는 희망을 불러 모아 현실을 타개해보려는 시도를 하고 있는 것이다.

이외의 다른 시편에서도 안타까운 사연은 계속 이어진다. 「부설학교 · 편지」에는 노동운동을 하다가 퇴사를 당해 학교를 떠나야 하는 노동자 학생의 절절한 마음이 담겨 있다. 그는 "환한 대낮"에 "텅 빈 교실에/마지막"으로 앉아본다. 마지막으로 앉아서 "볼펜을 들고/영어 단어를 외우던 연습장/연습장 위에 한숨 위에/잊어버리고 싶은 세상을" 쓰다가 문득 "철부지 같은 선생님/자꾸 웃기만 하시던 선생님"을 생각한다. 그리고 "책상 위에 이마를 묻고/가슴을 묻고" 노동운동을 했던 당시의 "뜨겁던 열기를" 생각한다. 현실은 "좋아진 건 아무것도 없는데" 노동운동을 했다는 이유로 노동자 학생은 해고된다. 그가 쓴 '벽보'와 '삐라'도 함께 말이다. "꽃샘바람이 불고" "목련꽃이 뚝뚝 떨어져버리"는 봄날 화자의 의지 또한 함께 꺾여버린 셈이다. 안타까운 당시의 현실이 그대로 전해지는 시이다.

「부설학교 · 박금아」는 시인인 화자가 '박금아'라는 학생에게 이야기하는 형식을 취하고 있다. "잔업으로 쓰러진" 박금아는 안타깝게도 졸업을 하지 못한다. "새로 온 교장선생도 김상무도" "복막염과 신경통 몇몇 합병증"으로 "한 달이 넘는 입원은" "학교는 물론 회사"에서도 곤란하다고 하기 때문이다. 선생인 화자는 "백방으로" 박금아의 "학적을 주선했지만/별 수 없었"다. 이러한 이유로 졸업을 하지 못한 박금아는 미안해하는 선생님을 오히려 위로한다. "졸업장은 필요없어요 선생님/세상이 뭐 죄 학교인 걸요" 하고 말하는 것이 그이다.

위에서는 부설학교 연작시편을 중심으로 그의 시세계를 살펴보았다. 이를 통해 어려운 환경 속에서도 배움의 끈을 놓지 않았던 소녀들의 모습을 확인할 수 있었다. 산업화 사회의 보이지 않는 횡포 속에서도 꿋꿋하게 살아가고자 했던 여성 노동자들의 모습은 현 시점에서도 귀감이 된다. 본고에서는 이들의 모습을 통해 서로가 서로에게 희망이 되는 세상을 바라는 시인의 따뜻한 마음을 살펴본 것이다.

4. 나가며

이은봉이 본격적인 문학 활동을 시작한 『마침내 시인이여』라는 시집은 일종의 무크지 성격을 갖고 있다. 1980년 당시 전두환 군사독재 정권에 의해 『창작과비평』, 『문학과지성』, 『뿌리깊은 나무』, 『시알의 소리』 등의 인문학 지성지가 강제로 폐간된 바 있다. 이에 잡지를 폐간당한 창작과비평사에서는 전두환 군사독재 정권에 대한 저항의 성격으로 1년에 1권씩 사화집을 출간한 바 있다. 그중 하나가 17명의 시인들의 시를 담은 시전문 무크지 『마침내 시인이여』인 것이다.

이처럼 1980년대의 사회 상황은 문학 외적으로는 물론 문학 내적으로도 매우 암울했다. 언론의 자유가 없을 뿐만 아니라 길거리를 가다가도 불심검문으로 갑자기 잡혀가기 일쑤였던 것이 그 시기이다. 그러니 도처에 공포와 두려움이 만연할 수밖에 없었다. 이 공포와 두려움, 억압에 맞섰던 것이 이은봉 시인이다. 이은봉 시인은 이처럼 온갖 탄압에도 굴하지 않고 저항하고자 했으며 이것이 역사적 책무이자 소명 의식이라고 판단했던 것이다.

2장에서는 민중들을 대하는 이은봉의 따뜻한 시선을 확인할 수 있었다. 이은봉은 자신의 시를 통해 소외된 민중을 감싸 안으려고 했다. 뿐만 아니라 그는 자신의 시를 통해 그들을 소외시키는 사회 상황과 독재자들에게 맞서고자 했다. 3장에서는 '부설학교' 연작시편을 중심으로 그의 시세계를 살펴보았다. 이들 시에서는 어려운 환경 속에서도 배움에의 열망을 포기하지 않았던 여성 노동자들의 모습을 엿볼 수 있었다. 이은봉은 자신의 시를 통해 산업화 사회의 고된 노동에 처한 여성 노동자들의 삶의 모습을 연민의 안타까운 시선으로 바라보고 있음을 확인할 수 있었다.

이처럼 힘든 상황에서도 이은봉은 자신의 시를 통해 좋은 세상을 만들고자 계속 노력해오고 있다. 좋은 세상을 만들고자 노력하는 이은봉 시의 이러한 바람은 지금도 현재진행형이다. 본 연구는 이은봉의 첫 시집인 『좋은 세상』만을 대상으로 하여 당시 한국사회의 모습이 그의 시에 어떠한 방식으로 투영되어 있는지를 살펴보았다는 점에 정작의 의의를 둔다.

(『인문사회 21』 제9권 2호, 2018년 4월)

이은봉과 『삶의 文學』에 대하여
— 이은봉 시집 『봄 여름 가을 겨울』

김성동

한밭을 중심으로 한 충청남도 일원에 그 삶의 뿌리를 박고 있는 젊은 문학인들의 모임에 '삶의 문학'이 있다. '삶의 문학'이라는 지극히 당연하면서도 무서운 명제를 중심이 되는 강령으로 내건 문학인들과 만나게 된 것은 83년 가을쯤이었던 것으로 기억된다. 이 기억은 필자에게 있어 아주 소중한 것으로 남아 있으며 지금도 계속되고 있고 앞으로도 계속될 것으로 믿는다. 삶 따로 문학 따로 마치 따로국밥처럼 따로 떨어져서 문학하는 사람들끼리만 따로 모여 노는 별세계가 있을 수 없으며 문학이 곧 삶이요 삶이 곧 문학이며 그리하여 삶으로서의 문학과 문학으로서의 삶이 같은 뿌리에서 나온 한 몸뚱이여야 한다는 굳은 믿음을 갖고 있는 필자이므로 이들과의 만남은 더구나 소중한 것으로 된다.

그때 필자는 무너지고 부서진 몸과 마을을 간신히 추슬러가지고 한밭 근교에 있는 구도리 마을에 엎드려 있었는데, 여남은 명의 청년들이 찾아왔던 것이다. 이은식, 김영호, 김흥수, 이은봉, 채진홍, 전인순, 전무용, 윤중호, 이재무…….

갈가리 찢겨지고 바스러진 시대와 역사를 바로 세우기 위하여 몸 전체를 붓 삼아 뚫고 나가는 '진정한 작가'가 되어야 한다는 새삼스러운 결의와 다짐으로 시대와 역사처럼 바스러지고 찢겨진 자신을 추스르고 있던 필자에게 이들과의 만남은 아름다운 것이었다. 인연(因緣). 이들 또한 시대의 상처를 꿰매서 굽고 비틀린 역사를 바로잡기 위하여 붓을 잡았다고 했으며 시퍼런 눈빛으로 역사와 시대와 문학과 그리고 인생을 얘기했는데 그들의 말이 현실의 현장에 굳건히 발을 딛고 있는 이들의 그것이었음은 그들이 놓고 간『삶의문학』5집이 웅변으로 말해주고 있었다. 때로는 미숙한 바가 아주 없는 바도 아니었으나 충분한 가능성이 담겨 있었던 것이다. 뒤를 이어 6, 7, 8집이 나왔고. 한 단계씩 올라서는 고투(苦鬪)의 흔적이 보여 앞으로 선보일 업적이 기다려지거니와, 서울로 한밭으로 뛰어다니며 일을 추슬러내는 심부름꾼의 역할을 마다하지 않은 것이 이은봉이었음은 물론이다.

두루 알다시피 오늘이 이 땅에서는 모든 것이 서울 중심으로 이루어지는 이른바 '중앙집권제'의 시대이다. 정치·경제는 물론이고 그것이 문화에 이를 것 같으면 더구나 그러하다. 사람의 새끼만이 서울로 가야 대접을 받는 것이 아니라, 강아지 새끼까지 그러하며 이것은 그대로 지방 사람들의 피와 눈물과 한숨이 신작로와 철로를 거쳐 고속도로를 타고 서울로 올라간다는 말이 된다. 왕조 시대 이래로 지방은 서울의 식민지인 것이다. 진정한 의미에서의 지방자치제가 하루빨리 이루어져야 할 까닭이 진실로 여기에 있으며 정치에서의 지방자치가 이루어지기 위해서는 문화에서의 지방자치가 먼저 이루어져야 할 터이다. 모든 일은 사람이 하는 것이고 사람이 움직이게 되는 것은 그 사람의 마음에서이며 그 사람의 마음을 갈빗대 밑으로부터 쑤시고 들어가 마침내 그 몸을 움직이게 만드는 것은 문화요 문학이 아닌가.

우리가 '타는 목마름'으로 그리워해 마지않는 나라의 민주화와, 나라의 민주화를 바탕으로 한 민족의 통일과, 민족의 통일을 바탕으로 한 민중의 해방을 위하여 문학인이 해야 될 일이 여기에 있으며 문학인의 힘 또한 여기에 있을 터이다. 무릇 이 세상에 존재하는 모든 것들은 풀잎 하나라도 다 제 뜻대로 움직이고자 하며 타율적인 제약이나 힘에 의하여 그것이 막혔을 때는 문득 죽창이 되어 꼿꼿하게 일어서는 것이다. 좌죽입백(座竹立白), 본디 스스로의 뜻대로 움직이고자 하는 풀잎들의 움직임을 방해하고 억누르고 낫질을 해대는 자들은 누구이고 그들의 정체는 무엇인가를 짯짯이 밝혀내어 풀잎 풀잎마다의 본디 생명을 생명이게끔 해주는 것이야말로 문학인의 최소한의 조건이며 의무가 아닌가. 문학인들이 힘을 내야 할 까닭이 진실로 여기에 있는 것이다. 지극히 부드럽고 약한 것으로 생각되는 붓 한 자루가 그것을 잡은 사람에 따라서는 사회 변혁과 인간 해방을 위한 위대한 무기가 될 수 있다는 것을 보여준 것이 저 러시아 혁명기의 작가 고리키가 아닌가. 굳이 러시아만이 아니라 우리나라의 경우에도 그러한 선배들은 적지 않다.

이른바 중앙 문단과의 아무런 인연도 끈도 보살핌도 없이 자생적·자주적으로 일어나 굳건하게 그 날(刃)을 세워가고 있는 '삶의 문학' 동인들을 세상 사람들이 주목하고 있는 까닭이 어디에 있는가. '삶의 문학'은 한밭을 중심으로 일어났으되 한밭과 충청남도를 뛰어넘어 온 나라에서 어두운 밤의 들불처럼 일어나고 있는 문학 운동·문화 운동의 핵심에 위치해야 한다. 민족·민주 운동의 새 단계를 맞아 '대전·충남민족문학인협의회'를 발족시킨 '삶의 문학' 동인들은 자부심을 가져도 좋다. 충청도에는 자랑스러운 역사적 전통이 있기 때문이다. 우리나라의 민족해방운동사에 있어 불멸의 역사로 기록될 이정(而丁) 선생과 김삼룡(金三龍) 선생은 그만두고 문학 쪽만을 따져보더라도 우리 민족문학의 핵심 전통을 세워온 것이 충청도였다. 시에서는 만해(卍海) 한용운(韓龍雲)과 정지용(鄭芝溶) 그리고 신동엽(申東曄)과 박용래(朴龍來)·신경림(申庚林)이 있고, 소설에서는 민촌(民村) 이기영(李箕永)과 벽초(碧初) 홍명희(洪命憙) 그리고 남정현(南廷賢)과 명천(鳴川) 이문구(李文求)가 있다.

임진강 위로 남쪽 구름이
휴전선 아래로 북쪽 구름이
뭉게뭉게 서로 만나 비구름 되듯
비구름 소나기로 퍼부어 내리듯
젖어, 이 나라 흥건히 하나가 되듯
오늘 그렇게 하나 되는 날
물같이 단단히 하나 되는 날
서로 미워 헐뜯고 물어뜯던 일
그만 다 잊고 깨끗이 씻고
대동강물 한강물 말끔히 씻고
모여, 오늘은 두 사람 기려주는 날
즐거워라 너도 나도 신명나는 날
여기저기 다투어 번대도 치고
천둥도 치고, 야야 진심으로 차일도 치고
날씨 얘기 건강 얘기 집안 이야기
그간 못 만났던 사람들 손목도 잡고
멀리 있는 사람들 안부도 묻고
그래그래 오늘은 하나 되는 날
두 사람 몸살 나게 기분 좋은 날

—「하나 되는 날」 부분

이 글을 쓰기 위하여 이은봉의 처녀시집 『좋은 세상』을 다시 한 번 읽어보다가 필자는 문득 눈을 감았으니, 'K형의 혼인에 붙여'라는 부제가 달려 있는 작품이 눈에 들어왔던 것이다. 다섯 해 전 필자가 끊어져버린 거문고의 줄을 다시 잇게 되었을 때 이은봉이 낭송하여준 시였다.

"저어…… 은봉인데유우."

어떻게 지내고 있는가 궁금할 때쯤이면 느려터진 충청도 사투리가 어김없이 들려온다.

"별고 읎으시지유우."

"으응…… 워뗘? 거기는."

"맨날 그렇지유 뭐……."

장가를 들면서 각시의 직장이 있는 서울로 제금을 나온 게 어느덧 4, 5
년 되지만 그는 여전히 토박이 '충청도 촌놈'이다. 김사인(金思寅)의 말처
럼 "속으로야 불이 나건 말건 웬만한 일에는, 실실 웃고 마는 호인"이다.
그러나 단순히 사람만 좋은 무골호인이 아니라 십 년 묵은 능구렁이가 한
서너 마리쯤은 들어앉아 있는 '촌놈'인 것이다. 백제유민(百濟遺民), 충청
도 사람들의 말이 느리게 된 연유를 살아남기 위한 백제유민들의 눈물겨
운 자구책으로 보는 이명천(李鳴川)의 탁견에 딱 들어맞을 만큼 이은봉은
갈데없는 충청도적 요소를 고루 갖추고 있다. '노는 꼴'도 그렇지만 그는
'노는 꼴'의 총체적 잔영인 시가 그렇다. 천천히 그러나 확실한 보폭으로
차근차근 나아가는 것이다. 뜨거운 관심과 열정은 갖고 있되 쉽게 따라가
지 않으며 더불어 함께 걸어가되 함부로 속내를 드러내지 않는다.

"위치게 돌어가는겨?"

"정치판 말씀유?"

"문학판 말여. 싸낙배기덜 얘기 점 혀봐."

"물르겄슈우. 다들 똑똑헌 사람덜이니께."

"간사가 물르면 워척혀. 종자론은 뭐구, 속도전은 또 뭔 말여?"

"저야 뭐 알간듀. 똑똑헌 이론가덜이 서루 싸우는 데서 귀동냥이나 허
는 거지유."

축축하고 끈적끈적해서 때로는 또 징그럽기까지 한 생활의 정서가 없
이 관념 투쟁만 벌이고 있는 이론만능주의자들의 이야기를 전해주면서도
끝내 그 선악과 우열에 대해서는 입을 다문다.

　　서울 지리 참 복잡하고 복잡하데
　　나 시골 살 때 어쩌다 볼일이 생겨

기차로 올라와 역광장에 내던져지면
정신이 없데 꼼작없이 어릿광대데
뭐 하는 수 없이 택시를 타고
비싼 요금을 물어 볼일을 봤지
그러나 장가들어 제금 나면서
성북 골짜기 한구석 자리하고 보니
서울길 그래도 대충 눈에 훤하데
무릇 길이란 본디
제 아무리 꼬불꼬불 지랄을 쳐도
죄 내 집 문간에서 나와
죄 내 집 문간으로 드는 법인 걸
그땐 몰랐지 아직은 그걸
세상 모든 이치 이와 같아서
너무 당황 말고 담담히 그냥
대궁 바로 세워 지켜보며는
눈 부드러이 지켜보며는
쉬 알게 되데 탁, 가슴 트이데
그 또한 내 집 문간에서 나와
내 집 문간으로 드는 법인 걸
하지만 지금도 거리에 나서고 보면
내 못난 성정 탓인가
서울 지리 복잡하기는 마찬가지데
어지럽고 시끄럽긴 마찬가지데.

— 「雜感—재무에게」 부분

1980년대에 나온 많은 시인들이 그러하듯 이은봉 또한 저 '피의 5월'로 부터 자유롭지 못하다. 아니, 자유롭지 못한 정도가 아니라 한반도 또는 조선반도의 총체적 모순이 피바다로 표현되었던 80년 5월이야말로 이은 봉 문학의 출발점이 된다. 반외세 자주화를 바탕으로 민중 해방을 염원하는 '혁명문학'의 세대인 것이다. 그 또한 제국주의로서의 북미합중국의 정체를 선전 · 선동해냄으로써 민중을 반미 · 항미의 전열에 묶어 세우기 위한 시를 쓰고, 기본 계급 인민 대중들을 해방시키기 위한 노래를 부르며 민족 자주적 평화통일을 위한 문학을 한다. 적어도 자신의 문학이 그렇게 되기를 간절히 기원하고 있다. 그런데 여기서 한 가지 다른 점이 있으니, 광주를 중심으로 한 일군의 그 세대 시인들이 '풍자냐 자살이냐'를 정면으로 거부하면서 '직설이 아니며, 타살이다'고 부르짖는 것과는 반대로 완곡하면서도 부드러운 몸짓을 보여준다는 점이 다. 그런 의미에서 그는 김지하(金芝河)적이다. 그 선악 또는 우열을 얘기하자는 것이 아니고 아마 체질인 것 같다. 「찌르레기」라는 제목이 붙어 있는 다음과 같은 시는 그러므로 이은봉 시인의 시적 특질을 가장 극명하게 보여주는 것으로 받아들여진다.

> 찌르레기 울어쌓는다
> 저 풀벌레 울어쌓는다
> 폭폭한 가슴,
> 마구 두 주먹으로 문지르며
> 지르자니 찌르자니 차마
> 울어쌓는다.
> 울어라 울어라 네가
> 나보다 낫구나
> 대한민국 시인보다 낫구나
> 나는 기껏 분을 못 삭여
> 콧노래나 흥얼대며 돌아오는데
> 두려워 골목길도 굽어 오는데
> 너는 온몸을 태우고 있구나
> 네가 옳구나
> 너를 배워야겠구나
> 어둠을 내몰며
> 새벽을 만들며

찌르레기, 홀로 울고 있구나
네가 으스러지고 있구나.

(이은봉 시집 『봄 여름 가을 겨울』 해설, 창작과비평사, 1989)

제3부 시집들 ― 움직이는 시정신

자각과 실천 사이에 존재하는 것들
— 이은봉 시집 『봄 여름 가을 겨울』

박일우

1.

『봄 여름 가을 겨울』은 이은봉 시인의 두 번째 시집이다. 1987년 9월에 창비에서 출간되었으니 이 시집은 올해로 서른 살이 된 셈이다. 이보다 3년 전인 1886년에 펴낸 첫 시집 『좋은 세상』과, 이 시집 『봄 여름 가을 겨울』을 통해 그는 대체로 사회와 역사에 대한 직설적인 비판과 더불어 불온의 세계를 어떻게 살아내야 할 것인가에 대해 물음을 던지는 리얼리즘 시인으로 평가를 받는다. 1980년대를 관통하는 사회문제들, 특히 민족문제나 왜곡된 근대 자본주의의 단면들을 들추어 거칠 것 없는 시선으로 마주하면서 다른 한편으로 이를 극복하기 위한 시적 상상을 펼쳐 보이는 것이 이들 시집이다. 그래서 이 무렵의 그의 시편들은 사회문제 극복이라는 당위적 가치들과 그것의 실천 사이에 태어나는 첨예한 갈등으로 읽어낼 수 있다. 이러한 그간의 평가들을 종합하고 지나간 의미를 지금 오늘의 현재의 시점에서 새롭게 재구성해보는 것도 중요한 작업이 될 것이다. 그렇기는 하지만 논의를 시작하는 지금 한 가지 언급해둘 것은 이 글은 미처 그러한 작업에까지는 이르지 못한다는 점이다.

맨 처음 이 시집을 두고 글을 쓰고자 마음먹은 것은 사람의 나이로 서른 살, 그 30년이라는 딱 떨어지는 숫자가 주는, 그래서 중요한 의미가 있을 것 같은 어떤 무언가가 떠올랐기 때문이기도 하다. 돌이켜보면 이 시집이 출간되고 30년이 흐르는 동안 이 나라 현실은 카멜레온의 피부가 바뀌듯 순간순간 겉만 바뀐 것이 아닌가도 싶다. 한편 텍스트를 분석해 의미를 찾아내 글을 쓰는 일을 업(業)으로 하는 내게는 이 책의 내용들이 일종의 의무감 같은 것으로 다가온 바도 있다. 내게는 스승이기도 한 시인의 시편들을 다시 읽는 것이 그리 녹록한 일은 아니지 않는가. 제3차 남북 정상회담이 열리고 있는 지금 현실 문제 중에서도 민족 문제, 곧 통일 문제를 다루고 있는 시부터 살펴보자.

> 고무풍선 날렸습니다 북쪽을 향해
> 여기 임진각 광장에 와서
> 손잡았습니다 한 사람 또 한 사람
> 수백 수천의 고무풍선 날렸습니다.
> 강 건너 사랑을 향해
> 그렇습니다. 나 여기 와서
> 처음으로 휴전선 가시철망 보았습니다
> 끊어진 자유의 다리 보았습니다
> 그러는 동안 생각 속으로
> 한 줄기 휘파람 소리 지나갔습니다
> 희망의 함성소리 지나갔습니다
> 그렇습니다 나라 이처럼 갈라 세운 자
> 나라 이처럼 쪼개 세운 자
> 지금 사람 아닙니다. 과거의 사람입니다
> 처음으로 나 여기 와서
> 가슴 넘쳐 흐르는 임진강물 보았습니다
> 하늘 가득 덮어오르는 고무풍선 보았습니다
> 하여, 손잡았습니다 구경나온 사람들과도

아아 거기 서 있던 미군병사들
두려워 외오다리로 떨었습니다.

—「임진각 고무풍선」 전문

　임진각은 남쪽의 일반 국민들이 통제 없이 자유롭게 갈 수 있는 가장
북쪽이다. 북한 땅과 불과 7킬로미터, 분단 이후 실향민들의 애환과 통일
의 염원이 켜켜이 쌓인 곳이 임진각이다. 그곳은 제3차 남북 정상회담이
열리는 판문점으로 가기 위해 반드시 거쳐야 하는 곳이기도 하다. 30년
전 시인은 통일운동의 하나로 이곳 판문점에서 "휴전선 가시철망" 위로
고무풍선을 날리고, "끊어진 자유의 다리"를 향해 "희망의 함성소리"를 날
리고, 그리고 그곳에 모인 "한 사람 한 사람"과 손도 맞잡는 체험을 한다.
　물론 30년이라는 시간이 흐르는 동안 이곳 임진각은 많은 것이 변했다.
평화누리공원으로, 복합 문화 공간이 조성되었고, 수많은 염원들이 쌓이
고 쌓여, 한 시대를 넘어 이제 남과 북의 정상이 만나는 판문점과 가까운
곳이 된 것이다. 시 속 깊숙이 숨은 시인의 바람대로 되기까지 또 그만큼
의 30년, 어쩌면 그 배가 되는 60년이 흐를지도 모를 일이나, 이 시에서
시인의 바람은 그대로 손을 내밀어 맞잡는 일에 주저할 것 없이 동참하고
싶은 나의 바람으로도 확장되고 있다.

2.

　그 무렵 시인에게 포착된 시대 상황은 어떤 모습을 하고 있을까. 이러
한 류의 질문은 1980년대라는 시대적 아픔을 드러내고 있는 시인들에게
던지는 질문들 중에 절대 빠지지 않은 것이기도 하다. 대답 또한 군이 '시
대에 대한 시적 대응 방식'으로 대표되는 전문적인 논의로 살펴보지 않더
라도 고개 끄덕이며 대충은 짐작할 수 있는 것이 되어 있다. 안타까운 것

은 그렇게 자신의 모든 것을 펜 끝에 걸었던 시인들의 고뇌를 너무도 쉽게 내뱉고, 그저 가볍게 과거 역사의 편린(片鱗)으로 치부해버리고 마는 것이다. 우리에게는 아직 휴전선이 남아 있고, 자본주의적 근대에 따른 제반 문제 또한 산적해 있다. 그래서 주체와 대상의 형태만 바뀔 뿐 시인이 노래해온 모든 것은 현재진행형일 수밖에 없다. 따라서 시집 뒤에 붙은 '후기'에 드러나 있는 "분노와 좌절, 희망과 절망, 기쁨과 슬픔이 마구 뒤엉켜 있"었던 그 시절에 시인의 지니고 있던 서러움과 안타까움의 실체를 제대로 파악하는 것이 중요하다.

텔레비전을 조심하라
신문과 방송도 마찬가지로 조심하라
언제 어느 한순간에
대문짝만한 크기로
그대 투박한 이름이 튀어나올는지 모른다
내란음모죄로, 범법자로
악마의 얼굴로 튀어나올는지 모른다

일찍 집에 돌아와 책을 읽다가도
혹은 식구들과 둘러앉아 저녁밥을 먹다가도
학생으로서 교사로서
또한 공장 노동자로서
문득 임의 동행 형식으로 끌려갈는지 모른다
그러면 소리 없이 끝장이다.

…(중략)…

어떤 놈이 밀정인지 모른다
친구들도 믿어서는 안된다
이 땅에 살기 위하여

의심하라 의심하라 의심하라
그러나 그러나,
주는 대로 먹고 입으며
아내와 자식새끼들,
가랑이에 대가리를 처박고 살아서는 안된다

안된다 안된다 안된다 안된다.

　　　　　　　　　　　　　　　—「이 땅에 살기 위하여」 부분

　시인의 1980년대는 의심하지 않으면 살 수 없는, 견딜 수 없는 사회였
던 것이 사실이다. 모든 소통의 통로를 의심하면서 "내사되지" 않게, "읽
혀져" 있지 않게 "조심"을 해야 하는 사회였다는 얘기이다. 시인에게는 불
통의 사회였던 셈이다. 불통의 사회를 극복하려면 어떻게 해야 할까. 그
렇게 살아서는 안 된다고 반복해 스스로에게 최면을 거는 수밖에 없다.
그리하여 하나의 습관이 되어 공동체의 실천으로 이어질 수 있도록 하는
수밖에 없다. 이러한 습관이 부지불식간에 공동체 속에 스며들어 일종의
문화를 형성하도록 해 공동체의 정체성을 지배해나갈 수 있어야 하기 때
문이다. 그래서일까. 시인은 "주는 대로 먹고 입"어서는 안 된다고, "아내
와 자식새끼들"의 "가랑이에 대가리를 처박고 살아서는 안된다"고 외친
다. 이를테면 가족이라는 틀, 즉 제도라는 틀 안에 갇혀서는 안 된다고 주
장하고 있는 것이다.
　전 세계적으로 1980년대는 사회주의의 몰락과 함께 민주화의 바람이
거세게 불었던 시기이다. 우리나라에서도 1980년대는 전 민중적 열기를
바탕으로 민주화를 쟁취하기 위한 격렬한 운동과, 그에 따른 실패와 좌
절, 분노와 절망으로 점철되어 있었다. 그렇다. 당시의 몇몇 사건들은 한
국 현대사의 전환점이 되어 사람들의 가치관을 변화시키기까지 했다.
　그중에서도 1980년 5월에 일어난 광주민주화운동과 1987년 6월에 있

었던 시민항쟁은 30년이 지난 지금의 사회, 정치적 패러다임을 형성한 원인이 되었다고 해도 과언이 아니다. 2017년 촛불집회를 통한 정권 교체가 그 대표적인 예라고 할 수 있다. 우리가 지금 1980년과 1987년 사이의 격렬한 사회운동에 주목해야 하는 이유는 그것이 각종 권위주의 체제에 완강히 반대하면서도 능동적으로 정치에 참여하고자 하는 시민들에게 지속적으로 주체적 자각을 불어넣었기 때문이다.

3.

『봄 여름 가을 겨울』에 실린 시편들은 바로 이러한 자각과 실천 사이에서 벌어지는 갈등을 담아내고 있다. 다음의 시가 그러한 갈등을 보여주는 대표적인 예이다.

> 강아지 한 마리 밤낮없이 운다
> 옆집 다영이 엄마,
> 친정집에서 얻어온 이 노예새끼!
> 가죽혁대 튼튼한 걸로
> 쇠고리 튼튼한 걸로
> 꽁꽁 묶어놨구나
> 이놈아 너무 울지 말아라
> 깨갱깨갱 한 주일 죽지 않고 견디다 보면 살 만하더라
> 씨펄, 한때는 나도 그랬다
> 지난 80년대, 그때는 대한민국 백성도 그랬다.
>
> ―「노예에 대하여」 부분

이은봉 시인에게서 자각은 자학에 가까운 자기반성으로서 일종의 현실 버티기이다. "개―노예새끼―나―대한민국 백성"으로 이어지는 그의 자기반성은 거의 학대에 가까운 처절한 정신 정화의 과정을 거치고 있다.

아픈 사랑, 분단된 나라를 띄워 올리는
시의 적절성 그 칼날 같은 처세의
힘의 역학을 알아버렸지요
…(중략)…
한국문학의 역사를, 그 나날을 알아버렸지요

—「확, 한번 슬프데요」 부분

이 시의 인용되지 않은 부분에 따르면 시인은 "투옥시인을 알리기 위하여/일곱 분 민족 시인을 알리기 위하여" 참여했던 출판기념회를 마치고 돌아오는 길에 순수과 정의를 가장한 "힘의 역학"을 자각하고 냉소적인 자기반성을 이어간다. 그러나 한 가지 생각해야 할 점은 이데올로기가 환상의 영역에서 구현된다는 것을 보여준 지젝의 관점으로 이 시를 바라보자면 이러한 자기 비판적 냉소가 "그 속셈 빤한 위장집회"를 허위의식으로만 인식하고 비판하며 분노가 없는 절망으로 곧바로 직행한다는 점이다. 「노예에 대하여」와 「확, 한번 슬프데요」가 보여주는 시인의 냉소는 다름 아닌 이 지점에서 작동하고 있다.

물론 시인은 위장 집회였던 출판기념회가 얻고자 하는 것이 무엇인지, 그리고 실제로 무엇을 얻고 있는지를 잘 알고 있다. 오히려 그는 그것이 갖고 있는 전술적 의미를 정확하게 간파하고 있다. 하지만 그것이 냉소로 표현될 경우, 모든 것이 시인의 탓으로 되돌아오고 시인은 무기력한 주체가 되고 만다. 그래서 "깨갱깨갱 한 주일 죽지 않고 견디다 보면" 그것은 "확, 한번 슬"픈 것으로 귀결될 수밖에 없는 일이 된다. 하지만 시인이 정작 노리는 것은 바로 그러한 표면적 정서를 매개로 해 자기 시대 각종 운동의 한계를 정직성의 관점에서 우회적으로 비판하고 고발하는 것일 수도 있다.

박일우 지각과 실천 사이에 존재하는 것들

4.

질곡이 많았던 1980년대를 넘어서면서 분노와 절망을 극복하려는 시인의 노력은 이 시집 제3부와 제4부의 시들에 잘 드러나 있다. 제3부는 시인의 체험 공간에 따른 사색이, 제4부는 개개인의 삶과 관련된 진실을 담아낸 시들이 묶여 있다. 물론 그는 이것들 속에서 자연의 생명력을 발견하고, 자연의 생명력을 통해 분노와 절망뿐인 현실을 극복하고자 한다.

> 왼종일 앉은뱅이로 다투어도
> 좀처럼 줄어들지 않는 긴밭고랑
> 소잠댁은 잠시 호미질을 멈추고
> 늘어지게 한번 기지개를 켠다
> 내처 포옥! 한숨을 쉰다
> 눈감으면 앞들 멀리
> 계룡산 상상봉이 잘 보인다
> 비럭질이라도 옛날엔
> 지심노래 여럿이 신명이 났지
> 벼룩처럼 땡볕은 자꾸
> 소잠댁 목덜미를 물어뜯는데
> 때없이 오래오래 소쩍새가 운다
> 소쩍 소쩍다 소쩍
> 그해 여름 집 나간 덕이 아부지
> 산사람 넋이 변해 울고 있는가
> 머리에 둘렀던 목수건을 풀어
> 소잠댁은 그만 땀을 씻는다
> 아아 땀방울이 눈에 들어가
> 눈감아도 쓰라려 뵈지 않는다
> 아무것도 아무것도 뵈지 않는다.

— 「소잠댁」 전문

이 시에서처럼 시인은 「순임이」, 「박씨」, 「김판술씨」, 「삼돌이」 등의 시를 통해 자연에 순응하며 살아가는 평범한 사람들을 익히 담아내고 있다. 불통의 시대가 낳은 소외된 개인의 내면을 보여주면서 삶의 지속 가능성을 타진하고 있는 것이 이들 시이다. 나아가 시인은 불합리한 세계와의 화해를 끌어내기 위해서도 진지하게 노력한다. 소잠댁의 현실 풍경을 풀어두는 것만으로는 그 삶의 진정성을 드러낼 수 없다. 그래서 "소쩍 소쩍다 소쩍"하는 소쩍새의 울음소리가 필요하다. 물론 이는 소잠댁의 내면을 현실 세계로 증폭시키는 역할을 한다. 「김판술씨」의 개구리 울음소리도, "미안해서 쩔쩔매"는 엄니를 보고 "씩!" 웃어주는 순임이의 마음도, 돈을 만들겠다고 "푸성귀를 함지박에 이고" 시내에 간 아내를 기다리는 박씨의 "누에 모가지"도 다 그렇다. 이들 모두 우리가 사소하게 지나치는 삶이고 자연이며 근원적 질서다.

5.

이제 시인은 자연 그대로의 근원적 질서 위에서 나날의 삶을 되새긴다. 시집의 표제작이기도 한 「봄 여름 가을 겨울」에서는 계절의 질서 위에서 불온한 시대의 유산들을 정리하고자 하는 시인을 마음을 잘 읽을 수 있게 해준다.

> 산빛이 붉게 물들고
> 울안의 감나무 잎새도 그렇게 물들고
> 새벽바람으로 감나무 잎새가 뚝뚝 떨어지기 시작하면
> 가을이다 봐라 가을이다
> 가을이 지나면 내리는 눈
> 등허리에 눈더미를 지고 겨울이 온다
> 외투깃에 모가지를 묻는 겨울이 온다

허심탄회 얼어붙는 겨울,
가을, 그리고 겨울이다
누가 이 겨울을 여름이라 하는가
여름은 봄이 지나고 온다
머리에 푸르른 숲을 이고 차례로 온다
이 사람아 이젠 제발 두려워 말고
눈 덮인 자네 집 뒷들을 파헤쳐 보라
연탄재 라면봉지 시멘트 조각 속에서도
온갖 생명들 웅크려 떨고 있다
봄을 기다려 떨고 있다
어린애가 자라 어른이 되고
송아지가 자라 어미 소가 되는 법
이 한심한 사람아 미치광이야
요처럼 당연한 이치까지 깨부수면 어떻게 하나
어떻게 다 큰 암탉이 병아리로 돌아갈 수 있고
아름드리 당산나무가 어린 묘목으로 돌아갈 수 있나
그리고 보면 정작 깨부술 것은
번쩍이는 그대 이마빡
욕정의 찌꺼기다 질서를 좋아하는 사람아
봐라 이것이 만물의 질서다
겨울 가을 여름 봄이 아니라
봄 여름 가을 겨울이다.

─「봄 여름 가을 겨울」 전문

이 시는 무엇보다 자본주의적 욕망으로 인해 "요처럼 당연한 이치"를 깨부수는 시대를 살아가는 사람들에게 반성과 성찰을 요구하고 있다. 불통의 시대가 남긴 절망으로 인해 민중들의 불편한 진실을 담아내던 시편들 속에는 점점 생태 지향의 시편들로 진화하고자 하는 열망이 함께 녹아 있다. 결국 독자들은 이 시집 『봄 여름 가을 겨울』을 통해 당대의 현실에 대한 자각과 냉소적 자기 성찰, 그리고 실천 불가능한 절망을 거쳐 그것을 극복하고자 하는 시인의 희망을, 나아가 만물의 질서, 자연의 질서 위에 재구성하고자 하는 시인의 미래적 상상력을 읽을 수 있다. 이와 더불어 독자들은 이 시집을 통해 1980년대를 마감하고 1990년대의 새로운 도정에 이르려는 씨앗들을 발견하거니와, 그것은 무엇보다 이 시에서도 알 수 있는 자연의 질서를 바르게 깨닫고 발견하려는 노력과 무관하지 않다. 그의 제3시집 『절망은 어깨동무를 하고』가 어떠한 좌절을 딛고 계룡산으로 상징되는 욕망과 자연의 세계로 나가는가를 짐작할 수 있게 해준다는 얘기이기도 하다.

(『생명의 시, 활기의 시─이은봉의 시세계』, 푸른사상사, 2018)

사랑의 핵폭탄, 새벽의 언어

— 이은봉 시집『절망은 어깨동무를 하고』

오민석

1.

독자들에게 다소 도발적으로 보일 수도 있을, 이 글의 제목「사랑의 핵폭탄, 새벽의 언어」는, 엄밀히 말해 필자(오민석)의 것이 아니다. 그러나「매향리에서」라는 이은봉의 시 한 귀퉁이에 낮게 숨어 있는 이 구절이야말로 이은봉의 시가 궁극적으로 지향하고 있는 어떤 목표들을 함축하고 있다. 이 사랑 부재의 세상에, 핵폭탄 같은 최대 최고의 사랑을 마구 퍼부어대는, 그리고 그 과정을 통해, 아직은 어두움뿐인 이 세상에 새벽의 눈부심을 안겨주는 것이야말로, 그의 시(언어)들이 궁극적으로 도달하고자 하는 종착역인 것이다.『절망은 어깨동무를 하고』라는 이 시집은 그가 이 종착역을 향해 가는 세 번째 간이역에 해당된다. 이 역에 도달하기 위해 그는 이미『좋은 세상』(실천문학사, 1986),『봄 여름 가을 겨울』(창작과비평사, 1989)이라는 두 개의 간이역을 지나왔다.『절망은 어깨동무를 하고』라는 제목이 암시하는 것처럼, 사랑과 새벽의 종착역을 향해 가는 그의 여정은 순탄치 않다. 절망은 그의 길동무이자 혈육이자 생활이다. 말하자면 그는 이 절망이라는 탑승객들로 가득 찬 열차를 타고, 가짜 희망의 유혹들을 뿌리치면서, 생활에 부단히 속아넘어가기도 하면서−여기서 문득 "생활이 그대를 속일지라도 분노하지 마라"라는 이발소 그림의 문구가 떠오른다. 그런데 그는, 그에게 있어서 '생활'은, 이보다 훨씬 더 끔찍하다. 가령, 이런 대목을 보라.

> 생활이 나무젓가락으로
> 니를, 내 시를
> 꼭 집어먹는다 속살 연한 광어회인 양
>
> 초장 듬뿍 찍어
> 날름 집어먹는다 나무젓가락으로
> 생활이여 이윽고
>
> 내 생명 마구 먹어치우는
> 불가사리여 네 앞에서 나는
>
> 이미 한 점, 속살 뽀얀 광어회로구나
> 아득히 내 인생 없구나.
>
> ─「생활이여 이윽고」 전문

이 시에서 '생활'은 그에게 있어서 살아 있음(生)이 아닌, 죽음(死)의 기표로 환치되고 있다. 이 언사 속에 약간의 엄살이 섞여 있다 해도, 어쨌든 그에게 있어서 생은, 생활은, 매우 고단하고도 절망적인 성격의 것이다. 컴퓨터 자판을 두들기며 이 글을 쓰고 있는 나는, 둘째 행의 "나를"을 '너를'로 잘못 쳤었다. '너를'로 바꿔보니 더욱 끔찍해진다.−사랑과 새벽이라는 정반대의 이정표를 향해 가고 있는 것이다(그의 행로에, 부디, 위안 있으라).

2.

　그의 행진은, 이 시집에서, 그의 생활의 근거지인 길음동 산언덕에서 시작되어(1부), 그의 고향인 계룡산의 메타포들(2부)을 지나, 사랑에 대한 그의 명제적 정의들(3부)과, 생활에 찌든 소시민적 자아에 대한 솔직한 고백들(4부)을 거치면서, 이것들의 종합이라고도 보아도 무방할, 사랑과 절망의 절묘한 협주(5부)에 도달하고 있다. 그러나, 물론, 이 과정들이 어떤 선(線)적인 연결들을 가지고 있는 것은 아니다. 이 노정의 여기저기에 절망과 희망 그리고 사랑의 기표들을 작은 반점들처럼 흩어져 있다. 그가 절망의 깊은 수렁에서 빠져나오는 방법은 간단하다. 그는 종종, 짐짓 태연한 척하면서, 절망의 현실들을 '풍경화'하는 것이다.

> 장마 그치고, 이윽고 해뜬다
> 창문을 열면
> 얼기설기 누게집들 사이로
> 무너지는 흙더미들 사이로
> 요요요, 앉은뱅이 채송화 꽃이 핀다
> 가까이 아주 가까이
> 간이공중변소 문이 열리고
> 팔 부러져 일 못나간 정씨 아저씨
> 헛기침하며 나온다
> 고이춤 올린다
> 그 모습 너무 아름다워
> 햇살 내려 쬐는 저쪽
> 멀리 도봉산이 빙그레 웃는다
> 인수봉 백운대도 함께 웃는다.
> 　　　　　　　　　　—「공중변소가 있는 풍경」 전문

'풍경'으로 바라보는 현실은 너무 아름답다. 그것은 팔 부러져 일을 못 나가는, 그리고 간이 공중변소를 이용해야만 하는 도시 빈민의 절망적 현실을 잠시 가려준다. "장마 그치고, 이윽고 해뜬다"는 첫 행은 무언가 밝은 미래에 대한 암시로 충만하다. 이 암시에 도봉산, 인수봉, 백운대 등의 자연물들은 웃음으로 화답한다. 물론 그 밝은 미래의 구체적 내용이나, 현실적, 과학적 근거들은 이 시 속에서 명시적으로 설명되어 있지 않다. 그러나, 나는, 이 시에서, 이 시의 화자가 갖고 있는, 현실에 대한 깊은 애정을 읽어낼 수 있다. 다섯째 행의 "요요요, 앉은뱅이 채송화 꽃"이라는 대목의 "요요요"라는 표현은, 마치 대상에 대한 애정을 주체하지 못하는 화자의 신음소리 같다. 우리는 가끔 너무 귀여운 아가들 혹은 제 자식들을 대할 때, '아이구, 요, 요요요 귀여운 것'이라고 말하지 않는가. '요요요'라는 이 구어체는, 설명하기에 벅찬, 그래서 설명을 회피하고 있는, 세계에 대한 넘치는 애정을 겨우겨우 담고 있다. 애정이, 언어라는 그릇을 마구마구 넘치고 있는 것이다. 이은봉은 아무리 절망적인 현실을 곱씹을 때에도 이 같은 애정을 항시 전제로 하고 있다는 점에서, 분명히, 천성적인 사랑지상주의자이다. 그가 감히 '사랑의 핵폭탄' 운운하는 것도 바로 이런 이유에서인 것이다.

3.

그에게 숨어 있는 이 같은, '원초적 본능'은 '계룡산'이라는 메타포 속에 응축되어 있다. 그리고 그것의 내용은, '본능'이기 때문에 그리 단순하지가 않다. 마치 무의식의 혼란스런 도가니처럼 계룡산은 사랑, 절망, 희망, 꿈, 초월, 그리고 생활 등의 모순적 이미지들로 뒤범벅되어 있다. 계룡산은 이 모든 것들을 그 넓은 오지랖으로 감싸 다독거리는 어머니이자, 동시에 절망의 물꼬를 트는 에너지이고 힘이기도 하다. 그리하여, 궁극적으

로는 그 모든 모순과 욕망의 범벅에도 불구하고, 계룡산은 다시 '사랑'이
다. 계룡산은 그에게 있어서 사랑이라는 화두가 아니면 열리지 않는 장엄
한 화엄 세계 같다.

　　바리 눈짐을 지고
　　툭하니, 청솔가지 하나 부러진다
　　형벌을 지고

　　바람 멎는다 신음소리 목탁소리……
　　안간힘으로 끌어안으며, 바람 잠든다 거기 하얗게 솟아오르는, 부처님
　　얼굴 있다
　　하얗게 얼어붙는, 미소 몇 마디 있다 총총히 있다

　　그만 인기척에 놀라
　　툭하니, 주저앉는 눈더미, 주저앉는 부처님……, 포르르 멧새 몇 마리
　　날아오른다
　　잘 늙은 스님 셋, 기어코 산비탈로 붙는다

　　겹겹이 기운 장삼 사이로
　　뿌드득 뿌드득 눈 밟는 소리 들린다
　　성큼, 파란 하늘이 쏟아져 내린다.
　　　　　　　　　　　　　　　　　　—「계룡산―겨울 삼불봉」 전문

　　"바리 눈짐을 지고/툭하니" 부러지는 청솔가지나, "형벌을 지고" 있는
바람은, 고해(苦海)의 바다에서 헤매는 중생들을 지시하는 객관상관물들
이다. 그것들이 신음 소리, 목탁 소리와 더불어 "안간힘"으로 잠들면, 거
기에 문득 "하얗게" 부처님의 얼굴이 솟아오른다. 그러나 그 대자대비(大
慈大悲)의 미소는 "하얗게" 얼어붙어 있다(이 두 '하얗게'는 그 음성적 동
일성에도 불구하고 절대적 '순수', '해탈'과/중생적 고통의 압축, '결빙'이

라는 매우 이질적이고도 모순적인 기의들과 연결되어 있다). 인기척에 놀라, 순간적으로 눈더미는 주저앉고, 부처님도 주저앉는다(안 보인다). 그 침묵의 공간으로 "포르르 멧새 몇 마리"만 "날아 오른다". '주저앉음'과 '날아오름'이라는 움직임이 갖는 이 하강/상승의 대비는 재미있다. 고통의 중생계 대자대비적 화엄 세계의 대비에 다름 아닌, 이 하강/상승의 긴장 속에서 이 시의 화자는 얼핏, 순간적으로 마치 꿈을 꾸듯, 부처의 얼굴을 스쳐보게 되는 것이다. 그리고 그 얼굴은 금세 사라진다. 화자의 무의식 이 근저에 있는 이 부처의 얼굴은, 그러나 그의 특정한, 종교적 신념체계를 구성하는 것이 아니라, "사상의 핵폭탄"으로 표현되는 그의, 세상에 대한, '과격한 애정'의 은유에 다름 아닌 것이다.

4.

그러나 세상에 '대'한 그의 이 애정의 깊이와 넓이에 비해, 세상 '속'의 그는 얼마나 초라한가. 세상 속에서 그는 개당 삼천 원짜리 넥타이를 길거리에서 구입하고 "숨 한번 크게 쉬고/처억, 모가지에 걸고 다니면/누가 아나 틀림없이 몇 만 원짜리이지"라고 스스로를 위안하는 소시민인가 하면(「넥타이 하나」), 추석에 빚 얻어 고향 가서 아버님께 잔뜩 꾸중이나 듣고, "기어코", "끝내" "엄니"나 울리는 "두 아이의 아버지"(「추석에」)이며, "공중전화박스에 매달려/여기저기 쩔쩔매다가/니기미 씨브럴" 하는 마음으로/백 원에 세 개하는 붕어빵 사서" 씹으며 "누가 보면 어쩌나"라는 마음을 "살며시" 갖는 대학 시간강사이다(「붕어빵」), 소시민적 삶의 여러 굴레들은, 진정한 의미의, 사람으로서의 그의 생(人生)을 갉아먹는다. 그래서 그는 앞에서 인용했던 것처럼 "아득히 내 인생 없구나"하고 탄식하지 않을 수 없는 것이다.

그러나 우리는, 이 탄식 속에도 묘한 생배짱 같은 것이 있어서, 그것이 그의 소시민적 '생활'을 그나마 버팅겨주고 있다는 사실을 확인하게 된다. 앞에 언급했던 싸구려 넥타이를 사면서도 화자는 "그렇게 넥타이 하나 사는 맛/꽤 있다 얼큰한 맛/겨울바람 코끝 싸하게 밀려오는 맛"에 대하여 언급하는 것을 잊지 않으며, 길거리에서 붕어빵을 사 먹을 때, "누가 보면 어쩌나" 하면서도, 잽싸게, "누가 보면 좀 어떤가" 하고 내뱉는 것이다.

그렇다면 이런 배짱은 어디에서 나오는 것일까? 그것은, 내가 볼 때, 하부구조상의 소시민성에도 불구하고, 그것을 넘어서는 어떤 대의(大義), 통 큰 사랑을 그가 항상 견지하고 있기 때문인데, 이는, 시인 이은봉에 다름 아닐 것으로 짐작되는 시인 이각자 씨의 다음과 같은 일화에서 금방 드러난다.

시인 이각자 선생, 여섯 달 만에 참 오랜만에, 시 두 편 팔았다 처음으로 현금하고 맞바꿨다 육만원 받았다 흐뭇했다. '아싸 호랑나비' 하는 마음 있었다.

이각자 선생, 그 마음으로, 만원은 떼어 두어 권 신간시집 샀고, 나머지 오만원은, 과감하게 여섯 달째 잠수함 타는, 친구 놈에게 보냈다 그 머저리 같은 룸펜 프롤레타리아에게

그러고는 '아싸 호랑나비' 하는 마음으로, '아싸 짜잘쿠나' 하는 마음, 덮어씌워 버렸다 그 마음에 매달려, 그 마음 자꾸 격려했다 기렸다 추켜세웠다 어휴 참, 시인 이각자 선생이라니……

— 「어떤 소시민」 전문

정말이지, "어휴 참, 시인 이은봉이라니"이다.

5.

이 정도면, 그가 왜 흔쾌히 "절망과 어깨동무를" 할 수 있는지 짐작이 갈 것이다. 이 정도면, 왜 그가 가짜 희망, 물화(物化)된 거짓 희망을 두고,

> 희망이여 참으로 천한 계집이여
> 내내 너 혼자 그렇게 울고 있어라
> 마구 치마끈 풀어헤친 채.
>
> ──「희망은 저 혼자」 부분

라고 자신 있게 외칠 수 있는지도 알 수 있을 것이다. 길은 너무나도 "뻔한에", 사람들은, 그 길을 알고 싶어 하지도, 보고 싶어 하지도 않는다. 길은 우리가 스스로를 엮어 징검다리가 될 때에만 비로소 열린다(「길」). 그리고 이 길을 이은봉은 사랑의 핵폭탄으로 깔고 싶은 것이다.

> 조종간의 욕망도 욕망의 배후도
> 보인다 그렇다 이젠 나도 폭탄을 퍼붓는다
> 사랑의 핵폭탄이다 새벽의 언어다
> 하지만 이내 나는 또또
> 해방은 어떻게 오는가 역사는
> 정말 거북이걸음으로 엉금엉금
> 기어오는가 묻고 또 묻는다 따져 묻는다.
>
> ──「매향리에서」 부분

그러나 이 '따져 물음'의 현재적 끝인, 우리의 이 1990년대는─언젠가 내가 나의 다른 글에서 '해답지연의 공간'이라는 명명했던 것처럼─그가 보기에도, 역시, "손에 턱을 괴고 졸고 있다"(「꿈 없는 밤」). 이 졸고 있는 1990년대를 일깨우기 위해, 이 1990년대의 온갖 혼란들과 미해결의 과제

들을 해결하기 위해, 그는 과연 앞으로 어떤 사랑의 핵폭탄을, 이 환난의 세상에, 더 쏟아부을 것인가? 이런 질문은 이은봉뿐만 아니라, 현재 우리 모두의 고민의 내용을 함축하고 있는 것이며, 이 고민의 깊이만큼, 우리는 그의, 더욱 빛나는, 새벽의 언어를 기대하지 않을 수 없는 것이다.

(이은봉 시집 『절망은 어깨동무를 하고』 해설, 신어림, 1994)

외로움 끝에서 부르는 노래

— 이은봉 시집 『무엇이 너를 키우니』

신덕룡

1. 머리글

이은봉은 1984년 창작과비평사가 펴낸 17인 신작 시집 『마침내 시인이여』에 「좋은 세상」 외 6편을 발표하면서 본격적인 활동을 시작했다. 굳이 본격적이란 말을 쓰는 것은 그가 이전에 이미 시작 활동을 했다는 의미에서다. 그는 80년대 초 군사독재 정권에 의해 잡지들이 폐간당하고 많은 문학인들이 좌절과 절망에 빠져 있던 시절, 대전에서 『삶의문학』이란 무크지를 통해 시를 발표했고 또 이 잡지를 중심으로 활동했었다. 이 잡지가 80년대 초 암울했던 시기에 『오월시』, 『자유시』 등 동인지나, 『시인』, 『실천문학』과 같이 무크지라는 새로운 형태로 문학 활동의 숨통을 열었다는 점에서 시사적 의미를 지니고 있음은 두말할 나위도 없다. 그렇다면 『삶의문학』 5집(1983.4)에 「철공소 황씨」 등을 발표한 것이 그의 실질적 등단인 셈이다.

이런 등단 배경을 놓고 볼 때, 그의 시작(詩作)은 문학 외적인 환경과 밀접한 관련을 지니고 있음을 알게 된다. 즉 정치적 현실과 맞서는 정신이 그의 시적 기반을 이루는 셈이다. 그러나 그와 활동했거나, 비슷한 시

기에 문단에 나온 대부분의 시인들이 우리 사회의 정치 · 경제적 모순 구
조에 비판의 목소리를 높였던 것과 달리 그의 시는 정치 지향적이기보다
는 인간에 대한 따뜻한 숨결을 노래했다. 이런 그의 시적 특성은 이미『마
침내 시인이여』에 실린 초기 시에 감춰져 있었음을 보게 된다.

>　　눈이 내린다
>　　참새떼 울바자에 내려와 앉는 아침
>　　아침 공복 속으로
>
>　　저희들끼리 저렇게
>　　뽀드득뽀드득
>　　어금니를 깨물며
>
>　　　　　　　　　　　　　　　　　　—「눈」 부분

　"별별 근심스런 얼굴로/밤새 잠 못 이룬 사람들"의 걱정 속으로 내리는
눈의 형상이다. 여기서 눈길을 끄는 것은 "뽀드득 뽀드득/어금니를" 깨무
는 모습이다. 보통 이런 행위의 이면에는 단단한 결심이나 적개심이 깔려
있다. 노여움이나 격렬한 행동으로 나아가기 직전의 심리 상태다. 그리고
시인은 여기에 머물러 있다. 많은 시인들이 주체할 길 없는 걱정을 거센
목소리와 행동으로 표출한 데 반해 그는 홀로 어금니를 깨물며, 어금니
를 깨물 수밖에 없는 이웃들과 더불어 그 아픔을 노래해왔던 것이다. 이
런 태도는 그의 시편들에서 보듯, 자기 절제의 모습과 아픔을 안으로 삼
키면서 극복하려는 외로운 몸짓으로 나타나기도 했다. 따라서 그의 시집
『좋은 세상』(1986),『봄 여름 가을 겨울』(1989),『절망은 어깨동무를 하고』
(1994)에서 어렵고 힘들게 살아가는 이웃과 함께하려는 시인의 따스한 눈
길을 대하는 것은 자연스런 일이다. 그의 네 번째 시집을 보자.

2. 외로움의 정체

이은봉의 네 번째 시집『무엇이 너를 키우니』(실천문학사, 1996)는 일상의 세계에서 건져 올린 시편들로 이루어졌다. 고향 가는 길, 여행, 마주친 꽃 한 송이, 가정사, 친구들과의 만남…… 등 시적 소재들의 대부분이 그의 삶과 밀착되어 있음을 발견하게 된다. 흔히 일상(日常)을 나날의 생활로 말하고 있거니와, 여기엔 매일 반복되는 삶의 구체적인 항목들이 들어 있다. 반복되는 일들, 하찮게 여겨지는 일들, 미래의 희망보다는 현재의 삶을 소비하는 것으로 인식되는 것들, 그래서 끊임없이 탈출하고 싶은 삶의 내용들이다. 따라서 이런 일상에 매몰된다는 것은 의미 없이 인생을 낭비하는 것이요, 세계 앞에 무력하게 끌려감을 뜻한다.

그러나 이 시집을 통독하고 나서 필자는 일상성에 대해 다시 한 번 생각할 기회를 가질 수 있었다. 그중 하나는 이런 일상의 세계란 나름대로 생활의 근거가 마련된 뒤에 펼쳐지는 것이 아니겠느냐는 점이다. 생존 자체가 불확실한 상황에서의 일상이란 지루한 반복이기보다 삶의 근거를 마련하기 위한 안간힘이다. 이런 삶 속에서 남들이 말하는 일상의 '의미 없음'조차 한 번쯤 누려보고 싶은 욕망의 내용이 아닌가. 최소한의 뿌리 내리기를 향한 매일의 삶은 오히려 희망을 찾아가는 행위가 된다는 의미에서다. 여기서 겪는 좌절과 패배 그 자체가 일상성을 의미한다. 또 하나는 일상적인 삶 속에서 우리는 끊임없이 권력(?)의 통제와 맞선다는 사실이다. 권력이란 다름 아닌 '의미 없음'에의 매몰을 부추기는 것들이다. 기존의 관습이나 제도, 선입관이나 도덕, 허여된 공간이나 시간 등이 그것이고, 여기에 안주하려는 내부의 유혹이기도 하다. 그렇다면 절망을 감싸 안으려는 태도나 작고 연약한 것들에서 생명의 신비나 아름다움을 발견하는 시인의 노력들은 이미 일상에서 일탈해 있다. 일상을 벗어나 새로운 세계를 찾아 나선 고달픈 여정에서 얻어지는 것들이기 때문이다.

이은봉 시의 바탕이 되는 일상은 어떠한 것인가? "하루치의 발걸음이 또 하루치의 절망을"(「세월」) 만드는 삶으로 나타나듯 희망 없음을 보여주기도 하고, "나도 너 같은 식물이고 싶다"(「날개 달린 플라타너스」)고 하듯 일탈에의 소망으로 나타나기도 한다. 희망 없음에 대한 인식과 최소한의 희망을 붙잡으려는 이율배반적인 태도가 시 속에 드러난 그의 모습 중 하나다. 따라서 그의 시에서 '그리움', '쓸쓸함', '서러움' 등으로 나타난 서정을 대하는 일은 어렵지 않다.

> 아침 이슬처럼 아프게 맺히는 그리움 하나
>
> ―「무엇이 너를 키우니」 부분

> 사는 일이 너무 쓸쓸해
> 후딱 서울 떠나온 날
>
> ―「해장국집에서」 부분

> 달리는 걸음 너무 외로운
> 거진 가는 길
>
> ―「거진 가는 길」 부분

이와 같은 삶의 정서를 보여주는 시편들은 이 시집에서 쉽게 발견할 수 있다. 왜 이렇게 쓸쓸하고 외로운 것인가? 이에 대한 단서는 「만점남편」, 「일기」, 「세월」, 「길음동 참나무」 등의 시편들에서 찾아진다. 우선 다음의 시를 보자.

> 몇 푼 벌러 대전 갔다 온 날 대전 가서 하룻밤 자고 온 날 쑥구렁에 처박혔다 돌아온 날 슬픔, 아지랑이로 피어오른다 오냐오냐, 이별가로 피어오른다

> '목이 메인 이이벼얼가를 불러야 옳은가요 돌아서서 피누운물을 흘려

야 옳은가요'

　　고운 때깔로 슬픔, 저 혼자 흥얼거리는 날 몇 푼 벌러 대전 갔다 온 날
　　설움 뚫고 온 날 사랑, 저 혼자 사랑하다 돌아온 날 옳은가요 옳은가요,
　　이별가로 아득히 피어오른다.
　　　　　　　　　　　　　　　　　　　　　　—「목구멍으로 슬픔 가득 차오르는 날」 전문

　굳이 시인의 13년 6개월이란 시간강사 경력을 말하지 않더라도, 이 시
는 삶의 신산함을 보여주기에 충분하다. "몇 푼 벌러 대전 갔다 온 날"이
란 시구가 보여주듯, 화자는 단지 대전에만 갔다가 오는 길이 아니다. 내
일의 희망을 걸 수 있는 곳이면, 최소한의 생활에 도움이 될 수 있는 곳이
면 어디라도 가야 하는 떠돌이의 삶이다. 그렇기에 시인은 이곳저곳을 떠
돌아다니는 삶을 '쑥구렁에 처박혔다' 돌아오는 절망으로 노래한다. 그에
게 있어서의 삶은 기쁨이 배제된 고달픔의 연속일 뿐이다. 고달픔을 달래
주는 것은 종교나 철학이 아니다. 원초적 삶의 정서를 담고 있는 대중가
요다. 비록 세련되지 못한 상태에서 직설적으로 희로애락을 풀어내는 노
래지만 이것이 고달픈 삶에 직접 와닿는 것이다. 일상의 삶이란 통속적인
애환의 연속이고, 여기서 헤어날 길이 보이지 않는 상황에서 이보다 큰
위안이 어디에 있겠는가? 그러나 시인은 이런 대중가요에 자신의 삶 전부
를 기대지 않는다. 통속성은 어디까지나 슬픔의 위안이지 슬픔 자체를 직
시하게 하거나 그 극복을 마련하는 것이 아님을 잘 알고 있기 때문이다.
이런 점에서 "사랑, 저 혼자 사랑하다 돌아온" 날로 나타난 시인의 전언은
내면 깊숙이 자리한 슬픔의 근원을 보여준다. 슬픔은 이별이 아닌 좌절된
희망에서 오는 것이요, 그것은 어느 한 곳에 뿌리내리고 싶은 욕망의 어
긋남이 아닌가.
　그의 이런 뿌리내림을 향한 소망의 밑바탕엔 안정된 삶에 대한 기대가
깔려 있다. 실제로 그는 시집 곳곳에서 무직자의 삶을 노래하고 있다. 아

내가 출근하고 아이들이 등교한 아침 "설거지하고 이어 방청소를" 하는 40대의 가장, "압력밥솥 뒤집어 쓰고" 마을버스 기다리는 사내의 모습이 그것이다. 한 가정의 가장 노릇을 못 하는 40대란 무엇을 의미하는가? 가정에서나 세상에서 쓸모없는 인간으로 전락해간다는 초조감과 절망감으로 위축된 나이가 아닌가. 실제로 이런 위기의식은 자학과 좌절로 나타난다. 스스로도 "무언가를 시작하기에는 늦은 나이"(「세월」)라고 하지 않는가. 그에게 있어서 새로운 삶을 시작한다는 것은 지금까지 소망했던 삶을 송두리째 부정하는 것이요, 실제로 그는 이를 부정할 용기도 없다. 따라서 내부에 쌓여가는 것은 외로움일 뿐이요, 이를 다스리려는 처절한 몸부림이다. 다음의 시를 보자.

> 어금니 악다물고 있는 것들아
> 조용히 눈감고 고개 흔들고 있는 것들아
> 여린 가슴 잔뜩 안으로 감싸고 있는 것들아
> 그렇게도 속으로만 웅크려 떨고 있는 것들아
> 저희들끼리 모여 저희들 이름 부르고 있는 것들아
> 단단함으로 단단함 불러 단단함 다지고 있는 것들아
> 우기적거리며 제 아랫배에 힘 모으고 있는 것들아
> 그래도 속으로는 세상 죄 뒤흔들고 있는 것들아
> 오직 뼈다귀 하나로 뿌드득대고 있는 것들아
> 차마 제 마음 어찌하지 못하는 것들아
> 아흐, 여려터진 바윗덩어리들아.
>
> ─ 「바윗덩어리들아」 전문

이 시는 바위를 노래하지 않는다. 시에서 보여지는 바위는 일반적인 바위의 이미지들과는 다르다. 흔히 바위가 의지나 견고함이라는 내적 이미지를 드러낸다면, 이 시에서의 바위는 '바위가 되고 싶어하는 것'일 뿐이다. 바위처럼 되기 위해 "어금니 앙다물고", "여린 제 가슴 잔뜩 안으로 감싸고", 억지로 "아랫배에 힘 모으고" 있을 뿐이다. 아무리 "단단함으로 단단함 불러 단단함 다지고" 있어도 바위가 될 수는 없다.

  그렇다면 바위는 무엇을 의미하는가? 한마디로 슬픔의 덩어리다. 이런 슬픔의 덩어리들은 "80도의 알코올"(「화기엄금」)이라는 불의 이미지로 나타나기도 하고 "얼음방망이"(「절망 속으로 걸어 들어가」)에서 보듯 차가운 얼음의 이미지로 나타나기도 한다. 그러나 이런 차갑고 때론 뜨거운 것들은 사물 자체의 이미지에서 벗어나 시인의 내면을 보여주는 비유적 이미지로 작용한다. 위의 시에서 보듯, "차마 어찌하지 못하는 것들아"라는 안타까움을 보게 되는 것이다. 특히, "차마"라는 표현을 보자. 이 말이 속마음에서 우러나는 안타까운 감정을 억누를 수 없다는 뜻을 지녔음은 주지하는 바다. 여기엔 당연히 부정의 의미가 뒤따른다. 무엇을 부정하는가? 공격성에 대한 부정이다. 자신의 삶이나 현실이 주는 슬픔과 절망을 남의 탓으로 돌리지 않는 미덕을 보여주는 것이다. 슬픔은 드러나면 추한 법, 감내하고 안으로 다스리는 모습에서 진한 감동을 유발한다면 이는 "여린 가슴" 속에 슬픔과 외로움을 안으로 응축시키는 화자의 안타까운 모습에서 온다. 주체할 수 없는 슬픔의 덩어리를 추스리는 시인의 노력은 시의 리듬을 통해서도 감지된다. 결코 홀로일 수 없다는, "— 것들아"의 의도적인 반복이 리듬을 만들면서 밖으로 분출되는 설움을 안으로 추스르는 노력으로 구체화시키는 것이다.

  자신의 슬픔과 외로움, 절망을 안으로 다스리는 내면의 바탕은 무엇인가? 무엇이 시인으로 하여금 고통을 고통으로 다스리게 하는가?

    북한산 까마득히 올려다 보이는 광화문 네거리 눈감고 길 걷는다 길 걷다 보면 무언가 물컹,하고 밟힌다 콩콩거리는 마음으로 발 아래 내려다 본다 풀여치 한 마리 심장 터져 있다

    풀여치라니? 이 광화문 네거리에서?

하고 생각한다 생각하다가 터진 심장 많이 아프다 아프겠다, 하고 중
얼거린다 그렇게 중얼거리다 보면 문득 내 마음 아직 멀었다 영 틀렸다,
하는 깨침이 온다 여기 내 안의 하늘로부터 외마디 소리 퍼뜩 달려온다
— 「광화문 네거리에서」 전문

이 시에서 우리는 절망을 안고 있으면서도 자신의 삶과 세계를 사랑할
수 있는 이유와 그의 내면에 자리한 힘의 원천을 보게 된다. 우선, 이 시
에서 눈여겨보아야 할 것은 두 가지다. 하나는 북한산이 까마득히 "올려
다 보이는"과 "눈감고" 광화문 네거리 길을 걷는, 사이의 긴장이다. 서울
에서도 가장 번화한 광화문 네거리에서 화자는 왜 눈을 감고 길을 걷는
가? 광화문 네거리를 구성하는 모든 것들이 "올려다 보이는" 까닭이다. 광
화문 네거리는 익숙한 생활의 터전이 아니다. 혼잡하게 오가는 사람들 역
시 나와 무관한 타인일 뿐이다. 익숙하지도 어울리지도 않는 거리에서 화
자는 홀로 이방인의 고독을 느낄 뿐이다. 타자로서의 자기 인식이다. 따
라서 올려다 보이는 주변의 환경과 눈 감고 걷고 있는 화자 사이엔 메울
길 없는 간극이 존재한다. 낯섦이다. 길을 걷고 있지만, 그 길에서 벗어나
있다는 타자로서의 자기 인식은 현실적인 삶에서의 슬픔이나 외로움과
무관하지 않다.

또 하나는 "아직 멀었다 영 틀렸다"는 깨침의 내용이다. 풀여치를 밟고
난 후의 반응을 보자. 첫 번째 반응은 웬 풀여치가 광화문에 있을까라는
의문이고, 그다음의 반응은 "아프다 아프겠다"는 동정심이다. 화자의 의
문과 연민에는 풀여치와 내가 직접적인 관계없음이 내포되어 있다. 풀여
치의 아픔에 대한 연민 역시 제3자가 불쌍히 여기는 마음에 지나지 않는
다. 그러나 문득 자신에 대해 "아직 멀었다 영 틀렸다"는 반성이 뒤따른
다. 더 이상 풀여치와 자신이 다르지 않다는 인식이다. 싱그러운 풀잎들
과 아침 이슬 속에서 살아가는 풀여치에게 있어 광화문 네거리는 거의 생
존이 불가능한 조건이다. 다만 생존하고 번식하기 위해 살아남아 있는 존

재일 뿐이다. 따라서 깨침은 살아남기 위해 낯선 길에서 만나는 같은 운명의 발견이다. 외로운 영혼끼리의 교감인 셈이다.

풀여치에서 발견하는 공동 운명에의 발견, 너와 내가 다름이 아니란 생각은 생명 그 자체에 대한 소중함으로 확대된다. 이름 없는 생명 하나하나에도 나름대로 세계가 있고 우주가 있다는 생각이다. 이는 그의 시에서 서럽고 쓸쓸한 삶 속에서도 살아 있음의 기쁨과 생명의 소중함을 노래하는 힘의 원천으로 작용한다. 시인의 눈길이 닿는 모든 것에 보내는 무한한 사랑이 그것이다. 대지에 뿌리를 둔 식물적 상상력을 통해 생명의 솟구침과 그 기쁨에 동참할 수 있는 것이다.

> 두엄 구뎅이 뚫고, 호박넝쿨 몇 순 담벼락 타고 오른다 가쁜 줄타기한다 오뉴월 마른 가뭄 뚫고, 따가운 햇볕 뚫고
>
> 소낙비에 흠씬 몸 적시며, 마침내 담벼락 꼭대기에 올라, 가부좌를 틀고 내려다보는 호박넝쿨들,
>
> 장하구나 노랗게 피워 올리는 호박꽃들, 뽀얗게 드러내놓는 젖통들, 굉장하구나
>
> 젖은 몸 털며, 발아래 시원히 굽어보면, 호박넝쿨들 시원하구나 와락, 현기증 밀려오기도 하는구나
>
> 여기 담벼락 아래, 두엄더미 아래 땅으로만 손 뻗으며, 납작 몸 젖히는 놈들도 있구나 아프게 몸 비트는 놈들도 있구나
>
> 놈들이 피워 올리는 꽃들, 참하게 꺼내어놓는 젖통들, 이라고 어찌 아름답지 않으랴 환하게 빛나지 않으랴.

— 「호박넝쿨을 보며」 전문

아름답고 넉넉한 오뉴월의 토담집 풍경이다. 농촌 어디에 가도 쉽게 눈에 뜨이는 풍경이고, 너무 흔하기 때문에 스쳐가는 풍경이기도 하다. 그러나 시인의 눈길은 흔해서 하찮게 여겨지는 것들이 뿜어내는 생명의 기쁨을 노래한다. 당당하게 "가뭄"과 "햇빛"을 뚫고 꽃을 피운 것에서 "아프게" 몸 비틀며 꽃을 피우는 것에 이르기까지 시인의 시선은 골고루 미친다. 더욱이 눈에 띄게 화려하지도, 개성적이지도 않은 호박꽃에 생명을 불어 넣고 있다. 그 생명은 원초적인 아름다움으로 드러난다. 오뉴월의 가뭄과 햇빛을 뚫고 "뽀얗게 드러내놓은 젖통들"을 자랑하고 있지 않은가? 호박꽃에서 뽀얀 젖통으로의 존재 전환은 예사롭지 않다. 흔히 촌스러움의 대상인 호박꽃에서 감각적이되 전혀 천박하지 않은 싱싱한 관능을 발견하는 것이다.

살아 있는 것들의 소중함을 알고, 그 아름다움을 노래하고 또, 거기서 기쁨을 나누는 모습은 이 시집에서 다양하게 나타난다. "마음의 푸르른 개울가 풀벌레 소리조차 들리지 않는 곳"에서 발견하는 제비꽃의 아름다움(「제비꽃」), 그리움으로 커가는 버들잎(「무엇이 너를 키우니」), 생명과 세계와의 교감(「도라지꽃」) 등의 시편이 그것이다. 그의 외로움과 설움이 모두 사람 사이에서 잉태된 것이라면, 그가 노래하는 기쁨은 작고 연약한 것들의 세계에서 온다. 이 기쁨과 사랑의 세계는 사람들 사이에서 쌓이는 모든 설움과 고통을 이길 수 있는 힘으로 작용한다. 여기는 작은 사랑의 실천이 이루어지는 곳이며 넓은 대지의 가슴에서 생명이 뿌리를 내리는 곳이다. 시인의 여린 가슴이 모진 세파에 흔들리면서도 누구를 원망하지도 공격하지도 않는 것은 그의 삶이 이런 세계를 향해 열려 있기 때문이다. 연약한 가슴으로 단단하게 빗장 지른 세상을 맞서게 하는 힘이기도 하다.

3. 맺는말

『무엇이 너를 키우니』를 통해 볼 수 있듯, 그의 고독과 절망은 외로움의 다른 표정이고, 단순히 아픔만을 의미하지는 않는다. 설움과 외로움, 슬픔과 절망은 오히려 자신을 발견하게 하고, 주변의 모든 사물에 생명을 불어 넣는 힘으로 작용한다. 이 힘은 그의 내면에 자리한 서정의 내용들로 하여금 자기연민에서 벗어나게 하는 것이기도 하다. 자기연민 속에는 자신에 대한 반성이나 자성의 태도가 있을 수 없다. 오로지 자신에게 매달리는 추한 모습만 비쳐지기 때문이다. 그러나 "……이래도 되는가"(「독일안경원 원씨와 함께」)라는 반성과 질문에서 보듯 그는 끊임없이 자신에 대한 경계를 게을리하지 않는다. 자아에 대한 엄격함이 자신의 아픔을 벗어나게 함은 물론, 세상의 모든 작고 여린 생명들의 외로움까지 노래할 수 있게 하는 것이다.

이런 점에서 그의 시편들의 대부분은 슬픔을 슬픔으로 치유하고 있는 셈이다. 물론, 그의 시에서 삶에 지친 모습이 간간히 비쳐지는 것을 부인할 수는 없다. 중요한 것은 일상의 삶 속에서 비롯되는 외로움이 그의 시에 바탕을 이루면서, 무한한 생명력으로 전환된다는 사실이다. 이런 모습은 그의 시세계를 일상에 대한 표현이면서도 단순한 일상성에서 벗어나게 한다. 그의 일상은 단순하고 지겨운 반복이 아닌 외로움을 극복하고, 새로움을 찾아나서는 힘든 여정의 일부라는 점에서다.

(이은봉 시집 『무엇이 너를 키우니』 해설, 실천문학사, 1996)

생태적 사유, 혼신의 사랑
— 이은봉 시집 『내 몸에는 달이 살고 있다』

유성호

1.

그를 겪어본 사람들은 잘 아는 일이지만, 이은봉 시인은 사물의 낱낱에 대한 지극한 연민과 애정 그리고 자신이 살아온 시간에 대한 거의 본능적인 반추와 성찰의 벽(癖)을 지니고 있다. 그래서 그동안 그의 시에서 사물들은, 비판적인 현실인식을 암시하는 우의(寓意)의 옷을 입기도 하고, 시인이 살아온 시간의 굴곡과 은유적 등가를 이루기도 하고, 시인이 궁극적으로 지향하는 어떤 이념이나 가치 체계를 상징하기도 하였다. 그리고 시인은, 감상 과잉의 가능성을 최소화하면서, 자신의 인지적 · 정서적 반응을 정직하게 드러내고 다짐하는 이른바 '투명성'의 세계를 견지해왔다. 이번에 그가 자신의 40대 후반의 생을 담아 6년 만에 펴내는 다섯 번째 시집 『내 몸에는 달이 살고 있다』(창작과비평사, 2002)는, 이 같은 기율과 방법과 태도를 일견 지속하면서도, 전에 보기 어려운 눈부신 전회(轉回)의 한 장면을 연출하고 있어 매우 이채로운 세계이다.

이번 시집에서 사물들은 우의나 은유나 상징의 허울을 최대한 벗어버린 채, 스스로의 격(格)과 생명을 지닌 존재들로 살아나고 있다. 그리고 시인 스스로는 낮은 목소리로 중년의 생을 성찰하면서, 새롭게 발견한 사물들의 존재 형식과 생명의 원리를 힘차게 노래한다. 이처럼 사물들에게는 원형적이고 근원적인 생명의 활력을 불어넣고, 자신의 삶에는 반성적 긴장을 일관되게 부여하고 있는 언어적 결실이 이번 시집의 뚜렷한 외관이라고 할 수 있다.

시집은 모두 4부로 구성되어 있는데, 적지 않은 시간 동안 써온 시편들인지라 다양한 전언과 작법이 두루 보인다. 그럼에도 불구하고 우리는 이번 시집에서 매우 잘 짜여진 집중된 하나의 '플롯(plot)'을 발견할 수 있는데, 그것은 지난 시절 자신을 묶어두었던 중요로운 가치들로부터 한결 자유로워지고 헐거워지려는 시인의 의욕과 정신적 변화를 과정적으로 보여주는 시집의 구성 원리이다. 그렇다면 그 플롯을 따라가보자.

2.

먼저 시집의 앞쪽에 실려 있는 시들에서 우리가 느낄 수 있는 것은, 사물을 대하는 시인의 새로운 감각과 태도이다. 지면을 가득 채우고 넘쳐나는 자연의 활력과 의성어(소리) 의태어(색상)들은, 시인이 자연을 자신의 관념으로 착색하지 않고, 그들로 하여금 스스로 살아 움직이고 노래하고 꿈꾸게끔 하고 있다는 것을 알게 해주는 실례이다. 그의 시에서 모든 사물들은 자신만의 호흡과 율격을 가지고 환하게 움직인다. 사실 이번 시집에서 가장 강조되어야 할 덕목이 율격에 대한 시인의 각별한 배려(시들을 음독해보면 금방 알 수 있다)인데, 이는 사물과 주체 사이에 개재하는 불화보다는 사물들 사이의 연속성과 화응(和應)의 리듬을 강조하고자 하는 미적 장치일 것이다.

이렇듯 자연을 대상으로 한 시편들의 공통점은, 자연 스스로 주체가 되는 어법으로 나타나고 있다. 이를테면 자연은 시적 주체가 지각하는 대상이 아니라, 스스로 감각의 주체가 되고 있는 것이다. 그것들은 시집 곳곳에서 "저 혼자 팔랑거리는 소리"(「사이, 소리」)를 내면서, 생명현상 특유의 활력과 윤기를 역동적으로 드러내고 있다. 이러한 특성은 그 동안 그가 스스로 긴박해두었던 생의 하중(荷重)으로부터 벗어나고 있음을 알려준다. 그것은 세상에 대한 윤리적 부채감이자, 구체적인 삶의 실감 속에서 치러내야 하는 생활의 간단찮은 무게이다. 거기서 한결 자유로워지고 헐거워진 시인은 이제 자연 사물을 윤리적 알레고리나 삶을 비유하는 상관물이 아닌 저 스스로 "웃으며 뛰놀고 있"(「청매화, 봄빛」)는 자재로운 생명체로 거듭나게 하여 자신들의 위치로 돌려주고 있는 것이다.

이를 두고 우리는 이 시인의 '생태적 인식'의 세련화라고 부를 수도 있을 것이다. 여기서 말하는 '생태적 인식'이란 유기체들이 서로서로 얽혀서 존재하고 있으며, 그래서 그것들은 단속적이고 개별적인 실체가 아니라 서로 내적으로 연관되어 있다는 사유 태도를 지칭하는 것이다. 세계를 가득 채우고 시인의 몸에까지 전해져오는 "하루치의 봄빛"(「청매화, 봄빛」)에서 "봄햇살/꽃그늘/흙덩이들"이 내지르는 "낮은 목소리"를 듣고 "무한 천공 밀어 올리는 아으, 들뜬 사랑"(「봄햇살」)을 감지하고 있는 시인의 눈은 그 점에서 단연 생태적이다. 그리고 그 "들뜬 사랑"의 대상은 "고 예쁜 것들 깔깔대며 장난칠 때 되었지"(「초록 잎새들」)처럼 예쁘고 눈부시고 활력 있고 환한 자연의 세목들이다. "너로 하여, 네 가난한 마음으로 하여 서 있는 세상, 온통 환하여라"(「패랭이꽃」)라고 고백하고 경탄하고 눈부셔 하는 시인에게 이처럼 "신비를 만들며 솟구쳐 오르는 생령덩어리들"(「아흐, 치자꽃 향기라니!」)은 시인과 이미 한 몸을 이루고 있는 존재들이다. 「강, 산, 들」이나 「제석산 아침」 등에서는 아예 모든 생명들이 에로틱한 혼융 상태를 그려내고 있기도 하다.

그런데 이러한 생명 지향의 시편들이 소박한 전원 취향의 목가와 갈라지는 지점은, 이 시인이 끊임없이 생명현상의 물리적 · 상징적 기원에 대한 탐색을 행하고 있기 때문이다. 생명의 기원. 그것은 물론 생물학이나 고고학의 대상이겠지만, 그것이 시의 몫이 될 수 있음을 시인은 잘 보여주고 있는 것이다. 그래서 우리가 새삼 주목해보아야 할 시편들이 2부에 실린 작품들인데, 여기서 시인은 '돌(혹은 바위)'이라는 비생명의 존재로 자신의 상상력을 응집시키면서, 본원적 생명을 잉태하고 있는 상징으로 그것들을 탈바꿈시키고 있다. 이것이 이번 시집에 나타나는 플롯의 두 번째 단계이다.

3.

1990년대 후반, 모든 사회적 가치가 급속히 해체·이완되고, 인간의 무한 탐욕과 그로 인한 권태와 환멸 속에 많은 지식인 문사들이 그야말로 지리멸렬에 빠져 있을 때, 시인은 그 지독한 환멸 속에서도 오히려 새로운 인식의 전환을 맞는다. 그것은 인간의 역사가 이성적 실천을 통해 변혁되고 진보한다는 가없는 신념보다는, 무기물 혹은 무생물에서 근원의 흔적을 보는, 다시 말해서 그것들이야말로 세상의 안쪽이 아닌 바깥쪽에 존재하면서도 근원적이고 궁극적인 가치를 훼손당하지 않은 채 살아 있는 유일한 가치라는 깨달음에서 가능해진다. 그 무생명이 바로 산, 돌, 바위, 사막 같은 것들인데, 특히 '돌(바위)'에 대한 시인의 집중성은 매우 각별하다. 이전의 시집에서도 그는 이렇게 노래한 바 있다.

> 어금니 악다물고 있는 것들아
> 조용히 눈감고 고개 흔들고 있는 것들아
> 여린 가슴 잔뜩 안으로 감싸고 있는 것들아
> 그렇게도 속으로만 웅크려 떨고 있는 것들아
> 저희들끼리 모여 저희들 이름 부르고 있는 것들아

단단함으로 단단함 불러 단단함 다지고 있는 것들아
우기적거리며 제 아랫배에 힘 모으고 있는 것들아
그래도 속으로는 세상 죄 뒤흔들고 있는 것들아
오직 뼈다귀 하나로 뿌드득대고 있는 것들아
차마 제 마음 어찌하지 못하는 것들아
아흐, 여러터진 바윗덩어리들아.

— 「바윗덩어리들아」 전문

이 숨 가쁘고 연쇄적인 호격(呼格)의 반복은, '바윗덩어리'에서 생명의 기운을 읽고 있는 시인의 역동적 호흡을 그대로 은유하고 있다. 시의 형식(율격)이 그대로 시적 전언의 근간이 되고 있는 경우이다. 특히 "그래도 속으로는 세상 죄 뒤흔들고 있는 것들아" 같은 구절은 이 무생물 속에서 근원적인 생명의 탄생이 예기된다는 무의식적 주제를 담고 있다.

이번 시집에도 "여기저기 바윗덩어리들, 눈빛 쏘아댄다 함부로 눈웃음 쏘아댄다"(「어이, 바윗덩어리들!」)라는 구절이 보이거니와, 시인은 '바위'로 상징되는 어떤 견고한 광물질에서 새로운 생명의 근원을 탐색한다. 프랑스의 고고학자이자 가톨릭 사제이기도 한 테야르 드 샤르댕(Teihard de Chardin)은, "바위 속에서 혹은 물 속에서 혹은 바람 속에서 생명이 스스로의 육체와 혼을 부여받는다"고 갈파한 바 있다. 이처럼 '물질(생물학)'과 '영성(신학)'을 내적으로 연관시키면서, 무기물(혹은 무생물)에서 생명체가 잉태되고 진화된다는 일종의 우주적 역리(逆理)를 시인은 받아들인다.

이러한 역설적 상상력은 그에게 '무기물('돌'/'바위')→생명('털 없는 원숭이' 곧 인간)'의 생성 과정을 상상적으로 가능케 해줌과 동시에, 모든 사물(무생명까지 포함하여)들이 내적으로 깊이 연관되어 있다는 생태적 차원을 활짝 열어준다. 그 사유와 감각이 짙게 깔린 작품!

제석산 나지막한 능선 따라, 아름드리 소나무들, 우뚝 우뚝 멈춰 서 있

다 소나무들 따라 집채만한 바윗덩어리들, 빗종빗종 뒤엉켜 앉아 있다

바윗덩어리들 속, 아직 덜 진화된 침팬지들, 오손도손 살림 차리고 있
는 모습, 눈에 띈다 언뜻 보면 마냥 돌덩어리다

돌덩어리 속 침팬지들, 안으로 끌어당긴 산 기운, 파랗게 키우고 있다
生靈들, 그렇게 주춤주춤 커가고 있다 차마 깨뜨릴 수 없는 우주다

흩어져 있는 돌 부스러기들 속에서도, 生靈들 우쩍우쩍 모여들고 있다
돌 부스러기들보다 작은 침팬지들, 쪼르르 모여 살림 살고 있다

저 바윗덩어리들, 그렇게 나다 아버지다 할아버지다 누구도 제 손자
들, 여기 옹기종기 모여 살고 있는지 알지 못한다 제석산 오랜 소나무들
처럼 -.

—「침팬지의 집」 전문

'돌(무생물)'이 '침팬지(생명)'로 바뀌는 과정을 통해 생명의 기원("안으
로 끌어당긴 산 기운/生靈들")이 궁극적으로 무기물의 안쪽("바윗덩어리
들 속")에서 생성되어 하나의 상상적 질서("차마 깨뜨릴 수 없는 우주")를
구축한다는 것을 보여주는 작품이다. 「털 없는 원숭이」라는 작품(영국의
동물학자 모리스(D. Morris)의 『털 없는 원숭이(The Naked Ape)』에서 보듯
인류는 지구상에 현존하는 193개 종의 원숭이 중 유인원 가운데 유일하게
몸에 털가죽을 걸치지 않은 별종이다)에서 보이는 "불현듯 생명을 잉태한
돌"의 이미지 역시 무기물 자체를 온갖 생명의 자궁으로 등치시키고 있
는 경우이다. 원래 "돌" 이미지는 세월의 풍화에 조금씩 자신의 몸을 마모
시키면서도 특유의 견고함을 지켜가는 묵언(黙言)의 상징이다. 그것이 그
의 시에서는 '생명의 틈(구멍/속)'으로 재문맥화되고 있는 것이다. 모든 존
재들이 나중에서야 "제 몸이 돌로부터 왔다는 것을 알았다"(「털 없는 원숭

이」)는 것이야말로 그와 같은 생명의 기원에 대한 뒤늦은 자각을 적시(摘示)하는 실례이다.

그런데 현대에 와서 그 '돌'이 더 이상 생명을 잉태하지 못하게 된 것은 "둥근 고리가 끊기"(「털 없는 원숭이」)었기 때문이다. 이는 생명체의 영적 진화가 잠시 주춤거린 채 속악한 세상의 원리에 휘둘리고 있기 때문이다. 마찬가지로 '돌'은 자신의 원시성과 생명성을 박탈당한 채 "정원 연못가로 옮겨진 돌"(「돌의 꿈」)이나 "좌대 위 수석 따위"(「돌의 나라」)로 변모했기 때문이다. 이른바 근대 과학(문명)이 자연을 생명 없는 물질 개념으로 환원시켰다는 것은 주지의 사실인데, 여기서 나타나는 관상용 돌들이야말로 그러한 상황의 상징적 등가물이라고 할 수 있다. 시인이 추구해마지않는 "또 다른 손오공을 키우기 시작하는 바위"(「바위의 길」)가 바로 그 불모성에 대한 항체 역할을 하는 셈이다. 생각해보면, 그가 가끔 내비치는 『서유기』의 주인공 '손오공'도 '바위 안'에서 태어나지 않았는가.

4.

이 시집의 세 번째 플롯은 사물들 간의 내적 연관성에 대한 끊임없는 강조로 나타난다. 이는 무기물에서 생명의 기원을 찾는 시인의 안목이 좀 더 뭇 사물들로 확대된 경우이다. "태초부터 배꼽과 배꼽으로 얽혀 있"(「휘파람 부는 저녁」)는 사물들은 사실 "이미 질긴 동아줄로 얽혀"(「같은 작품」) 있는 것들이다. 그러니 시인이 보기에 "꽃망울 피워 올리는 것"(「무등산 3」)은 "아름다운/차마 가슴 떨리는/눈부신/차마 마음 벅찬" 일이고, "제 生이 이루는 모든 힘 바쳐/꽃대궁 지극히 밀어 올리는 것"(「무등산 3」)이 된다. 어느 것 하나 독립된 행위가 없다. "모든 시간이 멈추고/초록의 잎사귀들 일제히 옷 벗는다//一瞬, 태양이 射精을 멈춘다/숲 속 골짜기마다/유령들, 검푸른 연기로 몰려다닌다."(「一瞬」)는 구절에서는 자연이 함께 나누는 정사(情事) 이미지가, "바람이 읽던 책, 바람이 듣던 음악"(「사막」)에서는 인간(문명)과 자연의 소통이, 돌멩이 하나에서 "내 발길이 그만 세상을 바꾸다니!"(「돌멩이 하나」) 같은 탄성을 길어올리거나 이슬방울에서 "황홀한 비명"(「같은 작품」)을 섬세하게 듣는 데서는 사물들의 우주적 상통(相通)이 한껏 그려지고 있는 것이다.

이제 이 시집의 마지막 플롯은 자신이 살아온 시간을 갈무리하는 부분에서 완성된다. 이 부분이 내가 보기에 이번 시집에서 가장 재미있고 안쓰럽고 짠한 시편들의 보고이다. 물론 아직도 그는 "야트막한 담장(흙벽돌)/벽(철조망)"(「허물어야지 벽, 되었다면」)의 대위(對位)를 통해 인간의 단절과 민족 분단에 대한 우의적 비판을 가한다. 그런가 하면 "너무도 무거운 북, 소리"(「북, 소리」)라는 절묘한 쉼표의 사용을 통해 '북[鼓]'이자 '북(北)'의 소리를 우리로 하여금 듣게 한다. 그 점에서 아직도 그의 시는 낭만주의의 '몽상가'나 모더니즘의 '산책자'의 목소리보다는, 리얼리즘의 '참여자'의 목소리를 견지하고 있다.

그러나 그것도 잠시, 그는 어느새 가장 구체적인 상처가 되어버린 일상을 따라나선다. 앞서가지 않고 그냥 "앞서가는 생활 졸졸 따라간다"(「송아지처럼」). "그 사내의 오랜 의무감"(「가족사진」)으로 말이다. 그에게 그의무감은 "해체해선 안될 어떤 엄숙한 운명"(「가족사진」)이자 이제는 "형편없이/무너져 내리는 이 낡은 울타리"(「외식」)인 가정을 소중히 여기는 등 굽은 중년의 모습에서 다 비쳐 보인다. 또한 우리는 덤으로 「쌍계사 가는 길」이나 「명옥헌의 달」, 「호박넝쿨이 자라는 속도라니!」라는 작품들에서 이제 "흰머리 듬성듬성한 중년의 사내/지쳐빠진 지난 70년대의 사내"(「방」)가 자나깨나 가족의 커다란 무게를 등에 진 채 살아가고 있음을 더없이 잘 볼 수 있다. 그 버거운 무게와 잔잔한 기쁨을 동시에 알려주는 몇몇 장면들!

자신의 生이 허무했을까 반쯤 열린 냉장실에선 비질비질 눈물이 흘러
내렸다(「버려진 냉장고」)

실제로는 한 이십 년 가까이 되었네 당연히 낡았네 비 새고 쥐똥들 여
기저기 굴러다니네(「집」)

전쟁 통에 허겁지겁 정신없이 지은 집 너무 낡았네 (…) 그래도 그 동
안 나를 키워준 집(「낡은 집」)

낡은 '냉장고'처럼 허무와 눈물로 살아온 생, 이제 삐걱삐걱 낡아버린
결혼 생활과 가정, 50년 가까이 힘겹게 꾸려온 중년의 육신에 대한 새삼
스럽게 일상적이고 친숙한 느낌들이 과장된 엄살이나 청승맞은 감상과는
다른 그만의 진정성으로 다가온다. 이 진정성은 이 시인의 더없는 자산
인데, 우리는 이를 논리적으로 증명할 수 없다. 다만 한 중년의 사내가 심
층에 지니고 있는 삶의 파동이자 흐름인 그 시적 진정성을 실감으로 느낄
수 있을 뿐이다.

5.

이 정도가 이 시집이 그리고 있는 외연적 경개(景槪)이다. 요컨대 이 시
집은 '사물들의 주체적 활력-생명의 기원 탐색-사물들의 내적 연관성-
중년의 생에 대한 성찰'의 플롯, 곧 무생명에서 생명으로, 독립된 개체성
에서 내적인 연관성으로, 외재적 자연에서 내재적 일상으로 삶의 무게가
옮겨지면서도 시인의 생태적 사유가 매우 폭넓게 그것들에 두루 걸쳐 있
다는 것을 하나의 구성 원리로 보여주고 있다.
이제 이 시집은 시인에게 매우 중요한 존재 전환의 한 표지가 될 것이
다. "습관적으로"(「습관적 반성」) 행해왔던 역사에 대한 부채 의식과 지나

온 생활의 무게에서 동시에 자유로워지려는 자유와 치유의 언어를 행간 행간에 활력있고 환하고 고통스럽게 저며넣고 있는 이 시집은, 그래서 지난 시집에서 "차분하게 좀더 삶과 자연에, 경험과 관찰에 철한 시"(「후기」, 『무엇이 너를 키우니』)를 기다리겠다던 시인의 의욕이 관철된 의미있는 세계이다.

부정적 현실은 치유하고 극복함으로써 나아지는 것이 아니라, 부정의 정신이라는 새로운 자체 질서를 발생시키고, 또한 그 질서는 다시 또 다른 부정의 정신에 의해 부정되는 질서를 얻는다는 아도르노(T. Adorno)의 '부정의 변증법'은 이제 우리가 참조해야 할 중요한 현실 원리 중 하나이다. 물론 이러한 인지적·정서적 연쇄는 필연적으로 비극적일 수밖에 없지만, 최소한 심미적이고 근원적인 활력으로 가득 찰 때, 그것은 파탄이 아닌 생성과 견딤의 비극성으로 바뀔 수 있다. 시의 몫이 결국 그것 아니겠는가. 우리는 사물과 일상을 향한 "혼신의 사랑"으로 "열매부터 맺는 저 중년의 生"(「무화과」)이 보여주는 그 비극적 역동성이, "아무런 반성도 회한도 없이"(「탑」) 낡아가는 우리 시대에 깊은 서정적 충격을 준다고 말할 수 있을 것이다.

이제 짐작컨대, 그의 시가 그리는 미래는, 자아의 확충과 뭇 대상들을 향한 우주적 연민(cosmic pity)으로 나아갈 것이다. 중심 설정이 끝없이 유예되는 이 차연(差延)의 시대에, 우리는 그 스케일의 확충이 인위적 관념으로 추구되기보다는, 지속적인 심미적 형상의 결을 얻어, 생의 리듬을 구체적 율격으로 재현하면서, 낱낱 사물들의 존재 형식을 암시하는 장인 정신을 통해 완성되어가기를 바란다.

(이은봉 시집 『내 몸에는 달이 살고 있다』 해설, 창작과비평사, 2002)

달과 돌, 혹은 둥근 고리의 감각

— 이은봉 시집 『내 몸에는 달이 살고 있다』

이재복

　이은봉의 시집 『내 몸에는 달이 살고 있다』(창작과비평사, 2002)는 일종의 성찰의 세계를 담고 있다. 이 과정에서 그가 성찰의 대상으로 삼고 있는 것은 자신의 몸이다. 자신의 몸을 들여다본다는 것은 인간의 본성에 대한 근원적인 성찰과 함께 가장 감각적인 현실을 문제 삼고 있다는 것을 의미한다. 시인이 문제 삼고 있는 근원과 현실은 개념의 차원에서 보면 서로 대립적인 것처럼 인식되지만 몸의 차원에서 보면 그것은 대립이 아니라 길항의 양태로 존재하는 하나의 세계일 뿐이다. 근원과 현실이 길항의 차원에 놓임으로써 근원에 대한 강조의 과정에서 드러나는 현실 감각의 부재라는 혐의로부터 벗어날 수 있을 뿐만 아니라 현실에 대한 강조에서 간과하기 쉬운 감각 너머의 신화적인 힘에 대한 성찰의 부재라는 혐의로부터 또한 벗어날 수 있다.

　몸이 현실적인 감각의 구현체라는 관점은 최근 우리 젊은 시인들의 시 속에서 자주 발견하게 되는 상상력이지만 이 시편들이 다소 불안한 것은 몸을 연속체가 아닌 단절체라는 관점에서 바라보고 있다는 점이다. 몸이 가지는 근원 및 신화에 대한 망각은 육체에 대한 감각의 극대화로 이어질 수 있다. 이것은 육체를 배제한 채 정신을 강조해온 근대적인 모순을, 정신을 배제한 채 육체를 강조하는 또 다른 모순으로 치환한 것에 지나지 않는다. 근원 및 신화의 세계를 환기한다는 것은 변증법적인 진보의 논리에 의해 숨 가쁘게 달려온 현대 문명에 대한 반성과 이 과정에서 배제된 것들에 대한 복원의 의미를 담고 있다고 할 수 있다. 이러한 시인의 의지를 우리는 다른 무엇보다도 먼저 '내 몸에는 달이 살고 있다'는 표제를 통해서 확인할 수 있다.

"몸속에 웹브라우저를 내장하고",[1] "머리 대신 모니터를 달고 다니는"[2] 비트적인 전자문명의 시대에 '내 몸에는 달이 살고 있다'고 고백하는 시인의 이 선언 아닌 선언은 현대문명에 대한 성찰 의지의 반영에 다름 아니다. 시인의 몸속에 살고 있는 달은 "옥토끼의 달"이며 "계수나무의 달"(「달」)이다. 인류가 달에 착륙하면서 사라져버린 "옥토끼"와 "계수나무의 달"을 복원해내려는 시인의 의지가 겨냥하고 있는 것은 문명에 의해 훼손된 신화의 세계이다. "옥토끼"와 "계수나무의 달"은 눈에 보이는 것만을 절대시한 근대적인 시각으로는 볼 수 없는 그런 세계의 표상이다. 눈에 보이지 않는 존재에 대한 가치를 인식하지 못함으로써 가장 크게 훼손당한 대상은 신화의 원적지인 자연(자연성)이다. "달은 지금 많이 아프다"는 이러한 훼손된 신화 혹은 자연의 가치에 대한 시인의 절실한 표현이다.

훼손된 신화를 복원해내기 위해 시인은 자연의 소리와 향기, 그리고 촉감에 민감한 자의식을 보인다. 시집 제1부는 이 소리와 향기, 촉감들이 어우러지는 잔치판이다. "이슬방울처럼, 보리바람처럼 포삭대는 흙덩이들 소리"(「봄햇살」), "마른 감나무 잎사귀/저 혼자 팔랑거리는 소리"(「사

---

1 이원, 「몸이 열리고 닫히다」, 『야후!의 강물에 천 개의 달이 뜬다』, 문학과지성사, 2013.
2 이원, 「공중도시」, 위의 책.

이, 소리」), "지지배배 지지배배, 뛰놀고 달리고 구르면서 내지르는 제비 소리"(「발자국」), "옴죽옴죽 입술 씰룩이는 한 무더기 애기들 울음소리같은 무등산 소리"(「무등산 1」), "벌떼처럼 코끝 싸하게 쏘아대는 청매화 향기"(「청매화, 봄빛」), '헉헉헉 …… 뿜어내는 아카시아 꽃향기'(「대원사에서」), "정신없이 우르르 흩어 퍼지는 치자꽃 향기"(「아흐, 치자꽃 향기라니!」), "미칠 것 같은 마음 하나로 내 귓밥을 핥고 볼때기를 물어뜯는 강, 산, 들"(「강, 산, 들」), "깡마른 개가죽나무를 아등바등 타고 감고 기어오르는 능소화, 덩굴꽃"(「능소화, 덩굴꽃」), "손가락 사이로 흘러들어 간지럼을 태우는 골짝물"(「한천 숲에서」) 등이 어우러진 감각의 향연은 시각에 의해 관념화되고 추상화된 세계에서는 볼 수 없는 풍경이다.

시각 중심으로 세계를 보면서 상실한 청각, 후각, 촉각 등에 대한 복원은 곧 훼손된 몸에 대한 복원으로 볼 수 있다. 시각의 비대함으로 인해 몸이 제 기능을 발휘하지 못하게 되면서 점점 왜소해지기 시작한 것이 사실이다. 시각은 원심이 아닌 구심적인 속성을 지닌 감각이기 때문에 세계를 스스로 해방시키기보다는 통제하고 관리하는 중앙집권적인 구속력을 가진다. 이 구속력은 매스미디어의 팽창으로 인해 더욱 강화되는 추세를 보이면서 '보는 것이 곧 믿는 것이다'라는 새로운 성스러움을 생산해내고 있다. 탈근대라는 기치 아래 몸의 해방을 주장하고 있지만 그것이 해방이 아니라 또 다른 억압이라는 사실은 우리가 여전히 근대적인 가치로부터 벗어나지 못하고 있다는 것을 말해준다. 진정한 몸의 해방 없이는 인간의 행복 역시 이루어질 수 없다는 점을 상기한다면 시각 이외의 다른 감각들의 회복은 절실한 문제라고 하지 않을 수 없다.

시인은 이러한 문제를 몸과 자연 사이의 교감을 통해 보여주고 있는 것이다. 인간의 몸과 자연의 교감은 인간이 생존하기 위한 조건인 동시에 그렇게 될 수밖에 없는 어떤 필연성을 가지고 있다고 할 수 있다. 인간의 몸은 자연과 같은 것이 아니라 자연이다. 숨을 들이쉬고 내쉴 때 인간의 몸은 자연이 된다. 장횡거와 왕부지가 인간의 몸을 '우주의 기가 모였다가 흩어지는 것'으로 규정했을 때 여기에서의 우주는 자연의 다른 이름이다. 인간의 몸이 소우주가 아니라 그 자체로 우주라는 이 '한 몸' 사상은 우주 혹은 자연도 하나의 몸이라는 것을 의미한다. 자연이 하나의 몸이라는 것은 그것이 인간의 몸처럼 살아 숨쉬는 고귀한 생명체라는 인식을 드러낸다. 이 인식은 지극히 상식적이고 당연한 것임에도 불구하고 마치 무슨 대단한 발견인 양 지금 여기에서 이야기되고 있다는 것은 하나의 아이러니라고 할 수 있다. 이것은 우리가 자연이 아닌 인간의 편에서 세계를 이해하고 판단해왔기 때문에 생긴 결과이다.

인간 중심주의를 벗어나면 자연도 인간처럼 하나의 몸으로 이루어진 존재이며, 그리고 그 몸이 인간의 몸과 한 몸이라는 사실을 자각하는 일은 어렵지 않다. 인간만이 몸을 가진 존재라는 고정관념 속에 사로잡혀 있을 때 지각할 수 없었던 사실들이 그것을 벗어남으로써 새롭게 지각되고, 발견된다는 것은 우리에게 어떤 즐거움을 체험할 수 있는 장이 생성된다는 것을 의미한다. 자연과 인간이 한 몸이라는 이러한 상상력을 토대로 시인이 펼쳐 보이는 세계는 몸과 몸의 교감에서 비롯되는 에로틱한 이미지로 가득 차 있다. 이때의 에로틱한 이미지들은 에로스가 본래적으로 드러내는 삶의 충동 혹은 생명에의 충동을 그 기저에 담고 있는 몸짓들이라고 할 수 있다.

> 네 살은 홍시처럼 붉다 치솟는 젖무덤, 부푼 엉덩이 머리칼을 흩날리며 달려오는 너는 강이다 산이다 기름진 들이다 그러면 나는? 나는 미칠 것 같은 마음 하나로 복사빛 뽀얀 네 허벅지 마구 파헤치는 살쾡이, 아직도 네 허리춤 와락 끌어안고 있다.
>
> …(중략)…

...... 오늘은 나도 폭포처럼 쏟아져 내리는 물줄기, 날아오른 물안
개......마침내 네 부푼 엉덩이, 네 검붉은 아궁이 뚫고 나도 일어서고 있
다 온갖 생명들, 우르르 몸부림치는 강이여 산이여 기름진 들이여 너로
하여 한세상 다시 환해지고 있다

　강이여 산이여 오오, 흐벅진 들이여 네 속에 길이 있다니, 사랑이!
　　　　　　　　　　　　　　　　　　　　　　　　　　—「강, 산, 들」 부분

　'강', '산', '들'로 표상되는 자연과 나(시인 혹은 인간)의 몸이 하나가 되
는 이 절대 교감의 세계를 에로스적인 감각을 통해 드러낸다는 것은 몸
사상이나 몸철학에서 보면 지극히 당연한 귀결이다. 우리가 흔히 에로스
하면 아랫도리의 담론으로만 이해하는 음험함 때문에 그것이 마치 속되
고 타락한 것의 징표인 양 이해되고 있지만 사실 그것은 '나'의 몸과 '너'의
몸 사이의 교감이 어떤 절대적인 경지에 도달하기 위한 가장 빛나는 이
름이다. '나'와 '너'의 몸이 성애의 과정에 놓일 때 쾌락의 극점에서 만나
는 세계는 '내 몸이 곧 네 몸이고, 네 몸이 곧 내 몸'인, 메를로퐁티(Maurice
Merleau-Ponty)식으로 이야기하면 '만지는 것이 곧 만짐을 당하는' 그런
융화의 세계인 것이다. 이 한몸이 되는 과정을 시인은 마침내 "네 부푼 엉
덩이, 네 검붉은 아궁이 뚫고 나도 일어서고 있다"고 노래하고 있다. 이
표현이 단순히 농도 짙은 성적인 욕구의 분출로만 이해되지 않고 신화적
인 성스러움을 환기하고 있는 것은 그 기저에 잠재해 있는 생명에의 충동
때문이다.
　시인이 꿈꾸는 한 몸을 통한 이러한 절대 교감의 세계를 시인은 사랑
이라고 명명하고 있다. 시인이 말하는 사랑이 이러하다면 그것은 인간과
인간 사이의 사랑을 넘어 자연, 더 나아가 우주의 차원으로 확장된, 다시
말하면 이 우주 삼라만상의 모든 존재하는 것들의 형성 원리가 된다. 절
대 교감을 통해 성립되는 사랑을 존재의 토대로 간주하는 시인의 상상력

은 그가 세계를 단절이 아니라 연속, 선이 아니라 둥근 원의 개념으로 인식하고 있다는 것을 말해준다. 이런 점에서 그의 언어들은 시간의 근원을 찾아 깊이 있게 추적해 들어가는 발생론적인 차원의 면모를 보여주기도 한다. 그의 시적 사유의 토대가 되는 둥근 것에 대한 인식은 「달과 돌」에 잘 드러나 있다. "하늘에 떠 있어라 구족구족 땅에 척, 박혀 있어라 너무도 멀어라 달과 돌 사이, 나 사이 어지러워라//둥글기는 하여라 오래오래"(49쪽)에서 엿볼 수 있는 것은 '달—돌—나', 다시 말하면 '하늘—땅—인간'이라는 둥근 우주의 표상이다. 우주가 "오래오래 둥글다"는 것은 이 우주의 모든 존재들이 끊임없는 순환을 거듭하면서 하나의 고리로 연결되어 있다는 것을 의미한다.

"바윗덩어리들 속에 아직 덜 진화된 침팬지들이 살림을 차리고 있"(「침팬지의 집」)다는 상상력이나 "벼락이 치고, 천둥이 치고 비바람이 몸부림으로 울던 날,/불현듯 생명을 잉태한 돌이 그 생명을 침팬지로 키웠다"(「털 없는 원숭이」)는 상상력은 둥근 것에 대한 인식을 토대로 생성된 언어들이다. 둥근 세계에서는 '바윗덩어리'가 '침팬지'가 되고, '벼락', '천둥', '비바람' 등과 '침팬지'가 서로 무연한 관계가 아니라 생명의 끈으로 연결되어 있는 것이다. 이 "둥근 고리가 끊기면 돌은 더 이상 어떤 것도 잉태하지 못하"(「털 없는 원숭이」)게 된다. 이것이 바로 '생태학적 상상력'이다. 생태시에서 주요 모티프로 생명의 황금 고리(둥근 고리)가 자주 등장하는 것도 이 때문이라고 할 수 있다. 정현종이 「들판이 적막하다」에서 "가을 햇볕에 공기에/익은 벼에/눈부신 것 천지인데,/그런데,/아, 들판이 적막하다—/메뚜기가 없다!//오 이 불길한 고요—"를 느낀 것도 "생명의 황금 고리가 끊어졌"기 때문이다.

우주가 생명의 황금 고리로 연결되어 있다는 인식은 인간의 문명의 역사를 뒤돌아보게 한다. 문명이 진보의 논리를 앞세워 정신없이 앞으로만 내달리는 동안 생명의 황금 고리는 조금씩 끊어지고 있었던 것이다. 이 우주에 존재하는 생명체 중에서 가장 우월하다는 인간이 사실은 가장 위험한 존재라는 아이러니는 '털 없는 원숭이'가 상징적으로 드러내듯이 그것은 근본을 모른 채 미쳐 날뛰는 인간의 오만과 방종을 표현한 것에 다름 아니다. 시인은 인간이 가지는 오만과 방종에 대해 "재재빠른 속도, 그만 잊고"(「보림사에서」), "둥글게 살"(「너무 과했나?」)기를 권유한다. 시인의 둥근 것에 대한 인식은 "손가락만큼 파랗게 밀어 올리는/메추리알만큼 둥글둥글 밀어 올리는 꽃 피우지 못"(「무화과」)하는 무화과에게조차 공경의 눈길로 바라보게 한다. 비록 꽃은 피우지 못하지만 온몸으로 밀어 올려 열매를 맺는 무화과의 이 몸짓을 시인은 "혼신의 사랑"이라고 명명하고 있다. 우주의 둥근 고리를 이어나가려는 무화과의 눈물겨운, 혼신의 사랑은 그 자체가 "善인"(「善에 대하여」) 것이다. 생태주의 미학의 진정한 모습이 '무화과'가 보여주는 이 '혼신의 사랑'에 있다는 사실을 시인은 우리에게 말하고 있는 것이다.

'혼신의 사랑'이 절대 선이며, 자연이 우리에게 보여주고 있는 가장 값진 것 중의 하나라는 인식은 시인으로 하여금 자신의 삶을 보다 깊이 있게 성찰하는 계기가 되게 한다. 자연과 근원적인 생명성에 대한 탐색을 통해 혼신의 사랑을 확인한 시인이 되돌아온 세계는 자신의 몸의 실질적인 생존의 장인 일상이다. 신화의 세계에서 일상의 세계로 되돌아온 시인 앞에 내던져진 '냉장고'와 '집', '호박넝쿨'이라는 질료는 그의 일상에 대한 인식을 확인할 수 있는 적절한 예가 된다. "삼성전자 대리점 앞에 버려진 냉장고"를 보면서 시인은 "양로원에 내다버린 할머니 같다"(「버려진 냉장고」)는 생각을 한다. '냉장고'를 '할머니'로 치환시키고 있는 대목에서 우리가 확인할 수 있는 것은 인간을 사물화하고, 그 사물을 하나의 소모품으로 생각하는 자본주의 사회가 가지는 반생태적인 의식이다. 생태주의적인 세계에서는 '버려진다'는 말 자체가 성립되지 않는다. 존재하는 모든 것들은 생산을 위한 밑거름이 된다. '냉장고'는 생산을 위한 밑거름이 된다기보다는 그저 소비될(버려질) 뿐이다. 그러나 이 시의 충격은 '냉장고의 버려짐'이 아니라 '할머니를 그 냉장고처럼 버린다'는 사실 자체에 있다. 현대 문명이 인간을 하나의 소모품으로 소비될 존재로 전락시키고 있는 현실을 고려한다면 「버려진 냉장고」는 의미심장한 데가 있다.

현대문명이 가지는 속도에서 밀려나 버려진 존재에 대한 성찰은 '집'에 대한 애착으로 드러난다. 「집」에서 시인이 말하고자 하는 것은 옛집에 대한 집착이 아니라 어떤 존재의 가치를 판단할 시간적인 틈도 없이 너무나도 쉽게 바꾸고 새로운 것만을 찾아 달려가는 현대 문명이 가지는 속도에 대한 반성이라고 할 수 있다. 시인은 현대 문명의 속도가 모든 가치들을 광폭하게 재단하고, 무차별화하는 전략에 맞서 "호박넝쿨이 자라는 속도"(「호박넝쿨이 자라는 속도라니!」)를 내세운다. 이 속도는 생태학적인 속도이다. 인간이 강제로 늘릴 수도 또 만들어낼 수도 없는 생태학적인 속도야말로 시인이 꿈꾸는 이상적인 문명의 속도이다. 너무나 광폭하게, 파시스트적인 가속도를 내며 질주하는 세계에서는 "내 몸에 달이 살고 있"(「달」)는지, 바다가 "갓 낳은 달걀들처럼 둥근"(「염포 바다」)지 알 수 없다.

'혼신의 사랑'으로 '호박넝쿨 같은 속도'로 사는 것이 절대 "善이며 神의 섭리"(「善에 대하여」)인지, 이 전자 문명의 시대에 선뜻 판단이 서지 않지만 현대문명이 인간의 몸에 부과된 저 삶의 질곡으로부터의 해방과 이것을 통한 인간의 행복을 책임질 수 있는 그런 유토피아적인 기획을 내장하고 있는 문명이 아니라는 점만은 확실하다. 현대문명에 대한 비판과 회의만이 능사가 아니며, 문명의 패러다임을 바꿀 수 있는 의식과 실천이 병행될 때 그것이 힘을 가질 수 있다는 것은 이제 진부하기 짝이 없는 말로 전락한 지 오래다. 문제는 구체적인 방법이다. 이것은 텍스트 밖에서 행해지는 정치가 아니라 텍스트 안에서의 정치를 말한다. 90년대 이후 우후죽순 격으로 쓰여진 생태주의 시가 과연 텍스트 안에서 미적인 정치성을 발휘하고 있는 지 곰곰이 따져봐야 할 문제이다. 그의 시가 좀더 미적인 정치성을 띠기 위해서는 몸에 대한 체험의 치열성과 함께 그것을 텍스트라는 형식으로 새롭게 창조하는 미적인 감각에 대한 '혼신의 사랑'이 있어야 할 것이다.

(이재복, 『비만한 이성』, 청동거울, 2013)

초연함의 고통

— 이은봉 시집『길은 당나귀를 타고』

홍용희

이은봉의 이번 시집 전반의 기본 음조는 맑고 섬세하고 외롭다. 그는 명주실처럼 여리고 소심하면서도 단단한 섬유질의 언어로 자신과 자신을 둘러싸고 있는 비속한 현실을 밀어내고 초연한 자기 절조를 유지하려는 태도를 견지한다. 대체로 세속적 현실에 대한 부정이 존재 초월의 형이상으로 비상하거나 안으로 닫힌 결빙의 언어로 숨어드는 면모를 보여주는데 반해, 이은봉의 경우는 시적 상상의 거처를 탈속의 경계 지점에 두고 존재의 이편과 저편을 동시적으로 조망하고 성찰하는 면모를 보여주고 있다. 초월이 아니라 초연을 견지하는 이러한 태도는 자기 스스로 부박하고 음험한 세속적인 현실로부터 균열되고 마모되지 않기 위한 심미적 거리 두기이며, 동시에 현실인식의 날카로운 비판적 혜안의 예지를 얻기 위한 과정으로 파악된다. 그래서 그의 시적 언어는 대체로 맑고 환하지만 때 묻지 않은 출발 지점의 그것이 아니라 어두운 시간의 흔적들을 마음으로부터 게워내고 정화시켜낸 그것이다. 따라서 그의 시적 삶의 거처에 해당하는 초연함에는 내적 고통과 외로움이 수반한다. 이때의 고통과 외로움이란 각각 세속적인 일상 속에서 그 일상의 늪에 빠지지 않기 위한 자기 고투와 현실과 저만치 거리 두기에서 느끼는 고립감에서 배어나오는 것이다.

다음 시편은 그의 이번 시집의 시적 성향의 한 출발 지점을 선명하게
보여준다.

> 자동차에서 내려 바라다보는 강물은 자꾸만 힘을 잃고 비틀거렸다 그
> 때 고요가 제비처럼 대각선을 그으며 허공 위로 날아갔다 강물을 가로지
> 르며 늘어서는 대각선, 문득 나는 대각선 위에 내 지루한 운명을 빨아 널
> 고 싶었다 금세 거기 지난 시대의 무수한 역사까지 하얗게 펄럭이고 있
> 었다 강가의 미루나무들도 이젠 고요에 익숙해진 듯 두 손으로 고요를
> 감싸 안으며 너털웃음을 웃었다

> 입가엔 어느덧 담배연기가 뽀얀 낮빛으로 달려와 피붙이처럼 서성대
> 고 있었다 세상의 모든 사람들과 다 함께 살려고 하니? 곁에 서서 주춤
> 거리던 고요가 쯧쯧 혀를 차며 내게 물었다 힘을 잃고 비틀거리면서도
> 쉬지 않고 흘러가는 것이 강물이잖아 덤덤한 대답은 미처 말이 되지 못
> 했다 그림자처럼 고요와 더불어 살고 싶긴 하지만 고요가 세상을 만든다
> 고 말하고 싶진 않았다

> —「금강을 지나며」 부분

시적 화자는 자동차로 표상되는 현실적 삶의 이편에 있지만 정서적 지
향점은 이미 "금강"의 속내를 향해 깊숙이 스며들고 있다. "강물을 가로지
르"는 "고요"의 "대각선"에 "내 지루한 운명을 빨아 널고" 있다. 즉 강물을
가로지르는 "고요"가 분주한 삶의 일상을 성찰하는 거울이 되고 있다. "강
물"이 화자를 향해 꾸짖듯이 묻는다. "세상의 모든 사람들과 다 함께 살려
고 하니?" "금강"은 화자에게 "힘을 잃고 비틀거리면서도 쉬지 않고 흘러
가는", 도저하고 의연한 모습을 지향할 것을 전언한다. 물론 "고요가 세상
을 만"드는 것은 아니지만, "고요와 더불어 살" 때 세상의 온전한 생명 가
치의 균정이 가능하지 않겠는가. 이것은 지나치게 평이하고 온건한 수준
의 인식론이지만, 그러나 정작 이를 제대로 실천하고 내면화하기란 그리

간단치 않다. 금강의 "고요"와 동화되기 위해서는 스스로 마음의 고요와
평정을 찾는 엄격한 자기 단련과 절제가 선행되어야 하기 때문이다.

> 스스로의 生 지키기 위해
> 까마득히 절벽 쌓고 있는 섬
>
> 어디 지랑풀 한 포기
> 키우지 않는 섬
>
> 눈 부릅뜨고 달려오는 파도
> 머리칼 흩날리며 내려앉는 달빛
>
> 허연 이빨로 물어뜯으며
>
> 끝내 괭이갈매기 한 마리
> 기르지 않는 섬
>
> 악착같이 제 가슴 깎아
> 첩첩 절벽 따위 만들고 있는 섬.
>
> —「섬」 전문

   "눈 부릅뜨고/달려오는 파도"로부터 자신을 지키기 위해 "섬"은 "악착같
이 제 가슴 깎아/첩첩 절벽"의 근원성으로 돌아가고 있다. 스스로 육체적
근육질의 군더더기와 욕망을 제거하는 도저한 내성의 고투를 감행하지
않고는 "섬"의 자기 정체성은 온전히 유지될 수 없다는 것이다. 이것은 스
스로가 자기 본원성을 찾고 지키려는 치열한 노력이 없이는 외부 세계의
지배 논리에 쉽게 나포되고 복속될 수밖에 없다는 것을 가리킨다. 마음으
로부터 엄격한 자기 절제와 통어가 없이는 "세상의 모든 사람들과 다 함
께 살려고 하"(「금강을 지나며」)는 절충적인 타협점에 안주하게 되면서 결

곡한 초연함에 도달할 수 없게 된다는 것이다. '멀리 가고 혼자 가고/그윽한 곳에 숨어 형체가 없는/마음을 제어하여 도를 따르면,/악마의 속박은 스스로 풀리나니(獨行遠近 覆藏無形 損意近道 魔繫乃解).'(『법구경』)라고 갈파하는 불가의 잠언의 한 대목을 연상시키는 부분이다. 마음의 투명성을 강조하게 되면 점점 더 엄격한 내적 성찰이 요구된다. 남을 속이지 않고 속일 줄도 모르는 대나무 같은 사람이, 의외에도 자기 자신은 잘 속일 수도 있기 때문이다.

> 대나무는 저 자신이 싫었다 봄날 한때
> 뾰족뾰족 마디를 만들며
> 어쩌다 오염된 세상,
> 기껏 한번 찔러댔을 뿐이면서도
> 사철 내내 푸르고 늠름하게 서 있는 몰골이
> 한심했다 파랗게 윤기가 이는
> 늘씬한 몸매를 지니고 있으면서도
> 하늘 멀리 새털구름 따위나 그리워하는 마음이
> 우스웠다 후다닥 꽃 한번 피우고 나서는
> 이내 사라지고 말 운명이거늘,
> 무엇이 그리도 자랑스럽다는 것인가
> 온종일 흔들리는 잎사귀들
> 깊이깊이 서로에게 기대고 나서야
> 겨우 대쪽으로 커 오르면서도
> 걸핏하면 툭툭 튀어 오르는 삐죽한 고집이
> 미웠다 날카로운 죽창에 찔려 죽은
> 수많은 중음신을 거느리고 사는 동안
> 텅 빈 제 안에 숨기고 있는 고독이
> 꿈의 공동묘지라는 것쯤은
> 대나무 저도 잘 알고 있었다 숲을 만들고

—「대나무」 부분

푸르고 곧은 길, 휘어지기 쉬운 길

거칠고 천해 더는 네게

아무것도 묻지 않기로 한다

대나무에 대해서는 대나무에게 배우라는 말

잊지 않고 있다 무엇으로도

채울 수 없는 네 독한 가슴

자그마한 허공 속에서도

새끼손가락만큼씩 여무는 초승달

맑게 닦이는 슬픔, 떠오르는 것 보인다 그것들

네가 키우는 오랜 꿈이면서도

진주알이라는 것, 왜 모르랴

하늘 향해 악착같이 머리칼 흔들면서도

어디에도 길은 없다, 라고 너는

으스러지는 목소리로 엄살을 떨겠지

멈칫멈칫 뒤돌아보며 "내 텅 빈 가슴 속에도

새끼손가락만큼씩 여무는 초승달

뽀얗게 떠오르고 있다 잘 닦인 슬픔

몰래 키우는 오랜 꿈

아침 이슬로 진주알로

방울방울 맺히고 있다"라고 너는

또또 능청을 떨겠지 동병상련의 젖은 목소리로

울먹이겠지 울먹이는 척 하소연하더라도

푸르고 곧은 길, 휘어지기 쉬운 길

너무도 천하고 거칠어 더는 네게

아무것도 묻지 않기로, 배우지 않기로 한다.

—「대나무에게 묻는 길」 전문

　시적 주체인 "대나무"는 자신의 관습적인 상징성에 대해 날카로운 성찰의 칼날을 들이대고 있다. 과연 자신의 평명과 지절의 이미지에 허구적인 요소가 스며있지는 않은가. 이러한 관습적인 이미지들이 "어쩌다 오염된 세상, 기껏 한번 찔러"보았던 것에 대한 과잉 평가의 고착물은 아닌가. 그렇다면 "사철 내내 푸르고 늠름하게 서 있는" 자신의 모습이란 부끄러운 자만과 허영의 극치가 아닌가? 또한, "파랗게 윤기가 이는/늘씬한 몸매를 지니고 있으면서도" 외부의 "하늘 멀리 새털구름 따위나 그리워 하"고 있었던 것은 감각적 욕정에 스스로 매몰된 것이 아닌가. 일찍이 불가에서는 자신을 미혹에 빠트리는 마귀란 바깥에 있는 것이 아니라 자신의 육정(六情)에 있다고 하지 않았던가?(『법구경』,「심의품」)

또한 다채롭고 현란한 수사로 분식하는 대나무의 노래 역시 이기적인 자기 연민, 과시, 능청의 산물은 아닌가. 그래서 화자는 자기도 모르게 "욕망이여 너도 그만 禪 좀 하거라"(「욕망이여 너도 그만 禪 좀 하거라」)라고 외치기도 한다. 심리학에서의 초자아, 즉 양심의 거울이 그의 시적 삶의 사정관 역할을 하고 있다. "스스로의 生 지키기 위해/까마득히 절벽 쌓고 있는 섬 …(중략)… 악착같이 제 가슴 깎"(「섬」)는 "섬"의 엄격한 모습을 다시 한 번 목도하는 대목이다. 물론, 그의 이와 같은 자연물이 시적 주체로 등장하는 도저한 성찰의 언어가 겨냥하는 대상은 인간사이다.

　　물빛 너무도 푸르른 호수 위, 사뿐히 내달릴 수 있는 것은, 예수님의 영혼을 배운, 오직 소금쟁이뿐!

　　긴 다리 휘청대며
　　아스팔트 위 걷고 있는 사람아

　　바람처럼 안개처럼 호수 위 내달리고 있는, 예수님의 저 귀여운 제자 앞에서, 너는 무엇으로 사람이겠느냐

　　버들잎 살랑대며 노래하는 호수 위
　　소금쟁이처럼 가볍게 내달리고 싶은 사람아

무엇으로 너는 소금쟁이겠느냐 아야야, 사람아 도대체 어디까지 가야
그만 사람이겠느냐.

— 「소금쟁이뿐」 전문

　"호수 위"를 내달리는 "소금쟁이"의 가벼움을 통해 인간의 세속적 무거
움을 비판적으로 직시하고 있다. 시적 정황으로 미루어보아 호수의 물결
을 사뿐히 걷고 있는 "소금쟁이"의 가벼움이란 "예수님의 영혼"을 내면화
한 징표이다. 이것은 인간이 "바람/안개/호수/버들잎" 등의 자연물과 더
불어 어울리고 호흡할 수 있기 위해서는, 자기중심적인 속성을 무화시킬
때 가능할 것이라는 인식이 전제되어 있다. 예수님의 가르침을 거스를 때
세속적 현실로 향하는 육신의 하강성이 강화된다는 것이다. 그래서 화자
는 마지막 행에서 "사람의", "그만 사람"됨을, 그리하여 "소금쟁이"의 가벼
움에 가까워지기를 영탄적으로 노래하고 있는 것이다.

　여기에 이르면, 우리는 이은봉 시인이 자기 성찰과 함께 가벼움에 대한
지향성을 이처럼 간절하게 강조하고 있는 배경이 어디에 있을까? 하는 의
문을 자연스럽게 제기하게 된다. 이를 다른 화법으로 표현하면, 스스로
자연의 이법을 따르는 철저한 염결성을 지니지 않으면 자기 정체성을 지
킬 수 없게 하는 외부 세계의 실재란 무엇인가? 하는 물음이 된다. 이러한
질문 앞에 다음 시편들이 등장한다.

　① 어둠 저쪽 진한 설움덩어리 낡아빠진 짜증덩어리 꼭꼭 숨어 노려보다
　가
　　왈칵, 하고 불화살 쏘아댄다 한방 맞으니 가슴 뻐근하다

　　……징징 짜며 한숨 푹푹 쉬며
　　전화선을 타고 내려오는
　　중년 여인의 지쳐빠진 목소리
　　누가 빚보증 서라고 했나

벌컥 화를 내며 핀잔하는
전화선을 타고 올라가는
중년 남자의 쉬어터진 목소리……

(운명은 누구에게나 그렇지 배추씨만큼의 懶惰와 安定도 용납하지 않
는 거지 당신에게도)

　근심과 걱정, 불안과 초조, 만나처럼 쏟아져 내리는 밤, 가로등 불빛
근처 함부로 나뒹구는 부나비 같은 마음, 한껏 다져 여미며, 어두운 계단
밟아 빌딩 속 빠져 나오다가, 생각하면 퍼뜩 지금은 위험시대.
—「사무실을 나서며」 부분

② 길 보이지 않는다 뒤돌아보면
　여전히 허공에 떠 흐르는 지난 시대의 낡은 구호들
　까맣게 늪 만들고 있다 늪 속으로
　굴러떨어지면 끝장이다 나뭇가지를 붙잡고
　엉금엉금 기어오르다 보면
　쭈욱, 찢겨져 나가는 것들!
—「제암산 안개」 부분

③ 강물은 왜 오늘 또 다시 얼어붙는 것인가
　지난겨울엔 어머니의 낡은 척추를 얼려.
　부러뜨려 얼마나 마음 졸였던가

　…(중략)…

　지난겨울엔 아내의 젖가슴 얼려, 깨트려
　얼마나 많은 밤 잠 못 이루었던가

　무슨 억하심정으로 강물은 지금 또 다시
　아픈 제 발목 푹푹 꺾고 있는 것인가

끝내는 아버지의 숨골마저 얼려,

터뜨려 가슴 온통 슬픔으로 채우고 있는가

—「또다시 얼어붙는 강가에서」 부분

외부 세계는 "설움덩어리", "짜증덩어리"들이 도처에 공격적인 날을 세우고 있는 "위험시대"의 현장이다. 그리하여 "근심과 걱정, 불안과 초조"에 휘둘리다 보면, 어느새 자신의 마음도 "부나비 같"이 "함부로 나뒹"굴게 된다. 억눌리고 뒤틀리고 불안한 삶을 강요하는 세계의 일상성이 시적 화자의 마음까지 파고들어 평정을 깨트리고 있는 것이다.

마치, 이 세상은 "굴러떨어지면 끝장"인 거대한 "늪"과 같다. 이러한 "늪"의 어둠의 역사는 그리 단순치만은 않다. "지난 시대의 낡은 구호들"까지 응결되어 "제암산 안개"의 음산함과 불안감을 가중시키는 형질로 잔존하고 있다. 그래서 "제암산 안개" 늪을 "엉금엉금 기어오르다 보면/쭈욱, 찢겨져 나가"는 깊은 상처를 입기도 한다. 위의 「제암산 안개」 시편은 제암산 안개 주의보이다.

시적 화자에 대한 외부 세계의 파괴성이 이와 같이 심정적, 정서적 층위로 파고드는 것만은 아니다. 물리적이고 육체적인 층위에서도 "호시탐탐 매서운 손발톱"을 들이대고 있다. "어머니/아내/아버지"의 "척추/젖가슴/숨골"을 앗아가는 행위도 서슴지 않고 실행한다. 이처럼 과격한 외부 세계의 음험한 폭력성과 이에 대한 시적 자아의 대결 국면의 현장을 포착하면 다음과 같다.

또 한 차례, 휘청휘청 파고드는 칼날들!

평생을 부엉이 울음소리와 함께 살아도 좋다, 하고 어금니를 깨무는 동안, 성한 곳 하나 없는 몸, 만신창이,

끝내 견뎌내지 못하고 내 안의 각자 선생이 달려나와, 만신창이 몸을
훌쩍 어깨에 들쳐 멘다

종아리마다 불쑥불쑥 튀어나오는 검붉은 지렁이들!

징그러워하지 마라 지렁이들 꿈틀거려, 너는 아직 살아 있다, 하며 누
덕누덕 기워진 몸이 낮게 내게 속삭인다

각자 선생이 곁에 있는 한, 번쩍 빛을 발하고, 칼날들 몸 속 지나가도
좋다, 하며 상처투성이의 시간이 저 혼자 중얼거린다

이윽고 칼날들, 찢어진 날개째 추락하는 소리 들린다.
— 「묵언의 밤」 부분

외부 세계는 시적 자아에게 "성한 곳 하나 없는 몸, 만신창이"가 되도록
정신적 · 육체적으로 깊숙이 침탈해 들어온다. "평생 부엉이 울음소리와
함께 살아도 좋다"고 스스로 다짐해도 깊은 상처를 피하지 못한다. 다시
말해, 세속적 현실의 소요와 공격성으로부터 스스로 무관심해지고자 하
지만, 그러나 자신도 모르게 "상처투성이"가 되고 만다. 그렇다면, 이처럼
불온한 현실을 어떻게 타개해나갈 수 있을까? 시적 화자는 자신의 내면의
또 다른 자아, 각자 선생을 불러온다. 이때, 각자란 깨달은 자아(覺者), 도
(道)의 세계에 순응하는 자아로 해석된다. 다시 말해, 앞에서 살펴본 "악착
같이 제 가슴 깎아/첩첩 절벽"(「섬」)이 될 때까지 비우고 게워서 자신의 본
원성을 찾아가던 자아가 바로 "내 안의 각자 선생"에 해당된다고 할 것이
다. 만신창이의 몸이 각자 선생에 의해 위무받는다. 각자 선생은 "칼날들
몸 속을 지나가도/좋다"고, 그것이 모두 부질없는 일회적인 일들이 아니
냐고 스스로를 향해 타이른다. "이윽고 칼날들, 찢어진 날개째 추락"한다.
"묵언의 밤", 시적 화자는 상처와 치유, 절망과 위로, 분노와 용서가 서로
교차하는 전전반측(輾轉反側)의 시간을 앓고 있는 것이다. "각자 선생"의

노력에 의해 "칼날들"이 추락하면서 마음의 평정이 회복된다. 그러나 이 전전반측의 팽팽한 고통은 세속적 현실에 발 딛고 있는 이상 또다시 엄습해올 것이다. 과연 이를 처음부터 피할 수는 없는 것일까? 이은봉의 이번 시집의 중심지대를 관류하는 "공중무덤" 연작이 씌어지는 자리는 여기이다.

① 무쇠덩어리의 하루가 끝나고 밤이다 사정 가까운 시간, 백 팔개의 마음을 밟아, 저 높은 공중무덤 향해, 터벅터벅 황소의 발걸음 올라간다

…(중략)…

무덤 속에 누우면, 말 없어 좋다 눈감으면 피식대며 웃어대는 달빛들, 창가의 철판 커튼 걷어 올리고, 뽀얗게 박꽃 피워낸다 안쓰럽다는 것이겠지

— 「默言精進 – 공중무덤」 부분

② 철근 콘크리트를 버무려 만든 공중 무덤
　하늘 높이 떠 있다 하늘과 땅 사이
　너무 넓고 멀어 사내 혼자 눕기엔 벅차다

　인공위성의 마음으로 달려오는
　인터넷을 두드려 이메일을 읽고,
　자장면과 고량주를 배달을 시키는 사내
　무덤 속에서도 배가 고플까

　깡마른 제 해골 어루만지며
　창가의 철망 사이로 올려다보는
　공원묘지의 소나무들도
　마른 뼈다귀로 푸석거린다

비눗방울처럼 가벼워진 제 영혼
한 줌 잔뜩 집어든 사내
훅, 입김 불어 철망 밖으로 날려보낸다

철근 콘크리트를 버무려 만든 공중 무덤
관 속에 누워서도
자꾸 초조해지고 불안해지는 사내
무겁고 힘들지 않은 것은 없다 플라스틱 관 뚜껑조차.
—「사내−공중무덤」 전문

　　"공중무덤"이란 세속적 일상의 중력권으로부터 저만치 이탈한 초월적 경계 지대이다. 시적 화자는 자신의 삶의 거처를 탈속적인 점이 지대에 두고 있는 것이다. 소음으로 들끓는 "무덤 밖 찬란한 세상"과는 극명한 대조를 이루는 평온한 자기만의 방이 "공중무덤"이다. 시 ①은 "공중무덤"에 누워 "달빛들"이 뽀얗게 피워내는 "박꽃"을 감상하는 "黙言精進"의 한 대목을 보여준다. "공중무덤"에서 비교적 자연과 가깝게 호흡하고 공명하는 숨통을 찾아내고 있는 것이다. 그러나 이곳 역시 그에게 온전한 안식의 공간이 되지 못한다. 시적 화자 스스로가 "달빛"이 피워내는 "박꽃"이 자신을 향해 "안쓰럽"게 여긴다고 인식하기 때문이다. 스스로에 대한 연민은 스스로 온전한 마음의 평정과 자재를 얻지 못하고 있음을 드러내는 증거가 된다.

　　시 ②는 이와 같은 불안한 내면 풍경이 심화된 양상을 드러낸다. 시적 화자는 "공중무덤"에서 문득 "하늘과 땅 사이"가 "너무 넓고 멀"다고 생각한다. "하늘과 땅 사이"가 "너무 넓고 멀"다는 것은 시적 화자가 느끼는 "너무 넓고" 먼 공허와 적막감을 가리킨다. 외부 세계와의 단절이 한편으로 무한한 고립감과 외로움을 낳고 있는 것이다. "깡마른" "해골"과 "푸석거"리는 "뼈다귀로" 느껴지는 "공원묘지의 소나무들"이란 바로 자신의 수척하고 창백한 내면 풍경을 가리키는 것에 다름 아니다.

그렇다면, "공중무덤"에서 자재의 평온을 느낄 수 있는 방법은 무엇일까? "위험시대"(「사무실을 나서며」)의 현실 속에서 "공중무덤"이 신성하고 충일한 생명의 제의 공간으로 자리 잡을 수는 없을까? 여기에 대한 해결책은 다음의 목소리에서 어느 정도 암시되고 있다.

> 딸깍, 하고 꼬마등을 끈다 색즉시공 공즉시색, 목탁을 두드리며 외우지 않아도 관 뚜껑을 닫고 눕는 마음, 중얼거린다 무덤 속이 곧 우주라고?
>
> ─「관 뚜껑을 덮고─공중무덤」 부분

"무덤 속이 곧 우주"라는 통찰이 내면화될 때 "공중무덤"은 자신뿐만이 아니라 외부 세계까지 정화시키는 신성한 재생 공간으로 존재할 수 있지 않을까? "무덤 속이 곧 우주"라는 것은 유폐되어 있는 자신이 곧 우주적으로 열린 존재라는 것에 대한 각성과 연관된다. 즉, 자신의 존재성은 안으로 닫힌 개별자이면서도 밖으로 열린 우주적 존재자라는 인식이 이루어질 때, 그리하여 시적 화자 자신이 좀 더 유현하게 우주의 순행 원리를 깊이 터득하고 이에 순응하는 삶의 가치를 추구할 때, 자연스럽게 고립감을 떨치고 우주적 충만감을 느낄 수 있게 될 것이다. 또한, 자신의 우주적 존재자로서의 가치와 의미를 체득할 때 외부 세계의 세속적인 현실을 우주율에 상응하도록 건강하게 순치시켜내는 가능성을 열어갈 수 있을 것이다. 따라서 여기에서 다시 비속한 세계의 폭력성과 허위성으로부터 자유로워지기 위해서는 자신의 욕망을 비우고 존재의 근원을 찾는 일의 선행이 요구된다는 점을 강조하게 된다. 이러한 논리는 앞에서 살펴본 이은봉 시인이 이번 시집의 출발 지점에서 보여준 도저한 자기 성찰의 면모와 상응한다. 이것은 그가 마련하고 있는 "공중무덤"이 스스로 "악착같이 제 가슴 깎아", "까마득히 절벽 쌓고 있는 섬"(「섬」)이 되고자 하는 일이었음을 알 수 있다. 이렇게 보면, 그의 이번 시집은 탈속적인 자아, 즉 도를 터득한 "내 안의 각자 선생"(「묵언의 밤」)을 자신의 초상으로 전면에 확립시키기 위한 과정으로 정리된다. "내 안의 각자 선생"이 전면에 완전히 드러날 때 그의 초연함의 고통은 초연함의 평온으로 전환될 수 있을 것이다. 이것은 이번 시집의 기본 음조를 이루는 맑지만 외롭고 불안한 정서를 맑으면서 자재롭고 평화로운 면모로 전환되는 상황에 해당한다. 여기에 대한 깊고 풍요로운 시적 풍경은 이은봉의 다음 시집이 펼쳐 보여줄 것이다.

(이은봉 시집 『길은 당나귀를 타고』 해설, 실천문학사, 2005)

'지껄이는 침묵'으로 환멸을 고함
— 이은봉 시집 『길은 당나귀를 타고』

윤지영

환멸은 무엇엔가 온전히 존재를 기투해본 자에게 찾아온다. 그것은 때로 분노와 배신의 감정으로, 때로 그리움과 회한의 감정으로, 그리고 자책과 자기 연민의 감정으로 모습을 달리하여 나타난다. 혹은 이 모든 것이 함께 뒤범벅되어 나타나기도 한다. 이은봉의 6번째 시집 『길은 당나귀를 타고』 전반에 깔린 정서는 바로 이러한 환멸이다.

환멸이 "이상이나 희망의 환상이 사라지고 현실을 접하는 허무함"이라고 할 때, 이 시집의 환멸이 자라난 숙주는 역사와 시대에 대한 이상과 희망이다. 다시 말하면, 걸어왔던 길과 앞으로 걸어갈 길이 보이지 않는다는 사실이 역사의 흐름에 온몸을 맡겼던 시인을 환멸 속으로 몰아넣는 것이다. "더는 길이 보이지 않는다"거나 "길을 잃었다"는 진술이 많은 작품 속에서 반복적으로 발견되고(「밤길」, 「등불」, 「청동기의 마을에서」, 「진월동의 밤」, 「대나무에게 묻는 길」 등), 대부분 작품의 시·공간적 배경이 '밤', '숲'으로 설정되어 있는 것은 시인의 현실인식을 단적으로 보여주는 지점이다.

이러한 환멸은 단순히 지나간 과거에 대한 집착이나 미련에서 기인하는 것이 아니다. 그것은 오히려 자아 정체감이 뿌리내리고 있는 과거와 절연해야 한다는 시대적 요청을 경청한 결과이며, 그럼에도 불구하고 그것을 대신할 만한 어떠한 가치도 마련하지 못한 채 삶의 한가운데 서 있는 자가 감내해야 하는 천형이다. "어디로 가야 하지 어디로/길 보이지 않는다 뒤돌아보면/어전히 허공에 떠 흐르는 지난 시대의 낡은 구호들/까맣게 늪 만들고 있다 늪 속으로/굴러떨어지면 끝장이다"(「제암산 안개」)와 같은 구절이 말하는 것은 과거의 신념과 이상이 더 이상 유효하지 않다는 것만이 아니라 과거에의 함몰에 대한 경고이며 새로운 길을 모색해야 할 책임에의 자각이기도 하다.

그러나 이 시집의 화자를 곤궁하게 만드는 것은 그것만이 아니다. 「백화와 독거미」, 「치맛자락」, 「유령들」, 「늙은 창녀의 노래」, 「용광로」 등이 그려내고 있는 자본주의 사회의 흉포함은 빠져나갈 구멍 하나 없이 그를 더욱 철저히 가둔다. 엎친 데 덮친 격이라고 그의 침묵에 대해서도 발언에 대해서도, 그의 무위(無爲)에 대해서도 행동에 대해서도 사사건건 '멋대로 주물 대는 것들'(「앵남골 가든」), '눈보라처럼 앞가슴을 파고드는 저 차가운 구설의 화살촉들'(「길은 당나귀를 타고」), '귀신들의 시기와 질투'(「동행」), '칼끝 같은 계산들'(「101동 1209호 – 공중무덤」)들이 시비를 건다.

이 속악한 것들에 대해 그는 윤리적으로 매우 명쾌한 태도를 갖고 있는 것처럼 보인다. 탐욕스러운 팽창에의 욕망과 이를 생산해내는 자가 발전식의 메커니즘은 그에게 있어 경제와 비판의 대상임에 틀림없으며, 그를 감시하고 비난하는 뭇 시선과 풍문들에 대해서도 그는 단호한 입장을 취한다. 이와 같은 윤리적 태도는 주로 알레고리의 어법을 통해 표현되고 있는데, 하나를 말하면서 다른 것을 전달하는 알레고리의 형식이야말로 문학성을 잃지 않으면서 관념을 전달하기에 적합하다. 비록 이들 작품이 보여주고 있는 자본주의 사회의 세태들이 전형적이기는 하지만 이는 의미를 고수하려고 선택한 순간 노정된 결과이다.

그러나 그는 어느 누구도 자본주의 사회에서 결코 자유로울 수 없으며,

그 또한 예외가 아님을 알고 있다. 뿐만 아니라 자신이 비판하던 바로 그 것을 자기 자신에게서 발견한다. 이 시집에서 이와 같은 자각이 수반된 작품들은 윤리적이고 가치 평가적인 입장에서 한 걸음 물러나 있다. 그리고 시선은 밖이 아닌 안을 향해 있다. 흥미로운 것은 안으로 향하는 이와 같은 시선이 발견하는 것이 다름 아닌 두려움과 공포라는 점이다. 과연 그의 작품 속에는 두려움에 떠는 화자의 모습이 많이 등장하는데, 「라일락꽃」, 「진월동의 밤」, 「청동기의 마을에서」, 「시내─공중무덤」, 「오리천국」, 「달빛·침대─공중무덤」와 같은 작품에서 화자는 지속적으로 '겁이 난다'고 고백한다. 이러한 두려움은 사면초가의 국면이 야기한 총체적인 위기감에 대한 것일 수도 있고, 전방위적으로 편재해 있는 후기자본주의 메커니즘의 집요함에 대한 것일 수도 있을 것이며, 이 모든 적대적인 도전들에 대해 더 이상 신념 하나만으로 대응할 수 없게 되어버린 처지에 대한 것일 수도 있을 것이다. 또한 그의 두려움과 공포는 자신의 내부에서 자신의 적을 발견한 데서 오는 것이기도 하다.

　서울로 대표되고 거대한 발전소와 용광로로 비유되는 이들 자본주의의 메커니즘은 사람들을 순식간에 끌어들여 그 체제의 일부로 만들 뿐 아니라, 그들의 내면마저도 그 체제와 같은 방식으로 재편한다.

> 바람 자면 제 스스로
> 멈춰버리는, 떨어져버리는 프로펠러,
>
> 이내 쑥구렁에 처박힌다
> 흥건히 피투성이다
>
> 사흘만 지나면 누구 하나 기억하지 못한다
> 상처투성이의 몸 움직여

또다시 돌아가는 프로펠러,
또다시 허공에 부웅 떠오르는 몸,

우두커니 바라보고 있는 눈망울이라니!

싫다 징그러운 프로펠러, 꺼버리고 싶다
제어할 수 없는 이 엄청난 날개

— 「프로펠러」 부분

위의 작품에서 소재로 다루고 있는 '프로펠러'는 욕망의 등가물로 읽기 쉽다. 태어날 때부터 사람들이 제 속에 갖고 있다든지, '바람'으로 비유되는 외부의 자극에 좌지우지된다든지, 자기 파멸에 이르러도 이내 망각하고 다시 작동하기 시작한다든지 하는 점에서 그러하다. 그러나 이는 또한 자본주의 시스템이 갖고 있는 속성이기도 하다. 내외의 이러한 상동성은 암암리에 개인들의 욕망을 통제하고 감시하며 저 스스로를 닮은꼴로 만들어가는 근대 자본주의 체제의 작동 원리에서 비롯된 것이다. 내외의 이러한 기제들을 작동시키는 원동력, 욕망은 "순식간에 파랗게 부풀어" 올랐다가, "팍, 터져버리면 한 줌 찢어진 비닐 조각"이 되어버릴 것에 지나지 않지만, 무서운 것은 그 파멸과 고통의 기억은 곧 망각되고, '또다시', '세월 가는 줄 모르고' 부풀어 오르고 떠오르고 다시 터지기를 반복하다가 생명이 소진됨에 이르러서야 비로소 중단된다는 사실이다.

물론 그의 내면에 "나도 한때는 이 나라의 역사를 위해, 민주주의를 위해 여러 차례 삐라를 만들어 뿌린 적이 있는 사람"(「지껄여대는 침묵」)이라는 자부심이 없는 것은 아니다. 그러나 이러한 자부심이 그의 고통과 두려움을 더욱 증폭시키는 원인이기도 하다. 그러기에 그러한 자부심은 "봄날 한때/뾰족뾰족 마디를 만들며/어쩌다 오염된 세상, 기껏 한번 찔러 댔을 뿐"이라는 자조로 전환된다. 그리고 바로 이 지점에서는 그의 현실

인식과 시적 진술들은 한결 사실감을 지니게 된다. 다음과 같은 작품이 그 대표적인 예인데, 환멸이 내면의 이중성을 폭로함으로써 팽팽한 긴장과 공감을 자아내는 경우이다. 진정 뒤에도 길이 없고 앞에도 길이 없는가. 그것은 나의 오독은 아닌가. 그는 자신의 현실인식에 대해서 끊임없이 질문을 한다.

> "어디에도 길은 없다", 라고 너는
> 으스러지는 목소리로 엄살을 떨겠지
> 멈칫멈칫 뒤돌아보며 "내 텅 빈 가슴속에도
> 새끼손가락만큼씩 여무는 초승달
> 뽀얗게 떠오르고 있다 잘 쟂인 슬픔
> 몰래 키우는 오랜 꿈
> 아침 이슬로 진주알로
> 방울방울 맺히고 있다", 라고 너는
> 또또 능청을 떨겠지 동병상련의 젖은 목소리로
> 울먹이겠지 울먹이는 척 하소연하더라도
> 푸르고 곧은 길, 휘어지기 쉬운 길
> 너무도 천하고 거칠어 더는 네게
> 아무것도 묻지 않기로, 배우지 않기로 한다.
> ─「대나무에게 묻는 길」 부분

그는 "어디에도 길은 없다"고 말한다. 그러면서 그 말이 어쩌면 '엄살'일지도 모른다고 의심한다. 동시에 "내 텅 빈 가슴속에도… 오랜 꿈… 방울방울 맺히고 있다"고 하면서 아직 포기하지 않은 희망에 대해 이야기한다. 그리고 이내 그것이 '능청'이고 '하소연'일지도 모른다고 말한다. 이와 같이 일단 말해놓고 그 말을 스스로 번복하는 자기 배반적 진술은 이 작품 이외에도 곳곳에서 발견된다. 「대나무」에서도 대나무의 곧고 기개로운 모습을 보여주는데 그치지 않고 그 이면을 그려낸 후 다시 그것을 조롱한

윤지영, '지겹이는 침묵'으로 환멸을 고함

다. 가령, "파랗게 윤기가 이는/늘씬한 몸매"를 보여주고 그 이면에 내재해 있는 "하늘 멀리 새털구름 따위나 그리워하는 마음"을 폭로하고 조롱한다. "숲을 만들고/그늘을 만"드는 모습을 언급하고 "해바라기꽃 한송이 키우지 못하는" 피폐함을 역겨워한다. 독설과 자탄 섞인 이러한 질문이 외부가 아닌 자아를 향하고 있다는 점에서 독자들은 마음을 연다.

이와 같은 맥락에서 보았을 때, 다음 작품들에서처럼 빈번하게 발견되는 '침묵'에의 선택이 더 이상 나아갈 곳이 없는 자의 자기 변명이나 방어가 아님을 알 수 있다. 그것은 나름의 세계 인식을 바탕으로 하여 스스로의 의지와 신념으로 선택한 결단이다.

> 적막은 죽어 있는 것이 아니다
> 제 속에 동심원을 그리며 얼핏 멈춰 있을 따름이다
> 잠시 어금니 꽉 다물고 있을 뿐인 적막,
> 속을 뒤집으면 간이 녹아
>
> 벌써 거머리처럼 피가 흥건히 고여있다
> 지금은 다만 피를 보고 싶지,
> 않은 거다 더는 피가 싫어
> 눈을 감고 있는 거다 수류탄의 마음을 하고
>
> ―「적막」 부분

> 그러니 내버려둬라 지금 나는 그저 아득히 지고 있는 것처럼 보이고 싶을 따름이다
> 하지만 정작, 무엇이 이기는 것이고 무엇이 지는 것이냐
> 지고 싶은 마음이 이기고 있는 마음을 향해 비눗방울 같은 우스개를 날리는 일이, 너희들은 미울 거다 한갓 비눗방울로 보일 수도 있을 거다
> 비눗방울이라고 해도 좋다 말하는 침묵에 취해 지금 나는 이렇게 마구 지껄여대며 중용을 얻고 있는 거다

세상의 하찮고 귀찮은 싸움을 떠나 얼마간은 침묵의 시간을 갖고 싶은
거다

— 「지껄여대는 침묵」 부분

'적막'은 패배나 포기가 아니다. 적막은 "간이 녹아"들 정도의 긴장과 집
중을 통해 내공을 키우며 '기다리고 있는' 기다림의 속성이다. 적막, 침묵,
고요를 선택한 데에는 '인간의 더러운 속성', '그것이 만드는 역사', '예술
이라는 것이 생산하는 너절한 포즈', 그리고 무엇보다 이기고 지는 문제가
모든 가치 있는 문제들에 우선하는 세상에 대한 환멸이 깔려 있다. 그러
한 환멸에 대한 대응 방식으로 택한 것이 침묵이다. 그리고 위 시의 화자
는 그 이유를 "지고 있는 것처럼 보이고 싶을 따름"이라고 말한다. 그러나
역설적이게도 이들 작품은 매우 요설적이다. 산문에 가까운 진술로 이렇
게 '지껄여대는' 것은 어쩌면 그 모든 포즈와 위선과 가면들에 대한 직격
탄일 것이다.

그럼에도 불구하고 한 가지 남는 의문은 도대체 "지고 있는 것처럼 보
이고 싶을 따름"이란 어떤 마음 상태를 말하는 것일까 하는 점이다. 그것
은 '지고 싶은 마음'과는 또 다르다. '지고 싶다'는 것과 달리 '지고 있는 것
처럼 보이고 싶다'는 것은 보아줄 시선을 전제한 진술이다. 그렇다면 그의
침묵은 청자에 대한 또 하나의 발언이며, 다른 방식의 '말'이다. '지껄여대
는 침묵'이라고 말하고 있지만, 이는 침묵을 통해 그는 말을 하고 있는 것
이다. 이와 같은 형태의 말이 굳이 필요한 것은 그 청자가 "머리칼 풀어
헤치며 귀신들", "끊임없이 발목 잡아끄는 실타래 같은 어둠의 뿌리들",
"삐쭉거리는 얇은 눈길들"과 같이 한정지을 수도 없고 규정할 수도 없으
며 이름 붙일 수도 없는 것들이기 때문이 아닐까 싶다. '악다구니'의 세상,
'귀신'들이 점령한 세상에서 살아남기 위해서는 특별한 방식의 전략이 필
요할 테니 말이다(「길은 당나귀를 타고」).

그렇지 않은 시가 있겠는가마는 특히 이은봉의 이번 시집『길은 당나귀를 타고』에는 청자가 중요한 기능을 하는 작품들이 많다. 그것이 현상적 청자든 내재되어 있는 청자든 그의 말은 언제나 누군가, 무엇인가를 향해 있다. 청자 중심적 시가 화자보다는 청자에 동일시하며 읽게 마련이라는 독서 관습에서 볼 때, 이 시집의 말들은 듣는 이를 괴롭고 아프게 한다. 그러나 그 아픔은 "너를 만나던 커피숍, 수족관의 앙증맞은 열대어,를 들여다보고 있어도, 내 마음엔 뽀얗게 얼음이 언다"(「이 겨울에 내겐」)나 "앞뜰에 뛰놀다 엘리베이터 콩넝쿨을 타고 기어올라온 일곱 살짜리 훈이……//검시의원처럼 노파의 코끝에 귀 대어본다 푸우, 숨소리 겨우 들린다"(「노파-공중무덤」)와 같은 구절을 읽었을 때의 아픔과는 전혀 다르다. 그 아픔의 차이는 무엇일까. 어쩌면 역사에 온전히 존재를 기투해본 자만이 이 두 종류의 아픔을 느낄 수 있을지 모르겠다.

(『시와사상』 2005년 여름호)

이은봉의 작품세계
― 이은봉 시집 『길은 당나귀를 타고』

김춘식

'욕망을 끊고자 하는 것 또한 욕망'이라는 말 속에서 우리는 일상을 관통하고 있는 시인의 초상 혹은 숙명을 종종 발견할 수 있다. 일상의 늪 속에 깊이 빠지면 빠질수록 시인의 정신이나 내면 풍경은 좀 더 멀리 '이곳이 아닌 저곳'으로 달려간다. 현대 시인의 시정신 혹은 자의식의 치열성은 그래서 종종 '지금, 여기'의 한 순간에 시선을 고착시킨 뒤 그 순간에서 촉발된 단상을 폭발적으로 확장하는 '시적 연상의 태도'를 통해 확인되는 것이다.

시적 상징이나 암시의 힘은 이 점에서 두 개의 이질적 관심 혹은 시선의 엇갈림으로도 설명할 수 있을 것이다. 현실의 정곡을 관통하고자 하는 리얼리즘적인 욕망과 그 한 점 속에 자신의 열망 혹은 내면의 동경을 열렬히 투영하는 주관적인 상상이 뒤엉키는 순간 시적 상상력은 불꽃처럼 타오른다. 현실에 대한 진리의 추구와 이상적인 동경이 만드는 환상 속에 시인의 자리가 만들어지는 것이다. 이 점에서 시인은 천성적으로 이상주의자이면서 또한 물질계인 현실에 대한 감각이 사라진 관념이나 몽상으로 가득 찬 언어를 혐오하는 이중적인 성격을 지닌 존재이다.

철저히 일상 속에 자신의 몸을 던진 채, 만지고 듣고 보는 감각의 충실

한 사제이면서 또한 그러한 감각적 경험의 저편을 응시하고자 하는 초월
주의자의 생리적 욕망을 지닌 '수도자'의 모습으로 종종 시인들은 우리 앞
에 나타나는 것이다. 매 순간 모든 경험을 과거로 밀어내고 앞으로 달려
가는 시간의 속성 앞에서 폭력을 느끼거나 그 순간적 체험의 기억을 영원
히 고착시키고자 하는 '기억의 욕망'을 마음속에 품는 시인의 모습은 각각
의 다양한 개성에도 불구하고 하나의 점을 향해 달려가는 '질주자'를 연상
시킨다. 끊임없이 자신들을 포박하고 다리를 얽어매는 일상의 족쇄로부
터 벗어나 자유롭고자 하면서도, 결국은 시에, 스스로의 자의식에, 정신
에 의해 다시 구속당하고 마는 역설의 차원이 시인의 운명 속에 이미 존
재하고 있기 때문이다.

　"남들은 자유를 사랑한다지만, 나는 복종을 좋아하여요"라고 노래한 만
해 한용운이나 수직으로 상승하는 헬리콥터를 바라보고 비애를 느끼는
김수영의 태도는 형이상학을 감각으로 바꾸는 시인의 연금술사적 숙명을
보여주는 대표적인 경우들이다. 자유란 이 점에서 타자와의 관계를 묻는
말이면서 동시에 자기 자신의 정신적 차원, 수준을 가늠하는 척도이기도
하다. 자유의 높이란 곧 정신의 깊이에서 얻어지는 것으로 '현실의 제 관
계가 만든 조건'의 측면과 함께 시인의 '깨달음의 차원'이 가져다주는 '정
신의 자유'를 의미한다. 이 점에서 이미지의 사냥꾼 혹은 사물의 탐구자인
시인의 내면은 늘 대상에 매혹되어 구속당하면서도 그 대상의 저편을 관
통해 바라보려는 열망으로 가득 차 있다.

　이은봉 시인도 이런 점에서 예외적일 수는 없다. 그의 시는 직관과 욕
망이라는 두 차원 사이의 지속적인 '오고 감'을 기본적인 생리로 삼는 '일
상성 속에서의 존재적 기투'를 보여준다. 그의 작품은 때로 윤리적인 정점
을 찾고자 하는 열망을 나타내기도 하지만 '윤리적인 차원'에 대한 근원적
인 회의감은 보이지 않는다. 오히려 그의 작품은 번잡한 현실의 만화경을
역투영한 소박한 '풍경화'에 가깝다.

제3부　시정들 ─ 움직이는 시정신

이 겨울에 내겐, 하얗게 얼어터진 눈꽃 송이밖에 없다 파랗게 찢긴, 마음 한 조각밖에 없다

이 겨울에 내겐, 아무것도 없다 한없이 작아지는, 한없이 지쳐빠진 허름한 몰골밖에 없다

너를 만나던 커피숍, 수족관의 앙증맞은 열대어,를 들여다보고 있어도, 내 마음엔 뽀얗게 얼음이 언다

마구 윽박지르는 눈더미, 얼어 죽은 산토끼처럼, 눈더미만 저만큼 몰려다닌다

이 겨울에 내겐, 아무것도 없다 어쩌다 튀어 오르는, 차가운 입김밖에 없다 입김을 쓸어가는 눈보라밖에 없다

먹구름 자꾸 하늘을 덮는, 이 겨울에 내겐, 따스한 속삭임 한마디 없다 시리디 시린 아픔 따위밖에 없다.

—「이 겨울에 내겐」 전문

　시인의 내면이 투영된 '풍경화'에는 지금 차가운 입김, 눈꽃 송이, 눈보라와 눈더미뿐이다. 그리고 그 풍경에 대하여 시인은 말한다. "이 겨울에 내겐, 아무것도 없다 한없이 작아지는, 한없이 지쳐빠진 허름한 몰골 밖에 없다"라고. 눈보라와 눈송이, 허름한 몰골로 남은 겨울의 인상은 시인의 정서적 풍경의 한 측면을 그대로 보여준다. "파랗게 찢긴, 마음 한 조각"으로 암시되는 '겨울의 정서' 속에서 어렵게 읽어낼 수 있는 것은 "차가운 입김", "입김을 쓸어가는 눈보라"에서 암시되는 '언어적 무기력'이다.

　이런 언어적 무기력의 원인은 시인의 삶에 대한 권태 혹은 부정적 사유에서 비롯된다. 차가운 입김과 시리디시린 아픔 속에 몸을 담고 있는 시인의 의지는 '가속도와 관성' 그리고 쉬지 않고 달리는 '정진(精進)'의 사이에 존재한다. "걸어가고 있다 등에 산 하나 지고 있어/성자들처럼 저도 몸 많이 무겁겠지,/하는 마음 밀려온다 마음 싹둑싹둑 잘라내며, 빙판길 기엄기엄 밟아 가고 있는 거다"(「빙판을 달리며」)와 "따끈한 아랫목에 발 뻗고 누워, 편안히 잠들기까진/조심조심 빙판길 끝나 포도 위 달릴지라도,

가속의 페달 발밑 깊이 감춰두어야 한다."라는 두 표현에서 보듯이, 시인의 '시 쓰기'와 황소의 걸음 사이의 공통점은 끊임없이 요구되고 떠밀려가는 생의 가속도에서 스스로의 깨달음에 맞는 안전하고 조심스러운 속도를 유지한다는 것이다.

이처럼 '밀려가는 관성의 속도가 점점 빨라질 것을 경계'하면서 "기엄기엄" 가거나 "가속의 페달"을 발 밑 깊이 감추는 시인의 태도는 삶을 위험하지만 조심스럽게 건너가야 할 대상으로 규정하는 데서 비롯된다.

> 태어날 때부터 사람들,
> 제 속 깊이 프로펠러를 키운다
> 바람이 불면 제 스스로 돌아가는 프로펠러,
> 온몸 부웅 솟구쳐 오른다
> 허공에 떠 있을 땐,
> 푸하하하, 웃음 터져 나온다
> 바람 자면 제 스스로
> 멈춰버리는, 떨어져버리는 프로펠러,
> 이내 쑥구렁에 처박힌다
> 흥건히 피투성이다
> 사흘만 지나면 누구 하나 기억하지 못한다
> 상처투성이의 몸 움직여
> 또다시 돌아가는 프로펠러,
> 또다시 허공에 부웅 떠오르는 몸,
> 우두커니 바라보고 있는 눈망울이라니!
> 싫다 징그러운 프로펠러, 꺼버리고 싶다
> 제어할 수 없는 이 엄청난 날개.
>
> ──「프로펠러」 전문

삶의 가속도란 결국 '욕망의 관성'에 몸을 싣고 있을 때 생겨나는 것 아닌가. 제 맘속의 프로펠러를 바라보는 시인의 시선은 이런 욕망의 덩어리가 상승과 하강을 반복하면서 만들어내는 상처와 망각의 되풀이에 집중된다. 가속도와 프로펠러의 상승이 모두 '욕망의 관성'에 의해 비롯되는 '망각'의 결과라면, 지금 시인의 정신은 '저속'과 '정지'를 지향한다고 할 수 있다.

그러나 "싫다 징그러운 프로펠러, 꺼버리고 싶다/제어할 수 없는 이 엄청난 날개"라는 표현에서 보듯이 이미 시인의 숙명이란 이런 욕망의 등 위에서 내려올 수 없다는 점 혹은 태어날 때부터 그런 프로펠러를 가슴에 달고 있었다는 사실에 있다. 그러니 부정적인 것은 운명적 조건이며 시인의 정진은 오직 그 운명을 스스로 조절하는 노력에 의해서만 이루어 질 뿐이다. 그저 닳아가는 것, 조금 씩 닳아가며 깨달아가는 것, 그것이 삶인 것이다.

"집에까지 무사히 이를 수 있을까 무서운 마음 덜컥 끓어오르는데, 시르죽은 콩 이파리들이며 고구마 이파리들 위에도, 음험한 불빛이 흘러넘친다/동백나무 검은 이파리들도 날카로운 비수를 입에 물고, 머리칼 풀어헤친 채 이리저리 몰려다닌다"(「진월동의 밤」)에서처럼, 시인의 삶에 대한 인식은 '집으로 돌아가기 전까지'의 '위기의식'으로 집약 될 수 있다.

작품의 곳곳에서 발견되지만 집으로 돌아가기 전까지 그의 노정은 언제나 '음험한 불빛'이나 '음모', '이유 없는 적의와 위험'에 의해서 위협받고 있는 것으로 그려진다. 이 점은 시인의 과민한 '불안'처럼 보이기도 하는데, 이 불안감은 '귀소'에 대한 동경이 변질된 것이다. 실제로 '간다'와 '돌아간다'에 집착하는 시인의 태도는 어딘가로 '돌아갈 때까지' "조심스럽게" 살아야 한다는 것으로 요약된다.

그가 돌아가는 곳은 '집', '공중무덤' 등인데, 특이한 점은 집과 '묘지', '관'이 거의 같은 이미지로 그려진다는 점이다.

무쇠 덩어리의 하루가 끝나고 밤이다 자정 가까운 시간, 백팔개의 마

김준석 이은봉의 작품세계

음을 밟아, 저 높은 공중무덤 향해, 터벅터벅 황소의 발걸음 올라간다

온종일 默言精進하던 무덤 밖 찬란한 세상, 제멋대로 날아다니는 말들, 소음들의 낯짝 정말 징그럽다

무덤 속에 누우면, 말 없어 좋다 눈 감으면 피식대며 웃어대는 달빛들, 창가의 커튼 걷어올리고, 뽀얗게 박꽃 피워낸다 안쓰럽다는 것이겠지

딜컹, 관 뚜껑 닫고 미라처럼 반듯이 몸 눕힌다 머리 맡 위에선 엷게 저며오는 오디오의 콧노래 소리, 발치 아래엔 동양란 몇 포기, 멋대로 뒹굴며 잠들어 있다.

— 「默言精進 − 공중무덤」 전문

안정적이면서도 고독한 정서가 서린 어조가 돋보이는 위와 같은 시에서 보듯이, 시인의 정서는 근원적인 소통의 결여와 차단에서 시작된다. "무덤 밖 찬란한 세상"과 "공중무덤"은 '징그러운 소음'과 '묵언'을 각각 상징하는 곳이다. 무덤 밖의 현실이 징그러운 '소음', '말'들로 그려진다면 그의 집 혹은 내면은 '묵언'과 '차가운 입김'의 은신처이다.

결국, 이은봉의 시는 '차가운 입김'이거나 '묵언'의 성격을 지닌 것이라는 점에서 이 시인은 스스로의 '말'이 외부로부터 차단당하는 현실 속에 자신이 존재한다는 의식을 지니고 있는 듯하다. 이런 의식은 스스로의 자의식을 억압하는 '외부적인 힘'에 대한 강한 부정이 내부로 응축된 결과이기도 하다.

늪은 길쭉한 다리를 갖고 있다 억센 손아귀를 갖고 있다 성큼성큼 걸어다니는 늪, 우르르 떼지어 몰려다니는 늪,

늪은 어둡다 깊다 질퍽하다 어두운 늪, 깊은 늪, 질퍽한 늪,

늪은 우두커니 서 있는 사람들 후다닥 제 안으로 끌어당기며 히쭉히쭉 웃는다 제 안에 빠진 사람들, 더욱 안으로 잡아넣는다 바짝 숨통 비튼다

사람들의 야윈 다리와 허리, 어깨와 목덜미 함부로 옥죄는 늪, 늪은 거칠다 독하다 잔인하다 거친 늪, 독한 늪, 잔인한 늪,

늪은 순식간에 사람들의 가슴 턱, 막는다 늪도 사람인가 유행인가 늪

의 한심한 심심풀이라니!

    권태에 지쳐 늪이 저 스스로 나가떨어질 때까진, 지루한 시간에 쫓겨 늪이 저 스스로 달아날 때까진,

    잠시 무당벌레 따위나 되는 수밖에 없다 고요히 숨죽이며, 무책이 상책일 수밖에 없다 늪의 이 시절엔.

—「늪의 시절」 전문

"잠시 무당벌레 따위나 되는 수밖에"라는 체념의 근원은 그의 언어가 "늪의 시절"에는 어울리지 않는 이질적인 것이라는 판단에서 비롯된다. 역설적이지만 '늪의 시절'에 그의 구원처는 '말의 무덤', '자폐' 혹은 '숨죽이는 집' 등이다. 늪은 "우르르" 몰려다니고, 프로펠러는 저절로 떠올라 "푸하하하" 웃고, 자동차는 가속을 높이며 질주한다. 이런 풍경이 그가 바라본 자본의 힘, 자본의 원색적인 풍경들이다. "낮은 곳 찾아 잽싸게 흘러드는 물줄기 같은 놈, 먹을 것 보기만 하면 사정없이 달려드는 하이에나 같은 놈, 어디서든 사납게 발톱 세우는 놈"(「유령들—자본」)들이라고 자본을 욕하지만 그의 '길'은 도처에서 이런 자본의 힘과 욕망 앞에 무릎을 꿇고 무기력하기 짝이 없다.

자본의 언어란 도처의 길에 널브러져 있으므로 이제 그가 세상에서 버틸 수 있는 방법은 '묵언' 그리고 "권태에 지쳐 늪이 저 스스로 나가떨어질 때까진, 지루한 시간에 쫓겨 늪이 저 스스로 달아날 때까"지 숨죽이고 조용히 기다리는 것이다.

공중무덤과 집의 상징은 이런 '묵언'과 '은신'의 선택에 의해 만들어진 것이다. "무책이 상책일 수밖에 없다 늪의 이 시절엔"이라는 자각은 '묵언 정진'을 지향하는 시인의 선택을 '은신' 혹은 '버티기'로 이끈 중요한 요인이다.

시간이 거꾸로 뒹굴어 청동기의 마을로 가게 되면, 누구라도 무당이

김춘식 이은봉의 작품세계

되거나 무사가 되어야 한다

들소의 멱을 따기 위해 털없는 원숭이들, 여기저기 요란하게 방울 흔들거나 날카롭게 검 갈고 있는 모습 보인다

생사를 넘어버린 이 가을, 굴참나무 잎사귀들마저 그만 들떠, 화르르 주문 왼다

고인돌에 기대앉아, 나도 옆구리 차고 잇던 표창 뽑아 들고, 표독스런 낯빛으로 손톱 깎는다

털없는 원숭이들이라니! 베어 넘기지 못할 길은 없다는 듯, 아무런 두려움 없이 함부로 돌도끼 놀리고 있다

온몸 비비 꼬며 시끄럽게 방울 흔들어대는 저것들의 내일 좀 봐 자꾸 핏빛으로 붉어지고 있다

겁난다 차라리 오지 말았어야 할 청동기의 마을, 빠져 나갈 길 너무 험해 아득하다.

—「청동기의 마을에서」 전문

시대에 대한 부정적인 인식과 은신이라는 두 가지 모티프는 이은봉 시인의 작품을 소극적이지만 비판과 깨달음의 지향이라는 방향을 향해 이끌어가는 힘이라고 여겨진다. 이 점에서 이은봉 시인의 작품은 불교적인 '출세'의 개념을 속세의 한 정점에서 찾으려는 노력처럼 보이기도 한다. 그가 위의 시에서 이끌어낸 '청동기의 마을'은 문명을 거꾸로 거슬러 올라가는 '현실'에 대한 두려움이나 비판을 담고 있는 알레고리의 결과물이다. 무사나 무당이 되어버린 사람들, 생사의 의미를 넘어서 본능과 관성에 의해 모든 두려움을 잊고 질주하는 사람들은 시인에게 미래에 대한 막연한 두려움을 불러일으키는 대상들이다.

시인이 "온몸 비비 꼬며 시끄럽게 방울 흔들어대는 저것들의 내일 좀 봐 자꾸 핏빛으로 붉어지고 있다"라고 표현하듯이, 그에게 '내일'이 '핏빛으로 붉어지'는 것을 바라보는 '불안'은 『길은 당나귀를 타고』라는 시집 전체에 흐르고 있는 정서이다.

깜박 졸았나 보나 어느새 밤 깊어 자정 가까운 시간, 주섬주섬 가방 챙겨들고 사무실 문 나선다 눈들어 창밖세상 바라보면, 하나 둘 도시의 불빛들 숨 끊는다

어둠 저쪽 진한 설움덩어리, 낡아빠진 짜증덩어리 꼭꼭 숨어 노려보다가 왈칵, 하고 불화살 쏘아댄다 한방 맞으니 가슴 뻐근하다

······징징 짜며 한숨 푹푹 쉬며
전화선을 타고 내려오는
중년 여인의 지쳐빠진 목소리
누가 빚보증 서라고 했나
벌컥 화를 내며 핀잔하는
전화선을 타고 올라가는
중년 남자의 쉬어터진 목소리······

(운명은 누구에게나 그렇지 배추씨만큼의 懶惰와 安定도 용납하지 않는 거지 당신에게도)

근심과 걱정, 불안과 초조, 만나처럼 쏟아져 내리는 밤, 가로등 불빛 근처, 함부로 나뒹구는 부나비 같은 마음 한껏 다져 여미며, 어두운 계단 밟아 빌딩 속 빠져 나오다가, 생각하면 퍼뜩 지금은 위험한 시대.
— 「사무실을 나서며」 전문

'사무실'은 시인이 몸을 담고 있는 가장 일상적인 공간이다. 그런 일상적인 공간에서 '위험'을 그리고 근심과 걱정, 불안과 초조를 바라보는 시인에게 삶은 이미 눈에 보이지 않는 살벌한 살육이 펼쳐지는 공간이다. 그런 '위험'에 대한 감지가 시간의 질주와 속도 역시 위험한 것으로 바라보게 하는 원인이다.

미래는 점점 핏빛으로 붉어지고 거리는 온통 위험한 욕망의 가속도가 차지하고 있고 사무실에선 근심과 걱정, 불안과 초조가 이리저리 쏟아져

내린다. 이런 위험한 시대를 '조심조심' 비켜가기 위해 시인은 '묵언정진' 그리고 '은신'의 종착점인 '공중무덤' 속의 '관'에 집착한다.

거리에서 그가 불안과 위험에 대한 예감에 시달리며 귀가하는 동안 "집에까지 무사히 이를 수 있을까"라는 생각은 끊임없이 되풀이된다. 이런 과민한 불안은 세계에 대한 철저한 격리와 차단 또는 불신의 결과물로서 '아무도 믿지 않는' 단절과 고독의 의식이다. 『길은 당나귀를 타고』에서 '차가운 입김'과 '눈발'이 이은봉 시인의 언어를 나타내는 핵심적인 단어라면 이 단어는 형벌과 의지의 양면적 상징을 지닌 것이다.

시대가 시인에게 형벌이고 위협으로 인식될 때 그의 시어 또한 그 차가운 바람에 얼어붙어버리고 마는 것은 당연한 일이다. 그러나 차가운 입김이라는 표현에는 그런 추위를 넘어서는 의지 또한 이미 포함되어 있는 것이다. 이은봉 시인의 '은신'은 이 점에서 일종의 역설로 여겨진다.

아래에 인용한 「무인도」라는 작품에서도 보듯이, 시인에게 격리된 고독은 결국 또 다른 열병으로 연결되는 것이다. "이글대는 불덩어리로" 앓는 무인도의 형상에서 우리는 시인의 내면 풍경 중 또 다른 한 측면인 '소통의 갈망'을 찾아볼 수 있다.

> 무인도는 밤새 이글대는 불덩어리로 앓았다
> 너무 뜨거워 그만 바닷물 속으로
> 제 몸 담가버리고 싶었다 눈 감고 편안히
> 잠들어 버리고 싶었다 처음 제 몸
> 물 밖으로 밀어 올렸을 땐
> 자신이 일구는 풀과 나무가
> 신의 축복인 줄 알았다 그런 마음으로
> 제 몸 가득 숲을 키우며 무인도는
> 새와 짐승들 불러들였다 天命을 아는
> 시간을 살고 나서야 무인도는
> 제 몸이 싫어지기 시작했다 이마며 목덜미를 덮는

괭이 갈매기들의 저 더러운 똥들이라니?
사람들이 살고 있지 않으니 누구 하나
씻어주질 않았다 냄새나는 제 마음이 싫어
무인도는 밤새 이글대는 불덩어리로 앓았다.

— 「무인도」 전문

정진(精進)의 의미란 무엇인가. 모든 시인에게 오랜 시간을 두고 씹어야 하는 화두가 있듯이, 정진이란 오랜 인내의 결과물이 아닐까. 냄새나는 제 마음을 견뎌야 하고 또한 위험한 시대를 견디며 '속도'와 욕망을 '견제해야 하는 것', 그 뒤에 오는 무엇인가를 상상하며 조용히 '앓아야 하는 것'. 그것이 시인의 병이리라. 시인에게 병은 이 점에서 '진리의 추구와 순수의 동경'이 싹트기 시작한 이후부터 줄곧 함께 동반해온 오랜 친구다.

관 속에 누워 있는 시인과 몸을 앓으며 스스로를 부정하는 무인도 사이의 공통점은 무엇일까. '투명한 마음'에 대한 영원한 동경이 만든 열병을 어쩌면 이 둘은 지금 각기 다르게 앓고 있는 것은 아닐까.

(『유심』 24호, 2006년 봄호)

마음을 비우고 걷는 길
— 이은봉 시집 『길은 당나귀를 타고』

전주호

『길은 당나귀를 타고』(실천문학사, 2005)는 이은봉 시인의 여섯 번째 시집이다. 문예지에서 이분의 시를 읽고 '좋다!'고 무릎을 친 적은 여러 번 있었지만, 한 권의 시집을 모두 읽고 그 무게를 가늠하는 일은 전혀 다른 것이어서, 『길은 당나귀를 타고』를 읽는 내내 나는 시인의 당나귀와 함께 한 치 앞도 내다 볼 수 없는 안개 속을 헤매는 느낌이었다. 시인은 우리가 살고 있는 세상의 어둠을 통찰의 시선으로 꿰뚫어 보고 있었고, 그래서 시집의 전체 분위기는 시인 특유의 해학(諧謔)이 담겨 있음에도 불구하고 대체로 어두웠다.

이은봉 시인의 이 시집에는 몇 가지의 상징이 등장하는 듯하다. 그 상징은 '안개', '섬', '길' 등이다. '안개'는 순수한 시인의 영혼을 괴롭히는 세상의 혼탁함을, '섬'은 시인의 세상에서의 고립을, '길'은 그러한 좌절에도 불구하고 시인을 끝없는 순례(巡禮)의 길로 나서게 하는 인생을, 그리고 '당나귀'는 삶이라는 고행(苦行)을 계속하고 있는 시인의 마음을 의미하는 것 같다.

이러한 결론에 도달하기는 했지만 여전히 시인의 마음을 제대로 읽어냈는가에 대한 자신을 갖기는 어려웠다. 마치 시 속의 주인공이 간절히 탈출하고 싶어했던 제암산의 독한 안개가 한낮이 되어도 걷히지 않았듯이.

> 점심때가 훨씬 지났는데도, 제암산은
> 뿌연 안개로 덮여 있다 길을 내고 아스팔트를 깔겠다며
> 마구 파헤쳐버린 저 계곡들이라니!
> 여기저기 철쭉꽃 망울들, 아직 너무 추워
> 등 밝힐 마음 먹지 못한다 눈 들어
> 왕바위 쪽 하늘 바라보면
> 눅눅히 젖은 목소리로 안개, 안개 더미
> 밀려온다 한치 앞도 보이지 않는다
> 누군가 푹, 옆구리 향해
> 쇠붙이 따위 들이밀 것만 같다
> 자꾸만 출렁이며 흔들리는 마음이라니!
> 등허리 위로 섬찟, 불개미 기어간다
> 어디로 가야 하지 어디로
> 길 보이지 않는다 뒤돌아보면
> 여전히 허공에 떠 흐르는 지난 시대의 낡은 구호들
> 까맣게 늪 만들고 있다 늪 속으로
> 굴러떨어지면 끝장이다 나뭇가지를 붙잡고
> 엉금엉금 기어오르다 보면
> 쭈욱, 찢겨져 나가는 것들!
> 철쭉꽃 망울 뚝뚝 떨어진다 가슴속으로
> 설움에 겨운 안개, 안개 더미
> 미처 피어나지도 않은 어린 생명들,
> 이리저리 끌고 다니며 제암산 가득
> 진한 울음 토해놓는다 점심때가 훨씬 지났는데도
> ──「제암산 안개」 전문

시인이 가는 길은 곧게 펼쳐져 있는 탄탄대로가 아니다. 무거운 짐을 지고 끊임없이 노역으로 가는 고단하고도 구불구불한 길이다. 혹자는 고

속 엘리베이터를 타고 올라가는 신분 상승을 꿈꾸고, 혹자는 비행기를 타고 날아가 생의 요람 속에서 욕망을 채우며 안주하길 꿈꾼다. 하지만 이 작품 속의 시인은 안개 속처럼 불투명한 사회적 전망 속에서 그래도 이 세상을 살 만하게 만들 의미를 발견하기 위해 상처투성이로 한 발 한 발 옮기고 있는 중이다.

점심때가 훨씬 지났는데도 걷히지 않는 진한 안개처럼, 시인의 눈에 비친 세상의 전망은 어둡다. '채 피지 못한 채 뚝뚝 떨어지는 철쭉꽃 망울들'은 시대의 희생자들을 암시하고, '여전히 허공에 떠 흐르는 지난 시대의 낡은 구호들'과 '섬칫한 불개미'는 아직 해결되지 않은 사회적 불안과 두려움을 암시한다. 길은 굴러떨어지면 끝장이다 싶은 정도로 아찔한 늪이 되기도 하고, 매달려 오르다 보면 예리한 나뭇가지는 옷과 살갗을 찢는다. 시인은 이처럼 고단한 일상과 분노와 절망, 욕망과 체념이 뒤엉켜져 있는 생을 껴안고 있다.

그래서일까? 시인은 치열한 삶의 중심에서 비껴난 외곽의 길을 걷는다. 적게 먹고 오래 일하고 아무런 불만도 토하지 않는 순하디 순한 당나귀처럼, 시인은 참을성이 많다. 어디에도 등불 보이지 않는 울퉁불퉁한 길이기에 '환한 등불이 피어오를 때까진/손톱 세워 어둠의 옷깃 쥐어뜯으며'(「등불」) 걷고 또 걸을 수밖에 없는 당나귀의 생. 그 길은 늘 고단하고도 쓸쓸하다.

> 태어날 때부터 사람들,
> 제 속 깊이 프로펠러를 키운다
>
> 바람이 불면 제 스스로 돌아가는 프로펠러,
> 온몸 부웅 솟구쳐 오른다
>
> 허공에 떠 있을 땐,

푸하하하, 웃음 터져나온다

바람 자면 제 스스로
멈춰버리는, 떨어져버리는 프로펠러,

이내 쑥구덩에 처박힌다
흥건히 피투성이다

사흘만 지나면 누구 하나 기억하지 못한다
상처투성이의 몸 움직여

또다시 돌아가는 프로펠러,
또다시 허공에 부웅 떠오르는 몸,

우두커니 바라보고 있는 눈망울이라니!

싫다 징그러운 프로펠러, 꺼버리고 싶다
제어할 수 없는 이 엄청난 날개.

—「프로펠러」 전문

깨끗하게 말려버리고 싶은 이 녀석들!
무엇을 잘못 먹었나 아무 데서나
끝없이 삼켜대는 내 몸의 욕망이 미워
한바탕 보복을 꾀하고 있는 거다

—「뾰루지들」 부분

시인의 괴로움은 이 세상에 창궐하는 속된 욕망들을 보는 일이다. 그러나 시인의 안에도 욕망은 있다. 프로펠러처럼 추진력을 일으켜 자꾸만 상승하고자 하는 세속적인 욕망. 비록 그러다 떨어져 깨지고 으깨지더라도 다음 날이면 다시 그 고통을 잊고 추진력을 일으키는 욕망.

그렇다. 고행의 길을 타박타박 걷던 당나귀의 몸은 자꾸만 도시 쪽으

전주호 마음을 비우고 걷는 길

로, 편한 쪽 길로 기울어졌을 것이다. 현실과 적당히 손잡고 안주하고 싶은 욕망들이 막다른 골목을 서성일 때마다 뾰루지처럼 울긋불긋 돋아났을 것이다. 누구에게나 함부로 뻔뻔한 낯짝 밀어 올리며 주둥이 달싹이는 저 욕망의 꽃송이들을 따라 한껏 가벼워지고 싶었을 것이다.

하지만 시인은 퍼뜩 제자리로 돌아와 몸 속 깊은 곳에서부터 돌아가는 프로펠러를 끈다. 세상 사람들의 욕망의 일렁거림에 상처받고 좌절하기보다, 내 스스로의 마음의 결을 바로잡으리라고 다시 마음먹는다. 이쯤에서 시인은 반복되는 시련을 넘어 간헐천처럼 솟구치는 꿈과 욕망들의 전원을 영원히 꺼버리고 싶은 거다.

> 물빛 너무도 푸르른 호수 위, 사뿐히 내달릴 수 있는 것은, 예수님의 영혼을 배운, 오직 소금쟁이뿐!
>
> 긴 다리 휘청대며
> 아스팔트 위 걷고 있는 사람아
>
> 바람처럼 안개처럼 호수 위 내달리고 있는, 예수님의 저 귀여운 제자 앞에서, 너는 무엇으로 사람이겠느냐
>
> 버들잎 살랑대며 노래하는 호수 위
> 소금쟁이처럼 가볍게 내달리고 싶은 사람아
>
> 무엇으로 너는 소금쟁이겠느냐 아야야, 사람아 도대체 어디까지 가야 그만 사람이겠느냐.
>
> ― 「소금쟁이뿐!」 전문

> 끝내 고개 숙이고 터벅터벅 걸어가는 박달나무 지팡이여 꼬부라진 지팡이 끝에 매달려 대롱거리는 말간 눈물이여 너도 이젠 문드러져가고 있구나 조용히 닳아가고 있구나

욕망이여 너도 그만 禪 좀 하거라 눈 감고 한 소식 좀 하거라 더러는 너도 부처님 가운데토막이고 싶을 때, 있으리 그렇구나 네 가슴속, 치솟는 사랑 좀 보아라 땅속 깊이, 우쩍우쩍 뿌리내리고 있구나.
— 「욕망이여 너도 그만 禪 좀 하거라」 부분

캄캄한 생의 절벽들과 빙판길을 건너 지루한 생의 반나절을 걸어온 당나귀. 이쯤에서 시인은 속도에 버무려져 돌아가는 욕망들을 다 내려놓고 소금쟁이처럼 가볍게 생을 내달리고 싶다. 소금쟁이라니! 하지만 물에 젖은 욕망을 지고 걸어가는 인간들이 소금쟁이가 될 수 있을까?

그렇다. 사람은 물 위를 걸을 수 없지만 소금쟁이는 물 위를 걸을 수 있다. 그것은 욕망을 버렸기 때문이다. 예전 예수가 물 위를 걸을 수 있었던 것은 마음을 비웠기 때문이었을 것이라고 시인은 말한다. 그처럼 마음을 비우라고 시인은 부르짖는다. 그 목소리는 자신에게 들려주는 목소리이기도 하다. 당나귀처럼 오래오래 힘든 길을 걸어온 그는 이제, 소금쟁이처럼 가볍고자 한다. 자유롭고자 한다. 그러려면 욕망에서 자유로워야만 한다. 그러나 그것은 쉬운 일이 아니다. 사람의 욕망은 본능이니, 스스로를 추악하게 하고 이룰 수 없는 것들 때문에 끝없이 괴로워하면 포기하지 못하게 한다. '사람이면서 그만 사람'의 경지에 가기가 어찌 쉬운 일이겠는가.

시인은 세상의 추악함에 끊임없이 상처받고, 아직도 세상에 정의(正義)가 실현되고 있지 않음에 끊임없이 좌절하고 있다. 그러나 시인은 이제 그러한 세상을 단죄(斷罪)하려 하기보다는 스스로를 다스리고자 한다. 당나귀처럼 힘든 고행의 인생길을 거부하지 않고 달게 받음으로써 깊어지고, 자신의 마음에도 숨어 있는 욕망을 버림으로써 소금쟁이처럼 가벼워져서, 세상에 희망을 불빛처럼 켜고자 한다.

가야 할 세상이 있다 흔들리는 마음, 뒤뚱대는 몸으로 한평생 꿈틀거

릴지라도, 알뿌리들 자라 둥글게 익을 때까진, 쉬엄쉬엄 담 넘어가는 굼 벵이로 살자

조심조심 온몸 접었다 펴는 동안에도, 발치의 흙더미 속엔, 여전히 무수한 생명들 크고 있다 내 안의 푸르른 토란 잎사귀 위, 이슬방울 또르르 굴러떨어지고 있다.

—「알뿌리를 키우며」 부분

시인은 아직도 가야 할 세상이 있다고 한다. 프로펠러를 타고 수직으로 공중에 떠오르려 하는 게 진정한 삶의 길이 아니며, 굼벵이처럼 한평생 흙 속에 꿈틀거릴지라도 진정으로 우리가 살아가야 할 모습이 있고 목표가 있다고 한다. 묻혀 있는 속에서 튼실한 알뿌리를 키우고 있는 토란처럼, 생명의 비밀은 보이지 않는 곳에서 크고 있다고 시인은 말한다.

나에게도 때로 삶은 힘겹다. 한 걸음 한 걸음 옮기려면 다리가 천 근 만 근 무거울 때도 있다. 하지만 이제 혼자 그 힘든 길을 걸어가지 않아도 될 듯한 생각이 든다. 생의 수레바퀴를 쉬지 않고 굴리며 등불 환히 켜진 집 한 채 쪽으로 걸어가는 당나귀 한 마리가 우리 곁에 있어주기 때문이다.

길은 당나귀를 타고 뚫려 있다. 꿈틀거리며
어린 나뭇잎들, 흐르는 계곡에 잠겨
따뜻하고 깨끗한 생명으로 몸 바꿀 때까진
들어 옮기는 발걸음, 돌덩이처럼 무거워도 좋다

—「길은 당나귀를 타고」 부분

(『시로여는세상』 2005년 가을호)

이은봉의 흥취

— 이은봉 시집 『책바위』

황현산

　'흥취(興趣)'는 흥과 취미를 아울러 이르는 말인데, 그 말을 고쳐 쓸 수는 없을까. 바깥 사물에 늘 쉽게 재미를 붙여 눈여겨보고 거기서 일어나는 감정을 어떤 리듬에 따라 오래도록 생기 있게 유지하는 마음의 능력이나 상태 같은 것을 표현하기 위해 '흥취(興醉)'라는 말을 따로 만들어 쓸 수만 있다면, 이은봉의 시가 지닌 아름다움을 가장 적절하게 요약하는 말을 거기서 발견할 수도 있을 것 같다. 내가 말하는 흥취가 도취와 다른 것은 그 취함의 깊이에서만은 아니다. 도취를 위해서는 어느 자리든 그 자리에 들어가야 하므로 거기에서는 감정이나 감각의 변덕이 추호도 용납되지 않는다. 변덕이 끼어드는 순간 도취는 깨진다. 흥취의 인간은 오히려 사물의 가장자리를 맴돌며 변덕을 그 취기의 리듬으로 삼아 제 흥취를 이어가고 또 다른 흥취를 만들어낸다. 이때의 흥취는 물론 황홀과 다르다. 황홀을 느끼는 사람 앞에서 사물은 균질적이다. 그에게는 껄끄러움도 끈적거림도 없다. 사물은 미묘하고 헤아리기 어려울 것인데, 사실은 헤아릴 필요가 없다. 황홀에 들기 위해 먼저 바쳐야 하는 것은 분별의 관습이기 때문이다. 흥취한 인간에게는 껄끄러움과 끈적거림이 여전히 남아 있지만, 정도가 어떠하든 거기서 그는 남다른 생기를 느낀다. 그는 어디까지나 분별하는 인간이지만 그가 만나는 같은 것과 다른 것들 사이에는 때로는 즐겁게 때로는 고통스럽게 똑같은 생명의 기운이 흘러간다. 이은봉의 시에는 이런 흥취가 있다.

사물의 변두리를 오래 맴돌면서 그 생기에 참여하는 것은 한 사람의 처사로서 이은봉이 수행하고 명상하는 태도에서도 그대로 나타난다. 그는 명상의 자리에 울타리를 만들지 않는다. 시집 전체의 제목을 만들어 주기도 한 시 「책바위」는 "바위는 제 몸에 낡고 오래된 책을 숨기고 있다"는 말로 시작된다. 이 말이 그 자체로 새로운 것은 아니다. 네르발만 하더라도 저 유명한 「황금시」에서 "순수한 정신 하나가 돌 껍질 속에서 자라고 있다"고 쓴 적이 있다. 바위 속에는 우리가 알지 못하는 것이 있으며, 그 정체가 알려지기 전까지 그것은 유령의 자격, 또는 순수한 정신의 자격을 지닌다. 네르발의 이 언명이 과학적 진실과 크게 다르다고 말할 수도 없다. 바위에 대해 모든 것은 다 알고 있다고 주장하는 과학자는 없으며, 아직 바위는 어느 학구적인 정신 앞에도 그 비밀을 다 드러내지 않고 있다. 그러나 시인이 말하는 "순수한 정신"과 과학적으로 아직 모르는 것의 차이는 분명하다. 바위에 대해 아직 알지 못하나 차후의 연구에 의해 밝혀질 어떤 것이 바위에 대한 지식체계 전체를 반드시 송두리째 뒤엎게 되는 것은 아니다. 그것은 대개의 경우 기존 지식에 덧붙여지는 또 하나의 지식에 그친다. 이에 비하여, 시인이 어떤 인연으로 접하게 될 순수정신, 그래서 이 세상에 발현될 순수정신은 바위에 대한 기존 지식을 전복하고 무화시킬 뿐만 아니라 세상 만물과 우리의 삶에 대해 다른 시선을 열어주기 마련이다. 그때 존재는 밑바닥부터 뒤흔들리고 세상에는 다른 질서가 군림하게 될 것이다. 네르발 같은 시인이 보기에 우리가 영위해야 할 삶의 방식과 존재의 가치는 오직 그 정신에 달려 있다. 여기서 다시 이은봉에게로 돌아오면 이 「책바위」의 '책'은 이중적이다. 책은 한 페이지 한 페이지 열어가야 할 지식이라는 점에서 과학적 탐구의 방법을 명령하지만,

그 지식은 바위에 대한 지식이 아니라 바위가 지닌 지식이란 점에서 네르발류의 순수정신에 가까우며, 어떤 특별한 마음가짐과 믿음의 위해서만 이 바위-지식의 관념이 성립한다는 점에서 그것은 시적이고 존재론적이다. 이은봉에게 바위가 지니고 있는 지식의 요체는 그것의 내용이 아니라 그것을 읽는 방식에 있다. 여기서의 지식은 한꺼번에 드러나지 않으며 어떤 정신으로 폭발하지 않는다. 존재의 변질이나 세상의 혁명 같은 것을 이 책은 약속하지 않는다. 화자는 이 책의 낡은 글자를 읽기 위해 마른 잎사귀들의 속삭임이나 멧새들의 재잘거림에 의지해야 하지만, 화자와 바위의 관계는 어수룩한 제자와 엄혹한 스승의 그것이 아니다. 바위가 "가끔씩 엉덩이를 들썩여 가며 독해를 재촉할 때", 화자가 "앞단추를 따고서는 거듭 제 젖가슴을 열어 보이는 바위의 부푼 엉덩이 위에 철썩, 손바닥을 내려놓을 수밖에" 없을 때, 그 둘을 깊이 연결시키는 것은 에로스이다. 화자가 바위를 상대로 에로틱한 관계를 성립시킬 수 있는 힘은 늘 새롭게 다져내는 그의 발심과 끈질김에서 비롯하지만, 그에 못지않게 그의 무능과 게으름에서도 비롯한다. 그는 책을 읽지 못하기에 마른 잎사귀와 멧새를 부르지만 또한 벌써 책을 읽어냈기에 그것들의 속삭임과 재잘거림을 알아듣는다. 중요한 것은 사물을 뜯어보는 눈에 늘 새롭게 흥을 돋우며 그것의 리듬을 때로는 깊게 때로는 엷게 오래도록 유지하는 일이다. 책바위에 쓰인 글의 내용도 아마 거기서 벗어나지 못할 것이다. 흥취는 그 자체로 지혜가 아니지만 인간을 지혜롭게 하는 한 방식이다.

주제상으로 같은 계열에 속하는 시 「청개구리와 민달팽이」에서 두 미물은 수행의 두 가지 다른 태도를 나타내면서도 시의 잔잔하고 애조를 띠기까지 한 어조 속에서 서로 그 겉과 속이 되어 한데 만난다. "마곡사 선방 앞"으로 "청개구리 한 마리 초싹대며" 뛰어오를 때, 가로 뉘인 통대나무들 위 참선 중임을 알리는 "먹글씨 밑으로", "엉금엉금 민달팽이 한 마리"가 "언젠가는 이 선방/죄 더듬으리라" 마음먹으며 기어가는 모습을, 한때는 자신도 "청개구리 한 마리로/초싹대며 뛰어오른 적이" 있는 화자가 바라보고 있다. 민달팽이의 느리고 지칠 줄 모르는 정진은 청개구리처럼 성급하게 미래를 거머쥐려 했고, 자주 엇나간 길을 걸었을 화자의 회한이다. 이렇다고 해서 이 시가 토끼와 거북이 우화의 선불교적 버전은 아니다. 기실 민달팽이의 무모하리만큼 원대한 발원은 그 본질에서 청개구리의 턱없는 초싹거림과 다를 바 없으며, 청개구리의 엇나감 또한 저 원대한 길에 제 흥취를 더하여 바치는 그 나름의 존경일 뿐이다. 그러기에 "오조조, 자미나무 꽃잎들" 바람에 지고 민달팽이의 발원도 "흙길 위로 진다"고 말할 때, 그것은 헛된 노력에 대한 비웃음이 아니다. 발원이 지고 난 뒤에, 청개구리처럼 초싹대는 자의 흥취와 존경은 그만큼 더 강하게 남는다. 발원은 사실 거기서부터 시작된다. "미의 연찬은 예술가가 패배하기도 전에 공포의 비명을 지르는 그런 결투"라고 말한 시인이 있었지만, 청개구리의 수행은 먼저 비명을 지르고 난 뒤에 씽긋 웃고 일어나 비로소 시작하는 싸움이라고 부를 만하다. 흥취는 가야 할 긴 길 앞에서 숨을 고르며 인내하는 한 방식이다.

　이은봉이 흔히 실패담의 형식을 빌려 쓰는 시들은 대개 이 언저리에서 읽어야 한다. 이를 테면 「착지에 대해서」는 이렇게 시작한다.

　　　고무풍선처럼 구름 속으로, 하늘 속으로 날아오르고 싶은 바람, 가슴
　　속의 바람, 울며 빠져 달아난다 쭈글쭈글 찢어진 비닐봉지로라도, 골목
　　골목 끈질기게 굴러다니고 싶은 마음, 훌쩍이며 사라진다

"찢어진 비닐봉지"는 몰락한 "고무풍선"일 뿐이지만 고무풍선보다는 더 많은 감정의 진실을 담는다. "구름 속으로, 하늘 속으로 날아오르고 싶은 바람"이 "울며 빠져 달아난다"고 말할 때는 거의 빈말에 가깝지만 "골목골목 끈질기게 굴러다니고 싶은 마음, 훌쩍이며 사라진다"고 말할 때는 벌

써 또 다른 열망으로 가득 차 있는 마음 하나를 보여준다. 시인이 느끼는 감정의 실패가 어떤 것이든 그것을 표현하는 이런 구체성의 탄력은 새로운 결단의 디딤판이 되기에 충분하다.

다른 시「모처럼 가부좌를 틀고」에서는 "詩와 禪이 하나"인 경지를 체험해 보려 하나 마음은 쉽게 삼매에 들지 않고,

> 반시간도 지나지 않아 의문이 온다 손깍지 베개를 하고 아스라이 누워 있는 저 사람은 누구인가? 나다 아니다 각자 선생이다 아니다 점차 몽롱해지는 사이, 멀리 자동차 소리 들려온다 조카애들 까불대는 소리, 풋살구 떨어지는 소리……

잡념은 끊이지 않아 정신은 집중력을 잃는다. 그렇다고 시인의 마음이 평정에 도달하지 못하는 것은 아니다. 그는 크고 요란한 소리에서 시작하여 가녀리고 섬세한 소리를 듣기 시작한다. 외부의 자극은 그치지 않지만, 이들 자극에 그가 휘둘리는 것은 아니어서 밖에서 들리는 소리는 그에게 난심의 불씨가 되지 않는다. 그는 모처럼 가부좌를 틀고 모든 소리를 다 듣기 때문에 어떤 무자극적 사고의 기회를 얻은 사람처럼 소리들의 보호를 받으며 고요를 체험한다. 이은봉은 성공했더라면 얻게 될 것을 실패한 자리에서 이해한다.

그래서 시「바닥을 쳐야」가 말하는 것처럼, 그는 절망의 도움을 구하려 할 때에도 절망의 바닥에 이르지 못한다.

> 고꾸라지고 엎어지며 바닥에 닿고 보니
> 온통 캄캄하고 질퍽한 뻘흙뿐이로구나
>
> 그것들, 치마폭 벌려 포옥 감싸 안는 뻘흙들
> 너무 안타까운지 저도 혀 끌끌 차고 있다.

그가 도달한 바닥에는 여전히 흥취가 깔려 있어, 그가 노렸던 바의 모질고 냉엄한 체험을 불허할 뿐만 아니라 잠복해 있던 연민의 시선이 그의 기대를 저버린다.

긍정적인 의미에서든 부정적인 의미에서든 이은봉에게는 바닥이 없다. 누가 너절한 욕을 퍼부으면 그 욕의 구성진 박자를 즐기고, 누가 칼을 들이밀면 그 반짝이는 칼끝의 아름다운 빛에 마음을 빼앗기는 사람을 상상할 수 없을까. 그에게는 위기의 극단에서 사물로부터 그 엄혹한 형식을 끌어내는 형이상학자 대신에 마음이 이런저런 인연에 따라 곡조를 타는 순간에 사물의 구체성을 더욱 뚜렷하게 느끼는 한량이 있다. 절대적 형상이나 순수 관념은 그가 구하는 바가 아니다. 그는 추레한 현실에 집착하고 그 길고 짧음에 마음을 둔다. 초조와 불안에 시달리고 자잘한 근심에 고루 대응하다 보니 갈피 잡기 어려운 마음은 늘 실패에 봉착하는 것 같지만, 그 용심(用心)의 섬세함은 벌써 분별을 넘어서고, 마음은 붙잡혀 있는 그 자리에서 벌써 해방된 것들의 기쁨을 짐작해낸다.

그의 시에서 마음의 실패에 대한 구체적이고 흥취 있는 표현들이 실패담을 성공담으로 바꾸어내는 것도 그때이다. 그렇다고 이 흥취에 날카롭고 서늘하거나 뜨거운 기운이 없는 것은 아니다. 무거운 것을 가볍게 하고, 빈 것을 차오르게 하는 흥취는 현실의 구체성에 내재하는 날카로운 운동의 힘을 믿을 때만 가능한 것이기 때문이다. 이은봉에게서는 예외적인 경우이기도 하지만 은유의 힘을 빌려 그 흥취에서 날카로운 기운만을 도려내면 「당나귀」와 같은 시가 된다. 두 부분으로 나뉜 시의 뒷부분만 적는다.

잠시 눈감은 사이, 철부지 어린 당나귀, 다시 내 품 안으로 기어들어
온다 허리를 접고 천천히 눕는다

봄비가 내려, 하늘 땅 사이, 뭉클뭉클 리듬을 만드는 시간, 차마 어찌할 수 없어서일까 당나귀는 누워, 살포시 내 품 안에 누워, 방안 여기저기 깜짝깜짝 놀라는 눈망울들, 지그시 손가락으로 눌러 덮는다

넘쳐흐르는, 혈관 속 검붉은 포도주라니! 불길이 인다 오래도록 누워있던 죄, 천천히 몸 녹인다

활활 다오르는 불길
지켜보는 마음, 어지럽다
너무 무섭다 악착같이
투명 유리벽 세우는 마음!

몸과 마음이 자연의 기세를 만끽하고 있다고 해도 좋을, 생명이 준동하는 시간에 시인은 제 안에서 빠져나온 저 낯선 당나귀와 대면하는 것이지만, 이 조우에 시인의 마음이 고루 편안한 것은 아니다. 당나귀의 거동은 "철부지"의 행티를 벗어나지 못하는 것으로 파악되며, 실제로 그 어린 것이 저질러놓는 일의 결과는 "누워 있던 죄"를 다시 준동하게 하는 데 이른다. 에로티시즘의 색조가 강한 이 시에서 시인이 지순하다고도 해야 할 제 생명력이 강력하게 피워 올리는 불길에 "악착같이" 투명한 유리벽을 세워야 할 이유는 어디 있을까. 그것 또한 자신의 것일 "활활 타오르는 불길"을 "지켜보는", 다시 말해서 대상화하는 시인의 마음은 제 생명력에 대해서가 아니라 그것이 발현하는 방법에 의혹을 가지는 것이 분명하다.

활활 타오르는 것이 반드시 잘 타오르는 것은 아니다. 그것은 하나의 흥을 다른 흥으로 이어주지 못한다는 점에서 흥취의 낭비이다. 미래가 없는 변덕스런 정념은 사실의 가치를 누리지 못한다. 그러나 시인은 그 불길과 자기 사이에 "투명한" 유리벽을 세움으로써 그 악착스런 다짐 속에 한 가닥 아쉬움을 접어 넣는다. 그는 이 유리벽을 통해 제 흥취의 힘이 어떤 근원에서 출발하였는지 관상하기도 할 것이며, 현실과 열망의 거리를

짐작하기도 할 것이다.

중요한 것은 현실이다. 현실이 없이는 흥이 일어날 바닥도 없고 흥을 요구하는 자리도 없다. 진보의 맹목성과 삶의 무상함을 한 자리에서 풍자하는「터널 속에서」에도, 삶이 그 참극에 이르기까지 한순간의 거짓말로 바뀌는「만우절」에도, 균형 없는 풍경이 가장 고즈넉한 풍경으로 되는 시「수세식 화장실이 있는 절집 풍경」에도, 이은봉의 시 어디에나 거기 있는 것을 어른의 키만큼, 또는 손들어 잡을 수 있는 높이만큼 위로 떠오르게 하는 이 흥취의 바닥이 있다. 그 가운데서「淸明前夜」를 마지막으로 인용한다.

　　　　머릿속 지푸라기로 가득 차오른다
　　　　밥 짓기 싫어
　　　　라면 끓여 저녁 끼니 때운다

　　　　라면에는 신김치가 제격이다

　　　　생수병 들어 꿀꺽꿀꺽 물 마신 뒤
　　　　소매깃 집어 쓰윽, 입 닦는다

　　　　담배 한 대 피워 문 채
　　　　베란다로 나간다 멍한 마음으로
　　　　아래 쪽 화단 내려다본다

　　　　샛노랗게 지저귀고 있는
　　　　개나리꽃들 사이
　　　　철늦은 매화 몇 송이 뽀얗게 벙글고 있다

　　　　저것들은 좋겠다 외롭지 않겠다

　　　　쉰의 나이를 넘기고서도

라면으로 끼니를 때우는 것은
무언가 크고 높고 귀한 것이 있기 때문이다

지푸라기로 가득 찬 머릿속
디룩디룩 굴려본다 사랑은 본래
차고 시고 아리게 크는 법.

삶이 이렇게 고양된 순간은 드물다. 머릿속이 지푸라기로 가득 차 있다지만, 이 삶을 구성하는 것들은, 라면도, 신 김치도, 생수병도, 입을 닦는 소맷귀도, 샛노랗게 지저귀는 개나리꽃들도, 그 사이에 핀 매화 몇 송이도, 어느 것 하나 지푸라기가 아니다. 청명이 오기도 전에 그것들은 청명하다. "크고 높고 귀한 것"은 그것들 안에 있다기보다는 차라리 그것들로 있다. 크고 높은 것은 먼 데서 구걸하여 얻어지는 것도 아니고, 누추한 삶을 쓸어 엎고 빈 땅에서 캐내는 것도 아니다. 이은봉에게 흥취는 추레한 현실로 잠들어 있는 높고 귀한 힘들이 어깨를 들썩거리며 깨어나 움직이게 하는 방식이다. 그래서 이 흥취는 면면할 뿐만 아니라 단단하다. 현실을 단단하게 신뢰하며 그 탄력을 믿는 발걸음보다 더 감흥 있는 발걸음은 없다.

이은봉을 처사라고 한다면 이는 단순한 명명이 아니다. 이 말의 가장 적확한 의미에서, 그리고 가장 깊은 의미에서 그는 그렇게 불릴 권리가 있다. 그는 트임이 불가능할 것처럼 보이는 삶에서, 불안과 회한에 움츠러들면서도 자기를 붙잡으려는 사람들을 위해, 자신이 진심으로 원하는 것을 향해 끝까지 걸어가게 하는 방편을 만들고 시범하고 있다.

(이은봉 시집 『책바위』 해설, 천년의시작, 2008)

단단함의 기억
— 이은봉 시집 『책바위』

|

황정산

    단단함은 좋은 것이다. 단단함은 믿음을 주고 안정을 준다. 변하지 않을 신뢰를 금석 같은 맹약이라 하고, 사람들은 누구나 반석같이 굳건한 토대 위에 놓여 있기를 바란다. 단단하다는 것은 영원함과 확실함이 가져야 할 가장 기본적인 속성이다.

    하지만 현대사회는 이러한 단단함을 부정한다. 단단하다는 것은 변화를 거부하는 고집불통이거나 시대착오적인 것으로 치부되기 십상이다. 살기 위해서는 변화해야 하고 시대적 흐름에 편승하지 않고서는 복잡한 사회에 유연하게 대응할 수 없다. 더 나아가 현대사회의 디지털 문화는 단단함과 너무도 거리가 멀다. 디지털 문화는 순간성과 휘발성의 문화이다. 매일 매 시간 수많은 디지털 콘텐츠들이 만들어지지만 또 다른 콘텐츠들의 더미에 묻혀 사라져가고 만다. 기록이라는 것은 이제 별 의미가 없고 오직 한순간 얼마나 많은 사람들이 보았는가 하는 조회수만이 의미를 갖는다 이것이 바로 디지털 문화의 특성이다.

    그러나 이러한 디지털 문화의 홍수 속에서도 우리들 모두에게 단단함에 대한 기억은 남아 있다. 아니 그보다는 디지털 문화 속에 사는 것 자체의 불안함이 단단함에 대한 기억을 애써 떠올리도록 하는 것인지도 모른다.

이은봉의 시집 『책바위』는 바로 이러한 단단함에 대한 기록이다.

> 바위는 제 몸에 낡고 오래된 책을 숨기고 있다
> 바위 위에 앉아 그냥 벅찬 숨이나 고르다 보면 책의 흐릿한 글자들 보
> 이지 않는다.
> 표지가 떨어져 나가고 여기저기 갈피도 찢겨져 나가 자칫하면 책이 숨
> 겨져 있는 것조차 알지 못한다.
> 지금은 일실된 옛 글자로 씌어진 이 책을 읽기 위해서는 자꾸만 더듬
> 거릴 수밖에 없다
> 홍당무처럼 낮을 붉히는 참식나무들의 마른 잎사귀들이나 귓가에 다
> 가와 글자들의 뜻을 겨우 속삭여 주기 때문이다
>
> —「책바위」 부분

시집의 표제이기도 한 이 시의 제목이 시의 의미를 잘 말해주고 있다. 시인은 바위에 책이 새겨져 있다고 생각한다. 세상의 역사와 그 속에서 살아가고 있는 자연과 인간들의 삶의 흔적이 그 안에 담겨 있기 때문이다. 그것은 수만 년을 그 자리에 있어온 바위처럼 결코 변하지 않는 확실성과 진실성으로 존재하고 있다. 하지만 그것을 읽기는 쉽지 않다. 세월의 변화가 그 의미를 망각하게 하고 새로운 문화가 그것을 잊혀진 글자로 만들어버리기 때문이다. 하지만 결코 사라지지는 않는다. 다만 그것을 읽고 표현한다는 것이 어려울 뿐이다. 시를 쓰는 것은 바로 이와 다르지 않다. 시인의 더듬거리는 어눌한 언어가 '책바위'에 씌어진 확실한 진실을 조금 표현해낼 뿐이다.

그렇다고 이은봉 시인이 변화를 부정하고 옛것에 집착하는 보수적인 전략을 취하고 있는 것은 아니다. 변화와 변화의 의미와 그것의 정당성을 이은봉 시인은 너무도 잘 알고 있다.

석유곤로라고 있지 왜 지난 1960년대에는 굉장했잖아 그때는 얼마나 낯설고 새롭고 신기했니?

아버지가 서울에서 처음 그걸 사왔을 때는 모두들 어리둥절했지! 파랗게 솟구치는 불꽃, 참 모던했잖아! 그 모던, 무엇이 다 잡아먹었니?

움직이는 시간이, 쇠를 먹는 용가리 통뼈가 죄 삼켜 버렸니? 순식간에 죄 소화시켜버린 것이냐고? 그냥 낡아버린 것이겠지 늙어버린 것이라고! 한갓 석유곤로일 뿐이잖아

…(중략)…

그냥 그렇게 낡고 늙어가는 거지 재미있지 않니? 세상 모든 것, 그냥 흐르는 강물 속에 섞여 흐르는 거지 순식간이지 젊음이, 사랑이, 그래서 아름다운 것 아니니?

그렇지 석유곤로도, 석유곤로의 파란 불꽃도, 불꽃의 모던도 순식간이지 그렇게 영원한 거지

—「석유곤로」 부분

시인은 변화의 아름다움을 이야기하고 있다. 세상에 영원한 것은 없고, 젊음이니 사랑이니 모든 의미 있는 것은 변화 속에서 자유로울 수 없다는 것을 시인은 누구보다 잘 알고 있다. 이러한 변화를 무시하고 거부하면서 과거의 기억에 매달리는 것으로 자기만족을 일삼는 것은 이은봉 시인의 시와는 거리가 멀다.

진정 단단하고 확실한 것은 이 덧없는 변화 속에서 찾아지는 것이다. 바로 그 점을 다음 시는 재미있는 비유를 사용하여 설득력 있게 보여주고 있다.

고무풍선처럼 구름 속으로, 하늘 속으로 날아오르고 싶은 바람, 가슴 속의 바람, 울며 빠져 달아난다 쭈글쭈글 찢어진 비닐봉지라도, 골목골목 끈질기게 굴러다니고 싶은 마음, 훌쩍이며 사라진다

…(중략)…

가슴 속의 바람, 끝내 부풀어 오르지 않는다 그럴수록, 상수리나무 엷은 잎사귀의 마음으로, 내일과 모레를 믿으며, 우즐우즐 겸손하고 따뜻한 착지를 만들어야 한다.

— 「착지에 대하여」 부분

바람에 날아다니다 땅에 떨어져 뿌리를 내려야 하는 홀씨를 보며 쓴 시이다. 공중에 떠다니는 것은 신나는 일이다. 우리 모두는 이렇게 뜨고 싶어 한다. 출세한다는 것도 이렇게 뜨는 것이다. "쭈글쭈글 찢어진 비닐봉지" 같은 하찮은 것들도 모두 뜨기를 바란다. 아니 그보다는 뜨기를 바라면서 또 뜨는 바로 그 순간 모두 하찮은 것이 되어버린다. 뜨는 것이 의미가 있기 위해서는 지상에 확실히 착지를 해야 한다. 홀씨가 뜨는 이유는 착지를 통해 새로운 생명으로 태어나야 하기 때문인 것과 마찬가지이다.

이처럼 현대사회의 부박함과 그 속에서 만들어지는 문화의 덧없음은 결국 단단함의 토대를 상실했기 때문이라는 것을 이은봉 시인은 따뜻한 언어로 일깨워주고 있다.

그런데 왜 단단함이 필요할까? 그냥 변화에 순응하고 덧없는 세월에 묻혀 살면 안 되는 것일까? 그 이유의 일단을 다음 시에서 찾을 수 있다.

책은 바위다 시간이 눌어붙어 있어 손가락에 침을 발라 넘겨도 닳지 않는다

바위는 책이다 큰 바위는 두툼한 책이고, 작은 바위는 얇은 책이다 바위로 된 책은 너무 단단해 망가지지 않는다

…(중략)…

바위가 되고도 시간을 믿지 못하면 책은 저 스스로 동판이 된다

아름다운 명성의, 의심 많은 사람아 야야, 동판이 된 책을 보고 싶지 않느냐 보아라 동판 경전이 여기에 있다.

— 「바위책」 부분

앞서 인용한 「책바위」가 책이 된 바위의 이야기라면 「바위책」은 바위가 된 책의 이야기이다. 책이 바위가 된다는 것은 인간의 문화와 그 기억이 사라지거나 변하지 않을 가치가 된다는 것을 의미한다. 바로 '동판 경전'이 되는 것이다. 아무리 세상이 바뀌고 아름답고 모던했던 한때의 문화가 '석유곤로'처럼 낡은 불꽃의 기억으로만 남더라도 새겨두어야 할 확실한 가치는 여전히 존재하고 있다. 그 확실성이 가지는 튼실한 아름다움을 이은봉 시인은 포기하지 못하고 있다.

이 시대에 시인이 된다는 것은 어쩌면 너무 쉬운 일이다. 언어가 넘쳐나기 때문이다. 지금 이 순간에도 수많은 언어들이 인터넷을 떠돌고 있다. 그리고 그러한 언어의 편린들을 붙잡기만 해도 시를 쓸 수가 있다. 하지만 그럼에도 불구하고 시인이 된다는 것은 어려운 일이다. 언어의 홍수 속에서 확실한 가치와 단단한 토대를 가진 언어를 만들어내기는 쉽지 않은 일이기 때문이다. 경박함이 트렌드가 된 이 시대에 그러한 노력을 한다는 것은 차라리 고통스러운 일이기도 하다. 이은봉 시인의 「책바위」라는 시집이 바로 그러한 시인의 고투를 잘 보여주고 있다.

(『시와시』 2011년 봄호)

생명의 감정과 죽음의 감정
— 이은봉 『책바위』

서승현

1. 무엇이 문제인가

　이은봉 시인의 일곱 번째 시집 『책바위』가 도서출판 천년의시작에서 간행되었다. 소제목 없이 4부에 나뉘어 실려 있는 69편의 시들은 저마다의 얼굴로 한 집안 식구를 이루고 있다. 70편도 아닌 69라는 숫자에 시인은 유난히 민감하고 팽팽하다. 69는 시인 이상(李箱)이 1935년 서울 종로에 열었던 다방의 이름이며, 남녀의 합일을 뜻한다는 점에서 하나의 세계를 꿈꾸는 서정시의 본질과 상통한다. 하나이면서 둘인 세계, 즉 不一而不二의 세계, 시간이 있으면서도 없는, 시간 밖의 무시간의 세계, 시원의 세계, 궁극의 세계, 분열과 파괴로 가득 찬 자본주의 밖의 세계, 곧, 근대 밖을 꿈꾸는 숫자[1]인 것이다.

　시인은 『책바위』의 「자서」를 통해 자신이 처한 현실 상황을 "죽음의 물결로 넘실거"리는 "강의 한복판"으로 인식한다. 현실을 죽음의 정서와 연

1　이은봉, 「죽음의 늪을 건너는 법」, 『시와사상』 2005년 겨울호.

관심킨 것이 이번이 처음은 아니다. 이미 시인은『길은 당나귀를 타고』(실천문학사, 2005)에서 근대의 정서를 "죽음의 늪"으로 인식한 바 있다. 이러한 인식은 자본주의적 근대를 "과잉 조장된 욕망으로 가득 차 있는 세계"로 바라보기 때문이며, "과잉 조장된 욕망은 어떤 형태로든 나날의 삶에 상처를 남기기 마련"이고, "이때의 상처가 죽음과 죽임의 정서를 만드는 주된 원인"이라고 파악하고 있다. 그는 근대적 정서의 의미를 "지금 이곳에서 사는 사람들의 움직이는 마음, 유동하는 감정"으로 정의한다.

그는 현재 우리의 삶에서 무엇이 극복되어야 할 문제이고 사회현상인지 끊임없이 궁리하고 탐구하는 견자의 시인이다. "언어를 통해서라도 오늘의 사회현실이 처해 있는 상황에 채찍을 드는 것을 시인의 임무"로 당연하게 여기는 그는 죽음의 정서와 그에 따른 시적 정서의 언어화가 난무하는 현상을 냉정한 시선으로 작품화시킨다. 물론 그 근저에는 죽음의 정서를 극복하고자 하는 시인의 소망과 노력이 깃들어 있다.

시인은『책바위』에서 근대의 정서 중에서도 부정적인 면에 주목하고 있다. 아무리 풍요로운 물질의 시대라고 하지만 생명의 정서보다 죽음의 정서가 마음의 영역을 더 많이 차지하고 있다는 것은 바람직하지 못한 현상이다. 그가 이들 부정적인 정서를 삶을 영위하는 데 극복되어야 할 대상으로 보는 것은 바로 이 때문이다. 시인의 이 같은 인식은 현실의 정서적 현상을 "죽음의 말들 넘실대는 강"으로 은유하여, 시인이 가진 뗏목으로는 "반쯤 썩은" "죽음의 말들"의 "피라미 떼가 마구 떨어져 내"리는 이 비극의 강물을 거슬러 오르기에 너무 어렵다고 느끼는 데서도 확인이 된다.

이 시집에서 그는 현재진행형인 이 강물의 흐름에 대해 골똘히 바라보고 궁리하고 성찰하고 회의하고 있다. 그리하여 끝내는 그 강물을 따라 그냥 흐를 수 없다는 자기 확신, 즉 어렵기는 하더라도 기어이 "강 건너 마을", 유토피아를 향한 희망의 "노"젓기를 멈추지 않겠다는 의지를 새삼 확인하고 있다. 강의 가운데, 즉 강의 "안"에서 강 건너 "밖"을 향해 노를

젓는 것은 근대적 감정인 "죽음의 정서"의 한가운데에서 그 바깥인 "살림의 정서", "생명의 정서"를 향해 이행해가는 것을 말한다. 이처럼 시인은 근대적 정서의 "안"에서 "밖"으로 탈주를 꿈꾸는 팽팽한 긴장감 속에서 시를 쓰고 있다. 인간이 지니고 있는 다양한 감정의 모습을 예의 주시하거나, 지극히 이성적인 시선으로 다의적이고 동음이의적인 언어의 겹침과 다름의 빛나는 운용을 통해 살아 펄떡이는 희망의 어족들을 낚아채고 있는 것이 그의 시이다.

2. 같음과 다름, 다름과 같음

불이(不二)는 둘이 아닌 경지, 곧 나와 네가 둘이 아니고, 성과 속이 둘이 아니며, 인간과 자연의 구별 또한 없어지는 경지를 말한다. 동일성의 추구는 서정시의 주된 항목이다. 각기 특수한 세계가 자신의 특성을 버리고 한 세계 안에 섭렵되어 동일성의 세계로 승화될 때 미적 자율성은 획득된다. 다음의 시는 동음이의어(同音異議語)의 중의성을 활용하여 불이(不二)의 깨달음과 열린 세계로의 시적 성취를 동시에 획득하고 있다.

> 불타는 나무리!
> 허공 떠도는 바람들 불러 모아
> 반야심경 외게 하누나
>
> 나무는 불타리!
> 공중 헤매는 제비들 불러 모아
> 천수경 외게 하누나
>
> 머리칼 풀어헤친 채
> 온몸 가득, 푸른 하늘 빨아들이고 있는 나무여

그대 이미 불타거늘!
땅에 내린 뿌리 너무 얕아
여태 절 믿지 못 하누나.

—「불타는 나무」 전문

 "불타"와 "나무"라는 기표는 시행을 따라가다 보면 저절로 의미의 분화
가 이루어진다. '불에 타다'라는 동사형 문장에서 온 "불타"와 부처를 뜻하
는 "불타", 식물인 "나무"와 귀의를 뜻하는 불교의 "나무"는 발화와 동시에
서로 다른 의미를 갖는다. 이 같은 중의성의 활용은 부처와 미물의 경계를
없앨 뿐만 아니라 부처와 나무의 존귀함을 동일선상으로 끌어 올린다. 여
기에서 시인은 인간 우위의 이성 중심에서 벗어나 세상 모든 존재는 자신
속에 이미 부처가 있지만 "얕은 뿌리"로 인해 저 자신도 믿지 못하는 불신
과 그에 따른 마음을 문제 삼고 있다.
 일체유심조(一切唯心造)라는 말이 있다. 일체가 오직 마음이 만드는 것
이라는 뜻이다. 마음에서 일어나는 감정의 말갈기는 시시때때로 제멋대
로 흩날리다가 정작 중요한 것을 놓치기도 한다.

3. 타자화된 감정들

 이번 시집이 지니고 있는 두드러진 특징은 자신의 감정들을 타자화시
킨 시들이 많다는 점이다. 시인에 의해 대상화(對象化)되고 물화(物化)되는
것은 다름 아닌 시인 자신의 감정들이다.

 눈을 감고 잠을 청해도 이 싸가지 없는 놈 피곤은 자꾸만 나태와 권태,
싫증과 짜증 따위를 불러내 화투장을 돌린다. 어차피 잠들기는 틀렸으니
고스톱이나 한판 치자는 것이다
 고독까지 불러내 화투판을 벌이면 나는 이놈한테 완전히 무릎을 꿇는

수밖에 없다

…(중략)…

불안과 초조에게는 쌍화탕을 처먹이는 것이 직방이다
———「쌍화탕을 먹는 밤」 부분

「쌍화탕을 먹는 밤」의 일부이다. 피곤, 나태, 권태, 싫증, 짜증, 불안, 초조, 고독이 한 작품 안에서 오글오글, 그야말로 "고스톱"판을 벌인다. 그에 의하여 인간의 무수한 감정들이 인격적인 탈을 쓰고 재탄생된다. 글쓰기 주체의 시선에 포착되고 세밀하게 관찰되어 인격적으로 타자화된 감정들은 우리 앞에 그 모습을 구체적으로 드러낸다.

근대적 정서를 모더니즘적 시각에서 살펴보면 전 세계를 휩쓴 부정적인 정서의 원인으로 산업혁명에 따른 자본주의의 급격한 발달과 폐해, 두 차례의 세계대전으로 말미암은 인간 존재의 위기감과 이에 대한 실존적 자각, 신에 대한 회의감, 세기말적 증상 등이 주요한 이유이다. 이에 비해 이은봉 시인은 근대적 정서를 자신이 생생하게 체감한 역사 안에서 그 이유를 찾고 있다.

이 땅에 명실 공히 민주정부가 들어선 것은 1998년 3월 이후부터이다. 1998년 3월 이후라면 세기말이다. 세기말을 거치면서 어김없이 나도 그 특유의 정서, 곧 환멸과 절망을 경험한다. 무슨 운명처럼 나도 근대적 정서를 생생하게 체험할 수 있는 기회를 갖는다. 죽음의 늪에 빠져 고독, 소외, 상실, 환멸, 염증, 피곤, 절망, 불안, 초조, 공포, 설움, 우울, 침통, 싫증, 짜증, 권태, 나태의 날들을 살았기 때문이다.

시인에게 이러한 근대적 정서의 체험은 주관적이다. 1998년 이후의 세기말적 정서의 주관적 체험에서 우러난 시편들이 『길은 당나귀를 타고』에 주로 담겼다면『책바위』에서는 자본주의적 근대의 일상 속에 드러나는 죽음의 정서들을 다루고 있다. 시인은 이러한 시적 운용에 대해 다음과 같이 밝히고 있다.

인간의 이성(理性), 이(理), 사단(四端), 인의예지(仁義禮智)는 변하지 않는다. 인간의 감정(感情), 기(氣), 칠정(七情), 희노애락애오욕(喜怒哀樂愛惡欲)은 변한다. 변화하는 인간의 감정, 즉 희노애락애오욕(喜怒哀樂愛惡欲)은 이미 자본주의적 근대 이전에 명명된 것들이다. 따라서 이들 七情(칠정)은 인간이 지니고 있는 감정의 원형이라고 해도 지나치지 않다. 인간이 지니고 있는 본원적이고 근원적인 감정이 다름 아닌 희노애락애오욕(喜怒哀樂愛惡欲)이라는 것이다. 자본주의적 근대에 이르러 인간은 감정보다는 이성에 의지해 세상을 살아가고 있는가. 내가 보기에는 별로 그렇지 않다. 자본주의적 근대에 와서도 여전히 인간은 이성보다는 감정에 기대어 살아가고 있는 듯하다. 자본주의적 근대에 이를수록 오히려 인간은 혼몽하고 몽롱한 감정으로 저 자신의 복잡한 행위를 북돋우고 있다고 생각된다. …(중략)… 감정의 원형인 희노애락애오욕(喜怒哀樂愛惡欲)은 크게 플러스의 정서와 마이너스의 정서로 나누어진다. 플러스의 정서는 희(喜), 락(樂), 애(愛)이고, 마이너스의 정서는 노(怒), 애(哀), 오(惡) 욕(欲)이다. 플러스 정서는 세 개이고 마이너스 정서는 네 개이다. 세 개의 플러스의 정서 희(喜), 락(樂), 애(愛)는 생명의 감정이고, 내 개의 마이너스의 정서인 노(怒), 애(哀), 오(惡) 욕(欲)은 죽음의 감정이다. 이처럼 생명의 정서에 비해 죽음의 정서가 더 많다.

이들 원형의 감정은 자본주의 근대에 이르러 좀더 섬세하게 분화되고 확장된다. 이 시대에 이르면 단순하고 소박하게 喜怒哀樂愛惡欲(희노애락애오욕)의 모습으로 존재하는 인간의 감정은 찾아보기 힘들다. 좀 더 혼몽하고 몽롱한 모습으로 복잡하게 뒤엉킨 채로 존재하는 것이 자본주의적 근대에 이르러 구체화된 인간의 감정이다. 혼몽하고 몽롱한 모습으로 복잡하게 분열되고 해체되어 있는 것이 자본주의적 근대 이후의 감정이라는 것이다.

이들 죽음의 정서를 극복하려는 의미에서 이들 부정적 감정들을 하나 하나 호명하며 그는 이들 감정이 일어나는 근저까지 섬세하게 다루고 있다.

수치심이 내 어깨에 아랫배에, 허벅지에 자꾸 칼날 쑤셔 넣는다

호숫가 산책길, 제 가슴 마구 쥐어짜는 이 녀석, 수치심의 칼날에 발바닥을 찔려 걸음걸음 피가 흥건하다

버려진 맥주병, 뒹구는 농약병, 흩날리는 비닐봉지며 찌그러진 콜라캔까지 네 활개를 치고 있다

수치심은 이것들 문명의 찌꺼기 속에서 튀어나와 내 몸을 노린다

저도 잘 알고 있기 때문일까 휘청대며 들길 따위나 걷고 있는 내 발걸음의 미래가 텅 비어 있다는 것을!

발걸음의 미래가 텅 비어 있기는 이 녀석 수치심도 마찬가지다

호숫가 산책길, 더욱 비틀거리는 수치심이라는 놈의 절망에 발바닥을 찔려 걸음걸음 피가 흥건하다

아무데서나, 아니 문명의 찌꺼기들을 뚫고 나와 제 몸에 함부로 칼날 따위 세우는 이짜샤, 수치심이라니!

— 「호숫가 수치심」 전문

이 시에서 시적 환경은 매우 서정적인 고요한 호숫가 산책길이지만 화자의 심정은 별로 편안해 보이지 않는다. 여기저기 "네 활개"치고 있는 쓰레기들 때문이다. 시인은 호숫가를 산책하는 동안 날카로운 수치심에 몸을 찔린다. 그 수치심은 바로 인간으로 인해 더럽혀진 자연이 지르는 비

명과 함께 있다. 맑은 호숫가를 더럽히는 "버려진 맥주병", "농약병", "비닐봉지", "콜라 캔" 등으로 표방되는 "찌꺼기"는 다름 아닌 근대 산업문명의 부산물이다. 자본의 증식과 인간의 탐욕을 위해 생산되고 유통되고 소비된 산업문명의 부산물이 청정해야 할 호숫가 산책길에 방치되어 자연을 더럽히고 병들게 하고 있는 것이다. 쓰레기를 함부로 버린 인간의 몹쓸 양심으로 인해 마음속에서 생겨나는 수치심을 시인은 "제 가슴 마구 쥐어짜는 이 녀석"으로 인격화시킨다.

자연이란 생명의 근원이다. 미래가 뿌리내려야 할 자연이 인간의 무절제한 욕망과 무책임한 행위로 인해 파괴되는 현장을 보며 시인은 생명의 미래를 걱정한다. 제 몸이나 마찬가지인 자연에 가하는 인간의 횡포는 "수치심"마저 절망하게 한다. 이처럼 자신의 감정을 타자화시킨 후 주체의 시선으로 바라보는 동안 시인은 현실이 피폐해진 원인을 규명하고 미래까지 전망하고 있는 것이다. 자연과 인간의 상생은 곧 생명을 보존하고 유토피아를 꿈꾸는 일과도 통한다.

상생은 타자를 존중하고 인정하는 데서부터 생긴다. 그러므로 타자화란 상생과 상통한다. 부정적인 감정을 타자화시켰을 때 그 반대편에는 긍정적인 감정이 자리한다. 타자화의 목적이 부정성의 극복이라면 타자화가 생생하고 또렷하게 드러났을 때일수록 극복의 방향도 빠르고 확실하게 이루어질 수 있다는 점에서 이은봉의 시들은 어느 때보다도 죽음의 정서를 극복하기 쉬운 처방을 내리고 있다고 할 수 있다.

자본주의적 근대는 문명의 발전을 빠른 시일 안에 매우 큰 폭으로 이끌어낸 바 있다. 그러나 문명의 발전은 언제나 자연을 파괴할 수밖에 없다. 자본주의 근대가 자연과 상호보완적이거나 규제되고 견제되지 않을 수 없는 까닭이 바로 여기에 있다. 이 점을 망각하면 지구의 미래는 텅 비게 될 뿐이다. 자본주의적 근대의 폐해에서 파생되는 어두운 정서를 타자화시킨 또 한 편의 시를 살펴보자.

온종일 쓰레기 하치장 시멘트 바닥 위 굴러 다녔다 물 젖은 대걸레가
되어 공중변소 소변기 안 검은 곰팡이 따위 밀고 다녔다
　　입을 벌리면 짜증이 국수가닥처럼 튀어 나왔다 국수가닥은 기계치인
내 무능력이 만든 것이다
　　아이들은 무능력이 만든 것이 아니라 문맹이 만든 것이라고 벌컥 화를
냈다 문맹이라니! 문맹을 자극한 것은 노트북이었다
　　노트붓? 노트이면서 책이면서 붓인 기계? 노트붓이 오늘도 내게 싸움
을 걸어 온 것이었다
　　그랬다 내게 노트붓은 그냥 붓일 따름이었다

　　…(중략)…

　　이 참 한심한 검은 짜증이라니! 오늘도 이놈은 내 여린 간과 취장을 불
로 지져댔다

—「검은 짜증」 부분

　　과학과 문명의 눈부신 발전은 새로운 일상용품을 하루가 다르게 생산
해낸다. 새로운 제품은 사용법을 익히는 데도 머리가 어지럽다. 아이들은
잘만 사용하는 디지털 기계들이지만 작동이 잘 안 될 때는 짜증이 인다.
노트북도 마찬가지다. 노트북이 잘 안 되자 시인은 짜증이 나고, 그 짜증
은 아이들이 자신을 문맹이라 칭하자 거듭 증폭된다. 시인에게 노트북은
붓으로서 필기구일 따름이다.
　　그러나 본인의 저작물이 대부분 들어 있고 세계의 정보 창구 역할도 하
는 노트북은 함부로 무시할 수 없고 던져버릴 수 없는 필기구이다. 이 필
기구로부터 기인하는 짜증은 시인의 “간과 취장을 불로” 지져대며 하루
종일 괴롭힌다. 기계에 불과하지만 시인에게 없어서는 안 되는 노트북은
“무능력”이나 “문맹”이라는 인간적 모멸감을 가져오고, 그에 따라 생겨난
짜증은 “쓰레기 하치장 시멘트 바닥”으로, “공중변소 소변기 안 검은 곰팡
이 따위나 밀고 다니는” “물 젖은 대걸레”로 환치되어 가장 밑바닥의 의식

서승천 생명의 감정과 죽음의 감정

으로 하강한 상태를 타자화한다. 이 같은 "짜증"에 이리저리 끌려 다니는 자신을 바라보는 그곳에는 한낱 자본주의의 산물인 노트북으로 인해 마음 상한 채 자책하고 소외감에 빠지는 소심한 현대인의 초상이 있다. 그러나 이처럼 하강하는 정서를 시인은 결코 그냥 두지 않는다.

> 싫증은 저 자신을 아이들이 가지고 놀다가 버린
> 양배추인형이라고 생각했다. 쓰레기통에 함부로 버린
> 싫증이 저 자신이라고 생각하는
> 양배추 인형은 너무 살이 쪄 아예 허리가 없었다
> 양배추처럼 뚱뚱한 양배추 인형은
> 팔다리마저 한 쪽씩 떨어져 나가
> 그냥 쓰레기일 따름이었다 싫증은
> 쓰레기의 몰골을 하고 있는 저 자신이 싫었다
> 그래서일까 싫증은 아무렇게나 망가져버린
> 저 자신을 쓰레기통에 쳐 넣었다 이라크에 처박혀 있는
> 미군 병사들처럼 쓰레기통에 처박혀 있는
> 양배추인형에게는 하루의 시간이
> 너무도 지루했다 지루한 시간이 만든 것일까
> 쓰레기통에 처박혀 있는 싫증은
> 제 몸을 썩혀 거름을 만들기 시작했다
> 제 몸을 거름삼아 새롭게 초록빛 싹을 틔우는
> 기쁨이 되고 싶었다 온통 지구를 뒤흔드는 환희가
> 문득 싫증의 미래가 밝고 환하게 세상을 비추어댔다

—「싫증」 전문

감정은 고정물이 아니다. 감정은 살아 움직이는 보이지 않는 존재이다. "생명의 감정"이 "낮의 정서"라면 "죽음의 감정"은 "밤의 정서"이다. 밤낮이 순환하며 맞물리듯이 죽음의 감정과 생명의 감정도 순환하며 맞물린다. 존재하지 않도록 하는 것이 아니라 존재하도록 하면서 나쁜 작용을 좋은 작용으로 전환하게 하는 것이 여기서의 시인의 꿈이다.

첨단의 기술로 말미암아 새로운 정보와 상품들이 하루가 다르게 쏟아지는 세상이다. 이러한 세상에서 새로움을 좇아가는 감정의 질주는 금세 '싫증'을 살찌게 하고, 쓸데없이 비대하게 할 따름이다. 따라서 해지고 너덜거리는 "싫증"은 도리어 자신을 폐기처분하기에까지 이르게 된다.

싫증이 쓰레기통에 자신을 버리는 것으로 모든 것이 끝나는 것은 아니다. 거름은 제대로 푹 썩어야 생명을 키우는 데 제 역할을 다하는 법이다. 이와 마찬가지로 그의 시에서는 이 "싫증"이라는 부정적인 감정도 초록빛 싹을 틔우는 기쁨이 되려고 제 몸 푹 썩혀 거름으로 거듭나고 있다.

이성은 변하지 않지만 감정은 변한다. 물론 조절이 가능한 것이 감정이기는 하다. 죽음의 정서에서 생명의 정서로 변환시키는 "싫증"의 이러한 변신은 싫증 안에 있는 이성과 의지의 힘이 발휘되었기에 가능하며 이는 세상의 미래까지 환하게 하는 전환적이며 실천적인 사고방식이다.

물론 이런 전환의 사고방식이 전위적인 새로움은 아니지만 시인이 추구하는 지혜는 지금 처해진 위기의 상황을 극복하는 데 요구되는 중요한 덕목 중의 하나라는 생각이 든다. 시는 정서적 산물이다. 정서는 환경에 따라 변하기도 하지만 이성과 의지의 힘으로 변화를 유도할 수 있다.

이은봉 시인은 시를 쓰는 동안 시인의 직무에 최선을 다하며 언제나 긴장의 고삐를 탄탄하게 조이는 가운데 살아가고 있다. 그 나름의 방식으로 시대의 병폐를 치유하고자 오늘도 안간힘을 쓰는 '각자 선생'이 그이다. 따라서 그의 시에서 대상에 대한 의미 분석은 오늘의 삶의 현실에 대한 자기 해명에 다름 아니다. 그렇다. 『책바위』는 자본주의 사회의 근대적 삶 속에서 죽음의 정서를 극복하기 위한 감정의 타자화가 낳은 색다른 시집이라 할 수 있다.

(『시와세계』 2008년 여름호)

진창을 뚫고 핀 애기똥풀빛 웃음
— 이은봉 시집 『책바위』

정준영

도시의 속도는 달리는 자만이 살아남는다는 것을 가르친다. 버전의 업그레이드 경쟁은 현대를 살아가는 개개인의 생활에도 강박적으로 침투되어 있는 것이 사실이다. 하지만 달리다 보면 속도라는 것이 오히려 갑갑해질 때가 있다. 그것을 확인하려면 누구라도 도시 한복판을 구두가 터지도록 달려봐야 한다.

> 이제는 너무 지쳐 숨 헐떡이는 구두
> 더러는 후미진 골목길 어디, 쓰레기통 근처 어디, 다리 쭉 뻗고 질펀하게 누워버리고 싶을 때 있다
> 뼈마디 욱신거리는 구두, 옆구리 툭 터진 구두!
> —「바퀴 달린 구두」 부분

이 시가 드러내는 아이러니는 구두가 터지도록 달려 결국에는 쓰레기통 옆에, 후미진 골목길에 드러누워 쉬고 싶다는 소망을 담고 있다.

시인 이은봉은 1989년 『창작과비평』 신작 시집을 통해 등단한 후 '실천의 문학' 기치 아래 지나칠 정도로 강성은 아니지만 줄기차게 나날의 삶에 뿌리를 둔 리얼리즘의 시를 추구해온 바 있다. 해체의 철학이 충만해지

고, 그와 더불어 이윤 추구와 자본 증식을 위한 무한 경쟁이 보편화되는 등 말할 수 없이 시대는 변했지만, 시대의 이러한 흐름으로부터 결코 비켜서지 않으려고 노력해온 것이 그이다.

함께 어깨를 겯고 삶의 희망을 구하고자 했지만 이상은 결국 그에게도 과거에 대한 회의를 남기고 있다. 어두운 과거보다는 밝은 미래를 희망했기에 위 시에서처럼 그는 구두가 터지도록 달렸으리라. 그러나 과거는 여전히 현재의 발목을 붙잡고 있을 따름이다. 되돌아보면 우리는 다시금 환멸을 느끼지 않을 수 없는 지점에 와 있고, 현재까지도 완전히 떨칠 수 없는 애증의 자리에 서 있다. 이은봉의 시는 이처럼 청산하지 못한 과거의 설움과 숨 가쁘게 뛰어야만 하는 현재가 오버랩되는 곳에 존재한다.

범국민적 촛불집회가 계속되고 있다. 촛불집회가 계속되는 과정에도 어쩔 수 없이 내면 깊숙이 숨겨져 있는 우리 사회의 분열의 구심점들, 여전히 극좌와 극우의 면모들을 확인할 수 있다. 우리 사회가 보여주는 이러한 대립의 양상은 민주화 과정을 통해 표면적으로는 무뎌져가면서도 뿌리까지 쉽게 같이하지는 못하고 있는 것으로 보인다. 어둠과 빛처럼 번쩍 극명하게 대조되고 있는 것이 우리 사회의 대립 세력이다.

촛불집회의 자리에서 한국작가회의의 깃발 아래 서 있던 이은봉 시인은 "문학은 타자에 대한 사랑과 이해야." 하고 말했다. 그런데 오스카 와일드는 "예술은 세상에 알려진 가장 강렬한 형식의 개인주의"라고 말했다. 문학을 타인에 대한 사랑과 이해로 파악하고 구두가 터지도록 달려야 하는 현대를 살아가는 시인 이은봉은 타인에 대한 이해의 중요성을 잊지 않은 채 지금 가장 강렬한 형식의 개인주의의 문학을 하고 있다. 하지만 그의 개인주의는 과거에 가난과 설움의 삶을 몸소 살았던 사람이 변증법적으로 선택한 역사적 산물로서 매우 실천적인 특징을 갖고 있다. 나와 타인의 설움을 잘 알고 있는 개인주의이기에 이은봉 시인이 시와 함께 찾아가는 길은 과거와 현재의 고통을 바탕으로 찾아가고 있는 해답으로서의 길이다. 이 길, 그가 찾아가고 있는 이 길은 어디에 있는가. 하지만 먼저 진창의 과거로부터 빠져나온 이은봉 시인은 아직도 진창에서 허우적대는 타인에 대해 애증의 마음과 함께 환멸의 마음을 감추고 있지 못하다는 것까지 되돌아보기도 한다.

검게 물들인 군용 잠바 따위나 즐겨 입고 다니는 설움, 덥수룩이 수염을 기른 채 너저분하게 목걸이나 귀걸이 따위나 하고 다니는 설움, 아무데서나 흘러간 유행가 따위나 흥얼대는 설움

이놈한테서는 항상 찌든 술 냄새가 난다 싸구려 여인숙 냄새가 난다 역한 담배 냄새가 난다

어디서나 목청 높여 사람들 마구 윽박질러대는 설움, 5월 그때 너는 어디 있었지⋯⋯벌써 20년이 훨씬 넘은 그때를 잊지 못하는 설움

싫다 이놈의 눈빛도, 목소리도, 옷차림도

걸핏하면, 네가 뭘 안다고 떠드니? 주둥이 못 닥쳐!

제멋대로 지껄여대는 설움, 지껄여대며 논두렁 건달처럼 한쪽 다리나 흔들어대는 설움, 오른쪽 손으로는 담뱃불 타악 튕겨버리고, 왼쪽 주둥이로는 침 찌익 뱉어대는 설움
이놈의 짓거리를 볼 때마다 욱하니 비위가 뒤틀린다

끝내 참지 못하고, 주둥이 못 닥쳐! 네가 뭘 안다고 떠들어?

버럭 소리라도 질러대고 싶은 설움, 와락 엉덩이라도 꼬집어대고 싶은 설움, 탁탁 종아리라도 때려주고 싶은 설움, 아직도 붉은 얼굴로 붉은 가슴이나 자랑하는 설움, 면소재지 버스 정류장 근처 낡은 리어카 바퀴처럼 삐걱대는 설움

싫다 오늘도 술에 취해 한숨 따위나 쉬고 있는 놈!
싫다 울먹이는 목소리로 땅바닥 따위나 치고 있는 놈!

이놈에게는 미래가 없다 언제나 과거를 살고 있기 때문이다
더러는 내 가슴까지 미어터지게 하는 설움, 철렁 가라앉게 하는 설
움……

언제나 이놈은 물가에 내놓은 어린애처럼 불안하다.
—「설움」 전문

　싫다!는 염증은 자신의 몸을 이미 한 번 통과한 과거부정이거니와, 여
기서의 '이놈'은 자신의 과거를 비추는 거울로 기능하는 타인이다. 설움의
구렁텅이를 힘겹게 벗어난 자는 아직 설움의 구렁텅이에서 헤어 나올 줄
모르는 이의 구렁텅이에 대해 진저리의 염증을 앓는다. 이은봉도 실은 그
구렁텅이의 주변에 있다. 강한 부정은 부정의 실체 가까운 곳에서 발생한
다.
　이처럼 그는 늘 한국작가회의의 깃발 아래에 있었다. 그것은 그의 과거
에 대한 증오와 애정이 겹치는 자리였고, 떠남과 돌아옴의 겹치는 자리였
으며, 동시에 그것을 딛고 밟으며 동참하는 행위였다. 하지만 옛 시절로
돌아가는 일은 있을 수 없다. 과거는 뒤돌아보기조차 끔찍한 낙후성을 지
니고 있기 때문이다. 문제는 떨칠 수 없는 과거의 해묵은 설움이 언제, 어
디서 갑자기 비수를 꺼내들지 모른다는 것이다. 아직도 진창에 빠져 있는
친구의 오랜 설움을 달래주고 그것을 팍팍 파, 묻어도(「진창길」) 어느새
뛰쳐나올 수 있는 타인의 '安寧치 못함' 혹은 '이빨 내놓은 적의'는 곧 나를
불안하게 하는 요소가 되기 때문이다. 그런데 진저리나도록 과거를 부정
하는 자리에 어느새 현재의 부정이 나타나는 것은 어찌된 일일까.

이놈이 뱃속에 저장하고 있는 것은 아직 간행하지 않은 시집이나 평론
집뿐만이 아니다 인터넷이라는 문을 열고 들어가면 오대양 육대주가 모
자라기 때문이다
　　오늘도 이놈은 제가 먼저 짜증을 냈다
　　간과 췌장 쪽에서 거무틱틱 불길이 이는 것이 보였다 분을 못 이긴 이
놈은 눈을 깜박거리다가, 엉덩이를 디룩거리다가 급기야 검게 질린 낯빛
으로 덜썩, 주저앉고 말았다
　　미처 입을 벌리기도 전에 짜증이 국수가닥처럼 튀어나왔다 애꿎은 아
이들만 국수가닥을 뒤집어쓰고 도망을 쳤다
　　이 참 한심한 검은 짜증이라니!

—「검은 짜증」 부분

이 시에서 '이놈'은 노트북이다. 오대양 육대주가 좁다 하고 달려야 하
는 노트북이 말썽을 부리자 이은봉 시인은 짜증을 불러일으키고 만다. 이
은봉은 아마 '이놈'이든 '그놈'이든 직접 붙들고 "나도 힘들어야." 하고 말
하고 싶었을는지도 모른다. 좌(左)가 모르는 우(右)의 설움, 우(右)가 모르
는 좌(左)의 설움을 파악할 수 있는 사회적, 제도적 장치가 부족한 것은 아
니다. 그런데도 인간의 마음은 상대적 박탈감과 과거의 설움, 오늘의 짜
증을 극복하지 못한다. 이은봉은 과거와 현재, 좌와 우를 모두 겪으면서
각각의 부정성을 잘 알고 있는 가운데 그것으로부터의 출구를 찾아내려
한다. 따라서 그는 그 나이의 남성이 지니고 있는 날카로운 관조 및 반성
과 함께하고 있는 깨어 있는 비판 정신을 여전히 높은 단수로 견지해가지
않을 수 없으리라.

　　마곡사 선방 앞에 선다
　　자미나무 검붉은 꽃잎들 사이로
　　청개구리 한 마리 초싹대며 뛰어오른다
　　얼기설기 나무판자들 엮어 세운
　　선방 외짝 문 앞에는

숯과 고추를 끼워 만든
금줄 쳐져 있다 굵은
통대나무들 가로뉘어 있다
'참선 중입니다' 먹글씨로 밑으로
엉금엉금 민달팽이 한 마리
기어가고 있다 촉수를 늘여
언젠가는 이 선방
죄 더듬으리라 마음먹는 사이
오조조, 자미나무 꽃잎들
바람에 진다 민달팽이의 발원도
흙길 위로 진다 마곡사
지쳐빠진 선방 앞
늙은 매화나무 등걸을 밟고
언젠가 나도 청개구리 한 마리로
초싹대며 뛰어오른 적 있다.

─「청개구리와 민달팽이」 전문

　진창길에 빠지고 구르고 미래로 구두가 터지도록 달려온 고수 앞에서 서럽다고 혹은 수양 중이라고 했다가는 큰일이 난다. 오조조, 자미나무들마저 웃는다. 웬만한 것들은 그냥 웃어 넘기는 이은봉에게 웃음은 자신이 몸소 겪은 부정의 정서를 극복해내기 위한 잘 제련된 그의 무기다. 이은봉이 이번 시집에서 다루는 불안과 초조, 홀로 떠도는 그리움, 아무에게나 칼을 들이대고 싶은 마음, 우울, 짜증 등의 부정적 정서들은 그 스스로 익히 겪고 난 뒤에 반성적으로 진단해낸 것으로 보인다.

　그는 실컷 쥐어 터진 뒤에도 '이제부터'라고 웃는 징그러운 사람이 아닌가 싶기도 하다. 그는 우리 삶의 발목을 잡는 주범이 과거와 현재의 어둡고 암울한 부정적 정서들이라는 것을 알고 있다. 과거를 제대로 청산하지 못해 오늘에 도달한 설움과 한탄 등의 이들 부정적 정서는 현대인이 흔히 겪는 강박적 신경증의 하나라고 할 수 있다.

인간의 마음은 시계추와 같아 한 편의 극단은 반대편의 극단 때문에 가능해진다. 시계추는 반대편 끝까지 갔던 힘으로 다시 반대편 끝까지 이르게 된다. 세상에 고민과 걱정이 없어 웃는 사람도 있을까. 마음속 우울과 설움의 진창에 매몰되지 않는 것, 그것은 나의 정신을 좀먹는 부정적 정서를 이겨내는 것인 동시에 현대인으로서 치르는 타인을 위한 예의이기도 하다. 이제는 타인의 우울로부터 희망과 안위를 얻는 것을 부끄러워해야 한다. 타인의 웃음이 절망의 끝을 통과한 결과라는 사실을 안다면 그대는 충분히 성숙한 사람이다. 현대인 중에는 행복한 사람이 없다. 바닥을 치고 올라온 그의 애기똥풀 같은 노란 웃음에서 현대의 부정적 정서들을 이겨내는 한 개인의 역사와 믿음을 느낀다.

덧붙여 독자들은 그의 시에서 '악착같은 충청도'의 '깊숙한 웃음'과 '혼잣말로 나누는 현란한 사랑'도 느껴볼 수 있기 바란다. 물론 이는 눈 밝은 독자들의 몫으로 남겨둔다.

(『애지』 2008년 가을호)

'무엇을 할 수 있는가'와
'무엇을 할 수 없는가'라는 시적 질문
— 이은봉 시집 『첫눈 아침』

임지연

필자는 리얼리즘 시에 관한 자료를 찾을 때면 으레 이은봉 편저『시와 리얼리즘 논쟁』을 펴든다. 리얼리즘 시에 대하여 가장 신뢰할 만한 류적 특성을 보여줄 뿐 아니라, 시와 정치, 시와 주체, 시의 형식과 내용이라는 시의 본질적 문제들에 대한 뜨거운 고민의 흔적을 느낄 수 있게 해준다는 점에서 우리 시의 한 현장을 확인하게 해주기 때문이다. 그 현장의 한가운데서 그것을 뜨겁게 호흡했던 평론가 이은봉을 발견하게 된다. '리얼리즘'이라는 다소 도식화된 의미망을 벗어나 '리얼리티'라는 유연하고 폭넓은 개념으로 접근하면서, 그것의 내포를 '깨어 있는 진실'이라는 차원에서 접근했던 태도 말이다. 그에게 시란 진실과 같은 것이었다. 그의 대표작 「좋은 세상」에서의 정직하면서도 우회적인 비판은 '깨어 있는 진실'의 시적 표현이었다고 할 수 있다.

이은봉의 시는 리얼리즘 시의 영역 어딘가에 늘 존재해왔다. 리얼리즘적인 것에 대한 믿음은 변주되면서 지속적인 시적 과제였다. 따라서 비판을 통한 진보적인 정치성의 확보, 시의 외부(사회, 독자)와의 소통 가능성, 민중적인 것에 대한 신뢰, 소시민적 삶에 대한 연민과 애정, 자연에 대한 이상적 가치와 같은 문제는 오랜 시력(詩歷)에서 빛바래지 않는 시적 기제들이었다.

최근작『첫눈 아침』역시 이은봉 시세계의 자장권 안에 존재한다. 그런 점에서 그의 리얼리즘적인 시적 가치들이 어떻게 변주되고 지속되는지를 재론하는 것은 큰 의미가 없다고 보여진다. 그런 식의 담론은 이미 충분히 반복되었기 때문에 오히려 새로움의 측면을 간과할 수 있다고 여겨지기 때문이다. 이은봉 시의 미적 가치들을 조금은 낯선 지점에서 발견해낼 필요가 있다.

시집『첫눈 아침』을 떠받치는 가장 두드러진 구조는 '시간'에 있다. 일반적으로 리얼리즘 시에서 미래의 시간은 전망의 지평적 확대와 함께 카이로스적인 것으로 인식된다. 카이로스의 시간이란 "대망(大望)하던 그 시간이 바야흐로 도래한 바로 그때"를 말한다. 가령 신의 현현이나 부활, 최후의 심판과 같은 사건으로서의 시간이다.[1] 모든 역사를 결정적으로 변화시킬 어떤 사건은 늘 미래에 준비되어 있기 때문에 현실의 고통은 의미 있는 것으로 이해된다. 카이로스의 시간은 그러므로 미래의 해방으로서의 사건을 말한다.

리얼리즘의 세계관은 세계의 부정성을 특징으로 하는데, 이는 세계의 부조리한 현실에 대한 비판과 미래에 대한 낙관적 기대에 의해 부정성이 미래에 해소될 것으로 기대한다. 그런 점에서 리얼리즘에서의 미래의 시간은 다분히 카이로스적이다. 그런데 이은봉의 시집에서 카이로스적인 것은 미래에 있다기보다 과거에 있다. 이는 이은봉의 시에서 낯선 의미로 포착된다. 미래는 오히려 죽음과 같은 것이어서 모든 가능성의 시간이 닫히고 불가능성의 시간이 열리는 것으로 인식되는 것 같다. 이러한 시간의식은 이은봉 시의 낯선 미의식을 포착하게 한다. 미래의 시간이 현재의

---

1   소광희,『시간의 철학적 성찰』, 문예출판사, 2001, 84쪽.

부정성을 해소하지 못하는 것으로 인식되면서 시적 주체는 가능성으로서의 능력을 유보한 채, 불가능성으로서의 자기로 인식한다. 이는 단순히 시간 의식의 변화라기보다는 시에 대한 입장의 변환으로 이해할 수 있다.

『첫눈 아침』에서 과거와 현재, 미래의 시간은 일정한 역할을 수행한다. 과거의 시간은 현재적 삶의 윤리적 거울로 작용한다. 거울은 재현 가능성이라는 리얼리즘적 것을 가능하게 하면서도, 동시에 삶의 윤리적 기준점이 된다. 과거의 사건은 완성된 진리로서 작용하기 때문이다. 이 시집에서 현재는 슬픔과 비애로 가득 차 있는데, 현재를 견디게 하는 힘의 근원은 과거의 풍경에 의해 가능하다. 거울로서의 과거는 시적 주체의 가능성이 극대화된 시간들이었다. 그런 점에서 과거는 시적 주체의 가능성이 실현되었으며 그렇기 때문에 현재의 시간이 자기를 들여다보고 성찰하는 윤리적 거울이 될 수 있다.

반면 미래의 시간은 카이로스적이지 않다. 때로 희망과 꿈이라는 미래적 형태의 가치는 강조되고 있기는 하지만, 그것은 이은봉의 리얼리즘적 가치에 대한 개입이 있을 때만 돌출된다. 이 시집에서 미래의 시간은 주목되지 않는다. 카이로스적 미래의 역할을 과거가 대행하고 있기 때문이다.

이 시집에서 현재의 시간은 불가능성, 즉 '할 수 없음'의 시간으로 인식된다. 그것은 과거의 시간 속에서 모든 것이 가능했던 시적 주체의 지위를 포기함으로써 가능하다. 일반적으로 리얼리즘 시의 주요한 질문은 '시는 무엇을 할 수 있는가'에 있다. 이는 시의 지사적 지위 혹은 계몽적 위의가 유효할 때 가능한 이야기이다. 사실 리얼리즘 시는 시의 가능성 혹은 유효성이 최대한 발휘할 수 있다는 믿음을 전제로 한다. 그런데 이은봉의 시는 리얼리즘에 대해 신뢰하면서 동시에 그것의 균열을 증명한다. 과거가 미래의 역할을 대행하면서, 현재는 과거적 진리로부터의 결핍을 슬픔이라는 부정적 감정으로 표현한다. 현재의 시간에서 주체는 자신을 '할 수 없음'이라는 불가능의 존재로 감지한다. 여기서 '할 수 없음'이란 부정적 의미는 아니다. 그것은 모든 것이 가능하다고 여기던 영웅적 주체에서 벗어나려는 시적 욕망이다. 그것은 주체의 무능이 아니라 겸손이며, 주체의 바깥을 상상하고 새로운 주체를 생성할 수 있다는 새로운 입장이다.

'거울'과 '할 수 있었음'의 시간

이은봉 시의 현재는 슬픔과 비애의 시간이다. 이는 기본적으로 삶의 현재성을 세계의 부조리와 부정성으로 파악하고 있기 때문이다. 그런데 그의 슬픔에는 보다 근원적인 계기에 의해 고조된다. 그 계기는 과거의 시간으로부터 생성된다. 과거는 오히려 미래보다 더 완성된 진리의 시간이다. 카이로스는 미래적 사건이 아니라, 과거에 이미 완성되었던 사건인 것이다. 그러므로 그 과거는 현재의 삶을 비추는 윤리적 거울이며, 현재의 삶을 견디게 하는 힘으로 작용할 수 있다.

> 슬픔에 대하여 노래해야 할 때가 왔다 촉촉이 고이는 눈가의 물기에 대하여, 그대 가슴 속 길게 늘어뜨리는 절망에 대하여, 절망의 그림자에 대하여 재잘거려야 할 시대가 왔다
>
> 그대 심장을 꿰뚫으며 박수갈채 속으로 튀어오르던 분노의 시대, 혁명의 시대는 갔다
>
> 자유의 끝, 오랜 투쟁의 끝, 그 끝으로 옹송거리며 모여드는 슬픔이라고 해도 좋다 이미 그런 비애에 대하여, 죽음에 대하여 노래할 수밖에 없는 시대가 왔다
> …(중략)…
> 그런 시대는 당분간 오지 않으리라 그대 역시 슬프고 서럽고 쓸쓸한 마음으로 하루의 아침을 맞이해야 하리라
>
> ― 「슬픔에 대하여」 부분

이 시는 엄밀한 의미에서 후일담 시가 아니다. 후일담이란 어떤 사건이 이미 종결되었다는 판단하에 그것의 사후적 의미를 묻는 일이다. 그러나 이 시는 사후적 의미를 묻기 이전, 사건의 종결 자체를 인정하는 순간에 있다. 후일담이란 사건의 종결에 대한 시간적 거리가 존재한다. 그러나 이은봉의 시는 과거 사건의 종결에 대한 시간적 거리를 확보하고 있지 않다. 시적 주체는 이제 막 사건의 종결을 인정하고 있기 때문이다. 그러므로 그것의 사후적 의미를 정리하는 역사가적 냉철함을 유지할 수 없다. 이제 막 사건의 종결을 선언하는 자에게 사건은 여전히 뜨거운 감각으로 만져지는 무엇이다.

슬픔은 그러므로 현재의 것이다. 분노와 혁명의 시대가 갔다고 선언하는 순간, 슬픔과 눈물과 절망에 대하여 말해야만 하는 시대가 도래한 것이다. 과거는 완성태였으나, 현재는 과거의 사건이 종결되었으므로 결핍의 시대이다. 리얼리즘 시에서 세계는 근원적으로 부조리하고 부정적이다. 이은봉의 세계 인식 역시 그러한 기조 위에 기본적으로 존재한다. 거기에 과거로부터 생성되는 결핍감이 그 부정성의 농도를 더욱 깊게 한다.

> 한때는 용머리 잔디밭에 누워
> 별을 세며 시를 외웠지
> 그 마음 잊지 않기 위해
> 온몸 휘청대면 오늘 또다시
> 용의 몸통을 밟으며 걷고 있지
> 꿈틀꿈틀 제 몸 꼬아대는 용두동 골목길
> 더는 미끄러지지 않기 위해
> 안간힘을 쓰고 있지 지금은.
>
> ─「용두동 골목길」 부분

"한때는"이라는 시간은 과거의 한 지점을 열어주는 사건이다. 그것은 잔디밭에 누워 별을 세며 시를 외웠던 기억을 불러온다. 그 단순하고 선명한 기억은 흔들리는 현재를 지탱해주는 지지대가 되고 있다. 그런 점에서 과거는 이은봉에게 현재를 들여다보게 하는 윤리적 거울의 역할을 한다. 슬픔과 절망이라는 현재적 상황에서 그를 구원하는 계기는 과거의 사건이다. 휘청대고 미끄러지면서 골목길을 걸어가는 시적 주체에게 더 이상 미끄러지지 않게 할 수 있는 힘은 "한때"의 힘에 있다. 즉 별을 세며 시를 쓰고 외웠던 아름다웠던 과거의 사건이 현재를 지탱하게 한다.

그러므로 과거는 '신파조'('신파조 봄날」)의 센티멘털리티로 형상화되어도 미성숙한 태도라고 비난할 수 없다. 과거의 사건들, 즉 젊음과 혁명의 사건은 윤리적 거울로서 현재적 삶에 강력한 영향력을 미치고 있기 때문이다. 젊음과 혁명으로서의 과거는 '할 수 있음'의 시절이었다. 젊음과 혁명은 세계의 비참과 부조리의 구조를 뒤엎기 위한 에너지를 내장하고 있다. 그것은 '할 수 있음'의 사건이다. 그러나 이제 그 '할 수 있음'은 과거의 사건이 되었고, 이제 시적 주체는 막 과거적 사건의 종결을 선언하였다. 그것은 슬픔의 근원이면서 윤리적 거울의 역할을 수행한다.

'겸손한 주체'와 '할 수 없음'의 시간

이은봉의 시에서 미래의 시간은 과거의 시간에 비해 약화되어 있다. 리얼리즘 시에서 미래에 대한 낙관은 시적 기율이다. 세계의 부조리와 비참의 구조는 낙관화된 이상 속에서 해소될 가능성으로 남아 있다. 그러나 이은봉의 시에서 미래는 주목받지 않는다. 젊음과 혁명의 사건이 종결된 후 남겨진 '할 수 없음'의 현재적 상황에 더 주목한다.

> 더는 뜻 세우지 못하리 더는 어리석어지지 못하리 더는 천박해지지 못하리 더는 사랑에 빠지지 못하리

더는 술 취해 길바닥에 나뒹굴지 못 하리 더는 비 맞은 초상집 강아지 노릇 못하리

가을이 오면 호박잎 죄 마르는 거지 늙어빠진 알몸 절로 불거지는 거지 담장 위 누런 호박덩어리 따위 되는 거지

—「쉰」 부분

이 시의 시적 주체는 자신을 불가능성으로 인식한다. "쉰"의 시적 주체에게 능력이 있다면 그것은 '할 수 없음'의 능력일 것이다. 그러나 '할 수 없음'의 자기 인식이 무능력이라는 자기 부정성으로 나타나지 않으며, 동시에 인생의 순리를 숙명화하는 자기 포기의 태도로 드러나지 않는다. 이은봉 특유의 담담한 어조로 '할 수 있음'에서 '할 수 없음'이라는 변환 지점을 보여준다. 여기에는 '할 수 있음'으로서의 과거가 종결되었다는 시간 의식이 개입되어 있다.

현재는 과거의 시간과 대비적이다. 과거의 시간은 젊음과 혁명의 시간이라는 극대화된 주체의 능력이 가능했던 시간이었다면, 현재는 '할 수 없음'으로서의 자신을 탄생시킨다. 그것은 무능력한 주체가 아니라 겸손한 주체의 탄생이다.

물론 이은봉의 시가 리얼리즘적 미덕을 온전히 배제하고 있지는 않다. 마지막 행에서처럼 "가부좌 틀고 앉아 유유히 세상 내려다보는 거지"라는 표현에서 알 수 있듯이, 시적 주체는 자신의 고고한 시의 왕좌를 완전히 포기한 것은 아니다. 그러나 그 왕좌는 권력을 놓아버린 '할 수 없음'의 겸손한 주체를 위한 자리이다.

과거 리얼리즘 시가 '시란 무엇을 할 수 있는가'라는 계몽적이고 실천적인 질문을 하였다면, 그는 이제 "끝내 가닿을 수 있는 좋은 세상은 있는가, 서방정토는 있는가 더는 묻지 못한다"(「제주 뱃길」)고 고백한다. 이는 이은봉 시의 의미 있는 변환 지점이다. 그것은 시를 통해 "좋은 세상"을

만들고자 했던 시적 주체의 위의를 스스로 낮추고 있다는 사실을 알려준다. '좋은 세상'이라는 유토피아의 건설은 과거의 시간에서 실현될 수 있었던 만큼, 이제 그것의 종결을 선언한 자로서는 더 이상 '좋은 세상'에 대한 확신을 가질 수 없다. 자기 확신과 미래에 대한 낙관적 기대지평은 이제 '시적 진리'가 아니다. 이은봉의 시는 그것을 감지하고 '할 수 없는 자'라는 새로운 주체를 구성하고자 한다.

　이은봉의 시에서 시적 주체의 상황을 단적으로 보여주는 시는「이명」연작이다.「이명」은 부제를 달리하면서 세 편이 게재되어 있다. 그에게 이명은 耳鳴이면서 異鳴이다. 이명은 외부 세계로부터 부여되는 감각 내용이 없다. 그것은 자신의 내부에서 발생되는 소리 감각이지만 실체는 불분명하다. 그 불분명함이 자신의 상태인데, 그는 그것을 자신과 동화하지 않은 이질적인 것으로 여긴다. 그렇기 때문에 "어떻게 하면 귀 뚫을 수 있을까/귀뚜라미, 빠져나오게 할 수 있을까"(「이명－귀뚜라미」)라고 묻는다. 자신의 내부적 사건이지만 그것을 내부로 동화시키지 않고 불편하고 이질적인 것으로 감각한다. 또한 "너무 많이 굴려 죄 닳아버린 탓일까/내 머릿속의 작은 쇠구슬"(「이명－쇠구슬들」)이라고 하면서 그것을 "여린 음절들"이라고 말한다. 오래된 자신의 몸처럼 그 "음절들"은 둔탁하고 노쇠한 언어가 아니다. "여린 음절"이라고 한 데서 알 수 있듯이 새로 태어난 언어들이다. 또한 "문명이 만드는 저 빠른 바퀴소리"(「이명－바퀴소리」)로 감각된다. 이은봉의 시에서 자연은 긍정적 가치를 갖는 이미지들이다. 자연에 반하는 문명의 바퀴 소리로 들리는 이명은 그런 점에서 자신과 동화될 수 없는 부정적인 것이다. 이은봉은 이명을 통해 자신의 내부에서 불화하는 또 다른 자신의 내부를 발견한다. 그것이 전면화된 것은 아니지만, 시적 주체는 '할 수 있음'의 능력이 무화되고, 이질적인 내부를 장착한 불화하는 주체로서 자기를 인식하고 있다.

　그런 점에서 현재의 자기는 젊음과 혁명을 내용으로 하는 과거의 거울을 통해 현재의 자기와 불화하게 된다. 시 「쉼」에서 자신을 '할 수 없음'의 능력뿐인 새로운 주체를 선언하고 있다는 점에서 그러하다.

시집 전체를 압도하는 의미를 갖는 시간성은 사실 과거에 있다. 과거는 현재를 비추는 윤리적 거울이면서 현재를 지탱하게 하는 힘이고, '할 수 없음'이라는 새로운 능력을 갖는 주체를 탄생하게 하는 시간성으로 작용한다. 시집에서 미래의 시간은 그다지 주목받지 않는다. 표제작인 「첫눈 아침」 정도에서만 미래의 시간을 확인할 수 있는데, 이 시에서 미래는 현재의 부정성을 소멸시킬 수 있는 카이로스적인 시간으로 그려지고 있다. "느릿느릿 걸어오는 첫눈 아침"은 "내일 아침"이나 "모레 아침"에나 올 수 있다. "첫눈 아침"이라는 최초의 시간은 현재에는 허용되지 않은 "꿈"과 "희망"의 시간이다. 그런데 마지막 연에서 그것은 "오늘 여기 있지 않아 마음 환하다", "지금 여기 있지 않아 가슴 벅차다"고 말한다. 이는 현재적 시간에 대한 강력한 부정성에서 비롯된다. 그런데 이러한 미래 지평에 대한 신뢰는 이 시집에서는 예외적인 경우라고 할 수 있다. 이은봉의 시는 할 수 있음의 주체에서 할 수 없음이라는 주체를 생성하고 있는 과정에 있다. 그 과정에서 생겨나는 균열 지점이라고 여겨진다.

그의 시론을 집약적으로 보여주는 시 「짜샤, 시라는 놈」을 읽어보자.

시는 항상 피곤과 함께 온다 한 줌의 에너지마저 죄 소진된 시간에 온다 몽롱한 가슴 뚫고 온다

짜샤, 시라는 놈! 쉰쉰 나이를 먹어도, 스물스물 날랜 발걸음으로 온다

또 하루치의 절망을 쌓아올리고 있는 짜샤, 시라는 놈! 온갖 고독을 데리고 온다 항상 비애를 데리고 온다

혼돈의 마음을 밟고 오는 짜샤, 시라는 놈! 저도 많이 외로워 수시로

온몸 떨고 있다.

　　　　　　　　　　　　　　　　　—「쨔샤, 시라는 놈」 전문

　시적 주체에게 시간은 과거와 현재, 미래가 분열 상관적으로 존재한다. 과거의 시간이 젊음과 혁명의 시간이었으며 주체의 '할 수 있음'의 능력으로 좋은 세상을 실현하고자 했던 시간이었다면, 현재는 과거의 빛나던 시간으로부터 절연됨으로써 시적 진리를 실현할 수 없다는 슬픔과 비애로 가득 찬 부정성의 시간이다. 이은봉은 더 이상 미래를 카이로스적으로 여기지 않는다. 미래의 낙관적 전망의 확대의 시간적 계기가 현재의 부정성을 해방시키라는 주체의 욕망을 버리려는 변환의 계기를 갖는다. 물론 리얼리즘적인 것을 신뢰하는 이은봉의 시에서 희망과 꿈으로서의 미래는 여전히 의미 있는 시간으로 남아 있기는 하지만 말이다. 이 균열의 지점이 이 시집의 특장이기도 하다.

　인용시는 시론에 해당되는 시이다. 이은봉에게 시는 과거와 현재, 즉 '할 수 있음'과 '할 수 없음'이라는 주체의 분열된 능력이 실현되는 장이다. 이때 시는 '무엇을 할 수 있는가'라는 질문을 하지 않는다. 시는 좋은 세상을 건설하기 위해 능동적으로 움직이는 왕좌의 지위에 있지 않다. 오히려 모든 에너지가 소진된 시간에만 생성될 수 있는 약자 중의 약자의 자리에서 창조된다. 게다가 온갖 절망과 고독, 비애와 혼돈을 거느릴 때만이 탄생될 수 있다. 이제 시는 '할 수 있음'이 아니라, '할 수 없음'에 가깝다. 절망과 고독, 비애와 혼돈은 능동적인 규범적 가치가 아니라, 수동적으로 부여되는 약자의 고통스런 가치이다. 그것이 무엇을 할 수 있다면 절망과 고독, 비애와 혼돈의 공동체를 구성함으로써 좋은 세상의 바깥을 상상할 수 있는 계기를 부여하는 일일 것이다.

　절망과 고독, 비애와 혼돈이라는 '할 수 없음'의 가치들이 '좋은 세상'을 위해 어떤 시적 재료가 될 수 있을 것인가에 주목하는 이은봉의 시는 리얼리즘적 기제로부터 멀어짐으로써 리얼리즘적 가치를 새롭게 생성하고 있는 중이다. 시란 '무엇을 할 수 있는가'라는 질문은 이제 '무엇을 할 수 없는가' 쪽으로 기울어지는 중이다. 『첫눈 아침』은 그것의 미세하면서도 분명한 기운을 감지하게 한다.

(『현대시학』 2011년 4월호)

다시 지상에서
— 이은봉 시집 『첫눈 아침』

황정산

지난 10여 년 동안 우리 한국 시단은 '미래파'라는 정체불명의 이름에 미혹되어왔다. 정확한 개념도 없고 실체도 없는 이 이름이 우리의 시에 새로운 감수성을 도입하고 언어의 가능성을 넓혀왔음을 부정할 수는 없지만 '미래'라는 말이 주는 최면에 빠져 많은 시인들이 몽유병 환자처럼 자신도 모르는 길을 헤맨 것 역시 부정할 수 없는 사실이기도 하다.

길고 난삽한 산문시가 아니면 낡은 언어가 되고 자극적이고 과장된 표현 앞에 절제된 균형미는 촌스럽다는 딱지가 붙을까 두려워해야 했다. 그래서 나이 든 트롯 가수가 랩을 부르고 모두가 모여 가성으로 정체 모를 재즈를 부르는 형국이었다. 그래야 미래로 가는 타임머신의 차표를 받을 수 있다고 생각된 모양이다. 혹시 미래로 가더라도 촌스럽거나 시대에 뒤떨어지지 않기 위해 열심히 일신우일신해야 한다는 강박에 사로잡혀 있었던 것 또한 사실이다. 그것은 기묘한 일이기도 하고 또한 두려운 일이기도 하다.

최근 간행된 몇몇 시집은 미래로 가는 타임머신에 몸을 맡기지 않고 든든하게 지상에 두 다리를 내딛고 있다. 그러면서 그 지상에 꽃핀 언어의 아름다움을 우리에게 선사한다. 반가운 일이다.

풍경의 소리들 : 이은봉의 시집 『첫눈 아침』

이은봉의 시들은 꿈을 위해 지상을 떠나고 미래를 위해 현실을 벗어나
는 적이 없다. 가령 다음 시를 보자.

> 버석대는 명아주 꽃대궁을 밟으며
> 느릿느릿 걸어오는 첫눈 아침이 있다
>
> 뽀얗게 껍질 벗는 버짐나무 줄기를 걷어차며
> 터벅터벅 걸어오는 아침 첫눈이 있다
>
> 그것들, 오늘 여기 있지 않아 마음 환하다
> 그것들, 지금 여기 있지 않아 가슴 벅차다.
>
> — 「첫눈 아침」 부분

표제작이기도 한 이 작품은 이은봉 시인의 시적 특징이 아주 잘 나타나
있다. 이 시에서 시인은 '첫눈 아침'을 보고 있는 것은 아니다. 그것은 아
직 오지 않았기 때문이다. 하지만 시인은 그 첫눈 아침을 지금의 현장 풍
경에서 바라보고 있다. "버석대는 명아주 꽃대궁"이나 "뽀얗게 껍질 벗는
버짐나무 줄기"는 미래의 풍경이지만 시인의 눈에는 분명한 현장성으로
다가온다.

마지막 연에서 말하고 있듯이 '오늘'과 '여기'가 없어 그것은 미래이지만
그 미래가 의미를 갖는 것은 사실 '지금', '여기'가 있기 때문이다. 시인은
지금, 여기를 부정하는 미래의 가능성을 중시하는 것 같지만 사실은 미래
를 든든한 현실의 관점에서 바라보고 있다. 이은봉의 시들이 현실성을 잃
지 않는 것은 바로 이 때문이다.

그런 이유에서인지, 이은봉의 시집 『첫눈 아침』의 시들을 읽은 느낌은

사진전을 보는 그것과 비슷하다. 그렇다고 현란하게 가공된 예술사진전도 가난과 전쟁으로 점철된 다큐멘터리 사진전도 아니다. 그런 것과는 거리가 멀다. 삶의 현장을 진솔하게 기록한 소박하면서 섬세한 눈을 보여주는 그런 사진전이다.

가령 다음 시를 보자.

> 24시간 편의점이 아니다 24시간 밥집이다 백반천국이다 천국처럼 언제나 불빛 환한 식당이다
>
> 자정이 넘은 시간 죽음을 넘어서기 위해, 죽음과 친해지기 위해, 죽음을 먹기 위해 천국의 밥상 앞에 앉는다 또다시 독상이다
>
> 아무도 살지 않는 천국, 달그닥거리는 젓가락질 소리만 들린다 가끔은 묵은 신문 뒤적이는 소리도 들린다
>
> ──「백반천국」 부분

시인은 '백반천국'이라 이름 붙여진 24시간 밥집 간판을 보고 거기 들어가 밥을 먹는다. 아무 때나 가도 밥을 먹여주는 그곳은 그런 점에서 천국이다. 그러나 아무 때나 그런 식당에서 밥을 먹는다는 것은 쓸쓸하고 고단한 삶을 사는 사람에게 가능한 일이기도 하다. 그런 점에서 '백반천국'은 아이러니이다.

그런데 이 시에서 우리가 눈여겨봐야 할 것은 소리들이다. 백반집의 간판을 보고 그곳의 풍경을 보여주고 그것이 암시하는 삶의 현장을 포착하는 데서 이 작품이 그치고 있지 않다는 것이다. 시인은 현장의 소리를 잡아내고 있다.

다음 시도 마찬가지이다.

푸죽죽이 장맛비 쏟아져내린다
카페 · 풍경에 앉아
풍경 안으로 들어오는 물 젖은 우산들
축축한 티셔츠들
물방울 넥타이들
천천히 바라본다 아직은 그렇게
식지 않은 마음으로
비 개이기를 기다린다
깜박 잠들었나 보다 화들짝 놀라 깨어 보니
계곡물소리 요란하다

—「카페 · 풍경」 부분

현장의 소리를 잡아낸다는 것은 시인이 바로 그 현장에 들어가 동참하고 있다는 것이다. 그런 의미에서 이 시집의 시들을 다 읽으면 최초의 사진전 같은 느낌은 단편영화로 바뀐다. 소리와 움직임이 드러나면서 사진의 풍경들은 우리들의 삶의 현장으로 다시 살아난다. 지상의 삶이 팍팍하지만 그러나 눈물나게 아름답다는 것을 다시 한번 생생하게 일깨워주는 감동적인 단편영화 한 편으로 이 시집은 우리에게 다가온다.

그렇기 때문에 다음 시에서처럼 똥 밟은 날마저 아름다운 경험으로 바뀔 수 있는 것이다.

장마당 저쪽 고개를 돌리면 자꾸만 어지러웠다 동백꽃들 떨어지며 만드는 꽃멍석, 밝고 환했다

더는 머뭇대지 않기로 했다 꽃멍석 쪽으로 발걸음 옮겼다 사는 일 죄 아스라했다.

—「똥 밟은 날」 부분

(『시와시』 2011년 봄호)

꿈과 희망에 대한 새로운 접근

— 이은봉 시집 『첫눈 아침』

문 숙

이은봉 시인의 여덟 번째 시집 『첫눈 아침』이 푸른사상사에서 출간되었다. 엄밀히 따져보면 시인의 자화상에 가깝지 않은 시집이 있을까마는 이번에 간행된 이은봉 시인의 시집 『첫눈 아침』은 좀 더 그런 특징이 두드러져 보인다. 시인의 자서전처럼 느껴지기도 하는 것이 이 시집이라 생각된다. 그가 지금까지 보여주었던 역사의식이나 사회의식을 반영한 시들보다는 시인 자신의 현재적 삶을 주제로 하는 시들을 더 많이 포괄하고 있다는 뜻이다. 특히 쉰을 훌쩍 넘긴 시인의 우울한 정서를 바탕으로 객지를 떠돌며 살아온 삶의 여정을 리얼하게 보여주고 있다. 한 가정의 가장으로서 집안의 경제와 후학 양성을 위해 집을 떠나 혼자 생활하며 겪은 설움과 함께 낡아가는 육신을 자각하는 시인의 서글픈 정조가 강하게 드러난다. 초로의 나이 앞에 서 있는 시인 자신의 삶을 애잔한 시선으로 바라보고 있는 것이다.

시인은 지난 1980년대에는 민주화 운동에 참여하며 민족과 민중을 위한 시를 쓰기도 했다. 그런 그가 언제부터인가 자연과 불교에 심취하며 존재의 본질을 탐구하는 시를 써오더니 이번에는 자기연민을 주조로 하는 시들을 모아 한 권의 시집으로 묶어낸 것이다. 이 시집에 실려 있는 대부분의 시들은 평범한 삶 속에서 자연스럽게 흘러나오는 현대적 자아의 천연한 고백을 담고 있어 진정성과 친근함을 동시에 느끼게 한다. 그렇지만 이 시집에 수록된 시들이 단순히 자기 연민에만 그치고 만 것은 아닌 듯싶다. 먼저 시집 전체의 주된 정서를 대표한다고 생각되는 시 한 편을 찬찬히 살펴보기로 하자.

> 오랫동안 외지를 떠돌다가 돌아온 밤이다
> 긴 장마의 끝, 가슴까지 눅눅해진 밤이다
>
> 유리창에 매달려 있는 물방울들!
> 저도 외로워 동그랗게 몸 오므리며 떨고 있다
>
> 담배 연기로 만드는 따뜻한 도넛들!
> 하얗게 피어오르며 식욕을 돋우고 있다
>
> 몸보다 먼저 침대 위에 눕는 마음들!
> 자갈더미라도 밟은 듯 서걱대는 소리를 낸다
>
> 가슴속 붉은 해당화 열매 저 혼자 붉는 밤이다
> 버리지 못하는 것들 너무 많은 밤이다.
>
> ——「떠돌이의 밤」 전문

　이 시는 겉으로는 고리타분한 사상도 이념도 다 걷어치운 듯한 평범한 생활인의 구체적인 목소리를 담고 있다고 생각되기도 한다. 시인은 외지를 떠돌며 보낸 시간을 "긴 장마"로 보고 있다. 가족과 떨어져 생활하는 시간을 외로움과 그리움으로 인해 축축하고 습기 많은 시간이라고 한다. 따라서 늘 "몸보다 먼저 침대 위에 눕는 마음", 지친 마음으로 살아오고 있는 것이다. 그럼에도 불구하고 시인은 아직도 자신의 "가슴속 붉은 해당화 열매 저 혼자 붉는 밤"이라고 하며 삶에 대한 열정적인 욕망을 드러내고 있다. 시인 자신에게는 아직도 "버리지 못하는 것들 너무 많"다고 진술하고 있는 것도 그 때문으로 보인다. 여기에서 시인이 말하는 지칠 대로 지쳐서도 "버리지 못하는 것들"이란 당연히 욕망하는 그 무엇에 대한 꿈이나 희망이 아니겠는가.

이 시인의 시작법이 지니고 있는 특징이 항용 그렇듯이 이 시에서도 그는 쉽게 의미가 드러나는 표층적인 구성에 만족하지는 않았을 것으로 판단된다. 또 다른 심층적 의미를 담기 위해 치밀하게 구성을 한 흔적을 찾아볼 수 있다는 얘기이다. 말하자면 이 시가 단순히 객지를 떠돌며 살아온 시인의 현실적인 삶만을 형상화한 것만은 아니라는 것이다. 이 시에서 말하는 "떠돌이"의 의미는, 현재적 삶을 통해 존재하는 화자 자신만을 인식하는 데 그치지 않고 수억 겁의 시간을 따라 상을 바꾸며 새롭게 나고 죽는 윤회적인 삶을 살아가고 있는 보편적 존재를 깊이 있게 담아내고 있다고 판단된다. 그리하여 시인이 의도적으로 순환의 원리를 상징하는 동그란 이미지, 즉 "물방울", "도넛", "열매"와 같은 이미지를 길지도 않은 한 편의 시 속에서 다양한 모습으로 보여주고 있는 것이라 여겨진다.

불교에서는 윤회하는 삶 자체를 모두 고통으로 본다. 다시 말해 모든 삶 자체가 고통이라는 것이다. 이 시에서도 마찬가지로 "유리창에 매달려 있는 물방울"의 존재까지도 "외로워 동그랗게 몸 오므리며 떨고 있다"고 할 만큼 존재하는 모든 삶은 외롭고 슬프고 고통스런 것이라 강조한다. 그래서 불교에서는 고통의 고리를 끊는 일, 즉 윤회의 사슬에서 벗어나는 일을 해탈이라고 본다.

그렇다면 어쩔 수 없이 주어진 삶의 본질은 무엇이며, 그것을 시인은 또 어떻게 받아들이며 살고 있는가, 우리에게는 어떻게 살라고 하는가, 뒤를 잇고 있다고 판단되는 그의 이 시집 표제작을 통해 엿보기로 하자.

첫눈 아침, 바윗돌처럼 단단한 한기 품고

시리게 얼어붙은 웅덩이 속 헤매고 있다

아침 첫눈, 하얗게 번져오는 햇살 품고
막 눈 뜨는 시냇가 버들개지 위 떠돌고 있다

너무 추워 큰 귀때기 쫑긋대는 산노루의 걸음으로
첫눈 아침은 내일 아침에나 온다

너무 시려 빨간 코끝 벌룽대는 꽃사슴의 걸음으로
아침 첫눈은 모레 아침에나 온다

내일 모레, 내일 모레, 내일 모레……
반야심경처럼 외워 보는 꿈

모레 글피, 모레 글피, 모레 글피……
법구경처럼 외워 보는 희망

버석대는 명아주 꽃대궁을 밟으며
느릿느릿 걸어오는 첫눈 아침이 있다

뽀얗게 껍질 벗는 버짐나무 줄기를 걷어차며
터벅터벅 걸어오는 아침 첫눈이 있다

그것들, 오늘 여기 있지 않아 마음 환하다
그것들, 지금 여기 있지 않아 가슴 벅차다.

—「첫눈 아침」 전문

이 시는 희망과 꿈이라는 추상적인 관념을 "아침 첫눈과, 첫눈 아침"으로 형상화해 보여주고 있는 수작이다. 시인은 우선 이 시를 통해 삶이란 희망하고 꿈꾸는 무엇을 찾아 "시리게 얼어붙은 웅덩이 속 헤매"듯 고통스럽게 헤매는 일이라고 말하고 있다. 우리를 살게 하는 희망이나 꿈이라고 하는 것은 눈에 보이지도 않고 잡히지도 않는 것이기에 늘 찾아 헤맬 수밖에 없는 일이라는 뜻이다.

모든 희망이나 꿈은 본래 결핍에서 생겨나는 것으로서 이는 또 다른 언표로 인간의 욕망이라고 불러도 틀리지 않다. 하지만 희망이라고 하는 것은 애초부터 이루어지는 순간에 사라져버린다. 시인이 첫 행에서 "첫눈 아침"이라고 했던 것을 다음 행에서 "아침 첫눈"이라고 도치해서 들려주듯 그 구체적인 대상은 이것에서 저것으로, 저것에서 이것으로 바뀔 수밖에 없다. 희망이나 꿈이라고 하는 것은 본래 지금 이 순간에는 절대로 존재하지 않으며 그것들은 항상 먼 곳에 있게 되는 것이다. 그래서 희망이나 꿈을 의미하는 "첫눈 아침은 내일 아침에나" 오고, "아침 첫눈은 모레 아침에나" 온다고 한다. "내일 모레, 내일 모레, 내일 모레……/반야심경처럼 외워 보는" 것이 "꿈"이며, "모레 글피, 모레 글피, 모레 글피……/법구경처럼 외워 보는" 것이 "희망"이라는 것이다.

이처럼 꿈과 희망은 있는 것도 아니요 없는 것도 아니라는 불교적 진리의 특징을 지니고 있다. 꿈과 희망, 이것은 때로 욕망에 의해 태어나지만 고통스런 존재를 살아남게 하는 필요조건이기도 하다는 것을 시인은 이 시에서 구체적인 형상을 통해 보여주고 있다. 따라서 희망이나 꿈은 당연히 우리가 살아가는 삶의 방편이 될 수밖에 없다. 하지만 시인은 여기서 이루어지지 않을 때만 존재하는 것이 희망이고 꿈이라는 새로운 인식을 드러내기도 해 주목이 된다. 그러한 새로운 인식을 드러내기 위해 그는 지금까지 희망과 꿈이라는 당위적인 명제를 시적 형상을 통해 보여주고 있는 것이다. 시인이 "그것들, 오늘 여기 있지 않아 마음 환하"고, "그것들, 지금 여기 있지 않아 가슴 벅차다"고 하는 역설의 미학을 한껏 살리고 있는 것도 바로 이에서 연유한다. 일반적으로 희망과 꿈이란 이루어지기 위해 있고 이루어져야 한다고 믿는 일반적인 가치를 전복시키는 시적 논리에 독자의 하나로서 필자는 놀라울 뿐이다.

　이번 시집에 실려 있는 많은 시를 통해 시인은 삶의 본질은 욕망, 다시 말해 희망과 꿈이며, 그것을 채우기 위해 나날을 살아가는 것이 일상이라는 얘기를 하고 있다. 절대로 삶과는 떼어놓을 수 없는 희망과 꿈. 그러나 이루어지기 전까지의 삶이 정작 행복한 삶이라는 새로운 인식을 전하고 있는 것이 이 시집의 핵심 전언이라 판단된다.

(『문학과창작』 2011년 여름호)

꿈과 희망에 대한 새로운 접근

삼베빛 세계 속의 붉은 슬픔
— 이은봉 시집 『첫눈 아침』

이성혁

이은봉 시인은 1953년생이다. 그는 독재 체제 속에서 반체제주의자로서 청춘을 보냈다. 현재 50대 중반에 이른 그의 시에는 여전히 어두운 역사를 보냈던 청춘 시기의 흔적들이 묻어 있다. 그의 시에는 자본주의적인 현실에 대해 여전히 비판적이고 그 비판을 시에 도입하는 데 거리낌이 없다. 그와 동시에, 근래 발표되고 있는 그의 부정적인 현실 속에서 생활인으로서 살아나가야 하는 비애가 표명되어 있기도 하다. 이은봉 시인이 1984년에 등단을 했다. 어떤 시인의 시세계를 파악하는 데에서 등단 시기는 무시하지 못할 중요성이 있다. 어떠한 문학적 분위기 속에서 시를 발표하기 시작했는지가 그 시인의 개성 형성에 꽤 영향을 끼치기 때문이다.

1980년대에 등단해서인지, 이은봉 시인의 몇몇 근작시에서도 민중시의 리얼리즘 전통의 영향을 느낄 수 있다. 민중시의 리얼리즘적인 서정은, 서정적 주체가 민중이 핍박받고 있는 현실의 어두운 면을 들춰내면서 그 현실과 마주한 주체의 의지와 정동 속에서 발현된다. 이러한 서정을 시에 발현하는 데서 시적 인생을 출발한 이은봉 시인은, 저 1980년대와는 상당히 다른 서정을 보여주는 현재에도 서정적 주체를 시의 전면에 내세우는 시작법은 계속 유지하고 있다. 그렇다. 이은봉 시인이 변화하는 현실을 마주한 주체의 서정을 드러내는 데에 시작의 중점을 두고 있다.

이은봉의 시에는 자본주의가 승승장구하는 현실에서 본격적인 생활인으로 중년을 보내는 마음이 잘 드러나 있다. 그래서인지 그의 이 시에는 시인 자신의 적막하고 쓸쓸한 정서가 밑바탕에 깔려 있다. 이은봉의 여덟 번째 시집 『첫눈 아침』에서는 특히 그러한 정서가 직접적으로 표명이 된다. 이 시집을 관통하고 있는 정서는 시인의 삶을 사로잡아왔던 역사가 이제는 사라져버렸다는 인식과 동시에 오는 상실의 슬픔이다. 「슬픔에 대하여」는 시인의 현 시대에 대한 작금의 인식을 잘 보여준다. 전문을 옮겨본다.

슬픔에 대하여 노래해야 할 때가 왔다 촉촉이 고이는 눈가의 물기에 대하여, 그대 가슴 속 길게 늘어뜨리는 절망에 대하여, 절망의 그림자에 대하여 재잘거려야 할 시대가 왔다

그대 심장을 꿰뚫으며 박수갈채 속으로 튀어오르던 분노의 시대, 혁명의 시대는 갔다

자유의 끝, 오랜 투쟁의 끝, 그 끝으로 옹송거리며 모여드는 슬픔이라고 해도 좋다 이미 그런 비애에 대하여, 죽음에 대하여 노래할 수밖에 없는 시대가 왔다

쇠망치로 머리통을 치던 치떨림의 시대, 온몸이 무너져 내리던 아픔의 시대는 갔다

그런 시대는 당분간 오지 않으리라 그대 역시 슬프고 서럽고 쓸쓸한 마음으로 하루의 아침을 맞이해야 하리라

무너지고 말았다는 생각이, 휴지조각처럼 나뒹구는 눈물이 여기저기 나뒹굴고 있다 발길에 걷어 채이고 있다

'차라리 잘 되었다' 라고 물기 촉촉한 목소리로 말하는 것이 오히려 한 소식인지도 모른다. '차라리 자알 되얏다' 라고 재잘대는 것이……

— 「슬픔에 대하여」 전문

시인은 "혁명의 시대는 갔다"고 탄식하며 이 시대를 규정한다. 혁명을 추구하면서 청년 시절을 보냈던 시인에겐, 혁명의 시대가 갔다는 것은 한 시대의 죽음이고 시인의 패배이며 그래서 슬픔이다. 시인은 혁명의 시대가 갔다는 것을 인정하지 못해왔던 것 같다. 그래서 비애를 노래해 오지 않았을 것이다. 실제로 이은봉의 예전 시집과 비교할 때 이번 시집은 비애의 정서가 시집 전면에 깔려 있다는 점이 도드라진다. 시인은 한 시대가 죽어버렸으며 이제 슬픔을, 비애를, 죽음을 노래할 수밖에 없는 시대에 와 있다고 통절하게 인식하고는, 참고 있던 울음을 한꺼번에 터뜨리듯이 비애와 쓸쓸함의 심정을 이 시집에 풀어놓고 있는 것이다. 청춘을 바쳤던 시대가 죽었다는 것은 이제 시인의 삶에 젊음이 가능하지 않다는 것과 같다. 그래서 시인은 자신의 삶 역시도 이젠 어떤 문턱을 넘었다는 것을, 즉 "더는 뜻 세우지 못하리 더는 어리석어지지 못하리 더는 천박해지지 못하리 더는 사랑에 빠지지 못하리"(「쉰」)라는 것을 허탈하게 인정한다.

혁명이 죽은 이 시대는 저 군부독재 시대와는 또 다른 의미에서 죽음의 시대다. 치열함이 없는 시대이기 때문이다. 그래서 시인은 절망한다. 하여, 이젠 시대도, 시인의 삶도, 이젠 "어디에도 살아 있는 진실은 없"게 되었고, "이미 사라지고 있는 슬픔들만, 역사의 한 귀퉁이가 된 지친 설움들만 도라지꽃처럼 보랏빛 손사래를 치고 있"(「향일암」)을 뿐이다. 시인의 슬픔은 저 설움들이 역사의 진실로서 살아오는 데 실패하여 "역사의 한 귀퉁이"가 되어버렸다는 인식에서 오지만, 한편으로 슬픔은 "보랏빛 손사래를 치"면서 여전히 저기 도라지꽃처럼 존재하고 있는 저 설움들에 정동

(情動 : affect, 감응)되기 때문에 오기도 한다. 즉 "산에서 죽은 사람들, 바다에서 산 사람들 이제는 너무 낡은 역사가 자꾸만 아랫도리를 건드려 불끈불끈 더웠"(같은 시)기에 시인은 슬픔의 정서에 사로잡히는 것이다. 서러운 낡은 역사는 시인을 가만두지 않고 "아랫도리를 건드려" 슬픔에로 감응시킨다. 하지만 그 감응은 시인이 저 낡은 역사를 외면하지 않기 때문에 가능한 것이다. 그래서 시인의 슬픔을 수동적인 정서라고만 말할 수는 없다. 시인의 슬픔은 저 설움들을 계속 외면하지 않고자 하는 무의식적인 의지에서 비롯되는 것이기 때문이다.

시인의 능동성은, 비록 현재는 죽은 시대이지만 죽은 삶은 살지 않아야 한다는 의지로 나타나기도 한다. 결국 한 시대가 무너지고 말았지만, 삶은 계속되어야 한다. 그렇다면 죽은 시대에서의 삶은 이은봉 시인에게 어떠한 삶인가? 그것은 "더는 미끄러지지 않기 위해/안간힘을 쓰고 있"(「용두동 골목길」)는 삶이다. 그 안간힘 쓰기가 시 쓰기일 터, 시를 쓰지 않는다면 그만 미끄러질 것이요, 미끄러진다면 이 죽은 시대의 구렁텅이에 빠져버리게 될 것이다. 죽은 시대에 빠져버린 삶은 죽은 삶이다. 그래서 시인은 미끄러지지 않기 위하여 시 쓰기를 통해 무엇인가를 붙잡고자 한다.

오랫동안 외지를 떠돌다가 돌아온 밤이다
긴 장마의 끝, 가슴까지 눅눅해진 밤이다

유리창에 매달려 있는 물방울들!
저도 외로워 동그랗게 몸 오므리며 떨고 있다

담배 연기로 만드는 따뜻한 도넛들!
하얗게 피어오르며 식욕을 돋우고 있다

몸보다 먼저 침대 위에 눕는 마음들!
자갈더미라도 밟은 듯 서걱대는 소리를 낸다

가슴속 붉은 해당화 열매 저 혼자 붉는 밤이다
버리지 못하는 것들 너무 많은 밤이다.

— 「떠돌이의 밤」 전문

시인이 붙잡은 것은 자기 자신의 현재 모습이다. 이 시대의 구렁텅이로 빠져버리지 않기 위해서, 시인은 저 "유리창에 매달려 있는 물방울들"처럼, 유리창에 비친 자신의 모습에 매달린다. 그 유리창에 비친 모습은 비를 맞으며 외지를 떠돌아다닌, 게다가 꽃구경에 실패하여 지쳐버린 여행자의 그것이다. 그것은 "발걸음 너무 늦어 꽃들 이미 져버렸고, 져버린 꽃잎들만, 떨어져 내린 한숨들만 볼 부은 얼굴로 쪼그려 앉아 있"(「운봉 철쭉」)는 모습이다. 이제 "긴 장마의 끝"에 와서야, 시인은 자신이 외롭게 떠돌아다니는 삶—결국은 꽃들 이미 져버린 삶—을 살았다는 것을 새삼 깨닫는 것이다. 그리하여 시인은 여행자인 자신의 모습에 매달리면서 물방울들처럼 "저도 외로워 동그랗게 몸 오므리며 떨고 있"다. "지쳐빠진 내 生"(「11월」)을 살고 있는 시인은 몸보다 마음들이 "먼저 침대 위에 눕는"다. 그만큼 마음은 지쳐버려서, 수분이 다 빠져버렸는지 마음들이 침대에 쓰러지자 자갈더미를 밟을 때의 "서걱대는 소리"가 날 정도다.

시집을 여는 시인 「봄밤이거늘」에서는 "타향에서 몸 뒤채"다 "여기저기 아"픈 시인의 외로움과 쓸쓸함이 더욱 처연하게 그려져 있다. 이 시에서 마음들이 "서걱대는 소리"는 "아내와 아이들의 흐릿한 얼굴만/가슴 가득 빈 그네처럼 끄덕이"는 소리, "청춘의 근육, 시나브로 가라앉"는 소리로 나타난다. 그 소리는 시인의 귀에 들리는 "아르르," "매화꽃 지는 소리"와 겹친다. 마음들이 "서걱대는 소리"란 꽃이 "아르르" 한꺼번에 지는 소리, 삶이 사라지는 소리와 같다. 삶이 사라지는 소리를 들으며 산다는 것

제3부 시집들 — 움직이는 시정신

은 "꽃잎처럼 흩날리는 지친 마음, 더는 어쩔 수 없이 저 혼자 조용조용 이울고 있"는 삶을 사는 것이다. 이렇듯 시인은 시를 통해 조용히 홀로 이울고 있는 자신의 삶을 붙잡고는 쓸쓸함과 외로움을 토로한다. 이러한 토로에 대해 넋두리라고 할 수 있을지도 모른다. 그래서 시인도 예전 시집에서 이러한 감정 노출을 경계하고 비애를 노래하지 않았을 것이다. 하지만 지금 보고 있는 시인의 이 절절한 토로를 단순히 넋두리라고만 이해할 수는 없다. 사라져버린 시대와 무너져버린 삶의 현재를 이렇게 가감 없이 조명할 때, 시인은 죽음의 시대로 미끄러지지 않을 수 있기 때문이다.

시인의 저 절절한 토로는 그의 현재를 정직하게 드러냄과 동시에, 그의 삶이 죽음의 시대와 거리를 둘 수 있게 해준다. 쓸쓸함과 외로움을 토로하면서, 시인은 죽은 시대로부터 주체성을 유지할 수 있게 되는 것이다. 이는, 그 토로 덕분에 "저 혼자 붉"어서 시인의 쓸쓸함을 더욱 짙게 만들고 있는 "가슴속 붉은 해당화 열매"가 사라지지 않기 때문이다. 저 해당화 열매는 바로 "사라져가고 있는 슬픔들"과 설움들을 의미할 테다. 그런데 시인이 겪고 있는 외로움과 쓸쓸함이 토로되면서, 저 홀로 붉은 해당화 열매의 존재가 드러난다. 시인의 토로는 저 사라져가고 있는 낡은 역사가, 그 혁명의 시대가 저기 외따로 있을지언정 시인의 마음속에 아직 완전히 사라지지 않고 존재하고 있음을 반증하는 것이다. 그리하여 물방울처럼 "동그랗게 몸 오므리"고 있는 시인의 모습은 해당화 열매의 모습과 겹치게 된다. 외로워 웅크린 시인의 삶에서, 시인의 마음속에 저 혼자 붉은 해당화 열매가 유추되기에 그렇다. 한편 반대로 저 열매는 시인의 웅크린 삶이 발열하듯 슬픔과 설움의 붉은빛을 띠고 있다는 것을 가리킨다.

그런데 해당화 열매의 붉은색은, 슬픔과 설움의 절정에서 거꾸로 삶을 다시 살아나갈 수 있는 에너지를 암시해주는 것은 아닐까? 쓸쓸함과 외로움의 절정에 도달했을 때, 그리하여 시인 자신이 저 홀로 붉은 해당화 열매처럼 슬픔들과 설움들의 존재 자체라는 것을 감지했을 때, 그래서 어찌할 줄 모르고 여관에서 "때묻은 베개에 얼굴을 묻"게 되었을 때, 베개가 "아내의 젖가슴처럼 뭉클"(「때 묻은 베개에 얼굴을 묻으며」)하게 시인을 품어주는 어떤 역전이 일어나는 것을 보면 그렇다. 그래서 「떠돌이의 밤」에서의, 그 시의 전체 분위기와 다소 어울리지 않는 "담배 연기로 만드는 따뜻한 도넛들!/하얗게 피어오르며 식욕을 돋우고 있다"라는 진술이 이해된다. 몸 오므리고 떨면서 배고파할 때, 외로움의 극한에서 베개가 아내의 젖가슴처럼 뭉클하게 느껴지는 것처럼, 담배 연기는 도넛 모양을 그리면서 시인의 추위와 허기를 달래주는 것이다. 어떤 상황이 극에 이르게 되면 그 상황은 반대의 상황으로 전화되어 느껴지기도 한다. 그렇기에 이 시대가 죽었다고 하더라도, 그 죽음이 가져오는 극한의 적막함이 또 다른 삶의 생성을 감지할 수 있게 해줄 수도 있는 것이다.

> 삼베빛 저녁볕, 자꾸 뒷덜미 잡아당긴다
> 어지럽다 아랫도리 갑자기 후들거린다
> 종아리에 힘 모으고 겨우겨우 버티고 선 채
> 흐르는 강물, 물끄러미 내려다본다
> 산언덕을 덮고 있는 조팝꽃처럼
> 마음, 몽롱해진다 낡은 철다리조차
> 꽃무더기 함부로 토해 놓는 곳
> 간이매점 대나무 평상 위 털썩 주저앉는다
> 싸구려 비스킷 조각조각 떼어먹으며
> 따스한 캔 커피 질금질금 잘라 마신다
> 초록 잎새들, 팔랑대는 저 아기 손바닥들
> 바람 데려 코끝 문질러댄다
> 쿨룩쿨룩 삼베빛 저녁볕 잔기침하는 사이
> 강마을 가득 들뜬 발자국들 일어선다
> 싸하게 몸 흔들며 피어오르는 철쭉꽃들
> 벌써 물속의 제 그림자 까맣게 지우고 있다.
>
> ──「삼베빛 저녁볕」 전문

제3부 시집들 ── 움직이는 시정신

삼베는 수의의 옷감이다. 그러니 '삼베빛 저녁볕'은 죽음의 분위기를 퍼뜨릴 테다. 그 죽음의 볕은 죽은 시대를 의미할 터, 그 시대는 이 시인의 뒷덜미를 자꾸 붙잡고 그래서 시인은 어지럽고 후들거릴 수밖에 없다. 그리하여 미끄러지지 않기 위해 유리창에 매달렸던 것처럼, 시인은 "종아리에 힘 모으고 겨우겨우 버티고" 서 있다. 하지만 안간힘을 써야 하는 시인의 상태에 아랑곳하지 않고 강물—시대—은 흐른다. 시인은 그 강물을 물끄러미 내려다볼 뿐이다. 그런데 삼베빛은 검은색이 아니다. 죽음을 드러내는 것은 암흑이 아니다. 죽음의 색인 삼베빛은 새하얗지도 않고 누렇지도 않다. 바로 조팝꽃의 빛깔이 삼베빛일 것이다. 조팝꽃 무더기 속에서 시인이 털썩 주저앉은 것은 그 때문이다. 이 찬란한 죽음의 빛깔 속에서 시인은 더욱 몽롱해질 것이기에 더 이상 버티고 서 있을 수 없었던 것이다. 세계는 이렇듯 죽음 속에 싸여 있지만, 그 죽음의 극한에 놓인 세계에서 초록 잎새들이 "들뜬 발자국들"로 "강마을 가득" 일어선다. 이에 더해, 해당화 열매처럼 붉은 철쭉꽃들은 "싸하게 몸 흔들며 피어오르는" 것이다.

죽음을 드러내는 삼베빛과 선명하게 대조되는 저 철쭉꽃들의 붉은색은 역사의 한 귀퉁이로 밀려난 핏빛 설움을 가리킬 것이다. 시대의 죽음이 극한에 이르면 저 핏빛 설움은 다시 "몸 흔들며 피어오르는" 활력으로 살아온다. 삼베빛 조팝꽃에 젖어듦으로 해서, 시인은 반대로 사라져가고 있던 설움의 존재를 감지하고는 그 존재에서 적나라한 생명력을 발견하게 되는 것이다. 시대의 죽음을 극한적으로 인식할 때 삶의 강렬한 붉은 빛이 드러나기 시작한다. 그렇기에 현재는 혁명이 죽은 시대임을 인정하고 또 그 죽은 시대 속에서 느껴야 하는 슬픔과 쓸쓸함과 외로움을 토로하는 시인의 작업은, 그 암담한 상황을 역전하면서 일어서는 생명을 발견하는 일과 통한다. 그 생명은, 시인이 죽은 시대로 미끄러진 삶을 살지 않게 해줄 것이다. 물론 시인이 현 시대에서 혁명의 씨앗을 재발견했다거나 자신의 삶에서 젊음을 되찾았다는 것은 아니다. 시인에 따르면 그러한 시대는 죽었고 슬픔을 받아들여야 한다. 하지만 그러한 슬픔 속에서 죽음의 시간에서 벗어날 수 있는 어떤 시간이, 생명이 생성하는 시간이 싹튼다는 것을 시인은 새로이 인식한다. 「첫눈 아침」은 그 생성하는 시간이 어떠한 성격을 갖고 있는지 보여준다. 전문 인용해본다.

첫눈 아침, 바윗돌처럼 단단한 한기 품고
시리게 얼어붙은 웅덩이 속 헤매고 있다

아침 첫눈, 하얗게 번져오는 햇살 품고
막 눈 뜨는 시냇가 버들개지 위 떠돌고 있다

너무 추워 큰 귀때기 쫑긋대는 산노루의 걸음으로
첫눈 아침은 내일 아침에나 온다

너무 시려 빨간 코끝 벌룽대는 꽃사슴의 걸음으로
아침 첫눈은 모레 아침에나 온다

내일 모레, 내일 모레, 내일 모레……
반야심경처럼 외워 보는 꿈

모레 글피, 모레 글피, 모레 글피……
법구경처럼 외워 보는 희망

버석대는 명아주 꽃대궁을 밟으며
느릿느릿 걸어오는 첫눈 아침이 있다

뽀얗게 껍질 벗는 버짐나무 줄기를 걷어차며
터벅터벅 걸어오는 아침 첫눈이 있다

그것들, 오늘 여기 있지 않아 마음 환하다
그것들, 지금 여기 있지 않아 가슴 벅차다.

— 「첫눈 아침」 전문

"내일 아침에나" 올 "첫눈 아침"은 지금 "버들개지 위 떠돌고 있"을 뿐, 아직 여기에 오지 않았다. 하지만 그 '첫눈 아침'의 부재는, 반대로 그 아침이 현재를 향해 "버석대는 명아주 꽃대궁을 밟으며/느릿느릿 걸어"올 것이며 "뽀얗게 껍질 벗는 버짐나무 줄기를 걷어차며/터벅터벅 걸어"올 것이라는, 그래서 "모레 글피, 모레 글피, 모레 글피"하면서 "법구경처럼 외워 보"게 하는 희망을 품게 한다. 그렇다면, 생명의 부재가 도리어 죽음의 시간을 밟고 걷어차며 환한 생명이 도래하는 희망을 품게 한다고도 말할 수 있다. 즉 환한 생명의 세계라는 희망의 표상이 현재의 삶에 생명을 불어넣는 것이 아니라, 오히려 그 희망이 "오늘 여기 있지 않아 마음 환하"며 "지금 여기 있지 않아 가슴 벅"찬 것이다. 희망이 현재에 생명을 불어넣는 것은 그 희망이 현재 달성되지 않았기 때문이다. 그래서 달성되지 않은 희망이야말로 현재성을 가지게 되는 것이고, 희망을 잃어버리지만 않았다면 죽음의 시대는 죽어 있기 때문에 환하고 가슴 벅찬 삶을 역설적으로 제공할 수 있다. 시대의 죽음을 확인하고 죽은 시대로 미끄러져 떨어지지 않기 위해 안간힘을 다해 시에 매달려 있던 시인은, 이렇듯 그 외로운 상황 자체에서 희망을 어렴풋이 발견하게 되고 생명이 피어나는 삶의 가능성을 인식하게 된 것이다.

(『시현실』 2011 여름호)

이성혁 삼베빛 세계 속의 밝은 슬픔

451

폐허를 울리는 생명의 송가
─ 이은봉 시집 『걸레옷을 입은 구름』

이숭원

시집 뒤에 실린 「시인의 말」을 보니 올해가 이은봉 시인이 세상에 나온 지 60년, 시단에 나온 지 30년이 되는 해라고 한다. 딱 잘라지는 맛이 있어서 60년, 30년이라는 수치의 어감이 좋다. 30년을 한 세대라고 하니 등단한 지 한 세대가 지나고 태어난 지 두 세대가 간 것이다. 그러고 보니 한창 푸르렀던 총각 시절 대전의 어두운 술집에서 세상의 온갖 상소리를 섞어 열변을 토했던 것이 30년 너머의 일이던가. 뿔처럼 솟았던 머리가 얇게 가라앉았으니 세월만 속절없이 흐른 것인가. 나는 많이 변했지만 이은봉 시인은 그리 변한 것 같지 않다. 그는 여전히 안경 너머 재치 있는 눈빛으로 천진하게 웃다가 세상에 처음 듣는 쌍말을 섞어 못된 세월을 욕하던 그때 그 모습 그대로 남아 있다.

시론과 시 창작을 강의하는 교수답게 그는 이 시집의 성격을 간명하게 언급했다. 자연은 다양한 문양으로 기호와 문자를 우리에게 드러내는데, 이 기호와 문자를 읽는 일이 시인의 임무다. 자연의 언어는 신의 언어고 진리의 언어기 때문에 그것을 제대로 포착하기가 쉽지 않다. 그래도 그것을 정성껏 독해하려는 마음으로 시를 쓴다고 했다. 그는 다음과 같이 위엄 있는 말로 글을 끝냈는데, 이 마무리 문장을 보고 그가 회갑에 이르렀음을 확연히 깨달았다. "순수하고, 정직하고, 진실한 마음으로 죽음의 벼랑에 이를 때까지 시의 길을 뚜벅뚜벅 걸어가는 수밖에."

이렇게 당당히 말할 수 있는 사람은 흔치 않다. 나이가 들수록 불순과 허위와 가식이 늘어나는 것이 우리 인생이 아니던가. 나는 시집의 작품을 다 읽고 세상의 불순한 요소에 맞서 그의 당당함을 유지하게 해준 동력이 바로 자연이라고 생각하게 되었다. 자연이 전해주는 암호의 수신과 그 해독 과정을 통해 깨끗하고 곧고 바른 마음이 유지될 수 있었을 것이다. 그런 관점에서 다음 시를 다시 읽으니 자연의 몸짓을 수용하는 시인의 눈길이 예사롭지 않음을 새삼 깨닫게 된다.

> 농협창고 뒤편 후미진 고샅, 웬 낮빛 뿌얀 계집애 쪼그려 앉아 오줌 누고 있다
>
> 이 계집애, 더러는 샛노랗게 웃기도 한다 연초록 치맛자락 펼쳐 아랫도리 살짝 가린 채
>
> 왼편 둔덕 위에서는 살구꽃 꽃진 자리, 얼매들 파랗게 크고 있다
>
> 눈 내려뜨면 낮은 둔덕 아래, 계집애의 엄니를 닮은 깨어진 사금파리 하나, 반짝반짝 빛나고 있고.
>
> ──「민들레꽃」 전문

고샅길에 낮게 피어 있는 민들레꽃을 쪼그려 앉아 오줌 누는 낮빛 뿌얀 계집애로 보려면 삶의 천진성이 있어야 한다. 샛노랗게 웃는 뿌얀 낮빛의 계집애를 정겹게 바라볼 수 있는 여유도 있어야 한다. 세속 욕망에 찌든 눈빛으로 쳐다보면 계집아이는 겁을 내고 울음을 터뜨릴 것이다. 오줌방울을 흘리며 급히 옷을 추스르고 줄행랑을 칠 것이다. 납작하게 주저앉아 어린아이와 하나가 되어 연초록 웃음을 보일 때 아이도 샛노란 미소로

응답할 것이다. 그러한 순연한 교감의 물살 너머로 살구꽃 떨어진 자리에 파랗게 맺힌 살구 열매도 비치고 계집애의 젖니를 닮은 하얀 사금파리도 눈에 들어온다. 지극히 평화롭고 아름다운 정경이다.

　그러나 전체적인 생활의 국면에서 우리가 대하는 자연의 외관이 그렇게 우아한 것은 아니다. 생태계의 전반적인 오염으로 자연의 순연한 생명성이 파괴되어가고 있음을 우리는 여러 가지 각도에서 목격하고 있다. 북극의 얼음이 녹아 서식지를 잃은 백곰들이 빙산 위에 표류하고 있고, 과도한 개발로 살 곳을 잃은 생명체들이 외계인처럼 변이를 일으켜 떠돌고 있다. 자연의 기호를 예민하게 수신하는 시인이 이러한 사실에 무감할 수 없다. 그는 인간 욕망이 만들어낸 문명의 방자하고 잔혹한 마수를 담쟁이 넝쿨로 비유하여 표현했다.

　　　　담쟁이넝쿨을 보면 겁난다
　　　　손만 닿으면
　　　　꾸역꾸역 기어오르는
　　　　사람의 역사가 떠오르기 때문이다

　　　　담쟁이넝쿨처럼
　　　　갈퀴손이 달려 있는
　　　　사람의 문명

　　　　아무리 높은 담도
　　　　갈퀴손만 닿으면
　　　　사람의 오늘은 길을 만든다

　　　　급기야는 달나라에까지
　　　　은하철도를 놓는
　　　　사람의 내일……

담쟁이넝쿨을 보면 무섭다.

— 「담쟁이넝쿨」 전문

인간은 자연 그대로 있는 것을 그냥 두지 않는다. 숲이 있으면 길을 내고 강이 있으면 다리를 놓고 하늘이 있으면 위성을 띄우고 달이 있으면 우주선을 앉힌다. 벽에만 닿으면 기어올라 온 벽을 뒤덮고 지붕까지 장악하는 담쟁이넝쿨처럼 인간의 욕망은 끝이 없다. 북극의 얼음이 녹은 차가운 기류 때문에 봄이 와도 눈보라가 날리고 반대쪽 지역은 무더위와 홍수로 난리가 난다. "무엇이 봄의 발목을 잡고" 있는 것일까? 죽어도 사라지지 않을 인간의 간악한 욕망이다. 인간은 본래 전적으로 사악한 존재는 아닌데, 문명의 성취가 가져다준 쾌락이 마음속 선한 바탕을 훼손해버렸다. 이것을 시인은 "사람들의 마음 속 벽시계까지/빈대떡처럼 찌그러진 지 오래다"(「발목 잡힌 봄」)라고 표현했다.

「달의 가출」과 「걸레옷을 입은 구름」은 생태계 오염과 자연 파괴의 실상을 우화적으로 표현한 작품이다. 상처투성이의 달이지만 그래도 달은 아픈 몸으로 내 안에 들어와 봄꽃을 피우고 여름 숲을 이루었다. 그러나 달의 병환이 깊어져 생명의 터전을 잃게 되자 내 몸을 떠났고 달이 가출한 몸은 꽃도 숲도 없는 삭막한 빌딩으로 가득 채워졌다. 생명의 윤기를 잃은 내 몸을 음산한 빛깔의 불안이 장악하고 근심과 걱정이 증식하여 힘을 잃은 다리가 후들후들 떨린다. 내가 병들자 내 몸을 떠난 달도 환한 낮빛을 잃고 찡그린 얼굴로 하늘 한쪽에 팽개쳐져 있게 되었다. "달은 이제 검게 파헤쳐진 마을이나 우두커니 내려다보고 있을 뿐이었다."(「달의 가출」)고 시인은 지나가는 말처럼 적었지만 그 쓰라린 비통함은 이루 말할 수 없었을 것이다.

이제 달과 나와의 교신도 끊어질 위기에 처했다. 달과 나를 이어주던 구름도 중병이 걸렸기 때문이다. 불안한 불면의 밤을 지내며 달과의 교신을 간절히 바라고 있지만 구름은 고름 덩어리가 되어 걸레옷을 입고 온 갖 중금속을 내장에 감추고 있다. 바람이라도 불어와 오염된 구름의 걸레 옷을 벗겨내주면 좋겠는데 바람도 제 구실을 못하고 "잔뜩 인상을 찡그린 채 도시의 뒷골목을 어슬렁대고 있는 조폭 똘마니 같은" 꼴을 하고 있다. 내 몸의 숨결이 막히고 모든 생명체의 안식과 숙면이 저지된다. "잠들지 못하면 어떤 영혼도 바로 숨을 쉬지 못한다 그렇게 죽는다."(「걸레옷을 입 은 구름」)는 발언은 생태계 파괴의 끝판을 차갑게 예고하고 있다. 생명현 상이 사라져가는 부재의 공허감을 「옛집」과 「빈집」에서 역시 냉정한 시선 으로 묘파했다.

이런 마당에 자연이 전해주는 신의 음성을 해독해보겠다는 시인의 뜻 이 실현될 수 있겠는가? 자연이 철저하게 유린되고 수탈되어 넝마가 되고 걸레가 되었는데 신의 음성이 남아 있기는 한 것인가? 그 음성이 스며들 우리 영혼이 잔존해 있기는 한 것인가? 시인은 관찰과 사색을 통해 죽음 의 단면을 돌파할 수 있는 예지에 도달하는데 그것은 삶과 죽음이 분리된 것이 아니라 공존의 동체라는 인식이다. 삶과 죽음의 이원적 인식을 해체 하고 그 둘을 하나로 보는 독특한 인식론의 수립이다. 그것을 표현한 작 품이 「살아 있는 죽음」과 「죽음들」, 「시체창고」, 「셋집」 등의 시편들이다.

살아 있다고? 지금, 아직, 정말?
그렇다니까 팽팽하게 살아 있다니까
자, 보라고, 으음 제법 싱싱해 보이는군
말랑말랑 부드럽기도 하고
보라니까 네 몸에도 죽음이
덕지덕지 붙어 있잖아 죽음투성이잖아
어깨 위 하얗게 쏟아져 내리는
저 살비듬 좀 봐 매일같이
시체를 내뱉고 있잖니 몸이라는 게

그렇잖니 자, 보라고
나도 마찬가지라니까 자꾸만 발뒤꿈치에서
각질이 밀려나오고 있잖아
손가락 끝에서는 날카로운 손톱이
발가락 끝에서는 뭉툭한 발톱이
크고 있다니까 자, 나를 좀 보라고
머리에서는 머리카락이 자라고 있잖니
저 주검들 말이야 저 시체들
생의 오랜 껍질들이지 네 몸에도
이처럼 죽음이 살고 있다니까
삶이 곧 죽음이잖아 이미 죽음이
여기저기 도사려 있다니까
색즉시공이고 공즉시색이지
그것들 바로 깨닫고 실천하기까지는
침묵할 수밖에, 그냥 눈 딱 감을 수밖에
천천히 죽음을 살 수밖에 없다니까.

— 「살아 있는 죽음」 전문

　　우리 몸에는 이미 수많은 죽음들이 내포되어 있으며 산다는 것은 끊임없이 죽음과 삶이 반복되는 현상이다. 지금 이 순간에도 우리 몸에는 헤아릴 수 없이 많은 세포가 죽어가고 동시에 그만한 수효의 새로운 세포가 탄생한다. 죽음과 삶이 공존하며 그 둘의 관계가 무한히 반복되는 것이 생명현상이고, 죽음과 삶이 결합되어 있는 공간이 바로 생명체다. 우리의 몸 안과 바깥에 무수한 미생물들이 우리와 함께 살고 있다. 이러한 인식은 자연 훼손과 생태계 파괴를 단순한 죽음으로 보는 시각에서 벗어나 '생명의 기원'을 탐색하는 자세를 갖게 한다.

　　생명의 기원. 이것은 매우 중요한 말이다. 이것은 보편적이고 궁극적인 철학적 탐색의 출발을 의미하기 때문이다. 고대 희랍의 철학자들은 우주 만물의 근원이 무엇인가를 두고 오랫동안 심각하게 고민했다. 어떤 이는 만물의 근원을 물이라 했고 어떤 이는 불이라 했으며 어떤 이는 원자라 했고 어떤 이는 네 가지 원소라 했다. 이은봉 시인 역시 물이 생명의 고향이라고 생각하여 두 편의 시 「물의 비밀」과 「나는 물이다」를 썼다. 이 시들은 앞의 부정적 자연현상의 음울한 국면과는 달리 훨씬 밝고 유연한 상상의 화폭이 펼쳐진다. 물의 자유분방한 움직임은 생명의 유연성을 그대로 반영하고 자본의 횡포와 문명의 도발에 저항하고 도전할 수 있는 역동성을 상징하기도 한다. 이 물의 상상은 고대 희랍의 철학자로부터 동양의 제자백가에 이르기까지 숱한 사람들이 공유했던 사유이기에 그리 새롭다고 하기는 어렵다. 그러나 만물의 기원이 돌이라고 한 사람은 없다. 그런 점에서 돌을 "생명의 집"으로 인식한 이은봉의 시 「생명의 집」과 「돌 속의 집」은 누구에게든 독창적이라는 평을 들을 만하다.

> 돌은 아버지의 집이다 아버지는 처음 돌 속에서 나왔다 아버지의 아버지의 아버지, 아버지, 아버지……
> 부서져 흙이 되는 돌, 나도 돌의 문을 열고 나왔다
> 마늘과 양파를 키우는 돌, 벼와 보리를 키우는 돌, 암탉과 칠면조를 키우는 돌, 소와 돼지를 키우는 돌
> 돌을 먹고 나는 또 하루를 살고 있다 죽음을 먹고 나는 또 한 세상을 살고 있다
> 돌 속에서 아버지를 꺼낸 것은, 주검 속에서 나를 꺼낸 것은 오랜 바람이다 물이다 햇볕이다 시간이다
> 시간이 돌을 쪼개, 흙을 으깨 나를 세상에 나오게 한 거다 시간의 부름을 받을 때까지는, 돌로 흙으로 돌아갈 때까지는 눈망울 반짝이며 이 세상 건너갈 수밖에 없다
> 돌은 생명의 집이다 생명은 돌의 문을 열고 나온다 돌은 생명의 생명의 생명, 생명, 생명……
> 부서져 흙이 되는 돌, 부서져 식량이 되는 돌, 아들도 손자도 증손자도 돌의 문을 열고 나왔다
>
> ― 「생명의 집」 전문

여기서 돌은 흙의 원형이자 모태다. 부서져 흙이 되는 것이 돌이기 때문에 돌이 마늘과 양파, 벼와 보리 같은 식물을 자라게 하고, 암탉과 칠면조, 소와 돼지를 기른다고 했다. 시간이 흘러 바람과 물과 햇볕에 의해 돌이 흙이 되지만 태초의 원형은 부서진 흙이 아니라 견고한 고체인 돌이다. 시인은 모든 선조가 돌의 문을 열고 나왔고 모든 후손도 돌의 문을 열고 태어날 것이라고 했다. 그래서 돌은 "아버지의 집"이요 "생명의 집"이다. 우리는 흙과 바람과 물과 햇볕의 세월에 길들어 돌이 생명의 집이라는 것을 잊고 산다. 중금속에 오염되어 불그죽죽 녹슬어 보이는 돌이이만 처음 화산의 용암으로 용출되었을 때는 세상 모든 것을 녹이고도 남을 뜨거운 생명의 도가니로 불타올랐을 것이다.

　타오르던 싱싱한 불기운이 사그라졌으므로 인간은 자연의 근원으로 직접 다가가기 어렵게 되었다. 자연은 문명의 폐해로 상당 부분 생명력이 유실되었고 자연의 병변은 나에게도 여러 가지 질병을 일으킨다. 자연과 우주의 불균형이 내 몸의 이상으로 전달되는 것이다. 그런 의미에서 자연과 내 몸 사이에는 기상대의 역할을 하는 매개자가 있는 것 같다. 비가 내리려 하면 몸이 쿡쿡 쑤시고 구름이 짙게 끼면 심장이 두근거리고 머리가 지끈거린다. 자연의 이상을 내 몸의 통증으로 알려주는 기상대가 자연과 나 사이에 존재하는 것이다. 귀에 이명을 일으켜 매미울음 소리를 연신 울리는 것도 기상대의 작용이다. 자연이 정상을 되찾으면 내 몸도 균형을 잡고 정신도 맑아진다. 까르르 웃기도 하고 기쁨에 젖어 콧노래를 흥얼거리기도 한다. 우리 몸의 일거수일투족이 모두 자연과 연결되어 있어서 내 몸은 자연의 변화를 감지하는 기상대의 역할을 한다. 때로 기상대는 안마사 역할을 할 때도 있다. 내 몸의 흐름을 파악하여 적절한 신호를 보내고 내 몸의 구석구석을 긴 손가락으로 어루만지는 안마사. 자연이 우리 몸에 안마사나 기상대 역할을 맡기는 것은 다행스러운 일이다. 그것은 자연이 우리를 완전히 포기하지 않았다는 증거다. 우리의 과도한 욕망이 자연의 균형을 잃게 했지만 자연은 우리를 버리지 않고 여러 가지 신호로 몸의 병변을 지적하여 더 큰 파국을 막을 것을 경고한다. 이러한 생각을 담은 시가 「안마사」와 「기상대」다. 이런 시적 상상도 자연과 인간의 관계를 깊이 명상한 데서 얻어진 독창적인 발상이다.

시인은 촉수를 예민하게 세우고 자연에서 전해오는 갖가지 신호를 가능한 한 정밀하게 해독하려 한다. 이미 자연의 순수성이 훼손되었기에 자연의 속삭임이 우리에게 순연하게 도달되지 못하는 일이 많다. 등불 환히 켠 산수유꽃의 아름다움도 "마른버짐 피어오르는"(「저 산수유꽃」) 수척한 얼굴에 제대로 젖어들기가 힘들다. 자연과의 동화가 그렇게 쉬운 일이 아니다. 자유농원 들마루에 온갖 꽃들이 피고 지지만 꽃으로 얼룩진 서책은 "소리 내어 읽어도, 좀처럼 이해되지 않는다."(「봄꽃들」) 때로는 생명의 환희가 아픔으로 다가오고 생명의 찬란한 의미를 완전히 체감하지 못하는 미완의 상태에 머물게 된다. 그만큼 자연은 전일적 생명력을 온전하게 유지하지 못하고 있다. 그렇다고 우리의 노력이 중단되어서는 안 된다. 우리의 생명이 피어 나온 곳이 자연이고 우리의 육신이 돌아갈 곳도 자연이기 때문이다. 여기서 시인은 "생명의 알"을 상상한다. 껍질이 깨어져야 생명체로 태어나는 알. 알에서 태어나는 생명체는 껍질이 깨지는 아픔이 있고 껍질에서 벗어나 홀로 나아가야 할 외로운 슬픔의 길이 있다. 알에서 태어났다가 다시 알을 낳는 생명의 순환은 생의 아픔과 슬픔을 숙명의 형태로 끌어안는다.

  천둥이 치고 번개가 쳐야 生의 껍질은 깨지지 生의 껍질이 깨져야 알
은 태어나지
  生의 알……, 알에서 태어나는 生은 외롭지 슬프지 아프지
  바퀴가 달려 있기 때문이지
  바퀴는 돌고, 도는 바퀴의 축에는 '떠돌이' 라는 굵은 글씨가 새겨져 있지
  더러는 '나그네' 라는, 더러는 '낙타' 라는 글씨가 새겨져 있기도 하지

'아버지' 혹은 '고향' 따위의 글씨는 새겨져 있지 않지

바퀴가 달려 있는 알의 生, 한번 구르기 시작하면 글씨는 금세 사라지지

구르는 알의 生은 하나의 까만 점, 멈출 줄 모르지

멈추면 흙 속으로, 대지 속으로 아름답게 미끄러지는 거지 어머니의

자궁 속, 딱딱한 알의 껍질을 뒤집어쓰는 거지

껍질을 깨고 다시 밖으로 튀어나올 때까지는

미끄러지지 않기 위해서라도 바퀴는 구르지 구를수록 눈덩이처럼 커

지며 신화와 전설을 만드는 알의 生,

끝내 저를 깨뜨려 밖으로 튀어나오는 알의 生, 때가 되면 그도 멈추게

마련이지 바퀴에 구멍이 나기 마련이지

같으면서도 다른 生이 시작되는 거지 아들의 아들의 아들의 生……

아들의 生도 마찬가지지 그 또한 새로운 바퀴를 단 채 앞으로 달리지

그렇지 모든 생은 다 달리지 달리는 生은 외롭지 슬프지 아프지.

― 「生의 알」 전문

우리의 생은 아픔과 슬픔을 태생의 조건처럼 지니고 있다. 천둥이 치고 번개가 쳐야 생명이 탄생하는 것이다. 태어난 생명은 알 수 없는 바퀴를 타고 세상으로 나아가게 되어 있다. 태어난 곳을 떠나 거친 세상을 떠돌고 때로는 태어난 곳도 잊어버리고 어느 먼 세상으로 헤맨다. 떠돌고 헤매다 어느 자리에 이르러 자신이 그러했던 것처럼 알을 낳는다. 새롭게 태어난 알 역시 그 부모가 그러했던 것처럼 보이지 않는 앞을 향해 나아간다. 세상에 태어난 생명체의 순환이 이러하다. 그렇게 생명의 순환이 일어나고 인간의 일이 이어지고 역사가 전개된다. 모든 생은 앞을 향해 달리게 되어 있고 달리는 생은 모두 외롭고 슬프다. 이렇게 생의 아픔과 슬픔을 존재의 징표로 받아들이게 되면 우리 몸에 일어나는 잡다한 변화의 기미를 넘어설 수 있다. 자연 파괴의 실상에 마음이 시달려 우울과 번민에 휩싸이는 데서 벗어나 자연의 내부로 들어가 아직 생명의 온기를 유지하고 있는, 때로는 생명의 불꽃을 키우고 있는 작고 순연한 생명체들의

눈부신 아름다움을 정밀하게 바라보는 눈이 열리게 된다. 「빈집」과 「옛집」의 자폐적 공허감에서 벗어나 빈집을 채우는 텃새의 생명력을 발견한다. 시인은 텃새의 생명의 발성을 "신의 목소리"라고 했다.

> 옛집, 무너진 담벼락 아래
> 함부로 흩어져 있는, 블록 벽돌 속
> 너무도 익숙한 텃새 두 마리
> 번갈아 드나들고 있다
> 날카로운 부리에는
> 메뚜기, 잠자리, 풀여치 따위
> 죽어도 좋다, 온몸 파닥거리며
> 꽈악, 물려 있다
> 거칠 것 없는 햇살들
> 두충나무 넓은 이파리를 뚫고
> 팍팍, 터져 내리는 늦여름 오후,
> 샛노란 새끼들의 주둥이
> 드높은 하늘을 향해
> 쫙쫙, 벌리고 있다
> 목청을 높이고 있다
> 짜식들, 발가락까지 샛노랗다
> 옛집, 허물어진 담벼락 아래
> 멋대로 나뒹구는 블록 벽돌 속
> 거기, 집의 집 있다
> 쪼르르, 찍찍, 짹짹
> 찌르르, 뽀짝뽀짝, 뽀오
> 어린 신의 목소리 즐겁다.

―「집의 집」 전문

다 무너진 옛집 깨진 벽돌 사이에 둥지를 튼 두 마리 텃새가 번갈아 먹이를 물어 새끼들의 주둥이에 넣어준다. 겉으로 보면 담벼락 허물어지고

블록 벽돌 함부로 뒹굴고 있어 폐허 같아 보이지만 이 텃새 가족에게는 더없이 아늑하고 소중한 보금자리다. 여기서 우리는 자연을 지금까지 인간의 관점으로만 보아온 데 대해 반성할 필요가 있다. 인간보다 적응력과 생명력이 강한 생명체들은 생명이 깃들 수 있는 곳이면 어디든 스며들어 생명의 기운을 발동시킨다. 눈에 잘 뜨이지도 않는 미물이지만 그 속에 내장된 생명의 신비는 신의 몸놀림을 보여주고 신의 목소리를 들려준다.

　이제 생명의 부한한 축복을 자신의 온몸으로 받아들이려는 신생의 몸짓이 활기차게 솟아난다. 그는 이제 기상대의 조종을 받는 병든 몸이 아니며 안마사의 조율을 받는 육신의 노예도 아니다. 그는 자연의 벗이며 자연의 이웃이고 자연의 애인이고 자연 그 자체다. 그의 시 「막」은 자귀나무 꽃잎과 자신 사이에 아무런 경계가 없다고 노래한다. 자귀나무 분홍 꽃잎과 하나가 되어 건들바람을 따라 살랑대고 겨드랑이 아래로 푸른 꽃망울을 밀어올리고 성숙의 계절을 따라 사랑의 열매가 익어간다. 「참나무들」은 참나무 숲의 미끈한 "초록 선사"들이 푸른 생명의 혀로 절망과 고통, 슬픔과 우울을 정겹게 쓰다듬어주는 원시 생령들의 한바탕 즐거운 놀이판을 상상한다. 이미 그 자신이 참나무 숲의 일부가 되어 그들의 깊고 아름다운 마음에 동참하고 있음을 암시하고 있다.

　이러한 동화와 공감의 장면은 「상수리나무들아」에서 더욱 심화되어 상수리나무를 쓰다듬고 안아보고 들쳐 업는 상상의 동작을 통해 상수리나무의 온기 속으로 내가 젖어들고 그 숨결이 내 몸으로 스며들어 상수리나무 껍질 속에 살고 있는 작은 풍뎅이나 어린 집게벌레들의 움직임도 환히 눈에 보이는 것 같고 내 몸에 상수리나무 냄새가 그득히 퍼져 흘러넘치는 것 같은 경지를 노래한다. 여기서 더 나아가 「솔바람 소리」는 솔바람 소리를 상상의 축으로 삼아 생명의 무한한 자유와 드넓은 포용력과 집착 없는 초탈과 걸림 없는 조화의 경지를 구가하는 찬란한 교향악을 창조했다. 오감이 총동원된 자유자재의 만다라 앞에 생태계나 문명의 문제를 거론하는 것은 의미가 없는 일이다. 눈부신 우주 교향악의 선율에 몸을 맡기고 우리도 솔바람 소리와 함께 꽃 피고 새 우는 들판과 계곡으로 자유롭게 유영해가면 될 것이다. 30년 시력에 이런 경지에 이른 것은 결코 우연이 아닐 것이니 잠시도 쉬지 않았을 수행정진에 고개를 숙일 뿐이다. 그의 구도의 길이 더 큰 보람으로 이어지기를 빌며 책 뒤에 붙이는 작은 글을 마친다.

(이은봉 시집 『걸레옷을 입은 구름』 해설, 도서출판 b, 2013)

조수초목의 시학
— 이은봉 시집 『걸레옷을 입은 구름』

공광규

    이은봉의 이번 시집에 자주 등장하는 시어들이 있는데, 바로 조수초목(鳥獸草木)의 이름들이다. 그래서 이 글을 '조수초목의 시학'이라고 붙여본다. 귀가 순해진다는 이순에 들어 지난 시들과 다르게 몸이 자연산수와 가까워지고 조수초목과 친해지는 모습이 화문석 문양처럼 시집에 박혀 있다.

    공자는 『논어』 양화편에서 시는 "새와 짐승과 풀과 나무의 이름을 많이 알게 한다(多識於鳥獸草木之名)."라고 하였다. 시에 새, 짐승, 풀, 나무의 이름이 많이 있어서, 시를 공부하면 이런 것들을 많이 알게 되어 세상살이에 유익하다는 말이다. 그래서 공자는 자신이 기원전 11세기에서 6세기까지 내려오는 좋은 시를 편집한 『시경』을 가지고 제자들을 교육했다. 시를 열심히 공부하면 세상에 나가서 교제를 하고 돈을 벌고 정치를 하고 어버이와 자식 노릇을 하는 데 별문제가 없다는 것이다.

    당연히 이은봉의 시를 읽어가면서 조수초목이 많이 등장하는 『시경』의 시편들이 떠올랐다. 정약용의 둘째 아들인 정학유(1786~1855)가 『시경』에 나오는 조수초목을 분류하여 설명한 『시명다식』에 의하면, 305편의 시에는 식물 170종과 동물 156종이 나온다. 물론 이은봉의 시편들에도 이러한 조수초목들이 만만치 않게 등장한다. 그의 시에 대체로 초목들이 다수이나 조수들도 비유적으로 여럿 등장한다.

> 그래요 달은 깃털 샛노란 꾀꼬리지요
> 부리조차 샛노랗지요 달은
> 어두운 밤하늘 환하게 쪼아대다가
> 그만 지쳤나 봐요
> 우리 집 베란다에까지 날아와
> 플라스틱 창들을 쪼아대고 있네요
> 샛노란 깃털을 뽑아
> 주방 안에 자리를 펴는 것을 보면
> 달은 배가 고픈가 봐요
> 으음, 꾀꼴대는 소리가
> 꼬록대는 소리로 들리네요
> 베란다에서 저절로 크는
> 꽃사과의 자잘한 열매들에까지
> 부리 자국 또렷하네요
> 먼 하늘나라에서 날아와
> 내 가슴 콕콕 쪼아대는 꾀꼬리 달
> 이렇게 사랑 나누는 것이지요
> 꾀꼬리 달은 다리가 셋이군요
> 삼족오의 피를 받았나 봐요
> 그래요 달은 깃털 샛노란 꾀꼬리지요

—「꾀꼬리 달」 전문

달을 "깃털 샛노란 꾀꼬리"로 비유하고 있다. 달과 꾀꼬리가 노랗다는 색깔의 유사성과 반달이 되기까지 외형의 유사성을 비유로 끌어다 쓴 밝고 아름다운 심상의 시이다. 이은봉의 인품을 투영하는 듯하다. 그렇다, 꾀꼬리는 창작자의 아름다운 마음이 투영된 형상물이다. 그런데 이 새가 아름다운 것은 "어두운 밤하늘을 환하게 쪼"았기 때문이다. 그냥 주어진 그대로 태어나거나 주어진 아름다움이 아니라 고통으로 단련된 노력의 결과물로서 아름다움이다. 옥의 원석을 갈아서 아름다운 그릇을 만든 절차탁마의 자아인 것이다. 달을 쪼아서 부리까지 온몸이 노랗게 물이 든 이 꾀꼬리는 온몸으로 자신을 고통스럽게 밀고 온 자아의 구체적 형상이다. 비유적 상징으로서 꾀꼬리인 것이다.

그러나 이러한 아름다운 자아도 항상 하늘에만 떠 있을 수 없다. 사람이 있는 곳으로 날아와야 한다. 하늘의 자유로운 공간에서 날아다니고 내려다보던 꾀꼬리는 베란다에 내려와 창틀을 쪼고, 틀을 뽑아서 주방 안에 깐다. 물론 이것은 달빛의 심상화이다. 달빛이 지상과 베란다와 주방에 부리로 쪼이고 있다는 것이다. 이런 달빛은 베란다에서 키우고 있는 꽃사과 열매 위에도 앉아 있는데, 열매에 난 상처를 달빛이 형상화된 꾀꼬리가 쪼아서 난 것으로 감각화한다.

이러한 달빛은 화자의 가슴을 콕콕 쪼기도 한다. 가슴을 쪼는 것, 이것이 사랑의 본래 모습일지도 모른다. 사랑은 자기가 자신의 가슴을 부리로 쪼는 것이다. 동양의 신화에서 삼족오는 태양에 사는 검은 새이다. 이와 대응하여 달에는 두꺼비가 산다고 한다. 그런데 화자는 왜 달을 형상한 꾀꼬리가 삼족오의 피를 받았다고 할까? 아마 삼족오에서 상징으로 쓰이는 천지인의 조화, 세 발의 안정을 희구하는 창작자의 사상과 감정이 달의 심상에 안착한 것으로 보인다. 신화의 관습적 태도를 위반하여 독자에게 낯선 심상을 제공하려는 표현 전략인 것이다. 아래 시「고슴도치」역시 봄밤의 심상을 고슴도치로 형상하고 있는「꾀꼬리 달」과 같은 구조의 시이다.

복사꽃이 지고 배꽃이 지고, 촉촉이 이팝꽃이 피기 시작하면, 봄밤은 절로 고슴도치가 된다

온몸 웅크린 채 날카로운 비늘을 뾰쪽뾰쪽 내미는 봄밤, 무서워라 잠은 근처에도 오지 못한다

은비늘에 찔릴까 봐 파랗게 질리는 잠, 시간이 잠을 불러내 진하게 키스를 해도 잠은 늪에 빠져 허우적댈 생각을 하지 못한다

연거푸 술잔을 비우고서도 잠은 눈망울을 하얗게 반짝거리고 있다

창밖 하늘에는 미황사 백모란처럼 낯빛이 흰 달이 옛 여자의 얼굴을 하고 내려와 불안에 떨고 있는 잠을 내려다보고 있다

거기 읽던 책 접어두고 아파트 베란다로 나와 달 밝은 하늘, 둥두렷이 둘러보는 옛 사내도 있다

이 모습 지켜보는 사내의 멍한 마음도 더불어 있다. 사내의 마음속에도 고슴도치 봄밤의 은비늘은 자란다

어디선가 둥둥둥 북소리 들린다 삼족오들 몰려와 북채를 들고 두드리고 있는가 보다.

— 「고슴도치 봄밤」 전문

불면의 봄밤을 아름다운 비유로 심상화한 작품이다. 그러니까, 창작자는 복사꽃이니 배꽃이 지고 이팝꽃이 피기 시작하는 봄밤의 풍경을 고슴도치로 형상하고 있다. 봄밤에 잠을 못 이루는 이유를 고슴도치의 날카로운 털 때문에 잠이 가까이 오지 못하는 것으로 감각화하고 있다. 날카로운 심경 때문에 잠이 오지 않는 불면의 밤을 고슴도치의 뾰족한 털로 비유를 하는 즐거운 심상의 발견이다. 술을 먹어도 잠은 오지 않고, 하늘에 "미황사 백모란처럼 낯빛이" 아름다운 흰 달이 옛 여자의 얼굴처럼 내려다보이지만 잠이 오지 않자, 화자는 베란다로 나가 달을 바라본다. 이런 화자에게 들리는 삼족오들의 북소리들은 무슨 의미일까? 환청일까? 왜

삼족오들은 화자에게 몰려가 북을 두드릴까? 위 시 「꾀꼬리 달」에서 언급되는 삼족오와 관련되어 물어볼 수밖에 없다.

위 시에서 복사꽃, 배꽃, 이팝꽃, 백모란 등의 경우처럼 이은봉의 시에는 수목의 꽃들이 많이 등장한다. 다른 시들에서도 산수유꽃, 살구꽃, 동백꽃, 산벚나무꽃, 목련, 개나리, 벚꽃, 진달래꽃, 오동꽃, 아까시꽃, 모란꽃 등 수많은 수목의 꽃들이 반복하여 나타난다. 그러나 이은봉의 시에서 조수초목 가운데 가장 많이 등장하는 이름은 화초들이다. 민들레꽃, 꽃다지, 제비꽃, 강아지풀, 망초꽃 등 많은 이름들이 반복하여 등장한다. 시의 문장 곳곳에 등장하는 화초들을 들여다보면 이은봉의 인식세계를 여는 단초를 붙잡을 수 있다. 그의 아름다운 세계를 갈무리한 시 「강아지풀」을 보자.

> 밭두둑의 흙은 강아지풀의 집이지요
> 강아지풀은 흙 속에서 살지요
>
> 밭두둑의 강아지풀은 흙의 대문이지요
> 강아지풀을 여닫으며 흙은 숨 쉬지요
>
> 흙의 대문 위에 이슬이 맺혀 있군요
> 강아지풀, 모처럼 세수를 했나 보네요.
>
> ― 「강아지풀」 전문

농촌 밭두둑에서 흔히 만나는 강아지풀. 꽃대궁에 강아지 꼬리처럼 털이 나 있다. 바람이 불면 반가운 듯 살랑살랑 흔드는 모습이 강아지가 반가운 사람을 만나 꼬리를 흔드는 모습이다. 화자는 강아지 꼬리를 닮아서 강아지풀이라고 이름이 붙어진 이 식물의 집이 흙이라고 한다. 흙은 만물을 함유하고 있다가 씨앗을 받아들여 식물을 키운다. 모든 식물은 흙에서 자란다. 사람조차도 흙에 발을 딛고 있어서, 흙을 발판으로 자란다고 할 수 있다. 어쩌면 사람의 다리는 발은 발가락은 움직이는 뿌리와 유사하다. 그러니 아마 모든 생물은 흙을 모태로 하고 집을 삼아 사는 존재일지도 모른다.

2연에 와서는 거꾸로 강아지풀이 흙의 대문이 된다. 흙은 강아지풀을 통해 숨을 쉰다는 것이다. 풀이 없는 흙은 죽는다. 흙과 강아지풀은 서로 상보 작용을 하면서 생명을 유지하는 것이다. 풀이 없으면 흙이 죽고, 흙이 없으면 식물이 살 수가 없다. 이 서로가 서로를 살리는 상생의 원리가 흙과 강아지풀, 강아지풀과 흙 사이에 작용하는 것이다. 이러한 상생의 결과는 영롱한 이슬로 승화된다. 창작자는 이슬을 통해서 생태계에서 일어나는 상생의 아름다운 결과를 이슬로 극화하고 있다. 이순을 맞은 시인이 흙과 구체적인 강아지풀을 통해 상생의 의미를 인간에게 던지는 비유적 전언이다.

> 상수리나무들아 상수리나무 둥치들아
> 너희들이 좋구나 너무 좋아 쓰다듬어도 보고, 끌어안아도 보고, 그러
> 다가 상수리나무들아 상수리나무 둥치들아
> 나, 너희들 들쳐 업는구나 너희들, 나 들쳐 업는구나
> 우거진 잎사귀들 속, 흐벅진 저고리 속
> 으흐흐 젖가슴 뭉개지는구나
> 상수리나무들아 상수리나무 둥치들아
> 그렇구나 네 따뜻한 입김,
> 부드러운 온기 속으로
> 나, 스며들고 있구나 찬찬히
> 울려퍼지고 있구나
> 너희들 숨결, 오래오래 은근하구나
> 상수리나무들아 상수리나무 껍질들아
> 껍질 두툼한 네 몸속에서 작은 풍뎅이들, 속 날개 파닥이고 있구나 어
> 린 집게벌레들, 잠꼬대하고 있구나
> 그것들, 그렇게 제 몸 키우고 있구나

내 몸에서도 상수리나무 냄새가 나는구나
쌉쌀하구나 아득하구나 까마득히 흘러넘치는구나.
— 「상수리나무들아」 전문

상수리나무는 창작자가 어린 시절을 보낸 충남 공주에서 많이 본 수종일 것이다. 어린 시절 상수리나무 아래서 상수리를 줍고, 사슴벌레를 잡고, 풍뎅이들을 가지고 놀았을 것이다. 그러다가 어른이 된 어느 날 고향이거나 타향의 어느 상수리나무 아래서 상수리나무 둥치를 쓰다듬어도 보고 끌어안아도 보고 등으로 기대도 보았을 것이다. 그러나 상수리나무는 거꾸로 화자를 업고 고향의 어린 시절로 데리고 간다. 어려서 같이 성장하여온 상수리나무는 노화된 화자의 몸과 같이 육화되어서 그 친근성이 "으흐흐 젖가슴 뭉개지는" 에로티시즘으로까지 전화된다. 화자는 상수리나무의 따뜻한 입김과 온기와 숨결을 느낀다. 이러한 체취들은 껍질 속에 풍뎅이와 집게벌레들을 키운다. 상수리나무가 자기 몸을 키우는 방식은 작고 어린 벌레들을 몸속에 넣어서 키우는 것이다. 그러면서 동시에 화자는 "내 몸에서도 상수리나무 냄새가 나는구나" 하고 독백한다. 상수리나무와 인간의 일체이다. 상수리나무가 곧 인간이고 인간이 곧 상수리나무라는 순환의 생태적 원리를 창작자는 화자를 통해 설파하고 있는 것이다.

우리 관습으로 회갑, 환갑의 나이를 공자는 이순(耳順)이라고 하였다. 귀가 순하다는 이 말은 무엇을 들어도 잘 받아준다는 나이이고, 많이 들어야 한다는 뜻일 수도 있다. 세사의 굉음을 비판하던 이은봉은 이번 시집에서 조수초목의 청음을 시로 옮기고 있다. 조수초목이 모인 곳이 숲이다. 숲은 다 조수초목을 받아주어야만 숲을 이룰 수 있다. 마치 인자(仁者)와 같다. 그래서 인자는 산을 좋아한다고 했는지 모른다. 귀로 세상의 음성을 다 받아주는 나이인 이순과 숲은 어딘지 모르게 닮은 데가 있다. 숲의 식구들인 조수초목을 시의 품으로 감싸 안는 이은봉은 시에서 곤충과 균과 향기까지 기른다. 아래 시 「숲의 식구들」에서 우리는 그것을 확인할 수 있다.

숲의 식구들들 다 물과 불에서 태어난다 물은 땅에 스며 습기를 만들고, 불은 하늘로 솟아 향기를 만든다

꽃이 피면 공중에 향기가 일고, 꽃이 지면 땅에 습기가 찬다

향기가 키우는 벌과 나비들
습기가 키우는 곰팡이와 박테리아들

숲은 벌이며 나비며 곰팡이며 박테리아들을 섞어 풀이며 나무며 새며 짐승들을 기른다

숲의 식구들에게는 날개가 있다 땅으로 가기 위해 날개를 퍼덕이며 하늘로 간다 쑥향 솔향 오디향 가득한 곳으로.

— 「숲의 식구들」 전문

(『현대시학』 2013년 8월호)

자신 밖에서 자신 보고 지구 밖에서 지구 보기
─ 이은봉 시집 『걸레옷을 입은 구름』

문 숙

    이은봉 시인의 아홉 번째 시집 『걸레옷을 입은 구름』이 올 상반기에 실천문학에서 나왔다. 「시인의 말」을 빌리자면, "세상에 나온 지 60년, 시단에 나온 지 30년"이 되는 해에 펴낸 시집이다. 회갑년이라는 의미도 크지만 등단 30년이라는 시력은 결코 짧은 세월이 아니다. 그가 시인이 되기 이전 문학 공부를 해온 시간까지 합치면 평생을 시를 쓰며 살았다고도 볼 수 있다.

    이러한 의미가 더해진 이번 시집에서 나타나는 주된 특징은 인간과 자연을 아우르는 생태적 상상력이다. 시집 전반에 걸쳐 있는 시인의 생태주의 사상은 앞서 펴낸 시집에서 보여주었던 불교 사상의 뒤를 잇고 있다. 인간과 자연, 너와 내가 둘이 아닌 하나라는 자타불이 사상을 근간으로 하는 생태적 상상력이 이번 시집의 핵심이라 볼 수 있다. 자본주의의 발달과 물질적인 풍요를 욕망하며 인류가 끝없이 자연과 생태계를 파괴하고 있는 오늘날 시인은 무엇보다 자연을 지켜내는 일이 시인의 임무라 여긴 듯하다. 그리하여 달과 구름을 비롯하여 우주 공간에 있는 여러 자연물들을 시적 제재로 하여 순수한 자연으로 돌아가자는 메시지를 전한다고 생각된다.

저 초록 선사들, 수천 년 닦아온 사람들의 길, 지우다가 지쳤는지
반짝거리며 숲 가운데 아름다운 문자들 만든다
빛나는 의미들, 참나무들까지 저처럼 깊은 마음 지니고 있다니
이 초록 선사들에게 나는 내 절망이며 고통도 좀 살펴보라고 내뱉듯이
한마디 한다
곧이어 뻔하지 집으로, 고향으로 돌아가고 싶지, 시큰둥한 말소리 들
려온다
어느새 혓바닥 내밀어, 어미 소가 어린 송아지 핥듯, 내 뺨이며 목덜미
마구 핥아대는 저 원시의 생령들

—「참나무들」부분

이 시편에서 시인은 참나무(자연)를 초록선사라고 지칭한다. 인간이 만
들어놓은 길들을 끝없이 지우는 구도자로 표현하고 있다. 인간이 만든 길
이란 무엇인가, 즉 자연을 정복하기 위해 만든 길 아니겠는가. 사람들이
만들어낸 작은 숲길 하나까지도 따져보면 자연을 괴롭히는 일이다. 지금
까지 인류의 발전을 위해 만든 길이라는 것들이 결국 오늘날엔 자연은 물
론 인간 스스로를 황폐화시켰다고 할 수 있다. 그렇지만 자연은 그러한
인간들의 행위를 선사처럼 묵묵히 견디고, 인간이 만든 허물을 지워내며
다시 "빛나는 의미를" 그려낸다고 표현하고 있다.

하지만 시인은 어깃장 부리듯 인간의 입장에 서서 볼멘소리를 내기도
한다. 오늘날 "내 절망이며 고통도 좀 살펴보라고 내뱉듯이 한마디 한다."
난들 이런 결과를 갖기를 바랐겠냐는 식의 투정인 것이다. 이러한 시인의
물음에 초록선사는 "뻔하지"라는 말과 함께 "집으로, 고향으로 돌아가고
싶지"라고 "시큰둥하게" 대답한다. 이는 인간 '본래의 자리'인 자연으로서
의 인간으로 돌아가기를 원하지 라는 말을 의미한다고 볼 수 있다. 그러
면서 마치 "어미 소가 어린 송아지 핥듯" 자연이 시인을 쓰다듬어준다고
나타내고 있다.

인간과 자연이 주종관계가 아닌 공생관계라는 인식과 함께 서로를 지켜내기 위해서는 무엇보다 인간의 끝없는 욕망에서 벗어나는 길만이 가능한 일임은 말할 필요가 없을 것이다. 따라서 시인은 우리 모두가 자연으로서의 인간으로 되돌아가는 길만이 자연을 지키고 인간을 지키는 길임을 강하게 나타내고 있는 것이다. 이는 인간 자신의 순수한 본성을 되찾아야한다는 의미와 다르지 않으며, 시인이 말하는 자연이란 인간의 본성까지를 함의한다고 볼 수 있다. 이러한 의미를 담아내기 위해 시인은 여러 자연적인 소재 가운데서도 '달'이라는 이미지를 자주 등장시킨다. 달은 그의 다섯 번째 시집『내 몸에는 달이 살고 있다』이후 가장 많이 나타나고 있는 특징이다. 시속에서 그녀라고 지칭되는 달은 시인에게는 "안마사" 역할을 하는 시적 에너지원이다. 지쳐 있는 시인의 "몸 구석구석을 어루만져주고" 위무해주는 동반자 같은 존재임을 나타낸다.

　　수억만 년을 거쳐도 한결 같은 모습으로 세상을 비추이는 달. 지구와 떨어져 존재하면서도 지구를 위해 끊임없이 영향을 주고받는 달을, 시인은 우주 속에 존재하는 또 하나의 커다란 자연으로 보는 동시에 순수의 상징, 즉 인간 본성의 이미지로 나타낸다고 생각된다. 다시 말해 달이란 실체를 가까이 할 수는 없는 존재이지만, 달이 내뿜는 빛을 통해 우리가 눈으로 감각하고 깊이 있게 느낄 수 있는 지구 밖에 존재하는 또 다른 커다란 자연물인 것이다. 그동안 과학적인 탐구를 통해 인간의 관점에서 달은 형이상학적인 존재에서 형이하학적인 존재로 전환된 실체지만, 이은봉 시인의 시속에서는 사물의 본성을 의미하는 시적 이미지로도 작용한다. 그리하여 "내 몸속에는 달이 살고 있다"거나 "달의 가출"이라는 시에서 알 수 있듯, 달은 일반적인 자연물을 넘어 시인 자신의 참 자아의 이미지로도 표상되고 있는 것이다.

　　배꼽을 타고 흘러 들어온 상처투성이의 달이 처음 내 몸에 둥지를 틀

었을 때는 아직 한가한 봄날이었다

뚝뚝 피를 흘리면서도, 심하게 다리를 절룩이면서도 내 몸에 살림을 차린 달은 산수유꽃을 피우고 청매화꽃을 피웠다.

복사꽃이 피고, 살구꽃이 필 때까지만 해도 달은 제 안의 밝은 빛을 데리고 환하게 웃엇다 하얗게 이빨을 드러내며 달은 내 몸의 파릇파릇 피어오르는 숲을 향해 촉촉이 내려앉고는 했다.

그런 날이면 달은 나를 꾀어 '서라모텔'로 가고 싶어 안절부절 못했다

그렇게 쩔쩔매던 달도 지나친 공사와 건설과 매연으로 장미꽃이 지고 라일락꽃이 지자 더럭 짜증을 내기 시작했다

…(중략)…

달은 끝내 내 몸을 버리고 가출을 했다 도를 얻기 위해 출가라도 한 것일까 영영 달은 돌아오지 않았다

그런 후였다 내 몸은 문득 도시의 빌딩들로 가득 채워졌다 시냇물도 흐르지 않았고 꽃도 피지 않았다

…(중략)…

달은 이제 검게 파헤쳐진 마을이나 우두커니 내려다보고 있을 뿐이었다.

— 「달의 가출」 부분

달이 배꼽을 타고 흘러 들어왔다고 하는 것은 어머니와 연결되어 있던 탯줄을 의미하며 인간의 근원 혹은 본성을 구체화시키는 시적 진술이라 볼 수 있다. 따라서 달은 태초의 순수했던 시인의 영혼을 의미하고 있는 것이다. 그러나 "지나친 공사와 건설과 매연으로 장미꽃이 지고 라일락꽃이 지고//달이 가출을 했다"고 말한다. 즉 자신의 지나친 욕망에 의해 순수한 영혼(본성)을 잃어버렸다고 말하고 있는 것이다. 이후 시인 자신의 몸은 "도시의 빌딩들로 가득 채워져/시냇물도 흐르지 않았고 꽃도 피지 않았다고" 하며 스스로 망가져버렸다고 진술하고 있다.

여기서 시인의 몸이라고 하는 것은 거듭 말하지만 시인 개인의 몸인 동시에 하나의 지구를 나타낸다고 볼 수 있다. 그리하여 내 몸을 떠나버린

"달은 이제 검게 파헤쳐진 마을이나 우두커니 내려다보고 있을 뿐"이라고 진술한다. 이제는 멀리 떨어져버린 달과 교신하는 일까지도 어려워져버린 상황에 있는 것이다. 시인과 달 사이의 교신을 방해하는 것은 다름 아닌 "납과 수은과 카드뮴"을 지닌 구름이다. 즉 인간 본성에 이르는 길을 가로막는 것은 지나친 인간의 욕망인 검은 감정들 때문이며, 인간과 자연의 관계를 멀어지게 하는 것은 산업 현장에서 만들어지는 환경 오염 물질을 포함하고 있는 검은 구름 때문인 것이다. 이러한 검은 구름이 시인과 달 사이를 끝없이 방해하고 있다는 애기이다. 이렇듯 이 시에서 달은 중의적인 의미를 띠고 나타난다. 이런 특징이 드러나는 것은 이 시인의 고도의 시적 전략 때문이라고도 볼 수 있다.

구름이 이리저리 몰려다니며 자꾸 나와 달 사이의 교신을 끊는다 걸레옷을 입은 구름……
교신이 끊기면 나는 달에 살고 있는 잠의 여신을 부르지 못한다
옛날 구름은 그냥 수증기, 수증기로는 나와 달 사이의 교신을 끊지 못한다.
오늘 구름은 고름덩어리, 걸레옷을 입은 구름은 제 뱃속 가득 납과 수은과 카드뮴을 감추고 있다
이제 내 숨결은 달에게로 가지 못한다 달의 숨결도 내게로 오지 못한다
달과 숨결을 주고받을 수 있어야 잠의 여신은 숨결을 타고 내려와 내 몸을 감싼다
잠의 여신이 내게로 내려오지 못하는 것은 구름이 제 뱃속에 납과 수은과 카드뮴을 감추고 있기 때문이다
구름, 제가 무슨 중화학공장 출신이라도 되는가
이처럼 오염된 구름을 두고 바람은 지금 어디서 무엇을 하고 있는가
양손에 비닐장갑을 낀 채 아직도 길을 잃고 헤매는 한심한 바람이라니
잔뜩 인상을 찡그린 채 도시의 뒷골목을 어슬렁대고 있는 조폭 똘마니 같은 녀석이라니

구름은 여전히 이리저리 몰려다니며 나와 달 사이의 교신을 끊는다
교신이 끊기면 달에 살고 있는 잠의 여신은 내게로 오지 못한다
기름때에 찌든 걸레옷을 입은 채 나와 달 사이에 철판 세우고 있는 저
구름을 어쩌지
끝내 바람이 구름의 걸레옷을 벗기지 못하면 누구도 잠들지 못한다
하느님조차도 눈 부릅뜬 채 몇 날 몇 밤을 깨어 있어야 한다
잠들지 못하면 어떤 영혼도 바로 숨을 쉬지 못한다 그렇게 죽는다.
— 「걸레옷을 입은 구름」 부분

검은 구름 때문에 서로의 숨결에 다다르지 못하고 있는 시인과 달, 즉 인간과 자연의 문제를 해결할 수 있는 것은 시인의 말처럼 무엇보다 '바람'이라는 존재이다. 바람은 무형체의 존재이지만 보이지 않는 힘으로 타자를 움직이게 함으로써 자신의 존재를 증명해 보이는 감각적인 물질이다. 따라서 바람이 상징하는 것은 강한 운동성을 지닌 힘을 말한다고 볼 수 있다. 이러한 힘이란 개인의 경우, 자기 자신의 내부에 감춰져 있는 또 다른 자아이거나 양심 같은 것을 나타낸다고 생각되며, 사회적인 관점에서 보자면 지도층이나 글의 힘으로 바람을 일으킬 수 있는 시인 같은 존재를 두고 하는 말이 아닐까 생각해볼 수가 있다.

그리하여 시인은 "바람은 지금 어디서 무엇을 하고 있는가" 라며 나무란다. 오염된 검은 구름을 단번에 날려버릴 만한 힘, 즉 개인 내부의 의기충전한 에너지, 또는 자본의 논리에 의해 치닫고 있는 우리 사회의 잘못된 가치 체계를 흔들어버릴 만한 사회적인 차원에서의 운동성이 없음을 시인은 안타까워하고 있는 것이다. 그리하여 시인은 그러한 힘을 발휘할 수 있는 존재들을 향해, "양손에 비닐장갑을 낀 채 아직도 길을 잃고 헤매는 한심한 바람이라니/잔뜩 인상을 찡그린 채 도시의 뒷골목을 어슬렁대고 있는 조폭똘마니 같은 녀석이라니" 하면서 질타한다. 즉 자기 눈앞에 보이는 것이나 생각하며 뒷골목이나 어슬렁대는 생각이 없고 의기가 없

는 자들을 향해 강하게 나무라고 있는 것이다. 이는 오염된 개인과 오염된 사회환경을 방관하고 있는 시인 자신을 비롯한 사회 지도층에 있는 자들을 향해 질타하는 목소리로 이해해도 좋을 것이다. 오염된 세상을 바꿔놓을 에너지, 즉 '바람'의 행위 주체를 시인이라고 볼 때, 시인이 해야 할 구체적인 행위란, 내적으로는 자기 수행 같은 것일 수 있으며 사회적으로는 현실 의식을 지닌 시를 쓰는 일이 그것일 것이다.

지금껏 시를 통해 본 시인의 모습은 과거 어느 때보다도 시적 대상을 바라보고 관찰하는 눈길이 맑고 순수하다고 생각된다. 『걸레옷을 입은 구름』이라는 이번 시집 제목에서도 알 수 있듯 아이의 눈높이에서나 가능한 비유나 발상들이 아름답게 형상화되고 있다. 오늘날 이렇듯 오염된 세상을 바꾸기 위해 시인이 할 수 있는 일이란, 거리로 뛰쳐나가 피켓을 들고 목소리를 높이기보다는 이렇듯 맑고 순수한 눈으로 발견한 진리를 통해 독자를 설득하고 이끌어야 한다는 것쯤 시인이 모를 리 없기 때문이다. 회갑의 나이에 들어선 시인이 어른이면서 아이 같은 눈으로 이렇듯 대상을 순수하게 바라볼 수 있는 능력은 쉽게 지닐 수 있는 것이 아니다. 수행자들도 오랜 시간 몸과 마음을 갈고 닦아야만 가능한 경지라고 한다. 이은봉 시인의 시력 30년은 시라는 도구를 통해 자신을 연마한 시간이었으리라 짐작해볼 수가 있다.

> 밭두둑의 흙은 강아지풀의 집이지요
> 강아지풀은 흙 속에서 살지요
>
> 밭두둑의 강아지풀은 흙의 대문이지요
> 강아지풀을 여닫으며 흙은 숨 쉬지요
>
> 흙의 대문 위에 이슬이 맺혀 있군요
> 강아지풀, 모처럼 세수를 했나 보네요
>
> ― 「강아지풀」 전문

사물의 본질은 아이 같은 순수한 눈으로 대상을 바라볼 때 어렵지 않게 읽어낼 수가 있다. "밭두둑의 흙은 강아지풀의 집"이라거나 "밭두둑의 강아지풀은 흙의 대문"이라서 "강아지풀을 여닫으며 흙은 숨 쉰"다고 하는 인식은 아이 같은 맑은 눈으로 대상을 바라보았기에 가능한 것이다. 이 시편을 통해 말하고자 하는 것은 모든 생명을 이루는 것들은 모두 유기적으로 얽혀 있음을 나타내고 있다. 강아지풀이 존재하기 위해서는 흙이 필요하며 흙도 숨을 쉬기 위해선 강아지풀이 필요한 존재임을 말하고 있는 것이다. 여기에서 중요한 것은 시인이 무생물로 규정되어 있는 흙을 생물로 인식하고 있는 점이다.

사실상 식물을 키워내는 흙은 모래 알갱이나 점토로만 되어 있는 것이 아니라, 수많은 박테리아를 중심으로 여러 미생물을 포함한 물질이다. 이러한 미생물이 식물의 생장을 돕고 영양분을 만들어내는 동시에 미생물은 다시 유기물을 받아먹고 살아간다. 따라서 식물과 흙은 서로 공생하는 관계에 있는 것이다. 이러한 흙을 시인은 하나의 커다란 생물로 인식하고 있음을 볼 수 있다. 생물과 무생물은 따지고 보면 과학의 영역에서조차도 구별하기가 매우 어렵고 애매한 점이 많다고 한다. 그러나 불교적인 관점이나 시적인 관점에서의 무생물은 생물과 다름없이 인식된다. 이는 단순히 보고, 듣고, 냄새 맡고, 맛을 보고, 느끼고, 생각하는 많은 것들이 갖는 한계를 알기 때문이다. 즉 인간의 감각이나 과학적인 탐구만으로 도달하지 못한 세계가 또한 존재하리라 믿기 때문인 것이다.

> 무생물은 생물의 집, 모든 유기물은 무기물의 집에 산다 죽음은 삶의 집, 모든 삶은 죽음의 집에 산다 모든 살아 있는 것들 죽어있는 것들에 묻혀 산다
>
> 무생물을 먹고 사는 생물
> 무기물을 먹고 사는 유기물

그렇게 死는 生의 집
그렇게 死를 먹고 사는 生

무생물을 떠나 저 혼자 독야청청하는 생물은 없다 무기물을 떠나 저
혼자 드높은 유기물은 없다 죽음을 떠나 저 혼자 우뚝한 삶은 없다 생물
은 무생물의 집, 모든 무기물은 유기물의 집에 산다
— 「살아 있는 것들의 집」 전문

위의 시편은 시인이 생물과 무생물, 유기물과 무기물의 불가분의 관계
를 시적 진술을 통해 나타내고 있다. "죽음은 삶의 집, 모든 삶은 죽음의
집에 산다"고 진술하며 生과 死가 둘이 아닌 하나임을 나타낸다. 그리하
여 삶과 죽음에 대한 인식의 범위를 확장시키고 있는 것이다. 또한 "생물
은 무생물의 집/모든 무기물은 유기물의 집에 산다"고 하며, 무기물 없는
유기물도 없고 유기물 없는 무기물도 없는 관계임을 말하고 있다. 즉 생
물 없는 무생물도 없고 무생물 없는 생물도 없다는 것이 이 시편을 통해
시인이 전하고자 하는 전언인 것이다. 따라서 이 우주공간에 존재하는 모
든 것들은 서로 영향을 주고받는 관계임을 나타내며 생과 사를 하나로 보
는 동시에 생물과 무생물의 경계까지 지워내는 것을 알 수 있다. 이러한
일원론적인 사상은 시인이 "지구 밖에서" 세상을 바라보는 관점을 취했을
때 주어질 수 있는 것이다.

생태학자 김종철은 아폴로 우주선이 달에 갔다 온 사실에 대해, "인류
에게 어떤 기여가 있었다면 역사상 처음으로 외계에서 지구를 볼 수 있었
다는 점"이라 평가한다. 이는 지구를 멀리서 바라봤을 때 공만 한 크기에
"무척 아름답고, 작고, 가냘프게 보였다"는 조종사의 말을 빌려, 지구라는
별을 하나로 보게 한 점이 매우 중요한 가치라 적고 있다. 이 계기로 인해
쉽게 전 지구적인 관점을 취할 수 있다는 사실에서 그 의의를 찾는다. 지
구는 하나라는 것, 그리고 그것은 우리 생존의 절대적이면서 어디까지나

유한한 체계라는 것이 아폴로 계획을 통해 과학적으로 입증된 사실이라 말하고 있다. 즉 다른 존재 다른 생명으로 보이는 것들이 결코 나와 상관 없는 존재가 아니라 내 생명의 일부로 보는 관점을 갖게 된 점을 중요하게 다루고 있는 것이다.

> 지구 밖에서 지구 보네
> 시간 밖에서 시간 보네
>
> 아침저녁 풀피리를 불며 열리고 닫히는 저 큰 진흙덩어리, 봄에는 파랗게 태어나 겨울에는 검게 죽는 저 큰 설움덩어리, 이제는 식어빠진 불길로 아픈 목숨 겨우 이어가고 있네 죄 많은 도시의 불빛들, 어지럽게 키우고 있네 급기야 제 몸 황황히 태우고 있는, 서서히 무너뜨리고 있는 저 큰 잿더미……
>
> 역사 밖에서 역사 보네
> 지구 밖에서 지구 보네.
>
> ―「지구 밖에서」 전문

대상을 제대로 읽어내기 위해서는 대상과 떨어져서 바라봐야 한다. 숲을 보겠다고 숲 속으로 들어가면 숲이 아닌 나무만 보게 되는 것처럼 대상을 떼어놓고 바라봐야 전체를 볼 수 있다. 그리하여 시인은 "지구 밖에서 지구를 보고/시간 밖에서 시간을 보며//역사 밖에서 역사를 본다"고 말하고 있는 것이다. 시인은 지구 밖에서 바라보는 지구에 대해, "커다란 진흙덩어리"라거나 "설움덩어리"라 말하며 "이제는 식어빠진 불길로 아픈 목숨 겨우 이어간다고 진술한다." 또한 "급기야 제 몸 황황히 태우고 있는 큰 잿더미"라고 하며 지구에 대해 상당히 비관적인 진단을 내리고 있다. 오늘날 환경오염에 시달리는 지구는 그만큼 위험에 처해 있는 게 사실이다. 그럼에도 불구하고 자연을 넘어서는 인간의 욕망이 무분별하게 계속되는 한, 작든 크든 자연에 대한 인간의 괴롭힘도 계속될 것이다. 어쩌면 이 둘의 관계는 끝없이 괴롭히고 끝없이 갈망하게 되는 관계로 이어지게 될지도 모를 일이다. 그리하여 끝내 지구가 자멸하는 순간을 맞이하게 될지도. 그러나 이 지구상에 시인이 존재하는 한 그런 결과는 오지 않을 것이다. 자신 밖에서 자신을 보고 지구 밖에서 지구를 보는 이은봉과 같은 시인이 있는 한, 꾸준히 자연을 노래하며 보이지 않는 바람처럼 욕망으로 치닫는 세상 사람들을 끝없이 흔들어댈 것이기 때문이다.

(『불교문예』 2013년 가을호)

보이지 않는 슬픔, 그 부드러운 역설

— 이은봉 시집 『걸레옷을 입은 구름』

김영미

1. 슬픔의 미세한, 마른 조각들에 대하여

슬픔은 개인의 가장 깊은 내면에서 정제된 보석일 수 있다. 그것은 고요하며, 빛나며, 존재를 정화시킨다. 우리는 슬픔이 존재할 수 없는 시대를 살아가고 있다. 일상들은 슬픔으로 정제될 틈도 없이 바쁘고 급하게 지나간다. 그 속에서 빗겨나 천천히 세상을 바라보는 자, 그에게만 슬픔은 존재한다.

그것은 때로 처연하며, 비루하며, 아름답다.

> 어깨 위 하얗게 쏟아져 내리는
> 저 살비듬 좀 봐 매일같이
> 시체를 내뱉고 있잖니 몸이라는 게
> 그렇잖니 자, 보라고
> 나도 마찬가지라니까 자꾸만 발뒤꿈치에서
> 각질이 밀려 나오고 있잖아
> 손가락 끝에서는 날카로운 손톱이
> 발가락 끝에서는 뭉툭한 발톱이

크고 있다니까 자, 나를 좀 보라고

　　　　　　　　　　　　　　　　　—「살아 있는 죽음」부분

'나'는 다만 '살비듬, 손톱, 발톱'으로 존재한다. 살아 있으되 죽은 자로, 삶의 외피에서 초라하고 건조한 모습으로 있다.

시인은 초라한 자신의 모습을 건조하게 드러낸다. 타인에게 자신의 부끄러운 살비듬, 손톱, 발톱을, 그 초라함을 보여준다. 그리고 "자, 보라고", "자, 나를 좀 보라고" 시비를 걸듯 우리에게 대든다.

이제 초라한 자신의 삶은 죽음과 등가를 이룰 만큼 익숙하다. 그 '죽음'으로부터 살비듬과 손발톱의 각질로 굳어 물러나고 있는 것들이 몸에 저장된 오래된 슬픔이라는 것을 쉽게 유추할 수 있다. 몸 깊이에 오래 각인되었다가 물러나는 슬픔의 잔재들을 시인은 '죽음'으로 호명한다.

　　내 몸은 시체 창고, 아직 살아 있다 생명들 들끓고 있다 들끓기 위해 수많은 주검들, 삼키고 있다.

　　세 사발의 밥, 세 대접의 국, 콩자반, 무김치, 배추김치, 꼴뚜기젓, 구운 김, 우엉볶음, 콩나물무침, 갈비찜……

　　끓이고 지지고 볶은 것들, 이미 죽은 것들, 죽어 슬금슬금 되살아나는 것들, 내 몸은 끊임없이 주검들, 위장 속으로 받아들인다.

　　　　　　　　　　　　　　　　　—「시체 창고」부분

이제 죽음은 시체 창고로 확대되어 도처에 널브러져 있다. "세 사발의 밥", "국", "콩자반", "꼴뚜기" 등의 초라한 일상은 "주검"으로 수렴된다. 그 주검들을 위장 속으로 받아들인 내 몸은 시체 창고에 불과하다. 거기에는 어떤 의식도 반성도, 희망도 존재하지 않는다. 그리하여 죽음은 슬픔도 없이 무미하고 건조한 사실로 제시되고 있을 뿐이다.

일체의 감정을 숨김으로써 오히려 이은봉의 시들은 슬프고 아프다. "내 몸은 시체 창고"란 언명에는 자신의 죽음과 아울러 모든 대상들의 죽음이 들어 있다. 더할 수 없는 슬픔의 극이다.

거기서 하루를 견디는 일상들은 초라하고 남루하다. '끓이고 지지고 볶은' 고달픔으로부터 죽음은 온다. '콩, 무, 배추, 김' 등의 모든 것들이 죽듯이 나도 죽음에 이른다. 하지만 자신의 죽음에 대해 그는 아무런 감정이 없다. 아니 그 감정들은 철저히 은폐되어 있다.

오히려 시인은 죽음으로써 세상 모든 주검의 비극과 슬픔을 자신의 몸 그 자체로 드러낸다. 일체의 정서가 고갈된 몸은 삶과 현실의 은유다. 비극적인 현실에 놓인 존재 모두를 그는 자신의 몸으로 드러낸다. 그에게 몸의 죽음은 세상에 가득한 모든 슬픔을 소거하기 위한 대속 행위이다. 처연하고 숙연하다. 하지만 그는 담담히 그리고 주저 없이 죽음에 이른다.

'나'를 죽음으로 내모는 '슬픔'들은 시에서 빈번히 노출된다.

> (1) 진제마을 솔숲 속 무슨 슬픔 귀양 와 사나
> 무덤들 사이, 바위돌 사이
> 이 마을 솔숲 속 무슨 아픔 쫓겨 와 사나
>
> —「뻐꾸기 울음」 부분

> (2) 조금만 한눈을 팔면, 순식간에 손 내밀어 한 아름 햇살들 끌어안는, 으라차차 한바탕 놀이판 벌이는 저 철없는 초록 선사들
> 내 슬픔이며 우울도 좀 들여다보더니 한심스러운 듯 짜아식, 하며 어른스럽게 입술 씰룩거린다.
>
> —「참나무들」 부분

> (3) 눅눅한 땅, 더욱 눅눅하게 적시는 저 여름비 속에는 무엇이 사나 해와 달이 가지 않은 슬픔이 사나 설움이 사나 우울이 사나
>
> —「여름비」 부분

(1)~(3)에서와 같이 시집 도처에 '슬픔'은 시의 중심을 이루는 대상이며 존재로 언명되고 있다. 그것은 시인에게 '뻐꾸기, 여름비, 참나무'가 존재하도록 만든다. (1)에서 '뻐꾸기 울음'은 자연의 한 현상에 그치지 않는다. 그것은 '귀양 와 사는' 슬픔의 실현체이기 때문이다. 이는 다시 (3)에서 '여름비'로 드러나고 있다. '슬픔'은 '마을 숲속, 눅눅한 땅'의 현장, 거기에 살고 있다.

'내 슬픔, 우울'(2)은 뻐꾸기, 여름비의 슬픔이다. '울고 있는' 뻐꾸기, '해와 달이 가지 않은' 어둡고 질긴 슬픔이다. 하지만 그것을 본 자는 '햇살과 노는 '초록 선사들', 참나무들뿐이다. 시인은 뻐꾸기, 여름비에 들어 있는 진한 슬픔을 보아낸다. 하지만 아무도 보지 못하는 그의 슬픔은 몸의 죽음에 갇혀 무감각한 모습으로 시의 표면에 드러난다. 무표정 너머 그의 슬픔은 깊고 아프다.

시집에 들어 있는 작고, 밝고, 아름다운 시편들의 뿌리는 이 슬픔의 역설적 발언에 닿아 있다.

2. 작고, 밝고, 가볍고, 아름다운 것들

재잘대며 흐르는 시냇물 따라
산기슭이다 산기슭 위로
벗나무들 한데 어울려
무더기로 무더기로 꽃 피우고 있다

꽃수레를 타고 찾아가야 하는
꽃대궐이 여기인가
입 벌려 놀란 틈도 없이
하르르 불어오는 바람……

순간 산벚꽃 꽃잎들
떨어져 내린다 흐르는 시냇물 위
갓 태어난 나비 떼
새하얀 날개 파닥거린다

연분홍 복사 꽃잎까지
꼬리 치며 떨어져 뒤섞이고 있다
흐르며 흔들리는 세상
황홀하다 여기가 잠시, 정토인가.

—「산벚꽃」 전문

이 시는 온통 화사한 색채로 채색되어 있다. '무더기로 꽃 피운 벚나무, 하르르 불어오는 바람, 나비의 새하얀 날개, 연분홍 복사 꽃잎'으로 물들어 있다. 그 화사함, 아름다움이 꽃을 피운다. 그것은 '파닥거린다, 뒤섞이고 있다'의 정점의 현재다. 그 안에 시인은 들어가 있다. 그가 보여주는 것은 '꽃대궐'이며, '정토'다.

하지만 그 '황홀함'은 현재에 잠시 존재하는 것에 불과하다. 황홀한 꽃대궐, 그 순간의 저편이 시의 이면에 들어 있는 이유다. 그것은 어둡고 무거운 세계다. 이은봉에게 가득히 세상을 채운 산벚꽃과 복사 꽃잎, 하르르 부는 바람, 새하얀 나비의 작고, 밝고, 가볍고, 아름다운 것들은 크낙하고, 무겁고, 어둡고, 무서운 세상을 드러내는 방식이다.

"황홀하다 여기가 잠시, 정토인가"라고 묻는 순간 '황홀함, 정토'는 사라져버린다. 밝고 화사한 대상들을 시에 지속적으로 살려냄으로써 시인은 '황홀'과 '정토'를 이어가고자 한다.

봄밤이네요 삼월도 한창
청매화 피어오르는데, 송이눈 내리네요

앞이마의 푸르른 정맥 위에
청매화 꽃향기 같은
삼월의 송이눈 맞으며
아무런 생각 없이 걷고 싶네요

—「봄밤」 부분

삼월 "봄밤"은 화사하고 향기롭다. 청매화가 피고, 꽃인 듯 송이눈이 내린다. "삼월의 송이눈"은 청매화 꽃향기를 닮아 있다. 시인은 거기서 "앞이마의 푸르른 정맥"으로 청매화, 송이눈과 함께 봄밤 안에 있기를 꿈꾼다. 향기롭고 화사하게.

하지만 그것은 청매화가 피고 송이눈 내리는 삼월, 봄밤 그 순간에 그치고 말 뿐이다. "봄밤"은 지속되는 일상의 삶이 아니라, 그 너머 혹은 이면의 삶에 불과할 뿐이다. 그리하여 더욱 그립고 절실하다.

지속되는 황홀을 그는 열망한다.

　　다섯 개의 맑은 우물이 출렁대는 마을이 있었네 언덕마다 사과꽃이 피어오르는 마을이 있었네 앞뜰에는 염소가 풀을 뜯고 뒤뜰에서는 병아리 떼가 어미닭을 쫓고 있었네

　　…(중략)…

　　언제나 사랑은 버들잎과 살구알과 풀여치와 굴참나무와 소쩍새 울음소리와 ……몸을 섞으며 크고 있었네 그렇게 미래는 지난 세월로 자라고 있었네 가난한 축제로 자라고 있었네

—「옛 마을을 향한 내일의 노래」 부분

이미 존재하지 않음으로 '옛 마을'일 수 있다. 거기서 '다섯 개의 맑은 우물, 언덕에 피는 사과꽃, 풀 뜯는 염소와 병아리 어미닭을 쫓는 병아리 떼'의 화평은 현재 부재한다. 버들잎, 살구알, 풀여치, 굴참나무, 소쩍새와

김영미 보이지 않는 슬픔, 그 부드러운 역설

함께 몸을 섞으며 크던 사랑 역시 부재한다.

　미래는 과거의 화평과 사랑을 재현하는 시간이다. 현재는 부재하는 '옛 마을'과 함께 평화와 사랑도 부재한다. 시인은 암울한 현재를 드러내는 것이 아니라, 그 너머 밝음을 드러내고자 한다. 밝음은 현재의 암울을 말하는 방법이다. 동시에 위안이다.

　거기서는 무거움은 가벼워지고 가난의 남루도 추억으로 빛난다.

　　(1) 먹구름들, 그만 뭘 찔끔 쌌나 보다
　　　　물비린내, 허공 가득 번져온다

　　　　제석산 입구, 허물어진 집터 아래
　　　　빗방울들, 투덕투덕 걸어간다

　　　　…(중략)…

　　　　슬픔들, 동그랗게 몸을 말아
　　　　흐르는 도랑물 속으로 굴러떨어진다.
　　　　　　　　　　　　　　　　　　　　　── 「빗방울들」 부분

　　(2) 가끔은 콩나물이며 밥알이며 라면발 따위, 이리저리 흩어져 있는 곳

　　　　자치기를 하는 아이들, 땅뺏기를 하는 아이들, 히히덕 대는 소리, 엉덩이 까불대는 소리

　　　　때로는 고등어가 싸요 싸 콩치도 참꼬막도 있어요 물오징어도 있어요 더벅머리 총각, 트럭을 몰고 와 생선을 팔기도 하는 곳
　　　　　　　　　　　　　　　　　　　　　── 「오류동 빈터」 부분

　(1)에서 '먹구름'은 '빗방울'로 자신을 감추고 있다. 시인이 내보이는 '빗방울'의 영롱함, 가벼움이 아니라, 먹구름에 주목해야 하는 이유다. '빗방

울'에 '먹구름'은 분산되어 존재한다. 하지만 그 겉모습은 대조적이다.

시인은 다만 '빗방울'에 주목하고 있다. 빗방울의 물비린내, 율동감은 시인이 빗방울로 보여주는 전부다. 빗방울은 슬픔과 동일시된다. 투명하게 빛나는 빗방울에는 먹구름의 슬픔이 내재되어 있다. 잘게 부서지고 산란된 채 빛나는 슬픔들이다. 그의 밝고 가벼운 시는 무거운 비애로부터 온 것이다.

거기서 비루한 일상들은 잘게 파편화되어 빛나는 존재로 화한다. (2)의 '오류동 빈터'는 소외와 가난의 참담한 공간이다. 하지만 시에 드러나는 오류동은 아름다운 기억의 공간으로 살아 있다. '콩나물, 밥알, 라면발 흩어진' 오류동 빈터를 시인은 화폭에 아름답게 배치하고 있다. 그리고 그 대상들마저 아름답다. 이러한 미적 구성은 노는 아이들, 트럭 장사치들이 있는 풍경들이 중첩되면서 강화된다. 그러나 이것은 오류동의 실제 너머이다. 시인이 그려내는 오류동의 환상성은 실제를 드러내는 우회의 방법에서 비롯된 것이다.

현실 밖이므로 시인은 그 장면에 존재하지 않는다. 추방되어 있다. 나와 죽음이 단단히 결박되어 있는 경우와 반대 양상이다. 이러한 시선의 빗김에서 먼 시선이 가능해진다.

> 지구 밖에서 지구 보네
> 시간 밖에서 시간 보네
>
> 아침저녁 풀피리를 불며 열리고 닫히는 저 큰 덩어리, 봄에는 파랗게 태어나 겨울에는 검게 죽는 저 큰 설움 덩어리, 이제는 식어빠진 불길로 아픈 목숨 겨우 이어가고 있네 죄 많은 도시의 불빛들, 어지럽게 키우고 있네 급기야 제 못 황황히 태우고 있는, 서서히 무너뜨리고 있는 저 큰 잿더미……
>
> ──「지구 밖에서」 부분

시인은 지구에서 벗어나 있다. 지구 밖은 현실에서 벗어난 공간이며 동시에 밀착된 공간이다. 잿더미 지구는 그 안에서 작고 미세한 시선으로 잡히지 않는 피사체다. 지구 밖에서만 그 실체가 감지되기 때문이다.

멀리서, 그리고 현실을 우회함으로써 그는 슬픔의 실체를 드러내고자 한다. 그것은 폭력에서 비롯된다.

3. 폭력, 슬픔, 그리고 황홀을 위하여

이은봉의 시는 얼핏 밝고 환하다, 그 가볍고 산뜻함에는 슬픔, 우울, 절망이 숨어 있다. 다음 시들은 그 근원이 무엇인지를 알게 한다.

> (1) 사람들 떠난 지 오래된 빈집
> 시간의 칼에 찔려 쓰러진 지 얼마인가
> 누구도 기억하지 못한다
>
> —「빈집」 부분

> (2) 오늘 구름은 고름 덩어리, 걸레옷을 입은 구름은 제 뱃속 가득 납과 수은과 카드뮴을 감추고 있다
>
> —「걸레옷을 입은 구름」 부분

> (3) 마구 짓물러 있는 오이라니
> 아깝지만 비닐봉지에 오이를 꺼내
> 음식쓰레기통에 던져버렸다
>
> —「오이」 부분

> (4) 옆구리가 결린다 머리가 먹먹하다 귓속에서 총소리가 난다 가슴에서 먼지가 인다 가자 종아리 속에서 쥐 떼가 기어다닌다
>
> —「날이 흐려서」 부분

위의 시들에는 '칼, 총'의 무기, 독성 강한 화학 약품(화학 무기를 환기시킨다) 등의 명사와 '던져버리다' 등의 자학적이거나 피학적인 동사들로 가득하다.

(1)에 보이는 '칼'은 차갑고 날카로운 폭력의 대유다. 그것은 사람들을 떠나게 하고, 그들이 살던 따뜻한 집을 비우게 한다. 그것에 의해 사람들은 찔리고 쓰러진 채 무기력해진다. 칼의 폭력은 거대하고 절대적이다. 그 폭압은 '누구도 기억하지 못하는' 것에 의해 강화된다. 또한 '오래된 빈집'은 폭력의 지속성을 드러낸다. '칼'은 (2)에서 '고름, 납, 수은, 카드뮴' 등으로 이어진다. 구름마저 폭력으로 가득한 그 앞에서 시인은 절망한다.

(3)에는 '마구 짓무르다, 비닐봉지에서 꺼내다, 음식쓰레기통에 던져버리다' 등 오이에 가해지는 난폭한 행위가 드러나 있다. 여기서 오이는 단지 야채가 아니라, 짓물러 아무렇게나 버려지는 것이 일반화된 삶의 모습들을 보여준다. 시장에서 쉽게 살 수 있는 값싼 오이는 여러 가지 이미지를 동시에 오버랩시킨다.

짓물러 버려지는 삶의 아픔은 (4)에서 '결리는 옆구리, 먹먹한 머리, 총소리 나는 귓속' 등으로 구체화되어 있다. 하지만 시인은 겉으로 그 이유를 '날이 흐려서'라고 밝힌다.

세상을 온통 가득 채운 폭력의 한 근원을 다음 시는 보여준다.

> 오월이라고 오동꽃 벙글어진다
> 아까시꽃 하얗게 웃는다
> 새끼 제비들 벌써 빨랫줄 위에까지 날아와 앉는데
> 모란꽃 뚝뚝 떨어진다
> 한바탕 흙먼지를 날리며 회오리바람 분 뒤
> 타닥타닥, 여우비 쏟아진다.
>
> ─「오월이라고」부분

오월의 한낮을 섬세하게 드리고 있다. 꽃과, 제비, 여우비로 가득한 봄 풍경이다. 하지만 이들 장면은 '오월이라고'라는 전제 위에 놓여 있다. '오월'은 근현대사의 무수한 역사적 비극들이 지나가는 시간이다. 4·19와 6·25, 5월 광주항쟁 등이 그 언저리에 있다. 무수한 폭력이 켜켜이 쌓인 시간이다. 오늘 그것은 '고름 구름'의 수은과 납, 카드뮴으로 현재를 지배한다.

거기서 피어나는 꽃과 새, 비에는 그 폭력의 흔적들이 들어 있다. 오동꽃, 아까시꽃, 새끼 제비의 서민성, 뚝뚝 떨어지는 모란이 주는 죽음의 환기력, 흙먼지와 회오리바람의 혼란은 현재의 풍경이면 동시에 과거의 흔적들이다. 시인은 현재 피어 있는 꽃과 새 앞에서 오월의 암담한 과거를 찾아내고 있다. 바라보는 꽃 한 송이에도 과거는 다시 살아나고 있기 때문이다. '황홀'은 거기서 벗어나려는 몸부림에서 비롯되는 것인지도 모른다.

> 엉덩이를 들썩이는 골짝물로 흘러내리리 버들잎 여린 입술로 뽀짝거리며 피어나리 이웃집 순이의 옷고름에 매달려 웃는 달뜬 마음이리
>
> —「봄 들판」부분

이은봉은 여전히 청년 시인이다. 세계와의 팽팽한 긴장을 늦추지 않고 있다. 현재를 넘어 가야 할 미래를 그는 외로이 먼저 보고 있다. 그것은 '달뜬 마음' 가득한 '봄 들판'이다. 그가 꿈꾸는 영원한 정토이다.

(『시와문화』 2003년 가을호)

불투명한 바람과 투명한 마음

— 이은봉 시집 『봄바람, 은여우』

김종훈

1.

세상은 그것이 투명하기를 바라는 사람의 마음을 굴절시킨다. 그 사람은, 체험과 역사가 지닌 깊이, 자신과 타인이 품은 뜻이 마치 거울 속의 모습처럼 같았으면 좋겠다는 염원을 지녔다. 그의 바람이 실현되기 위한 최소 조건은 배려, 정직 등일 터인데 이를 공동체의 구성원 모두, 항상 지니는 것은 불가능하다. 구부러지고 잘려나간 욕망의 파편들, 공존하고 있으나 이해할 수 없는 것들이 도처에 흩뿌려진다. 『봄바람, 은여우』에서 이은봉의 시선이 자주 허공을 향한 것도 이러한 사정 때문일 것이다. 그가 눈길을 거둔 지상의 모습은 어떠한 모습일까, 그리고 그가 파악한 허공은 어떤 의미를 지닐까. 이를 헤아리기 위해서 일단 종이와 펜을 준비한다.

> 세상은 벌써 눈 덮인
> 겨울 산, 겨울 하늘
>
> 눈 감으면 마음의 허공 한가운데로

어린 꾀꼬리 한 마리

파릇파릇 솟구쳐 오른다
길게 대각선을 그으며.

—「허공」전문

　백지에 난을 치듯 왼쪽 아래에서 오른쪽 위로 선을 긋는다. 맞물린 삼
각형 두 개가 생겨났으나 이것은 의도한 바가 아니다. 「허공」에 등장하는
꾀꼬리의 동선처럼 '길게' 대각선을 긋기 위해서는 종이가 더 크거나 깊이
를 갖춘 공간이 필요하다. 시인은 '대각선'으로 평면을 마련했고, '길게'로
그 평면을 의심하게 했다. 즉 눈 덮인 겨울 산을 배경으로 설정하며 공간
을 백지에 옮기려 했으나 매끄럽게 그리지 못했던 것이다. 왜 입체의 흔
적이 종이 위에 남아 있는 것일까. 아니 그보다 먼저 그는 왜 입체의 흔적
을 지우려 했을까.
　'길게'는 이차원이 되는 과정 중에 삼차원이 남긴 흔적이다. 어떤 그림
들은 소실점과 원근법으로 평면의 깊이를 재현하지만 이 시의 그림은 하
나의 선으로 그 깊이를 환기한다. 이것이 의도로 남았는지 의도치 않게
남았는지 판단하기는 어렵다. 그러나 최소한 이 시가 입체적인 공간을 평
면화하는 방식으로 쓰였다는 것은 말할 수 있다. 세상은 눈에 덮이는 것
으로 한 번, 눈을 감는 것으로 다시 한 번 입체성을 줄인다. 바깥 세상이
있던 그 자리에 "마음의 허공"이 들어서자 비로소 어린 꾀꼬리가 날아간
다. "파릇파릇 솟구쳐" 오르는 모습은 마치 희망찬 미래를 상징하는 듯하
다. 그러므로 지워진 세상은 늙고 병든 절망적인 현실이다.

2.

　예전이나 지금이나 이은봉의 시는 삶의 현장을 토대로 구축된다. 개인

적 체험과 공통 현실은 구체적 삶을 조성하는 두 가지 핵심 요소인데, 그의 시적 개성은 이 둘이 거의 겹쳐 있다는 데에서 발생한다. 가령 꿈꾸었던 시절 마포경찰서 근처 식당을 기억하는 것은 개인적 체험이지만, 그가 언급한 근처의 창비 문지 자실 등은 당대 문인이 겪은 공통 현실의 상징과 같은 것이다(「꿈」). 또한 역전 대성다방에서의 추억은 구체적 체험이지만, 조국이니 민중이니 하는 말을 하며 "반유신의 불화살로 날아가고 싶"었던 마음은 공통 현실을 기반으로 한 것이다(「싸락눈, 대성다방」). 구체적 체험과 공통 현실이 포개지며 시련이 찾아오고 욕망이 생겨난다.

그럼에도 불구하고 이번 시집에는 형이상학적 사유가 전면에 드러난 것처럼 보인다. 구체적 삶이 회상의 굴레에 갇혔기 때문일까. 실제로 뜨거운 마음은 과거에, 찢겨진 날개는 현재에 있다. 가난했으나 꿈이 있었던 과거와 "그렇게 내 날개는 찢겨져버렸다 부러져버렸다 꺾여져버렸다."(「꿈」)며 비상의 가능성이 꺾인 현재가 대조되며, 앞의 시간에는 시련과 낭만이 뒤의 시간에는 좌절과 실패가 배치되었다. 꿈꿀 시간이 예전보다 덜 남았기 때문이기도 하겠지만 그동안 공동체의 다른 구성원에게 입은 내상도 한몫하는 것 같다. 그는 마치 지상의 삶에는 더 이상 기대할 것이 없다는 듯이, 세상을 납작하게 인식하고 시선을 허공으로 옮긴다.

> 민들레 샛노란 꽃들 지고
> 화들짝 꽃솜들 피어난다.
> 민들레 꽃솜들에게는
> 다리가 달려 있다
> 꽃솜들의 다리는 바람……
> 바람 다리가 달려 있는
> 민들레 하얀 꽃솜들
> 하늘, 가득 날아오른다

잘 익은 해 그만 땅으로 떨어진다.
광화문 시청 청계천
오조조, 별들 뜬다 촛불별들
아직 어두운 촛불별들에게도
다리가 달려 있다.
그들의 다리는 사람……
사람 따라 촛불별들 걷는다
세상, 차츰 밝아온다.

—「다리」전문

　낮에 꽃솜들은 바람을 다리 삼았고 하늘을 터전 삼았다. 밤에는 촛불별이 뜬다. 바람에 대응하는 촛불별의 다리는 사람이다. 사람은 촛불별들의 다리가 되어 세상을 밝히고 동을 틔운다. 그가 지상에서 하늘로 시선을 옮겼다고 하더라도, 그의 마음까지 공동체를 떠나 허공을 향했다는 진단은 섣부르다. 세상이 탁하다고 하면서도 "그냥 그렇게 탁한 세상이나 웃으며 살으리"(「그냥 그렇게」)에 위안과 희망이 없다고 말하기는 어렵다. 그는 "가지가 부러지고 잎사귀가 찢긴 나무가 피워 올리는 꽃은 얼마나 초라한가"라 말하면서 동시에 "어린 새벽의 발자국 소리를 들으며 나는 거듭 내 속에서 크는 가지가 부러지고 잎사귀가 찢긴 황금나무를 어루만졌다."(이상 「잎사귀가 찢긴 황금나무를 어루만졌다」)고 한다. 타인과 공동체에 대한 오랜 신뢰가, 희망이 곧 도착하리라는 믿음으로 이어진다. 날개가 찢어진 상태이지만 그 날개를 꿰매줄 이들이 공동체에 있다고 믿는 것이다.
　허공은 이처럼 지상에서 입은 상처를 위로하는 역할을 한다. 특별한 메시지 없이 그것은 존재만으로 지상을 상대화한다. 지상에서 입은 상처도, 피할 수 없고 나을 수 없는 운명에서 벗어난다. 지상의 의미를 상대화하는 개념은 다른 것도 있다. 가령 자연이나 지상을 꼽을 수 있으나 이들은 정형화된 의미를 가지고 지상의 뜻도 고정시킨다. 시집에는 마치 허공의 의미를 비워두겠다는 듯이 형상 없는 바람이 만상에 닿고 있다. 허공은 의미가 아니라 위상으로 절대적인 대상을 상대화한다. 삶 옆에 죽음을, 안 옆에 밖을, 끝 옆에 시작을 생각할 수 있도록 하는 것이다.

> 감나무 아래 대나무 평상 위에 다시 눕는다
> 눈 감았으면서 뜨고, 뜨면서 감는다
> 그러는 사이 감나무 잎새들
> 보이면서 보이지 않고, 보이지 않으면서 보인다
> 감나무 아래 대나무 평상 위에 누워 나는 지금 무엇을 기다리고 있는가
> 홍시들이 떨어지기를 기다리는가
> 그늘이 펼쳐지기를 기다리는가
> 홍시들 사이, 그늘들 사이 푸르른 하늘이 나타나면서 사라지고, 사라지면서 나타난다
> 하늘 가까이 새하얀 뭉게구름 몇 점도 그렇게 나타나면서 사라지고, 사라지면서 나타난다
> 있으면서 없고, 없으면서 있는 저것들 사이
> 언뜻언뜻 허공이 보인다
> 있으면서 없고, 없으면서 있는 저것들, 허공으로 솟구치면서 가라앉고, 가라앉으면서 솟구친다
> 허공이 만들면서 지우는 저것들
> 내게서 나가면서 내게로 들어오고 있다.
> ―「대나무 평상 위에 누워」 전문

「대나무 평상 위에 누워」는 시집의 중심 사유가 압축적으로 제시된 시다. 시인은 평상 위에 누워 있다. 긴장의 시간이라기보다는 이완의 시간이다. 눈을 감았다 뜨자 감나무 잎이 안 보였다 보인다. 그가 묻는다. 무엇을 기다리는가. 쉬면서 흘려보내던 시간이 그 질문 주위로 모여들어 시적인 힘을 만든다. 재차 묻는다. 홍시가 떨어지기를, 그늘이 펼쳐지기를

기다리는 것인가. 예측으로 가까운 미래를 불러들여 시간이 두터워지기 시작한다.

반전이 일어난 것이 이때이다. 피사체였던 홍시와 그늘이 배경으로 불러나고 그것들 사이에 눈이 간다. 하늘이 펼쳐져 있고 뭉게구름이 떠다닌다. 아니 이제는 어떤 대상이 부각되기보다는 차라리 대상의 변화 그 자체가 주인공이 된다. 사라지면서 나타나고, 없다 있는 그 운동성이 전면에 부상하는 것이다. 마지막으로 허공이 나타난다. 그 속에서 가라앉음과 솟구침이, 있음과 없음이, 사라짐과 나타남이 서로 긴장하며 변화한다. "내게서 나가면서 내게로 들어오는" 이 변화의 운동성을 바람이라 할 수 있지 않을까.

3.

이은봉은 『봄바람, 은여우』를 바람의 시집으로 읽어주기를 권한다. 「시인의 말」을 잠시 요약해보자. 바람은 사람이었다가 세상이었다가 역사가 된다. 바람은 공기이고 소리이고 언어이고 기표이자 기의이다. 바람은 형상이자 형상이 아니다. 마치 선문답과도 같은 이율배반의 진술이 연속된다. 분포도를 작성하여 빈도수로 바람의 성향을 따질 수도 있을 것이다. 그러나 시인의 말은 그와 같은 시도가 부질없다는 것을 말하려고 쓰인 듯 바람에 뜻을 계속해서 미끄러트린다. 바람은 겹겹의 의미를 안고, 그래서 주술처럼 의미들을 흐트러트리며 허공을 떠다닌다. 바람은 상충하는 대상들을 움직이게 하며 그것들을 서로 걸려 있게 한다.

봄바람은 은여우다 부르지 않아도 저 스스로 달려와 산언덕 위 폴짝폴짝 뛰어다닌다
은여우의 뒷덜미를 바라보고 있으면 두 다리 자꾸 후둘거린다

온몸에서 살비듬 떨어져 내린다
햇볕 환하고 겉옷 가벼워질수록 산언덕 위 더욱 까불대는 은여우
손가락 꼽아 기다리지 않아도 그녀는 온다
때가 되면 온몸을 흔들며 산언덕 가득 진달래꽃더미, 벚꽃더미 피워
올린다
너무 오래 꽃더미에 취해 있으면 안된다
발톱을 세워 가슴 한쪽 칵, 할퀴어대며 꼬라지를 부리는 은여우
그녀는 질투심 많은 새침때기 소녀다
짓이 나면 솜털처럼 따스하다가도 골이 나면 쇠갈퀴처럼 차가워진다
차가워질수록 더욱 우주를 부리는 은여우, 그녀는 발톱을 숨기고 달려
오는 황사바람이다.

―「봄바람, 은여우」 전문

봄바람은 생명의 경쾌함을, 은여우는 야생의 활달함을 북돋는다. 봄바
람은 은여우 덕분에 까불대며 빛나게 되었고, 은여우는 봄바람 덕분에 변
덕스럽고 화사해졌다. 봄바람, 은여우, 그리고 뒤이어 등장하는 소녀까
지 모두 소멸보다는 탄생에 가까운 것들이다. 하지만 바람을 탄생의 메신
저로 규정하기는 어렵다. 곧이어 다른 뜻이 첨가된다. "너무 오래 꽃더미
에 취해 있으면 안된다"가 등장하더니, "차가워질수록 더욱 우주를 부리
는 은여우, 그녀는 발톱을/숨기고 달려오는 황사바람이다"로 시가 마무리
된다. 탄생을 재촉하는 바람 다음에 따뜻한 바람이 아니라 위기의 바람이
불어온다. 봄은 화사함 이면에 불길함을 내장하게 되는 것이다.

마지막 황사바람의 등장은 허공 위에 '길게' 그어진 대각선과 같다. 기
대하지 못한 결과를 낳았다는 면에서, 지각의 범위를 확장했다는 면에서
그렇다. 첫 번째 특징은 변화무쌍한 바람과 맞물려 시집이 지향하는 의미
가 어느 하나로 고정될 수 없다는 것을 일러준다. 두 번째 특징은 평면에
깊이를 확보했던 것처럼 차원을 하나 늘려 봄의 풍경에 다른 시간이 있다
는 것을 환기한다. 바람은 여기에서 종잡을 수 없는 실체이면서 동시에

다른 세계의 존재를 암시해주는 전달자이다.

멈춰 있는 바람에는 "태풍의 꿈은 다 접었는가"(「골짜기에 나자빠져 있는 바람」)라 하고, 민들레 꽃씨에 부는 바람에는 "봄바람은 하느님의 낮고 작은 숨결"(「봄바람」)이라 한다. 날개를 편 새로 비유된 바람은 "접혀 있는 속날개의 깃털은 노랗다"(「바람의 발톱」)로 마무리된다. 또한 노숙자로 비유된 지쳐빠진 바람을 두고는 "그는 아직 회오리로 이 세상 거칠게 몰아칠 때가 오리라고 믿는다"(「지쳐빠진 바람」)며 반대 의미를 계속해서 끌어들여 의미를 두텁게 한다.

오해의 여지 없이 뜻 하나를 가리키는 낱말을 투명하다고 말한다면 시집의 바람은 불투명하다. 바람이 닿는 이율배반의 말은 논리적 파탄을 이끌어 뜻을 헤아리는 시도를 막는다. 그 말은 초점 없이 흘러가지도, 허무의식에 잠겨 있지도 않지만, 합리적 이성의 권위에 도전한 이들의 시도에는 동참한다. 그러나 엄밀히 말하면 바람에 담겨 있는 뜻은 모순될 것이 없다. 무엇이건 뚫는 창과 막는 방패는 한자리에 모이되 한순간에 부딪치지는 않는다. 봄바람과 황사바람이 시간차를 두고 부는 것처럼 불투명한 다른 바람도 시간의 격차를 두고 오가는 것이다.

> 나뭇가지, 푸른 나뭇가지는
> 멧새처럼 날갯짓하며 푸른 생명을 키운다
>
> 나뭇가지, 검은 나뭇가지는
> 가위손처럼 버걱거리며 검은 죽음을 키운다
>
> 생사의 나뭇가지는 당신의 마음
> 가까이 다가올수록 검고 푸르다
>
> 가까운 것은 늘 먼 것을 꿈꾼다
> 생사의 나뭇가지는 지금 희망의 산으로 가고 싶다

생사의 바깥에서 저 스스로 꿈이 되는 산
이제는 잿빛 옷의 구름바다를 데리고 가고 싶다.
　　　　　　　　　　　　　　　　―「구름바다―정취암 언덕에서」 부분

「구름바다」를 보자. 구름바다로 자욱한 산이 원경으로 펼쳐졌다. 구름
바다는 그에게 감상이 아닌 외경의 대상이다. 시인은 범접하지 못하는 풍
경을 묘사하기보다는 어떤 관념 하나를 질서 있게 배열하는 데 공들인다.
푸른 나뭇가지가 푸른 생명을 키우고 검은 나뭇가지가 검은 죽음을 키운
다는 진술은 논리 정연한 말이지 환상으로 어지럽혀진 말이 아니다. 그런
데 생명과 죽음을 함께 매단 이상한 나뭇가지가 "당신의 마음"에서 자라
기 시작한다. 마음이라는 내적 풍경과 구름바다라는 외적 풍경이 중첩되
며 점점 더 시가 어지러워진다. 이것을 모순의 순간으로 갈무리할 수 있
는가. 안과 밖의 소통이 이뤄지는 순간이라 볼 수 있지 않은가.

　멀리 보이는 산이 원경의 시야를 그에게 제공하자 그는 삶 옆에 죽음
을 끌어놓게 된다. 둘이 한 가지에서 나왔다는 말은 모순이 아니라 진실
에 가깝다. 때로는 불투명하게 보이고 때로는 혼란스럽게 보이고 때로는
이율배반으로 보이는 진술들은 건너지 못하는 심연을 드러내기 위해서
가 아니라 숨은 진실을 보여주려 마련된 것이다. 이로써 삶과 죽음은 같
이 긴장하며 서로를 허무의 늪에 빠지지 않도록 지지한다. 논리적 파탄
의 순간이 아니라 새로운 소통의 순간이다. 원경과 근경, 생명과 죽음, 그
리고 생사의 안과 "생사의 바깥"이 서로 걸려 있는 인식의 전환이 이뤄진
다. 『봄바람, 은여우』에는 시작과 끝이 이어져 있으며 안과 밖이 통해 있
다. "바람은 사람, 사람은 마음, 마음은 자유……, 자유가 발길을 만들고,
발길이 역사를 만들지"(「바람의 파수꾼」)나, "어디에도 나는 없다 나는 없
다 나는 없다 있으면서 없다."(「나무, 나무, 나무」)에도 모순의 상황보다는
소통의 국면이 강조된다. 삶은 죽음과 말의 한계는 침묵의 세계와 접목한

다. 모든 것이 아무것도 아니며, 아무것도 아닌 것이 모든 것이다. '바람'
은 자유이자 역사이고 '나'는 있으면서 없다. 허공이 마련한 공간에서 상
충하는 의미들이 바람을 매개로 인연을 맺는다. 이들의 반대편에는 집착
과 허무가 있을 것이다.

4.

허공은 공간이고 바람은 매개이다. 마치 밤하늘의 별자리처럼, 허공과
바람이 포개지며 인연의 공동체가 구성되었다. 바람에 의해 서로 걸려 있
는 것들에는 앞에서 확인한 바와 같이 상충하는 것까지도 포함된다. 가장
큰 삶, 가장 작은 솜털 등이 모두 인연을 맺으며 서로를 긴장시킨다. 굳이
허공과 바람이 시에 명시되어 있지 않더라도 사정은 마찬가지이다. 아래
시는 실제와 환상이, 안개꽃과 달빛 세상이 인연의 국면을 보여준다.

> 우르르 몰려다니는 안개더미, 이미지
> 벌떼처럼 몰려다니는 안개꽃더미
> 세상은 안개꽃더미지 흐리고 뿌옇지
>
> 안개꽃더미가 세상을 바꾸지 이미지가
> 세상을, 시간을 밀고 다니지 달빛처럼
>
> 한 생애의 어제와 오늘과 내일이
> 여기 모여 있지 환상덩어리가 그것을 끌고 다니지
> 한 생애는 환상덩어리지 흐리고 뿌옇지
>
> 모르는 것이 약이라고, 아는 것이 힘이라고
> '모르는 것'이 어디 있기라도 하니
> '아는 것'이 어디 있기라도 하니?
>
> ─「안개꽃더미」 부분

멀리서 보면 뿌옇고 흐릿하기 때문이겠지만 안개더미와 안개꽃더미는 환상의 이미지로 인식된다. 시인은 한 생애를 안개에 비유한다. 삶의 허무를 드러낸 것인가. "모르는 것이 약이라고, 아는 것이 힘이라고/'모르는 것'이 어디 있기라도 하니/'아는 것'이 어디 있기라도 하니?'를 어떻게 보는지에 따라 해석이 갈라진다. 시인은 앎과 모름의 구분에 대해 그런 것이 애초에 있는지 질문한다. 이 질문이 앎을 좇아 살아온 과거의 삶을 회의하는 것이라면 안개꽃의 이미지는 허무의 색채를 띤다. 그러나 질문이 "달빛처럼" 시간을 '밀고' 다니는 현재를 향한 것이라면 생생한 이미지를 돋보이게 하려는 의지의 표현으로 읽힌다.

시인은 계속 질문하고 단정한다. 보통 질문은 불확실한 것에 하고 단정은 확실한 것에 하는데, 여기에서는 짝이 바뀌었다. 확실한 과거에 대해 질문하고, 불확실한 현재에 대해서는 단정하고 있는 것이다. 그는 과거를 돌이켜보니 확실한 것이 없다고 느낀다. 그럴 것 같기도 하다. 앎과 모름의 경계선 자체를 문제 삼는 것도 예상할 수 있는 일이다. 그런데 어떻게 가장 불확실한 현재를 단정할 수 있었을까. 시인은 유사 방법적 회의론자가 된다. 회의론자는 이렇게 말했었다. 모든 것은 의심할 수 있으나, 의심하고 있는 자신은 의심할 수 없다. 그는 이 주체의 자리에 이미지를 넣는다. 모든 것은 불확실하다. 그러나 현재 불확실해 보이는 이미지는 확실하다. 시의 말을 빌리자면 모든 것이 뿌옇고 흐릿하다. 그러나 뿌옇고 흐릿한 안개꽃은 선명하다.

안개꽃이 없다면 삶에 대한 회의는 삶에 대한 허무나 부정으로 이어지기 쉽다. 지나온 생애의 불확실성은 남은 생애의 불확실성으로 이어지고, 도저한 불확실성은 확실성을 폐기하도록 이끈다. 그는 안개꽃을 통해 불확실성을 앎과 모름의 영역으로 양도하고, 확실성을 이미지에 배당한다. 이미지는 질서 정연한 순서에 따라 차곡차곡 시간을 배열하지는 못하더라도, 기억과 예감을 쟁여 넣어 그 시간을 두텁게 한다. 안개꽃의 이미지는 인식의 공터가 지닌 함의를 공허라는 무덤에서 허공이라는 요람으로 전환하여 바람의 길을 터놓는다.

> 늙어가는 저녁볕
> 더욱 찬란하거늘
> 강물 위 조용히 떠 흐르고 있구려
> 더러는 자맥질해
> 눈뜬 물고기들 잡기도 하는구려
> 당신 따라 새끼오리들도
> 자맥질하는구려
> 그것들도 물고기들 잡으러
> 강물 속 진흙 말 끌어안고 있구려
> 공주 금강가 언덕
> 모처럼 착하고 아름답구려
> 이 모든 것들 위해
> 물오리 한 마리,
> 물속의 발갈퀴 재빨리 휘젓고 있구려.
>
> ─「물오리─L.T.J」 부분

    강물은 속으로 진흙을 끌어안고 있고, 위로 허공을 받아낸다. 오리는 그 경계에서 자맥질을 한다. 새끼들이 따라한다. 분주하게 다른 목숨을 잡아먹어야 생을 지탱할 수 있는 비천한 운명들이다. 바삐 보이기도 하고 슬퍼 보이기도 하다. 그러나 시인은 이 모습을 두고 다른 말을 꺼낸다. "모처럼 착하고 아름답구려." 여백이 많은 호흡으로 평화로운 풍경처럼 보이게 연출하였다. 그는 어디에서 아름다움을 발견한 것인가. 조용히 떠가는 강물 위에 허공이 비치고, 부모를 믿고 따르는 새끼들의 자맥질 속에서 가능성으로 충만한 다음 인연을 발견한 것은 아닐까.

    『봄바람, 은여우』는 「소나무 자식」에서 시작하여 「창공」으로 끝난다. 지상에서 시작하여 천상으로 마무리되는 것이다. 소나무를 푸르고 싱싱하며 굳세고 강건한 사람과 연관 지을 때(「소나무 자식」) 창공에 오랜 꿈과 희망이 있다고 말할 때(「창공」) 어디서나 건강한 희망을 기원하는 그를 찾을 수 있다. 그는 발밑의 세상과 머리 위의 세상에서 같은 모습이기를 희망하지만, 그래서 시련이 그를 따라다닐 수밖에 없지만, 바로 그 두 세계를 함께 보며 엮기 때문에 오래 절망하지 않는다. 그가 본 창공은 지상의 공허까지 안은 허공이다. "텅 비어 있으면서도 꽉 차 있는 창공/창공에서 깨닫는 것은 공허만이 아니다/당신의 오랜 희망도 함께 깨닫는다"(「창공」).

(이은봉, 『봄바람, 은여우』 해설, 도서출판 b, 2016)

돌과 바람과 꽃과 시
— 이은봉 시집 『봄바람, 은여우』

권경아

　이은봉의 시집 『봄바람, 은여우』는 생명의 근원인 돌에서 태어난 바람의 시집이다. 돌은 "아버지의 집"(「생명의 집」, 『걸레옷을 입은 구름』)이다. 아버지는 처음 돌 속에서 나오고 아버지의 아버지 또한 돌 속에서 나왔다. 그러나 돌에서 태어난 생명이 그 생명력을 이어갈 수 있는 것은 끊임없이 달리고, 움직이고, 튀어 오르는 과정에서 깨지고 잘게 부서져 가벼워져야 한다는 것. 곧 바람이다(「바람이 좋아하는 것」, 『봄바람, 은여우』). 이전의 시집 『걸레옷을 입은 구름』에서 나타나는 '나'와 '달'의 관계를 가로막는 '구름'을 날려버릴 바람의 존재가 『봄바람, 은여우』에서 근원의 생명력으로 "솟구쳐 오르"(「돌과 바람의 시」)고 있다.

　시인에게 바람은 '사람'이며 '세상'이다. 바람은 '희망'이며 '꿈'이고 '욕망'이다. 또한 '미지(未知)의 이미지'인 바람이 만들어내는 것이 곧 '시'라 시인은 말하고 있다(「시인의 말」). 시인에게 바람이 삶이며 시인 것은 생명의 근원에 대한 인식과 관련이 있다.

　　돌은 아버지의 집이다 아버지는 처음 돌 속에서 나왔다 아버지의 아버지의 아버지, 아버지, 아버지……

부서져 흙이 되는 돌, 나도 돌의 문을 열고 나왔다

마늘과 양파를 키우는 돌, 벼와 보리를 키우는 돌, 암탉과 칠면조를 키우는 돌, 소와 돼지를 키우는 돌

돌을 먹고 나는 또 하루를 살고 있다 죽음을 먹고 나는 또 한 세상을 살고 있다

돌 속에서 아버지를 꺼낸 것은, 주검 속에서 나를 꺼낸 것은 오랜 바람이다 물이다 햇볕이다 시간이다

시간이 돌을 쪼개, 흙을 으깨 나를 세상에 나오게 한 거다 시간의 부름을 받을 때까지는, 돌로 흙으로 돌아갈 때까지는 눈망울 반짝이며 이 세상 건너갈 수밖에 없다

돌은 생명의 집이다 생명은 돌의 문을 열고 나온다 돌은 생명의 생명의 생명, 생명, 생명······

부서져 흙이 되는 돌, 부서져 식량이 되는 돌, 아들도 손자도 증손자도 돌의 문을 열고 나왔다

— 이은봉, 「생명의 집」 전문

"아버지의 집"인 돌을 먹고 인간은 세상을 살고 있다. 처음 돌 속에서 나온 아버지. 그 아버지의 아버지 또한 돌 속에서 나왔다. 아버지의 자식인 '나' 또한 "돌의 문을 열고" 나온 것이다. 그런데 돌 속에서 아버지를 꺼낸 것은 "오랜 바람이다 물이다 햇볕이다 시간이다". 오랜 시간이 지나며 시간이 돌을 쪼개고 부서져 흙이 되고 모래가 되고 바람이 된다. 바람의 탄생이다.

시간의 흐름 속에서 "돌로 흙으로 돌아갈 때까지" 인간은 세상을 건너고 있다. 생명의 근원으로서의 돌에서 생명이 태어날 수 있는 것은 끊임없이 달리고 움직이는 생명력 때문이라 할 수 있다. 이 시집에서 이러한 생명력은 곧 '바람'으로 나타나는 것이다.

멈춰 있으면 바람이 아니다 움직이는 바람, 달리는 바람, 튀어 오르는 바람, 휘몰아치는 바람······

이 부잡스러운 녀석이 좋아하는 것은 계곡이다 틈이다 구멍이다

점잖게 여백이라고도 부르는 구멍을 향해 부지런히 제 몸을 던져 넣으
면서 바람은 바람이 된다

구멍 속에는 무엇이 있나 구멍 속에는 식량이 있나 사랑이 있나

바람도 먹기 위해 달린다 바람도 사랑하기 위해 달린다

어떤 바람은 늦게 달리고 어떤 바람은 빨리 달린다 생명 있는 것들은
다 달린다 생명 없는 것들도 달린다

달리는 바람, 솟구치는 바람, 바람은 빠르게 변하고 바뀐다 멈춰 있으
면 바람이 아니다

— 「바람이 좋아하는 것」 전문

바람이 바람인 것은 달리기 때문이다. 튀어 오르고 휘몰아치기 때문이
다. 멈춰 있으면 바람이 아닌 것이다. 바람이 계곡을 좋아하고 틈을, 구멍
을 좋아하는 것도 멈춰 있지 않기 위해서이다. "점잖게 여백이라고도 부
르는 구멍을 향해 부지런히 제 몸을 던져 넣으면서" 바람은 진정한 바람
이 된다.

어떤 바람은 늦게 달리기도 하고 어떤 바람은 빨리 달리기도 하지만 생
명 있는 것들은 다 달린다. 바람이 삶이나 인간과 관련되는 부분이다. 인
간은 때로는 느리게, 때로는 빨리 가고 있지만 그것은 모두 살아간다는
것이다. 살아 움직이고 있다는 것. 바람이 "먹기 위해 달리"고 "사랑하기
위해 달리"고 있는 것 또한 이러한 맥락에 있다. 시인은 "바람은 사람이
다. 사람은 바람이다. 바람은 세상이다. 세상은 바람이다. 바람의 역사를
살고 있는 것이 사람이다."(「시인의 말」)라고 말하고 있는 것이다.

길음뉴타운 푸르지오 아파트 단지
촘촘한 시멘트 숲이다
검은 시멘트 숲을 거닐다가 주은
희고 뽀얀 江돌
어쩌다가 여기까지 왔나
손에 넣고 조몰락거리다 보니
이내 따뜻해진다
둥글고 납작한 놈
한때는 이빨 꽉 다물고
제 몸 흐르는 상물로
둥글게 깎았으리라
강가라면 멋지게 물수제비라도
뜨고 싶은 논
여기 길음뉴타운 검은 시멘트 숲에는
손들어 힘껏 던질 곳 없다
몇 번씩 고개를 들어 둘러보아도
검은 아파트들로
빽빽한 시멘트 숲……
손 안에 넣고 조몰락거릴수록
가슴 자구 폭폭해지는
희고 뽀얀 이놈, 江돌을 어쩌나.

—「江돌」 전문

　바람이 달리고, 튀어 오르고, 휘몰아치기 때문에 바람인 것처럼 돌 또
한 멈춰 있으면 더 이상 돌이 아니다. 움직이고 변화해야만 살아 있는 것
이다. 생명의 근원인 돌은 쪼개지고 부서지고 깎여야만 그 생명력을 유지
할 수 있다. 그러나 이 시에 나타나는 강돌은 "흐르는 강물로 둥글게 깎"
이지 못하고 있다. 흐르는 물 속에서 깎이고 부서지고 쪼개져야 하는 강
돌이 "검은 시멘트 숲"에 버려져 있다. 검은 아파트 단지에서 주운 강돌을
만지며 시인은 손들어 힘껏 던질 곳이 없는지 "몇 번씩 고개를 들어 둘러

보"고 있다. 멈춰버린 생명을 안타깝게 바라보는 것이다. 손에 넣고 조몰락거리다 보니 "이내 따뜻해"지는 것을 보면 강돌은 죽은 것이 아니다. 강돌은 다시 달려야 한다. 생명은 다시 흘러야 하는 것이다.

움직이지 않는 바람은 꿈을 잃었다는 것과 다르지 않다. "팍, 시르죽어 있는 바람". 풀 한 잎 날리지 못하고 "골짜기에 나자빠져 있는 바람". 골짜기 한구석에 "쪼그려 앉아 있는 바람". 한 십 년 "마음을 갈고 닦"으며 움직이지 않는 바람은 "태풍의 꿈"을 접고 있는 것이다(「골짜기에 나자빠져 있는 바람」). 살아가다 보면 바람도 그만 지칠 때가 있다. "시간 속을 흐르다 보면 그만 그도 늙는" 것이다. 지친 바람은 "찢어진 고무풍선처럼 아무데서나 흐물흐물 눕"고 "쌈지공원 후미진 벤치 위, 노숙자로 누워 잠들"기도 한다. 나뒹굴다가는 변두리 뒷골목 쓰레기 더미 속에 처박히고 마는 바람. 그러나 시인은 바람의 끈질긴 생명력을 믿고 있다. "아직 회오리로 이 세상 거칠게 몰아칠 때가 오리라고 믿"고 있는 것이다(「지쳐빠진 바람」).

거칠게 몰아치는 회오리로 살고자 하는 시인의 의지가 잘 드러난 시가 「달리는 바람」이다. 광주와 서울을 바쁘게 오가며 살아가는 시인의 삶이 투영된 이 시에서는 "달리는 바람"으로 살아가고자 하는 시인의 의지가 잘 녹아들어 있다. "바늘 꽂을 틈만 보여도 서둘러 스며드는 바람 젖어드는 바람, 끝없이 떠돌아야 직성이 풀리는" 바람은 곧 시인이라 할 수 있다.

> 돌이여 바람이여 너희들 사이에서 시가 태어난다 보아라 시는 금이다 반짝이는 보석이다 가슴에 박혀 빛난다
> ──「돌과 바람의 시」 부분

『봄바람, 은여우』는 돌과 바람 사이에 태어난 시집이다. 생명의 근원인

돌이 시간의 흐름 속에서 쪼개지고 부서져 흙이 되고 모래가 되고 바람이 된다. 바람이 끊임없이 달리고 휘몰아치는 이유는 살아 있는 생명, 그 자체이기 때문이다. 끝없이 움직이는 것, 시인에게 그것은 곧 시이며 삶이다. 시인의 시가 돌과 바람 사이에서 태어나고 있는 것은 이러한 이유에서이다. 바람은 '미지(未知)의 이미지'라 시인은 말한다. 『봄바람, 은여우』는 '미지(未知)의 이미지'를 휘감고 불어오고 있다.

(『시작』 2016년 가을호)

인간 너머, 은유 너머, 영으로 소통하는 바람의 시학
— 이은봉 시집 『봄바람, 은여우』

김윤환

시 창작에 비추어 새겨 들을 만한 글귀를 탈무드에서도 발견할 수 있다. "글자 한 자의 빠춤이나 더함이 전 세계의 파멸을 의미할 수 있다"는 이 격언은 동서고금의 시인이 어떤 자리에 위치하는지 서늘하게 알려주고 있다. 시인은 언어예술의 주체적 생산자이자 1차 소비자이기도 하다. 따라서 시인의 언어─시어─는 곧 세계(우주)의 형상화에 있어 첨삭의 심판자이자 구도자의 역할을 감당하고 있다고 하겠다. 그러한 시(詩) 생산의 범도(範道)를 깨닫게 해주는 시를 만나는 것은 도(道)를 만나는 것만큼 설레고 기쁘다.

시는 일상적 현상이나 사물에서 전혀 새로운 상상과 세계를 노래함으로 시인이나 독자에게 희열을 주는 문학이다. 언어예술이기 때문에 낯섦과 모호함에 머무르지 않고 보이는 것 너머, 은유를 넘어 명료한 의미를 소통하는 능력을 시인은 수행해야 하는 것이다.

이은봉 시인의 열 번째 시집 『봄바람, 은여우』는 시적 발상부터 새롭게 읽혀지는 신선한 작품들이다. 상투적 인간 참회나 투사적(鬪士的) 역사의식을 넘어 오묘한 허공(虛空)에 맴도는 바람을 매개로 다시 인간에게 말을 건네는 정통적 시의 서정성과 새로운 시적 세계를 개척하는 신선함이 함께 어우러져 있다. 놀랍게도 이번 시집을 읽노라면 어느새 독자인 나도 바람과 인사하며 대화하며 노래하며 슬퍼하며 격려하는 연(鳶)과 같은 바람의 동행자가 되는 듯했다.

> 멈춰 있으면 바람이 아니다 움직이는 바람, 달리는 바람, 튀어 오르는 바람, 휘몰아치는 바람……
>
> 이 부잡스러운 녀석이 좋아하는 것은 계곡이다, 틈이다 구멍이다
>
> 점잖게 여백이라고도 부르는 구멍을 향해 부지런히 제 몸을 던져 넣으면서 바람은 바람이 된다.
>
> ─「바람이 좋아하는 것」 부분

그렇다면 이 '바람'은 무엇이었을까?

성서 창세기에서는 "하느님이 궁창을 만드사 궁창 아래의 물과 궁창 위의 물로 나뉘게 하시니 그대로 되니라 하느님이 궁창을 하늘이라 부르시니라"[1]라고 했다. 궁창은 영이라는 바람 루아흐가 운행하고 있었으며 그 궁창(허공)에 바람(영)을 통해 생명과 역사가 탄생하기 시작했다. 성서에서 바람으로 읽히는 루아흐(rûah, 신약에서는 프뉴마 pneuma)는 대기, 특히 바람을 가리킨다.

바람은 온화하고 유익하나, 때로 광포하고 파괴적이며, 불가시적이며, 저항할 수 없는 힘의 상징이다.[2] 이 단어는 호흡에도 적용되는데 호흡은 곧 살아 있다는 증거이자 사상과 열정의 매개이기도 하다. 그리고 영적

---

1   「창세기」 1 : 6~7.
2   「창세기」 8 : 1, 「출애굽기」 10 : 13, 19, 14 : 21, 「민수기」 11 : 31 등.

인 원리를 가르쳐준다.[3] 구약성서에서 성령은 하느님의 역사(役事)의 도구로서 자연계와 인간의 마음속에 커다란 활동을 하고 있다. 하느님의 영인 성령은 천지창조 활동에 참여하여 수면 위에 운행하였다.[4] 선지자들을 영의 사람[5]이라고 한다. 사람과 피조 세계에 역사하는 영을 성서는 성령(聖靈)이라고 명명하는 것이다.[6]

야훼는 사람을 자기 형상대로 짓고 그에게 생명의 기운을 불어 넣어서 사람을 성령으로 만들었다. 이것이 바로 하느님의 영이 인간과 자연 속에 들어온 경로이다.

그러나 자연을 제외한 인간만이 자신 안에 바람(영)을 모르고 바람에 깃든 자신을 모른다.

제가 누구인지 모르는 바람이 있다 정오가 될 때까지 바람은 질펀하게 자취방에 퍼져 잔다
잠들면 허공에 떠 있는 독수리처럼 고요한 바람
공허가 무엇인지 체험하고 있는 걸까 죽음이 무엇인지 깨닫고 있는 걸까
…(중략)…
푸른 정맥을 드러낸 채 시간 밖의 삶을 살고 있는 바람
쉰이 넘도록 제가 누구인지 모르는 철부지바람이 지금 자취방에 퍼져 잠들고 있다
—「제가 누구인지 모르는 바람」 부분

'쉰이 넘도록 제가 누군지 모르는 철부지 바람들' 때문에 어쩌면 '루아

---

3   「창세기」 6 : 17,「욥기」 17 : 1 등.
4   「창세기」 1 : 2.
5   「호세아서」 9 : 7.
6   기독교대사전 '성령' 편

흐'의 바람은 지금도 자취방에 널브러져 있는 인생들의 창문을 두드리는 지 모른다.

일찍이 김수영 시인은 '풀이 바람보다 먼저 눕고 바람보다 먼저 일어난 다'고 노래했을 때 풀은 바람에 의해 일어서고 눕는 것이 아니라 바람과 일체가 될 때 비로소 바람은 바람이 되고 풀은 풀이 되어 상호 의존적이 되 독립적인 것의 절대 조화를 풀과 바람으로 노래했다. 바람은 영(靈)이 고, 풀은 움직임이거나 역사(歷史)였던 것처럼 바람과 합일(合一)되지 않 는 움직임은 그저 누워 있음에 불과하다.

시인은 시집 서문에서 바람과 사람, 바람과 세상, 바람과 역사를 병렬 로 놓고, 함께인 듯, 따로인 듯 바람에 관한 몇 가지 상념을 고백했다.

"바람은 소리다. 바람은 뜻이 아니다. 기의언어가 아니라 기표언어다" 라고 진술하지만 곧 "기표바람은 기의바람을 끌고 다닌다. 기의바람은 기 표바람을 쫓아 다닌다"고 언급하고 "기의바람을 만드는 것은 기표바람"이 라고 바람의 기표와 기의의 상호성을 정리했다.

유종호 교수가 소쉬르가 정의한 '기표(記標, signifier)와 기의(記意, sign-fied)의 개념'에서 "기표를 기의에 결합시키는 관계는 자의적이다. 일상 언 어나 비문학적 산문에 있어 기의, 즉 기호 내용이 우리의 주의를 끈다. 그 러나 문학 언어 특히 시의 언어에서는 기의(記意) 못지않게 기표(記標), 즉 기호 표현이 각별한 주의를 끈다. 단순화해서 말한다면 기의 이상으로 기 표에 주의가 집중되도록 배려된 것이 시 언어의 특징이라고 할 수 있다."[7] 고 언급한 것에 연장하여 상고해보면 이은봉 시인이 바람에 대한 시적 인 식을 기표 언어로 보는 것은 40년 가까이 시업(詩業)을 쌓아온 중견 시인 으로서 매우 의미 있는 귀결로 보인다.

7   유종호, 「일탈의 시학」, 『시란 무엇인가─경험의 시학』, 민음사, 1995, 35쪽.

이에 바람의 기표를 통해 궁창의 현상을 노래한 시 일부를 감상해보자

　…(전략)…

　바람은 내게 물었다 가지가 부러지고 잎사귀가 찢긴 나무가 피워 올리
는 꽃은 얼마나 초라한가

　걸핏하면 가지가 부러지고 잎사귀가 찢기기 때문일까 황금나무는 황
금알을 맺을 시늉조차 하지 않았다

　잎사귀가 실하지 않으면 꽃도 실하지 않았다 꽃이 실하지 않으면 열매
도 실하지 않았다

　어느새 자정이 침실의 창문을 두드리고 있었다

　어린 새벽의 발자국 소리를 들으며 나는 거듭 내 속에서 크는 가지가
부러지고 잎사귀가 찢긴 황금나무를 어루만졌다

　　　　　　　—「잎사귀가 찢긴 황금나무를 어루만졌다」 부분

　"황금나무"는 시적 화자가 가꾸는 화려한 인생의 꿈나무 같은 것이리
라. 화자는 "술에 취해 자꾸만 높아지던 목소리들을 두고 혼자 집으로 향
했던" 것은 일 년 전 자신인지, 누구인지 알 수는 없지만 "술에 취해 높아
지던 목소리"라는 "바람"이 자신을 "혼자 있도록 고요한 아침"을 맞도록
밀어내는 기표로 작용하는 것이다. 결국 기억(記憶)은 기표(記標)로 바람
을 만들어 화자의 황금나무를 흔들어댄다. 가지가 부러지고 잎사귀가 찢
긴 초라한 꽃에, 초라한 열매의 자기 꿈나무를 어루만지는 순간 허공의
'루아흐'를 다시금 노래하게 되는 것이다.

　세상은 벌써 눈 덮인
　겨울 산, 겨울 하늘

　눈 감으면 마음의 허공 한가운데로
　어린 꾀꼬리 한 마리

파릇파릇 솟구쳐 오른다
길게 대각선을 그리며

—「허공」 전문

앞서 언급한 대로 바람은 온화하고 유익하나, 때로 광포하고 파괴적이며, 불가시적이며, 저항할 수 없는 힘의 상징이다. 바람으로 이해되는 '루아흐'라는 단어는 호흡에도 적용되는데 호흡은 곧 살아 있다는 증거이자 사상과 열정의 매개이기도 하다.

신(神)이 펼쳐놓은 '궁창(허공)'에 신의 '영(靈)'이 유영(遊泳)하듯이 시인이 그리는 허공에는 마음의 바람을 불러일으키는 어린 꾀꼬리 울음(노래)이 푸르른 대지를 길게 그리고 있다.

시집 『봄바람, 은여우』는 시를 쓰는 이나 읽는 이에게 그동안 기의(記意)의 언어에서 머물렀던 시언어의 전형(典型)을 넘어 역동적 현상을 통해 발견되는 기표(記標)의 시어를 제시함으로써 시예술의 형이상학적 외경(外境)을 더욱 확장한 시도였음에 독자로서, 동업자인 시인으로서 신선한 시적 설렘과 도전을 던져주고 있다.

(『두레문학』 20호 2016년 하반기)

관록의 지경(地境)을 마다한 바람

— 이은봉 시집『봄바람, 은여우』

천세진

1. 관록의 두 갈래 길

이은봉 시인은 지난번 시집『걸레옷을 입은 구름』(실천문학사, 2013)에서 본격적으로 생명 속으로 들어간 적이 있다. 3년 만에『봄바람, 은여우』이란, 이전 시집보다 한결 부드럽고 경쾌한 이름을 가진 시집을 선보이고 있다. 그런데 심상치 않다.

먼저 '관록'이라는 것을 생각해본다. 많은 선배 시인들이 시력을 쌓으며 관록의 지경(地境)으로 입성한다. 태초부터 그랬던 것처럼 앞으로도 별로 나아지지 않을 혼란한 세상, 그 세상을 향한 입을 끝내는 닫고, 가부좌를 틀고 홀로 구도에 들어간다. 그리고는 종종 열반의 증거들을 내놓는다. 그러나 후생(後生)들은 참으로 불민(不敏)하여 알아들을 길이 없다. 필자를 비롯하여 후생들은 아직 "따뜻한 남쪽 하늘을 검고 칙칙하게 덮어버리는 싸가지 없는 바람의 손"(「바람의 손」, 71쪽)이 점령한 아귀지옥에 있기 때문인데 일정한 시간이 지나기 전에는, 뿌린 업을 대충이라도 정리해두기 전에는 열반의 문자를 해득하지 못한다. 누군가 가끔 묻기는 했다. 무엇을 위한 구도이실까? 홀로라면 굳이 후생들을 위한 도를 구하실 일은 필요치 않을 것인데…….

시도 나이가 들어간다. 그러나 나이가 들어가는 방식은 다 다르다. 거개는 머리를 놓아버리고 마음만 담긴다. 속세와의 연을 하나, 둘 끊을수록 더욱 그렇다. 그러나 세상은, 속세는 웬만해선 나이를 먹지 않아 세상은, 속세는 언제나 총량이다. 평균이 아니고 총량이다. 총량에서는 많은 것이 이어질 뿐 쉽게 바뀌지 않는다. 마음과 머리 어느 하나만으로는 살아갈 수 없다. 어느 하나만으로 굴러가는 세상이었다면 치음부터 세상이 시의 대상도 아니었을 것이고, 시인도 탄생하지 않았을 것이다.

관록의 시인들은 '유토피아'로 간다. 유토피아를 향하여 강한 의지로 나아가는 것이 아니라, 가던 길을 멈추고 스스로 유토피아를 만들어낸다. 다른 곳에 있지 않다고 한다. 바로 멈춘 그 자리에 있다고 한다. 관록은 그렇게 스스로 유토피아를 만들 깨달음을 얻었을 수 있겠지만, 부러 만들지 않을 수도 있다. 설령 만들어졌다 해도 그것을 누릴 수도, 누리지 않을 수도 있다. 멀찍이 뒤의 후생들은 아직도 "무쇠장갑차로 바뀌어 사막을 질주하는 바람의 손"(「바람의 손」, 71쪽)이 장악한 바람의 나라에 갇혀 있기 때문이다.

한 시인이 10권의 시집을 냈다면 이는 관록으로 가는 편안한 길을 충분히 닦은 것이다. 어느 시인도 오래도록 준열함을 간직하고 날을 갈 수는 없다. 그렇게 생각했으나 시인은 일단 걸음을 멈춘다. 아니, 멈춘 것은 아닌데 시인의 걸음이 향한 곳은 후생들이 가리라 예상했던 그 길이 아니다. 아무래도 "자유가 발길을 만들고, 발길이 역사를 만"(「바람의 파수꾼」, 138쪽)드는 길로 다시 접어든 것 같다. 바람이 거센 길로 말이다.

2. 바람의 형질

시인은 시집 첫머리의 「시인의 말」을 '바람에 관한 몇 가지 상념'이란 제하(題下)에 결코 짧지 않게 풀어낸다. 바람의 정체, 바람의 겉과 속, 바람의 희망과 욕망 등에 대해 말하고 있다. 시인은 또한 형상도 없는 바람을 물질화했다고 말하고 있다. 물질화(몸)한다는 것은 형상을 갖게 된다는 의미다. 그런데 형상을 갖는 물질은 형질을 또한 갖는다. 형질 없는 형상이란 있을 수 없다. 똑같이 닮은 형상을 가진 쌍둥이를 각각의 오롯한 존재로 독립하게 하는 것은 형질이다. 형상보다는 형질이 더욱 중요할 수도 있다. 사람 사는 세상은 형상보다는 형질로 인한 고통이 더 크고, 형질로 인한 고통의 정도도 세상마다 다 다르기 때문이다.

형상이 몸이라면 형질은 피이자 뼈다. 눈에 보이는 것 없이 눈에 보이는 것이 이루어질 수 없다. 보이지 않는 것도 그 안에 들어서게 되는데 '의지'다. 『봄바람, 은여우』의 72편의 시 중 바람의 시들은 몸의 머리(의지)를 이루고 있다. 의지이기는 한데 그 의지는 젊은 시기의 의지가 아니다. 젊은 시기의 의지는 불편하다. 아직 뼈도 단단해지지 않고 피는 지나치게 뜨겁기만 하다. 한 번도 제대로 가벼워지지 않는다. 시인의 의지는 관록을 거쳤다. 오래 벼려진 것이다. 그 덕에 시인은 의지의 준열(峻烈)한 날을 부드러운 갑 속에 담는다.

그런데 시인은 갑 안에 날만 넣은 것이 아니다. 갑 안에는 날카로운 날과 더불어 "하느님의 낮고 작은 숨결이"어서(「봄바람」, 33쪽) "세상 찬찬히 열어젖"(「봄바람」, 33쪽)힐 수 있는 씨앗이 들어 있고, 그 안의 씨앗은 다음 세대를 탄생시킬 수 있을 만큼 단단하다. 다음 생을 위한 의지가 "굴참나무나 피나무, 참식나무나 오리나무의 잎사귀를 흔들며 만드는 문자"(「바람의 문자」, 104쪽)로 단단히 새겨지는 것이다. 단단하게 문자를 새기는 일은 후생에 대한 책임감이 없고서는 안 되는 일이다. 죽이는 것에 혈안이 될 날은 생명을 키워내지 못한다. 비워졌다가 채워지는 바람의 날만이 그 지경(地境)에 다다른다.

3. 바람의 의지

전술(前述)했듯이 시인은 관록이 가져다주는 유토피아 속으로 들어가 문을 닫는 복을 스스로 버리려는 것으로 읽힌다. 오히려 "폭우 속에서 양손에 칼을 들고 지랄을 떨기 시작하면 누군가는 꼼짝없이 피를 흘리며 땅바닥에 나뒹굴어야"(「바람의 칼」) 하는, "아직도 지난 시대의 독재자처럼 온갖 생명들 하늘 휩쓸어 올"(「미친 바람」)리는 미친 바람에게 관록까지를 더해 대항의 의지를 날 세우고 있다. 옷을 가벼이 벗어던지고 몸을 지탱하는 단단한 골격(뼈의 구조)을 과시하고 있는 것이다. 시를 통해 그가 세상을 더럽히는 바람을 척결하려는 의지의 바람을 보여주고 있다는 것이다.

그럼에도 걸음이 무겁지 않다. 바람의 속성 중 으뜸인 것이 가벼움이다. 가볍다고 하더라도 희극적이지는 않다. 금강반야경에 이런 유명한 대목이 있다 한다. "應無所住 而生其心". '응당 거주할 곳이 없게 하여 그 마음을 일으키게 하라'는 뜻인데, 떠오르는 이미지가 '바람'이다. 형상도 없는 바람이 이번 시집의 뼈대를 이루고 있다. 인간의 몸이 206개의 뼈로 움직이고 있듯이 이은봉 시인의 시집 『봄바람, 은여우』 또한 여러 '바람'의 뼈들로 움직이고 있다.

몸이 가벼워도 뼈는 무겁다. 그래서 뼈는 사람의 숨이 몸을 떠나고 나서도 아주 오래도록 몸의 기억을 품는다. 바람(뼈)의 외피를 형성하고 있는 시들은 가볍다. 몸은 생이므로 온갖 사물들과 가벼이 만난다. 하지만 뼈는 직접 사물을 만나지 않는다. 무겁다. 그러나 뼈가 있기에 몸은 사물을 어루만지고 몸을 섞을 수 있다. 뼈가 방향을 주고 의지를 주기 때문이다.

바람은 가볍다. 물론 시인의 바람의 경우 가볍지만은 않다. 다 비우고 난 뒤에 시인의 바람은 뼈가 된다. 그 뼈는 세상이 바르고 단단하게 서기를 바란다. 시인의 바람은 정화시키려 하는 바람이다. 그래서 바람은 의지다. 먼지와 모래를 품은 바람이 지나가고 나서 몸들이 가벼이 세상 및 자연과 몸 섞을 수 있도록 정화의 바람을 불게 하는 의지다. 살을 먹는 일은 힘을 얻기 위한 것이지만, 뼈를 먹는 일은 심연을 먹는 일이다. 어둠과 밝음을 먹는 일이다. 광풍은 어둠이나 밝음 한쪽만을 탐한다. 광풍을 피하기 위해 관록이 필요하다.

4. 바람의 얼굴들

바람이 제목에 앞서 나온 시들을 살펴보자. 「바람이 좋아하는 것」, 「바람의 발톱」, 「바람의 이빨」, 「바람의 본적」, 「바람의 손」, 「바람의 문자」, 「바람의 칼」, 「바람의 집」, 「바람의 파수꾼」 등 9편이다. 이 작품들 외에도 바람이 등장하는 작품이 또한 여럿 있다. 바람이 어떤 형상과 형질을 갖고 있는지를 페이지 순서대로 살펴보자.

- 점잖게 여백이라고도 부르는 구멍을 향해 부지런히 제 몸을 던져 넣으면서 바람은 바람이 된다 　　　　　　— 「바람이 좋아하는 것」 부분

- 바람도 지치면 나뭇가지 위나 풀잎 위/철푸덱이 내려앉는다/…(중략)…/한때는 바람도 제 발톱 날카롭게 가꾼 적 있다
　　　　　　　　　　　　　　　　　　　　— 「바람의 발톱」 부분

- 바람의 이빨이여 네가 나타나면/살아있는 것들 다 겁먹는다
　　　　　　　　　　　　　　　　　　　　— 「바람의 이빨」 부분

- 바람은 어디서 불어오는가/바람에게도 고향이 있는가 태를 묻은 땅이 있는가 족보도 있고 혈통도 있는가 　　　　　— 「바람의 본적」 부분

어느새 무쇠장갑차로 바뀌어 사막을 질주하는 바람의 손
　　　　　　　　　　　　　　　　　　　　— 「바람의 손」 부분

- 나는 아직 바람이 굴참나무나 피나무, 참식나무나 오리나무의 잎사귀를 흔들며 만드는 문자를 제대로 읽어내지 못한다
  — 「바람의 문자」 부분

- 바람이 폭우 속에서 양손에 칼을 들고 지랄을 떨기 시작하면 누군가는 꼼짝없이 피를 흘리며 땅바닥에 나뒹굴어야 했다
  — 「바람의 칼」 부분

- 바람은 사람, 사람은 마음, 마음은 자유……, 자유가 발길을 만들고, 발길이 역사를 만들지
  — 「바람의 파수꾼」 부분

시에 등장하는 바람마다 각기 성격이 다르다. 악하기도 하고 선하기도 하다. 광포하기도 하고 잔잔하기도 하다. 바람이 하나의 이미지도 아니고 하나의 의미도 아님을 알 수 있다. 세상 모든 것을 포괄하고, 세상 모든 것임을 알 수 있다. 태초의 바람이 있고, 그 바람은 세상으로 들어가 악한(불온한) 바람이 되기도 하고, 자유의 바람이 되기도 한다. 바람은 또한 하나하나의 사람이 된다.

「바람이 좋아하는 것」, 「봄바람, 은여우」, 「물오리」, 「봄바람」에서의 바람은 태초의 바람으로서의 형상과 형질을 보여준다. 「바람의 이빨」의 바람도 거친 자연의 바람, 만물을 '추구(芻狗)[1]'로 만드는 인간의 이해를 넘어서는 초월적 의지의 바람, 태초의 바람이다.

「흔들의자」의 바람은 이념화된 바람, 「바람의 손」, 「바람의 칼」, 「미친 바람」의 바람은 악한 바람이요, 불온한 바람이다. 「바람의 문자」 속 바람은 불온한 바람을 정화시키려는 바람이다. 「금요일의 바람」, 「제가 누구인

---

1   짚으로 만든 개. 老子 道德經 五章, "天地不仁 萬物爲芻狗 聖人不仁 以百姓爲芻狗(천지불인 만물위추구 성인불인 이백성위추구 ; 천지는 정이 없어 만물을 추구로 삼고, 성인도 정이 없어 백성을 추구로 삼는다)."

지 모르는 바람」, 「바람의 발톱」, 「지쳐버린 바람」 등에서의 바람은 개체화되고, 물화(성장과 노화, 욕망과 시스템에 구속되는)된 바람이다.

5. 바람의 세상

가장 중요한 바람은 시인의 의지가 담긴 바람이다. 시인이 꿈꾸는 세상을 보여주기 때문이다. 그러한 바람은 지향하는 인간과 사회의 자유를 구속하는 악한 바람으로부터 인간과 사회를 지켜내고, 태초의 바람과 조화를 이룰 수 있는 바람이다. 「바람의 파수꾼」에 주목하자. 이 시의 종결부를 살펴보자.

> 아직도 당신은 구름을 타고 있는가
> 당신이 타고 있는 구름은 뜬구름
> 손오공의 흉내 그만 두고 얼른 땅으로 내려오시게
> 땅에 깊이 뿌리를 내리고 미루나무처럼 하늘을 향해 머리칼을 날려 보시게
> 그것이 실은 바람을 지키는 일
> 더는 바람을 지키겠다는 생각을 해서는 안 되네
> 바람이 지금 당신의 여린 잎새들 부드럽게 어루만지고 있잖나.

세상을 보이지 않는 것에 의해 재편된다. 태초에 형상을 들어 올린 것은 땅속 숨결이었지만 지금처럼 깎고 다듬은 것은 바람이다. 시인은 그 바람의 물성(物性)과 심성(心性)을 이야기하고 있다. 심성은 다시 나누어진다. 심성(心性)을 가진 바람은 의지다. 의지는 선한 것만 있는 것이 아니다. 악한 의지와 선한 의지가 대립한다. 시인의 바람은 악한 의지에 대한 도저(到底)한 대항이다. 일그러뜨리려는 의지를 바르게 하려는 의지다. 저만 살려는 의지가 아닌 모두가 살려는 의지다. 「시인의 말」에서 언급한

"붕새처럼 하늘로 솟구쳐 오르지 못하고 텃새처럼 산기슭의 초가집 주변이나 맴"도는 '거개의 바람'을 지키려는 의지다.

　바람은 존재를 확인시켜주는 것이다. 바람에 의해 존재가 드러나고, 바람에 의해 수정되고 자손으로 이어진다. 시인은 자연과의 교접(交接)으로 이 시집의 시를 시작한다. "이 사람, 머잖아/소나무 자식 낳겠다"(「소나무 자식」)는 구절의 교접(交接)은 몸이 있어 가능하지만 끝내는 몸을 낳는다. 그때의 바람은 의지 이전의 바람이었다. 태초의 바람이다. 악한 바람과 선한 바람이 발현되지 않고 가라앉아 있는 바람이다. "물속의 발갈퀴 재빨리 휘젓고"(「물오리」) 가며 일으키는 바람 또한 태초의 바람이다.

　이때의 바람은 서서히 신화를 몸 입고(「골짜기에 나자빠져 있는 바람」) 세속으로 들어간다. 의지가(기표) 실리기 시작한다. 몸은 의지를 가진 장치다. 이 몸의 어느 것들이 세상을 "가지가 부러지고 잎사귀가 찢긴 나무"들이 "황금알을 맺을 시늉조차 하지 않"(「잎사귀가 찢긴 황금나무를 어루만졌다」)게 만든다.

　시인은 그런 좌절을 곧추세우려고 한다. 이 시집의 마지막에 수록되어 있는 시 「창공」이 그런 의지의 피력이다. 창공은, 창공을 나는 생명의 의지는 바람이 있어 가능하다. 허공이 창공으로 바뀌는 것은, "텅 비어 있으면서도 꽉 차 있는"공간으로 변하는 것은 "허공이 만들면서 지우는 저것들"이 "내게서 나가면서 내게로 들어오고 있다"(「대나무 평상 위에 누워」)는 깨달음과, '공허만이 아'닌 희망이 있기 때문이다. 시인이 정작 꿈꾸는 세상은 허공이 아니라 바람으로 꽉 차 있는 창공인 것이다.

（『창작21』 2016년 가을호）

천세진 / 편력의 지경(地境)을 마다한 바람

길 위에서 울다 간 그대, 생채기의 시간들

― 이은봉 시조집 『분청사기 파편들에 대한 단상』

이송희

1983년 『삶의문학』에 평론, 1984년 『창작과비평』에 자유시를 발표하면서 문단 활동을 시작한 이은봉 시인은 이미 여러 권의 시집과 평론집을 상재한 중견 시인이다. 『분청사기 파편들에 대한 단상』은 그가 등단 이후 낸 첫 시조집이다. 2000년 가을부터 시조를 쓰기 시작했으니 무려 17년이 지났다. 시조를 쓰는 동안 그는 가장 깊이 의식한 것이 일본의 정형시 하이쿠라고 한다. 그는 시조가 바쇼의 하이쿠를 훌쩍 뛰어넘을 수 있기를 바라고 있다. 그렇게 그는 시조의 3장 매력에 물들어간 것이다.

이은봉 시인의 이번 시집에는 삶에 대한 다양성의 감정들이 여전히 시인의 내부를 파고든다. 그는 개인주의화되어가는 치열한 삶의 현장을 고발하기도 하고, "저희도 생명이라고 기를 쓰"는 토막 난 지렁이의 생을 꼼꼼하게 관찰하기도 한다. "긁어 만든 생채기들!"(「성에꽃」)이 어디 인간세상뿐이겠는가? 시인은 "쪼그려 앉은 자리마다/그리움 한 무더기!"씩 피어오르는 일상의 순간들을 잘 포착하여 렌즈에 담는다. 삶의 외로움과 고단함을 포착하는 풍경 속에서 따뜻한 인간애를 꿈꾸게 하는 이유를 우리는 이 시조집의 행간에서 만날 수 있다.

살다 보면 그야말로 별일이 다 있지요.
모가지에 힘주고 아랫배에 힘주고.

뿌지직 힘주다 보니
바지에 똥도 싸고.

대책 없는 이놈들, 함부로 날뛰는 놈들, 괜스레 상처 받을 일 어디에
있겠소. 발자국 소리에조차 죽은 체 입 닥치지.

세월아, 네월아, 후다닥 지나가거라.
살짝이, 납작이 엎드리는 게 최고지.

텃밭의 무당벌레들
요로코롬 안 살것소.

— 「무당벌레」 전문

    "모가지에 힘주고" "아랫배에 힘주"는 사람들은 타인을 지배하고 통제
하려는 욕구가 있는 존재들이다. 그러나 타인을 지배하고 통제하려는 욕
구는 실상 자신을 지배하고 통제하지 못해서 빚어지는 안타까운 질병일
따름이다. 그들은 지나치게 권력을 남용하다 보니 어느새 자기 수치도 모
르고 "바지에 똥도" 싸는 부끄러운 행동을 보이기도 한다. 문제는 그들 스
스로가 그것이 부끄러운 행동인지 모른다는 것이다. 시인은 권력 남용이
나 지나친 갑질로 타인의 인격을 지배 혹은 통제하려는 이들을 통렬하게
꼬집으며 "살짝이", "엎드리는" 겸손한 자세가 필요하다는 것을 '자벌레'의
은유를 통해 비판한다. 자벌레의 비유는 권력과 권위의 남용에서 빚어진
온갖 자만과 오만이 결국 자신의 수치를 보여주고 극단적으로는 파멸의
길에 이를 수 있음을 곱씹게 한다.

    무등산 자락 여기저기

분청사기 파편들.

깨어지고 부서져
조각난 세월들.

미어져 터져버린 가슴, 너무도 많구나.

가마터 주변마다 버려져 있는 목숨들,

땅속에 묻힌 지
수백 년이 지났어도

저처럼 되살아나서 내일을 꿈꾸다니!

꿈이야 뭇 생명들의 본마음 아니던가

버려진 꿈 긁어모아
이곳에 쌓고 보니

무등산 골짜기마다
동백으로 피는 봄볕.
　　　　　　　　　　　　—「분청사기 파편들에 대한 단상」 전문

　　이 작품은 광주 무등산 충효동 요지(사적 제141호)를 배경으로 한다. 이
일대는 『세종실록 지리지』와 『신동국여지승람』의 기록을 통해 1420년부터
16세기 초까지 요지가 운영되었던 곳으로 전라도 지역 분청사기의 성격
과 백자로의 변천 과정을 잘 보여준다. 무등산 분청사기는 소박하고 정감
있는 우리나라의 고유한 맛과 멋을 잘 표현해내 한국인의 정서와 미적 감
각에 어울리는 형태미와 기능성을 갖춘 도자기다. 조선의 근간을 위해 바
친 공물이기도 하고, 국가 재정의 중요한 세원이기도 한 이 무등산 분청

사기는 광주에서 한양까지 머나먼 여정을 거쳐 한양의 관청뿐만 아니라 왕실까지도 두루 공급했다고 전한다. 이러한 역사의 발자취는 분청사기에 나타난 다양한 명문, 문양, 장인의 이름으로 남아 무등산 분청사기의 가치를 더해주고 있다.

시인은 "무등산 자락 여기저기"에서 버려진 "분청사기 파편들"을 보며 "깨어지고 부서져/조각난 세월들"의 흔적을 읽는다. 더불어 시인은 "미어져 터져버린 가슴"과 가마터 주변에 버려져 있는 "목숨들"의 슬픔 속에서 수백 년이 지나 되살아나는 꿈꾸는 열정을 발견한다. "버려진 꿈 긁어모아/이곳에 쌓고 보니" 어느새 무등산 골짜기에는 동백으로 봄밭을 일군다.

도자기는 깨지면 생명이 끝나는 것이 아니라 가루가 되어 다시 분청사기로 태어날 수 있지만 깨진 상태로 있으면 더 이상 분청사기일 수 없다. 깨진 도자기는 곱게 빻아 다시 빚으면 된다는, 넘어지고 깨져도 희망을 잃지 않고 다시 일어서면 된다는 생각을 독자들도 간직하기를 바라는 것이다.

아내는 일 나가고
아이는
알바 나가고

사내는 여태까지
사무실에서
일하고……

오늘도 자정 가까이
텅 빈 집,
캄캄한 집.

— 「캄캄한 집」 전문

가족이 함께 어울려 지내는 공동체 생활이 차츰 사라지고 각자만의 삶으로 개별화하는 가족의 한 단면을 보여주는 작품이다. 아내와 아이와 남편이 각자의 욕망을 추구하면서 가족 공동체의 모습이 해체되고 있다. 가족의 개인화 및 해체로 가족 간의 대화가 사라지고 있다. 점점 더 가족 간에 함께 할 수 있는 시간이 사라지고 있음을 보여주는 시이다. 집이 캄캄하다는 것은 시간조차도 잠들어버린 부정적 상황을 가리킨다. 각자만의 생활에 빠져 가족마저 돌보지 못하는 상황은 미니 밥상을 들고 각자 자기 방으로 들어가는 모습, 각자 자기 채널의 텔레비전을 시청하는 모습에서도 여실히 드러난다.

> 잘 참다가 내 입에서
> 튕겨져 나온 빨간 말.
>
> 말에도 색깔 있지,
> 노란 말, 파란 말.
>
> 불처럼 쏟아져 나온
> 빨간 말을 어쩌지.

— 「빨간 말」 전문

성급하게 쏟아진 말, 참고 있으면 병 날 것 같으니까 뱉어낼 수밖에 없는 말들이 있다. 담고 있으면 아파버릴 것 같은 말이다. 이를 바꿔 이야기하면 솔직한 말이 될 수 있다. 이를테면 반드시 해야 할 이야기를 안 하게 되면 병이 난다. 성급하게 뱉는 말은 솔직한 말이다. 그러나 그 솔직한 말은 빨간 말처럼 너무 솔직하고 거침이 없는 말이 되어 종종 누군가에게는 상처와 아픔을 안겨준다. 불이 따뜻하지만 너무 가까이하면 그 뜨거움에 델 수 있는 것처럼 말이다.

이은봉 시인의 말처럼 "진실을 껴안고 있는 좋은 시는, 고통으로 지쳐

있는 사람의 눈으로만" 들어오는 것이기에 그가 끌어안는 낱낱의 사물들
이 그렇게 애틋하고 안쓰럽게 보이는 것인지 모른다. "깨지고 터져야/향
기를/뿜는다며" "너는 내 절망에/생채기를/내는구나"(「오렌지」)라고 했던
시인의 말에 일상의 진실이 오롯이 담겨 있는 것을 본다.

(『시조시학』 2017년 가을호)

잘 나가는 자유시인의 신작 시조집
— 이은봉 시조집 『분청사기 파편들에 대한 단상』

이경철

1.

이은봉 시인이 시조집 『분청사기 파편들에 대한 단상』을 펴냈다. 이은
봉 시인은 1984년 『창작과비평』에서 엮은 신작 시집 『마침내 시인이여』에
시를 발표하며 등단해 10여 권의 시집을 펴낸 중견 시인이다. 이은봉 시
인이 이번에 펴낸 책은 시집이 아니라 신작 시조집이다. 자유시단에서 왕
성히 활동하며 성가도 올리고 있는 시인이 왜 시조를 쓰고 발표하며 신작
시조집까지 펴내고 있는 것일까.

"오늘의 현대사회의 시민계급은 과거의 봉건사회의 사대부계급과 유사
한 의식지향을 갖는다. 이는 좀 더 나은 세상을 만들려는 비판의식의 면
에서는 물론 책임의식 면에서도 마찬가지이다. 형편이 이러하니 심미의
식 면에서도 오늘의 깨어 있는 시민사회는 과거의 깨어 있는 사대부사회
와 충분히 접점을 갖는다. …(중략)… 바로 이러한 점에서도 시조는 오늘
의 깨어 있는 시민사회에서 여전히 유효한 역할을 갖는다."

이은봉 시인이 이번 시조집 말미에 실린 「시조를 쓰고 읽는 즐거움」이
란 글에서 밝힌 말이다. 진보적 시를 쓰며 그쪽 시단에서 활동하는 시인

답게 봉건시대 사대부계급과 오늘의 시민계급 사이의 "좀 더 나은 세상을 만들려는" 진보적 성향의 유사성을 내세우고 있다. 그러면서 글 뒤에서 "내용에 못지않게 형식도 중요하다"며 "형식을 갖출 때 삶은 품위를 얻기 마련이다"고 시조의 틀과 가락도 중시했다.

반만년 민족의 맥박을 흘러내린 가락에 실린 정련된 이미지와 압축된 시상으로 시조는 지금 시의 기본으로부터 멀어지며 독자들을 잃어가고 있는 자유시의 혼란상을 극복할 대안으로 떠오르고 있다. 해서 적잖은 자유시인들이 이런 시조에 주목하며 직접 창작에 뛰어들고 있는 것으로 보인다.

2.

무등산 자락 여기저기
분청사기 파편들.

깨어지고 부서져
조각난 세월들.

미어져 터져버린 가슴, 너무도 많구나.

가마터 주변마다 버려져 있는 목숨들

땅속에 묻힌 지
수 백 년이 지났어도

저처럼 되살아나서 내일을 꿈꾸다니!

꿈이야 뭇 생명들의 본마음 아니던가.

버려진 꿈 긁어모아
이곳에 쌓고 보니

무등산 골짜기마다
동백으로 피는 봄볕.

　이은봉 시인의 이번 신작 시조집 표제작 「분청사기 파편들에 대한 단
상」의 전문이다. 세 수로 된 연시조다. 이렇게 시조 정형에 맞는 단수를
이어붙이며 시상을 길게, 다각도로 깊이 있게 전개할 수 있는 양식이 시
조이기도 하다.

　이 시는 사금파리를 소재로 하고 있다. 사금파리를 통해 현실성 내지
역사성에 무게를 두고 있는 것이 이 시이다. "무등산", "버려져 있는 목숨
들", "버려진 꿈" 등에서 어렵잖게 무등산으로 상징되는 5·18광주민주화
운동을 떠올릴 수 있기 때문이다. 그런 현실 의식이 "무등산 골짜기마다/
동백으로 피는 봄볕"이라는 시조의 정형과 가락을 타며 서정으로 심화,
확산돼가고 있는 것이 이 시다. 시조라는 양식이기에 마지막 수 종장의
이런 확실한 종결감으로 맺을 수 있었을 것이다.

아내는 일 나가고
아이는
알바 나가고

사내는 여태까지
사무실에서
일하고…….

오늘도 자정 가까이
텅 빈 집,

　　　　　캄캄한 집

　　　　　　　　　　　　　　　—「캄캄한 집」 전문

　참 쉬운 시다. 시조 짓기를 갓 배운 초등학생이 한 소재를 떠올리고 사
실적으로, 또박또박 쓴 시 같다. 외국인들이 다른 말보다 한글을 쉽게 깨
우칠 수 있는 만큼 시조도 이리 쉽고 자연스레 지을 수 있다. 그런 쉬운,
그러나 우주적 도리가 담겨 있는 우리말과 운율에 가장 잘 들어맞는 양식
이 시조이기 때문이다.

　그러나 쉽게, 어린이 눈 같은 맑은 눈으로 돌아가기가 어디 쉬운 일인
가. 그렇게 쉽게, 자연스럽게 쓰기 위한 시인의 시적 공력이 엿보이는 시
이기도 하다. 거기에 온 가족이 일해도 살아가기 힘든, 그래서 가족 공동
체마저 해체돼가고 있는 우리네 세태며 노동 현실까지 맑게 떠올리고 있
으니.

　　　　　성에꽃 하얗게 낀
　　　　　베란다 밖 유리창,

　　　　　손톱 세워
　　　　　긁어본다.
　　　　　유리창 밖
　　　　　저쪽 세상,

　　　　　보인다, 고단한 날들.
　　　　　긁어 만든 생채기들!

　　　　　　　　　　　　　　　—「성에꽃」 전문

　기온 떨어져 유리창에 성에꽃 피면 흔히 지금 여기와는 다른 추억이나
저쪽의 세상을 떠올리게 되는데, 이 시는 아니다. 성에 낀 유리창을 긁으

며 저쪽 세상을 본다고 문면에서는 말하고 있으나 지금 여기의 현실을 직시하고 있는 것 같다.

성에꽃을 있는 그대로 감상하지 않고 손톱으로 긁어 창밖 세상을 본다는 적극적 행위가 "고단한 날들,/긁어 만든 생채기"를 시인 개인의 과거의 것만 아니라 우리네 고단한 삶의 현재진행형으로 만들고 있지 않은가. 시인이 말한 좀 더 나은 세상을 보기 위한 깨어 있는 시민의식이 밴 시조로 읽을 수 있다.

> 마른 수숫대 위
> 살포시 앉아 있는,
>
> 가만가만
> 다가서면
>
> 차르르
> 날아가는,
>
> 잠자리, 고추잠자리
>
> 서러워라 가을빛!"
>
> ─「잠자리─첫사랑」 전문

참 맑은 시다. 시에 대한 정의는 구구한데 '시는 사무사(思無邪)'라 잘라 말한 공자의 말이 절로 떠오르는 시다. 현실의식도 개인적 감상도 없는 동시 같이 맑은 시이니.

그러다 '첫사랑'이란 제목과 함께 읽으면 누구든 끄덕끄덕 수긍할 시다. 첫사랑을 저리 맑은 설움으로 드러낼 수도 있구나 감탄할 시다. 우리네 모든 첫사랑은 다 이리 맑고 조심스런 순정 아니었겠는가. 이런 사심, 당파적 이해득실 없는 순정이기에 진보적인 현실 의식은 오늘도 내일도 현재진행형으로 가능할 것이고.

3.

이렇듯 순수 서정이니, 진보적 현실 의식이니 하는 경향을 가리지 않고 자유시를 쓰는 적잖은 시인들이 시조로 눈길을 돌리며 직접 창작으로도 뛰어들고 있다. 아마도 이는 너무 길고 난해한 젊은 자유시단과 그런 시들을 참신한 21세기 시로 평가해주는 일부 평단에 대한 염증과 저항도 한 요인이 됐을 것이다.

(『문학의 오늘』 2017년 겨울호, 솔출판사)

언제나 질문은 고통을 만들게 마련이지

— 이은봉 시조집 『분청사기 파편들에 대한 단상』

엄경희

1. 재도지기(載道之器)의 시정신

이은봉 시인의 첫 시조집 『분청사기 파편들에 대한 단상』(2017)은 시인이 이순(耳順)의 나이를 넘기며 출간한 것이라는 점에서 낯설게 느껴질 수 있다. 1984년 『창작과비평』으로 등단한 이후 왕성한 문학 활동을 전개해 온 시인의 시력(詩歷)을 익히 알고 있는 사람이라면 그를 '자유시'와 병행하여 평론을 써왔던 시인으로 기억하는 것이 자연스러울 것이다. 그는 초지일관 리얼리즘적 문학관을 견지하면서 역사와 사회의 억압에 맞서 올곧은 정신을 수많은 자유시에 투사하고 그것을 평론을 통해 대항 담론으로 전개시키곤 하였다. 따라서 시인이 2001년 『열린시조』 봄호에 최초로 시조 5편을 발표했다는 사실은 이러한 그의 문학 활동 전반에 묻혀 있었던 한 조각의 가능태였다고 할 수 있다. 그 가능태의 세월을 감안한다면 이 시조집에 함께 실린 「시인의 말」에 시인 스스로 17년 만에 첫 시조집을 낸 '감개'를 드러내는 것은 당연한 일처럼 여겨진다. 그럼에도 30년이 넘는 이은봉의 문학적 행보를 얼핏 되돌아보면 그가 '시조'에 관심을 기울였다는 것에 대해 '왜'라는 질문을 가질 수밖에 없다. 자유시의 형식이 갖는 그야말로 자유로움에 왜 그는 군이 시조라는 전통 장르를 보태고자 했을까. 이 시조집에 덧붙여놓은 시인의 짧은 후기를 잠시 참조해보면 다음과 같다.

> 오늘의 깨어 있는 시민계급과 과거의 깨어 있는 사대부계급은 정서적으로도 유사한 특징을 공유한다. 여러 면에서 오늘의 현대사회의 시민계급은 과거의 봉건사회의 사대부계급과 유사한 의식지향을 갖는다. 이는 좀 더 나은 세상을 만들려는 비판의식의 면에서는 물론 책임의식 면에서도 마찬가지이다. 형편이 이러하니 심미의식의 면에서도 오늘의 깨어 있는 시민사회는 과거의 깨어 있는 사대부사회와 충분히 접점을 갖는다.
> 깨어 있는 주체로서 언어예술에 대한 깊은 의지를 지닐 수 있는 사람은 어차피 그 사회의 특별한 몇몇 개인일 수밖에 없다. 바로 이러한 점에서도 시조는 오늘의 깨어 있는 시민사회에서 여전히 유효한 역할을 갖는다. …(중략)…
> 주어진 틀 안에서의 자유, 곧 틀 안에서의 이런저런 자잘한 실험은 시민적 가치의 실천, 곧 살아 있는 민주주의의 실천에 대응하기도 한다. 따로 강조하지 않아도 '민주주의'라는 틀 안에서 나날의 삶이 지니고 있는 형식을 새롭게 발견하고 개혁하는 일은 자못 중요하다. 어떤 삶에도 형식은 있기 마련이거니와, 이때의 형식을 깨닫고 바로 실천하는 일은 삶의 품위를 높이는 일이기도 하다.

이 후기를 살펴보면 상당히 비약적인 맥락으로 이루어져 있다. 그렇기 때문에 자세히 그 골자를 따지며 문면에 드러나지 않은 시인의 의식 지향을 섬세하게 검토할 필요성을 갖게 된다. 일단 그간 자유시를 통해 그가 보여주었던 민중에 대한 애착, 군부독재와 맞서는 공동체의 결속, 소시민의 애환, 계층 간의 갈등, 자본주의 비판 등과 관련한 테마를 고려할 때 사대부계급과 시민계급을 동질화한다는 점이 마치 모순을 빚는 듯한 인상을 남길 수 있다. 그러나 이 글을 자세히 읽어보면 '깨어 있는'이라는 수식이 반복되고 있음을 알 수 있다. '깨어 있는'이 지시하는 내용의 핵심은 "이는 좀 더 나은 세상을 만들려는 비판의식의 면에서는 물론 책임의식 면에서도 마찬가지이다."에 있다. 따라서 '깨어 있는'이라는 수식을 바꾸어 말하면 지식인의 역할에 대한 강조로 압축할 수 있다. 여기서 우리는 시조의 정치성에 대해 생각하지 않을 수 없다. 즉 우리의 전통 장르로서 시조는 유교의 재도지기(載道之器)로서의 이념을 그 바탕에 두고 있다. 의리와 수양, 행도(行道)는 시조의 실천 덕목이며 나아가서는 이러한 도학의 가치를 세상에서 실현하고자 하는 꿈을 지속적으로 지향해왔다고 할 수 있다. 그런 점에서 시조는 좀 더 나은 세상을 정치적으로 실현하고자 하는 염원을 늘 그 이면에 내포한 장르라 할 수 있다. 선비정신의 요체는 이로부터 나온다. 그 이념의 실현이 좌절되었을 때 은둔과 은일의 행보를 감행하게 되는데 이 또한 시조의 정치성과 무관하지 않은 행위라 할 수 있다. 피바람으로 얼룩진 당쟁과 강호가도(江湖歌道)의 관계를 들여다보면 시조의 정치성을 쉽게 이해할 수 있으리라. 그런 점에서 이은봉이 강조한 '깨어 있는'이라는 어휘는 선비정신의 또 다른 말로 해석할 수 있다. 이은봉은 깨어 있는 정신을 매개로 전통적 시가 양식과 만나고 있는 것이다. 그러면서 "주어진 틀 안에서의 자유"라는 표현을 사용하고 있는데 이 주어진 틀은 곧 '민주주의의 틀'이라는 이념을 내포한다. 따라서 시인의 논리에 따르면 자유롭게 "형식을 새롭게 발견하고 개혁하는 일"은 민주주의의 또 다른 실천이라 할 수 있다. 새로움의 창조는 '없음'에서 나오는 것이 아니라 옛것의 갱신으로부터 생성된다. 시인은 도학의 가치와 민주주의 이념을 융합함으로써 새로운 시도를 하고 있는 것으로 판단된다.

이 시집의 후기에 언급되지는 않았지만 이은봉은 시인의 임무로서 늘 '모국어 사랑'을 강조하곤 한다. 당연한 말인 듯하지만 '모국어 사랑'이라는 것이 자유시의 영역으로 넘어가면 상대적으로 상당량 훼손된 현상을 쉽게 만날 수 있다. 한시(漢詩), 가사, 시조, 민요 등 전통 시가 장르 가운데 지금도 여전히 상당한 시인을 보유한 유일한 장르가 시조인 것은 그것이 언문일치(言文一致)로 되어 있는 모국어이기 때문이다. 가사의 경우는 근대의 산문 양식에 흡수되었으며 민요는 옛 노래로 가창되고 있다. 반면 시조의 창작열이 식지 않은 이유에는 언문일치라는 민주주의적 언어 특질이 그대로 살아 있기 때문이다. 아울러 인간의 근원적 거처라 할 수 있는 '자연'이라는 제재가 그 기본 토양을 이루고 있기 때문이며 형식의 담박한 품격이 모순과 불화와 추함으로 가득한 세상을, 그리고 기계적으로 작동되는 일상을 다듬고 걸러냄으로써 생명적인 것으로 재생시키는 힘을 지니기 때문일 것이다. 따라서 이은봉에게 이러한 시조의 존속 능력이 함의하는 바는 시조가 지금의 시대에도 유효한 장르, 나아가서는 환골탈태의 장르로 기능할 가능성을 의미한다. 이는 시인의 평론집 『실사구시의 시학』, 『진실의 시학』, 『시와 생태적 상상력』, 『화두 또는 호기심』 등에 나타난 문학정신과 맞물리는 것이기도 하다. 그런 의미에서 상상이 아니라 경험을 소산으로 창작되었던 고시조의 정신과 삶의 생생한 경험을 바탕으로 리얼리스트의 면모를 보여왔던 시인의 조우는 예견된 것이었을지도 모른다. 해서 이 시조집의 표제작이기도 한 「분청사기 파편들에 대한 단상」을 나는 그의 상징적 '시조론'으로 읽었다.

무등산 자락 여기저기
분청사기 파편들.

깨어지고 부서져
조각난 세월들.

미어져 터져버린 가슴, 너무도 많구나.

가마터 주변마다 버려져 있는 목숨들,

땅속에 묻힌 지

수백 년이 지났어도

저처럼 되살아나서 내일을 꿈꾸다니!

꿈이야 뭇 생명들의 본마음 아니던가.

버려진 꿈 긁어모아
이곳에 쌓고 보니

무등산 골짜기마다
동백으로 피는 봄볕.

전라도 광주에 위치한 무등산(無等山)은 그 산세가 유순하고 둥글어 그 명칭과 잘 어울리는 형상을 한 산이다. 그래서 무등산을 제재로 한 시인들의 시편에서 이 산은 종종 '차등(差等)' 없는 세상으로 상징화되곤 한다. 이은봉이 무등산 자락에 흩어져 있던 분청사기 파편을 시조의 제재로 선택한 것이 '무등(無等)'을 염두에 둔 것인지는 확인할 수 없으나 그의 시관을 미루어 짐작해보면 '차등' 없는 세상에 대한 그의 이상이 반영된 것으로 해석해도 무방할 듯하다. 이 시의 화자는 분청사기 파편들을 바라보며 과거 역사 속에 깨지고 부서진 목숨들을 상상한다. 중요한 것은 이 폐허의 잔해 속에서 되살아나는 내일의 꿈을 버리지 않는다는 점이다. 화자는 "꿈이야 뭇 생명들의 본마음 아니던가."라고 단호하게 말한다. 또 다른 시 「환해지는 빛」에 보이는 "가슴이 환해져야만/세상도 환해지지"라는 구절도 이와 상통하는 의미라 할 수 있다. 이것이 시인의 오랜 시업(詩業)을 지탱해온 동력이라 할 수 있다. 거기에는 재도지기라는 도덕적 가치가 정감의 부드러움과 강한 의지로 함께 깃들어 있는 것이다.

2. 똑바로 서기와 견디기

시조집 『분청사기 파편들에 대한 단상』의 전반적인 성격을 살펴보면, 형식의 차원에서는 단시조의 정격(正格)보다는 단시조 형식의 단가를 2수 내지 3수 정도로 연장하는 연장체 형식의 변격이 주류를 이루는 것으로 보인다. 그러나 이은봉의 변격은 지나친 파격이나 탈격으로 치닫지 않는다. 이는 성격의 구속력을 완화하면서 한편으로는 사유시가 초래할 수 있는 과도하게 방만한 내용과 과잉된 감정의 유출을 제어하고자 하는 절제정신으로부터 연유한 것으로 파악된다. 아울러 그 내용의 차원을 살펴보면 「매화꽃밭」, 「염소」, 「환해지는 빛」, 「풀벌레 소리」, 「잠자리―첫사랑」과 같이 애틋한 그리움의 자연 서정을 드러낸 시편을 포함해 「무당벌레」, 「바퀴벌레」, 「파리」와 같이 시조 특유의 해학적 유머를 담은 시편들에 이르기까지 다양한 층위들이 조화롭게 펼쳐져 있다. 이러한 시의 내용물은 이제 노년에 이르기 시작한 시인의 정신적 여백을 짐작케 하는 '넓은 품'처럼 느껴진다. 그러나 무엇보다 이 여백의 품속에 여전히 살아 있는 그의 리얼리스트로서의 면모에 보다 주목하게 되는 것은 그것이 시인의 시력(詩歷)을 관통했던 원천이기 때문이다.

똑바로 서야지 똑바로 걸어야지.

굽으면 안 되지.
누우면 안 되지.

하늘이 보고 싶을수록 당당하게 걸어야지.

하늘을 보려면
고개를 젖혀야지.

하늘을 보았으면 부끄러워 말아야지.

어깨를 활짝 펴고는
뚜벅뚜벅 걸어야지

—「똑바로」 전문

이 시는『분청사기 파편들에 대한 단상』에 실린 시조 가운데 가장 단호한 어조를 드러낸 작품으로 보인다. 사용된 어휘들은 쉽게 이해되지만 그것이 울려주는 뜻의 깊이와 결기가 지닌 격은 높다고 할 수 있다. 단정하고 깔끔한 언어 운용 방식을 통해서 시인은 내적 의지를 강화하는 자기 다짐의 태도를 드러낸다. 이 시에 강조된 '똑바로 서기'와 '똑바로 걷기'는 앞서 살펴본 '깨어 있기'와 상통하는 태도를 반영한다. 따라서 구부러지거나 눕거나 부끄러워하는 것은 깨어 있는 정신이 와해된 수치스러운 행동으로 볼 수 있다. 두 번째 수에 보이는 화자의 태도는 '고개를 젖히다', '뚜벅뚜벅 걷다'로 더욱 대담한 자세로 강화된다. 여기에는 '하늘'로 상징화된 천심(天心)을 거슬리지 않으려하는 내적 염결성과 도덕 감정이 내포되어 있다. 즉 천(天)·지(地)·인(人) 삼재(三才)의 올바른 합일을 염원하는 화자의 세상살이의 태도가 담겨 있는 것이다. 주목할 것은, 시인이 그것의 첫 번째 조건으로 '똑바로 서다'라는 자기 성찰을 내세우고 있다는 점이다. 자기 성찰이 전제되지 않은 비판 정신은 때로 공소할 때가 있다. 그런 의미에서 비판의 정신은 자기 검열로부터 시작되는 것이 가장 진실한 것이다. 이와 같은 '똑바로 서기'와 병행되는 또 하나의 태도가 '견디기'라 할 수 있다. '견디기'는 다수의 시편에서 반복적으로 발견되는데「나비」, 「담배 생각」, 「혼자 먹는 밥」, 「달개비꽃」, 「시간의 숲」, 「참기쁨—한주에게」 등이 그러한 예이다.

펼쳤다가 접는 것이 모든 생인 나비야.

네게는, 너 자신에게는 아무런 질문 없지.
언제나 질문은 고통을 만들게 마련이지.
어떤 고통도 견디지 못하는 나비야.
고통을 견디지 못하니 네게는 향기 없지.
오늘은 내 가슴 위 날고 있는 나비야.

— 「나비」 부분

더러는 독한 시련도 저린 슬픔도 겪어야 한다. 참고 견디는 것도 공부
다, 숨어서 우는 것도.

그래야 좀 알 수 있다. 사람살이의 참기쁨!

— 「참기쁨―한주에게」 전문

　깨어 있기와 똑바로 서기가 이은봉이 지향하는 참된 삶의 태도라면 이
러한 태도는 자신을 포함한 세계에 대한 끊임없는 질문과 연동된 것이라
할 수 있다. 질문은 의문과 회의와 부정과 비판과 꿈 때문에 생겨난다. 그
것은 절망과 생성이 갈마드는 사유의 시발점이다. 아무런 질문이 없다는
것은 죽은 내면과 다를 바 없다. 죽은 내면은 죽은 사회를 만든다. 그러나
절망과 생성이 충돌하며 질문에 휩싸일 때 존재는 고통을 감내해야 한다.
시 「나비」의 "어떤 고통도 견디지 못하는 나비야./고통을 견디지 못하니
네게는 향기 없지."에 함축된 의미가 바로 그런 지향을 암시한다. '향기'
없는 내면은 곧 질문하지 않는 죽은 정신을 적시한다. 화사하지만 향기가
없는 안일함이 '내 가슴 위'로 날아들 때 시인은 역설적으로 질문하고 견
뎌야 한다는 것을 오히려 깨닫는 것이다. 시 「참기쁨―한주에게」는 견딤
의 미학을 뭉클하게 전달한 시편 가운데 하나이다. 이 시에 표현된 "숨어
서 우는 것도."라는 행위가 그러하다. 그것은 너무도 구체적이고 보편적
인 견딤의 고통을 실감하게 한다. 우리 모두가 해보았던 숨어서 우는 행
위를 시인이 꺼내내는 것이 아닌가. 시인은 그것을 '공부'라 말한다. '참기

쁨', 즉 사람살이의 깨달음은 바로 이러한 견딤의 선물이라 할 수 있다.

3. 여백이 품어낸 생채기들

'깨어 있기'와 '똑바로 서기'는 이은봉이 일관되게 견지해왔던 시정신의 뿌리라 할 수 있다. 그러나 이러한 견고함이 과도할 경우 그것은 자신뿐만 아니라 타인까지도 경직시킬 가능성을 갖는다. 내유외강(內柔外剛)의 탄력과 마음의 여백이 없다면 관용과 연민도 없을 것이다. 부드러우면서 견고한 것, 거칠면서 훈훈한 것, 맑으면서 슬픈 것 등은 서로 대립하는 것이 아니라 우리들의 내면에 깊이와 신중함과 복합성을 생성시키는 상호 보완적 속성이다. 즉 이는 이원적 단순성을 넘어서서 참다운 인품과 자질을 입체적으로 형성하는 품성의 근원이다. 부드러운 것이 견고한 것을 껴안을 때, 거친 것이 비정한 매끄러움을 훈훈하게 만들 때, 슬픈 것이 맑은 것으로 여과될 때 우리 삶에서 비롯되는 여러 가지 난관들 또한 비루함과 천박한 방식을 벗어나 누그러든다. 그것은 꽉 채워진 것이 아니라 헐렁하게 비워진 마음의 여백을 필요로 한다. 이러한 마음의 그릇을 맑게 씻어내고 그 그릇의 크기를 넓게 만들어주는 매개물 가운데 하나가 '자연'이라 할 수 있다. 고시조부터 현대시조에 이르는 과정 가운데 자연이 가장 중요한 제재가 되는 것은 이 때문이다. 상처받은 마음을 달래기 위해 그 자신이 자연인 인간은 자연에 기대고 그곳에서 수양한다. 이은봉의 시에 등장하는 자연 또한 이러한 맥락과 무관하지 않다. 시 「성에꽃」의 "보인다, 고단한 날들./긁어 만든 생채기들!"에 암시되어 있는 삶의 신산함을 그 또한 자연을 통해 다스리기도 한다.

눈망울 껌벅이며
내 얼굴

바라보는 소.

크기도 해라 저 눈망울,
눈망울 속
흰 구름

차르르, 흐르다가는
순식간에
사라지네,

놀란 마음 다독이며
찬찬히
바라보는

저 소의 눈망울
멀고도
깊어라.

저렇게 멀고 깊거늘
무얼 담나,
그 속에.

—「소」 전문

    소의 눈망울을 조용히 바라보는 화자는 그 눈망울 속에 담기는 하늘의 흰 구름을 함께 본다. 따라서 유순하고 무던한 소의 눈망울은 한낱 동물의 것이 아니라 '하늘'이 담긴 넓고 큰 세계라 할 수 있다. '차르르' 물처럼 부드럽게 소의 눈망울에 비치는 이 한정(閑靜)의 풍경은 지상의 한 생명체와 하늘이 하나로 잘 어우러진 평온을 만들어낸다. 화자는 그것을 "멀고도 깊어라."라고 표현한다. 아득하고 깊은 소의 눈망울이 '내 얼굴'을 바라볼 때, 반대로 '나' 또한 우주의 깊이를 담아낸 소의 눈망울을 바라볼 때,

그 유원(幽遠)한 세계에서 주체와 객체는 분리를 벗어나 하나가 된다. 그
것이 자연이 우리의 감각과 정서에 나아가서는 인식에 끼치는 영향이라
할 수 있다. "저렇게 멀고 깊거늘"이라는 표현에는 거기에 도달하고 싶은
화자의 마음이 함의되어 있다. 깊고 멀고 큰 그릇의 세계를 시인은 행간
의 여백을 넓혀 이같이 드러내고 있는 것이다. 그 마음의 그릇에 시인은
세파에 시달린 아픔을 품어내고자 한다.

> 가슴속 대못 하나,
> 단단하게 박혀 있네.
>
> 녹이 슨
> 이 대못,
> 암만해도
> 안 빠지네.
>
> 차라리 끌어안아야지,
> 다른 길 없으면!
>
> —「대못」전문

　　시「대못」에 보이는 '가슴속 대못'은 아주 오래전부터 박혀 있던 삶의 '고
통'을 암시한다. 이제는 '녹이 슨' 대못인데도 그것은 가슴속에서 안 빠진
다. 이때 화자는 "차라리 끌어안아야지,"라고 말한다. 빠지지 않는 대못을
억지로라도 뽑아내려 할 때 생채기는 덧나고 고통은 배가 될 수 있다. "암
만해도/안 빠지"는 것을 받아들이는 것 즉 끌어안는 것이 오히려 치유의
방법일 수 있음을 안다는 것은 일종의 지혜이며 경지이다. 그런 의미에서
'끌어안기'는 '견디기'보다 한 수 위라 할 수 있다. 이러한 지혜와 경지는
고통과 싸워왔던 자만이 알 수 있는 것일지도 모른다. 다른 시「파꽃 아줌
마」에 보이는 "밭두둑에 앉아서는/긴 한숨 쉬고 있는,//서러운/가슴아./움

켜쥔/가슴아.//벌 나비 날아와서는/날개 펴 껴안거늘!" 또한 바로 이 같은 삶의 안목을 내비치는 시라 할 수 있다.

이은봉의 시조에 드러난 '깨어 있기'와 '똑바로 서기', 그리고 '견디기'가 삶의 고통에 대해 올곧게 대응하는 정신의 자세를 뜻한다면 '끌어안기'는 그 고통을 품어내는 초월의 자세를 의미한다고 볼 수 있다. 이 두 개의 태도 혹은 대응 방식은 모두 맑고 크고 깊은 마음의 그릇을 필요로 한다. 시인은 이 둘을 상응시키면서 삶의 결을 만들고자 한다. 때로는 견고하게, 때로는 부드럽게 삶의 운율과 여백을 조절하면서 그는 이 시집의 후기에 이렇게 쓰고 있다. "행을 이처럼 낯설게 분할하는 가운데 가락을 밀고, 당기고, 끊고, 맺고, 꺾고, 젖히는 것은 시조를 창작하는 또 다른 기쁨 중의 하나이다."라고!

(『세종시마루』 2018년 가을)

엄경희 언제나 깊은 고통을 만들게 마련이지

제4부

시들, 시평들

생명의 기원에 대한 시적 사유
— 이은봉의 신작시들

유성호

1. 시인의 존재론적 표지(標識)

시인들은 우리들이 일상 속에서 무심히 지나치는 사물들의 존재 형식을 통해 생의 본질을 통찰하고 표현하는 직능을 가진다. 가령 시인들이 수행하는 그 같은 통찰과 표현은, 자신의 정서를 직접 드러내는 방식을 지양하면서, 사물의 고유한 형식과 생의 본질을 유추적으로 결합시키는 작법을 지향하게 된다. 그래서 시인들이 포착한 사물의 구체성은 우리들 생의 속성으로 치환되고, 나아가 존재의 심층에 가라앉아 있는 생명의 원리에 대해서도 사유할 수 있게 해주는 시적 원형이 된다. 이처럼 사물의 존재 형식을 통해 생의 비의에 가닿는 도정은 시인들이 양보할 수 없는 고유한 존재론적 표지라 할 것이다.

지금 우리가 살고 있는 시대는 모든 근대적 징후들이 절정이자 황혼을 맞고 있는 시대이다. 그만큼 이제는 근대가 몰고 온 긍정, 부정의 양상들이 전면적인 모습을 띠고 있다고 할 수 있다. 그 가운데 근대의 폐해에 대한 반성적 담론이 많이 제출되었는데, 그 안에는 인간의 생태적 사유와 실천에 대한 깊은 요구가 놓여 있다. 생태적 사유에 기반을 둔 시의 창작과 향유가 절실히 요구되어온 까닭도 이 같은 시대 인식에 기반을 둔 것임은 우리가 잘 알고 있다.

이은봉 시인은 자신의 근작(近作)들에서, 사물의 존재 형식을 통해 생의 비의에 가닿으려는 시적 욕망과 생태적 사유와 실천이라는 방법론을 지속적으로 결합시키고 있다. 완강한 일관성이라 할 수 있을 정도로 이은봉 시인은 사물들 속에 편재(遍在)해 있는 생명의 원리에 대한 사유를 자신의 시적 정점에서 수행하고 있는 것이다. 물론 그 생명은 구체적인 생명체들의 움직임에서 간취되고 있지만, 시인은 무생물이나 비생명의 존재에까지 이 같은 생명의 원리가 관철되고 있다는 생명성의 상상적 확산을 꾀하고 있다는 점에서 매우 이채로운 음역을 우리에게 보여주고 있다. 그래서 우리는 그의 시를 통해 생명의 원리를 내장하고 있는 사물의 형식과 상상적으로 조우하게 된다.

이 길지 않은 글은, 이 같은 이은봉 시인의 시법(詩法), 곧 생명의 원리에 대한 심층적이고 원초적인 사유 과정을, 이번에 새로이 발표되는 시작들을 통해 따라가본 관견(管見)의 결과이다.

2. 생명의 기원에 대한 지속적 탐구

동양 철학에 의하면 우주에는 어디에나 스며 있는 생명의 흐름이 존재한다. 그것은 어떤 초월적 실재로부터 흘러나오는 특정한 움직임이 아니라 편재적이고 보편적인 우주적 실재이다. 어디에서 생명이 왔으며, 또 어디로 흘러가는 것인가는 인간 의식에서 영원히 숨겨진 신비한 영역일 뿐이다. 생명 그 자체는 어떤 의미에서 무한한 연속인 것이다. 그래서 무한의 저편으로부터 무한한 생명이 오고, 또 무한으로 유한한 생명이 연속되어나간다.

따라서 모든 생명은 커다란 변화의 흐름 중에서 변천하며, 쉬지 않고 낳고 또 낳으며 끊임없이 운전하고 있다. 그것은 생이 비롯된 시원(始原)의 자연과 끝마치는 자연 사이에 쉬지 않고 낳고 또 낳는[生生不息] 창조적 전진의 과정과 우주적인 큰 조화의 질서가 가로놓여 있다는 것을 함의한다. 그래서 생명이란 비생명이라고 우리가 인지하는 사물의 형식에도 놀라운 일관성으로 흐르고 있는 것이다. 다음 시편은 그 같은 생명의 기원에 대해 메타적으로 사유해온 시인의 결실이다.

돌 속에서 내가 자랐듯이 내 속에서도 돌이 자라고 있다 돌 속에서 내가 나왔듯이 내 속에서 돌이 나오고 있다

콩이여 팥이여 콩팥이여 돌에서 나와 돌로 돌아가는 생명이여 죽음이여.

—「결석(結石)」 전문

이 시편에서 '돌'과 시인은 호혜적인 인과(因果) 관계를 구성하고 있다. 서로가 서로의 원인이자 결과인 것이다. "돌 속에서 내가 자랐듯이 내 속에서도 돌이 자라고 있다"는 것은 '돌'과 '나'가 결국 한 몸이었음을 증언한다. 그래서 "돌 속에서 내가 나왔듯이 내 속에서도 돌이 나오리라"는 것은 매우 자연스러운 진술이 된다.

그런데 그 '돌'이 이제 정말 자신의 육체의 일부가 되어 '결석(結石)'으로 존재하니 그야말로 사물과 인간이 하나가 된 셈이다. "콩이여 팥이여 콩팥이여 돌에서 나와 돌로 돌아가는 생명이여 죽음이여."라는 마지막 결구(結句)는 죽음의 징후인 통증과 질병을 통해서 생명의 이 같은 원리에 이르게 된 시인의 고통스런 자각 과정을 보여주고 있다. 비록 소품(小品)이기는 하지만, 이 작품은 그동안 이은봉 시인이 견지해온 생명 인식의 핵심을 간명하게 보여주고 있다.

다음 시편 역시 '돌'이라는 사물의 형식을 통해 생명의 기원이 품고 있

을 법한 하나의 본질에 이르는 과정을 담고 있다.

    돌은 아버지의 집이다 아버지는 돌 속에서 나왔다 아버지의 아버지,
아버지, 아버지, 아버지……
    부서져 흙이 되는 돌, 나도 돌의 문을 열고 나왔다
    마늘과 양파를 키우는 돌, 벼와 보리를 키우는 돌, 암탉과 칠면조를 키
우는 돌, 소와 돼지를 키우는 돌,
    돌을 먹고 나는 또 하루 살고 있다 주검을 먹고 나는 또 한 세상 살고
있다
    돌 속에서 아버지를 꺼낸 것은, 주검 속에서 나를 꺼낸 것은 오랜 바람
이다, 물이다, 햇볕이다, 시간이다
    시간이 돌을 쪼개, 흙을 으깨 나를 세상에 나오게 한 거다 시간의 부름
을 받을 때까지는, 돌로 돌아갈 때까진 눈망울 반짝이며 이 세상 건너갈
수밖에 없다
    돌은 생명의 집이다 생명은 돌의 문을 열고 나온다 돌은 생명, 생명의
생명, 생명, 생명, 생명……
    부서져 흙이 되는 돌, 식량이 되는 돌, 아들도 손자도 증손자도 돌의
문을 열고 나왔다.
                                  —「생명의 집」 전문

    이 작품은 지난번에 이은봉 시인이 펴낸 시집 『내 몸에는 달이 살고 있
다』(창작과비평사, 2002)에 실려 있는 '돌' 이미지의 시편들과 깊이 연결되
어 있는 시편이라고 할 수 있다. 이 시편 속에는 자연과 인간 사이의 순환
적 결속 관계가 담겨 있다. 일종의 연기(緣起)적 상상력이라고 할 수 있는
이 같은 시적 지향은, 자연과 인간을 시인의 생태적 사유 속에서 깊이 연
관시키고 있다. 그 안에는 '생물/무생물', '생/사', '아버지/아들' 사이의 영
속적 순환이 모두 다 들어 있다. 이를 두고 우리가 생명의 기원에 대한 시
적 사유라 불러도 무방할 것이다.
    "돌은 아버지의 집이다 아버지는 돌 속에서 나왔다 아버지의 아버지,

아버지, 아버지, 아버지……"라는 것은 오랜 생명의 이어짐이 결국 '돌'이라는 비생명에서부터 발원했다는 사실을 선언한다. 그래서 "돌은 아버지의 집"이고 결국은 '나'의 집이기도 하다. "부서져 흙이 되는 돌, 나도 돌의 문을 열고 나왔"기 때문이다. "마늘과 양파를 키우는 돌, 벼와 보리를 키우는 돌, 암탉과 칠면조를 키우는 돌, 소와 돼지를 키우는 돌"은 돌이 생명의 근원이자 대지의 모형인 것을 연쇄적으로 규정하고 있다.

이어지는 "돌을 먹고 나는 또 하루 살고 있다 죽음을 먹고 나는 또 한 세상 살고 있다"는 것은 또한 죽음과 삶이 다르지 않음을, 우리의 육체가 삶의 현장이자 죽음의 서식지임을 말한다. 그래서 "돌 속에서 아버지를 꺼낸 것은, 죽음 속에서 나를 꺼낸 것은" 오랜 '바람'과 '물'과 '햇볕'과 '시간'이고 그들이 "돌을 쪼개 세상에 나오게 한 거다". 그러니 생명을 부여받은 우리는 "시간의 부름을 받을 때까진, 돌로 돌아갈 때까진 눈망울 반짝이며 이 세상 살아갈 수밖에 없"는 것이다. 그런데 이제 아버지가 아니라 생명 자체가 돌을 깨고 나온다. "돌은 생명의 집이다 생명은 돌의 문을 열고 나온다 돌은 생명, 생명의 생명, 생명, 생명, 생명……"은 그 같은 생명의 원리를 감각적으로 보여준다. 그 생명은 면면히 이어져 "아들도 돌의 문을 열고 나"오게 된 것이다.

이처럼 시인은 '돌'이라는 비생명의 존재로 자신의 상상력을 응집시키면서, 본원적 생명을 잉태하고 있는 상징으로 그것을 탈바꿈시킨다. 이는 앞에서도 말했듯이 『내 몸에는 달이 살고 있다』의 충실한 연장선상에서 발원하는 시적 사유이다. 무생물에서 생명의 근원의 흔적을 보는, 다시 말해서 그것들이야말로 세상의 안쪽이 아닌 바깥쪽에 존재하면서도 근원적인 가치를 가지고 있는 유일한 형식이라는 자각을 밑바탕에 깔고 있는 것이다. 그 무생명이 바로 시인에게 '돌'로 집중되는 것이다.

'돌'로 상징되는 어떤 견고한 광물질에서 새로운 생명의 근원을 탐색하는 이은봉 시인의 시적 사유는, 이처럼 '물질'과 '생명'을 연관시키면서, 비

생명에서 생명체가 잉태되고 진화된다는 일종의 우주적 이법을 확산시키고 있다. 이는 결국 사물들이 스스로의 격(格)과 생명을 지닌 존재들로 살아가고 있음을 증언하는 우리 시단의 이색적인 사례일 것이다. 이를 두고 우리는 이 시인의 생태적 인식의 지속적 심화의 양상이라고 부를 수 있을 것이다. 생명의 기원에 대한 탐색이 시의 몫이 될 수 있음을 그는 뚜렷하게 보여주고 있는 것이다.

3. 연기를 파괴하는 인간의 과잉 욕망에 대한 시적 비판

우리는 앞에서 이은봉 시인의 상상력을 생명들 혹은 비생명들까지도 서로 내적으로 깊이 연관되어 있다는 연기적 상상력의 한 양상으로 읽은 바 있다. 그런데 이은봉 시인은, 이번 신작시들에서 자연과 인간의 연기를 파괴하는 힘들에 대한 비판적 진단도 힘있게 행하고 있다. 그들 사이의 내적 연관을 심각하게 훼손하고 있는 것이 무엇인가 하는 존재론적 질문을 수행하고 있는 것이다. 그것은 시인에 의하면 인간의 과잉 욕망이라 할 수 있다.

그동안 우리의 전통적 사상은 아름답고도 심원한 생태적 지혜를 간단없이 보여주었다. 그 사유는 시적이자 미학적이며 협소한 인간 중심주의를 넘어 인간과 자연, 인간과 만물이 근원적으로 동일한 존재로서 이른바 생생지리(生生之理 : 하늘이 인(人)과 물(物)을 끊임없이 낳는 이치)에 따라 생명의 율동을 구가하고 있음을 강조하여왔다. 그 생각의 움직임은 도구적 이성에 익숙한 우리 현대인으로서는 상상하기 어려울 정도로 심오하고 근원적인 것이다. 이은봉 시인의 비판적 시선은 바로 그 지점의 심층을 향하고 있다. 다음 시편은 그 같은 인간 혹은 문명의 힘이 어떻게 생명의 본원성을 잠식하고 파괴하는가를 보여주는 실례이다.

배꼽을 타고 흘러들어온 상처투성이의 달이 처음 내 몸에 둥지를 틀었을 때는 아직 한가한 봄날이었다

뚝뚝 피를 흘리면서도, 심하게 다리를 절룩이면서도 내 몸에 살림을 차린 달은 산수유꽃을 피우고 청매화꽃을 피웠다

복사꽃이 피고, 살구꽃이 필 때까지만 해도 달은 제 안의 밝은 빛을 데리고 환하게 웃었다 하얗게 이빨을 드러내며 달은 내 몸의 파릇파릇 피어오르는 숲을 향해 촉촉이 내려앉고는 했다

그린 날이면 달은 나를 꾀어 '서라 모텔'로 가고 싶어 안절부절 못했다

그렇게 쩔쩔매던 달도 지나친 공사와 건설과 매연으로 장미꽃이 지고 라일락꽃이 지자 더럭 짜증을 내기 시작했다

여름이 되자 꽃들은 그런대로 우거진 숲이 되었다

팔과 다리에 생채기가 난 것일까 심혈관에 이상이 생긴 것일까 찬바람이 불기 시작하자 내 몸의 숲은 시름시름 앓기 시작했다

채 가을이 오기도 전에 숲은 저 자신을 다 망가뜨리고 말았다.

그런 숲을 생각하면 달은 차마 얼굴을 들 수 없었다 이제 숲은 꽃을 피우지 못했다 달이 살지 않는 숲……

달은 끝내 내 몸을 버리고 가출을 했다 도를 얻기 위해 출가라도 한 것일까 영영 달은 돌아오지 않았다

그런 후였다 내 몸은 문득 도시의 빌딩들로 가득 채워졌다 시냇물도 흐르지 않았고 꽃도 피지 않았다

언제부턴가 내 몸에는 달 대신 퍼런빛의 불안이 배꼽을 타고 흘러 들어 똬리를 틀었다

불안은 도처에 근심과 걱정을 토해냈다 그때마다 내 다리는 후들후들 떨렸다

어쩌지 온갖 공사와 건설과 매연으로 숲마저 몸을 망가뜨리자 달 또한 제 뽀얀 낯빛을 망가뜨리기 시작했다

잔뜩 찡그린 얼굴로 칙칙한 하늘 한구석에 팽개쳐져 있는 달이라니!

달은 이제 검게 파헤쳐진 마을이나 우두커니 내려다보고 있을 뿐이었다.

— 「달의 가출」 전문

'달'은『내 몸에는 달이 살고 있다』에서도 생명의 힘을 충만히 지닌 핵심
적 이미지로 출현했거니와, 이 작품에서도 '달'은 생명의 근원 혹은 징후
의 상징을 띠고 있다. "배꼽을 타고 흘러들어온 상처투성이의 달이 처음
내 몸에 둥지를 틀"었다는 것은 육체를 통해 생명이 안착했다는 진술과
등가를 이룬다. 그때는 "한가한 봄날이었다". 그때는 그리고 "뚝뚝 피를
흘리면서도, 심하게 다리를 절룩이면서도 내 몸에 살림을 차린 달은 산수
유꽃을 피우고 청매화꽃을 피웠다". 어떠한 가혹한 외적 여건에서도 생명
은 피어나고 이어졌다. 그래서 "달은 제 안의 밝은 빛을 데리고 환하게 웃
었다".

　하지만 "나를 꾀어 '서라 모텔'로 가고 싶어 안절부절 못했"던 달은 "장
미꽃이 지고 라일락꽃이 지자" 짜증을 내기 시작한다. "숲은 저 자신을 다
망가뜨리고 말았"고, 그런 숲을 생각하면 달은 차마 얼굴을 들 수 없"고
"이제 숲은 꽃을 피우지 못했다". 그래서 결국 "달은 끝내 내 몸을 버리고 가
출을 했다". 생명의 기운이 빠져나간 것이다. 그 후 "내 몸에는 달 대신 퍼
런빛의 불안이 배꼽을 타고 흘러 들어 똬리를 틀었"는데, 이때 '달/불안'의
대위(對位)는 생명과 문명의 그것으로 가파르게 치환된다. 그 "도처에 근
심과 걱정을 토해냈"고 "내 다리는 후들후들 떨렸"고, "숲마저 몸을 망가
뜨리자 달 또한 제 뽀얀 낯빛을 망가뜨리기 시작했다". 부질없는 과잉 욕
망이 어떻게 생명의 힘과 아름다움을 망가뜨리는가를 드라마적 구조로
보여준 사례라고 할 수 있을 것이다.

　이처럼 이은봉 시인은 '달'로 상징되는 생명의 기원을 탐색하고 옹호하
면서 그것을 방해하고 억압하는 인간의 욕망이나 문명의 가속도를 비판
하고 있다. 다음 작품도 그러한 주제의 연장선상에서 피어난 노래이다.

　　구름이 이리저리 몰려다니며 자꾸 나와 달 사이의 교신을 끊는다. 걸
　　레옷을 입은 구름……

교신이 끊기면 달에 살고 있는 잠의 여신을 부르지 못한다.

옛날 구름은 그냥 수증기, 수증기로는 나와 달 사이의 교신을 끊지 못한다.

오늘 구름은 고름덩어리, 걸레옷을 입은 구름은 제 뱃속 가득 납과 수은과 카드뮴을 감추고 있다.

이제 내 숨결은 달에게도 가지 못한다 달의 숨결도 내게로 오지 못한다

달과 숨결을 주고받을 수 있어야 잠의 여신은 숨결을 타고 내려와 내 몸을 감싼다

잠의 여신이 내게로 내려오지 못하는 것은 구름이 제 뱃속에 납과 수은과 카드뮴을 감추고 있기 때문이다

구름, 제가 무슨 중화학공장 출신이라도 되는가

이처럼 오염된 구름을 두고 바람은 지금 어디서 무엇을 하고 있는가

양손에 비닐장갑을 낀 채 아직도 길을 잃고 헤매는 한심한 바람이라니

잔뜩 인상을 찡그린 채 도시의 뒷골목을 어슬렁대고 있는 조폭 똘마니 같은 녀석이라니

구름은 여전히 이리저리 몰려다니며 나와 달 사이의 교신을 끊는다

교신이 끊기면 달에 살고 있는 잠의 여신은 내게로 오지 못한다

기름때에 찌든 걸레옷을 입은 채 나와 달 사이에 철판 세우고 있는 저 구름을 어쩌지

끝내 바람이 구름의 걸레옷을 벗기지 못하면 누구도 잠들지 못한다

하느님조차도 눈 부릅뜬 채 몇 날 몇 밤을 깨어 있어야 한다

잠들지 못하면 어떤 영혼도 바로 숨을 쉬지 못한다 그렇게 죽는다.
　　　　　　　　　　　　　　　　　　　　　— 「걸레옷을 입은 구름」 전문

여기서 "걸레옷을 입은 구름"은 마치 형용모순처럼 생명의 근원을 박탈당한 존재로 그려지고 있다. "이리저리 몰려다니며 자꾸 나와 달 사이의 교신을 끊는" 그 구름은 시인으로 하여금 "교신이 끊기면" "달에 살고 있는 잠의 여신을 부르지 못"하게 만든다. 그런데 시인의 깊은 기억의 심연에 "옛날 구름은 그냥 수증기"였다. 바로 그 "수증기로는 나와 달 사이

유성호 생명의 기원에 대한 시적 사유

의 교신을 끊지 못"했던 것이다. 하지만 "오늘 구름은 고름덩어리"이고 바로 그 "걸레옷을 입은 구름은 제 뱃속 가득 납과 수은과 카드뮴을 감추고 있다". 다소 직접적인 언술이지만, '고름/걸레옷/납/수은/카드뮴'의 형상이 달의 원형성을 가차 없이 훼손하고 있음을 선명한 대립 구도로 알리고 있다. 그 결과 "이제 내 숨결은 달에게도 가지 못한다 달의 숨결도 내게로 오지 못한다".

그런데 시인은 "달과 숨결을 주고받을 수 있어야 잠의 여신은 숨결을 타고 내려와 내 몸을 감싼다"고 말한다. 왜냐하면 "잠의 여신이 내게로 내려오지 못하는 것은 구름이 제 뱃속에 납과 수은과 카드뮴을 감추고 있기 때문이다". 이때 시인은 바람의 원형을 희구하게 된다. "바람은 지금 어디서 무엇을 하고 있는가". 하지만 그도 "비닐장갑을 낀 채 아직도 길을 잃고 헤매"고 있을 뿐이다. "잔뜩 인상을 찡그린 채 도시의 뒷골목을 어슬렁대고 있는 조폭 똘마니 같은 녀석이"기 때문이다. 바로 그 "바람이 구름의 걸레옷을 벗기지 못하면 누구도 잠들지 못"하고 "하느님조차도 눈 부릅뜬 채 몇 날 몇 밤을 깨어 있어야" 하는데 시인으로서는 속수무책일 뿐이다.

결국 이 작품에서 시인은 '구름'과 '바람'이 원초적으로 가졌던 생명의 힘이 '걸레옷/비닐장갑'으로 차단당한 채 '달'과 '나'의 소통을 가로막고 있다는 현대사회의 한 징후를 선명한 비판적 시선으로 읽어내고 있는 것이다. 그 '비닐장갑'으로 상징되는 문명의 부정적 힘은 다음 시편에서도 이어진다.

바람의 손에는 산부인과용 비닐장갑이 끼어 있다
휘몰아쳐 오르는 제 열기에 취해
논두렁 건달처럼 좌우로 몸 흔들어대며
활짝 피어 있는 꽃의 자궁 속으로
쓰윽, 비닐장갑 낀 제 손 집어넣는 바람,
손 집어넣고 휘저어대는 바람,

조류독감처럼 빠르게 밀려들어오는
바람의 손과 마주치게 되면
꽃의 태아는 겁에 질려 울지조차 못한다
금세 시체가 되어 끌려 나오는 꽃의 핏덩이,
지나가기만 해도 바람의 손은
메뚜기 떼처럼 무엇 하나 제대로 남지 않는다

(바람의 손은 무엇인가 바람의 손은 누가 만드는가 바람의 손은 무엇
을 먹고사는가 누가 바람의 손에 비닐장갑을 끼웠는가 무엇이 바람의 손
을 저 꼬라지로 살게 했는가)

순식간에 로봇으로 변하는 바람의 손,
바람의 손엔 쇠갈고리가 들려 있다
꽃은 피워 보지도 못한 채
열매부터 밀어 올리는 무화과,
무화과의 果(과)에까지 콱 박히는 쇠갈고리,
쇠갈고리의 괴성이 파랗다
어느새 장갑차로 변해
사막을 질주하고 있는 바람의 손,
금세 전투기가 되어 하늘을 날고 있는 바람의 손,
남쪽으로 날아가는 바람의 손은
일만 달러짜리 미화처럼 독하다
이라크 파병 미군 병사들처럼 겁난다

(남쪽에서는 아직도 꽃이 피기 때문인가 뾰쪽뾰쪽 봄이 기어 올라오기
때문인가 봄의 이 푸른 힘은 어디에서 오는가 바람의 손을 저토록 미
쳐 날뛰게 하는 것이 바로 저것인가)

― 「바람의 손」 전문

이 작품에서 '바람' 역시 생명으로 충일한 자연 사물로 등장한다. 그런

데 "바람의 손에는 이제 산부인과용 비닐장갑이 끼어 있"으니 그 생명이 질식당하고 억압당하리라는 것을 우리는 쉽게 추측할 수 있다. "휘몰아쳐 오르는 제 열기에 취해/논두렁 건달처럼 좌우로 몸 흔들어대며/활짝 피어 있는 꽃의 자궁 속으로/쓰윽, 비닐장갑 낀 제 손 집어넣는 바람"은 이제 생명의 기원이 아니라 스스로를 훼손하여 뭇 생명을 침탈하고 억압하는 가해자로 나타나게 된다. 그래서 "손 집어넣고 휘저어대는 바람,/조류독감처럼 빠르게 밀려들어오는/바람의 손"은 "꽃의 태아"와 적대적인 기운을 형성한다. 그런데 "금세 시체가 되어 끌려 나오는 꽃의 핏덩이"라는 진술로 이어지면서 '바람의 손'은 "지나가기만 해도" 생명의 절멸을 가져오는 무시무시한 폭력의 화신이 되고 만다.

이때 시인은 독백처럼 "(바람의 손은 무엇인가 바람의 손은 누가 만드는가 바람의 손은 무엇을 먹고사는가 누가 바람의 손에 비닐장갑을 끼웠는가 무엇이 바람의 손을 저 꼬라지로 살게 했는가"라면서 그 주인(主因)이 인간의 과잉 욕망임을 간접적으로 암시하고 있다. 이때 바람은 그 스스로도 "순식간에 로봇으로 변하"게 된다. 그러니 그 "바람의 손엔 쇠갈고리가 들려 있"을 수밖에 없다. "꽃은 피워 보지도 못한 채/열매부터 밀어올리는 무화과"의 과육(果肉)에까지 뻗쳐오는 그 쇠갈고리는 "어느새 장갑차로 변해/사막을 질주하고 있"기도 하고 "금세 전투기가 되어 하늘을 날고 있"기도 한다. 한결같이 생명의 포용성보다는 금속성의 배제의 형상을 띠고 있다.

결국 "남쪽으로 날아가는 바람의 손은/일만 달러짜리 미화처럼 독하"기도 하고, "이라크 파병 미군 병사들처럼 겁"나기도 하는 미증유의 폭력으로 화한다. 비닐장갑을 낀 바람의 손은 바로 시인이 경계하고 비판하는 우리들 '자본/폭력/침략/전쟁'의 손이기도 한 것이다. 총체적으로 우리 시대를 물들이고 있는 이러한 욕망의 흔적들이 사물과 인간 혹은 사물들 사이의 연기를 파괴하는 실상을 이은봉 시인은 지속적으로 비판하고 있는 것이다. 이러한 비판이 앞서 우리가 본 생명의 기원에 대한 탐색과 이형 동궤(異形同軌)의 것임은 말할 것도 없으리라.

4. 현실 초월과 탐색의 변증법

지금까지 우리는 이은봉 시인의 시적 사유가, 생명의 기원을 향하면서 곧 이른바 '기술의 근대성'의 극대화로 인해 빚어진 문명의 폐해를 역(逆) 계몽의 형식으로 비판, 극복하려는 적공(積功) 과정이었음을 발견하였다. 또한 인권의 차원은 물론 자연권(自然權)의 차원에서 사물의 형식에 접근 한 사례로 그의 시를 읽었다. 그래서 우리는 모든 생명에 대한 공경과 사 랑의 정신을 통해 대안적 기획을 세우는 시인의 시선을 따라, 자연과 인 간의 연기가 원만구족(圓滿具足)하게 회복되면서 인간을 제자리(정복자가 아닌 공생의 구성원으로)로 되돌려줄 것이라는 믿음을 심화하게 되는 것 이다.

최근 근대를 둘러싼 각종 비판적 담론들은, 우리 문학이 성취한 '근대성 (modernity)'의 내적, 외적 형질들을 미학적으로 밝히는 일부터, 근대가 몰 고 온 역기능에 대한 고찰까지 상당한 진폭을 보이며 다채롭게 구성되고 있다. 그러나 이러한 시적 경향은 우리에게 현실 초월과 탐색이라는 변증 법적 통합의 과제를 남기고 있다. 그 점에서 이은봉 시인의 시적 사유는 이러한 과제에 하나의 시사점이 되기에 충분한 깊이를 지니고 있다고 할 수 있다.

이제 생태시학의 활발한 전개는, 근대주의 이데올로기인 '진보'에 대한 근원적 회의와 맞물리면서, 그동안 근대적 가치의 완성을 위해 매진했던 진보 기획에 대한 중요한 반성적 거점으로 그 지향을 견고하게 하고 있 다. 또한 이는 자연과 우주마저 타자로 몰아붙였던 지난 시대의 역사 과 잉에 대한 일정한 반성을 내포하는 것이기도 하다. 그러나 이제 생태시학은, 아직도 우리 사회가 해결하지 못한 채 남겨두고 있는 과제들 이를테면 계급 · 성 · 지역 · 제도나 관행 · 분단 등에 인접 가치들에 대한 인식을 넓혀가면서 구체적이고 생산적인 담론의 방향을 취해야 할 것이다. 그래야만 그 자체로 자본주의의 전 지구적 장악에 대한 가장 강력한 저항 담론이자 대안 담론의 가능성을 보일 것이기 때문이다.

이은봉 시인은 이 같은 시학적 과제를 메타적이고 형이상학적으로 추구하고 실천해갈 우리 시대의 가장 대표적인 시인이라 할 것이다. 그의 생명의 원리에 대한 메타적, 비판적 탐색을 통해 우리는 그러한 시적 가능성의 일단을 밀도 있게 경험하고 있다.

(『애지』 19호, 2004년 가을호)

색과 공의 원리와 극락지경의 형상화

— 이은봉의 신작시들

공광규

이은봉은 1953년 충남 공주 출생으로, 1984년 창작과비평사에서 여러 사람의 신작시를 한 권에 모아 발간했던 공동시집 『마침내 시인이여』에 시를 발표하면서 등단하였다. 당시에 문예잡지 신인상이나 추천, 일간신문의 신춘문예 응모를 통한 등단이 아니라, 부정기적인 문예잡지(무크)나 공동시집에 발표를 하면서 등단을 하는 방식이 활발하였다. 정치권력에 의하여 문예잡지가 정간되거나 폐간되는 등 표현의 자유가 극도로 억압된 상황에서 일어난 대응 방식이었다. 정치권력에 의하여 언제 정간 또는 폐간될지 모르는 상황에서 잡지는 신인상 응모나 추천 제도를 지속할 수 없었을 것이다. 따라서 기존 신인 제도와 다른 방식의 유연하고도 좀 적극적인 신인 등단 제도를 채택할 수밖에 없었는데, 투고된 작품을 선정하여 발표와 동시에 등단을 인정하는 제도였다.

이렇게 등단 초기부터 민족 현실과 민중의 삶을 시로 형상해온 이은봉은 후반기에 들어오면서 불교 제재를 시 속에 종종 채택한다. 『불교문예』 편집주간이라는 경력과 함께 지치지 않는 부지런한 공부로 광범위한 인문적 소양이 시 전반에 불교 형식으로 수렴되기도 한다. 이번 이은봉의 5편의 시를 읽어가면서 경남 산청 정취암 주지 수완 스님의 서재에서 빼온

해안 스님(1901~1974)의 『심경 및 십현담』을 다시 들춰보아야겠다는 생각을 했다. 내소사 조실이었던 해안 스님은 『금강경』 강의에 소문난 인기 강사였는데 내용이 쉽고 재미가 있어서 십 리 길을 머다 않고 찾아오는 학인들이 많았다고 한다. 이은봉이 불교 주제를 의식하고 의도하여 쓴 듯한 「오색딱따구리」와 「대나무 평상에 누워」는 『심경』(『반야심경』, 『마하반야바라밀다심경』)의 공(空)의 원리를 형상한 것이다.

텅 빈 허공 속으로
오색딱따구리 한 마리
솟구쳐오른다

길게 그어지는 대각선 저쪽으로
찬란한 풍경
나타났다가 사라진다

텅 빈 허공 속으로
희고 검은 구름
그윽하게 몰려든다

한바탕 회오리바람 불고
세상의 온갖 것들
화려하게 펼쳐진다

텅 빈 허공 속으로
오색딱따구리 한 마리
다시 또 솟구쳐오른다

길게 대각선을 그으며
색즉시공 공즉시색 운다.

— 「오색딱따구리」 전문

6연 17행인 이 시의 주제는 공간에서 어떤 일이 일어났지만 결국은 사라지고 허공만 남는다는 것이다. 이를테면 첫 연과 둘째 연에서 허공에 아름다운 외양을 한 오색딱따구리가 솟구쳐 올라서 눈앞이 찬란했지만, 그 오색딱따구리가 사라진 다음에는 그냥 텅 빈 허공이라는 것이다. 시인이 이 시에서 말하려는 것은 오온(五蘊, 色受想行識을 말함)이 모두 공이라는 불교의 핵심 원리인데, 이 원리를 오색딱따구리라는 사물을 허공에 솟구치는 상황으로 연출하여 시각적 감각으로 보여주는 것이다. 해안 스님의 쉬운 말을 빌리면 오온은 색(色)과 받는 것(受)과 생각하는 것(想)과 행하는 것(行)과 알음알이(識)를 말한다. 우리의 온몸이 이 다섯 가지로 조성되어 있다고 하는 것이다. 색(色)은 몸이고, 수상행식(受想行識)은 마음이니, 곧 유형의 몸과 무형의 마음으로 구성되어 있다는 말인 것이다. 그런데 『심경』에서는 몸과 마음이 다 공(空)인 것을 비추어본다고 하였으니(照見五蘊皆空), 비추어 본다는 것은 지혜의 눈으로 조견(照見)한다는 것이다.

> 사람들은 입고 먹고 주하는 세 가지로써 생활하게 되는 것인데 우리가 입고 먹고 하는 의식이나 살고 있는 주택이 모두 공으로 되어있다. 방이 공하기에 우리가 공에서 앉고 눕고 먹고 자고 글 읽고 바느질하고 하는 것이요, 곳간(庫間)이 공하게 되었기 때문에 물건을 저장하는 것이요, 부엌이 공하였기에 불을 때게 된 것이며, 식생활에 유용되는 도구로 볼지라도 솥이 비었기에 밥을 짓는 것이오, 항아리가 비었기에 장을 담그는 것이오, 밥그릇이 공이고 대접이 공이기에 밥과 국을 담는 것이오, 옹박이 투가리 병 차관이 모두 공인 것이며, 입는 의류(衣類)를 볼지라도 저고리가 비게 되어야 팔이 들어가고 바지가 비게 되어야 다리가 들어가고, 코트 장갑 양말 등 모두가 공하지 않은 것이 없다.[1]

1   김해안, 『해안강의 심경 및 십현담』, 불교전등회, 1968, 27~28쪽.

공(空)의 원리를 아주 쉽게 풀이한 내용을 인용한 것이다. 오색딱따구리가 허공에 솟구쳐 오르는 순간은 사람의 눈에 찬란하지만 곧 사라지고 허공만 남는다는 것인데, 반대로 허공이 없다면 오색딱따구리가 솟아오를 수도 없고, 사람이 아름다운 광경도 잠시나마 볼 수 없을 것이다. 3연의 허공에 몰려드는 희고 검은 구름 역시 마찬가지이다. 한바탕 회오리바람이 부는 것처럼 인생이 다사다난하고 화려한 순간도 있지만 언젠가는 사라지고 허공만 남을 것이라는 시인의 의도가 비유적으로 숨겨져 있다. 5연은 1연의 반복이다. 그리고 6연에서는 시의 주제를 "색즉시공 공즉시색"으로 친절하게 진술하고 있다. 색즉시공(色卽是空)은 색이 곧 공이라는 것으로, 색이 원래 뚜렷한 제 자체가 없고 타의 인연으로 잠깐 사이에 나타났다가 없어지고 말기 때문에 영구한 것이 못 된다. 원래 색이 아닌데 색이 되었기 때문이다. 오색딱따구리가 솟아오르는 찬란한 풍경 역시 인연으로 잠깐 사이에 허공에 나타났다가 사라지는 것에 불과하다는 것이다. 공즉시색(空卽是色) 역시 공이 곧 색이라는 말인데, 색이 곧 공인 줄 알면 공이 곧 색임을 알 것이라는 말이다. 부분 인용한 아래 시 「대나무 평상에 누워」 역시 「오색딱따구리」와 같은 주제를 형상하고 있다.

> 감나무 아래, 대나무 평상 위에 다시 눕는다
> 눈 감았으면서 뜨고, 뜨면서 감는다
> 그러는 사이 감나무 잎새들
> 보이면서 보이지 않고, 보이지 않으면서 보인다
> 감나무 아래 대나무 평상 위에 누워 나는 지금 무엇을 기다리고 있는가
> 홍시들이 떨어지기를 기다리는가
> 그늘이 펼쳐지기를 기다리는가
> 홍시들 사이, 그늘들 사이 푸르른 하늘이 나타나면서 사라지고, 사라지면서 나타난다
> 하늘 가까이 새하얀 뭉게구름 몇 점도 그렇게 나타나면서 사라지고, 사라지면서 나타난다

있으면서 없고, 없으면서 있는 저것들 사이
언뜻언뜻 허공이 보인다
있으면서 없고, 없으면서 있는 저것들, 허공으로 솟구치면서 가라앉
고, 가라앉으면서 솟구친다
허공이 만들면서 지우는 저것들
내게서 나가면서 내게로 들어오고 있다.
—「대나무 평상 위에 누워」 전문

이 시는 대나무 평상에 누워서 감나무를 올려다보며 일어나는 구체적
인 상황을 색은 곧 색이나 결정된 색이 아니요, 공은 곧 공이나 결정한 공
이 아니라는 원리를 구체적 사례로 형상하고 있다. 화자는 나타났다 사
라지고, 사라졌다 나타나는 하늘, 하늘에 구름도 있다가 없고 없다가 있
다고 한다. 또 솟구치다가 가라앉고, 가라앉았다가 솟구치는 현상과 만
들었다가 지우고 있으면서도 없다고 한다. 화자는 관념어인 공(空)을 형
상어인 허공으로 표현하고 하늘에서 구체적인 현상으로 확인한다. 색(色)
과 공(空)의 원리는 딱 맞지는 않지만 유(有)와 무(無)의 원리로 대응시킬
수 있을 것이다. 해안 스님의 말대로 있는 것은 곧 있는 것이나 결정된 유
(有)가 아니요, 없는 것은 곧 없는 것이나 결정된 무(無)가 아니라는 것이
다. 어제의 유가 오늘의 무가 되고, 오늘의 무가 내일의 유가 되므로 하나
도 그대로인 것이 아니고 전변무상(轉變無常)한다는 것이다. 결국은 색이
면서 공이고 공이면서 색이니, 색이 공과 다르지 않고 공이 색과 다르지
않아 색이 곧 공이요 공이 곧 색이므로, 색과 공이 다 공이라는 결론이다.
이렇게 이은봉은 불교의 주제인 색과 공의 원리를 사물의 현상을 통하여
주체적으로 형상하고 있다.

제석산 산책로 근처, 반쯤 망가진 나무 벤치 아래, 부처님이 먹다 버린
오렌지 두 개 아무렇게나 나뒹굴고 있다

한 개는 햇볕에 말라 부서지고 있고
다른 한 개는 비에 젖어 썩고 있다

햇볕에 말라 부서지고 있는 오렌지는 먼지가 된다 먼지가 되어 떠돌다
가 땅에 내려앉는다 내려앉아 흙이 된다

비에 젖어 썩고 있는 오렌지는 물이 된다
물이 되어 흐르다가 고여 말라 흙이 된다

흙이 된 것들은 다시 젖는다 젖은 흙이 되어야 새 생명 낳을 수 있다
거름이 되어야 새 생명 키울 수 있다

마르고 썩는 오렌지의 죄, 그만 내버려두어라
죄 없는 오렌지가 어찌 새 생명을 깨칠 수 있으랴.
　　　　　　　　　　　　　　　　　━「오렌지 두개─N에게」 전문

　　위 시 첫 행은 당혹스럽다. "부처님이 먹다 버린"이라는 표현 때문이다.
앞에 지나가던 산책객이 오렌지를 먹다가 버리고 간 것일 텐데, 창작자는
이 누군지 알 수 없는 사람을 왜 '부처님'으로 표현하였을까. 그 해답은 5,
6연에서 유추할 수밖에 없을 것이다. 이 시는 "햇빛에 말라 부서지"는 것
과 "비에 젖어 썩고 있"는 오렌지라는 구체적 사물의 상황을 이원적 대립
으로 끌고 가다가 하나로 합치는 불이(不二)의 원리를 형상하고 있다. '마
름/젖음', '부서짐/썩음'이라는 대립적 상황을 이원적으로 발전시켜가다가
결국은 모두가 흙이 된다는 사실을 비유적으로 보여주는 것이다. 햇빛에
말라 부서지거나 비에 젖어서 썩는 것은 똑같은 흙이 되니, 어느 삶이나
마찬가지라는 것으로 확장시킬 수도 있을 것이다. 다시 말하면 앞의 두
편 시에서 확인된 시의 주제인 이러한 감각의 물질인 색은 곧 썩었거나
말랐거나 공으로 돌아간다는 것이다. 5연에서는 결국 생명의 원리로 환원
되며, 6연에서는 마르건 썩건 간에 돌아오는 길은 하나이므로 무슨 죄를

짓고 살든 서로 "내버려 두"라고 한다. 그리고 죄 없는 오렌지가 새 생명을 깨칠 수 없다는 형용모순을 통하여 죄에 대한 선악을 가림이 무의미하다는 것을 강조하고 있다.

> 제석산 산책길, 남 다 보는데도
> 버젓이 소나무와
> 관계하는 사람 있다
>
> 젊고 튼튼한 소나무를 끌어안고
> 가슴께, 아래께를
> 콩콩콩 찧는 사람 있다
>
> 소나무의 가슴께, 아래께가 반질반질하다
> 이 사람, 머잖아
> 소나무 자식 낳겠다
>
> 너무도 푸르고 싱싱한 이 사람
> 이미 굳세고 강건한
> 소나무 자식이다.

—「소나무 아들」 전문

'제석산'과 '산책로(길)'로만 보면 앞의 시와 창작 시간은 다를지 몰라도 창작 공간이 같은 곳임을 알 수 있다. 화자는 아침 산책길에서 "버젓이 소나무와/관계하는 사람이 있다"며 독자에게 호기심을 유발한다. 이는 요즘 산책길에서 흔히 볼 수 있는 광경을 좀 더 충격적이고 낯선 표현으로 독자에게 가져다주려는 창작자의 전략임을 알아차릴 수 있다. 사람이 소나무에게 몸을 찧으며 건강을 다지는 행위의 결과로 사람이 "소나무 자식 낳겠다"는 표현 역시 폭력적이다. 그러나 다음 연을 읽어가다 보면 소나무와 신체 접촉을 통하여 "너무도 푸르게 싱싱한 이 사람"이 소나무의 아들이라는 말을 하고 있다. 나무와 사람 사이에 육체적 교합과 아이를 낳을 수도 있다는 상상력을 발휘하고 있는 것이다. 결과적으로 자연과 인간의 합일적 관계를 유지하는 세계는 "아침 볕이 환"한 극락지경일 것이다.

양지 바른 산기슭 어디 떼거지로 몰려 서 있는 대나무들, 서로의 허리, 꽉 끌어안고서는 끝내 놓지 않는다

소심하고 시시하고 지랄 같은 소시지들, 혼자서는 아무것도 못하는 것들, 끊임없이 서로의 몸을 부딪쳐 소리를 내고 있다

비 내리는 봄날 하루, 한꺼번에 뽀르르 세상에 태어난 것들, 오늘도 혈연과 지연, 벌흙처럼 소중히 여기고 있다

단순하고 무식하고 지랄 같은 단무지들, 한꺼번에 태풍이 휘몰아쳐도 서로가 서로에게 기대어 이익을 챙기기에 바쁘다

혼자서는 제대로 서 있지도 못하는 대나무들, 함박눈 내려 바리 눈짐을 지고 나서야 어쩔 수 없이 고개를 숙인다

오만하고 이기적이고 지랄 같은 오이지들, 시위대처럼 스크럼을 짜고 앞으로만 밀고 나가는 것들, 끝내 뒤로 물러설 줄은 모른다

벌흙을 사랑하는 대나무들, 하나만 알고 둘은 모르는 답답한 것들, 아직도 옛날의 가족 공동체로 단단히 뭉쳐 있다.

—「대나무들」 전문

이 시는 대나무들을 통해 인간의 어느 면을 은유하는 것일까. 첫 연은 "떼거지로 몰려 서 있는 대나무들 서로의 허리 꽉 끌어안고서는"이라며 대나무의 생태적 특성을 이야기하고 있다. 그러나 이 대나무의 생태적 특성은 "떼거지로 몰려" 있다는 표현에서 보듯이 인생을 부정적으로 비유할

가능성이 높다. 아니나 다를까 이러한 예상은 3연에서 적중한다. "아직도 혈연과 지연/벌흙처럼 소중히 여기고 있다"는 표현이 한국사회의 어느 측면을 비판하고 있다는 것을 알 수 있다. 이러한 현실 비판은 이은봉 고유의 시 창작 정신과 태도이기도 하다. 7연에서 화자는 "벌흙을 사랑하는 대나무, 하나만 알고 둘은 모르는 답답한 것들, 아직도 옛날의 가족 공동체로 단단히 뭉쳐 있다"며 대나무로 비유되는 집단을 비난하고 있다. 4연에서는 화자가 윤리적으로 공격히는 대상이 적극적으로 등장하는데, 시중에서 우스갯소리로 사용되는 '단무지', 즉 단순하고 무식하고 지랄 같은 집단이다. 그것이 어느 집단인지 일차적 언어나 구체적으로 말하지는 않지만 대개의 어느 사람들의 집단인지는 상상이 가능하다. 대나무처럼 벌흙을 사랑하며 혈연과 혼맥인 '가족 공동체'로 단단히 뭉쳐서 "서로가 서로에게 기대어 이익을 챙기기에 바"쁜 집단이다. 이들 집단은 대나무처럼 함박눈을 무겁게 지고서야 "어쩔 수 없이 고개를 숙인다"며 어느 재벌의 추한 일화를 연상하게 한다. 6연에서는 시중의 우스갯소리 중에 '오이지'가 등장하는데, "앞으로만 밀고 나가는 저것들, 끝내 뒤로 물러설 줄 모른다"며 국가의 실정에도 불구하고 잘못된 정책을 밀고나가는 정치 권력의 현재를 상상하게 한다. 이러한 부정적인 자본과 권력을 대나무의 생태적 특정으로 비유한 것은, 그동안 사람의 절개 등 긍정적으로 사용해온 비유의 관습을 뒤집고 있다. 이은봉은 이처럼 시중 우스갯소리의 시적 채용과 관습적 표현을 배반을 통하여 현대시 표현의 폭을 폭넓게 확장시키는 데 기여하고 있다.

(『불교문예』 2011년 봄호)

생성되는 시간과 작은 결의의 확장성

조해옥

이은봉 시인은 1984년에 『마침내 시인이여』에 「좋은 세상」 외 여섯 편의 시를 발표하며 시단에 나왔다. 그는 『좋은 세상』(1988), 『봄 여름 가을 겨울』(1989), 『절망은 어깨동무를 하고』(1994), 『무엇이 너를 키우니』(1996), 『내 몸에는 달이 살고 있다』(2002), 『길은 당나귀를 타고』(2005), 『책바위』(2008), 『첫눈 아침』(2010) 등의 시집을 발간하였다. 그동안 시인은 "시대 중심의 시학"[1]을 펼쳐왔다고 말할 수 있다. 그의 "시대 중심의 시학"은 혼돈의 시대에도 흔들림 없이 화해로운 세상을 꿈꾸는 시정신을 의미한다. 이 같은 시정신은 자연의 생명성 회복으로 발현되기도 하고, "부정의 정신"이 내재하는 유토피아를 꿈꾸는 것으로 나타나기도 한다.

이은봉 시인은 그의 시론인 「풍경과 존재의 변증법」(『첫눈 아침』)에서 "모든 좋은 시는 당대의 사회가 만드는 유토피아와 파라다이스의 꿈을 숨기고 있다. …(중략)… 기본적으로 유토피아와 파라다이스의 꿈은 부정의 정신, 곧 거부의 정신과 함께한다. 경직되고 고착되는 것을 견디지 못

---

1 졸고, 「느리고 조용한 마을로 건너가는 시인」, 『생과 죽음의 시적 기록』, 국학자료원, 2006.

하는 자유의지의 산물이 유토피아와 파라다이스의 꿈이다. 이들 꿈은 본래 기존이 지배문화에 대한 저항의지에서 비롯된다."라고 진술한다. 이처럼 그의 시의식은 화해로운 세계와 부정정신이 마련하는 유토피아에 놓여 있다고 말할 수 있다. 시인의 신작 시편들인 「금강가에서-막은골 이야기」, 「삼천포의 봄」, 「병풍」, 「역사에 대하여」, 「水月軒에서」에서도 시인의 자족의 세계와 그를 위한 시적 실천의식이 잘 나타나 있다.

시인의 이전 작품들과 신작 시편을 비교해보자면, 이전의 작품들이 보여주었던 조화로운 시간, 즉 자족의 세계로부터 더 나아가서 「금강가에서-막은골 이야기」에서처럼 아버지와 유년의 시적 자아와 자연이 하나가 되었던 '살아 있는 이야기'의 회복으로 좀 더 구체화 된다는 점이다.

올이 굵은 투망을 어깨에 걸머멘 채 아버지는 종종걸음으로 강물 속 붕어 떼를 쫓아다녔다 강물에서 걷어 올린 투망 안에는 붕어만이 아니라 중태기도 피라미도 모래무지도 들어 있었다

온몸을 까맣게 태운 빤쓰 차림의 나는 아버지를 따라 덤벙덤벙 모래톱 위를 뛰어다녔다

그러다가 지치면 아무데나 주저앉아 두 손을 모아 모래톱 위에 물사래를 퍼부어대고는 했다

몇 번의 물사래만으로도 모래톱 위에는 샛노란 재첩들이 즐비하게 낯을 내밀고는 했다

햇살이 너무 뜨거워지면 아버지와 나는 미루나무 그늘에 누워 온몸이 늘어지도록 낮잠을 잤다

이런 날 밤에는 들판 멀리 강언덕 위를 내달리는 도깨비불빛도 별로 무섭지 않았다 굵은 물줄기를 꿈틀거리며 흐르는 금강이 문득 내 가슴을

꽉 채우고는 했다.

— 「금강가에서 — 막은골 이야기」 전문

위의 시는 유년의 화자와 아버지가 금강에서 천렵하는 이야기를 담고 있다. 금강은 맑아서 중태기와 모래무지 등이 보존되어 있고, 모래톱에는 샛노란 재첩들이 숨을 쉬고 있다. 모래톱을 덤벙덤벙 뛰어다니는 어린 화자의 모습은 마치 자연에 어리광을 부리는 것처럼 보인다. 거리낌 없이 마음껏 뛰어노는 화자의 모습은 자신의 곁을 지켜주는 아버지에 대한 그의 절대적인 믿음을 보여준다. 어린 화자가 아버지와 함께 천렵을 즐기며 보낸 하루 동안의 시간은 이야기가 생성되는 시간이라고 말할 수 있다. 화자가 그의 아버지와 금강과 하나가 되었던 경험은 고스란히 그의 기억 속에 새겨진다. "굵은 물줄기를 꿈틀거리며 흐르는 금강이 문득 내 가슴을 꽉 채우고는 했다."에서처럼 결핍된 것이 없는 자족의 세계를 보여주는 "막은골 이야기"는 그의 기억에 저장된다. 이러한 그의 기억은 그가 자신의 경험을 바탕으로 관념화시킬 수 있는 유토피아의 내용이다. 「금강가에서 — 막은골 이야기」의 화자가 경험한 완전한 세계에 대한 기억은 화자에게 한정된 것이지만, '아버지'와 '자연'이 지닌 보편성으로 인하여 개인의 경험을 넘어서는 공감을 획득한다. 그러나 화자가 경험하고 기억하는 유토피아는 불가항력적인 소멸의 시간에 의해 사라져 버린다. 자족의 세계가 지닌 완벽함은 사람과 자연의 가변성과 함께 깨지기 쉬운 온전함이기 때문이다. "아버지는 이승에 안 계시지 그렇지 더는 내 이름 소리쳐 부를 사람 없지 길 가다 뒤돌아볼 일 없지//그렇지 저승에도 사랑은 무게가 없지//친구와 함께 길을 걷고 있는 중이었다 누군가 함부로 내 이름을 불렀다 음뱅아아……아, 아버지! 환청이라도 좋았다."(「아버지」『첫눈 아침』)에서 시의 화자는 환청으로라도 돌아가신 아버지의 목소리를 듣고 싶어 한다. 화자의 아버지에 대한 그리움의 표출은 아버지의 절대적 부재를 경험한 이들의 가슴을 아프게 울린다.

이은봉 시인은 그의 시에서 자연을 주로 활유법과 의인법으로 형용해 내는데, 이 같은 수사법은 그의 신작시 「금강가에서─막은골 이야기」와 「삼천포의 봄」에서도 잘 나타나 있다. "삼천포 바닷가에서는 물푸레나무만이 아니라 햇살도 제 얼굴 물거울에 비추어보는 것을 좋아했다/제 얼굴에 취해 있는 햇살이라니! 봄이 무르익어 갈수록 햇살은 제 얼굴이 예쁘다고 생각했다 햇살이 가끔씩 두 손으로 얼굴을 감싸 쥐는 것은 그래서였다/…(중략)…/바람의 손은 바닷물을 간질이는 것도 좋아했다 바닷물의 목덜미에 그녀가 제 손을 넣을 때마다 바닷물은 까르르 몸을 비틀며 웃었다."(「삼천포의 봄」) 여기에서 삼천포의 햇살과 바람과 바닷물은 한 덩어리가 되어 웃고 있는 듯하다. 햇살과 바람과 나무와 바닷물이 함께 어울려서 삼천포는 따뜻한 체온을 지닌 하나의 생명체로 다시 태어난다. 삼천포의 봄에서 시인의 시적 자아가 인간의 사랑 같은 활기를 감각하는 것은 「금강가에서─막은골 이야기」에서처럼 인간과 자연이 온전하게 합일하는 시간을 경험한 자의 정서 속에서 가능한 것이라고 말할 수 있다.

이은봉 시인은 그의 신작시인 「병풍」과 「역사에 대하여」에서 부정정신이 도래시킬 유토피아를 위해서 가장 중요한 것은 시적 자아의 의지가 가장 중요한 것임을 노래한다. 작은 몫이지만 실체적인 힘이 될 시적 자아의 결의와 실천은 「역사에 대하여」에서 "수나사의 사랑"과 "도래송곳의 사랑"에 함축되어 있다.

> 벽인 줄 알았다 도저히 어쩌지 못할
> 절벽인 줄 알았다 용기를 내어 살펴보니
> 벽이 아니었다 접었다가 펼 수 있는
> 병풍이었다 병풍은 나와 세상을
> 완벽하게 끊어놓았다 병풍 속의 꽃과 나비에 취해
> 떨어지는 계곡의 폭포에 취해

한 세상 살다 가라는 것인가
꽃과 나비에게도 가슴이 있기는 했다
계곡의 폭포에게도 사랑이 있기는 했다
사랑에 취해 한 세상 살지 못할 것도 없었다
그래도 그렇지 병풍 따위에 의해
나와 세상이 아득하게 끊어지다니!
병풍이 무슨 휴전선인가 국경선인가
병풍은 돈인지도 몰랐다
돈이라니 딱한 일이었다 슬픈 일이었다
제 뜻과는 달리 이미 병풍이
벽으로, 절벽으로 살아왔기 때문일까
기껏 병풍 따위를 접어치우는 데도
용기가 필요했다 절망이 필요했다
마음 모아 정성을 다하다 보면
무엇인들 접어치우지 못하랴 어찌
벽인들, 절벽인들 허물어버리지 못하랴.

—「병풍」 전문

벽이나 절벽이 병풍이 되거나, 병풍이 벽과 절벽이 되는 것은 '나'의 마음에 따라 결정된다. 이는 내 마음이 가장 단단한 벽이며, 가파른 절벽이라는 뜻이다. 병풍을 접어 치우는 데 '나'의 작은 힘이 필요할 뿐이지만, 나는 병풍을 거대한 벽과 절벽으로 받아들이고 살아왔다. 병풍을 벽으로 인식하는 주체도 나이며, 벽이 병풍처럼 간단히 접어서 치울 수 있는 것임을 깨닫는 것도 나의 의지에 속하는 것이다. 이은봉 시인은 「水月軒에서」에서도 기후나 장소 같은 외부적 문제가 시인의 시적 자아가 느끼는 공포와 불안의 원인이 아님을 노래한다. "제주도에 와서, 제주도 한경면 고산리 수월헌에 와서 태풍 무이파에 놀라 마음 둘 곳 다 잃는다/무얼 해야 하나 어떻게 해야 하나 전화를 걸어 목소리를 높이는 집주인은 진득이 시나 쓰라고 한다."(「水月軒에서」) 여기에서 시의 화자는 태풍 무이파 때문에 놀라고 제주도의 비극적인 상처 때문에 경황이 없는 듯 보인다. 그러나 그를 불안하게 하고 초조하게 만드는 것은 무이파 태풍이나 제주도의 역사적 상처가 아니라, "무얼 해야 하나 어떻게 해야 하나" 하는 자신의 동요하는 마음 때문임을 스스로 잘 알고 있다.

나는 누구처럼 뱅글뱅글 줄넘기 장난을 하며 역사를 절망하지 않았다 달의 행로를 밟으며 역사를 괴로워하지 않았다

역사가 쓰리고 아프기는 했다 그래도 그이처럼 요란스럽게 엄살을 떨지는 않았다

어떤 가수인들 온몸으로 노래하지 않으랴 모든 노래는 다 안이비설신의, 색성향미촉법, 시청후미촉지로 오거늘!

차라리 나는 수나사의 사랑으로 내일을 믿고 싶었다 수나사의 사랑이 아니라 도래송곳의 사랑이라고 해도 좋았다

돌이켜보면 왼손으로는 하늘을 가리키고 오른 손으로는 땅을 가리키는 것이 나은지도 몰랐다

세상의 모든 사물과 존재가 아직은 다 높고 귀하지 않을지라도

동서남북으로 일곱 발자국씩 걷고 제자리로 돌아오지 않더라도 크게 부족할 것은 없었다

역사는 줄넘기 장난을 하면서도, 달의 행로를 밟으면서도 조금씩 앞으로, 낮은 곳으로 나아갔다.

— 「역사에 대하여」 전문

위의 시에는 김수영의 「공자의 생활난」과 그의 '온몸의 시론'을 전제로

조해옥 생성되는 시간과 작은 결의의 확장성

하여 역사내적 인간이 펼치는 사유가 있다. 김수영의 「공자의 생활난」은 김수영의 초기 시에 보여주었던 모더니즘 경향에 속하는 작품이다. "꽃이 열매의 상부에 피었을 때/너는 줄넘기 작란을 한다//…(중략)…//동무여 이제 나는 바로 보마/사물과 사물의 생리와/사물의 수량과 한도와/사물의 우매와 사물의 명석성을//그리고 나는 죽을 것이다". 김수영은 시대와 개인이 충돌하고 조우하는 지점, 즉 역사적 개인으로서의 자세에 대한 모색을 지속시켰던 시인이다. 그러나 그의 초기작인 「공자의 생활난」에는 시대를 대하는 시인의 시적 발언이 다소 관념적이고 직접적으로 표현되어 있다고 볼 수 있다.

이은봉 시인은 그의 시 「역사에 대하여」에서 김수영 시인의 초기 시에 보이는 관념적으로 비칠 수도 있는 시대에 대한 태도에 대해 거리를 두고자 한다. 사랑과 평등의 시적 실현에 대한 확신을 노래해온 이은봉 시인은 무엇보다도 자기로부터 시작되는 실천을 이야기하고자 한다. 그는 미미한 힘을 가지는 것으로 시작되지만, 작은 결의들에 내재하는 무한한 확장의 힘을 믿고 있다. 그는 「역사에 대하여」에서 역사적 인간으로서 이행해야 할 '나' 자신의 몫이 어떠한 것보다도 중요하며, 나에게서 시작되는 결의가 사회와 민족과 세계로 확장되는 힘이 된다는 것을 노래한다. 그의 시적 자아는 자신의 작은 결의를 가리켜 "수나사의 사랑", "도래송곳의 사랑"이라고 말한다. 이처럼 도래송곳처럼 작은 사랑으로 역사를 대하고자 하는 그의 태도는 어디에서 비롯되는가? 그것은 역사와 시대에 대한 관념적인 성찰에서 나오지 않고, 세상을 대하는 그의 겸허함에서 시작된다. 시인은 "아무데나 불쑥 제 푹신한 엉덩이 내밀어/사람들의 엉덩이 편안하게 들어앉히는 접는의자!//…(중략)…//더는 아무데나 불쑥 제 푹신한 엉덩이를 내밀 수 없어/세상 어디에도 그에게는 제자리가 없다//제자리 없어 더욱 마음 편한 접는의자/엉덩이를 폈다 접으며 그는 하늘에 닿는다."(「접는의자」, 『책바위』)에서 시를 통한 작은 결의의 확장성을 노래한 바 있다. 접는의자는 의자로서의 소용이 다하면, 그것이 펼쳐질 때 차지하게 될 최소한의 공간도 요구하지 않는다. 이은봉 시인이 시인으로서 세상을 대하는 태도도 "접는의자"처럼 시인 자신에게 주어진 몫의 책임을 겸허하게 이행하는 일일 것이다.

(『시작』 2011년 겨울호)

조혜은 생성되는 시간과 작은 경험의 확장성

가변적인 것과 항구적인 것 사이에서
— 이은봉의 신작시 세계

송기한

이은봉의 시가 발언하고자 하는 것은 분명하다. 시의 주제가 뚜렷하게 드러난다는 것은 그만큼 시인이 갈망하고자 하는 세계가 무엇인지, 또 그러한 길에 이르는 과정이 무엇인지가 명쾌하다는 뜻이다. 그렇다고 이런 명료성이 시의 단순성이라든가 정서적 함량의 농도를 흐리게 하는 것은 아니다.

시인은 이 시대를 살아가면서 시인으로서의 역할에 충실하고자 애써왔다. 그런 성실성과 윤리성이 이은봉 시의 매력이거니와 그의 이러한 기조는 이번 시작에서도 예외가 아니다. 시인이 관심을 갖고 올곧이 지켜온 근대성의 문제는 어제오늘의 것으로 한정되지 않는다. 근대가 열리기 시작한 이후, 이 문제는 이 시대를 살아온 문인들마다 똑같은 무게로 다가왔기 때문이다. 시인들은 그러한 하중으로부터 탈피하고자 했던 가열찬 몸부림들을 자신의 언어 속에 담아내고자 했다. 언어 속에 자연을 흡입하기도 했고, 고향과 같은 영원의 감수성으로 시인의 언어를 끌고 들어가기도 했다. 이도저도 아니면 자아를 해체하여 근대에 적나라하게 노출시켜서 근대성의 고민을 폭로하기도 했다.

이런 극렬한 자의식과 고민들이 이은봉의 시가에도 그대로 녹아들어가 있으며, 그 연장선에서 그의 시들은 시사적 맥락 또한 갖고 있다고 할 수 있겠다. 따라서 그의 시들이 불러낸 근대의 고민들은 외톨이의 감수성이 아니며 근대라는 거대한 축 속에서 자연스럽게 위치지을 수 있는 것들이라 하겠다.

시인이 고민하는 근대의 문제는 소위 도구화된 이성의 문제에서 비롯된다. 계몽의 이름으로 이상화되던 근대의 이념이 문명의 무한한 팽창으로 도구화되면서 그 아름다운 초기의 계획을 상실한 지 오래되었다. 그러나 그러한 이상의 좌절이 흔적의 차원에서 그치지 않고, 삶의 질을 훼손시키는 국면에 이르렀다는 데에서 문제의 심각성이 놓여 있었다. 이러한 불행의 원인은 유기체적인 세계의 파괴, 곧 인간과 자연의 분리에 그 일차적 원인이 있었다.

인간과 자연은 왜 대립되어왔는가. 그리고 그러한 대립이 필연적인 것이라면 언제부터 그러했는가. 왜 하필 그러한 대립이 근대에 들어서 문제가 되었던 것인가 하는 등등의 의문이 제기되어왔는데, 그 회의의 지점은 바로 인간의 욕망에서부터이다. 욕망은 지극히 근대적인 사유에 기반하고 있는 것이다. 특히 물질적 토대와 결부된 욕망이야말로 인간의 유기체적 삶의 조건을 파괴한 근본 원인이 된다. 욕망이 있는 곳에 파괴가 있었고, 파괴가 있는 곳에 인간의 욕망이 놓여 있었다. 좀 더 인간적인 삶을 영위하고자 한 인간의 그릇된 욕망이 오히려 그 반대의 결과를 가져오게 했다는 이 필연적 아이러니야말로 근대인의 불행이었던 것이다.

> 2월의 날씨가 자꾸만 얼굴을 찡그린다 온종일 몸이 고생을 한다 황사를 가득 품은 먹구름은 고인돌이다 고인돌이 심장과 혈관을 찍어 누른다 피돌기가 급해진다 온몸이 멍해진다 어지럽다 하늘이 빙그르 돈다
>
> 2월의 먹구름은 저승사자다 고인돌로 사람들의 배와 가슴 찍어 누른다 누군가를 잡아가려고 쓰레기장 뒤로 몸을 숨기는 2월의 저승사자 먹

구름, 겁난다 무섭다 온몸이 떨린다 숲으로, 자연으로 서둘러 도망쳐야
한다

    2월에는 나이 좀 든 사람들부터 세상을 버린다 먹구름의 저승사자가
밧줄로 묶어 가는 거다 장례식장도 만원이다 밧줄에 묶여 가더라도 장례
는 장례, 살아남은 사람은 살아남은 사람, 장례 일로 경황이 없다

    2월의 날씨는 아직 춥다 어린 참새들 여기저기 얼어 죽는다 추위를 틈
타 고인돌 저승사자, 터널 속 기차처럼 불쑥 나타난다 그의 부름을 받으
면 어쩌나 빨라지는 숨결, 어둡고 무겁다 눅눅하다 숲으로, 땅으로 걸어
들어 가야 한다.

─「2월의 저승사자」 전문

  이 작품에서 근대의 부정성을 읽어내는 것은 쉽지 않은 일이다. 시인은
이를 표나게 드러내지 않고 있거니와 그 실마리조차도 암시하고 있지 않
기 때문이다. 그럼에도 그 저변에 깔린 아우라를 탐색해 들어가면 이 작품
속에 내포된 불온성의 근거가 무엇인지를 어렴풋이나마 알게 된다. 시인
이 이 작품 속에 드리운 부정의 포즈는 2월이라는 계절 속에 표명된다. 물
리적 측면에서 2월은 불구의 계절이다. 시간의 길이가 다른 계절에 비해
지극히 짧은 까닭도 있거니와 또한 그것은 겨울과 봄 사이에 끼인 시간이
어서 매우 어정쩡한 상태에 놓인 시간이라는 점에서도 그러하다. 시인은
그러한 2월을 고인돌로 치환해서 새로운 음역을 만들어낸다. 곧 그것이
주는 거대한 육중함을 서정적 자아의 감옥으로 의미화하는 것이다.

  이 작품 속에 근대가 주는 역사철학적 함의를 끄집어낼 수 있는 것은
'숲'과 '자연'이다. 그것은 2월의 저편에 있는 것이고, 또 고인돌의 막중한
무게를 견디게 해주는 받침대 역할을 하는 것이다. 턱없이 '숲'과 '자연'이
갑자기 툭 떨어진 것이 아니라는 이야기이다. '숲'과 '자연', 그리고 '땅'이
근대성의 맥락과 분리하기 어렵다는 점에서 이 작품은 이 사유의 맥락으

로 편입시킬 수 있는 것이다. 그만큼 이 작품 속에 담겨 있는 시적 함의는 매우 형이상학적인 것이라 할 수 있을 것이다.

「2월의 저승사자」에서 다소 모호하게 드러났던, 근대에 대한 부단한 항해는 「나로도 바닷가」에 이르면 보다 구체화된다. 개발과 문명이 무엇이고, 그 이면에 자리한 인간의 사유가 어떤 것을 지향해야 하는지에 대해서 이 작품만큼 뚜렷이 보여주는 것도 없을 것이다.

> 유자밭이 있었는데
> 유자밭이 있었는데, 중얼거리다가
> 바다 바라보고 철푸데기 주저앉은 곳
> 몽돌밭이다 엉덩이까지
> 몽들몽들하다
> 10년이 지나니 나로도도
> 바뀐 것이다 변한 것이다
> 이 나라 이 땅 가운데
> 10년이 지났는데도
> 바뀌고 변하지 않은 곳이 어디 있겠는가
> 멀리 바라다 보이는 우주항공센터에서는
> 겁 없는 사람들
> 자꾸 자꾸 지구 밖으로
> 떠나고 싶어 하는데
> 오직 바뀌고 변하지 않는 것은
> 저 바다와, 내 마음속 철부지 소년뿐
> 몽돌밭 위 철푸데기 주저앉아
> 생각한다 끝내 저 바다 건너
> 거문도로 백도로
> 가지 못해도 좋다
> 나날의 삶에 끝이 어디 있으랴
> 여기 이렇게 앉아

꿈속을 헤매어도 좋다.

— 「나로도 바닷가」 전문

　한갓 오지에 불과했던 나로도가 뭇 사람들의 관심을 끌게 된 것은 이곳에 우주발사체가 들어섰다는 것, 그리고 이를 바탕으로 인공위성을 우리 땅에서 처음 쏘아 올렸다는 점 때문이다. 그렇기에 이곳은 주목의 땅, 기회의 땅으로 인식되었다. 그러나 중요한 것은 이런 과학적, 혹은 일상적 사실이 아니다.

　근대가 문명의 첨단과 불가분의 관계에 놓여 있다는 점은 잘 알려진 일이다. 그것은 시의 근대성을 이야기할 때 언제나 제기되었던 문제였다. 문명의 최전선에 서는 것만으로도 시의 근대성이 담보되는 것이기에 근대 초기의 시인들은 근대 문명을 열렬히 찬양했다. 물론 찬양과 비판이 공존하긴 했지만, 그것을 언급하는 것만으로도 시의 근대성은 실현되는 것으로 인식했던 것이다. 그 가운데 대표적인 것이 문명의 상징이었던 철도였다. 육당의 「경부철도가」가 그러하거니와 춘원의 『무정』을 만든 핵심 기제 역시 철도였기 때문이다. 이런 흐름들은 김기림의 Z기의 기적으로 이어졌고, 소위 과학의 명랑성에 관한 문제들은 계속 신화적 차원으로 찬양되어왔다.

　이은봉의 「나로도 바닷가」가 문제적인 것은 바로 이런 시사적 맥락과 분리하기 어렵다는 점 때문이다. 21세기를 경과하는 이즈음에 우주로 향한 발걸음만큼 문명의 최첨단을 걷는 것도 없을 것이다. 근대에 대한, 혹은 현대에 대한 예민한 촉수가 이처럼 가장 앞선 곳까지 뻗쳐 있다는 것은 이 시인이 갖는 안목의 크기를 말해주는 것이라 할 수 있다. 그것은 철도를 시의 근대성으로 올려놓은 육당의 작업과 동일한 것이라는 점에서 그러하다.

　그러나 근대문명에 대한 이런 예찬에도 불구하고 시인이 주목하는 것

제4부 시름, 시월들

은 그 이면에 가려진 근대의 불합리한 국면들이다. 시인은 그러한 예증을 이른바 가변성의 영역에서 찾고 있다. 실상, 근대가 준 불행한 단면 가운데 하나가 정신의 분열 현상이다. 하루가 다르게 다가오는 물질문명의 새로움이 인간에게 준 것은 달콤한 것이기도 했지만 쓰디쓴 약과도 같은 이중적 속성을 지닌 것이었다. 새로운 현실에 조화하지 못한 인간, 보다 앞선 문명을 따라잡지 못한 인간들에게 다가온 것은 오직 부적응의 참담한 결과뿐이었다. 이러한 가변성의 혼란 속에서 항구성의 매혹은 더더욱 커질 수밖에 없었다. 다시 말해 변하지 않는 것이야말로 현 시대의 위기와 혼란을 극복해줄 최대의 치료약이었던 것이다. 그 대항 담론이 바로 영원성이다.

일찍이 엘리엇은 낭만주의를 부정하면서 비개성으로서의 전통을 강조한 바 있다. 그러나 그 이면에는 낭만성이라든가 근대적 현실이 주는 카오스의 세계를 초월하고자 하는 의도 또한 숨겨져 있었다. 코스모스로서의 전통이 예술의 근본 요소가 될 수 있다고 판단한 것이다. 그런 면에서 「나로도 바닷가」에서 시인이 표명한 '바다'와 '내 마음 속 철부지 소년'은 엘리엇이 말한 전통과 동일한 영역에서 사유되는 것이라 할 수 있다.

가변적인 근대의 현실에서 변하지 않는 것이란 무엇일까. 실상 근대 모더니스트들에게 이 물음만큼 유효한 것도 없었는바, 항구성으로 대변되는 모든 것들이 모두 이 영역 속으로 포회되어 들어왔다. 자연을 비롯한 절대 종교, 모성적인 것들 혹은 유토피아로서의 역사 등등이 바로 그것이다. 그러나 그것이 어떤 요인들로 묶여져서 시인의 상상력으로 틈입해 들어오든 간에 문학작품 속에서 그것이 담당했던 시적 역능은 바로 불변성의 문제였다. 이러한 속성이 이은봉의 시들에도 고스란히 재현되고 있는데, 인용 작품에서 보듯 '바다', '소년의 순수성' 등등이 그러하다.

산 사람들은 산 사람들, 죽은 사람들은 죽은 사람들, 누가 그걸 모르랴

북한산이 다시 죽은 사람들을 불러 산 사람들을 골짝골짝 끌고 다닌다
　이윽고 산 사람들, 큰 바위 밑으로 모인다
　얼기설기 비닐을 깔고, 밤 대추 사과 배 곶감 따위 대충대충 늘어놓
는다
　밥도 떡도 나물도 산적도 그냥그냥 올려놓는다
　정성 들여 두 번 절하고 일어선다
　초봄의 햇살, 밝고 환하고 가늘고 보드랍고 따스하다
　아직은 추워 자꾸 손 움츠리는 이른 봄의 햇살, 또 죽은 사람들을 불러
산 사람들을 깨운다
　북한산이 산 사람들을 불러 죽은 산사람들을 가슴에서 꺼내 진설하는
이른 봄이다
　산 사람들이 즐겁게 지난 시대를, 아직 오지 않은 시대를 가슴에 넣고
불을 지핀다 죽은 산사람들로 하여 산 사람들의 가슴 뜨겁게 끓어오른
다.
—「산제사」 전문

'바다'와 '소년의 순수성' 등등과 더불어 시인이 이번 신작시에서 또 하
나 주목하고 있는 대상이 바로 자연이다. 인용시에서 산은 죽은 자를 부
활시키는 생명의 저장소이다. 뿐만 아니라 죽은 자를 매개로 해서 산자에
게도 생의 에네르기를 부여하는 공간이기도 하다. 죽은 자는 소위 변하지
않는 영역에 속한다. '바다'라든가 '소년' 등등과 동일한 위치에 있는 것인
데, 산은 이들에게 새로운 부활을 명명한다. 바로 산 자로 하여금 "가슴을
뜨겁게 달아오르게" 하는 생명의 젖줄 역할을 하게 하는 것이다.

　그리고 이런 역동성 속에서 특히 주목되는 부분이 "지난 시대를, 아직
오지 않은 시대를 가슴 속에 넣고 불을 지핀다"라는 부분이다. 실상 이미
석화되어버린 듯한 전통이 중요한 것도 그것이 현재를 가로질러 미래에
의 새로운 길을 열 수 있다는 가능태로서의 의미였다. 과거를 현재와 미
래의 방향으로 조율할 수 있다는 것이야말로 전통의 긍정적 가치일 것이

다. 시인이 항구성의 또 다른 대상인 자연을 통해서 시대의 길이 어떻게 나아가야 할 것인지를 일러준 것이 이 작품의 의의이다.

바람만 요란하게 나뭇가지를 물어뜯는다 파도만 겁나게 방파제를 두드려댄다 파밭의 파들, 파랗게 춤춘다 팔다리가 찢어지도록 몸을 흔드는 파들

달리던 길가에 자동차를 세우고, 내가 나에게 묻는다 어디로 가야 하나 어디에도 갈 곳이 없다

전장포에는 새우젓 가게들도 텅 비어 있다 오늘은 이곳에서 사람들 만나기 아예 어렵다 어디 길을 물어볼 사람조차 없다 농협창고도 추워 자꾸 몸 움츠린다

잠시 눈 감는다 봄날의 임자도를 떠올려본다 들판 가득 들깻잎들 고소하게 흩날리고 있다 길가의 튤립 꽃들 화사하게 물결치고 있다

아무래도 봄이 와야 한다 저 들판의 들깻잎들도 봄이 와야 팔 것이 된다 돈이 된다 돈이 되어야 사람들도 개들도 신명이 난다 그래야 튤립들도 활짝 꽃, 피운다.

—「겨울, 임자도」 전문

임자도는 추상적인, 혹은 형이상학적인 섬이 아니다. 우리 국토의 한 부분을 차지하는 구체적인 섬이다. 그러나 이런 구체성이 섬 속에 내포된 근대적 의미를 훼손시키는 것은 아니다. 한국 시사에서 인식의 완결을 이루고자 했던 모더니스트들이 자신의 그러한 꿈을 실현하고자 했던 것이 자연이었다. 인간은 그러한 자연의 항구적 가치를 인식하면서도 달면 삼키고 쓰면 뱉는, 감탄고토의 일을 거듭거듭 만들어왔다(「금일도」). 그러나 이런 피드백 과정에서도 오직 기댈 곳은 여기뿐이라는 원점회귀의식이었

다. "달리던 길가에 자동차를 세우고", "어디로 가야 하나 어디에도 갈 곳이 없다"라고 자기 회의에 젖어드는 것은 모두 그러한 인식의 단면을 보여주는 것이라 할 수 있다. 그러나 그러한 회의에도 불구하고 다시 회귀할 곳은 자연뿐이었던 것이다.

이은봉의 시에서 '임자도'로 구현되는 자연은 건강한 삶이 펼쳐지는 유토피아이다. 특히 그것이 봄이라는 또 다른 자연현상과 맞물리면서 더욱 신명나는 생명의 장으로 축제화된다. 그것은 인간에게는 삶을 매개하는 자본 역할을 해주고, 개와 튤립을 비롯한 작은 개체들에게는 활력소가 된다.

'임자도'는 시인이 문명의 뒤안길에서 삶의 전일성을 구현시키는 유토피아적 공간으로 현상된다. 그것이 자연의 구경적 가치임은 당연한 일이거니와 시인은 근대의 불안한 여정을 이를 매개로 초월하고자 했다. 이런 면에서 시인에게 자연은 유토피아로 나아가는 근본 수단이라 할 수 있다. 정지용 이후 근대 모더니스트들이 나아갔던, 자연이라는 통로 속에서 분열된 인식을 완결시키고자 했던 과정을 이은봉 시인도 고스란히 이어가고자 한 것이다.

자연의 근대에 대한 대항 담론임은 익혀 알려져왔다. 특히 한국적 모더니즘이 나아갈 궁극적 목표가 자연이라는 사실도 잘 알려진 사실이다. 그런 면에서 이은봉 시인이 추구한 자연의 궁극적 가치도 그 연장선에 놓여 있는 것이라 할 수 있다.

그러나 중요한 것은 막연하고 추상적인 자연이 근대에 맞서는 담론임에도 불구하고 이은봉 시인의 그것이 지금까지의 방법적 의장과는 다른 지점에 놓여 있다는 사실이다. 무엇보다 근대에 대한 시인의 대항 담론은 구체성에서 찾아진다는 점에서 이전의 경우와는 차별된다고 할 것이다. 우선 그의 자연은 추상적이지 않다. '금일도'라든가 '임자도', 혹은 '나로도'와 같은 구체적인 지명, 혹은 자연을 통해서 그의 시들이 직조되고 있는 까닭이다. 근대에 저항하는 한국적 대항담론이 자연이라면, 구체성에 대한 담보야말로 이 시점에서 요구되는 가장 중요한 시적 의장이 아닐까 한다. 막연한 자연이 아니라 구체적인 자연, 지금 여기의 자연이야말로 근대성의 새로운 단계가 아닐까. 실상 근대에 맞서는 저항 담론의 수준이 여기에까지 이르른 것은 중요한 시적 거보가 아닐 수 없다. 그것은 전적으로 시인의 능력이자 몫이라 할 수 있으며, 그것이 이번 신작시에서 보여준 이은봉 시의 가치일 것이다.

(『시작』 2016년 봄호),

시적 변화와 새 길의 모색
— 이은봉의 최근작을 읽고

김완하

이은봉 시인은 대단히 왕성한 창작력을 보여준다. 2016년 4월에는 『봄바람, 은여우』라는 시집을 내서 송수권문학상과 시와시학상 등을 동시에 거머쥐더니, 언제 또 시조를 썼는지 올해 5월에는 시조집으로 『분청사기 파편들에 대한 단상』을 펴냈다. 그는 언제나 여러 문예지에 발표되는 많은 시들을 통해 지칠 줄 모르는 창작의 에너지를 자랑하고 있다. 그의 시를 반기는 필자의 입장에서는 대단히 즐거운 일이다.

많은 시를 쓴다는 것은 그만큼 시에 대한 열정이 많다는 것이고 시에 대한 생각을 한시도 쉬지 않고 줄기차게 하고 있다는 이야기가 될 것이다. 쉬지 않고 길을 가다보면 새로운 길을 열고 나아가듯이, 그렇게 지속적으로 시를 쓰다 보면 당연히 변화 또한 따라오기 마련일 것이다. 아닌 게 아니라 이번의 특집으로 발표한 5편의 시에서는 그러한 조짐들도 엿보이고 있다.

우선 그의 시에서 엿보이는 변화의 큰 모습은 자연물에 대한 관심으로 지적할 수 있다. '봄비', '물', '낙엽', '눈보라' 등으로 이어지는 자연물을 통한 형상화는 생명 세계에 대한 관심을 보여준다. 이러한 소재론적인 면에서의 변화는 그의 시가 좀 더 유연하게 보이도록 한다. 또한 그동안 그의 시적 보법으로서 즐겨 사용해오던 시어의 반복과 리듬간이 형성하던 긴장감은 간결함과 안정감으로 변화된 모습으로 읽힌다. 다만 「성탄절 아침」과 「밤이 늦었더라도」는 앞의 세 작품과는 조금 포즈가 다르지만, 이것들도 '눈송이'나 '눈보라'와 연관을 가지면서 이번의 시 5편은 모두가 '물'의 심상에 지배적으로 닿아 있다.

또한 이번 특집시 5편의 배열은 「봄비소리」의 봄에서 「물에게」의 여름으로, 그리고 「낙엽」의 가을을 거쳐서 「성탄절 아침」이나 「밤이 늦었더라도」에 이르면 겨울에 도달하고 있다. 그러고 보면 시 5편에는 시세계를 관통하는 변화와 통일성을 동시에 지니고 있는 것이다.

물론 몇 편의 시를 통해서 한 시인이 그의 시세계 변화를 다 보여줄 수는 없을 것이다. 다만 시적 징후로서의 흐름을 읽기에는 부족함이 없는 것이다.

　　　　삼월 초사흘
　　　　창가에 서서 듣는 봄비소리
　　　　방울방울 자그마하다

　　　　찌지골찌지골
　　　　들뜬 어린 참새들 노랫소리
　　　　잘 보인다
　　　　잘 들린다

　　　　푸른길 공원
　　　　여기저기 튀어 오르는 봄비소리
　　　　눈 떠도 아스라하다
　　　　　　　　　　　　　　　　　　　— 「봄비소리」 전문

이번에 발표한 이은봉의 시에는 봄에서 여름, 가을, 겨울에 이르기까지의 시간적 거리가 담겨 있다. 인용 시에서 시적 호흡은 짧고 경쾌하게 전개된다. 3단 구성의 간결함 안에 봄의 생동감이 잘 드러나 있다. 그 안에서 봄의 섬세함을 펼쳐 보여주고 있다. 시인은 봄비의 시각적 차원을 벗어나 소리에 주목한다. 그것은 이어서 2연에 보이는 "찌지골찌지골/들뜬 어린 참새들의 노랫소리"와 함께한다. 그리고 그 소리에 대해서 "잘 보인다/잘 들린다"고 함으로써 '소리를 보다'라는 의미에 도달한다. 소리를 본다는 것으로, 이는 봄의 생동감을 오감으로도 느낄 수 있다는 의미이다.

이 시에서 시적 화자가 서 있는 공간은 방 안이다. 창가에 서서 봄비 소리를 듣다가 밖의 참새 소리를 듣고, 이어서 푸른길 공원의 봄비 소리로 확산되어간다. 이 시는 공간의 확장과 함께 점차 마음속으로 더 깊이 젖어드는 봄비를 체감하는 것이다. 봄의 정서를 자극하는 봄비 소리를 전면에 내세우면서 그 안에서 정서적 움직임을 더 강렬하게 느끼게 하는 것이다. 그렇게 봄비와 봄비 소리는 눈을 떠도, 감아도 잘 보이고 잘 들린다.

다음에는 물에 대한 관심으로 쓴 시를 살펴보자.

> 물아 자장자장 흐르는 빗물아 잠들어라 풀 속으로 숲 속으로 흐르는 아직은 어리고 착한 물아
> 더러는 신도시의 하수구 속 치달리는 물아 이제는 너도 좀 쉬거라 쉴 때가 되었다 어디 좀 조용히 스며들어라
> 졸졸거리는 시냇물을 지나 굽이치는 강물이고 싶은 물아 어서 빨리 드넓은 바닷물이고 싶은 물아 이 바보야
> 네가 골짜기 물로 치달릴 때 가슴속 깊이 활활 타오르는 검붉은 불덩이로 일렁일 때 그때 세상 얼마나 놀랐겠느냐 그때 세상 얼마나 뒤집혔겠느냐
>
> ─「물에게」 부분

이 시는 4단락으로 이루어진 산문시로서 이번에 발표한 시 가운데서는 좀 긴 시이다. 그러한 반면에 '물에게'라는 제목처럼 물에게 간청하는

청유형 종결 양상을 지니고 있다. 사실 물에게 말을 건다는 것은 어리석은 일일지 모른다. 그것은 전혀 알아들을 수 없는 사물이기 때문이다. 그러나 시인이 그러한 화법으로 시 전체를 채우려는 것은 물이 가지고 있는 속성을 자신과 동일시하고자 하는 것이다. 결국은 시인이 자신에게 말을 거는 것과 같은 결과이다.

이 시에서 시인은 물을 호명하고 있다. 호명은 가장 절실한 소통의 욕구이다. 물은 흐른다는 속성을 통해서 그 본질을 드러낸다. 그래서 그것은 시간에 비유되고도 한다. 이 지상에서 흘러가는 물을 보는 일은 곧 시간의 흐름을 감지하는 일일 것이다. 그런데 이제 시인은 쉬고 싶다는 욕구를 드러낸다. "좀 쉬거라 쉴 때가 되었다 어디 좀 조용히 스며들어라", "물아 이제는 너도 그만 잠들어라"고 함으로써 급히 흘러오던 생에서 잠시 지체하며 숙고의 시간을 가질 것을 스스로 암시하는 것이다.

이 시에서 물은 철저히 시인 자신과 동일시되어 있다. 물에게 말하는 것은 결국 자신에게 말하는 것이다. 그것은 중간 부분에서 "물아 이제는 너도 그만 잠들어라 너도 제법 나이가 들었다"라고 밝히고 있다. 시인의 나이도 이제 이순(耳順)을 넘어서 있기 때문이다. 그러나 이은봉의 시야가 봄비에서 낙엽까지 가닿아도 거기에는 또 다른 생성의 모습이 자리하고 있는 것이다. 이러한 점은 시 구절 "물아 이제는 저도 바다가 되어 있다 다시 또 하늘로 올라갈 때가 새로운 생명으로 태어날 때가……"라고 하여 새로운 환생의 모습을 보여주고 있다.

마지막 행에서 "너는 벌써, 이미, 아주, 오래전부터 하늘이다 빛이고 진리이다 그렇게 훌륭한 스승이다 사상이다"에서 보여주듯이, 시인은 결국 물에게 무한의 애정을 표현하는 것이다. 실은 그 물의 품에 깊이 안기려 하는 것이다.

아래의 시 「낙엽」은 사물의 모습이 새로운 모양으로 다양하게 몸을 바꾸는 과정을 보여준다.

땅바닥에 닿기 전까지
낙엽은 아직 나비다

불어오는 찬바람에
한껏 몸을 맡긴다

시냇물 속에 떨어지며
물고기가 되는 나비

물고기가 시냇물 따라
꼬리를 치며 흘러내려간다

— 「낙엽」 전문

　낙엽이 땅에 닿기 전에는 '나비'로 존재한다. 물속에 떨어지면 그 '나비'
가 '물고기'로 다시 몸을 바꾼다. 그리고 시냇물을 따라서 흘러내려간다.
이은봉의 시에서 새로이 보여주는 시적 모습이라고 할 수 있다. 허공에서
는 '나비'이고 비로고 땅에 닿아서야 '낙엽'이 된다. 불어오는 찬바람에 몸
을 맡겨 팔랑거리는 것이다. 그러나 흘러가는 물속으로 떨어지면 '물고기'
가 되어 꼬리를 치며 흘러가는 것이다. 낙엽도 그것이 움직이는 순간에는
낙엽이 아닌 것이다. 율동을 하는 과정은 '나비'와 '물고기'로 인식하는 것
이다. 낙엽은 이렇게 또 하나의 생명체로 부활한다.
　그러한 마음으로 이은봉 시인은 다시 시작한다. 봄에서 가을에 이르는
자연의 흐름을 감지하고 그 속에서 새로운 생의 에너지를 길어 올려 이제
새 길을 가고자 하기 때문이다. 또한 다음의 두 편 시에는 물의 이미지로
'눈송이'와 '눈보라'가 나타난다. 그러므로 이 시 두 편도 앞의 시편들의 연
장선에서 이해할 수 있다.

　　유리구슬처럼 반짝이는 겨울 햇살

푸르지오 아파트 좁은 앞마당 위
풀썩 떨어져 내린다
구르는 겨울 햇살 따라 아무렇게나 뒤섞이는
차고 시린 눈송이 몇 점
하늘 멀리 솟구쳐 오른다

어젯밤 길음로를 적시던 성탄절 노랫소리,
뿌연 먼지로 남이, 돌산 언덕 위
나지막하게 흐른다 고개를
기웃대던 참새 몇 마리
자작나무 깡마른 잔가지들
하얗게 흔들며 날아오른다

북한산 저쪽 하늘가, 잿빛 구름을 헤치며
아기예수의 울음소리 들려온다
허물어지는 마음,
자꾸 부추겨 세우며
주섬주섬 겉옷 챙겨 입는다 울음소리
들리는 곳 찾아 다시 길을 떠난다.

                           —「성탄절 아침」 전문

밤이 늦었더라도 조금 더 걸어야 한다
여기서 돌아가면 안된다 잠들면 안된다
성큼성큼 앞으로 더 걸어야 한다
그래야 새로운 내일을 만날 수 있다
어제의 낡은 것과 쉽게 결별할 수 있다
새로운 것은 언제나 내일의 것이다
내일의 것은 금방 오늘의 것이 된다
오늘의 것도 한순간 낡은 것이 된다
그럴수록 화순 도곡의 낡은 온천호텔 따위에
발이 묶이면 안된다 벌판 가득 눈 쌓이는데

나주 금성 객사 옆 '하얀집'의 식탁에 앉아
따듯한 국밥 한 그릇 나눠 먹는 것으로
만족해서는 안된다 그냥 머물러서는 안된다
더러는 뒤를 돌아봐도 좋다 뒤에도
아름다운 것은 언제나 충분히 있다
아름답지 않은들 누가 어쩌겠느냐
아름다운 것은 아름다운 것 아름다울수록
앞을 향해 걸어 나가야 한다 이제는 뒤로
돌아가면 안된다 가족과 이웃들 위해서라도
눈보라치는 벌판 위 주저앉아서는 안된다
환한 새벽 향해 성큼성큼 걸어 나가야 한다.

—「밤이 늦었더라도」 전문

이상 두 편의 시에서 살필 수 있듯이 그는 이제 새로운 길을 걸어가려는 의지로 가득하다. 위의 시「성탄절 아침」에 보이는 종교적 표정은 그가 가톨릭 신자라고 하지 않더라도 생의 신성함을 일깨우려는 것이다. 한 해를 마감하고 새해를 맞이하는 시점에서 시인은 아기 예수의 '울음소리'를 찾아 다시 길을 떠나려는 것이다.

그 아래의 시에서는 지난 시간에 대한 관찰이 보인다. 뒤를 돌아보는 것은 좋다고 한다. 그러나 뒤로 돌아가면 안 되고, 다만 "앞을 향해 걸어 나가야 한다"고 했다. 자연을 감싸 안는 생명력으로 "저 환한 새벽 향해 뚜벅뚜벅 걸어 나가야 한다"고 하였다.「밤이 늦었더라도」는 이은봉의 세계관이 잘 드러나 있는 작품이다. 그동안 그는 철저히 현실에 대한 인식에 바탕을 두고 시세계를 펼쳐왔던 것이다. 예전에는 현실에 대한 강한 압박의 자세를 보여주었는데 이제 그것은 차분하게 가라앉고 점차 강한 생명의 울림으로 차오르는 것이다. 이 시에는 그의 미래에 대한 신뢰와 희망과 기대가 한껏 자리하고 있는 것이다.

이은봉의 왕성한 창작력을 마주하는 것은 대단히 즐거운 일이다. 최근

시 5편을 살펴보면 자연에 대한 관심과 물 이미지로 포괄되는 동일성 위에 서 있다. 그리고 봄에서 여름, 가을, 겨울로 옮겨가는 움직임과 1년의 계절적 사이클을 구성하고 있다. 이것은 시적 짜임의 한 요소인 것이다. 앞으로 펼쳐질 그의 시를 기대한다.

(『시와정신』 2017년 여름호)

김완하 시적 변화와 새 길의 모색

변방의 현실, 강가의 비전

— 이은봉의 신작시 5편에 대하여

이성혁

이은봉 시인의 신작시 다섯 편은 북한과 중국 사이의 접경 지역을 따라 여행하면서 여러 감회를 시화(詩化)한 기행시이다. 이 시편들을 읽으면서 어느새 내 의식에서 북한이 통일의 대상이 아니라 나의 삶을 위협하는 적으로서 자리 잡혀 있었다는 것을 깨달았다. 알다시피 여러 차례의 핵실험과 미사일 시험 발사, 그리고 위협적인 발언 등으로 인해 남한 사람들의 북한에 대한 이미지는 극히 나쁘게 되었다. 김대중 정부의 첫 남북 정상회담 때에는 북한에 대한 이미지가 많이 좋아졌지만, 그리고 '참여정부' 때만 하더라도 그 이미지가 어느 정도 유지되어왔지만, 남한에 보수 정권이 들어서고 북한에서는 젊은 김정은에게 정권이 이양되면서부터는 관계는 더욱 악화되었고 이미지도 매우 나쁘게 되었다. 이는 상황을 악화시키는 북한 정부의 책임 역시 분명히 있지만, 그렇다고 하더라도 사람들이 북한은 대화의 상대인 어떤 나라로서 생각되는 것이 아니라 한국을 괴롭히는 골칫덩어리라는 하나의 상징으로 자동화되어 떠올리게 되는 것은 현 상황을 극복할 수 있는 모색을 차단할 뿐인 것은 분명하다. 나 역시 북한을 계속 의식은 하게 되지만 제발 남한의 삶에 개입하지 않아줬으면 하는 천덕꾸러기로서만 의식하고 있다. 북한이라는 나라와 그 나라에서의 삶에 대한 관심은 어느새 사라져버렸던 것이다.

　이 신작시들에서 이은봉 시인은 북한을 먼발치에서밖에는 보지 못하지만 적어도 두 눈으로 직접 보고자 한다. 「밤의 압록강」이 밤의 신의주를 바라보면서 사유하고 있다면 「혜산을 바라보며-장백에서」는 낮의 혜산을 바라보면서 사유하고 있다(혜산은 신의주에서 북동쪽에 위치한 북한 지명이다). 물론 북한에 들어갈 수는 없는 일이라서 중국과의 접경 지역인 중국의 단동과 장백에서 북한 땅을 바라보고 있는 것이다. 접경에는 슬픈 압록강이 흐르고 있다. 그러나 사실상 북한에 대한 관찰이 보이는 시는 「혜산을 바라보며」이다. "신의주의 어둠과 단동의 밝음"이 극명하게 대조되는 「밤의 압록강」에서 신의주는 어둠 속에 파묻혀 보이지 않는다. 밤이 되었지만 북한의 도시는 전등을 밝히지 않는다. 반면 단동은 신의주와 반대로 휘황하게 밤을 밝히고 있다. 시인은 단동에서 출발하여 밤의 압록강을 가르며 신의주 쪽으로 달리는 유람선 위에서 이 극명히 대조되는 공간을 인지하고 두려움을 느낀다. 다시 읽어본다.

　　밤의 압록강 위에 뜨는 유람선을 탄다 강의 한복판을 지나 신의주 쪽으로 달리는 유람선……, 겁난다
　　단동의 화려한 불빛을 즐기라는 것인가 아니다 까맣게 저무는 신의주의 어둠을 익히라는 것인가 아니다
　　발해만 저쪽 대련에서 느린 시간을 타고 달려온 버스가 그냥 이렇게 밤을 맞이했을 뿐이다 무섭다
　　까맣게 저무는 밤의 신의주를 밝고 환한 눈으로 바라본다 바라보아 무얼 어쩌겠다는 것인가 두렵다
　　주말마다 광화문 광장에 나가 탈핵을 외치는 잘 늙은 마누라여
　　당신과 함께 찾아온 단동의 저 밝고 환한 불빛, 오늘 밤 무엇으로 꽃 피우는가
　　묻지 않는다 핵발전소에 대해서도, 다른 어떤 것에 대해서도……, 물어 무엇하랴 슬프다

이은봉 변방의 현실, 강가의 비전

세상의 슬픈 일들, 콩인지 팥인지 너무 따져서는 안된다
　신의주의 어둠과 단동의 밝음, 꼬치꼬치 캐묻지 않아도 죄죄 환한 것
을, 죄죄 환해도 누구도, 아무도 어쩌지 못하는 것을!
—「밤의 압록강」전문

　"신의주의 어둠과 단동의 밝음" 사이를 흐르는 압록강에서, 시인은 밝은 단동 쪽에 서서 "밝고 환한 눈으로" "저무는 밤의 신의주를" 바라본다. 이때 시인은 두려움을 느끼는데, 이 두려움은 슬픈 역사와 관련되는 것 같다. 시인에게 이 상황은 "누구도, 아무도 어쩌지 못하는 것"이어서 "이렇게 밤을 맞이"할 수밖에 없다. 그 어쩌지 못하는 것이 바로 "세상의 슬픈 일들"일 터인데, 그 슬픈 일들은 이미 벌어지고 말아 이젠 되돌릴 수 없는 것들, 그래서 "너무 따져서는" 안 되는 것들이다. 이미 어쩔 수 없이 되어버린 역사적 일들, 그래서 따질 수 없는 그러한 역사의 슬픔이란 분단과 종속의 역사, 실패의 역사, 가난의 역사 등을 의미할 것이다.

　역사의 슬픔을 드러내는 밝음과 어두움 사이의 '밤의 압록강'은 핵 문제를 아이러니하게 드러낸다. 핵 문제로 현재 세계적으로 가장 주목을 받고 있는 나라는 북한이다. 하지만 정작 그 핵은 무기로만 사용되지 전기에너지로 전환시키지는 못하고 있다. 전기가 부족해서 신의주의 밤은 저렇게 어두운 것이다. 반면 단동을 밝게 밝히고 있는 동력은 중국 핵발전소에 의해 생산되는 전기다. 핵실험으로 비난받는 북한의 어두운 도시와 북한의 핵실험을 비판하면서 핵발전소를 통해 전등을 밝히고 있는 중국의 환한 도시. 이 아이러니한 현실은, 어떤 되돌릴 수 없는 역사의 진행에 의해 만들어진 것이다. 탈핵주의자인 부인, 그리고 역시 탈핵주의자일 시인은 이 아이러니한 현실을 드러내는 공간으로 들어가고 있는 배 위에서 슬프지만 어찌할 수 없는 현실의 엄중함을 느끼고 있는 듯하다. 시인이 느끼고 있는 두려움은 그 현실의 엄중함과 마주하게 되기 때문 아닐까?

　또 다른 시 「변방에서」를 위의 「밤의 압록강」과 연결하여 생각하면, 저

슬프고 아이러니한 현실을 일단 받아들이고 "내일을 준비하자"는 시인의 바람을 담고 있는 것으로 보인다. '변방'은 시인이 여행하고 있는 장소를 의미하는 것이겠지만, 한반도 전체를 의미한다고 볼 수도 있다. 북한은 중국에 운명을 맡겨야 하고 남한은 미국에 운명을 맡겨야 하는, 한반도라는 "늘 서럽고 억울한 이 변방" 말이다. 그렇다면 "맞서 싸워 이길 수 없으니" "느긋하게 형이라 불러주자/그냥 대충 아버지라고 불러주자."라고 시인이 말할 때, 그 호명 대상은 중국이나 미국이 될 것이다. 이렇게 변방을 한반도로 넓혀 생각할 수도 있겠지만, 한편으로 시인이 여행하고 있는 압록강 접경 지대를 뜻한다고 그 의미 범위를 좁게 생각할 수도 있다(그렇다면 이 변방은 중국의 변방이자 한반도의 변방을 의미한다.). 현재 중국 영토인 압록강 북쪽도 한국인이 많이 살고 있었고 지금도 '조선족'이 많이 살고 있는 한국 민중사의 무대였다. 한국 민중은 이 변방에서 "늘 서럽고 억울"하게 살아왔어야 했다.

변방을 한반도로 보든 압록강 접경 지대로 보든, 「변방에서」의 청유형 문장은 시인 자신도 말을 거는 대상과 같은 동아리에 있는 사람으로서 그 자신을 생각하고 있음을 보여준다. 시인은 변방인들에게 훈수하듯이 외부인으로서 말을 걸고 있는 것이 아니라, 같은 운명공동체의 일원으로서 말을 건다. 그러니까 저 말을 거는 대상은 시인 자신이기도 한 것이다(그렇다면 「변방에서」의 시인의 제언은 하나의 다짐이기도 하다고 말할 수 있다). 그는 '그들-나'에게 "살아남을 수 있"는 것을 최우선으로 삼아야 한다고 말한다. 지금 예전처럼 '비바람'이 거세게 불고 있는 이 변방의 상황에서, 어떻게 호명하느냐가 중요한 일이 아니라는 것이다. 중요한 것은 '찌질'하더라도 "시간을 좀 벌"고 "내일을 준비하"는 일이다. 즉 급하게 생각하지 말고 오늘을 견디면서 "밝고 환한 모레 글피를 만"드는 일이 중요하다. 이를 위해서 "무엇인들 못할" 일은 없다. 시인이 상상하는 "밝고 환한" 미래가 무엇을 뜻하는지는 명확히 드러나 있지 않지만, 종속적인 상황으로부터 해방되어 자주성을 획득하는 것 아니겠는지 짐작해본다.

시인이 여행하고 있는 저 변방은 예전 명칭으로 치면 간도 지방이다. 조선의 영토이기도 했다는 간도. 지금은 연변 조선족 자치주인 이곳은 한국 민중의 눈물과 가난, 한과 설움이 서려 있는 곳이다. "가도 가도 붉은 산이다./가도 가도 고향뿐이다."라고 읊은 오장환의「붉은 산」이 연상되는「졸본산성 가는 길」에서, 졸본산성으로 가고 있는 시인은 가도 가도 옥수수밭과 만난다. 이 '끝없는' 옥수수밭에는 간도 지방에서 살아왔던 한국인들의 삶과 설움이 응축되어 있다. 옥수수는 배곯으면서 살아야 했던 이곳 사람들의 주식이었기에 이곳 대다수 주민인 한국인들의 설운 삶을 상징할 수 있다. 그런데 졸본산성은 어떠한 성인가? 바로 주몽이 세웠다는 산성, 고구려가 세워진 곳이다. 즉 졸본산성은 저 옛날 찬란했던 한국 역사의 상징인 것이다. 그러나 그곳은 저 넓게 깔려 있는 옥수수 밭으로 상징되고 있는 한국 민중의 설운 삶과 대조되면서 중국 관광지로 존재한다. 이 역시 아이러니컬한데,「졸본산성 가는 길」은 짤막한 시이지만,「밤의 압록강」처럼 어떤 대조를 통해 역사의 슬픔을 드러낸다.

이 압록강 북쪽 역시 한국인들의 삶의 터전이었다는 인식은「혜산을 바라보며」에도 나타나고 있다. 장백은 중국 땅이지만 혜산은 북한 땅이다. 그런데 이 두 곳은 "먼 옛날에는 한 동네"였던 것, 다른 국적으로 살고 있는 압록강 남북 주변의 한국인들은 한 동네 사람들이었다. 그렇기에 압록강 북쪽 장백에 살고 있는 사람들과 압록강 남쪽의 혜산에 살고 있는 사람들은 다를 게 없는 이들인 것이다. 혜산에도 "늑대나 승냥이"가 살고 있는 게 아니라 장백에 사는 이들처럼 "멀쩡한 사람이 왔다 갔다 하"고 있다. 북한에는 마치 특별한 종의 존재가 있을 것이라는 이미지가 퍼져 있는 현재, 시인은 그곳도 역시 멀쩡한 사람들이 살고 있음을 직접 확인하고 독자들에게 보고한다. "치마저고리를 입"고 "분홍빛 양산을 쓰고 있"는 '저 사람', 또는 '장마당'에서 채소를 팔고 있는 저 사람은 장백에서도 볼 수 있는 사람들이자 남한에서도 볼 수 있는 사람들이다. 북한 땅인 저곳은 늑대의 소굴이 아니라 우리와 같은 사람들이 살고 있는 곳이다.

그러나 한 동네였던 장백과 혜산 사이에는 "시퍼런 국경이 생겨/그 나라와 이 나라가 되었"다. 예전에는 "보름달 뜨는 저녁이면/사람들 무시로 오갔을" 장백과 혜산 사이, 그 사이에 그어진 국경은 이제 "모든 것 죄죄 가로막고 있"다. 이 역시 돌이킬 수 없는 '무서운' 역사적 현실이다. 그 현실에서 한 동네였을 장백과 혜산은 단동과 신의주처럼 여러모로 비교되는 공간으로 변모했다. "장백보다 혜산이 커 보"임에도, 혜산의 풍경에 기찻길은 있지만 "기차는 지나가지 않고/버스만 터덜터덜 지나가"고 있다. 북한 당국에서 기차를 운행할 연료를 아끼거나 저 혜산 지역이 그만큼 다른 지방과의 교류가 없기 때문일 것이다. 한산한 혜산과는 달리 이쪽 장백은 번잡할 것인데, 이러한 대조적인 현실 역시 복잡한 역사적 흐름의 결과일 것이다. 그렇기에 이 아이러니한 현실은 피할 수 없는 현실이면서도, 또한 역사란 변화이기 때문에 다른 역사를 상상할 수 있다. 시인이 「강가로 가자」에서 강가—아마 압록강변일 것이다—에서 어떤 유토피아적인 이미지를 뽑아내는 것은 그러한 역사적 사유를 바탕으로 하고 있을 터이다.

미루나무 푸르른 잎사귀들
부는 바람에 흩날리는 강가로 가자

귀를 기울이지 않아도
매미 울음소리 시원하게 들려온다

여울지며 흐르는 강물 속
피라미 떼 푸르르 몰려다닌다

발가벗고 제멋대로 뛰노는
검게 탄 아이들 첨벙첨벙 몰려다닌다

저 혼자 풀 뜯는 어미 소
송아지 부르는 소리 음메에 들려온다

강가로 가자 미루나무 그림자들
바람에 제 몸 흔들며 손짓하는 곳.

—「강가로 가자」 전문

「혜산을 바라보며」에서 시인은 "한때는 돌다리가 있었"을 "시냇물처럼 좁아진 압록강"에 국경이 쳐지고, 모든 것의 교류가 가로막혀버린 상황을 슬퍼했다. 그러나 저 압록강의 강가, 그 자연에는 실로 자유가 펼쳐져 있지 아니한가. 시인이 "강가로 가자"라고 말하는 것은 한 동네에 국경이 쳐진 현실을 넘어 저 자연이 펼치는 자유로운 경지로 우리의 현실을 바꾸자는 의미도 들어 있을 것이다. 바람에 마음껏 잎사귀들이 흩날리고 매미 울음도 도시의 소음에 가로막히지 않아서 "시원하게 들려"오는 세상, 자연과 인간사회가 "아이들 첨벙첨벙" 강가에서 몰려다니듯이 즐겁게 조화되는 세상을 시인은 꿈꾸는 것 아니겠는가. 그곳은 소가 기업에 의해 공장과 같이 키워지는 것이 아니라 자유로이 풀 뜯으며 자기 가족을 이룰 수 있는 세상이다. 이 세상에서는 만물이 "제 몸 흔들"면서 타인을 향해 손짓한다. 즉 만물은 자유롭고 타자들에게 정겹게 손짓하며 타자들과 함께 살아간다.

이은봉 시인이 강가를 통해 펼쳐낸 이러한 이미지들은 도시의 답답한 현실로부터 도피하고자 하는 욕망에 따른 것이라고도 말할 수 있겠다. 하지만 지금까지 보아온, 변방의 현실에 대한 그의 시들과 함께 위의 시를 읽을 때, 그 이미지들은 도시와 대비되는 자연을 보여준다는 의미만 보여주지는 않는 것 같다. 변방의 슬프고 두려운 역사적 현실과 대비되는 저 자유로운 강가는 이 현실이 바뀌어야 할 목표를 보여주는 유토피아적 이미지를 보여주는 것 같다. 그렇다면 이은봉 시인이 꿈꾸는 세상은 민족주의적이라기보다는 생태주의적이고 아나키즘적인 성격을 가진다고 하겠다. 물론 역사는 약한 민족에 대한 강대국의 억압과 차별, 배제를 통해 흘러온 것이 현실이다. 이 현실은 지금도 진행 중이다. 저 압록강 남북의 북한-중국의 현재 현실은 한반도를 둘러싼 비극적 역사─약소민족 억압의 역사─의 산물이다. 그러나 이 현실로부터 벗어나기 위한 방향은 상황을 뒤집는 것─약소민족이 강한 국가가 되는─이 아니라 저 자연의 생태적 아나키로 나가는 것이라고 시인이 생각하고 있음을 위의 시는 암시한다.

저 국경이 쳐진 압록강 남북은 자유로이 왕래했던 한 마을이었다는 것을 시인이 환기했을 때, 그 환기에는 국가가 그어놓은 경계선을 철폐하고 저 공간을 예전의 마을로 되돌려야 한다는 시인의 염원이 담겨 있다. 이를 강조하면서 이 글을 맺는 까닭은, 이 신작시들이 혹시 민족주의─약소국의 민족주의라고 할지라도─적인 프레임으로만 읽히도록 내 글이 전개된 것은 아닐까 하는 생각이 들어서였다. 이 글을 쓰면서 신동엽 시인을 떠올렸다. 그는 제국주의에 의해 고통 받고 있는 민족적 현실─한민족뿐만 아니라 제3세계의 약소민족 모두의 현실─에 대해 줄곧 비판적으로 발언하면서도 미래의 비전은 생태주의적 아나키즘과 같은 사상에 두고 있었다. 신동엽의 그 사상과 이은봉 시인이 현재 품고 있는 사상은 동일한 계열에 있지 않겠는가 하는 생각이 들었던 것이다. 그렇다면 이은봉 시인은 신동엽 시인의 충실한 제자라고도 말할 수 있을 것이다.

(『서정시학』 2017년 겨울호.)

내 밖의 자화상과 내 안의 일탈
— 이은봉 신작시론

김성조

1. 객관적 대상으로서의 자화상

시적 목소리가 나직나직하다. 뒤뜰에 내리는 봄비 소리 같다. 가만히 귀 기울여보면 그 안의 섬세한 피돌기까지 감지될 것 같다. 감정의 응집이랄까, 표현 방식의 개성적 발현이랄까. 언어적 조율이 간결하다. 간결함 속에 절제의 걸음이 느껴진다. 이것이 이은봉 시인의 신작 시편에서 느껴지는 첫인상이다. 이는 아마도 시인이 의식/무의식적으로 그려내는 혹은 지향해가고자 하는 시적 색채와 맞닿아 있을 것이다.

첫인상의 울림을 지나 시적 정서 속으로 걸어가다 보면, 문득 또 다른 색채의 상상력을 만나게 된다. 조용한 풍경과는 달리 보다 심화된 갈등이 구조화되어 있다. 이러한 갈등 구조는 시인의 현재적 시간의 표상이기도 하고, 시인을 둘러싸고 있는 관계망들에 대한 인식의 한 측면이기도 할 것이다. 자아의 서로 다른 얼굴, 즉 밖으로 드러나는 자아와 안으로 침잠해 있는 자아의 전혀 다른 얼굴이 그 중심에 있다. 이 두 구도의 자아는 때로 대립하고 때로 공존하면서 보이지 않게 혹은 눈에 띄게 자기 색채의 존재성을 부각시킨다. 따라서 어느 하나에 무게를 두고 규정할 수 없는 시적 행간의 긴장을 열어두기도 한다.

　그러면 밖으로 표상된 자아는 어떻게 읽어야 할까. 이는 일상적 자아와 연계시킬 수 있는 것으로 외적 이미지를 구성한다. 겉으로 보여지는 혹은 보여주고자 하는 이미지가 바로 그것이다. 따라서 통제하고 절제하며 가다듬어진 모습으로 드러난다. 이는 삶의 현장에서, 인간관계의 테두리 속에서 길들여지고 규범화된 사회적 존재로서의 모습을 담고 있다. 이른바 내적 감정을 억제하고 은폐하면서 환경에 순응하고 세계에 흡수되어가는 자아에 다름 아니다. 따라서 타성에 젖어 자기 변화를 위한 적극적 행위 의지를 상실하거나 좌절하면서 일상적 삶의 형식에 안주하는 모습을 보여준다.

　반면, 내적 자아는 이러한 현실에 끊임없이 저항하고 갈등하면서 내 안의 진정한 길을 찾아가고자 한다. 따라서 외적 환경에 영향을 받게 되고 대립의 위치에 서게 된다. 외적 자아가 현실적 억압 속으로 침잠하면 할수록 내적 자아는 보다 강도 높게 팽창하게 된다. 일상의 질서를 탈피하고자 하는 욕망도 여기에서 생성된다. 이은봉 시인의 일탈은 "스스로 자유를 살아야 한다", "적막 밖으로 나가야 한다", "기차를 타고 다시 또 어디론가 떠난다" 등으로 상징화된다. 내 밖의 자아가 정적인 색채를 고수하고 있다면, 내 안의 자아는 보다 역동적인 행위 의지와 지향성을 보여준다. 이은봉 시편에 나타난 이러한 자아 인식의 구도는 대체로 시간의 흐름을 감지하고 사유하는 과정을 통해 구체화된다. 지금 이 시점에서의 나와 현실을 직시하고 체감하면서 이에 대한 반응을 주제의식의 한 측면으로 끌어들이고 있다.

　　　울긋불긋 11월의 계룡산 골짜기
　　　아직 얼지 않은 물거울을 갖고 있다
　　　차고 시린 제 얼굴

자주 물거울에 비추어 본다

여기저기 젊음의 흔적이 남아 있는
11월의 지친 계룡산 골짜기
물거울에 비친 그의 얼굴
나뭇가지처럼 비쩍 말라 있다

우둘두둘 거친 손으로 감싸 안고
제 얼굴 비벼 보는 그의 마음
짠하다 멧새 몇 마리 날아와
물거울의 가슴께에 내려와 앉는다

조잘조잘 물거울을 쪼아대는 멧새들
작고 동그란 파문을 만든다
무엇이 그리 좋은가 제 얼굴
환하게 펴는 11월의 계룡산 골짜기!

—「계룡산 골짜기」 전문

　위 시의 시적 화자는 숨어 있다. 따라서 시적 화자 혹은 '나(시인)'는 시
의 전면에 직접적으로 드러나지 않는다. 다만 시 제목에서도 제시되고 있
듯이 '계룡산 골짜기'의 풍경만이 전체 4연의 시상 속에 충만하다. 여기서
시적 화자와 '나(시인)'는 동일시해도 무방할 것 같다. '나(시인)'는 '계룡산
골짜기'로 상징화되어 나타난다. '계룡산 골짜기'는 시인이 포착해내는 일
종의 자화상인 셈이다. 여기서의 자화상은 자신의 얼굴을 보고 그리는 것
이 아니라 '계룡산 골짜기'라는 대상을 통해 묘사하고 있다는 점에서 특별
하다. 이른바 외부적 대상 속에 자신의 모습을 투영하고 대상화하고 있는
것이다. 이는 그 실체를 보다 세밀하게 관찰하고 구체화하고자 하는 의도
이다. 이른바 대상과 관찰자 사이에 객관적 거리를 둠으로써 그 특징을
보다 생동감 있게 묘사할 수 있는 효과를 얻고 있다.

위 시편에 표상된 '계룡산 골짜기'에 주목해본다. "울긋불긋 11월의 계룡산 골짜기"에서 알 수 있듯이 '계룡산 골짜기'는 지금 늦가을의 풍경을 보여주고 있다. '11월'은 여름의 푸름과 초가을의 청량한 산국(山菊)의 시기를 지나고 있는 시점이다. 계절적으로는 한 해의 끝자락이라고 할 수 있는 시간적 배경을 안고 있다. 이러한 시간적 배경은 시인의 대상화된 자화상과 연계시켜보면 중요한 상징적 의미로 떠오른다. 이는 시인의 현실적 시간과 이를 사유하는 인식 체계를 엿볼 수 있는 지점이 되기 때문이다. 일정 거리를 확보하고 자신을 대상화시켜 바라보는 방식은 객관적 관찰의 측면도 있지만 자기 성찰을 위한 거리두기의 방식이 되기도 한다.

"아직 얼지 않은 물거울을 갖고 있"고, "여기저기 젊음의 흔적이 남아 있는" 모습 또한 객관적 시각의 섬세한 포착이다. "우둘두둘 거친 손으로 감싸 안고/제 얼굴 비벼 보는 그의 마음/짠하다"라는 자기 연민도 여기에 포함된다. '11월의 계룡산 골짜기'와 '젊음의 흔적', '마음 짠'한 연민의 감정들은 분리되는 것이 아니라 하나의 심리적 반응 속에 수렴되어 있다. 외적 대상과 내적 반응들이 하나의 호흡으로 전체적 흐름 속에 용해되고 있는 것이다. 하지만 하나의 자화상 속에는 이미 내외적 갈등 구조가 복합적으로 제시되어 있다. '계룡산 골짜기'라는 시적 대상 속에 시인의 시간 인식과 이에 대한 정서적 파장들이 응집되어 있다.

> 무엇이 급한가 서둘 것 없다
> 세종에서 광주로 가는
> 고속버스 안이다 급할 것
> 없다 일단은 공주 읍내 정류장에 들러
> 우물쭈물 해찰을 하기로 한다
> 해찰을 하는 동안
> 화장실쯤은 슬쩍 다녀와도 좋다
> 고속으로 달리지 않아도

고속버스를 탓할 사람은 없다
느릿느릿 달리는 시간
즐겨도 된다 천천히 달려도
누구 하나 고속버스를
탓하지 않는다 광주와 공주는
본래 아, 하나 차이, 이제는 뭐
광주도 급할 것 없다 간절할 것 없다
사필귀정이라는 한자말
중얼중얼 외워도 좋다
공주 거쳐 광주 가는 길
저기 저 게으르게 불어오는 바람 향해
채찍을 들어 무엇 하랴.

— 「광주 가는 길」 전문

앞에서 살펴본 「계룡산 골짜기」와 위의 시편 「광주 가는 길」은 의미적으로 연결되어 있다. 이른바 시인이 체감하는 현실과 시간에 대한 인식들이 개입해 있다. 또한 특정 이미지를 통해 스스로의 자화상을 구체화할 수 있는 배경들을 배치해두고 있다. 「계룡산 골짜기」는 연륜과 관련한 자화상을, 「광주 가는 길」은 직업과 연계되는 공간 이미지를 표상한다. "공주 거쳐 광주 가는 길"은 그 구체적 방향성을 제시하는 것으로 집과 직장의 공간 이미지를 보여준다. 특징적인 것은, 이러한 공간 이미지가 시간 개념을 내포하고 있다는 것이다. '공주'와 '광주'라는 공간 속에는 그 거리만큼의 시간이 상징화되어 있다. 이러한 시간은 어느 하루의 행보에 한정되는 것이기도 하고, 크게는 시인의 삶의 전반을 담보하는 거리가 되기도 한다. 시인의 일상이 "공주 거쳐 광주 가는 길"과 긴밀한 연결고리를 가지고 있는 만큼, 이는 곧 시인의 시간을 반영하는 공간 개념이 될 수밖에 없다.

위 시편에서 '고속버스'는 시간을 상징하는 중심 기제가 된다. '고속'은 곧 시간의 빠름을 내타내는 시간 개념이 되기 때문이다. '고속버스'는 '공주'와 '광주'를 이어주는 수단이면서 한편으로 시인의 삶을 주도하는 시간의 상징이 된다. 따라서 '고속'이라는 시간적 흐름은 큰 의미적 배경으로 떠오른다. 그럼에도 시편의 첫 행에는 "무엇이 급한가 서둘 것 없다"라는 메시지가 제시된다. 뒤이어 "고속으로 달리지 않아도/고속버스를 탓할 사람은 없다", "광주도 급할 것 없다 간절할 것 없다"라고 덧붙인다. 그 안에 '해찰'을 하고, '화장실'을 다녀오는 등 '고속'의 시간을 상쇄할 이런저런 행위들이 대두된다. 시인의 시간 인식은 '11월의 계룡산 골짜기'를 제시하면서부터 이미 그 색채를 설정해두고 있다. '11월'은 경험적 시간으로서는 계절의 끝자락을 의미하면서 객관적 시간 개념으로는 나와 무관하게 흘러가는 시간을 지칭한다.

"무엇이 급한가 서둘 것 없다"는 주관적 시간 개념에 해당한다. 이는 시인의 경험적 시간을 반영하는 것으로 전적으로 개별적 정서에 기대고 있다. 객관적 시간과 주관적 시간은 서로 합치할 수 없는 위치에 놓여 있다. 이은봉 시인의 시편에는 이 두 구도의 시간이 동시에 사유의 대상으로 등장한다. '11월', '고속버스' 등은 객관적 시간 개념을, 시인의 인식이 반영된 행위 등은 경험적 시간 개념이 된다. 이에 비춰보면, '서둘 것 없다', '급할 것 없다' 등의 대응방식은 대단히 역설적이다. 여기에는 시간에 대한 안타까움, 초조함, 조바심 등을 느긋함, 여유, 게으름 등으로 대체하려는 심연을 담고 있기 때문이다. 이은봉 시편에 그려지고 있는 내 밖의 자화상은 이처럼 지금 이 순간의 '나'를 정직하게 체감하는 것으로부터 시작된다. '시간'이 자연스럽게 시적 상상력의 중심으로 끼어드는 것도 여기에 있다. 자신을 대상화하면서 시간의 속성 속으로 깊이 침투시키는 것은 자아 성찰을 위한 거리두기의 한 측면이면서 사유를 응집하는 지향성의 정점이 된다.

2. 내 안의 일탈, '떠남'

시인은 갈등 상황 속에 포섭되어 있는 존재이면서 갈등을 구조화하는 주체이기도 하다. 이는 나와 세계를 어떻게 인식하고 표현하느냐 하는 문제와 연결된다. 동일한 사물이나 상황도 시인의 가치관에 따라 달리 표상되고 전혀 다른 의미로 구조화되기 때문이다. 이은봉 시인의 신작시에는 외적 자아와 내적 자아 등 두 구도의 자아가 등장한다. 외적 자아는 그것이 삶이든 시간 인식의 한 측면이든 외부적 상황 속에서 형성된 자아이다. 시인은 이를 외적 상관물과 연계해서 스스로의 자화상을 구체화시킨다. 내적 자아는 이러한 외적 자아에 대해 반응하고 갈등하면서 정서적 기류를 만들어간다. 이른바 외적 현실에 회의하고 충돌하면서 그 반동으로 생성된 심리적 기저가 된다.

어떤 시간은 달팽이다 제 몸을
오른쪽으로 꼬며
자꾸만 안으로 파고 들어간다

파고 들어가면 거기 무엇이 있나
아무것도 없다 어디
촛불 하나 켜져 있지 않다

캄캄하다 우울, 한숨, 절망 따위
죽음의 마음만 가득하다
몸부림을 쳐야 한다
박차고 기어 나와야 한다

거듭 제 몸을 왼쪽으로 꼬며
서둘러 안간 힘을 다해
밖으로 빠져 나와야 한다

이렇게 왼쪽으로 제 몸을 꼬며
밖으로 빠져나오는 시간은 없나
있다 그런 시간이 오면
천천히 심호흡부터 해야 한다

온갖 쓴맛 단맛 다 본 시간,
과감하게 저 멀리
칵, 내뱉어야 한다
내뱉은 다음에는 어떻게 해야 하나

그냥 스스로 자유를 살아야 한다
너나 나나, 오른쪽 시간이
왼쪽 시간의 푸른 목덜미
제멋대로 물어뜯게 해서는 안 된다.

—「달팽이 시간」 전문

    앞서 살펴본 두 편의 시편들이 '11월의 계룡산 골짜기', '고속버스' 등의 이미지를 통해 간접적으로 '시간'을 표상하고 있었다면, 위 시편은 '시간'을 직접적으로 등장시킨다. 이는 '시간'에 대한 사유가 보다 적극적으로 제시되고 있음을 의미한다. '달팽이 시간'은 시인의 상상력이 만들어낸 상상적 시간이다. 여기에는 껍질 안으로만 스머드는 '달팽이'의 특성과 제 집을 벗어나지 못하는 달팽이의 고단한 '시간'이 상징화되어 있다. 달팽이의 껍질은 때로 안전한 집이기도 하고 보호막이기도 하다. 제 영역 속에서의 안전함과 편안함도 주어진다. 하지만 그 모든 것이 위선이고 장막이고 속박이라는 것을 깨닫게 된다. "안으로 파고 들어가면" "아무것도 없"고, "촛불 하나 켜져 있지 않다." 나아가 "캄캄하다 우울, 한숨, 절망 따위/죽음의 마음만 가득"할 뿐이다 '아무것도 없음', '캄캄함', '죽음의 마음'은 시인이 체감하는 상황적 기류이다. 여기에는 현실적 시공간에 대한 절망적 심연과 극단적 단절감이 매개되어 있다.

'오른쪽' 혹은 '왼쪽'의 시간은 '안'과 '밖'이라는 분명한 경계를 두고 있다. "오른쪽으로 꼬며/자꾸만 안으로 파고들어"가는 시간은 절망과 죽음을 표상하는 침잠의 시간이다. 따라서 "제 몸을 거듭 왼쪽으로 꼬며/서둘러 안간 힘을 다해/밖으로 빠져 나와야 한다"고 외치고 있다. 하지만 "밖으로 빠져나"오는 일은 결코 쉬운 일이 아니다. "몸부림을 쳐야" 하고, "박차고 기어 나와야" 하는 결단과 행위 의지가 수반되어야 한다. 이는 오랜 시간 길들여져왔고 종속되어왔던 질서에 대한 반란이면서 비판이다. "그냥 스스로 자유를 살아야 한다"라는 대목에서 비판적 시각과 간절한 열망을 읽을 수 있다.

'안'의 시간을 벗어나 '밖'의 시간으로 빠져나오는 것은 '자유'를 쟁취하는 일이다. '자유'는 닫혀 있는 시간으로부터의 탈출을 의미한다. 따라서 내적 자아가 열망하는 자기실현의 공간 이미지이면서 가치관을 정립하는 창의적 시간 이미지가 된다. '달팽이 시간'은 시인의 일탈의지와 맞물린다. '오른쪽(안)'에 대한 저항의지는 곧 '새로운 탈출구로서의 왼쪽(밖)'에 대한 강렬한 열망으로 이어지고 있기 때문이다.

> 어느덧 꾸벅꾸벅 졸기도 한다 보일러 돌아가는 소리만 웅하니 들린다
> 둥글게 밀려오는 적막이 나를, 내 몸을 둥글게 만다
> 견디기 힘들다 눈이라도 내리면 좋겠다 내리는 눈 바라보며 손톱이나 깎았으면 좋겠다
> 내일은 어떻게든 다시 또 떠나야 한다 적막 밖으로 나가야 한다.
> 소란하고 시끄러운 곳은 좀 나을까 엄지손가락으로 잘못 깎인 손톱이나 더듬어보는 겨울이다
> 침대 위 신문지처럼 널브러져 눈 감고 멍 때리며 먼 곳이나 그리워하는 겨울밤이다.
> ―「적막」 부분

'적막'은 위 시편을 가로지르는 정서이다. "견디기 힘들다 눈이라도 내

리면 좋겠다" 등이 그 구체적 배경이 된다. '견디기 힘듦'은 '적막'의 상황을 묘사하는 내면 풍경이다. 이러한 풍경 속에는 어떤 인간적 관계망이나 발자취도 제시되어 있지 않다. 따라서 혼자라는 고립감과 단절감이 시의 전면에 깔리게 된다. 이는 많은 일상적 만남과 그 연속에 있으면서도 '적막'의 순간을 맞닥뜨릴 수밖에 없는 삶의 방식을 표상한다. 이는 무료, 권태, 속박, 적막, 자기 소외, 단절 등 현대적 모순과도 직접적으로 맞물린다. "내일은 어떻게든 다시 또 떠나야 한다 적막 밖으로 나가야 한다"라는 절박한 심연도 여기에서 발현된다. '떠남'은 시인의 일상과 긴밀한 관련성을 가지겠지만, 또한 그 일상을 벗어나고자 하는 이중적 의미를 내포하기도 한다.

'적막'을 벗어나기 위해서는 '떠나야 한다'라는 것이 사유의 중심이다. 그리고 '밖'이라는 공간이 제시된다. '밖'은 닫혀 있는 공간을 벗어나는 일 즉, 단절된 삶의 형식을 탈피하는 일이다. 시편 「달팽이 시간」과 「적막」은 현재적 시간에 대한 명징한 인식과 완고한 종속의 공간에 대한 내적 갈등에 초점을 두고 있다는 점에서 동일한 정서적 구도를 보여준다. 하지만 "침대 위 신문지처럼 널브러져 눈 감고 멍 때리며 먼 곳이나 그리워하는 겨울밤이다"에서 드러나듯이 '밖'으로의 지향은 실제적 행위로 이어지지는 않는다. "소란하고 시끄러운 곳은 좀 나을까"라는 색다른 꿈을 가져보기도 하지만 이 또한 생각에 그치고 만다. 따라서 현실적으로는 한 발자국도 '밖'으로 나아가지 못하고 제 위치에 고정되어 있다. 외적 자아와 내적 자아가 지속적으로 충돌하면서 갈등할 수밖에 없는 상황이 여기에 있다.

기차를 타고 다시 또 어디론가 떠난다
어디론가 떠나기는 무얼 어디론가 떠나나
집으로 가는 돌아가는 거다 집에는

어머니와 함께 아내가 늙어가고 있다

아직도 객지를 떠돌며 어지럽게 살다가
마음이 쓸쓸해져 그만 기차를 타고
집으로 돌아가는 거다 집으로 돌아가는
기다림도 없이 어떻게 세상을 사나

멀리 보이는 저기 저 산기슭 아래에는
옛집이 있다 옛집으로는 갈 수 없다
기차 안 이동매점에서 도시락을 산다
도시락에는 어머니와 아내가 살고 있다

—「기차를 타고」 전문

'떠남'은 일탈 의지의 적극적 표현이다. "박차고 "밖으로 빠져나와야 한다"(「달팽이 시간」), "적막 밖으로 나가야 한다"(「적막」) 등의 자기 종용의 의지도 여기에 닿아 있다. 위 시편은 「기차를 타고」라는 제목에서부터 이미 '떠남'의 요소가 암시되어 있다. '떠남'은 내적 열망을 외부로 표출하는 일종의 실천적 지향성이 된다. "기차를 타고 다시 또 어디론가 떠난다"에는 그러한 열망과 의지와 결단이 매개되어 있다. 이는 막연한 관념적 사유의 일면이 아니라 '기차'라는 매개물을 통해 보다 구체화된 행위 배경을 보여준다. 하지만 시편의 첫 행에 제시되고 있는 이러한 강렬한 행위 의지는 다음 행에 드러난 "어디론가 떠나기는 무얼 어디론가 떠나나/집으로 가는 돌아가는 거다"에서 무산되고 만다. '떠남'의 종착지를 '집'으로 설정함으로써 행위의 방향에 한정성이 주어지기 때문이다.

'집(광주)'에서 '집(공주)'으로의 '떠남'은 진정한 의미에서의 '떠남'이 아님을 암시한다. 단지 일상에서 일상으로, 집에서 집으로의 일상적/반복적 행위를 고수하고 있을 뿐이다. 따라서 내적 자아가 이끄는 대로 나아가는 행위, 즉 자유와 자기실현의 세계가 보장되는 공간 이미지와는 상반

된다. '집'에는 "어머니와 함께 아내가 늙어가고 있다." '어머니'와 '아내'는 시인의 삶이고, 안식처이면서 '오른쪽(안)'의 공간 이미지이다. 시인은 "멀리 보이는 저기 저 산기슭 아래에는/옛집이 있다 옛집으로는 갈 수 없다"라는 소극적 일탈을 꿈꿔보기도 한다. 하지만, "기차 안 이동매점"에서 산 '도시락'에도 "어머니와 아내가 살고 있다." 이는 시인의 의식/무의식의 정서 속에 '안'의 공간 이미지가 깊이 뿌리내리고 있음을 보여준다. 또한 현실적 공간이 얼마나 집요한 것인가를 보여주는 단초가 되기도 한다.

그것이 현실적인 것이든 고착화된 생활 방식이든 우리는 늘 떠나지 못한다. 어느 때부턴가 우리는 종속의 삶에 안주하고 둥글게 적응해간다. 비애감은 여기에서 생성된다. 떠나려 하지만 결국 떠나지 못하는 것이 현실이고 외적 자아의 소심한 자기방어이다. 현실인식과 자아 인식, 일탈의지와 좌절, 다시 일상으로의 복귀가 연속된다. 공주와 광주, 집, 돌아감, 떠남, 시간, 공간, 제자리, 변화 없음, 회의, 절망, 갈등 등의 상황도 되풀이된다. 이은봉 신작 시편들은 일상적 삶의 저변에서 존재 방식의 진정한 의미를 일깨우고 그 지향성을 사유해가고자 한다. 나와 세계와의 거리를 직시하고 현 시점에서의 '나'를 고민한다. 따라서 반드시 그 크기만큼의 반성과 비판의 칼날도 심어둔다. '밖'으로의 일탈은 새로운 세계의 발견과 도전, 확장 등 문학적 탐색과 그 창조적 생명력을 같이하기 때문이다.

(『미네르바』 2017년 가을호)

이은봉 시 관계 서지 목록

■ 시집

『좋은 세상』, 실천문학사, 1986.

『봄 여름 가을 겨울』, 창작과비평사, 1989.

『절망은 어깨동무를 하고』, 신어림, 1994.

『무엇이 너를 키우니』, 실천문학사, 1996.

『내 몸에는 달이 살고 있다』, 창작과비평사, 2002.

『길은 당나귀를 타고』, 실천문학사, 2005.

『책바위』, 천년의시작, 2008.

『첫눈 아침』, 푸른사상사, 2010.

『걸레옷을 입은 구름』, 실천문학사, 2013.

『봄바람, 은여우』, 도서출판 b, 2016.

■ 시조집

『분청사기 파편들에 대한 단상』, 책만드는집, 2017.

■ 시선집

『알뿌리를 키우며』, 도서출판 북인, 2007.

『달과 돌』, 지식을 만드는 지식, 2016.

『초식동물의 피』, 시와사람, 2018.

■ 이은봉론

김사인, 「이은봉 시의 따뜻함」, 시집 『좋은 세상』 발문, 실천문학사, 1986.

임우기, 「개인적 신념과 시적 실천의 사이」, 『오늘의 책』 1986년 가을호.

정효구, 「80년대 후반의 젊은 시인들」, 『문학정신』 1988년 3월호.

김성동, 「이은봉과 '삶의문학'에 대하여」, 시집 『봄 여름 가을 겨울』 발문, 창작과비평사, 1989.

윤형근, 「자연의 질서와 인간의 질서」, 『한남문예』, 한남어문학회, 1989.

김완하, 「어둠으로부터 빛으로 나아가는 강인한 의지」, 『한남대학신문』 1989년 10월 2일.

홍홍구, 「병든 사회와 시의 서정성」, 『창작과비평』 1989년 겨울호.

우찬제, 「현실과 시적 몽상의 여러 변주들」, 『문학과사회』 1989년 겨울호.

오민석, 「사랑의 핵폭탄」, 이은봉 시집 『절망은 어깨동무를 하고』 해설, 신어림, 1994.

김기중, 「불화의 세계와 부정의 힘」, 『실천문학』 1994년 가을호.

신덕룡, 「외로움 끝에서 부르는 노래」, 시집 『무엇이 너를 키우니』 해설, 실천문학사, 1996.

최영호, 「사랑의 질량」, 『시와사람』 1997년 봄호.

이정철, 「사실과 경험의 세계, 그 새로운 인식」, 『창작세상』 제2호, 광주대학교 예술대학 문예창작과, 1977.

정순진, 「사랑으로 껴안는 분노와 절망」, 『길 떠나는 상처 – 허리와 어깨 · 3』, 문경출판사, 1997.

유성호, 「생태적 사유, 혼신의 사랑」, 이은봉 시집 『내 몸에는 달이 살고 있다』 해설, 창작과비평사, 2002.

이창수, 「대담 : 희망이 보이질 않는 날들, 거리에서 희망 찾기 – 이은봉 시인」, 2003년 『현대시』 11월호[이은봉, 증보판 『화두 또는 호기심 – 시 읽기와 시 쓰기 1』, 작가, 2015에 재수록].

유성호, 「생명의 기원에 대한 시적 사유 – 이은봉의 신작시들」, 『애지』 19호, 2004년 가을호.

홍용희, 「초연함의 고통」, 이은봉 시집 『길은 당나귀를 타고』 해설, 실천문학사, 2005.

윤지영, 「'지껄이는 침묵'으로 환멸을 고함 – 이은봉의 『길은 당나귀를 타고』」, 『시와사상』 2005년 여름호.

전주호, 「마음을 비우고 걷는 길-이은봉 시집 『길은 당나귀를 타고』」, 『시로여는세상』 2005년 가을호.

이성혁, 「무한한 현재가 되어버린 겨울-이은봉의 시 「발목 잡힌 봄」」, 『현대시』 2006년 1월호.

김춘식, 「이은봉의 작품세계-『길은 당나귀를 타고』(실천문학사, 2005)를 중심으로」, 『유심』 2006년 봄호.

유성호, 「근원적 생명 탐구를 통한 근대 극복의 시정신-이은봉론」, 이은봉 시선집 『알뿌리를 키우며』 해설, 도서출판 북인, 2007[『시사사』 2012년 3/4월호에 재수록].

송기한, 「'바람' 이미지의 변증법적인 승화로서의 시-이은봉론」, 『시와인식』 2007년 하반기호.

장영우, 「짱돌, 손오공, 책-이은봉의 시세계」, 『유심』 2008년 여름호.

황현산, 「이은봉의 흥취」, 이은봉 시집 『책바위』 해설, 천년의시작, 2008.

황정산, 「단단함의 기억-이은봉 시집 『책바위』」, 『시로여는세상』 2008년 여름호.

서승현, 「생명의 감정과 죽음의 감정-이은봉 『책바위』(천년의시작, 2008)」, 『시와세계』 2008년 여름호.

김홍진, 「관계, 자타불이의 시학-이은봉론」, 『시로여는세상』 2010년 가을호.

공광규, 「색과 공의 원리와 극락지경의 형상화-이은봉의 신작시들」, 『불교문예』 2011년 봄호

황정산, 「다시 지상에서-이은봉 시집 『첫눈 아침』에 대하여」, 『시와시』 2011년 봄호.

임지연, 「'무엇을 할 수 있는가'와 '무엇을 할 수 없는가'라는 시적 질문-이은봉 시집 『첫눈 아침』(푸른사상, 2010)」, 『현대시학』 2011년 4월호.

이성혁, 「삼베빛 세계 속의 붉은 슬픔-이은봉 시집 『첫눈 아침』(푸른사상, 2010)」, 『시현실』 2011 여름호[이성혁, 『서정시의 실재』(푸른사상사, 2011)에 재수록].

문 숙, 「꿈과 희망에 대한 새로운 접근-이은봉 시집 『첫눈 아침』(푸른사상, 2010)」, 『문학과창작』 2011년 여름호.

김수이, 「각자(各自, 刻字, 覺者)의 시학」, 『유심』 2011년 11/12월호.

이은규, 「대담: 시의 파라다이스를 꿈꾸는 시인」, 『시작』 2011년 겨울호[이은봉, 증보판 『화두 또는 호기심-시 읽기와 시 쓰기 1』, 작가, 2015에 재수록].

조해옥, 「생성되는 시간과 작은 결의의 확장성-이은봉의 신작시들」, 『시작』 2011년 겨울호.

황정산, 「서정시와 역사의식」, 『시와문화』 2011년 겨울호.

나민애, 「대담 : '좋은 세상-주의자'는 온몸으로 말한다-이은봉 시인」, 『시사사』 2012년 3/4월호[이은봉, 증보판 『화두 또는 호기심-시 읽기와 시 쓰기 1』, 작가, 2015에 재수록].

이은규, 「씨퀀스sequence들」, 『시로여는세상』 2012년 가을호.

조해옥, 「회귀와 거부로 노래하는 무욕의 삶-이은봉과 이재무의 신작시」, 『한남문학』 제4호, 2012년 겨울.

이재복, 「달과 돌, 혹은 둥근 고리의 감각-이은봉의 시집 『내 몸에는 달이 살고 있다』」, 『비만한 이성』, 청동거울, 2013.

이숭원, 「폐허를 울리는 생명의 송가」, 시집 『걸레옷을 입은 구름』 해설, 실천문학사, 2013.

공광규, 「조수초목의 시학-이은봉 시집 『걸레옷을 입은 구름』」, 『현대시학』 2013년 8월호.

김명원, 「대담 : 이상적인 시공간을 복원하는 上古主義者, 이은봉 시인」, 웹진 『시인광장』 2012년 9월호.

문   숙, 「자신 밖에서 자신 보고 지구 밖에서 지구 보기-이은봉, 『걸레옷을 입은 구름』(2013)」, 『불교문예』 2013년 가을호.

김영미, 「보이지 않는 슬픔, 그 부드러운 역설-이은봉, 『걸레옷을 입은 구름』(실천시선 210)」, 『시와문화』 2013년 가을호.

지주현, 「일상의 길에서 포착한 주옥같은 서정」, 『서정과 서사의 미로』, 푸른사상사, 2014, 51~58쪽.

박진희, 「죽음을 살다 : 이은봉 시집 『걸레옷을 입은 구름』」, 『문학과 존재의 지평』, 박문사, 2014, 91~98쪽.

이형권, 「되새김 넘어 되살림의 시-이은봉론」, 『미네르바』 2014년 여름호.

박순원, 「대담 : 자연의 문양을 정직하게 읽는 시인-이은봉 시인」, 『시와사람』 2014년 봄호.

강회진, 「대담 : 근대의 밖, 새로운 공동체를 꿈꾸는 시인-이은봉 시인」, 『열린시학』 2014년 여름호.

공광규, 「현실 부정에서 자아 대면의 세계로-이은봉의 시세계」, 『열린시학』 2014년 여름호.

오철수, 「이은봉 시집 『책바위』(천년의시작, 2008)에 대하여」, 2014.8.

박옥춘, 「보편적 삶의 진실을 꿈꾸며-이은봉의 시세계」, 『열린시학』 2014년 여름호.

송기한, 「가변적인 것과 항구적인 것 사이에서−이은봉의 신작시 세계」, 『시작』 2016
년 봄호.

공광규, 「봄날처럼 경쾌하고 은여우처럼 활달한 야생의 시어−이은봉 시인 『봄바람,
은여우』」, 〈머니투데이−시인의 집〉, 2016년 5월 7일.

김선희, 「대담 : 바람의 진원지를 찾아서−시인 이은봉」, 『한국산문』 2016년 7월호(통
권 123호).

임영석, 「벽과 포장 사이−이은봉 시인」, 『미래를 개척하는 시인』, 도서출판 문학공
원, 2016.

박순원, 「일상과 비일상의 의미」, 『창조문예』 2016년 9월호.

박서영, 「살아 있다는 것의 감각과 그리움이라는 동물성−이은봉 시집 『봄바람, 은
여우』」, 『시와경계』 2016년 가을호.

박수빈, 「上善若水의 사유−이은봉 시집 『봄바람, 은여우』」, 『시와사람』 2016년 가을호.

권경아, 「돌과 바람과 꽃과 시−이은봉 시집 『봄바람, 은여우』」, 『시작』 2016년 가을호.

김순진 · 전하라, 「정담 : 서정시의 갱신과 혁신을 위하여−이은봉 시인」, 『스토리문
학』 2016년 가을호.

김종훈, 「불투명한 바람과 투명한 마음」, 시집 『봄바람, 은여우』 해설, 도서출판 b,
2016.

김종훈, 「자유의 위상과 바람의 운동−『봄바람 은여우』, 도서출판 b, 2016」, 『문예연
구』 2016년 가을호.

김윤환, 「인간너머, 은유너머, 영으로 소통하는 바람의 시학−이은봉 시집 『봄바람,
은여우』(2016, 도서출판 b)」, 『두레문학』 제20호, 2016년 하반기호.

박동억, 「사무사(思無邪)의 시학−이은봉 시인의 시세계」, 『시와시학』 2016년 겨울호.

천세진, 「관록의 지경을 마다한 바람−이은봉 시집 『봄바람, 은여우』」, 『창작21』 2016
년 가을호, 도서출판 들꽃.

박성현, 「'언어−이미지'의 불가해한 호흡, 그 깊은 그리움의 문장들」, 『미네르바』
2016년 겨울호.

김완하, 「시적 변화와 새 길의 모색−이은봉의 최근작을 읽고」, 『시와정신』 2017년
여름호.

박숙현, 「이은봉 시인 첫 시조집 『분청사기 파편들에 대한 단상』」, 『용인신문』 제1137
호(2017.7.10.~7. 16) 12쪽.

김성조, 「내 밖의 자화상과 내 안의 일탈−이은봉 시작시론」, 『미네르바』 2017년 가
을호.

이송희, 「길 위에서 울다 간 그대, 생채기의 시간들—이은봉『분청사기 파편들에 대한 단상』, 책만드는집, 2017」, 『시조시학』 2017년 가을호.

이경철, 「잘 나가는 자유시인들의 두 권의 신작 시조집」, 『문학의 오늘』 2017년 겨울호, 솔출판사.

이성혁, 「변방의 현실, 강가의 비전—이은봉 신작시 5편에 대하여」, 『서정시학』 2017년 겨울호.

백애송, 「1980년대 한국사회 모습과 시적 대응—이은봉 시집『좋은 세상』을 중심으로」, 『인문사회 21』 제9권 2호(2018년 4월 30일).

김영호, 「화엄의 바다를 찾아가는 보살행」, 『푸른사상』 2018년 여름호.

박일우, 「자각과 실천 사이에 존재하는 것들—이은봉 시집『봄 여름 가을 겨울』 다시 읽기」, 『생명의 시, 활기의 시—이은봉의 시세계』, 푸른사상사, 2018.

엄경희, 「언제나 질문은 고통을 만들게 마련이지—이은봉 시인의 첫 시조집『분청사기 파편들에 대한 단상』」, 『세종시마루』 2018년 가을, 창간호.

찾아보기

인명, 용어

생명의 시 활기의 시 — 이은봉의 시세계

작품, 도서

생명의 시 불기의 시 — 이은봉의 시세계

필자 소개

강희진	시인, 문학박사
공광규	시인, 문학박사
권경아	문학평론가
김명원	시인, 대전대 교수
김사인	시인, 문학평론가, 동덕여대 교수
김선희	수필가
김성동	소설가
김성조	문학평론가
김수이	시인, 문학평론가, 경희대 교수
김영미	공주대 교수
김영호	평론가
김완하	시인, 한남대 교수
김윤환	시인, 목사
김종훈	시인, 고려대 교수
김춘식	문학평론가, 동국대 교수
김홍진	문학평론가, 한남대 교수
문 숙	시인
박동억	문학평론가
박순원	시인, 광주대 교수
박옥춘	문학평론가
박일우	소설가, 광주대 교수
백애송	시인, 문학평론가, 광주대 교수
서승현	시인
송기한	문학평론가, 대전대 교수
신덕룡	시인, 문학평론가, 광주대 교수
엄경희	문학평론가, 광주대 교수

생명의 시
활기의 시